HEYNE BÜCHER

Das Buch

Das Volk der Erde ist der dritte Teil der hervorragend recherchierten Geschichte der Ureinwohner Amerikas. Wie in den vorangegangenen Bänden kombinieren Kathleen O'Neal Gear und W. Michael Gear in aufregender Weise Facts und Fiction. Fundierte Sachkenntnis über die klimatischen Veränderungen jener Zeit, die biologischen Strukturen und kulturellen Gebräuche, kombiniert mit einem beeindruckenden Erzähltalent, machen das Buch zu einem Lesevergnügen ersten Ranges. Spannend und unterhaltsam vermitteln die Autoren das Bild einer fernen, exotischen Kultur:

3000 Jahre vor Christi Geburt. Nach der großen Dürreperiode verändert sich das Klima in weiten Teilen Nordamerikas und damit auch die Lebensbedingungen der Menschen. Salbeigeist, ein Indianer aus dem Norden, ist verzweifelt. Durch den Tod seiner Tochter hat sich sein Leben und das seiner Frau, Leuchtender Mond, völlig verändert. In seiner Not ruft er die höchsten Mächte an und hat plötzlich eine Vision. Geleitet von dieser Vision, macht er sich auf in das Land im Süden, zu einem geheimnisvollen Volk, das in Erdhütten lebt und sich nicht mehr nur von der Jagd ernährt.

Die Autoren

Kathleen O'Neal, führende Archäologin in den USA, verfaßte bereits über 20 Sachbücher, die sich mit der prähistorischen Geschichte Nordamerikas befassen.

W. Michael Gear studierte Anthropologie an der Colorado State University und arbeitete als Archäologe.

Bereits als Heyne-Taschenbücher erschienen: *Im Zeichen des Wolfes* (01/8796) und *Das Volk des Feuers* (01/9084).

W. MICHAEL GEAR & KATHLEEN O'NEAL GEAR

DAS VOLK DER ERDE

Roman

Aus dem Englischen
von Dagmar Roth

WILHELM HEYNE VERLAG
MÜNCHEN

HEYNE ALLGEMEINE REIHE
Nr. 01/9610

Titel der Originalausgabe
PEOPLE OF THE EARTH
Erschienen bei TOR Books, New York

Wilhelm Heyne Verlag GmbH & Co. KG, München
Printed in Germany 1995
Umschlagillustration: Doris und Marion Arnemann
Umschlaggestaltung: Atelier Ingrid Schütz, München,
unter Verwendung des Originalumschlags der Werbeagentur Zeuner, Ettlingen
Gesamtherstellung: Elsnerdruck, Berlin

ISBN: 3-453-08930-8

Für Dr. Ray Leicht

… dafür, daß er mir geholfen hat, während der
Plain Anthropologischen Konferenz in Bismark,
North Dakota,
eine lange Nacht durchzustehen …
und für alles, was sich daraus ergab.

Pazifischer Ozean
Sonnen-Volk
Bug River
Dangerous River
The

Boots-Stamm
Salz-handels-volk
Kurzgrasebene
The Masked Dancers
Antilope-Stamm
Büffel-Stamm
Father Water
Volk der Sümpfe
Legende
Wanderungsweg des Wolf-Volksstammes
Weg der Gebrochenen Sterne in den Süden
Haupthandelsrouten im Vorzeitalter
Ausschnittkarte (s. nächste Doppelseite)

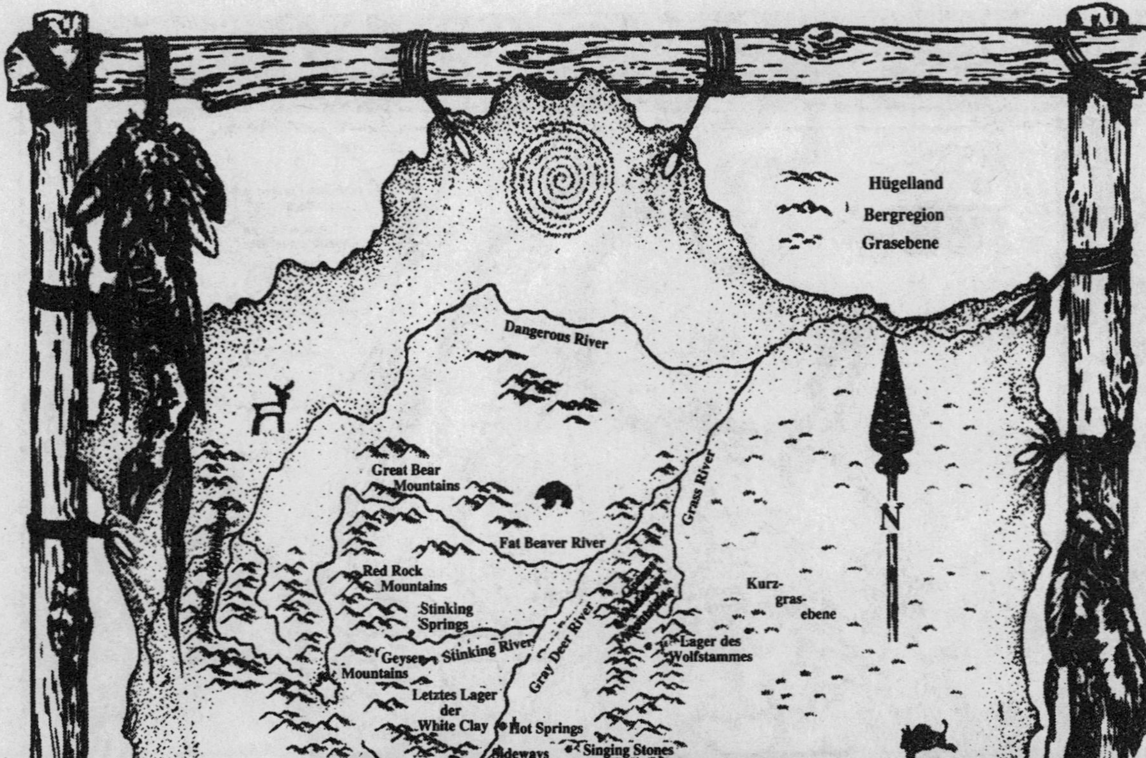

Hügelland
Bergregion
Grasebene
Dangerous River
Great Bear Mountains
Fat Beaver River
Grass River
N
Red Rock Mountains
Stinking Springs
Kurz-gras-ebene
Geyser Mountains
Stinking River
Gray Deer River
Lager des Wolfstammes
Letztes Lager der White Clay
Hot Springs
Sideways
Singing Stones

(Höhle)
River
Camp
Badwater
Lager
Wind Basin
Spirit River
Lager
Lager der
Three
Forks
Gray Wall
Round Rock
Mountains
Monster
Mountains
Sage Grouse River
Elk
River
Round Rock
Lager
Cold Water River
Green Mountain
Greasewood
Lager
Red
Earth
Basin
Dunes
Salt
Lake
Dart Wood River
Rim
Country
Sand Wash
Elk
Mountains
Silver Snake River
Tall
Mountains

Vorwort

Unser Roman *Im Zeichen des Wolfes* handelte von der Wanderung der ersten Indianer in den unberührten Kontinent Nordamerikas gegen Ende der letzten Eiszeit vor ungefähr fünfzehntausend Jahren. In den folgenden Jahrtausenden wurde das Klima wärmer und trockener. Die zunehmende Hitze und die damit verbundene Dürre schränkten den Lebensraum der großen Wildtierherden ein. Das bedenkenlos räuberische Jagdverhalten der Menschen und die Belastung durch feindliche Umweltbedingungen führten zum Aussterben vieler Tierarten wie dem Riesenfaultier, dem Wildpferd und Kamel. Vor ungefähr siebentausend Jahren wurde das Binnenland Nordamerikas von einer Trockenperiode heimgesucht. Die Prähistoriker bezeichnen diese Zeit als Altithermal. Der zweite Roman dieser Reihe, *Das Volk des Feuers,* ist in jener Zeit angesiedelt. Damals sammelten die Jägergruppen vorwiegend pflanzliche Nahrung.

Die wachsende, mit Nachdruck geführte Förderung und das auf Bundesebene gestiegene Interesse am Schutz des kulturellen Erbes führte verstärkt zu Ausgrabungen. Die intensivierte Forschung ergab eine Fülle neuer Informationen, die darauf schließen lassen, daß sich die Ausbeutung der Umwelt während des Altithermals mehr und mehr spezialisiert hat. Zu den aufsehenerregenden Entdeckungen zählen die Überreste von Lehmkonstruktionen, die darauf hindeuten, daß etliche Stämme der Ureinwohner ihren Lebensraum einschränkten, ein halbnomadisches Leben zu führen begannen und ihr Überleben durch intensive Nutzung der Pflanzen und Tierwelt in einem abgegrenzten Raum sicherten. Die Entstehung derartiger Konstruktionen vor fünftausendfünfhundert Jahren (viertausend Jahre vor den entsprechenden Bauten der prähistorischen Bewohner im Südwesten, der Korbflechter) und deren Entdeckung verliehen unserem Wissen über die frühe archaische Kultur völlig neue Aspekte. Zuvor gingen wir davon aus, daß die Menschen der frühen archaischen Kulturen am Rande des Verhungerns dahinvegetierten, heute wissen wir, daß sie die in ihrer Umwelt vorhandenen Möglichkeiten in vollem Umfang nutzten.

Vor fünftausend Jahren wurde der Westen Nordamerikas von einer größeren Gruppe besiedelt. Die Menschen verteilten sich dort über das ganze Land. Heute wissen wir durch die Ähnlichkeit ihrer Sprachen, daß sie alle der Gruppe der Uto-Azteken zuzuordnen sind. Für *Das Volk des Feuers* stellten wir die Wanderung der Uto-Azteken nach Süden an das Ende der frühen archaischen Zeit.

Die im Zusammenhang mit unseren prähistorischen Büchern sicher am häufigsten gestellte Frage lautet: »Haben die Menschen jener Zeit tatsächlich so geredet?« Die Vorstellung, unsere prähistorischen Vorfahren seien grunzende Wilde gewesen, ist weit verbreitet. Zum größten Teil liegt das an Filmen, in denen die Indianer als halbmenschliche Barbaren dargestellt werden, die sich mit gestammelten Halbsätzen zu verständigen suchen. *Dieses Bild ist schlichtweg falsch.* Unsere gründlichen linguistischen Studien, in denen alle neueren Indianersprachen untersucht wurden, um auf die »Stammsprachen« zu stoßen – die ursprüngliche Sprache oder Sprachen, aus denen die heutigen Versionen hervorgingen –, deuten darauf hin, daß die prähistorischen Menschen in Nordamerika ebenso differenziert gesprochen haben wie wir gegenwärtig. Die Eindrücke der ersten Weißen in diesem Land bestärken diese Theorie. So berichteten zum Beispiel französische Missionare, die im siebzehnten Jahrhundert bei den Huronen lebten, daß die europäischen Sprachen es mit der komplexen und schwierigen Sprache der Huronen nicht aufnehmen konnten. Die Hopi gebrauchen noch heute komplizierte Verbformen, die es im Englischen nie gegeben hat, und die Arapaho kommunizieren in zwei Sprachen, eine dient dem alltäglichen Gebrauch, die andere ausschließlich zeremoniellen Zwecken, ähnlich dem Latein, das von der katholischen Kirche eingesetzt wurde.

Die Figuren in unseren Büchern sprechen in verständlichen, kultivierten Sätzen, da die meisten wissenschaftlichen

Theorien dies als erwiesen ansehen. Uns ging es beim Schreiben dieser prähistorischen Buchreihe in erster Linie darum, dem Leser und der Leserin so genau wie möglich die prähistorische Lebensweise in Nordamerika zu schildern, wie wir als Archäologen sie sehen. Wir haben nicht auf irgendwelche gängigen Klischees zurückgegriffen.

Sollten die Bücher Ihr Interesse am prähistorischen Amerika angeregt haben, können Sie sich in Bibliotheken oder in Buchhandlungen weitere Bücher zu diesem Thema empfehlen lassen. Oder Sie nehmen zwecks weiterer Informationen Kontakt zu einem State Historic Preservation Office, dem Bureau of Land Management oder dem Forest Service auf. Es handelt sich um *Ihr* kulturelles Erbe.

Einleitung

Verwaltungsbezirk 23 Nord, Bereich 96 West
6. Meridianlinie.
September 1991 A.D.

Hinter Skip Gillespies großem weißem Allradlaster wirbelte eine gelbbraune Staubfahne auf. Der Dreivierteltonner-Ford ruckelte durch Schlaglöcher, und die breiten Geländereifen schleuderten groben Sand in staubigen Wolken in die Luft. Skip wurde im Fahrerhaus hin und her gerüttelt und wild durchgeschüttelt. Der Lastwagen ratterte über den waschbrettähnlichen Boden und donnerte schließlich über einen Graben, den das abfließende Wasser in die staubige Straße geschnitten hatte.

»Verdammt. Muß einen Bautrupp herschicken, der den Mist ausbessert.« Als er auf einem mit Beifußsträuchern bewachsenen Hügel anlangte, tauchte das Baugelände vor ihm auf. Die Straße schlängelte sich in die Ebene hinunter und wand sich durch das dornige Bodengewächs zur Baustelle. In diesem frühen Stadium sah das Gelände nach nichts Besonderem aus. Die Arbeiter hatten erst damit begonnen, mit schwerem Gerät den versengten Lehm und Sandboden einzuebnen. Hier entstand ein Zentrum der Öl und Erdgasindustrie – eine der größten und teuersten Anlagen dieser Art im Land. Gerade kamen die leuchtendbunten Erdbewegungsmaschinen in der grellen Mittagssonne zum Stehen, die Bauarbeiter begannen ihre Mittagspause. Schwarzer Rauch stieg aus den Auspuffen der Diesel und verlor sich in der heißen, trockenen Luft.

Skip folgte der Straße hügelabwärts und raste über die vor ihm liegende Ebene.

Trotz des nicht zu übersehenden Einbruchs der Zivilisation war das weite, einsame Land, ausgebleicht und von der Sonne ausgedörrt, äußerst gegenwärtig. Der unendliche, strahlendblaue Himmel wölbte sich bis zu den von Erosionsnarben gezeichneten Spitzkuppen in der Ferne. Das Land wartete – heiß, windgepeitscht, nur von Beifuß, Gänsefußsträuchern und Bodendeckern bewachsen, dazwischen leuchtete grell der weiße Lehmboden. Hier und da ragten die wüstengelben Höcker der Sanddünen auf, deren dürre Vegetation nur dort etwas grüner war, wo sie dem Sand ein wenig Feuchtigkeit entziehen konnte. Weit im Norden erhoben sich blaugrüne Berge, die aussahen, als schwebten sie auf dem silbrigen Glanz der in dem heißen Becken entstandenen Luftspiegelungen.

Skip holte tief Luft. Der scharfe Geruch nach Staub und Beifuß, die Seele dieser unfruchtbaren Erde, stieg ihm in die Nase. Er bedachte das öde Land mit einem schiefen Blick, trommelte mit den Fingerspitzen auf das Lenkrad und murmelte: »Die reinste Hölle. Warum, zum Teufel, kam ich bloß von Louisiana hierher?«

Er fuhr weiter zum Baubüro, lenkte den Wagen geschickt zwischen zwei Baumaschinen hindurch, hielt vor dem provisorischen graugrünen Fertighaus und schaltete das Getriebe auf Parkstellung. Der Motor des großen Ford gab spuckende Geräusche von sich – wahrscheinlich war der verdammte Luftfilter wieder verstopft.

Red Swenson trat aus der staubverschmierten Bürotür. Er nickte Skip zu und schlenderte zu ihm herüber. Swenson trug verblichene Levi's und ein von der Sonne ausgebleichtes kariertes Hemd, das ehemals rot gewesen war. Die Ärmel waren abgetrennt, und in den schweißnassen Achselhöhlen des Mannes klebte Staub. Der gelbe Schutzhelm saß lässig über dem sonnenverbrannten Gesicht des stämmigen Caterpillar-Fahrers.

»Du wolltest was von mir«, rief Skip aus dem Wagenfenster und stützte den Ellenbogen auf den Fensterholm.

Swenson nickte und ließ einen Zahnstocher vom einen Mundwinkel zum anderen wandern. Seine Lippen waren rissig von der Sonne und der trockenen Wüstenluft. »Hast du eine Minute Zeit? Es geht um eine Sache da hinten bei dem Kompressor. Ich bin ja zuständig für die Dreckarbeit am Fundament.«

Skip blickte auf seine Armbanduhr. »Eine Minute – nicht mehr. In einer halben Stunde habe ich eine Besprechung mit den Ingenieuren.« Er blickte auf. »Was Wichtiges?«

Swenson nickte. »Yeah. Zuerst dachte ich, ich decke es einfach zu, aber diese Archäologenheinis schnüffeln hier herum. Wollte mir nicht die Finger verbrennen, deshalb dachte ich, ich spreche besser mit dir darüber. Du bist zuständig für dieses Theater.«

Gillespie kam fast die Galle hoch. *Archäologen? Die haben mir gerade noch gefehlt. Wir sind zwei Monate hinter dem Zeitplan und liegen eine halbe Million über dem Budget, und diese verfluchten Buddler können das ganze Projekt monatelang lahmlegen, weil sie einem Haufen toter Indianer hinterherjagen.*

Seufzend schlug er auf das Lenkrad. »Steig ein, Red. Sehen wir mal nach.«

Er nahm seine Aktentasche und die Thermosflasche vom Beifahrersitz, um Swenson, der die Tür öffnete und einstieg, Platz zu machen. *Großer Gott, der Kerl stinkt wie vergammelte Hot dogs.*

Skip stellte die Automatik auf Fahrt, und der Lastwagen begann über das Gelände zu holpern. Die aufsteigende Staubwolke wirbelte in das Fahrerhaus und überzog das Armaturenbrett mit einer feinen Staubschicht. Staub war immerhin noch besser als Schlamm, auch wenn man mit dem Vierradantrieb wie auf einer Aschenbahn herumschlitterte – er verwünschte jede Minute Fahrt.

Skip warf Swenson einen raschen Seitenblick zu. »Was hast du eigentlich gefunden?«

»Keine Ahnung. Eine Menge Holzkohlenreste kam mir unter den Planierschild. Darauf sind diese Archäologen ganz scharf. Und dann noch so Steinsplitter.«

»Scheiße. Diese Mistkerle haben uns bereits ein paar hundert Riesen gekostet mit ihrer Herumbuddelei. Sobald die eine Pfeilspitze entdecken, graben sie ihre dämlichen kleinen Löcher.«

Skip schüttelte den Kopf. »Ich muß schon sagen, wir leben in einem beschissenen Land. Wir müssen eine zig Millionen-Dollar-Anlage bauen und schlagen uns mit toten Indianern herum. Was ist bloß aus unserem Land geworden?«

Swenson grunzte nur und starrte über das trockene Ödland.

Skip steuerte über eine unebene zweispurige Staubstraße, die zwischen den Beifußsträuchern hindurchführte, nach Süden. Der gelbe Raupenschlepper neben einem Erdhaufen war nicht zu übersehen. Skip hielt an, zog die Handbremse und überblickte prüfend das Terrain. Der Aushub befand sich auf der dem Wind abgewandten Seite. Bereits die Hälfte der auf der Westseite des Geländes befindlichen Düne war abgetragen worden.

Swenson wies mit gekrümmtem Zeigefinger die Richtung. »Da drüben.«

Skip öffnete die Autotür und trat auf die geschundene sandige Erde. Er folgte Swenson und ärgerte sich darüber, daß der Sand an seinen 500-Dollar-Stiefeln aus Straußenleder scheuerte.

Swenson sprang auf den vom Planierschild des Caterpillars zusammengeschobenen Erdwall und machte eine ruckartige Kopfbewegung. »Sieh dir das an.«

Skip kletterte zu ihm hinauf und blickte auf die von der Planierraupe zuletzt freigelegte Fläche. Der über die Bodenoberfläche kratzende Schild hatte die Holzkohlenspuren zu einem schwarzen, schmierigen Fleck verwischt, trotzdem waren die großen, runden Verfärbungen noch zu erkennen. Holzkohle und dunkler, ursprünglich fruchtbarer Boden hoben sich an der Grabstelle deutlich vom gelbbraunen Sand ab. Jede der Verfärbungen maß drei Schritt im Durchmesser.

Skip ging hinunter und trat gegen die holzkohleverfärbte Dünenwand. Farbige Steinsplitter verstreuten sich über den Boden. »Yeah, das sind Hausgruben. Nach denen suchen die Archäologen. Als ich in New Mexico arbeitete, habe ich ein paar von den Dingern gesehen.«

Gedankenverloren starrte er über die Beifußsträucher. Auf den Überresten der Düne wogten Reisgras und wilder Roggen in der Nachmittagsbrise. Sternförmige Blüten wilder Zwiebeln wogten an den Rändern des zerstörten Geländes. In der Ferne beobachtete sie eine Antilopenherde von einer größeren Düne aus. Kopfschüttelnd blinzelte Skip in die grelle Sonne. »Weiß der Himmel, was diese dämlichen Indianer an diesem gottverdammten Land gefunden haben.«

Swenson kam zu ihm herunter und stieß ebenfalls mit dem Fuß in die Erde. »Was machen wir nun? Ich war bei der Besprechung mit dem Blödmann von der Genehmigungsabteilung des Bureau of Land Management dabei. Er sagte, sobald wir etwas freilegen, müssen wir die Arbeit einstellen. Also, was jetzt?«

Nachdenklich kaute Skip auf seinem Daumen und nahm das Gelände näher in Augenschein. Die Archäologen würden die Stelle hier nur zu gerne erkunden. Und wenn sie erst einmal herausgefunden hatten, welche Schätze dieser Platz zu bergen versprach ...

»Sieh mal, wir können diese Archäologen nicht brauchen. Sie trödeln monatelang hier herum, vielleicht sogar ein Jahr, was weiß ich. Solche Verzögerungen kosten eine Menge Dollar. Zeit ist Geld, Red. Wir sind ein Industrieunternehmen und nicht die National Geographic Society. Diese Typen haben ihre Chance gehabt, und wir haben unseren Teil dazu beigetragen, haben dem Gesetz gemäß gehandelt und diese Buddelfritzen herumschnüffeln lassen. Jetzt müssen wir unseren Zeitplan einhalten.«

Swenson schob die Hände in die Gesäßtaschen und starrte auf die großen Kreise. »Wer gräbt denn ein Loch dieser Größe? Wozu soll das gut sein?«

»Los, hol die Schaufel aus dem Laster. Sehen wir nach.«

Swenson kam mit der Schaufel zurück und gab sie Skip, der damit den Sand beiseite zu schieben begann. Das Metall der Schaufel klirrte hohl auf steinigem Boden. Er hob eine Sandsteinplatte hoch. »Ein Mahlstein«, sagte er. »Siehst du die Mulde am oberen Ende? Die stammt vom Mahlen von Samen und anderem Zeug.«

»Was ist das darunter?« Swenson ließ sich auf Hände und Füße nieder und starrte auf eine bestimmte Stelle. Er fegte den Sand beiseite und schöpfte mit der hohlen Hand angekohlte Samen aus dem Boden.

»Eine Vorratsgrube. Noch in dem Zustand, wie sie die Rothäute zurückgelassen haben. Hat seit Tausenden von Jahren auf ihre Entdeckung gewartet.« Skip lachte in sich hinein. »Ich habe den dämlichen Bericht gelesen, den die Archäologen eingereicht haben.«

Swenson verdrehte die Augen. »Sollen die Indianer doch hierbleiben und ihre alten Bräuche pflegen. Mich sieht dieses Land nur so lange, bis ich genügend Geld zusammenhabe, dann gehe ich in die Zivilisation zurück.«

»Okay, mach dich wieder an die Arbeit. Du wirst schließlich stundenweise bezahlt.«

Swenson sah ihn mit einem schiefen Grinsen an. »Und das heißt, ich soll die Erde wieder so drüberschieben, daß man nichts sieht. Stimmt's?«

Skip grinste. »Du hast's erfaßt. Ich möchte, daß diese Stelle hübsch sauber aussieht – nur für den Fall, daß sich jemand vom BLUM hier blicken läßt. Zum Teufel, wir dürfen nicht zulassen, daß diese Burschen ein 30-Millionen-Dollar-Projekt aufhalten – und wozu? Die verfluchten Indianer kommen nicht mehr zurück. Was, um alles in der Welt, sollen wir von einem Haufen Wilden lernen, die in einem solchen Land gelebt haben?«

Skip bückte sich und hob einen schwarzen Stein auf. Er wischte den Sand von der glatten Oberfläche und hielt ihn hoch. Einen Augenblick lang konnte er nicht glauben, was er da in der Hand hielt. Der glatte Stein ließ allerdings keinen Irrtum zu – es war eindeutig die Versteinerung eines Haifischzahnes. In die Mitte war ein sauberes Loch gebohrt worden, als hätte der Zahn einmal als Anhänger oder Schmuckstück gedient.

»He, was hältst du davon? Scheinbar habe ich etwas Hübsches für mein Kaminsims gefunden.« Nachdenklich verstummte er. »Wo, um Himmels willen, hatten die denn einen Haifischzahn her?« *Idiot, das ganze Land war vor hundertfünfzig Millionen Jahren Meeresboden. Wo, zum Teufel, kommen schließlich die Kohlenwasserstoffe her, nach denen wir bohren?*

Swenson stocherte auf der Suche nach einem weiteren Haifischzahn mit der Fußspitze im lockeren Sand herum. Er förderte einen braunen Knochen zutage, ausgelaugt von den Jahrtausenden, die er im Boden gelegen hatte. Er griff nach der Schaufel und legte einen sandverkrusteten Knochen nach dem anderen frei. Schließlich kam ein menschlicher Schädel zum Vorschein, umgeben von weiteren glattpolierten schwarzen Haifischzähnen.

»Ach du große Scheiße!« schrie Swenson und wich zurück.

Skip trat näher und betrachtete den in ein sorgfältig ausgehobenes Loch gelegten Körper. Am Rande des Grabs wechselte der Sand die Farbe und markierte damit die Intrusion.

»O Gott!« stöhnte Gillespie. »Das hat uns gerade noch gefehlt. Jetzt sind die verdammten Indianer direkt in die Sache verwickelt. Sie werden einen indianischen Kontrolleur herschicken, der überall seine Nase reinsteckt und uns das Leben zur Hölle macht.« Er blickte auf den Haifischzahn in seiner Hand. Ja, ein Stück von einer Halskette – und all die Jahre mit dem Skelett begraben.

»Ein toter Mensch!« flüsterte Swenson.

»Ein Toter, richtig. Er liegt bereits eine Ewigkeit unter der Erde, da kommt es auf ein bißchen länger auch nicht mehr an.«

Skip deutete auf den aufgeworfenen Erdhügel.

»Du meinst, ich soll ...« Mit offenem Mund starrte Swenson ihn an und entblößte dabei zwei Zahnlücken.

»Genau das meine ich.« Skip machte eine entsprechende Geste. Der Schädel mit den leeren Augenhöhlen zog seinen Blick magisch an. »Du hättest Ihn beim nächsten Arbeitsgang ohnehin mit der Raupe zermalmt. Was macht das für einen Unterschied? He, was soll das? Läßt du dich etwa von einem toten Indianer durcheinanderbringen? Warst nicht du der Bursche, der die Rothäute aus der Bar unten in der Stadt rausgeschmissen hat?«

»Ja, aber ...«

»Dann mach, daß du auf deinen Caterpillar kommst, Red.

Je länger dieses Ding offen daliegt, um so nervöser werde ich.«

Herausfordernd hob Swenson den Kopf. »Weißt du, ich habe von einem Kerl oben in Gillette gehört. Der Bursche hat einen Mammutstoßzahn gefunden und mit nach Hause genommen. Er hat seinen Weg gemacht. Er brachte es in dem Bergwerk, in dem er arbeitete, immerhin bis zum Vorarbeiter.«

Skip warf ihm einen abschätzenden Blick zu. »Yeah, gut, Red. Bring das in Ordnung. Könnte sein, du hast am Monatsende tausend Dollar mehr auf deinem Scheck. Halt den Mund, und du wirst immer einen Job auf einer meiner Baustellen kriegen.«

Verlegen zuckte Swenson die Achseln. »Wenn du meinst.«

Einen Tausender in Swensons Tasche zu stecken war allemal ein besseres Geschäft, als fünfzig Riesen zu verlieren und monatelang zu warten, während die Archäologen auf dem Gelände herumwühlten. Red würde in ein, zwei Monaten alles vertrunken haben, dann mußte er wieder Überstunden machen, damit er die Raten für sein Auto bezahlen konnte.

Gillespie ging hinüber zum Ford und warf die Schaufel auf die Ladefläche. Sorgfältig säuberte er seine sandverschmutzten teuren Straußenlederstiefel und glitt auf den Fahrersitz.

Swenson startete den starken Diesel des Caterpillars und begann, begleitet von lauten, warnenden Hupsignalen, ratternd rückwärts zu fahren. Skip sah zu, wie Red den Planierschild senkte und die Baumaschine vorwärts bewegte, die nun den letzten Hinweis auf die Fundstätte zerstörte. Skip erhaschte einen flüchtigen Blick auf die Knochen, als der schwere Schild die aufgewühlte Erde vor sich herschob. Red setzte zurück, um die nächste Ladung Erde aufzunehmen, und beförderte den Rest des Skeletts auf den Aushub.

Skip ließ den Lastwagen an und fuhr zum Baubüro zurück. Noch fünf Minuten bis zur Besprechung mit den Ingenieuren.

Noch immer hielt er den versteinerten Haifischzahn in der

Hand. Das Fossil fühlte sich kalt und schwer an. Wie viele Jahrhunderte mochte es wohl neben dem Skelett gelegen haben? Wie hatten es diese beschränkten Indianer nur fertiggebracht, ein solch ebenmäßiges Loch in einen Haifischzahn zu bohren? Welchem verfluchten Indianer war dieses Kunststück gelungen? Wen, zum Teufel, kümmerte das? Skip mußte ein Bauvorhaben zügig ausführen.

Prolog

Das Dreigabelungenlager, Wind Basin,
Fünftausend Jahre früher

Sandstein von der Farbe getrockneten Blutes türmte sich zu einem steilen, aus dem üppigen Gras des Schwemmlandes herausragenden Grat. Salbeigeist hielt sich im Gras verborgen. Die Form des Grats beflügelte seine Phantasie. Der Fels sah aus, als habe sich der gewaltige Rücken eines Bisons aus der Erde herausgedrängt, um das Lager des Erdvolkes vor den häufigen Winden zu schützen. Wieder blickte er zum Lager hinüber. Er mußte es sorgfältig auskundschaften, ihm durfte nichts entgehen. Salbeigeist war Angehöriger des WeißlehmVolkes, eines Stammes des Sonnenvolkes. Hier, in diesem Land im Süden, befand er sich auf einer ganz besonderen Jagd. Er mußte seine Geschicklichkeit und Klugheit an einem ihm unbekannten Volk messen. Ein Fehler, und ein rascher Tod wäre ihm gewiß.

Ein Sonnenstrahl durchdrang die Wolken und ließ die Felsen hochrot aufleuchten, das Gestein schien zu brennen. Die Formen der erodierten Hänge wirkten auf Salbeigeist wie aus dem an einen Büffelrücken erinnernden Grat hervorstehende riesige Knochen. Spielte ihm seine Phantasie einen Streich, oder strahlte der Berg tatsächlich eine Macht aus, die ihm unbegreiflich war?

Zeigt sich so die Macht des Erdvolkes? Können sie Ungeheuer aus Erde und Fels hervorzaubern? Geschichten, die ihm die Händler erzählt hatten, gingen ihm durch den Kopf – Geschichten von Geistern, die das Erdvolk an die Felsen und Bäume gebunden hatte. *Und wenn ich dem Erdvolk in die Hände falle, werden sie mich dann töten? Meine Seele unter dem Boden einsperren, um sie für immer in der Dunkelheit wehklagen zu lassen? Großer Donnervogel, hilf mir!* Er holte tief Luft, verdrängte die Angst und wandte seine uneingeschränkte Aufmerksamkeit erneut dem Lager zu. Der Platz für das Lager war gut gewählt. Die Südlage gewährleistete auch im Winter Sonne. Am Fuß des Bergkamms erhoben sich fünf Erdhügel wie kleine Buckel. Die Behausungen, keine breiter als vier Schritte, erinnerten an überdimensionierte Wespennester oder die Arbeit riesiger Maulwürfe. Die nach Südosten gerichteten Türöffnungen befanden sich in Bodennähe. Im Augenblick waren die Türklappen aus gegerbten Tierhäuten aufgerollt und mit Lederriemen festgebunden. Eine Gruppe älterer Männer und Frauen saß im Schatten der Beifußsträucher auf einem freien Platz zwischen den aufgeworfenen Erdhügeln. Von einem schwelenden Feuer stiegen blaue Rauchfahnen hinauf in den Abendhimmel. Mit weit ausholenden Armbewegungen und in einer gackernden Sprache erzählte eine alte Frau eine Geschichte. Die Zuhörer nickten und wiegten die Köpfe, sie lauschten hingerissen. Die Stimme drang bis zu Salbeigeist herüber. Die merkwürdige Sprechweise klang wie das Gurren und Gackern der Trauertauben – er verstand nicht eine Silbe.

Von einer Vision geleitet, hatte sich Salbeigeist in dieses Land begeben und sich zwischen den dicken Büscheln des am Fluß wachsenden wilden Roggens versteckt. Von da aus konnte er die aus der Erde aufgeworfenen Behausungen des Erdvolkes auskundschaften. Doch er mußte sehr vorsichtig sein. Die Vision hatte ihm gesagt, das Erdvolk würde ihn töten, wenn es ihn zu fassen bekäme. Ängstlich blickte er sich um, spähte durch das hohe Gras und versuchte, sich jeden nur möglichen Fluchtweg ins Gedächtnis einzuprägen. Wohin konnte er sich wenden, falls jemand Alarm schlagen sollte? Ihm war dieses Land fremd, er kannte weder die hier in der Natur herrschenden Gegebenheiten noch die Pfade.

Vorsichtig streckte Salbeigeist ein Bein aus, um den Krampf zu lösen. Er lag gut getarnt wie eine menschliche Schlange bäuchlings zwischen den Grasbüscheln. Sein dichtes schwarzes Haar war über der Stirn nach hinten gekämmt und wurde von einer aus einem Bisonschulterblatt gefertigten Spange zusammengehalten; es war so lang, daß es in glänzenden Wellen über seinen Rücken fiel. Auf seiner Stirn reihten sich fünf tätowierte schwarze Kreise. Die breiten Backenknochen unter der sonnenverbrannten und wettergegerbten braunen Haut verliehen seinem Gesicht einen schroffen Ausdruck. Die lange, wie ein Adlerschnabel über den breitlippigen Mund ragende Nase betonte die unter dichten Augenbrauen hervorblickenden scharfen Augen. Die starken Muskeln seiner breiten Schultern und Arme waren zum Zerreißen gespannt, jederzeit bereit, die Speere kraftvoll mit dem Atlatl ins Ziel zu schleudern.

Angst kroch ihm mit eisigem Schauer über das Rückgrat. *Die Vision brachte mich hierher. Sie führte mich den langen Weg an diesen Ort.* Er flüsterte, gerade so laut er es wagen konnte: »Wo ist das Kind? Habe ich mich als unwürdig erwiesen?«

Er starrte hinauf zum dunkler werdenden Blau des Himmels. Salbeigeist hatte stets gesunden Respekt vor den Mächten empfunden – er hatte nie nach ihnen gesucht. Er war damit zufrieden gewesen, zu jagen, seine Familie durchzubringen und seine Frau zu lieben. Das Anrufen einer Macht bereitete ihm Unbehagen; Macht und Feuer hatten viel gemeinsam. Beide konnten beherrscht und gesteuert werden, wenn man sie mit Respekt behandelte. Beide konnten aber auch die Welt versengen oder das Leben im Körper eines unvorsichtigen Menschen verdorren lassen, wenn sie gleichgültig behandelt wurden.

Hier bin ich nun, weit weg von meinem Volk und dem Land, das ich liebe. Wo ist das Kind? Hat sich die Macht gegen mich gewandt? Will sie mich vernichten? Soll ich zu Asche verbrannt werden, ohne jemand, der um meine Seele trauert?

Der Umgang mit Mächten war Angelegenheit der Schamanen – der Träumer und Seelenflieger. Sie kannten die Wege der Mächte wie die Adler die Wege der Luftströmungen hoch oben am Himmel. Seelenflieger konnten ihren Geist vom Körper befreien und ihn in einem Traum hinaufschwingen, so wie sich der Adler in die Lüfte emporschraubt.

Salbeigeist hatte nie das Verlangen verspürt, eine Macht zu suchen. Ein Seelenflieger mochte vielleicht wissen, wie er seinen Geist befreien und einem Adler gleich auf dem Wind der Macht segeln konnte, aber Salbeigeist war davon überzeugt, auf die todbringenden Felsen hinunterzustürzen. Doch gewisse Ereignisse veränderten das Leben eines Mannes. Verzweiflung trieb selbst den Entschlossensten auf die Suche nach dem, was er sonst tunlichst mied. So hatte der Tod von Salbeigeists Tochter sein Leben und das Leben seiner Frau Leuchtender Mond vollkommen verändert. Der Kummer in Leuchtender Monds Augen tat ihm weh, und seine eigene Seele litt höchste Qualen. Salbeigeist hatte keinen Ausweg gesehen, deshalb hatte er die Arme zum Himmel erhoben und die Macht gerufen, die ihn schließlich nach Süden zu diesem Lager geführt hatte.

Salbeigeist kämpfte gegen das heftige Verlangen an, einfach davonzulaufen, fort aus diesem Land mit seinen sonderbaren Menschen. Doch feige Flucht würde die Macht, die ihn so weit geführt hatte, beleidigen.

Meine Seele ist wie ein Stückchen Distelwolle, die vom Wind fortgeweht wurde. Ein prickelnder Schauer – als ob die Beine eines Grashüpfers über seine Haut krabbelten – überzog Salbeigeists Wirbelsäule. Unaufhaltsam senkte sich der Abend über das warme, staubige Land. Im sterbenden Licht der Sonne flammten rötliche Wolkenstreifen auf. Insekten zirpten und schnarrten im Gras, dessen grüne Halme in der abendlichen Brise leicht raschelten. Stechmücken summten aufreizend um ihn herum, besaßen aber nicht die lästige Hartnäckigkeit wie in seinem Heimatland im Norden. Frösche brachen die Stille mit kehligen Lauten.

Im Westen erhoben sich steil aufragende Berge, die lederbraunen Platten der fast senkrechten Wände waren mit biegsamen Kiefern und Wacholder bewachsen, die ihre kräftigen Wurzeln in den rissigen Stein krallten. Das unversöhnliche Antlitz der Berge durchschnitten drei Flußgabelungen. Die Landschaft erinnerte an den Boden eines Zeltes, den jemand mit einem Hornsteinmesser aufgeschlitzt hatte. Kühl und klar strömten die Wasser durch die schattigen, von Bäumen dicht bewachsenen Schluchten. Hinter ihm lag die blaugraue Bergkette, die er auf seiner Wanderung überquert hatte. Die Hänge im Norden waren kontinuierlich angestiegen, bis er die Wasserscheide erreicht hatte. Von da an wurde der Weg heimtückisch, denn abgeschliffene Spitzen aus verwittertem Granit stürzten in jäh abfallenden Klippen herab. Ein Fehltritt hätte den sicheren Tod bedeutet. Die Bergkette erstreckte sich in Ost-West-Richtung und umschloß ein gewaltiges Becken aus Felsen, Sand und getrockneten Lehmböden.

Jenseits dieser Berge, mehrere Wochen Fußmarsch entfernt – nördlich des Fat Beaver River und des Dangerous River – lagen die ihm vertrauten rauhen Steppen, seine Heimat. Dort, entlang der zahlreichen Rinnen, die dem Bug River Wasser zuführten, kämpfte das zum Sonnenvolk gehörende Weißlehm-Volk um sein Territorium. Unaufhaltsam verlor der Stamm die Herrschaft über das fruchtbare Land, immer wieder mußte er ein Stück zurückweichen. Andere Stämme des Sonnenvolkes drängten aus dem Norden herunter und trieben das Weißlehm-Volk vor sich her wie der Sturmwind leere Grashülsen. Scharfäugige Krieger der Stämme der Gebrochenen Steine, der Wespen, der Schwarzspitzen, der Hohlkehlen und der Schneeammer fielen über sie her – die vielen konkurrierenden Stämme überzogen den Norden mit einem alles vernichtenden Brand.

Salbeigeists Aufmerksamkeit wandte sich wieder den seltsamen Behausungen zu. Die Menschen des Erdvolkes lebten wie die Taschenratten. Wie die scheuen Nagetiere warfen sie Erdhaufen auf und lebten darunter. Ein Zelt aus Erde? Unmöglich. Was mochten sie wohl denken – diese Menschen, die in der Brust der Erdenmutter wohnten? Wie hielten sie das aus, ohne verrückt zu werden wie ein von Fliegen gepeinigter Bison? Konnten sie jemals fühlen, wie der Wind ihre Zelte wiegte, konnten sie die Zeltwände hochrollen und in die Welt hinauslugen? Wer hätte je gedacht, daß menschliche Wesen so leben könnten?

In einer der dunklen Türöffnungen tauchte eine kreischende Kinderschar auf. Salbeigeist kniff die Augen zusammen. Prüfend betrachtete er das magere Mädchen, das lachend mit den kleinen Jungen Fangen spielte. Sein Herz schlug schneller. Eine verheißungsvolle Freude erfaßte ihn.

Das Kind!

Entschlossen straffte er sich, Aufregung pulsierte durch seine Adern. In den Winterzelten würden die Sänger begeistert ihre Stimmen erheben, um die Geschichte von Salbeigeists Geisterjagd zu erzählen.

Solange Salbeigeist denken konnte, erzählten die Händler den Angehörigen des Weißlehm-Stammes phantastische Geschichten über das Erdvolk. Aber diese Menschen nun in Fleisch und Blut vor sich zu sehen? Fühlten die Händler dasselbe wie er in diesem Augenblick? Erlebten auch sie dieses Wunder? Händler kamen überall herum, der Zauber ihres Handels wurde von der Macht des hölzernen Händlerstabes geschützt. Salbeigeist erinnerte sich an wundersame Nächte am prasselnden Lagerfeuer, wo er vom Erdvolk zubereitete Nahrung gegessen hatte – den Geschmack ihrer Speisen zu kosten bedeutete, ein wenig von ihrer Seele zu verstehen.

Hat sie mich hierhergebracht? Die Macht des Handels? Kam die Verbindung auf diese Weise zustande?

Eine merkwürdige Hochstimmung ergriff von ihm Besitz. Er hatte die herrlich gearbeiteten Halsketten aus Knochenperlen und die Brustschilde des Erdvolkes voller Hochachtung berührt und ihre kunstfertigen, purpurfarben, gelb und rot gefärbten Lederarbeiten bewundert.

Sie müssen auch von uns wissen. Sicher hatten die Händler dem Erdvolk vom Weißlehm-Stamm erzählt – vielleicht hatten die Perlenmacher geräuchertes und getrocknetes Büffelfleisch, Elchfleisch und in Streifen geschnittenes, an der Luft getrocknetes Wapitifleisch gegessen, Fleisch von Tieren, die er eigenhändig erlegt hatte.

Liegt darin die Macht des Handels? Beruht sie auf einem Austausch von Geist und Seele? Handeln alle Menschen, gleichgültig, wie verschieden sie auch sein mögen, durch die Dinge, die sie mit eigener Hand hergestellt haben, mit einem Stück von sich selbst?

Das schlanke Mädchen unten im Lager lachte und klatschte in die Hände. Es neckte einen der kleinen Jungen und sprang schnell aus seiner Reichweite, dabei bewegte sie sich mit der Anmut einer einjährigen Hirschkuh. Die letzten Strahlen der Abendsonne ließen sein volles, langes schwarzes Haar aufleuchten.

Die alte Frau unterbrach ihre Geschichte und drehte sich zornig um. Mit erhobener Stimme schalt sie das Mädchen. Die Jungen zogen sich sofort zurück und überließen es dem Zorn der Alten. Das häßliche Weib schien fast vor Wut zu platzen. Das Mädchen nickte ergeben mit niedergeschlagenen Augen. Schließlich floh das Kind, sein glänzendes Haar wehte wie eine Fahne hinter ihm her.

Gerade wollte sich Salbeigeist geräuschlos über den eingeschnittenen Wall davonschleichen und das Lager umgehen, da nahm er plötzlich aus den Augenwinkeln eine Bewegung wahr. Sein Mund wurde trocken.

Aus dem Schatten des Dornengestrüpps beobachtete ihn ein riesiger schwarzer Wolf. Seine dreieckig geformten Ohren waren gespitzt, die leuchtendgelben Augen schienen sich abschätzend und forschend bis in die Tiefen seiner Seele zu brennen. Macht pulsierte in der Luft.

Das ist der Ort. Bruchstücke seiner Vision fielen ihm wieder ein. Seine Muskeln luden sich mit neuer Energie. Ihm stockte der Atem. Nur eine Macht besaß eine solche Wirkung. Sie konnte sich an einen Menschen heranschleichen und wie ein eisiger Wind durch seine Seele blasen. Er schluckte hart und schielte zu den hügelförmigen Behausungen des Erdvolkes hinüber. Was nun? Das Mädchen hockte sich abseits von den Spielgefährten nieder. Es beobachtete einen der kleinen Jungen, der mit einem Stock eine Zeichnung in den Boden kratzte. Seine offensichtliche Niedergeschlagenheit rührte Salbeigeists Seele.

Ja, du bist es, Kind. Jetzt muß ich geschickt und listig vorgehen und so tapfer sein, wie ich es kann. Sein Herz begann zu hämmern.

Über die Schulter warf er einen Blick zu dem Wolf hinüber – und fröstelte. Keine Spur des Tieres war zu sehen. Salbeigeist atmete tief durch, die Macht schien ihn niederzudrücken wie ein altes, schweres Büffelledergewand.

Die Macht ist da, überall, wartend. Die Macht führte mich hierher, zeigte mir den Wolf – wie es der Traum sagte. Dieses kleine Mädchen, sie ist es. Die Macht schickte mich zu ihr.

Salbeigeist schlängelte sich im Vertrauen auf das dämmrige Zwielicht, das seine Bewegungen auch scharfen Augen verbarg, näher an das Lager heran. Er hatte zwar keine Krieger gesehen, aber ein Mensch wußte niemals Bescheid über die Mächte der anderen Völker. Die Angehörigen des Weißlehm-Stammes waren überzeugt, der Große Donnervogel habe ihnen die beste Macht gegeben, aber andere Völker – ganz besonders solche, die so eng mit der Erde verbunden waren – besaßen vielleicht ihnen sklavisch ergebene Dämonenmächte.

Allein das Kind wegzuholen war schon schwierig genug, aber es nach Norden in das Lager des Weißlehm-Stammes am Bug River zu bringen erforderte all seine Klugheit und Geschicklichkeit.

Ich muß es tun! Ein Mann erfüllt das einer Macht gegebene Versprechen. Besser, sein lebendiges Fleisch von einer scharfen Speerspitze durchbohren zu lassen, als mit leeren Händen zurückzukommen und den Schwur zu brechen, den er dem Großen Donnervogel und dem Großen Bären bei seiner Seele geleistet hatte.

Langsam pirschte er sich an das Kind heran. Selbst jetzt verfolgte ihn der gequälte Ausdruck in Leuchtender Monds Augen, trieb ihn an, sein Bestes zu versuchen. Gemeinsam hatten sie die letzte ihnen verbliebene Tochter den steinigen, windumtosten Pfad hinaufgetragen und ihren Körper auf den Gipfel gebettet, wo sich ihre Seele befreien und zum Großen Donnervogel aufsteigen konnte. Dort oben, zusammengekauert in der feuchten Kälte der Frühlingsnacht, hatte er seine Hand auf die Schulter seiner Frau gelegt und zu dem von funkelnden Sternen übersäten Nachthimmel hinaufgeblickt. Die Seelen, die der Große Donnervogel in das Lager der Toten hinaufnahm, entzündeten ihre Lagerfeuer wie die Menschen auf Erden.

»Mehr kann ich nicht ertragen«, hatte Leuchtender Mond weinend gesagt. »Was soll aus uns werden? Was nur?«

Er hatte sie von dem windgepeitschten Berg heruntergeführt. Noch heute spürte er das Gefühl der unendlichen Leere, das er beim Betreten seines Zeltes empfunden hatte. Er hatte sich umgeblickt und voller Wehmut den Ort betrachtet, an dem seine Kinder gelebt hatten. Zwei seiner Söhne waren auf geheimnisvolle Weise schon im Säuglingsalter gestorben. In der Nacht hatten sich ihre Körper plötzlich blau verfärbt. Eine seiner Töchter war tödlich gebissen worden, als sie die Rauferei einiger Hunde zu beenden versuchte. Eine andere Tochter lebte fünf Jahreszeiten lang, dann wurde sie beim Beerenpflücken das Opfer eines Bären. Das Bärenfell wärmte Leuchtender Mond und ihn in kalten Nächten – ein geringer Trost für den Tod der Tochter. Das letzte überlebende seiner Kinder war Weidenreif. Sie war kräftig und gesund, hätte zu einer schlanken jungen Frau heranwachsen, sich verheiraten und mit einem starken jungen Mann ihren Eltern Enkel schenken können, an denen sie auf ihre alten Tage ihre Freude gehabt hätten.

Weidenreif jagte an jenem Frühlingstag einem Eselhasen auf das bereits brüchige Eis des Bug Rivers hinterher. Plötzlich brach das Eis, und sie ertrank im schwarz und ruhig fließenden Wasser. Glücklicherweise war ihr Körper flußabwärts an einen Baumstumpf angeschwemmt aufgefunden worden. Sonst – Salbeigeist schauderte bei dem Gedanken – wäre ihre Seele dort unten im dunklen Wasser verloren gewesen, hätte sich vielleicht zu etwas Bösem gewandelt und die Lager des Volkes in langen Winternächten heimgesucht.

In jenen traurigen Tagen nach dem Tod seiner Tochter hatte die Welt jegliche Farbe für ihn verloren. Der Wind biß mit noch eisigeren Zähnen zu und die Wolken verdüsterten den Himmel noch mehr als sonst. Lachen und Hoffnung waren verschwunden. Leuchtender Monds Augen schienen offene Wunden zu sein, aus denen die Qual ihrer Seele sickerte.

Es spielt keine Rolle, ob das Erdvolk mich gefangennimmt. Ich mußte kommen ... muß versuchen, das Kind zu holen. Untätiges Abwarten würde bedeuten, mit der inneren Leere weiterzuleben ... zuzusehen, wie Leuchtender Monds Seele jeden Tag vor Kummer ein bißchen mehr stirbt.

Salbeigeist schlich sich näher heran. Er achtete sorgfältig darauf, sich entgegen der Windrichtung zu bewegen, denn sobald die Lagerhunde ihn witterten, war alles verloren.

Zwar schienen die meisten Tiere bereits alt zu sein, aber er hatte auch eine kräftige Hündin mit einem Wurf Welpen gesehen.

Immer noch besser, diese Gefahr auf sich zu nehmen, als mit dem überwältigenden Kummer zu leben. In seiner Not war er zu Alter Falke gegangen, dem Seelenflieger des Weißlehm-Stammes, und hatte ihn um Hilfe gebeten. Er hatte ihm erklärt, die Blutung von Leuchtender Mond habe aufgehört, doch sie müsse unbedingt noch ein Kind empfangen.

»Hier. Nimm das. Das ist der Helfer der Großen Maus«, hatte Alter Falke grinsend gesagt und ihm ein mit Gras ausgestopftes Mausfell überreicht. »Ruf die Große Maus, sie ist immer fruchtbar. Vier Tage und Nächte lang darfst du nicht essen und nicht trinken. Singe jeden Tag und lege den Helfer der Maus in der vierten Nacht unter dein Bett. Die Macht wird zu dir kommen.«

Wie Alter Falke versprochen hatte, kam die Macht – nur war es nicht die Große Maus. Ein geheimnisvoller, gutaussehender junger Mann erschien aus den von Sonnenstrahlen orangegefärbten Wolken und lächelte. *»Ich hörte den Gesang und sah deine Tänze. Ich fühlte deine Läuterung, als du deine Seele gereinigt hast. Die Zeit von Leuchtender Mond, Kinder zu bekommen, ist vorbei. Daran kannst du nichts ändern. Keine Macht kann ihr die Fruchtbarkeit zurückbringen.«*

Salbeigeists Seele wand sich und schrie auf. Zitternd erhob er die Hände zu dem schönen jungen Mann. »Was soll ich machen? Sieh dir Leuchtender Mond an. Spüre ihren Kummer. Sie sagt, sie will sterben – sie kann nicht weiterleben, nun, da alle ihre Kinder tot sind.«

Lächelnd erwiderte der stattliche junge Mann: *»Was würdest du für ein Kind geben?*

»Alles.«

»Dann wandere nach Süden, weiter, als du je gewesen bist. Überquere den Dangerous River, überquere die Berge. Geh immer weiter nach Süden, bis du meinem Geisterhelfer, dem Schwarzen Wolf begegnest. Du wirst auf ein Lager stoßen, wo du ein junges Mädchen vorfinden wirst, das Liebe braucht. Zuerst wird sie Angst vor dir haben, doch wenn du stark bist und geschickt, wenn

du gut für sie sorgst, wird sie dich eines Tages lieben. Wenn du dich dieser Tochter würdig erweist, wird sie eines Tages eine große und mächtige Träumerin des Volkes.«

»Auf meine Ehre vor dem Großen Donnervogel, der meine Seele, sollte ich unwürdig sein, nicht in die Welt der Toten aufnimmt, und bei meiner Ehre vor dir, ich werde mich würdig erweisen. Ich werde alles tun, damit sich das Gesicht von Leuchtender Mond wieder aufhellt.«

Der junge Mann lächelte ihm freundlich zu und erhob sich, umwirbelt von Flammen, hinauf in den Himmel.

Am nächsten Morgen brachte Salbeigeist Alter Falke den Mausfetisch zurück. Nachdem er seine Rückentrage gepackt hatte, umarmte er Leuchtender Mond und sagte, er hole eine neue Tochter, die ihnen von Geistermacht gegeben werde.

»Und jetzt bin ich hier«, murmelte er fast lautlos, während er durch das schützende Beifußgestrüpp kroch.

Die allmählich nachlassende Röte der untergehenden Sonne zeichnete die Konturen der Berge im Westen nach. Indigoblaue Schatten hüllten das Lager ein. Er konnte die Umrisse der kuppelförmigen Behausungen nur noch schemenhaft erkennen. Jemand warf etwas Beifuß in das Feuer, um das die Älteren rauchend und schwatzend saßen.

Salbeigeist kroch näher heran, sorgfältig darauf bedacht, kein Geräusch zu machen. Er konnte die vom Lager herüberwehenden Düfte nach Rauch, Hunden und Menschen bereits riechen. Ein üppiger Erdgeruch drang ihm in die Nase.

Einer der alten Männer rief etwas in barschem Ton und unterstrich seinen Befehl mit einer energischen Handbewegung. Das Mädchen sprang auf und hielt die Augen wachsam auf die Älteren gerichtet. Sie schien ungefähr zehn Winter alt zu sein, vielleicht ein wenig jünger. Sie antwortete gleichgültig, nahm einen Lederbeutel von einem am Feuer stehenden Dreifuß und warf ihn sich über ihre mageren Schultern. Dann ging sie zum Fluß hinunter.

Salbeigeist erhob sich mit hämmerndem Herzen. Leise schlich er in der zunehmenden Dämmerung hinter ihr her. Sie ging mit einer für ein Mädchen ihres Alters außergewöhnlich anmutigen Haltung. Das prachtvolle schwarze

Haar reichte ihr bis zur Taille. Leise summte sie ein Lied des Erdvolkes und schlängelte sich geschickt durch das Dickicht. Ihre Mokassins tappten fast geräuschlos den Trampelpfad entlang.

Salbeigeist lauerte wie ein Falke über einem ahnungslosen Kaninchen. Lautlos wie ein Rotluchs glitt er vorwärts. Leichtfüßig sprang sie die Uferböschung hinunter und nahm den Lederbeutel von der Schulter. Sie blickte kurz zum Himmel hinauf und beugte sich dann aufseufzend über das Wasser. Er hörte ihre Füße im Wasser waten.

Im Osten war es inzwischen dunkel geworden, nur das schwache Funkeln der Sterne durchdrang den Schleier des Zwielichts. Finken und Drosseln zwitscherten in der zunehmenden Dunkelheit; der Abend senkte sich mit samtweicher Schwärze über das Land.

Salbeigeist setzte vorsichtig einen Fuß vor den anderen und näherte sich dem Kind. Er war ein erfahrener Jäger und wußte, wie er sich verhalten mußte; seine jahrelange Erfahrung kam ihm zustatten, gab ihm das Gefühl einer besonderen Art von Macht. Glucksend floß das Wasser in den Beutel, den das Mädchen in die Strömung hielt.

Vorsichtig, Salbeigeist. Eine falsche Bewegung, und du versagst. Wenn sie schreit, ist alles verloren.

Nichtsahnend stand sie da, Wasser tropfte mit melodischem Klang von den Außenseiten des Wassersacks und übertönte das Geräusch seiner Bewegung. Unvermittelt schlug er ihr die Hand vor den Mund und zerrte sie gleichzeitig rückwärts.

Ihre Zähne gruben sich schmerzhaft in seine Hand, und er fluchte leise; sie trat um sich und versuchte, sich aus seinem Griff, der ihre Schreie erstickte, zu befreien. Er hob sie hoch wie ein bockendes Antilopenkitz und watete in das träge fließende Wasser. Sie hämmerte auf ihn ein und fuchtelte wild mit den Armen, doch es nutzte nichts. Er preßte sie fest an sich und glitt mit der Strömung den Fluß hinunter.

»Still«, flüsterte er mit beruhigender Stimme. »Ich tue dir nichts. Ich bringe dich nach Norden, in ein neues Zuhause, zu Menschen, die dich liebhaben.«

Sie wehrte sich, erstickte Laute drangen aus ihrer Kehle. Entsetzen und Verzweiflung schienen ihrem kleinen Körper ungeheure Kraft zu verleihen. Sie warf sich nach hinten, wand sich und versuchte vergeblich, sich zu befreien.

»Ruhig, ganz ruhig. Du kommst nicht los – nicht von Salbeigeist. Du bist mir versprochen worden. Du wirst eine große Geisterfrau des Weißlehm-Stammes werden – eine Seelenfliegerin. Das weiß ich. Ein Mann aus Feuer kam vom Himmel herab und sagte es mir.«

Sie entspannte sich ein wenig; keuchend schlug ihr Atem gegen seine Hand.

Erschrocken zuckte Salbeigeist zusammen, als das langgezogene Heulen eines Wolfes wie eine Prophezeiung an sein Ohr drang.

Kapitel 1

Es war ein furchtbarer Winter. Weiße Esche beugte sich vor, ihr Gesicht verzerrte sich vor Schmerz, als sie ihre verspannten Rückenmuskeln dehnte. Sie spähte über das Feuer hinweg auf den Deckenberg, unter dem Leuchtender Mond lag. Ein Luftzug schürte die dicke Schicht rotglühender Kohlen, die ein rubinrotes Licht auf die Innenseite der Zeltwände warfen. Sie sah Leuchtender Monds Gesicht; ihre Mutter schlief endlich.

Meine Mutter? Seltsam. Ich kann mich kaum an die Zeit im Dreigabelungenlager erinnern, aus dem mich Salbeigeist geraubt hat. Inzwischen gehöre ich hierher, ich bin eine Angehörige des Weißlehm-Stammes. Eulenklee hat mich geboren – aber Leuchtender Mond hat mich mehr geliebt. Nervös fuhr sich Weiße Esche mit der Hand über das Gesicht und blickte zu der alten Frau hinüber, die in einen unruhigen Schlaf gefallen war. *Und alles, was ich für sie tun kann, ist dasitzen und zusehen, wie sie stirbt.*

»Ich danke dir für alles, Leuchtender Mond«, flüsterte sie mit weicher, bekümmerter Stimme. Wenn doch nur Salbeigeist nicht mit den anderen fortgegangen wäre, um Wild aufzuspüren. Leuchtender Mond würde sterben, bevor ihr Mann zurückkehrte.

Seit acht Wintern lebte Weiße Esche nun schon beim WeißlehmStamm. Die ersten sechs Jahre waren wunderschön gewesen. Als heranwachsendes Mädchen hatte sie die Bräuche und die Sprache des Sonnenvolkes rasch gelernt. Vor Jahren war das Weißlehm-Volk vom Bug River aus nach Süden den weiten Weg zum Fat Beaver River gezogen, um sich vor den ständigen Überfällen im Norden in Sicherheit zu bringen. In der Erinnerung an die sorglosen Tage mit herrlichem Sonnenschein im Sommer und an die gemütlichen, warmen Zelte im Winter, lächelte sie. Und stets hatte sie das vor Liebe zu ihr strahlende Gesicht von Leuchtender

Mond gesehen. Sie hatte mit Windläufer, Tapferer Mann und den anderen Kindern gespielt.

Weiße Esche schüttelte den Kopf. Ein bittersüßes Lächeln umspielte ihren Mund. Vor drei Jahren hatte alles angefangen, sich zu verändern. Gerüchten zufolge wandten sich die anderen Stämme auf der Suche nach neuem Lebensraum ebenfalls dem Süden zu. Die Weißlehm-Krieger stolzierten großspurig zwischen den Zelten umher und prahlten, wie sie zurückschlagen würden, falls die anderen Stämme angriffen.

Der Schwarzspitzen-Stamm überfiel das Lager am Fat Beaver River. Verwirrt von dem unvermuteten Angriff, floh das Weißlehm-Volk. Seitdem löste sich der Stamm auf. Er teilte sich in drei Gruppen. Niederlage um Niederlage zerstörte die letzten noch zwischen ihnen bestehenden Verbindungen. Die Kriege brachten Tod und Entbehrung mit sich. Hunger spiegelte sich in den ausgezehrten Gesichtern der Kinder und Alten. Die Kälte schien stetig schlimmer zu werden und schlug mit eisigen Krallen in ihre Körper.

Mit dem Geist des Sommers war die Hoffnung von ihnen gegangen. *Hoffnung? Worauf kann ich hoffen? Womit habe ich dieses Los verdient? Welche Hoffnung gibt es für Weiße Esche?* Sie schloß die Augen und schüttelte den Kopf. Angestrengt versuchte sie, die Bilder der Träume abzuschütteln und sich an die Gespräche mit Windläufer und Tapferer Mann über eine hoffnungsvolle Zukunft zu erinnern. Damals leuchtete die Sonne heller. Die Trockengestelle für das Fleisch bogen sich unter dem Gewicht der üppigen roten Stücke. Der Weißlehm-Stamm war noch eine mächtige Einheit gewesen.

Leuchtender Mond atmete keuchend und schreckte Weiße Esche aus ihrer Tagträumerei auf. *Salbeigeist, vielleicht ist es besser, du weißt nichts davon.*

Sie starrte stumpf auf Salbeigeists verlassenen Schlafplatz. Verschiedene zusammenfaltbare Rohlederbeutel lagen übereinandergeschichtet am Boden vor den Zeltwänden, um zusätzlichen Schutz vor der beißenden Kälte zu bieten. Die Hunde schliefen draußen, aber ihre Traggestelle befanden sich im Zelt, in Sicherheit gebracht vor den gierigen Zähnen der Hunde oder Packratten – vorausgesetzt, einem dieser verschlagenen Nagetiere gelang es, so nahe an den ausgehungerten Hunden vorbeizukommen. Entrindete Zeltstangen trugen die sorgfältig genähten Häute der Zeltabdeckung und schimmerten glänzend im hochroten Licht. Durch das Rauchabzugsloch konnte sie die Sterne sehen.

Müde, so schrecklich müde. Ihre Seele schmerzte. Geschah das wirklich ihr? Sie warf einen raschen Blick auf Leuchtender Mond. Wie lange dauerte es schon? Eine Ewigkeit?

Nein, es war erst zwei Tage her, seit Salbeigeist mit den anderen Männern aufgebrochen war, um noch einmal den verzweifelten Versuch zu unternehmen, Wild aufzuspüren. Sie hätten sich nicht hier in dem Tal niederlassen dürfen. Salbeigeist hatte Pfeifender Hase davor gewarnt und Hungertod und lauerndes Wolfsvolk prophezeit.

Aber kein Angehöriger des Weißlehm-Stammes hatte sich seine gesunde Vernunft bewahrt. Von den Stämmen der Gebrochenen Steine, der Hohlkehlen und der Schwarzspitzen war der Weißlehm-Stamm immer weiter nach Süden gedrängt worden. Die Sippen im Norden waren so stark angewachsen, daß die Jagdgründe nicht mehr genügend Nahrung für alle boten, selbst die Beerensträucher waren schon sämtlicher Früchte beraubt. Doch die Stämme aus dem Norden stellten nicht die einzige Bedrohung dar. Das Wolfsvolk in den Grass Meadow Mountains im Osten haßte das Sonnenvolk und überfiel immer wieder dem Stamm zugehörige Lager. Angst beschlich die Stämme des Sonnenvolkes wie ein bösartiger Dämon. Im Westen jagten die Schafjäger in den Red Rock Mountains und warnten den Weißlehm-Stamm unter Androhung schlimmster Rache davor, in die Canyons ihres Gebietes einzudringen. In dieser feindlich gesonnenen Welt lag die einzige Hoffnung zum Überleben nur im Süden, auf der anderen Seite der Sideways Mountains … vielleicht sogar jenseits des vom Erdvolk bewohnten Landes.

Während die Männer auf der Jagd waren, zogen die Frauen auf Umwegen weiter, überprüften Schlingen und hielten nach Eselhasen ausschau, die sie in eine Falle treiben konnten. Die endlose, zermürbende Kälte dauerte an.

Und ich bin allein mit der sterbenden Leuchtender Mond.

Am Morgen nach Salbeigeists Weggang wurde sie von der klirrenden Kälte, die sich beißend durch die Decken fraß, aufgeweckt und aus einem ihrer merkwürdigen Träume gerissen. Sie blinzelte und fragte sich verwundert, warum Leuchtender Mond das Feuer hatte ausgehen lassen. Sie setzte sich auf und blickte im grauen Morgenlicht schlaftrunken um sich.

»Leuchtender Mond?« rief sie leise. Keine Antwort. Sie griff hinüber nach der schweigsamen, unter den Decken kaum wahrzunehmenden Gestalt und hob die Felle.

Leuchtender Mond lag auf der Seite, in ihren Augen glänzte eine fürchterliche Angst. Ihr offenes graues Haar ergoß sich über das rötliche Fuchsfell.

»Leuchtender Mond?«

Nur ein verzweifeltes Krächzen drang aus der Kehle ihrer Pflegemutter. Von panischem Schrecken gepackt, zog Weiße Esche ihre froststarre Kleidung über, stolperte hinaus in das malvenfarbene Licht und eilte zum Zelt der alten Flughörnchen.

Im Laufe der Jahre hatte sich die Meinung durchgesetzt, die alte Frau sei die eigentliche Anführerin der Gruppe. Ihr Mann, Pfeifender Hase, mochte zwar die Entscheidungen verkünden, aber die meisten Leute vermuteten hinter jedem seiner Beschlüsse Flughörnchen. Dennoch respektierten die Leute Pfeifender Hases Führungsrolle und hörten auf seinen Rat.

Flughörnchen legte sich eine Decke um die mageren Schultern und hastete durch das verschneite Lager. Ihre Schritte knirschten im harschigen Schnee. Mit wehenden silberfarbenen Zöpfen kämpfte sie sich durch den eisig pfeifenden Wind. Gebückt betrat sie Salbeigeists Zelt, beugte sich vor und schlug Leuchtender Monds Decken zurück. »Leuchtender Mond?«

Nur die angsterfüllten, tränenverhangenen Augen bewegten sich.

»Kannst du mich hören?« fragte Flughörnchen hartnäckig.

Leuchtender Mond murmelte etwas Unverständliches, ohne dabei die Lippen zu bewegen. Ihre Augen huschten ziellos hin und her.

»Ruh dich aus, alte Freundin. Wir machen ein Feuer und bringen dir etwas zu essen.« Mit diesen Worten drehte sie sich um und gab Weiße Esche ein Zeichen, ihr zu folgen.

Draußen, außer Hörweite, blickte Flughörnchen Weiße Esche erschöpft an. In ihren alten Augen stand tiefe Resignation. »Ich sehe das nicht zum erstenmal. Sie leidet an Seelenabspaltung.«

Weiße Esche holte tief Luft. Ihr Körper versteifte sich. »Du meinst, ihre Seele trennt sich von ihrem Körper? Genauso wie damals bei dem alten Keine Zähne?«

Flughörnchen nickte. »Ich weiß auch nicht, warum. Dieses Leiden kommt besonders oft beim Weißlehm-Stamm vor. Manchmal ist nur eine Seite des Körpers betroffen, dann kann man im Laufe der Zeit auf Besserung hoffen. Aber bei Leuchtender Mond … wird es nur ein paar Tage dauern, bis sich die Seele auf den Weg macht.«

Weiße Esche schluckte, ihr Herz pochte unruhig und voller Angst. »Wir brauchen einen Seelenflieger. Er soll für sie singen … sie heilen. Am besten schicken wir einen Boten zu Alter Falke. Wenn er von der Jagd zurückkommt, kann er vielleicht ihre Seele wieder zurücksingen … Warum siehst du mich so an?«

Warme Zärtlichkeit spiegelte sich in Flughörnchens Miene. »Weil ich weiß, mein Kind, wie sehr du sie liebst. Ich weiß, welche Wohltat es für Leuchtender Mond war, dich die letzten acht Jahre um sich zu haben. Aber wir können nichts für sie tun.«

Wie rasend schüttelte Weiße Esche die Fäuste. »Aber wenn Alter Falke …«

»Schsch! Wen möchtest du losschicken? Junger Trommler? Er ist kaum vierzehn Sommer alt. Er weiß zwar, wie man draußen überlebt, aber glaubst du, bei all den Gefahren, denen wir ausgesetzt sind, die Männer würden eine Spur hinterlassen? Hmm? Und du weißt genau, wie das Wetter im zeitigen Frühjahr ist: warm am Morgen und am Nachmittag wildes Schneetreiben. Er würde sie niemals finden. Und wenn die Männer eine Büffelherde aufgespürt haben? Möchtest du die Macht der Jagd erzürnen?«

»Aber sie *stirbt!*«

»Ja, Mädchen. Du hast recht. Und wenn du nicht gleich das Feuer im Zelt in Gang bringst, erfriert sie auf der Stelle. Komm mit, ich habe etwas Glutasche, die kannst du mitnehmen. Sorge du für sie, und wir kümmern uns um den Rest. Wir alle haben Leuchtender Mond gern. Wir alle werden dir helfen.«

Und so geschah es. Einige brachten dünnen Eintopf, andere versorgten sie mit Feuerholz oder warmem Tee. Wühlmaus setzte sich stundenlang zu Weiße Esche und erzählte ihr von den alten Zeiten. Sie genoß diesen Erinnerungsaustausch, bevor mit dem Tod ihrer Pflegemutter eine weitere Verbindung zu den längst vergangenen Tagen für immer abbrechen würde. Währenddessen lag Leuchtender Mond unbeweglich und hilflos auf ihrem Lager. Sie wurde zusehends schwächer.

Weiße Esche pflegte sie liebevoll und hielt das Zelt in Ordnung.

Weiße Esche fielen vor Müdigkeit fast die Augen zu; sie hatte stechende Schmerzen im Kreuz. Stöhnend nahm sie etwas Beifuß von einem Stapel Feuerholz und warf die Zweige auf die rotglühenden Kohlen. Hell leuchtendes gelbes Licht flackerte auf.

Wie sollte sie Salbeigeist bei seiner Rückkehr gegenübertreten? Wie sollte sie den Anblick seines Leids aushalten? Salbeigeist lebte nur für Leuchtender Mond.

Nie hatte Weiße Esche einen so guten Mann kennengelernt wie Salbeigeist. Er war ihr Schutzschild gegen die Welt geworden. Wenn sie ihm ihre Träume erzählte, lächelte er verständnisvoll und hütete sie wie ein Geheimnis. Wann immer sie ihn nach den Mächten fragte, trat dieser entrückte Blick in seine Augen, und ein merkwürdig wehmütiges Lächeln kräuselte seine Lippen. Aber er sprach niemals mit ihr darüber, sondern sagte nur: »Eine Macht handelt, wie sie will.« Dabei pflegte er ihre Schulter zu tätscheln und sie mit einem liebevollen Blick anzusehen.

Sie blickte hinüber zu Leuchtender Mond. Die alte Frau war eine wunderbare Mutter gewesen. Ihr Tod würde in Weiße Esches Seele ein großes Loch reißen.

Alles würde sich ändern. Wie würde ihr Leben aussehen, ihres und Salbeigeists? Was, wenn seine Seele krank wurde und er vor Gram starb?

Mit ihren schlanken Fingern massierte Weiße Esche ihr starres Gesicht. Ihre Augen brannten; Erschöpfung lastete auf ihr wie das drückende Gewicht eines frisch gehäuteten Bisonfells. Salbeigeist würde sich auf sie verlassen. Er würde sie brauchen, wie er sie noch nie gebraucht hatte – und ihr würde nicht einmal Zeit zur Trauer bleiben. Auf ihren Schultern läge die Hauptlast der Tragödie.

Schlimmer noch, Tapferer Mann würde die Gelegenheit beim Schopfe packen und Druck auf Salbeigeist ausüben. Tapferer Mann wollte sie unbedingt heiraten. Tapferer Mann. Sie hatte ihn einmal geliebt. Was war nur aus dem verwegenen, gutaussehenden Jungen geworden, mit dem sie gespielt und gelacht hatte? Er war unbeschwert und wagemutig gewesen. Tapferer Mann hatte eine besondere Anziehungskraft auf sie ausgeübt, es war ein Gefühl, durch ein gemeinsames Schicksal miteinander verbunden zu sein. Tief in ihrem Herzen hatte sie gewußt, daß sie heiraten würden. Doch dann kam der Tag, an dem der Schwarzspitzen-Stamm das Lager oberhalb des Fat Beaver River überfiel. Der draufgängerische Tapfere Mann wurde im Kampf schwer am Kopf verwundet. Er selbst behauptete später, bei diesem Angriff gestorben zu sein. Einige Monate später begegneten ihm Keine Zähne und Rotluchs. Er wanderte ziellos über die mit Beifußsträuchern bewachsenen Hügel. Sie fanden ihn merkwürdig verändert, von einer eigenartigen Macht erfüllt. Hartnäckig behauptete er, aus dem Lager der Toten entkommen zu sein. Ein neuer Glanz leuchtete in seinen Augen, und er erzählte von Stimmen, die in seinem Kopf flüsterten.

Bei der Erinnerung an den letzten Sommer stieg Widerwille in ihrer Kehle auf wie bittere Galle.

Tapferer Mann hatte ihr in einem Hinterhalt aufgelauert. Sie trat um sich und schrie aus Leibeskräften, doch er hatte sie in das Weidendickicht am Gray Deer River gezerrt. Noch heute sah sie deutlich seine Muskeln vor sich, die wie Flußkiesel unter ihren wilden Faustschlägen anschwollen, und es überlief sie ein eisiger Schauer.

Mit einem triumphierenden Glitzern in den Augen hatte er sie zu Boden geschleudert und unter sich festgehalten. Obwohl sie wußte, wie vergeblich ihre Anstrengungen waren, hatte sie sich weiter gewehrt.

Lachend hatte er mit seiner Hand unter ihr Hirschhautkleid gefaßt und ihre Oberschenkel und die Stelle zwischen ihren Beinen befühlt. Dann hatte er sie zu vergewaltigen versucht. Doch Windläufer war überraschend aufgetaucht und hatte sie von Tapferer Manns Begierde befreit. Auf Windläufers Herausforderung zum Kampf war Tapferer Mann nicht eingegangen, sondern davongestürzt.

Windläufer hatte ihr seine Liebe gestanden und bedauert, sie nicht haben zu können, weil sie die Tochter des Bruders seines Vaters war. Weiße Esche, in der seit einiger Zeit eine heimliche Liebe zu Windläufer gewachsen war, hatte erwidert, daß es ja keine Blutschande wäre, da sie doch nicht die leibliche Tochter sei. Doch Windläufer hatte widersprochen und gesagt, für den Weißlehm-Stamm wäre es gleichbedeutend. Dann hatte er sie gebeten, ihn nie in Versuchung zu führen, da sie sich sonst an den Gesetzen des Weißlehm-Volkes und der Macht versündigten. Niedergeschlagen von der Erkenntnis, Tapferer Mann durch sein Besessensein von einer bösen Macht verloren zu haben und Windläufer nicht gewinnen zu können, war sie ihres Weges gegangen.

Das Feuer knackte. Weiße Esche schrak aus ihren Erinnerungen hoch und kehrte in die Gegenwart zurück. Hier in Salbeigeists Zelt, in der endlosen Nacht von Leuchtender Monds langem Sterben, fühlte sie sich vollkommen verlassen und hilflos. Tapferer Mann würde seinen ganzen Einfluß geltend machen. Seit zwei Jahren war sie nun eine Frau. Bei jeder Drehung des Mondes mußte sie vier Tage im Menstruationszelt verbringen. Doch sie lehnte es ab, sich mit bereitwilligen Männern in die Büsche zu schleichen. Beim Weißlehm-Stamm war sie deshalb zur Außenseiterin, ja, zu etwas Besonderem geworden. Vielleicht war ihre unerfüllte Liebe zu Windläufer daran schuld. Und dann waren da noch die Träume …

Weit im Süden erhob sich rhythmischer Gesang hinauf in die Nacht, an und abschwellende Stimmen verschmolzen mit dem Takt einer Trommel. Dazu erklang ein eigenartig zirpendes Geräusch, erzeugt von einem ausgekehlten Knochen, der mit einem Stock aus Wildkirschenholz gestrichen wurde. Eine Rassel aus Antilopenhufen begleitete die harmonische Musik mit einem weichen, rhythmischen Klappern.

Trillernd erhob sich das Lied hoch hinauf in die kalte Abendluft, wanderte bis zu den kristallklaren Sternen und trug sein Flehen um Leben in die Geisterwelt.

Kranker Bauch blieb kurz stehen und hob den Kopf. Er lauschte den Bitten seines Volkes um Hilfe vom Ersten Mann, von der Erdenmutter und den Erdgeistern. Sie alle sollten helfen, das Leben von Warmes Feuer zu retten. Obwohl die Zeremonie in der Hütte seiner Großmutter aus schierer Verzweiflung zustande gekommen war, fesselte ihn der Zauber dieser Nacht. Er hatte die stickige Wärme der Erdhütte verlassen, um seine Notdurft zu verrichten. Nun, auf dem Rückweg, zögerte er. Der kalte Wind biß in seine Wangen und ließ seine schwarzen Zöpfe wie zwei Pumaschwänze hin und her schwingen. Der Frühling nahte, aber würde Warmes Feuer diese Jahreszeit der Hoffnung noch erleben?

Kranker Bauchs Gedanken kehrten zurück zu Rittersporns Erdhütte. Er fühlte den verächtlichen Blick seiner Großmutter auf sich ruhen und sah das unsägliche Leiden seines Schwagers Warmes Feuer, der immer schwächer wurde. Seine Schwester Rosenbusch saß sicher an ihrem gewohnten Platz und beobachtete kummervoll ihren zunehmend verfallenden Mann.

Rosenbusch liebte Warmes Feuer. Wie würde sie mit dem Tod ihres Mannes fertig werden?

Wie werde ich damit fertig werden?

Kranker Bauch holte tief Luft. Wie bewältigt ein Mann den Tod seines einzigen Freundes? Aus seiner Erinnerung stiegen wehmütige Bilder von Warmes Feuers Gesicht, von seinen fröhlich zwinkernden Augen und seinem beruhigenden Lächeln auf.

Von den hohen Felsen hinter dem Lager erklang das langgezogene Heulen eines Wolfes. Es verschmolz mit den Stimmen der Sänger, die um Warmes Feuers Leben flehten. Überraschend wechselte der kalte Wind die Richtung, und Kranker Bauch schauderte. Dunkelheit senkte sich herab, sickerte in sein Leben und legte sich schwer auf seine Seele.

Plage trottete durch den knirschenden Schnee auf Kranker Bauch zu und schob seine Schnauze in dessen Hand, als ob er ihn trösten wolle. Geistesabwesend kraulte Kranker Bauch die pelzigen Ohren seines struppigen schwarzweißen Hundes.

Nicht immer war das Leben so schwierig gewesen. Früher hatte er die Morgensonne voller Freude begrüßt, heute begegnete er jedem Tag nur noch mit Beklommenheit. Als Junge hatte man ihm den Namen Stilles Wasser gegeben, aber inzwischen bezweifelte er, daß sich noch irgend jemand daran erinnerte. Als ihm sein Magen Kummer zu machen begann, riefen sie ihn Kranker Bauch, und der Name war zäh wie gekochter Kiefernsaft an ihm hängengeblieben. Er schielte hinauf zu den Sternen und fragte sich, ob der allwissende Schöpfer sich an seinen richtigen Namen erinnerte und ob er dafür verantwortlich war, daß ihm das letzte bißchen menschliche Wärme und die Gesellschaft eines Freundes genommen wurde.

Warmes Feuer erinnerte sich bestimmt an seinen richtigen Namen – aber Warmes Feuer lag sterbend in Rittersporns Hütte, und der Heiler Schwarze Hand sang für ihn.

Hätten die Mächte Kranker Bauch in Ruhe gelassen, wäre er ein durchschnittlicher Mann gewesen, nicht sehr groß, nicht sehr muskulös und nicht besonders gutaussehend. Aber die launenhaften Geister hatten sich ungefragt eingemischt. Als er noch ein Junge war, hatte er seine Hand in ein Loch gesteckt, in dem er sein Lieblingsspielzeug verbarg. Eine Klapperschlange hatte auf der Suche nach Schutz vor der gleißenden Sommersonne ebendieses Loch entdeckt und sich dort versteckt.

Damals schwebte Kranker Bauch zwischen Leben und Tod, und Singende Steine – der berühmte Geisterheiler – sang lange an seinem Lager. Entweder hatten die Gesänge gewirkt, oder seine Großmutter hatte der Geisterwelt genug bezahlt oder geopfert, um sein Leben zu retten. Wäre er eine erste Tochter gewesen, hätte Rittersporn natürlich sehr viel mehr bezahlt, und vielleicht hätte Kranker Bauch dann diese schlimme Erfahrung ohne bleibenden Schaden überstanden. Doch so war sein rechter Arm nie mehr gesund geworden. Er hing nutzlos herab: ein mißgebildeter Stummel, den er meist schützend an seine Brust preßte.

Bald darauf hatte Singende Steine das Volk verlassen, um hoch hinauf in die Sideways Mountains zum Träumen zu gehen. Wäre er doch nur hier! Der größte aller Heiler konnte für Warmes Feuer den Unterschied zwischen Leben und Tod bedeuten. Aber der alte Mann war zu den hochgelegenen Orten gegangen, um das »Große Eine« zu finden.

Kranker Bauch ging den Pfad hinunter bis zu den Felsen, die aus der kiesigen Erde dunkel in die Nacht aufragten. Er stellte einen Fuß auf den rauhen Granit und starrte auf die dunklen Umrisse der sich hinter dem Lager erhebenden Round Rock Mountains. Einmal war er dort hinaufgeklettert, und da er nur eine gesunde Hand gebrauchen konnte, war er ausgeglitten und gestürzt und hatte sich das rechte Bein verletzt. Glücklicherweise war Warmes Feuer in der Nähe gewesen und hatte ihn zurück ins Lager getragen. Warmes Feuer – in Zeiten der Not und Prüfungen war er stets für ihn dagewesen.

Warmes Feuers ermutigende, tröstliche Worte flüsterten

in Kranker Bauchs unangenehmen Erinnerungen. Niemand sonst verstand ihn, niemand sonst behandelte ihn wie ein Wesen, das menschliche Würde besitzt. Und nun lag Warmes Feuer in der Hütte ... *nein, nicht daran denken.*

»Ich kann es nicht ändern«, flüsterte Kranker Bauch in die Nacht hinein. Alles hatte ein Geheimnis. Alles beschwor eine Frage herauf. Warum flogen Vögel? Woher blies der Wind? Wie kam es, daß Schnee, Regen, Hagel, Donner und Blitz allesamt ihren Ursprung in den Wolken hatten? Die meisten Angehörigen des Rundfelsen-Stammes hielten ihn für einen Narren, weil er über solche Dinge nachdachte.

Kranker Bauch räusperte sich und genoß die auf seiner Haut prickelnden eisigen Nadelstiche des kalten Windes. In der Hütte war es heiß und stickig gewesen. Der Geruch der schwitzenden Körper hatte ihm die Luft genommen. Nur der stechende Duft der mit Wasser vollgesogenen Salbeiblätter und der zermahlenen Schafgarbe, von Schwarze Hand auf die heißen Herdsteine gelegt, hatten etwas Erleichterung verschafft. Salbei – der Lebensspender – befreite die Atemwege und diente dem Zauber der Erneuerung.

Tief sog Kranker Bauch die kalte Luft in die Lungen. Es war Zeit, zurückzugehen und seine ganze Seele in die Gesundbetungsgesänge zu legen.

Er hob den Blick zum sternenübersäten Himmel und sang: »Schöpfer, wenn du ein Leben nehmen mußt, nimm meines. Laß meinen Freund am Leben. Gib ihm Kraft und Glück. Nimm mein Leben an seiner Statt. Das Volk braucht ihn.«

Sehnsüchtig lauschte er auf das Echo seiner Stimme und blickte antwortheischend zum Himmel hinauf. Doch nur der Wind stöhnte.

Das unvermutete Geräusch auf Stein kratzender Krallen ließ ihn herumfahren, und er starrte auf ein riesiges Tier, das sich als schwarze Silhouette vom bläulich schimmernden Mantel des Nachthimmels abhob. Die bernsteinfarbenen Augen schienen von innen heraus zu glühen. Kranker Bauch fühlte sich, als habe ihm jemand eine Faust in den Unterleib gerammt.

Vorsichtig einen Fuß hinter den anderen setzend, wich er

zurück. Dabei fixierte er unablässig den Wolf. *Geistertier, was willst du? Willst du eine Seele holen? Bist du die Antwort auf mein Gebet?*

Er nahm all seinen Mut zusammen und wiederholte laut: »Nimm mich. Laß Warmes Feuer leben.«

Der Wolf senkte den mächtigen Kopf, legte die Ohren an, zog die Lefzen hoch und entblößte blitzende Zähne. Ein tiefer Klagelaut drang aus der Kehle des Tieres.

Kranker Bauchs Ferse verfing sich im Gestrüpp. Er schwankte, fuchtelte wild mit den Armen und verlor das Gleichgewicht. Seine Lippen öffneten sich zu einem Schrei, als er zu Boden stürzte. Angstvoll rappelte er sich wieder vom knirschenden Schnee hoch und blickte verwirrt um sich.

Der Wolf war verschwunden.

»Nimm mich!« rief er und hob in einer Geste der Hoffnungslosigkeit den verkrüppelten Arm. Doch nichts rührte sich. Nur der Wind fuhr zischend durch die froststarren Beifußsträucher und blies Schneekristalle über die Verwehungen.

Mit gesenktem Kopf ging er auf die Hütte zu. In der Hoffnung, das Tier sei noch einmal zurückgekommen, blickte er zurück zu dem abgerundeten Granitbrocken. Doch nicht einmal ein Schatten war zu sehen. Bekümmert schlug er den Türvorhang zurück und trat geduckt in die feuchte Hitze von Rittersporns Behausung. Das tanzende Feuerlicht und die Wärme vertrieben zwar die Kälte aus seinem Körper, doch seine Seele blieb wie zu Eis erstarrt.

Bei seinem Eintritt erstarben die letzten Töne von Schwarze Hands Gesundbetungslied. Die Erdhütte, ungefähr drei lange Schritte im Durchmesser, bestand aus einem niedrigen kuppelartigen, kreisförmigen Aufbau und war bis zur Hüfte eines Mannes in den Boden gegraben. Vier stabile Dachstützen aus Kiefernholz erhoben sich auf jeder Seite des Feuers und bildeten ein viereckiges Balkengerüst. Dieses Gerüst umgab das Rauchabzugsloch. Schräge Dachsparren verliefen zu den Wänden der ausgehobenen Grube. Bündel und Beutel hingen an Riemen von den Sparren. Die Leute saßen

Schulter an Schulter auf zusammengerollten Fellen entlang der Hüttenwände.

Niemand schien Kranker Bauchs Abwesenheit bemerkt zu haben. Die Aufmerksamkeit aller richtete sich ausschließlich auf den Geisterheiler, der auf dem Ehrenplatz an der Rückseite der Hütte saß. Dem Aussehen nach hätte man glauben können, Schwarze Hand habe ungefähr vierzig Winter hinter sich, aber Kranker Bauch hielt ihn für älter. Er trug einen mit Malereien verzierten, bis zur Mitte seiner Oberschenkel reichenden Mantel aus Hirschhaut und lange, fransenbesetzte Leggings. Zahlreiche Ketten schmückten seinen Hals. Einige waren aus protzig schimmernden weißen Muscheln gearbeitet, die Händler von den weit entfernten Westlichen Wassern gebracht hatten. Schwarze Hands Brust war von einem Brustschild bedeckt, in den glattpolierte Perlen aus Adlerknochen eingearbeitet waren.

Die glänzenden schwarzen Haare des Heilers zeigten noch keine Spur von Weiß, doch um seinen strengen Mund hatten sich dünne Linien gebildet. Er betete mit zurückgelegtem Kopf und geschlossenen Augen. In den Händen hielt er angefeuchteten Salbei, den er mit rituellen Bewegungen dem Osten, Westen, Norden und Süden darbot und anschließend dem Himmel und der Erde. Nach diesem Ritual warf er die feuchten Blätter in das Feuer. Dampf stieg in einer zischenden Wolke auf.

Neben Schwarze Hand lag Warmes Feuer mit angezogenen Knien auf der Seite. Beim Anblick seines Schwagers empfand Kranker Bauch tiefen Schmerz; sein ausgemergeltes Fleisch war so eingeschrumpft, daß es sich kaum noch von dem eines vertrockneten, dem Winter zum Opfer gefallenen Lebewesens unterschied. Aus seinen glanzlosen Augen war das vertraute Funkeln verschwunden. Warmes Feuer hustete erbärmlich. Er wurde mit jedem Tag weniger, bekam kaum noch Luft. Kratzende Laute drangen aus seiner Kehle, seine Brust hob und senkte sich schwer. Wie konnte ein so stattlicher, kräftiger Mann dermaßen geschwächt werden?

Kranker Bauch versuchte sich zusammenzunehmen. Er

liebte Warmes Feuer – liebte ihn von ganzem Herzen. Hilflos dazusitzen und seinen langsamen Tod mit ansehen zu müssen … das fraß an ihm, quälte und verwundete seine Seele. Über das Feuer hinweg trafen sich ihre Blicke. Warmes Feuers wehmütiges Lächeln brannte den Schmerz nur noch tiefer in ihn hinein.

Niemand sonst lächelte Kranker Bauch zu.

Zur Rechten von Schwarze Hand saß die alte Rittersporn; mit verdrießlich angespanntem Gesichtsausdruck und nervös blinzelnd behielt sie alles im Auge. Sie thronte inmitten üppiger Felle. Der flackernde Feuerschein huschte über die tiefen Runzeln ihres Gesichts. Sie beobachtete Schwarze Hand wie ein Habicht ein dummes junges Backenhörnchen. In Gegenwart Gleichrangiger zeigte ihre Miene stets diese Schärfe. Ihr Gesicht erinnerte Kranker Bauch an eine zu lange gelagerte wilde Pflaume, verwittert und ausgedörrt.

Nach Rittersporns Tod gehörte das Lager und das dazugehörige Land Kranker Bauchs Mutter Tannenzapfen – Rittersporns älteste Tochter. Sie saß, die Hände im Schoß gefaltet, neben ihrer Mutter. Als Anführerin würde Tannenzapfen ihren beiden Schwestern Phloxsamen und Anmutige Frau eine Hütte geben, wie es Brauch war. Nach ihrem Tod war Rosenbusch an der Reihe, Kranker Bauchs älteste Schwester. Traditionsgemäß beschränkte sich die Erbfolge auf die Frauen. Wenn ein Mann heiratete, lebte er stets in der Hütte seiner Frau.

Auch Kranker Bauch hatte bei der Frau gewohnt, mit der ihn Rittersporn verheiratet hatte. Wenn die Dinge zwischen ihm und Goldener Flachs nur anders verlaufen wären und sie ihn nicht rausgeworfen hätte … *Es ist vorbei. Denk nicht mehr daran.*

Kranker Bauchs Tante, Phloxsamen, und ihr Mann, Riedgras, saßen an der Hüttenwand und blickten unruhig auf Warmes Feuer. Tannenzapfen gegenüber saß Schilfrohr, Kranker Bauchs Vater. Das Alter hatte bei Schilfrohr bereits tiefe Linien um die Augenwinkel und den Mund eingegraben. Früher einmal, als er noch ein junger Mann gewesen war, hatte Schilfrohr sein Volk auf den Kriegspfad gegen das

Wolfsvolk in den Grass Meadow Mountains geführt und das schwer bewachte heilige Machtbündel erobert. Jeder Stamm fürchtete dieses Bündel. In den alten Legenden wird erzählt, es sei das Bündel des Ersten Mannes und Feuertänzer habe es nach seinem Tanz mit dem Feuer, mit dem er die Welt erneuerte, dem Erdvolk gegeben.

Schilfrohr behauptete, in dem Augenblick, als er an jenem lange zurückliegenden Tag das Bündel berührt habe, sei seine Seele in Flammen aufgegangen und das Bündel habe ihm zugerufen, er sei nicht würdig, sein Hüter zu sein. Der Geist des Bündels habe ihn auf einem glühenden Wirbelwind hinauf zu den Wolken getragen und ihm befohlen, es dem rechtmäßigen Hüter zurückzugeben. Eine Stunde später waren Angehörige des Wolfsvolkes zur Großen Versammlung gekommen und hatten gegen Herausgabe des Bündels Frieden angeboten. Schilfrohr hatte es bereitwillig zurückgegeben, und das Wolfsvolk versorgte zum Dank dafür den Rundfelsen-Stamm noch zehn Jahre lang mit Fleisch und Kiefernsamen. Rittersporn hatte sich die Gelegenheit, das Ansehen ihrer Tochter zu erhöhen, nicht entgehen lassen und Schilfrohr zu einem Mitglied ihrer Familie gemacht.

Ein erneuter Hustenanfall schüttelte Warmes Feuer. Er drehte den Kopf und schluckte den Auswurf hinunter.

Kranker Bauch ließ sich neben Rosenbusch nieder. Sie blickte ihn an. In seinen Augen spiegelten sich der Kummer und die Liebe zu ihrem sterbenden Mann. Er ergriff ihre heiße Hand und drückte sie beruhigend. Rosenbusch würde immer einen Platz für ihn haben. Sie hatte ihm stets nahegestanden, auch zählte für sie die lange Freundschaft zwischen Warmes Feuer und ihrem eigensinnigen Bruder.

»Er stirbt«, flüsterte Rosenbusch. Unendliches Leid stand in ihren Augen. »Was soll ich machen? Was soll ich nur machen, Kranker Bauch?«

»Schwarze Hand ist ein großer Heiler. Du wirst sehen.« Er schaute hinüber zu Rosenbuschs Kindern Knolle und Lupine. Mit starren Gesichtern verfolgten sie die ängstlichen Blikke, die zwischen Warmes Feuer, ihrer Mutter und dem Heiler hin und her wanderten.

Kranker Bauchs Kehle war wie zugeschnürt. Was sollte er tun, wenn sein bester Freund starb? Er schloß die Augen vor dem seine Seele peinigenden tiefen Schmerz.

Kapitel 2

Erschöpft und niedergeschlagen, verließ Kranker Bauch Rosenbuschs kalte Hütte. Die grellroten, zwischen den hochstehenden Wolken aufflammenden Strahlen der Morgendämmerung standen in krassem Gegensatz zu seiner düsteren Stimmung. Frostige Atemwolken wirbelten um sein Gesicht und lösten sich langsam in der kalten Luft auf. Der Geruch von gefrorener Erde und Beifußsträuchern stieg ihm in die Nase. Die Türvorhänge der Hütten waren zum Schutz vor der Kälte vollständig zugezogen. Aus Rittersporns und Tannenzapfens Hütten stiegen schwache Spuren blauen Rauches auf. Rosenbusch hatte die Nacht bei ihrem Mann in Rittersporns Erdhütte verbracht.

Plage hob gähnend den Kopf und wedelte zur Begrüßung freudig mit dem Schwanz. Kranker Bauch bückte sich und kraulte die Ohren des Tieres, dankbar für die warmen braunen Augen, die ihn voller Verehrung ansahen.

Prüfend betrachtete Kranker Bauch die Hütte aus Erde und Holz, in der Warmes Feuer lag. Erneut stand ihm ein langer Tag des Wartens bevor. Gleich früh am Morgen wollte Kranker Bauch in die Schwitzhütte, sich im reinigenden Rauch läutern, mit aller Inbrunst für Warmes Feuers Leben beten und die Erdgeister anflehen, das Leben seines Freundes zu retten oder einen großen Heiler zu schicken. Wenn doch nur Singende Steine …

»Sofern er überhaupt noch lebt.« Kranker Bauch schüttelte den Kopf. Nach Singende Steines Verschwinden war Schwarze Hand der beste Heiler geworden. Wenn irgend jemand Warmes Feuer gesund machen konnte, dann er.

Schwarze Hand hatte einen weiten Weg zurücklegen müssen – er kam vom Dartwood River –, um für Warmes Feuer zu singen. Seine Anwesenheit bewies die Achtung, die das Volk Warmes Feuer und auch Rittersporns Familie entgegenbrachte, deren Ansehen im Laufe der Jahre gestiegen war. Kranker Bauchs Herz hätte vor Freude überströmen müssen angesichts der Ehre, die Schwarze Hand dem Rundfelsen-Stamm mit seiner Gegenwart erwies – aber ihm war ganz und gar nicht danach zumute.

Kranker Bauch versuchte, seine düstere Stimmung ein wenig aufzuhellen. Er ging den Pfad zum Bergkamm hinauf. Plage trottete eifrig schnüffelnd hinter ihm her. Oben auf dem Gipfel blieb Kranker Bauch stehen und blickte über das Tal. Das sanfte Licht der Morgendämmerung zeichnete die Konturen des Landes in weichen Linien. Im Süden erhob sich der dunkle, bewaldete Green Mountain, zwischen den dichtstehenden Föhren lag hoher Schnee. Die Wiesen der Lichtungen, von den Winterstürmen mit einem weißen Mantel zugedeckt, glitzerten in der kalten, klaren Luft.

In der Sommersonne wuchsen dort stets saftige, grüne Gräser. Am Fuß des Berges zogen sich parallel zur Bergkette verlaufende Hochterrassen hin; der Schnee lag an den windgeschützten Hängen weniger hoch und gab gelegentlich den Blick auf den gefrorenen Boden frei. Über die Geländestufen zog gerade ein Wapitirudel zu den weiter unten liegenden Bäumen. Weiter unten zogen sich schräg abfallende Salbeistrauchhänge bis zum Ufer des Coldwater River, der nach Osten floß und schließlich in den Elk River mündete. Dieser schnitt sich tief in die felsigen Engpässe der jäh aufragenden Black Mountains.

Kranker Bauch drehte sich um und beobachtete, wie die Round Rock Mountains das rötliche Licht der Morgendämmerung einfingen und vor dem Hintergrund eines tiefblauen, kristallklaren Morgenhimmels rosa aufleuchteten. Eine schwache, kaum spürbare Brise kündigte den Wind an, der im Laufe des Tages aufkommen würde. Am Fuß des Gebirgskamms, windgeschützt zwischen Felsausbuchtungen, befand sich das Lager. An seiner Rückseite sprudelte das ganze Jahr über eine kleine Quelle, die das Stückchen Land mit Weiden, Gras und Espen ausreichend bewässerte. Die hier wachsenden Binsen und Seggen bereicherten im Sommer das Nahrungsangebot des Volkes. Unterhalb des Lagers ging der spitz auslaufende Berghang in flaches Schwemmland über. Dort wellten sich mit Beifuß und Dornensträuchern bewachsene Sanddünen.

»Onkel?«

Knolle kletterte den Pfad herauf. Der Junge reichte Kranker Bauch bereits bis an die Brust; eine stolze Größe für seine dreizehn Winter. Seinen breiten Schultern nach zu schließen würde Knolle sicher ein außerordentlich kräftiger Mann werden. Warmes Feuer hatte seinen Sohn bereits mit auf die Jagd genommen. Knolle konnte sich geräuschlos wie der Schatten des Großen Habichts durch das Dickicht bewegen. Er war das erste männliche Familienmitglied, das nicht nach Rittersporns Familie schlug. So ein Kunststück konnte natürlich nur Warmes Feuer vollbringen.

»Guten Morgen, Neffe.« Das Gesicht des Jungen wirkte abgespannt und übermüdet.

Dicht neben Kranker Bauch blieb Knolle stehen. Er schlug auf seinen Hirschhautmantel, um sich die Hände zu wärmen.

»Geht's dir gut?«

Der Junge warf ihm einen raschen Blick von der Seite zu, seine empfindsamen braunen Augen blickten zurückhaltend. »Ich weiß nicht. Doch, ich glaube schon.«

»Gehen wir ein Stückchen. Dann wird uns wärmer. Wenn du einen Busch für Feuerholz mitnehmen willst, trage ich ihn.«

Achselzuckend schloß sich Knolle Kranker Bauch an.

Kranker Bauch suchte den Himmel nach Anzeichen für das kommende Wetter ab: windig und kalt. Leise fragte er: »Hast du deinen Vater heute morgen schon gesehen?«

»Sein Zustand ist unverändert. Eher schlechter.«

Ein merkwürdiger Unterton schwang in der Stimme des Jungen mit. Kranker Bauch schielte zu ihm hinüber. »Was ist los?«

Gereizt trat Knolle gegen den Bau eines Eselhasen. »Ich

mache mir Sorgen wegen Schwarze Hand. Ich weiß auch nicht ... es ist nur so ein Gefühl.«

»Was für ein Gefühl?«

»Ich finde, wir sollten ihn wegschicken.«

Kranker Bauch deutete auf einen Beifußstrauch, ohne Knolle aus den Augen zu lassen. »Reiß den Busch heraus. Ich trage ihn. Hast du einen bestimmten Grund dafür, warum du Schwarze Hand wegschicken möchtest?«

Halbherzig zog der Junge an dem Strauch. »Schwarze Hand hat gestern abend, nachdem alle schlafen gegangen waren, mit Rittersporn gesprochen. Er sagte, mein Vater würde heute sterben.«

Kranker Bauch zuckte zusammen. Schwarze Hand konnte nicht irren. Zu seiner Begabung, mit einer Macht umzugehen, kam die Fähigkeit, den Weg der Seelen zu sehen und zu wissen, wie sehr sie sich an den Körper klammerten. »Er ist ein Heiler.«

Der Rücken des Jungen straffte sich, er stemmte sich mit seinem ganzen Gewicht gegen die störrische Pflanze und drehte sie wieder und wieder herum. Die Wurzel gab ein lautes, knackendes Geräusch von sich und löste sich aus dem Boden. »Dann soll er heilen!«

»Manchmal kann selbst der beste Heiler nicht mehr helfen.«

»Möglich«, entgegnete Knolle mürrisch. »Hast du gewußt, daß Grünes Feuer drüben im Dreigabelungenlager Schwarze Hand beschuldigt, Menschen zu verhexen?«

»Hat Schwarze Hand das erzählt?«

»Ja, unter anderem. Sie dachten, ich würde schlafen. Du weißt ja, wie offen die Leute reden, wenn sie glauben, ein Kind schläft und hört sie nicht. Aber wenn er Leute verhext, Kranker Bauch, warum sollte er dann verhindern, daß mein Vater heute stirbt ... Er hat seinen Tod angekündigt, das wäre doch ein Beweis für seine Macht, oder?«

Kranker Bauch klemmte den borstigen Beifuß unter seinen gesunden Arm. »Das ist nur Gerede, Knolle, weiter nichts.«

»Schwarze Hand erzählte, er hätte Angst gehabt, jemand würde ihn in der Nacht aufspießen.«

»Sagte er, warum die Leute ihn für einen Hexer halten?«

»Zu viele Menschen, die er behandelt hat, sind gestorben, auch der Ehemann von Grünes Feuer. Ich glaube, er hatte sich nur den Finger gebrochen, und Schwarze Hand renkte ihn ein. Vier Tage später starb der Mann. Fiel einfach tot um. Das Verschwinden von Weiße Esche bringt Grünes Feuer auch mit ihm in Verbindung, sie glaubt, das ist Hexerei gewesen.«

»Grünes Feuer hat sich schon immer viel zu viele Gedanken über Hexerei gemacht. Jedesmal, wenn ihr ein Kaninchen von der falschen Seite über den Weg läuft, glaubt sie, Hexerei steckt dahinter.«

Knolle bedachte ihn mit einem scheelen Blick. »Aber ihr Mann ist tot.«

»Und was sagte Schwarze Hand dazu?«

»Daß solche Dinge eben manchmal vorkommen. Rittersporn nickte nur und erinnerte ihn an irgendeinen Krieger, den er behandelt hat. Mitten im Winter ließ er ihn schwitzen, und dem Krieger ging es bald besser, er stand auf und lief hinaus in den Schnee, wälzte sich herum – und starb.«

»Jeder muß einmal sterben«

»Ich mag Menschen nicht, die behaupten, daß mein Vater heute stirbt. Und es macht mich mißtrauisch, wenn Leute behaupten, Schwarze Hand verhexe Menschen.« Knolles Mund bebte.

Kranker Bauch schielte nachdenklich hinauf zur Sonne, die inzwischen wie eine große gelbe Scheibe über den zackigen Gipfeln der Black Mountains stand.

»Ich glaube nicht, daß er Menschen verhext«, sagte er zu seinem Neffen. »Ich glaube, die Art und Weise, wie er bei einer Gesundbetung vorgeht, beunruhigt die Leute. Wenn die Leute einen Heiler mögen, ist er ein guter und mächtiger Mann für sie. Schwarze Hand ist nicht besonders beliebt. Er kann nicht gut mit Menschen umgehen, dafür kann er aber mit einer Macht sprechen. Sie schwebt hoch oben in der Luft. Manche Geister leben auch in den Quellen, auf hochgelegenen Plätzen oder in bestimmten Felsen. Die Geister hören zu, wenn die Ältesten ihnen besondere Geschenke machen, damit sie das Gras wachsen und die Tiere kommen lassen. Schwarze Hand wendet sich an die Geister. Das macht er für Menschen wie uns, weil wir das nicht selbst vermögen. Er lebt ganz allein in seiner Felshöhle. Es erfordert Übung, mit Menschen zu reden, wenn du überwiegend nur zu Geistern sprichst.«

Feindselig blickte Knolle ihn an. »Wußtest du, daß er und Rittersporn sich gepaart haben?«

Kranker Bauch zog die Augenbrauen hoch, ein schwaches Lächeln kräuselte seine Lippen. Dazu gehörte allerhand Vorstellungskraft!

»Bist du sicher, daß du dich gestern nacht nicht verhört hast?«

Knolle ächzte und packte einen weiteren Beifußstrauch, drehte ihn kreisförmig und riß ihn wütend aus der Erde. »Ich habe gestern nacht sehr gut gehört. Vielleicht hätten sie nicht so offen miteinander gesprochen, wenn Erwachsene in der Nähe geschlafen hätten. Die Leute unterschätzen Kinder immer.«

»Ich nicht.«

»Ich weiß. Du bist anders. Du bist ein ...« Knolle verstummte verlegen. »Sprich weiter.«

»Nichts. Ich hörte, daß die vier Menschen, für die Schwarze Hand zuletzt gesungen hat, gestorben sind. Grünes Feuer ist nicht die einzige, die darüber spricht. Schwarze Hand macht sich Sorgen.«

»Und was meinte Rittersporn dazu?«

»Daß alles nur Geschwätz wäre. Niemand besitze eine solche Macht wie Schwarze Hand, und letzten Endes werde alles gut. Das Schicksal verlaufe in Wellen ... manchmal gut, manchmal schlecht, aber alles würde sich irgendwann wieder zum Guten wenden.«

»Normalerweise stimmt das auch.«

»Nichts kann gut werden, wenn mein Vater sterben muß.« Knolles Augen funkelten haßerfüllt.

Kranker Bauch griff nach dem Strauch, den der Junge aus der Erde gerissen hatte. Einen Moment lang beneidete er den Jungen um seine Kraft und versuchte sich daran zu erinnern, wie es gewesen war, als er noch zwei gesunde Arme besessen hatte.

»Du kennst sicher die große Wahrheit über das Leben«, sagte er.

»Und wie lautet die?«

»Man muß leben, bevor man stirbt.«

»Aha. Und was bedeutet das?«

»Gleichgültig, ob Warmes Feuer wieder gesund wird oder sich sein Geist mit der Erde verbindet, er hat uns allen etwas Wunderbares gegeben. Er gab dir das Leben und lehrte dich viele nützliche Dinge, die du nie vergessen wirst. Zum Beispiel wie man jagt, wie man Spuren verwischt und wie man einen Hinterhalt legt. Er erzählte dir die alten Geschichten von der Macht des Leuchtenden Weißen Steins und von Feuertänzer, der einen neuen Weg für das Volk geträumt hat. Von ihm weißt du, daß der Schöpfer die Erste Welt erschaffen hat und wie der Erste Mann das Volk durch das Loch aus der Ersten Welt in diese Welt geführt hat. Jedes Leben ist ein Geschenk, Knolle, gleichgültig, wie lange es dauert.«

Der Junge brummelte etwas vor sich hin und beobachtete Kranker Bauch mißtrauisch aus den Augenwinkeln.

Kranker Bauch konnte Knolle verstehen – seine Worte klangen selbst in seinen eigenen Ohren hohl. Er konnte den Zorn und die Angst, die in Knolle brannten, nachempfinden.

Ich mache mir Sorgen um den Jungen. Wenn Warmes Feuer stirbt, wird Knolle nie mehr derselbe sein. Die Ungerechtigkeit dieses Todes wird an ihm nagen, ihm den Magen übersäuern wie schlechte Nahrung.

Der Junge hielt ihm einen weiteren knorrigen Strauch hin. Kranker Bauch ergriff ihn, fast konnte er das viele Holz nicht mehr tragen. »Knolle, das reicht. Wir müssen später noch mal Holz holen. Zum Glück wachsen die Büsche überall. Im Sommer wachsen an all den Stellen, an denen wir Beifuß herausgezogen haben, Gänsefußsträucher«

»Ich weiß.«

Als Kranker Bauch sich umdrehte, stolperte er. Er verlor das Gleichgewicht und lockerte den Griff um das Holz. Der

Großteil seiner Last plumpste zu Boden und rollte in alle Richtungen. Als er sich wieder hochgerappelt hatte, bemerkte er die Verärgerung in Knolles Augen.

»Onkel, überlaß das mir. Du kannst kein Holz tragen. Du taugst nur zum Reden.«

Bei diesen kränkenden Worten erstarrte Kranker Bauch; wie ein Kaktusdorn bohrte sich ein brennender Schmerz in seine Seele.

Knolle schämte sich seiner unbedachten Worte. »Es tut mir leid, Onkel.«

»Nein, schon gut. Wir sind alle nervös. Wenn die Gefahr des Todes über den Köpfen der Menschen schwebt, kann niemand vernünftig denken.« Doch im stillen verfluchte er seinen verkrüppelten Arm.

Weiße Esche befand sich in einem Zustand zwischen Schlafen und Wachen. Gerade als sie eindöste, stöhnte Leuchtender Mond auf. Weiße Esche erhob sich sofort. Jedesmal, wenn sie in den Schlaf sank, wurde sie durch irgend etwas aufgeschreckt, und die endlose Nachtwache begann von vorn. Das Zelt drohte sie zu ersticken, war wie ein Käfig für ihre Seele, der sie von der Welt draußen trennte. Ihr Magen schmerzte vor Hunger.

»Leuchtender Mond? Ich würde alles geben, um dir zu helfen. Alles.« Wie oft in all den Jahren hatte Leuchtender Mond sie mit Augen voller Liebe und Glück angesehen?

Erinnerst du dich an die schönen Zeiten, Leuchtender Mond? Ich sehe dein Lächeln vor mir, höre deine Stimme. Sie ist lebendig in meinem Kopf. Erinnerst du dich, als ich mir in den Arm geschnitten habe? Du machtest mir einen Breiumschlag aus Bärberitzwurzeln, damit sich die Wunde nicht entzündet. Leuchtender Mond, du lehrtest mich die Lieder des Weißlehm-Stammes. Du erzähltest mir, wie der Große Donnervogel herabtauchte, als die Welt voller Wasser war, und Schlamm für den Großen Bären aus dem Wasser holte, damit dieser darauf sitzen konnte. Ich sehe das Zwinkern in deinen Augen, sehe dich vergnügt in die Hände klatschen und lachen.

Ihr Kummer wurde fast unerträglich, als sie auf die wie leblos unter den Decken liegende Gestalt der Mutter blickte. Sie streckte die Hand aus, um die verrutschten Felle festzustecken. Wie oft hatte Leuchtender Mond Weiße Esche in den entsetzlich kalten Winternächten mit den warmen Fellen zugedeckt?

»Wenn ich dich doch nur retten könnte. Ich würde alles geben – sogar meine Seele –, um dir für deine Liebe und Güte zu danken. Wie kannst du sterben, ohne mir die Gelegenheit zu geben, dir all meine Liebe zu zeigen?«

Weiße Esche rieb sich die brennenden Augen. Wenn sie doch nur schlafen könnte, nur ein bißchen.

Die schwarzen, länglichen Herdsteine verschwammen vor ihren Augen, formten vor dem rotorangenen Widerschein der glühenden Kohlen den Umriß eines Gesichts. Die Sandsteinplatten, die die Grube einrahmten, schienen üppiges schwarzes Haar zu sein, schimmernd im grellen Licht.

Warum muß Leuchtender Mond sterben? Unablässig drehten sich ihre Gedanken um diese eine Frage.

»*Alles bestimmt der Weg der Macht.*« Die betörende Stimme kam direkt aus den Kohlen.

Ein Anflug von Angst lief wie ein Schauer über Weiße Esches Rücken. »Wer bist du?«

Die Stimme fuhr fort, als hätte sie die Frage nicht gehört. »*Du bist der Weg … Mutter des Volkes. Sie kommen aus dem Norden. Du kennst sie. Die Wege des Volkes ändern sich. Du bist die Zukunft. Du bist die Verbindung zwischen den Völkern. Du bist die Macht und der Traum … falls du dich dafür entscheidest.*«

Unverwandt starrte sie auf das Feuer, aus dem sich das Gesicht eines gutaussehenden jungen Mannes herauskristallisierte, das ihr zulächelte. Das goldene Leuchten in seinen Augen wärmte ihre erschöpfte Seele. »Die Macht?«

»*Der Weg des Traumes, ein Pfad zwischen den Welten.*«

»Wer – was bist du?«

»*Alles, was du bist … und nicht bist. Der Wolfstraum, der mit dem Feuer tanzt und mit den Sternen singt. Gut und Böse. Verzückung und Leiden. Dehne dich aus, erweitere die Grenzen deiner Seele. Fühle das Große Eine.*«

Eine andere Stimme, die einer alten Frau, erhob sich im Wind, wisperte durch das Beifußdickicht jenseits des Zeltes. Der unheimliche Klang der flüsternden Stimme hallte gespenstisch durch ihren Traum …

Südwärts, immer nach Süden ziehen wir … entdecken das Ende des wehenden Schnees. Tod auf den Hochebenen. Andere kommen.

Sie folgen uns auf unseren vertrauten Pfaden.

Höhlen graben sie in den Boden. Sehen aus wie Löcher im Rund.

Weiter … weiter nach Süden ziehen sie.

Zelte.

Steil aufragende Felsen. Heben die Kinder hinauf zum Gott im Himmel.

Erde, o Erde, dort breitet es sich aus.

Hebe die unterirdische Welt der Toten empor.

»Wovon spricht sie?« rief Weiße Esche, tief bewegt von den melodischen Worten.

»Der Wolfstraum. Die Spirale dreht sich, Erde und Menschen verändern sich«, antwortete die freundliche Stimme umgehend. *»In dir fließt das Blut des Ersten Mannes. Du bist die Große Mutter des Volkes. Du bist die Brücke zwischen Erde und Himmel. Gegensätze kreuzen sich. Folge dem Weg. Suche … suche …«*

Ein warmer grauer Dunst begann Weiße Esche einzuhüllen, umschmiegte sie wie ein Marderfell, weich, behaglich und warm. Sie fühlte eine Seele, die sie umschwebte, versuchte zu sehen, den dichten Dunstschleier zu durchdringen, doch vergebens.

»Leuchtender Mond? Bist du das? Wo bist du?«

»Sie ist jenseits des Großen Einen«, antwortete die vertraute Stimme. *»Fühle die Freiheit. Du und Leuchtender Mond seid eins … und ihr seid es nicht. Der Schleier der Illusion verbirgt euch voreinander. Du lebst den Traum … bis dein Körper versagt wie der ihre.*

Suche, Weiße Esche. Suche die Macht. Folge den Träumen. Das Große Eine brachte dich her. Das Volk ändert sich – die Spirale dreht sich. Der Weg führte stets nach Süden. Singende Steine weiß es. Bereite dich vor. Träume auf hochgelegenen Plätzen. Singende Steine kennt den Weg zum Geisterbündel des Ersten Mannes.

Wenn das Feuer gebrannt hat, bleibst nur du übrig. Du wirst bald auf dich allein gestellt sein. Du kannst das Feuer oder die Dunkelheit sein. Die Wahrheit oder die Illusion. Suche das Bündel … suche …«

Der graue Dunstschleier umwogte sie, pulsierte mit dem Schlag ihres Herzens. Sie fühlte Leuchtender Monds Seele vorbeiziehen, sie umfloß sie wie strömendes Wasser einen Felsen, verlor sich im grauen Dunst, bis nichts mehr blieb als süße Erinnerung.

Stechende Schmerzen breiteten sich in ihrem Rücken aus, ihr Kopf fiel schlaff nach vorn. Mit einem Ruck fing sie sich gerade noch ab, ehe sie auf dem Boden aufprallte. Sie erwachte und blinzelte in das Dämmerlicht des Zeltes. Das Feuer war fast niedergebrannt. Die eisigen Finger des Frostes stahlen sich bereits unter der Felltür hindurch. Instinktiv griff sie in den Holzstapel und warf ein paar Zweige auf das Feuer.

Sie blickte hinüber zu Leuchtender Mond. Die Augen ihrer Mutter standen offen, ein Lächeln verschönte ihren Mund. Weiße Esche fröstelte, der Traum kehrte in ihr Bewußtsein zurück.

»Leuchtender Mond?« Sie neigte sich vor. Tief in ihrem Innern wußte sie, daß die Seele der Frau bereits zum Großen Donnervogel geflogen war – in ihrem Traum hatte sie die Wärme im Moment ihres Vorbeigleitens gefühlt.

»Mutter …« Sie umklammerte Leuchtender Monds kalte Hand. Kaum hörbar flüsterte sie: »Du fehlst mir. Geh in Frieden.«

Vollkommen erschöpft rollte sie ihre Decken auseinander. Noch einmal fachte sie das Feuer an, dann sank sie in einen unruhigen Schlaf. Fragmente des wundersamen Traumes durchströmten sie und wärmten ihre Seele wie Sonnenlicht die sich im eisigen Wind wiegenden Föhrenäste.

Worte hallten wie ein Echo in ihrem Kopf wider. »*Suche das Bündel … suche …«*

Kranker Bauch saß mit dem Rücken an die Felle gelehnt, mit denen Rosenbuschs Hüttenwände zum Schutz gegen die kalte Erde behangen waren. Beim Ausheben der Hausgrube hatte er mitgeholfen. Obwohl er nur eine gesunde Hand hatte, konnte er doch mit Hilfe seiner Brust, die er gegen das gepolsterte Ende eines im Feuer gehärteten Grabestocks drückte, feuchte Lehmstreifen heraushebeln. Warmes Feuer hatte zusammen mit Phloxsamens Ehemann Riedgras und Kranker Bauchs Vater Schilfrohr den Großteil der schweren Arbeit übernommen. Die Männer hatten das Loch in die Erde gegraben, und seine Mutter und seine Tanten hatten den Rückstand in Körben heraufgeholt. Nachdem die Dachkonstruktion im Boden befestigt worden war, hatten die Männer die Stützbalken eingebaut und mit schräg nach oben laufenden, außen auf Höhe der Erdoberfläche verankerten Sparren verbunden, die das Gerüst für die schrägen Wände bildeten. An den Ufern des Coldwater River waren Weiden geschnitten und in die Balkenkonstruktion eingearbeitet worden. Anschließend hatten sie Gras über das Weidengeflecht gelegt und die Hütte mit der ausgehobenen Erde gedeckt. Bei der Arbeit war ein Teil von Warmes Feuers Seele in das Bauwerk eingeflossen.

Kranker Bauch klemmte ein Weidenstämmchen unter seinen verkrüppelten Arm und schälte mit einem Hornsteinsplitter die Rinde in langen Streifen ab. Im Laufe der Jahre war er mit der linken Hand sehr geschickt geworden. Niemand konnte eine Weide besser geraderichten oder einen so guten Speerschaft herstellen wie Kranker Bauch. Hierzu hatte er einen Wapitischenkelknochen ausgehöhlt, in den das gekrümmte Holz hineingeschoben wurde. Der Schaft, auf diese Weise geradegerichtet, wurde anschließend über kochendem Wasser so lange gedämpft, bis die Krümmung endgültig herausgebogen war. Dieses Geheimnis der Holzverarbeitung zu lüften, hatte ihn viel Zeit gekostet. Den Vorderschaft fertigte er aus hartem Wildkirschenholz, das bei einem Aufprall nicht splitterte. Mit dieser Arbeit konnte er wenigstens einen Ausgleich für das Essen, das er verzehrte, schaffen, und das befriedigte ihn. Er betrachtete das Ergebnis seiner Bemühungen und wußte, in dem bearbeiteten Holz hatte sich ein Teil seiner Seele mit dem Geist jeder Pflanzenfaser verbunden.

Das Türfell wurde zurückgezogen, und Großmutter trat gebückt herein. Rittersporn musterte ihn mit einem ärgerlichen Blick. Ihre spröden Lippen saugten an ihrem zahnlosen Zahnfleisch, was ihrem Gesicht einen noch verdrießlicheren Ausdruck als sonst verlieh.

Angespannt beobachtete Kranker Bauch, wie sie sich nachdenklich an das fleischige Kinn griff und mit scheinbar gleichgültiger Stimme verkündete: »Er will dich sehen.«

Rasch legte Kranker Bauch den Schaft beiseite. »Geht es ihm besser?«

Großmutter schüttelte den Kopf und bedachte ihn mit einem prüfenden Blick. »Er möchte dich sehen – allein.«

Kranker Bauchs Kehle war wie zugeschnürt. *Allein? Ist sie deshalb so mißtrauisch?*

Er eilte hinaus in die belebende Kälte. In Gedanken versunken, lief er über den niedergetrampelten Schnee zu Rittersporns Hütte. Die Geisterwelt hatte vor seinem Flehen die Ohren verschlossen. Warum? Wozu sollte er leben und Warmes Feuer sterben? Alle brauchten Warmes Feuer. Die Leute verließen sich auf ihn. In Zeiten der Hungersnot hellte allein schon das Lächeln von Warmes Feuer die trostlose Düsternis auf. Es schien, als könne er Funken der Hoffnung schüren. Mit seiner Zuversicht zauberte er ein Lächeln auf die abgezehrten Gesichter, und die schweren Tage schienen sich nicht endlos hinzuziehen.

Verglichen damit, was bin ich da schon nütze? Diesen Gedanken hatten auch Rittersporns ärgerlich funkelnde Augen widergespiegelt. Auch Knolles kränkende Worte gingen ihm wieder durch den Kopf. Kranker Bauch trat geduckt in Rittersporns stickige Hütte. Rosenbusch, die neben Warmes Feuer saß und seine Hand hielt, schenkte ihm ein nervöses Lächeln. Schwarze Hand nickte kurz zur Begrüßung und verließ mit schwungvoll beiseite geschobenem Türvorhang die Hütte.

Unruhig trat Kranker Bauch von einem Bein aufs andere.

Warmes Feuer hob lächelnd den Kopf. Trotz der grauen Haut und des eingefallenen Fleisches erhellte dieses Lächeln die Dunkelheit in Kranker Bauchs Seele wie ein Sonnenstrahl.

Kranker Bauch erwiderte das Lächeln und wünschte sich, Warmes Feuer könne die Liebe und Hoffnung in seiner Seele spüren. »Rittersporn sagte, du wolltest mich sehen?«

Warmes Feuers schwaches Nicken offenbarte seine schwindenden Kräfte.

Rosenbusch bettete Warmes Feuers Kopf auf eine zusammengerollte Felldecke, erhob sich und ging zur Tür. Mit leiser Stimme mahnte sie: »Bleib nicht zu lange. Streng ihn nicht zu sehr an.« Sie duckte sich durch die Tür, ihre Mokassins schlurften über den harten Lehm.

Kranker Bauch ging um das Feuer herum und ließ sich auf den dicken Felldecken neben seinem Freund nieder. »Wie geht es dir?«

Warmes Feuer hustete gequält, ein Geräusch, das Kranker Bauch durch Mark und Bein ging. »Wie einem verrotteten morschen Baum. Mein Inneres ist verfault und verfällt.«

»Es geht dir bestimmt bald besser.«

Warmes Feuer schloß die Augen und schluckte. »Mach dir nichts vor.« Die flachen Atemzüge seiner sich nur schwach hebenden Brust kratzten und rasselten wie Sandstein auf Holz. »Ich treibe dahin, als sei meine Seele bereit, zu entgleiten. Sie ist wie Rauch, verstehst du? Bereit, aufzusteigen und mit dem Wind davonzufliegen.«

»Vielleicht fühlt man sich so, wenn man auf dem Weg der Besserung ist.«

Warmes Feuers Lächeln umspielte seine blutleeren Lippen nur noch wie ein Schatten. Erneut hustete er. »Es tut mir leid, alter Freund. Ich hasse den Kummer in den Augen der Menschen. Ich sprach mit Knolle. Habe versucht, es ihm zu erklären.«

»Er ist jung. Er wird ...«

»Am meisten Sorgen mache ich mir um dich.«

Kranker Bauch entgegnete mit erzwungener Fröhlichkeit: »Das brauchst du nicht. Mir geht es gut. Spare deine Kräfte lieber und setze sie dafür ein, deinen Geist an deinen Körper zu fesseln.«

Warmes Feuer versuchte, den Kopf zu schütteln, doch selbst dafür war er zu schwach. »Ich habe euch alle beobachtet. Ich glaube, für dich ist es am schwersten.«

»Ich mache gerade einen neuen Speerschaft für dich. Einen, der wie ein Falke durch die Luft fliegt – genau in die Flanke eines Bisons. Er ist nur für dich. Für deine nächste Jagd.«

»Falls man bei den Geistern jagt.« Warmes Feuer leckte sich über die Lippen. Seine Lungen rangen nach Luft. Das gurgelnde Geräusch stach mitten in Kranker Bauchs Herz. »Du wirst mir am meisten fehlen. Du hast Glück in mein Leben gebracht.«

Kranker Bauch blieb die Antwort im Halse stecken.

»Ich mache mir wirklich große Sorgen um dich.« Warmes Feuer lächelte abwesend. »Rosenbusch kann auf sich selbst aufpassen. Sie wird die Kinder großziehen und wieder heiraten. Sie ist eine starke Frau. Aber du – ich hatte einen Traum.«

»Mir wird es gutgehen. Du kennst mich. Ich komme zurecht.«

Warmes Feuer hob die Hand und drehte die Handfläche nach außen, das uralte Zeichen des Jägers, das Schweigen gebot. »Du bist nicht für diesen Ort bestimmt.«

»Hier ist meine Familie.«

»Hör zu. Mir bleibt nicht mehr viel Zeit. Ich kenne dich … kenne sie. Wenn ich nicht mehr bin … geh fort.«

»Ich kann nicht weg. Dies ist mein …«

Mit soviel Leidenschaft, wie er noch aufbringen konnte, wiederholte Warmes Feuer eindringlich: »*Geh fort, mein Freund.* Geh … nach Norden. Diese Richtung sah ich in meinem Traum.«

»Ein Traum? Was hat es mit diesem Traum auf sich?«

Voller Anstrengung zwinkerte ihm Warmes Feuer zu. »Ein wunderschöner Traum. Auf dich wartet ein bedeutendes Schicksal, Stilles Wasser. Du wirst die Träumerin retten.«

»Du hast mich bei meinem richtigen Namen genannt.«

Warmes Feuer verkrampfte sich in einem Hustenanfall. Kranker Bauch hob den Kopf des Freundes und erleichterte ihm damit das Atmen.

»Ja«, flüsterte Warmes Feuer. »Geh fort. Sie braucht dich, verstehst du? Du mußt sie finden. Ein Händler kommt. Geh. Finde den richtigen Weg. Er ist in deiner Seele aufgezeichnet, deiner wundervollen, reichen, schönen Seele.«

Kranker Bauch schnürte es die Kehle zu. »Du hast immer ...«

»Hier zerstören sie dich. Trampeln dich Stück um Stück nieder. Wie eine Blume, die mitten auf dem Weg wächst. Geh. Finde den Ort, wo du zu wahrer Schönheit erblühen kannst. Sie braucht dich, das Mitgefühl deiner Seele, deine Liebe.«

»Sie?«

Warmes Feuer redete weiter, als hätte er die Frage nicht gehört. »Das habe ich an dir immer bewundert. Die Liebe. Sie spricht aus deinen Augen, leuchtet dort wie ein Feuer in einer dunklen Nacht. Sie verstehen es nicht ... haben es nie verstanden. Du bist der Beste von allen, Stilles Wasser. Deinetwegen hat sich mein Leben gelohnt. Du hast mir so viel ... gegeben ...« Er schloß die Augen, seine Nackenmuskeln erschlafften. Ein erneuter Hustenanfall schüttelte ihn, rote Flüssigkeit tropfte aus seinem Mundwinkel.

Kranker Bauch wischte das Blut ab und zuckte zusammen, als er bei der Berührung spürte, wie heiß das Fieber in Warmes Feuers Körper brannte. »Ich bin derjenige, der dir alles verdankt. Erinnerst du dich noch daran, wie ich mir das Bein verletzt habe und du mich getragen hast? Erinnerst du dich noch, wie ...« Kranker Bauch beugte sich vor und bettete den Kopf von Warmes Feuer in seinen Schoß.

»Nein!« Warmes Feuer schrie auf. »Ich sah es in meinem Traum. Auf dich kommt es an. Die Macht will dich. Du rettest sie, du bringst sie zurück. Ich ... Die Macht hat mich hergeschickt. Deinetwegen. Das weiß ich jetzt. Ich mußte dich kennenlernen, damit ich mich zu gegebener Zeit um dich kümmern kann. Die Macht geht seltsame Wege.«

»Du redest so, weil du Fieber hast. Morgen, wenn es dir bessergeht, lachst du darüber. Wir beide werden darüber lachen.«

»Du und ich«, sagte Warmes Feuer heftig zitternd, »wir haben einander nie belogen. Wir beide sind etwas Besonderes. Die anderen haben das nie verstanden. Lüge mich auch jetzt nicht an. Ich fühle, wie meine Seele entschwebt. Geh von hier fort nach Norden und suche die Träumerin. Versprich es mir.«

Kranker Bauch wischte die Schweißperlen von Warmes Feuers Stirn. Er wußte nicht, was er sagen sollte.

»Versprich es!« Warmes Feuer blinzelte. Seine fiebrigen Augen richteten sich angstvoll auf Kranker Bauch. »*Versprich es!*«

Bei diesem Aufschrei schlüpfte Rosenbusch gerade durch die Tür. Wie eine wütende Wildkatze stürzte sie sich auf Kranker Bauch. Ihre Augen schleuderten Blitze. »Was hast du getan? Laß ihn in Ruhe!«

Kranker Bauch blickte verwirrt von einem zum anderen und wußte nicht, was er sagen sollte.

Warmes Feuers brennendheiße Finger griffen nach Kranker Bauchs Hand. Trotz seiner Schwäche war der Druck schmerzhaft fest. »Versprich es mir. Es ist das letzte Geschenk, das du mir machen kannst.«

»Ich … ich verspreche es.«

»Du versprichst was?« verlangte Rosenbusch zu wissen und sank auf die Knie.

»Ich danke dir, Stilles Wasser. Du wirst sie finden. Sie braucht dich, sie braucht deine Liebe.«

»Du versprichst was?« wiederholte Rosenbusch und funkelte Kranker Bauch wütend an.

»Geht nur uns … etwas an, Frau. Laß ihn in Ruhe. Er ist … der Weg. Der Weg der Spirale. Der Stamm wird es nie begreifen.« Wieder hustete Warmes Feuer und drehte den Kopf weg, um Blut auszuspucken.

Die Spirale? Was meinte er? Kranker Bauch biß sich auf die Lippen. In seinem Innern öffnete sich eine qualvolle Leere. »Ruh dich aus. Ruh dich aus, mein Freund.«

»Bleib, Stilles Wasser. Bleib hier und halte mich fest. Ich sehe deine Seele. Sie … strahlt …« Er schloß die Augen, und sein Körper entspannte sich, als er in den Schlaf sank.

Behutsam hob Rosenbusch Warmes Feuers Zopf aus dem feuchten Blut, das er beim Husten ausgespuckt hatte. Sie senkte die Stimme. »Was hast du versprochen? Wer ist diese ›sie‹, von der er geredet hat?«

Nach kurzem Zögern schüttelte Kranker Bauch entschlossen den Kopf. »Es geht nur uns beide etwas an. Es ist eine vertrauliche Angelegenheit.« Er zuckte die Achseln. »Vielleicht nur eine Fieberphantasie.«

Sie starrte ihn schweigend an. Am liebsten hätte sie es aus ihm herausgepreßt, doch sie fürchtete, damit ihren Mann aus seinem unruhigen Schlummer zu reißen.

Kranker Bauch mied ihren Blick. *Was meinte Warmes Feuer? Fortgehen? Irgendeine Träumerin suchen? Was für eine Träumerin? Wo?* Er schluckte schwer, Schweiß lief ihm über das gerötete Gesicht. *Ich habe es ihm versprochen. Aber ich weiß gar nicht, was ich versprochen habe. Verlasse mich nicht, Warmes Feuer. Ich verstehe das alles nicht.*

Rittersporn und Schwarze Hand kamen herein. Der Heiler trat näher, bückte sich und befühlte die Stirn von Warmes Feuer. »Er wird schwächer.«

Rittersporn musterte zuerst Rosenbusch, dann wanderte ihr Blick mißtrauisch zwischen Warmes Feuer und Kranker Bauch hin und her. »Was war los?«

»Nichts«, brummte Kranker Bauch und wandte seine Aufmerksamkeit Warmes Feuer zu, um sich jede Einzelheit seiner Gesichtszüge für immer einzuprägen. Ehrfürchtig hielt er Warmes Feuers Kopf, und er erinnerte sich an längst vergessene gemeinsame Nächte am Lagerfeuer.

Rosenbuschs Miene verriet deutlich ihren Ärger. Auch Rittersporn, die in Gesichtern anderer lesen konnte wie in einer Büffelfährte im Schnee, bemerkte deren Unwillen.

»Mach dich wieder an deine Schnitzerei, Kranker Bauch.«

Rittersporn setzte sich an ihren angestammten Platz. »Du hast genug Unruhe hereingebracht. Geh und mach deinen Speerschaft fertig.«

»Er bat mich, zu bleiben und ihn festzuhalten.« Sein Magen brannte vor Zorn. »Du darfst mich nicht wegschicken. Nicht, wenn er mich gebeten hat, zu bleiben.«

Doch ihr unnachgiebiger Gesichtsausdruck duldete keinerlei Widerspruch.

»Ich halte ihn fest«, sagte Rosenbusch.

Einen Moment lang schloß Kranker Bauch die Augen. Widerwillig machte er ihr Platz und bettete Warmes Feuers Kopf vorsichtig in Rosenbuschs Schoß. Warum erlaubten sie ihm nicht, seinen Freund festzuhalten? Warmes Feuer hatte es sich gewünscht. Warum sagte Rosenbusch nichts? Warum trat sie nicht für ihn ein, nur dieses eine Mal?

Er bückte sich und wischte die schimmernden Schweißtropfen von Warmes Feuers Wangen.

»Geh.« Rittersporns rauhe Stimme schnitt ihm ins Herz. »Er braucht Ruhe.«

Noch nie in seinem Leben war ihm etwas so schwergefallen, wie jetzt seine Hand von Warmes Feuers Gesicht zurückzuziehen. Er drehte sich um, ein hitziges, wütendes Funkeln stand in seinen Augen. *Kann ich mich ihr widersetzen?*

In den Augen der alten Frau glomm ein drohendes Leuchten auf. Sie war bereit, den Kampf mit ihm aufzunehmen, ihn zu unterwerfen und zu demütigen.

Das ist es nicht wert. Dieser Kampf wird mich vernichten. Warmes Feuer hat recht. Daraus entsteht nichts Gutes. Nichts ist damit gewonnen, wenn ich kämpfe, während mein Freund im Sterben liegt.

Als er sich erhob, begann der Körper von Warmes Feuer heftig zu zucken. Im Schlaf schrie er: »Nein! Das Leuchten geht fort … es verläßt mich … entgleitet.«

Kranker Bauch drehte sich um. Er preßte die Kiefer fest zusammen und ballte die gesunde Hand zur Faust. Rittersporn hatte sich Warmes Feuer zugewandt, den Haß im Blick ihres Enkels schien sie nicht einmal zu bemerken.

»Er phantasiert. Seine Seele entgleitet seinem Körper«, verkündete Schwarze Hand. »Wir brauchen noch mehr Balsamgräser, um die Luft zu reinigen.«

Rittersporns Augen verengten sich zu schmalen Schlitzen. Sie sah Kranker Bauch an und machte mit dem Kopf eine ruckartige Bewegung in Richtung Tür.

Er trat hinaus in das Licht des Nachmittags. Ihm war eiskalt. *Sie erlaubt mir nicht einmal, ihn zu halten, während er im Sterben liegt.* Tränen unsäglichen Leids strömten über seine Wangen.

Kapitel 3

Tapferer Mann bahnte sich den Weg hinauf zum Gipfel. Unter seinen mit Fellen umwickelten Wintermokassins knirschte der Schnee. Im Windschatten des steilen Grats türmten sich die Schneeverwehungen. Die einzelnen Schichten gefroren und tauten abwechselnd und verwandelten so den Hang in einen trügerischen Untergrund.

Bald, wisperten die Stimmen in seinem Kopf. *Bald. Fleisch.*

Tapferer Mann brummte vor sich hin und zuckte unter dem stechenden Schmerz zusammen, der seinen Schädel durchbohrte und sein Gehirn peinigte. Die Kopfschmerzen wurden stets schlimmer, wenn die Macht zu ihm sprach. Manchmal trieben sie ihn fast in den Wahnsinn.

Tief sog er die kalte Luft in die Lungen und stampfte an einer geschützten Stelle den Schnee fest.

»Willst du verschnaufen?« fragte Windläufer, der sich noch weiter unten befand.

Tapferer Mann nickte. Er stöhnte unter den schlagartig einsetzenden Höllenqualen, die seinen Schädel marterten. Unwillkürlich hob er den Kopf und fuhr zusammen. Er begegnete Windläufers starr auf ihn gerichteten Blick. *Ich sehe den Abscheu in deinen Augen, alter Freund. Beobachte mich, solange du willst, nie wirst du das wahre Ausmaß der Schmerzen erfahren, geschweige denn, die wahre Fülle der Macht kennenlernen.*

Er haßte Windläufers makelloses Gesicht – haßte die bewundernden Blicke, mit denen die jungen Frauen seinen ehemaligen Freund ansahen. Groß und gutgewachsen stand

Windläufer vor ihm, sein Jagdmantel aus Hirschhaut spannte sich über den muskulösen Schultern. In seinen vergnügt funkelnden Augen spiegelte sich Windläufers lebhafte Seele und gab seinem Gesicht mit den breiten Backenknochen ein übermütiges Aussehen. Immer hatte er ein freundliches Lächeln parat. Auf seine Stirn waren zwei parallel verlaufende blaue Linien tätowiert – Symbol seiner Schnelligkeit und Ausdauer.

Tapferer Manns Herz verhärtete sich. Früher einmal hatten die jungen Frauen auch ihn so angesehen. Sie hatten sich darüber unterhalten, was Tapferer Mann wohl für einen Ehemann abgeben würde. Damals hatte Weiße Esche ihn geliebt und von einer gemeinsamen Zukunft mit ihm geträumt. Doch dann war er getötet worden und aus dem Lager der Toten entkommen. Seitdem quälten ihn Kopfschmerzen und suchten ihn Stimmen heim. Damals tätowierte er sich schwarze Kreuze auf die Wangen – Zeichen der Macht und Stärke. Auf eine merkwürdig unnahbare Weise sah er immer noch gut aus: mit kräftigen Kiefern, einer vorspringenden, geraden Nase und einer breiten, hohen Stirn über scharfen Augen.

Trotz seiner Schmerzen zwang sich Tapferer Mann, Ruhe auszustrahlen. Prüfend betrachtete er das Gelände. Unterhalb des Grats war die hügelige Landschaft mit Salbei gesprenkelt. Er sah überall Beifußsträucher unterschiedlicher Dichte und Höhe. In der Trockenrinne wuchsen sie bis zur Hüfthöhe eines Mannes. Auf den Bergkämmen oder an Stellen, wo der Boden karg oder felsig war, fristeten sie ein kümmerliches Dasein, reichten oft nicht höher als bis zum Knöchel. Ein Mann konnte das Land anhand der Beifußsträucher beurteilen und auf die Fruchtbarkeit des Bodens und die Wasservorkommen schließen.

Hier im Süden des kargen Tales wuchs der Beifuß niedrig und knorrig. Glücklicherweise fingen sich die Wolken an den Gipfeln im Osten, Süden und Westen und nährten mit ihrem Regen die Flüsse, die das dürre, felsige Land durchströmten.

Weiter unten am Hang warteten die anderen Männer mit

Speeren in der Hand. Tapferer Mann holte tief Luft und stapfte weiter. Er hob die Füße hoch über den Schnee und hämmerte beim Gehen die Fersen fest auf den Harsch, um die gefrorene Kruste aufzubrechen. Ihm folgte Windläufer, der Schnee scheuerte hörbar an seiner Kleidung.

Knapp unterhalb des Bergkamms blieb Tapferer Mann stehen und spähte nach vorn. Ein weiteres trostloses Tal breitete sich vor ihm aus. Ärgerlich grunzend wegen des beißenden Windes, beschirmte er mit der Hand die Augen und starrte hinüber zum nächsten Gipfel.

Leise lachte er in sich hinein. Die Stimmen wisperten: *Siehst du? Wir haben es dir gesagt. Fleisch. Bald.*

Vier schwarze Punkte – Bisons – grasten auf dem schmalen Grat im Südwesten.

Tapferer Mann hob die Hand und gebot Windläufer Vorsicht. Nacheinander kletterten die anderen Jäger des Weißlehm-Stammes herauf. Um sich warm zu halten, stampften sie mit ihren Mokassins im Schnee.

»Dort drüben.« Tapferer Mann deutete auf die Punkte. »Vier Büffel. Fleisch. Die Macht hat es mir gesagt.« Seine Kopfschmerzen ließen nach.

»Wir gehen folgendermaßen vor«, erklärte Dachs. »Tapferer Mann und Windläufer umgehen den Grat. Ihr kommt von der anderen Seite, aber paßt auf, daß euch der Wind nicht verrät. Büffel sehen zwar schlecht, haben aber empfindsame Nasen. Achtet auf den Wind und kommt von unterhalb des Gipfels dort herauf. Pfeifender Hase und wir anderen durchqueren dieses Tal und umzingeln sie. Sobald wir soweit sind, rennt einer von uns auf die andere Seite, damit die Büffel ihn wittern können. Anschließend treiben wir sie auf die Schneeverwehungen hinaus. Tapferer Mann und Windläufer schneiden ihnen jede Rückzugsmöglichkeit ab. Sobald die Büffel in den verharschten Schnee einbrechen, bleiben sie stecken. Das ist unsere Chance. Ist die Schneewehe fest genug, können wir über den Schnee laufen und alle vier erlegen, bevor sie überhaupt merken, wie ihnen geschieht.«

»Gut. Gehen wir.« Windläufer schlug Tapferer Mann auf

die Schulter. Diese vertrauliche Geste brannte in ihm wie Kaktussaft in einer Schnittwunde.

Nicht willens, Windläufer die Führung zu überlassen, zwang Tapferer Mann seine Muskeln zu Höchstleistungen. Er bahnte sich den Weg durch den Harschschnee, brach ein und übernahm die Spitze auf dem Weg über den heimtückischen Untergrund. Selbst diese eher geringe Anstrengung schien fast über seine Kräfte zu gehen.

Essen. Wir brauchen Essen, wisperten die Stimmen in seinem Kopf. *Schwache Körper.*

Mühsam stapfte Tapferer Mann den verschneiten Hang hinunter und schlängelte sich vorsichtig an den Salbeisträuchern vorbei.

»Du bist immer noch wütend auf mich«, bemerkte Windläufer, der direkt hinter ihm ging. »Du hast mir noch immer nicht verziehen, daß ich dich davon abhielt, Weiße Esche zu nehmen.«

Tapferer Mann fuhr herum und bohrte einen Finger in die Brust des Freundes. »Du hast dich in die Angelegenheiten der Macht eingemischt, mein Junge. Weiße Esche gehört mir. Wir sind füreinander bestimmt ... für die Zukunft.«

Windläufer maß ihn mit einem merkwürdig verkniffenen Blick.

»Glaubst du immer noch, es war falsch von mir, dich aufzuhalten? Sie hätte dich gehaßt, das weißt du.«

Tapferer Mann schüttelte den Kopf, wandte sich wieder nach vorn und zwang seine müden Beine zu einem flotten Trab. Über die Schulter rief er: »Du hast das Unvermeidliche nur hinausgezögert ... und mich verärgert – und die Macht.«

»Ahha.«

»Du begreifst gar nichts, Windläufer. Ich wurde von der Macht auserwählt. Die Macht durchdringt alles wie ein großes Netz. Ihre Fäden verlaufen überall, durch die Felsen und das Dickicht ebenso wie durch die Seelen der Menschen. Ich bin an einem Ort gewesen, den sogar die Seelenflieger fürchten, obwohl sie ihn suchen. Ich entkam aus dem Lager der Toten. Damals drangen die Geister in meinen Kopf ein und flüsterten mir den vor mir liegenden Weg ein. Als ich Weiße Esche nach meiner Rückkehr aus dem Lager der Toten sah, fühlte ich die in ihr wohnende Macht. Die Stimmen sagten mir, sie würde die meine. Sie und ich bringen dem Volk eine neue Zukunft. Gemeinsam werden wir dem Volk die Macht bringen, damit nie wieder jemand hungern muß.«

»Mag sein, daß du dich mit Mächten auskennst, alter Freund, aber anscheinend kennst du Weiße Esche nicht.«

»Aber du, was? Kennst du sie etwa länger als ich? Hast du mehr Zeit mit ihr verbracht? Teilt sie ihre Seele mit dir? Was weißt du schon von ihr?«

»Daß sie dich getötet hätte, wenn du sie vergewaltigt hättest. Oh, vielleicht hättest du mit ihr zum Stamm der Gebrochenen Steine fliehen und sie bändigen können, aber sie besitzt eine innere Stärke, die du bei deinen Plänen anscheinend vollkommen außer acht läßt. Dieser Schlag auf den Kopf hat wohl deine Denkfähigkeit beeinträchtigt. Vergiß nicht, ein Teil ihrer Seele gehört immer noch dem Erdvolk.«

»Sie ist eine von uns.«

Windläufer schnaubte spöttisch. »Eine von uns. Möglich. Vielleicht hätte sie dir die Vergewaltigung ja auch verziehen. Aber wenn du sie wie eine auf dem Kriegspfad gefangengenommene Frau zum Stamm der Gebrochenen Steine verschleppt oder sie gar geschlagen hättest, dann hätte sie dich umgebracht, Tapferer Mann.«

»Dummkopf! Das würde die Macht niemals zulassen. Nein, es hätte vielleicht einige Zeit gedauert, aber schließlich hätte sie sich mir – der Macht – zugewandt.«

»Du glaubst das tatsächlich, nicht wahr?« Windläufer seufzte. »Ich weiß nicht, was mit dir passiert ist. Was ist bloß aus dem tapferen jungen Mann geworden, der du einmal gewesen bist? Hör mal, warum läßt du nicht Alter Falke für dich singen ...«

»Du Dummkopf!« Tapferer Mann warf ihm einen wütenden Blick zu.

»Ich habe dir nicht verziehen, daß du dich an jenem Tag

eingemischt hast. Vielleicht verzeihe ich dir nie. Was kümmert es dich? Du kannst sie nicht haben. Oder pocht in deinem Penis die Gier nach Blutschande?«

Böse runzelte Windläufer die Stirn. »Ich rühre sie nicht an. Nicht, solange sie meine Cousine ist.«

»Dann überlasse sie ihrem Schicksal.«

Tapferer Manns wachsender Zorn stachelte ihn zu einem Spurt an. Er erreichte das Ende des Grats und hielt Ausschau nach den Bisons, die noch nichts von der drohenden Gefahr bemerkt hatten.

Die beiden jungen Männer sprangen in eine Trockenrinne und näherten sich den Tieren. »Wieviel Zeit bleibt uns noch, bis die anderen die Falle zuschnappen lassen?« fragte Windläufer besorgt.

Tapferer Mann schielte hinauf zu den Wolken und prüfte den Stand der matten Sonne. »Nicht mehr viel. Wir beeilen uns besser, oder das Volk verhungert.«

Keuchend stürmte Tapferer Mann den letzten Hang hinauf. Ein aufragender Fels verbarg ihn vor der Jagdbeute. Seine Beine zitterten, und die Kopfschmerzen hämmerten wieder heftig gegen seine Schläfen. Hinter ihm knirschten Windläufers Mokassins rhythmisch im Schnee. Selbst wenn es ihn umbrachte, er würde die Führung nicht aufgeben. Er war bereit, alles zu riskieren, damit Windläufer nicht vor ihm an der für den Hinterhalt festgelegten Stelle anlangte.

»Vorsicht«, stieß Windläufer leise zwischen heftigen Atemstößen hervor, als sie sich der Herde näherten.

Tapferer Mann nickte kurz und kämpfte sich unterhalb einer verhaschten Schneewehe weiter. Der Schnee sah aus, als würde er sie tragen. Er kroch zu dem scharfen Sims der Wächte und blickte hinüber. Ungefähr zwei Speerwürfe entfernt konnte er den oberen Teil eines zottigen Rückens sehen.

Windläufer zeigte auf das Tal hinaus. Tapferer Mann konnte kaum Alter Falke erkennen, der tanzend die Arme hinauf zum wolkenverhangenen Himmel hob. Der junge Krieger grinste überheblich. Der alte Mann hatte keine Ahnung von Mächten.

In der Ferne ertönte ein gellender Schrei.

»Bereitmachen«, formte Tapferer Mann unhörbar mit den Lippen und versicherte sich, daß ein Speer wurfbereit an seinem Atlatl befestigt war. Er reckte den Hals, bis er die Bisons deutlich sehen konnte. Die kleine Herde war zusammengeströmt und bewegte sich in raschem Trab vorwärts. Plötzlich verharrten die Tiere, dann begannen sie ziellos umherzuirren. Mit einemmal erschütterte ein weiterer lauter Schlachtruf die Luft, die Bisons drehten in wilder Panik um und rasten auf die tiefe Schneewehe zu.

»Jetzt!« schrie Tapferer Mann. Er sprang auf, stürmte über die Kante der Wehe und lief in Schlangenlinien über die harte Kruste des verharschten Schnees. Mit heftig hämmerndem Herzen hastete er weiter und betete, der unsichere Untergrund möge ihn tragen.

Die Bisons kämpften gegen den Tiefschnee. Sie bockten und traten um sich, versuchten verzweifelt, festen Boden unter die Füße zu bekommen. Frostige Atemwolken dampften um ihre schneeverkrusteten Köpfe, als sie in panischer Angst markerschütternde Grunzlaute ausstießen.

Die Stimmen in Tapferer Manns Kopf kreischten schrill. Er blieb kurz stehen, ließ seinen Arm zurückschnellen und legte sein ganzes Körpergewicht in den Wurf. Mit einem trägen, dumpfen *Plopp* drang der Speer in die Flanke einer Kuh. Der harte Aufprall schleuderte den Hauptschaft zurück bis fast vor Tapferer Manns Füße, trieb den Vorderschaft tief in die Lungen des Büffels und schlitzte dessen lebenswichtige Blutgefäße auf.

Tapferer Mann jauchzte und legte einen zweiten Speer in die Kerbe. Ein Jährling, kaum größer als ein Kalb, blökte vor Entsetzen, seine Atemwolken stoben in die frostklirrende Luft. Lachend blickte Tapferer Mann dem Tier in die furchterfüllten Augen. Er katapultierte das Wurfgeschoß, doch das Kalb versuchte in diesem Moment, sich herumzudrehen. Der Speer traf eine Rippe, die Wucht des Aufpralls trennte den Vorderschaft vom Hauptschaft, und die Hornsteinspitze samt Bindung löste sich.

Tapferer Mann knurrte verärgert, legte einen dritten Speer

ein, sprang nach vorn und warf. Dieses Mal traf er sein Ziel genau. Die tödliche Speerspitze drang tief in den Brustkorb des Jungtieres.

Er wandte sich um, den letzten Speer bereit zum Wurf auf die noch lebenden Bisons, da verdeckte ihm Windläufers breiter Rücken das anvisierte Ziel.

Wie vom Blitz getroffen, durchzuckte ihn der Gedanke, seinen Speer in Windläufers Rücken bis ins Herz zu treiben.

Ein Unfall! raunten die Stimmen. *Niemand kann wissen, wie es passiert ist: Jagdunfälle kommen immer wieder vor.*

Windläufers Körper straffte sich, und er schleuderte seinen Speer in eine zappelnde Büffelkuh.

Tapferer Mann hörte das *Plopp* des Aufpralls und beobachtete, wie der Speerschaft zurückschnellte, hoch durch die Luft segelte, vom Wind ergriffen wurde und hinter der Kante der hohen Schneewehe verschwand. Die Kuh brüllte vor Angst und Schmerz, sprang vor und geriet mit dem Vorderfuß auf den Harsch. Wieder brüllte sie laut und brach mit ihrem Gewicht durch die Schneedecke. Blut sprudelte aus ihren Nüstern und besudelte den Schnee.

Tapferer Mann sah sich um. Der vierte Bison lag auf der Seite, schwer hob und senkte sich die Brust des Tieres, Blut lief ihm aus Nase und Maul.

»Essen«, flüsterte Windläufer. Er sank auf die Knie, hob die Arme zum grauen Himmel und stimmte ein Lied des Dankes an.

Unfälle passieren schnell, wisperten die Stimmen in Tapferer Manns Kopf. Er bückte sich und hob einen seiner Speerschäfte auf. Aus dem Beutel an seinem Gürtel nahm er einen Vorderschaft, ließ ihn in das Gelenk gleiten und drehte ihn fest, bis die Verbindung richtig hergestellt war. Er mußte nur –

»Ahhey! Sie haben es geschafft!« jubelte Pfeifender Hase und lief auf sie zu. »Alle vier! Erlegt! Nahrung! *Essen!*«

Der Körper von Warmes Feuer sah entsetzlich aus. Sein Fleisch schien aus dem leblosen Lehm des Flußufers geformt zu sein. Die Haut hing schlaff um seinen Körper und war am Schädel vollkommen eingefallen. Trotzdem hatten Rittersporn und Tannenzapfen sein Gesicht mit bunten, lebhaften Farben bemalt und seinen Leichnam in die schönste Lederkleidung gehüllt. Perlen aus Kaninchenknochen, Bärenklauen, Muschelschalen und leuchtende Tangarafedern zeugten von Ehrerbietung und der Liebe, die in den Herzen der Angehörigen seines Stammes für ihn schlug. Nun lag er neben der Grube, in der er seine letzte Ruhe finden sollte.

Auf dem Weg vom Lager hierher hatten sie das Lied der Trauer gesungen. Schilfrohr, Riedgras, Schwarze Hand und Anmutiger Fraus Ehemann, Große Weide, trugen die Leiche auf den Schultern. Hinter ihnen gingen Tannenzapfen, Rittersporn und Rosenbusch mit den Kindern, ihnen folgten Kranker Bauchs Tanten mit ihren Kindern.

Rittersporn hatte bestimmt, wo Warmes Feuer begraben wurde: auf dem windgepeitschten Kamm einer Sanddüne, die über das Tal auf den Green Mountain blickte. Der Geist von Warmes Feuer würde eine schöne Aussicht auf das Tal des Coldwater River haben, wo in Flußnähe die Beifußsträucher üppigem Gras wichen. Die Düne erhob sich hinter dem verwitterten Granitfelsen, der das Rundfelsen-Lager vor den vorherrschenden Winden schützte. In den Dünen nährten Phlox und Ampfer, Beifuß und Rosengewächse Warmes Feuers Geist. Es gab schlechtere Plätze für ein Grab – zweifellos hatte Rittersporn aber auch nach einer Stelle gesucht, an der das Graben nicht so mühsam war. Selbst hartgefrorene Sanddünen ließen sich leicht aushöhlen.

Kranker Bauch wartete etwas abseits im Hintergrund der Trauernden. Plage stand mit gespitzten Ohren neben ihm, der Wind zauste sein schwarzweißes Fell. Obwohl Rittersporn den Hund mit einem vernichtenden Blick bedacht hatte, brachte es Kranker Bauch nicht übers Herz, ihn ins Lager zurückzuschicken.

Der stechende Schmerz in seinen Eingeweiden wuchs ins Unerträgliche, als Riedgras und Große Weide den Leichnam von Warmes Feuer in die flache Grube legten. Sie mußten die Beine von Warmes Feuer bis an seine Brust heranziehen und den Körper krümmen, damit er hineinpaßte.

Auf Knolles runden Backen hinterließen die Tränen, die ihm langsam vom Kinn tropften, schmutzige Streifen. Bei diesem Anblick konnte auch Kranker Bauch die Tränen nicht mehr zurückhalten. Schwarze Hand sang ein Geisterlied zur Erdenmutter, in dem er sie inständig anflehte, Warmes Feuers Seele aufzunehmen.

Mit festem Griff umklammerte Rosenbusch Lupines Hand. Sie schien zu fürchten, auch das kleine Mädchen könne ihr plötzlich genommen werden. Die erst fünf Jahre alte Lupine verstand kaum, was geschah. Aus großen braunen Augen, einen Finger in den Mund gesteckt, beobachtete sie das Geschehen. Der Wind spielte mit den Fransen ihres Kleides aus Antilopenleder und ließ sie um ihre mageren braunen Beine flattern.

Rittersporn stand neben Schwarze Hand. Mit glänzenden Augen starrte sie auf die Leiche, als erinnere sie sich an irgend etwas lange Zurückliegendes und fast Vergessenes. Vor dem Hintergrund der Schneeverwehungen sah ihre gebeugte Silhouette wie ein Kranich aus, der sich über das Flachwasser beugt, bereit, die blitzschnell vorbeischießenden Elritzen aufzuspießen. Die anderen drängten sich dicht aneinander. Kummervolle Blicke wechselten von Rosenbusch zu Schwarze Hand und zu dem Leichnam in der Grube.

Kranker Bauch wandte sich ab. Die anderen begannen in einem anschwellenden Gesang ein Lied anzustimmen. Sie erinnerten in diesem Lied daran, daß sie stets gut zu Warmes Feuers Seele gewesen waren und er keinen Grund habe, zurückzukommen und sie als Geist zu verfolgen. Anschließend übergaben sie den Körper lobpreisend der Erde.

Rittersporn hob die Hände, und der Gesang verstummte. »Erster Mann! Erdenmutter! Erhört uns! Heute geben wir den Körper von Warmes Feuer an euch zurück. Nehmt die Kraft dieses Körpers. Laßt die Pflanzen sich von seinem Fleisch nähren. Laßt das Gras hier saftig sprießen, damit Antilopen und Büffel weiden können. Nehmt seinen Geist und gewährt ihm einen besonderen Platz, wo der Gänsefuß grün und reich mit Samen wachsen wird.

Erdenmutter, von dir nehmen wir deine großzügigen Gaben. Zu dir kehren wir eines Tages zurück. Erster Mann, wie du uns gegeben hast, so geben wir an dich zurück. Nimm Warmes Feuer. Er ist ein guter Mann, ein starker Mann, vor seiner Zeit zu dir zurückgekehrt. Mit dem Geschenk seines Körpers und seiner Seele bitten wir dich, unser Flehen um günstiges Wetter, üppige Pflanzen und viele Büffel, Wapitis und Antilopen zu erhören. Wir, dein Volk, ehren dich für das, was du uns gegeben hast.« Bei diesen Worten bückte sich die Stammesälteste und nahm eine Handvoll kalten Sand. Sie trat vor und streute ihn auf Warmes Feuers Brust.

Knolle schrie auf, klammerte sich an Rosenbuschs Kleid und versteckte weinend sein Gesicht. Nacheinander nahmen die Angehörigen des Rundfelsen-Stammes eine Handvoll Sand und ließen ihn auf Warmes Feuers Leichnam rieseln.

Kranker Bauch mußte sich zwingen, an die Grube zu treten. Er hatte das Gefühl, seine Gliedmaßen seien aus Holz geschnitzt. Er bückte sich und ergriff eine Handvoll des knirschend kalten Sandes. Zögernd blickte er auf den mit Sand bestreuten Körper. *Warum ausgerechnet Warmes Feuer? In dieser liebevollen Seele hatte niemals auch nur die Spur eines niederträchtigen Gedankens gelauert.*

Seine Hand bebte. Er spreizte die Finger. Der krümelige Sand rieselte mit einem hohlen Geräusch auf den Leichnam. Eine unendliche Traurigkeit stieg in Kranker Bauch auf und hinterließ eine gähnende Leere, die auch den letzten, seine Seele wärmenden Funken zum Erlöschen brachte. Er starrte hinaus über das Tal. Das froststarre Mosaik aus Salbeisträuchern und Schnee verschwamm vor seinen Augen. *Was ist mir geblieben? Was mache ich nun, da Warmes Feuer gegangen ist? Wer wird mich lieben?*

Plötzlich blinzelte er. Regungslos stand der schwarze Wolf kaum einen Speerwurf weit entfernt im schützenden Dikkicht und beobachtete ihn. Instinktiv wollte Kranker Bauch auf das Tier zeigen, doch da er wußte, daß der Wolf sofort hinter den Felsen verschwinden würde, wenn die Leute hinübersahen, unterdrückte er die Bewegung. Über die Entfernung hinweg fühlte er, wie sich die durchdringenden gelben Augen des Tieres in ihn hineinbrannten.

Geh. Geh fort … Die Worte von Warmes Feuer gingen ihm nicht mehr aus dem Kopf. *Suche die Träumerin.*

Windläufer beugte sich über das kleine Feuer und streckte dankbar für das bißchen Wärme die Hände darüber. Winzige Flammen leckten gierig an den Zweigen, mit denen er das Feuer in Gang hielt. Der Wind bohrte sich wie eiskalte Messer in seinen Rücken und zerrte heftig an seinen Zöpfen, die unter seiner Fuchspelzkapuze hervorhingen.

Mit zusammengekniffenen Augen starrte er über den Schauplatz des Gemetzels. Vor ihm fielen die Berge in eine mit Dornensträuchern bewachsene Ebene ab, hinter der sich eine Reihe Gipfel erhoben. Auf der Windseite der Hänge war der Boden freigeweht, die dem Wind abgekehrte Seite versank in tiefem Schnee. Die meisten Gipfel waren an den Kanten infolge der Erosion nur von Steinen und niedrigem Salbei bedeckt. Steile Sandsteinfelsen ragten gelegentlich durch den Schnee. Der düstere Himmel, verhangen von grauen, schweren Wolken, kündigte einen drohenden Sturm an. Wieder schlug eine Windbö auf ihn ein, schleuderte Schneekristalle gegen seinen Rücken, schürte die Flammen des Feuers zu leuchtendem Gelb und blies Asche und Glut über den gefrorenen Boden.

Windläufer grinste. Dieser Grat war ein denkbar ungünstiger Ort, um Büffel zu zerlegen, aber die Jagd war hervorragend verlaufen, und er war zufrieden. Er blickte über die Schulter zu den Männern hinüber, die, im peitschenden Schneegestöber nur schemenhaft erkennbar, ihre mühselige Arbeit verrichteten. Fleisch: ein Geschenk des Himmels – trotz des brausenden Windes, der den Menschen mit eisigen Krallen das letzte bißchen Wärme entriß.

Tapferer Mann stapfte auf der Seite des Grats, auf der die Füße festeren Halt fanden, hinauf und kauerte sich nieder. Er nahm einen aus einer Geweihsprosse gefertigten Stab und hieb damit Splitter von der stumpf gewordenen Kante eines zweischneidigen Quarzits, den er zum Zerlegen des Fleisches verwendete. Das dumpfe, klatschende Geräusch des Stabes übertönte den stöhnenden Wind. Feine Steinsplitter fielen mit melodischem Klirren zu Füßen des Kriegers auf den gefrorenen Schnee.

Windläufers Gedärme verkrampften sich. Was war mit Tapferer Mann los, warum war er nur so unruhig? Jedesmal, wenn sie in den letzten Tagen zusammen waren, hatte er das Gefühl gehabt, nur um Haaresbreite von einer gewalttätigen Auseinandersetzung mit ihm entfernt zu sein. Tapferer Manns Haltung wirkte bedrohlich auf ihn, er versuchte seine Feindseligkeit kaum zu verbergen. Doch irgend etwas schien ihn noch zurückzuhalten.

Er wartet. Eine Gänsehaut lief Windläufer über den Rükken. *Sobald diese Stimmen in seinem Kopf ihm sagen, er solle mich töten, wird er es tun.*

Bilder aus der Vergangenheit wurden in seinem Kopf lebendig: die Zeiten, in denen sie hintereinander hergejagt waren, mit Speeren und Reifen gespielt, Schlangen und Vögel gefangen und im Gras miteinander gerungen hatten. Jetzt war ihre Freundschaft zerbrochen – zersplittert wie verwittertes Holz unter einem Steinhammer. Wie konnten sich zwei so gute Freunde dermaßen gegensätzlich entwickeln?

Verwirrt schüttelte Windläufer den Kopf. Wie merkwürdig die Mächte doch mit den Menschen umgingen – besonders mit jenen, die behaupteten, im Lager der Toten gewesen zu sein.

»Gehört das Feuer dir allein?« fragte Salbeigeist vergnügt. Er kauerte sich neben Windläufer nieder und hielt die blutverkrusteten Hände über die winzigen Flammen.

»Recht kalt.«

»Kann man wohl sagen.« Geräuschvoll zog Salbeigeist die Nase hoch. »Hört mal, jemand muß zum Lager zurück und den anderen Bescheid sagen. Es ist besser, das Lager hierher zu verlegen, als das ganze Zeug zurückzutragen.«

Windläufer sah sich in dem tiefverschneiten Land um. Hinter jedem Beifußstrauch türmte sich eine dreieckige, spitz zulaufende Schneewehe. »Und wo meinst du? Ich sehe hier kaum eine geschützte Stelle.«

Salbeigeist wiegte sich auf den Fersen vor und zurück, um sich warm zu halten. »Ich schicke Rotluchs und Tapferer Mann los. Sie sollen sich umsehen. Vielleicht finden sie in der Nähe eine geeignete Stelle. Falls nicht, könntest du dir ja ein paar von diesen Büffeln auf die Schultern laden und sie zum Lager tragen.«

Windläufer grinste und entblößte dabei seine ebenmäßigen weißen Zähne. »Klar, Onkel. Ich nehme zwei … wenn du den Rest trägst.«

Salbeigeist lächelte belustigt, wurde aber sofort wieder ernst. »Mir ist es auch aus einem anderen Grund wichtig, daß du ins Lager zurückgehst. Ich habe so ein merkwürdiges Gefühl. Es ist nur so ein vages Unbehagen, aber es hängt mit dem Lager zusammen. Gehst du hin und siehst nach? Überzeuge dich, daß es Leuchtender Mond und Weiße Esche gutgeht.«

Windläufer warf ihm einen neugierigen Blick von der Seite zu. »Hast du mit Alter Falke darüber gesprochen? Vielleicht hattest du einen Geistertraum.«

Salbeigeist schürzte die Lippen und hielt den Blick unverwandt auf das Feuer gerichtet. »Nein. Es ist nur so ein unbestimmtes Gefühl.« Er zögerte. »Geh zurück und sorge dafür, daß das Lager verlegt wird. Bis ihr hier seid, haben wir einen geeigneten Platz gefunden.«

»Wird eine Weile dauern, bis ich im Lager bin. Bis wir alle hier sind, vergehen vermutlich noch einmal zwei Tage. Für die Alten und die kleinen Kinder wird es hart werden, sie können nicht so rasch gehen. Andererseits können wir auch nicht in der offenen Ebene übernachten. Der Wind würde uns geradewegs hinauf auf die Berggipfel des Wolfsvolkes blasen.«

Salbeigeists Gesicht wirkte angespannt. Er ließ seinen Blick mißtrauisch über die verschneiten Hügel schweifen, als suche er nach verborgenen, zwischen den Sträuchern herumschleichenden feindlichen Kriegern. »So etwas darfst du nicht einmal denken.«

»Mir wäre wohler, wenn wir woanders hingehen könnten.«

»Vielleicht nach Süden … vielleicht da hinunter, über diese Berge.« Salbeigeist beschirmte die Augen vor dem Wind und blickte hinüber zu den unregelmäßig gezackten Gipfeln am südlichen Horizont. »Ich war früher einmal dort, als ich der Macht gehorchend Weiße Esche vom Erdvolk raubte. Vielleicht könnten wir einen Ort finden, an dem das Erdvolk uns in Ruhe läßt.« Salbeigeist nickte vielsagend mit dem Kopf. »Weiße Esche sagte mir, das Erdvolk habe immer genügend zu essen gehabt. Im Unterschied zu uns kennen sie sich gut mit den Pflanzen aus. Wenn es wenig Tiere gibt, essen sie Samen, Wurzeln und getrocknete Blätter. Auch die Händler behaupten, beim Erdvolk herrsche nie Mangel an Nahrung«

»Du willst Pflanzen essen?«

Salbeigeist lachte nervös. »Es spricht einiges dafür, wenn man weiß, hinterher hat man einen vollen Bauch.«

»Wapitis und Büffel fressen Pflanzen. Aber mir erscheinen sie zur Zeit nicht wohlgenährt.«

»Das Erdvolk sammelt die Pflanzen im Sommer und im Herbst. Sie sammeln Samen und trocknen sie über dem Feuer. Manche Pflanzen kohlen sie an der Außenseite an, damit sie nicht schimmeln. Sie legen Vorräte für den Winter an – und gehen gleichzeitig auf die Jagd. Wapitis und Büffel sammeln keine Pflanzen auf Vorrat, und im Winter deckt der Schnee ihre Weideplätze zu.«

»Sie jagen auch nicht.«

»Darum liegen sämtliche Vorteile auf der Seite der Menschen. Wir können Pflanzen essen und Wild jagen.«

»Du willst wirklich Pflanzen essen?«

»Dir schmecken doch auch die Kiefernsamenkuchen, die die Händler zu uns in den Norden bringen. Wenn ich mich recht erinnere, hast du eine Menge getrocknetes Büffelfleisch für diese Köstlichkeit eingetauscht.«

Windläufer schnaubte. »Da hast du mir etwas zum Nachdenken mit auf den Weg ins Lager gegeben. Vier Büffel reichen nicht lange bei all den hungrigen Mäulern. Vielleicht kann ich ja unterwegs noch Kleinwild erlegen. Das würde den Vorrat ein bißchen vergrößern.«

»Mach das«, erwiderte Salbeigeist gutmütig. »Und paß auf deine Tante auf. Ich mache mir ihretwegen Sorgen.«

»Das verspreche ich dir. Deine Zauberträume beunruhigen auch mich. Damals, im Lager oberhalb des Fat Beaver River, hattest du auch merkwürdige Vorahnungen – bevor der Schwarzspitzen-Stamm uns vertrieben hat.« Windläufer erhob sich. Mit dem Daumennagel kratzte er sich getrocknetes Blut von den Nägeln. »Ich nehme für alle Fälle ein bißchen Fleisch mit.«

»Ich helfe dir beim Packen.«

Bevor Windläufer sich auf den Weg zum Lager machte, blickte er auf die verglimmenden Glutreste seines Feuers, die der Wind über den Schnee blies. Die Mächte hatten stets eine besondere Verbindung zu Salbeigeist gehabt. Was bedeutete sein merkwürdiges Gefühl diesmal? Nachdenklich starrte Windläufer in die Überreste der Asche … ihn fröstelte.

Tapferer Mann stand auf der höchsten Erhebung des Grats. Gedankenversunken blickte er Windläufer nach, dessen Gestalt wie ein immer kleiner werdender dunkler Punkt vor dem Schnee auf und ab hüpfte, bis sie schließlich im Norden hinter einer Hügelkette verschwand.

Nun, alter Freund, du gehst und holst das Volk. Und du bringst auch Weiße Esche hierher. Bei diesem Gedanken lachte er vergnügt in sich hinein. Er sah zum grauen Himmel hinauf, wo der Sturm die Wolken zu mächtigen Gebilden türmte. Gelegentlich trieben kleine, zarte Schneeflocken herunter. Die peitschenden Windböen erfaßten sie, und sie stachen peinigend auf ihn ein.

In der Nacht hatte er geträumt. Eingehüllt in seine Dekken, hatte er die Jagd noch einmal erlebt. Der Wind hatte getobt und wie eine Geistermacht zu ihm gesprochen. Er fühlte die Lockung des grauen Dunstschleiers, genoß die darin verborgene Verheißung. Etwas Wundervolles, Mächtiges lag hinter dem schemenhaften Dunst. Er hörte Stimmen, die sich zu einem Lied vereinten. Er fühlte, wie die Ranken der Macht seine Seele liebkosten. Könnte er doch nur den Weg zum Mittelpunkt dieses mystischen Wunders finden. Die Stimmen hatten ihm zugeflüstert, bald werde etwas Bedeutendes geschehen. Sie hatten ihm wieder Weiße Esche versprochen – und ihre Macht.

Eines Tages muß ich dich umbringen, Windläufer. Die Macht sagt es mir. Ich fühle es – fühle wie dein Blut rot und warm auf meine Hand tropft.

Tapferer Mann schloß die Augen. Ein stechender Schmerz durchzuckte seinen Kopf. Die erneut pochenden Kopfschmerzen zersplitterten seine Gedanken. Was war aus seiner Freundschaft mit Windläufer geworden? Wohin war alles entschwunden? Die Macht war zu ihm gekommen, aber um welchen Preis?

Vor seiner Flucht aus dem Lager der Toten hatte er die Stimmen nie gehört. Während jenes unheilvollen Sommers vor zwei Jahren lagerte der Weißlehm-Stamm im Norden an den Ufern des Fat Beaver River. In seinem grünen Schwemmland wuchsen reichlich dreiblättrige Pappeln, das saftige Gras lockte die Bisonherden an. Die Jagdgründe waren sehr ergiebig gewesen. Damals standen Windläufer und er sich sehr nahe. Weiße Esche war zu einer jungen Frau herangereift und warf Tapferer Mann verheißungsvolle Blicke zu.

Alles änderte sich, nachdem der Schwarzspitzen-Stamm bei einem Überraschungsangriff das Lager zerstört hatte. Das Schwarzspitzen-Volk suchte verzweifelt nach neuen Jagdgründen – doch der Weißlehm-Stamm war nicht bereit, das Tal des Fat Beaver River mit einem anderen Stamm zu teilen. An jenem Morgen waren die Krieger der Schwarzspitzen mit wilden Kriegsrufen zwischen den Pappeln hervorgestürmt und hatten das friedlich schlafende Lager überrumpelt. Noch bevor jemand wußte, was geschah, waren sie bereits mitten im Lager.

Am Tag zuvor hatten Tapferer Mann und Windläufer in diesem Lager noch zusammen gespielt. Sie hatten ihre Speere auf Zielscheiben geworfen und sich darüber unterhalten, welche Tätowierung sie wohl im nächsten Jahr, wenn sie Männer wurden, bekommen würden.

Damals hatten wir gemeinsame Träume. Jetzt hast du dich gegen mich gestellt, alter Freund. Verächtlich spuckte Tapferer Mann in den Schnee.

Als die Warnrufe ertönten, war er im Zelt seines Vaters erwacht. Wie alle anderen hatte er die Decken beiseite geworfen, nach seinem Atlatl und den Speeren gegriffen und war nackt und verängstigt aus dem Zelt gestürmt. Draußen herrschte heillose Verwirrung. Die Krieger tobten mit wilden Schlachtrufen durch das Lager. Frauen kreischten, und Kinder weinten vor Entsetzen. Ein großer Krieger packte Felsmaus, die gerade aus ihrem Zelt rannte, an den Haaren, und holte mit einem Steinstiel aus, um ihr den Kopf zu zerschmettern. Tapferer Mann legte einen Speer in den Atlatl und trieb ihn mit all seiner Kraft in den Rücken des Mannes. Aber er besaß nur die Speere eines Jungen mit grob behauenen Spitzen, die nicht wie die Speere eines Mannes mit ihren fein gearbeiteten, scharfen Spitzen tief in den Krieger eindrangen.

Der Krieger schrie vor Schmerz auf, ließ Felsmaus los und wirbelte herum. Tapferer Mann legte einen zweiten Speer in die Rille ein und schleuderte ihn in die Brust des Mannes. Rasend vor Wut und Schmerz, stürmte der Krieger auf ihn zu, doch Tapferer Mann stieß einen dritten Speer in den Bauch des Feindes. Beide taumelten zu Boden. Tapferer Mann kämpfte um sein Leben. Er trat um sich und schrie gellend, da er der Kraft des erwachsenen Kriegers kaum etwas entgegenzusetzen hatte. Er starrte in die von tödlichem Haß erfüllten Augen des Mannes. Plötzlich sickerte Blut aus den Mundwinkeln des Feindes und tropfte bei jedem seiner gequälten Atemzüge auf Tapferer Manns Gesicht.

Tapferer Mann gelang es, dem Mann mit der flachen Hand ins Gesicht zu schlagen und sich mit schlängelnden Bewegungen aus seiner Reichweite zu entfernen. Als er versuchte, aufzustehen, bemerkte er entsetzt, wie der Krieger langsam auf ihn zukroch. Blutiger Schaum troff aus dem Mund des Mannes, hellrote Blasen befleckten den Boden.

An das, was danach geschehen war, konnte er sich nicht erinnern. Erst später erzählte ihm Felsmaus, sie habe geschrien, um die anderen Weißlehm-Krieger aufmerksam zu machen; doch ein feindlicher Krieger sei herbeigeeilt und habe ihm einen beinahe tödlichen Schlag auf den Kopf verpaßt, der nur seine Kopfhaut aufgerissen und ihn zu Boden geschmettert hatte. Sie aber habe geglaubt, der Schlag habe ihn getötet.

Aber ich lebte. Das Bild verblaßte und versank im Nebel der Erinnerung. Während er Windläufers immer kleiner werdender Gestalt nachblickte, betastete Tapferer Mann die gezackte Narbe unter seinem dichten Haar. Die Stimmen wisperten ihm zu, und die Erinnerungen kehrten zurück ...

In der Dunkelheit hatte Tapferer Mann das Bewußtsein wiedererlangt. Sein Kopf schmerzte brennend, und sein Blick war verschwommen; alles sah seltsam unscharf aus, gleichzeitig tanzten flimmernde Lichtpunkte durch die Finsternis. Das Rascheln der Pappelblätter im Nachtwind dröhnte in seinen Ohren wie das Klappern und Krachen aneinanderschlagender, tanzender Knochen.

Er taumelte auf die Füße und torkelte zwischen den leeren Zelten im Lager der Toten umher, bahnte sich, von Panik erfüllt, im Zickzack den Weg um die überall herumliegenden Leichen. Er erkannte das Gesicht seines Vaters, aufgedunsen, angefressen von Aasgeiern. Aus dem Bauch seiner Mutter, die auf dem Rücken hingestreckt danebenlag, quollen die verwüsteten Eingeweide. Dunkle Gestalten schlichen zwischen den Toten umher. Sie gingen ihm geflissentlich aus dem Weg, stahlen sich auf lautlosen Füßen durch die Schatten der Nacht.

Durch die Höllenqualen seines hämmernden Kopfes hindurch drängten ihn flüsternde Stimmen zur Flucht. Fast wahnsinnig vor Entsetzen, begann er zu laufen. Er stürmte aus dem Lager der Toten hinaus auf das dahinterliegende Grasland. Die Seelen der zornigen Toten rauschten bedrohlich in der Luft und griffen mit verfaulten Fingern nach ihm. Er spürte noch das Zuschnappen ihres tödlichen Griffs, dann drehte sich die Welt um ihn, hob und senkte sich, und ihm wurde schwarz vor Augen. Er merkte nicht, wie er zu Boden stürzte, sah nur die in seinem Kopf explodierenden Lichter.

Als er wieder zu sich kam, stand die Sonne hoch am Himmel. Ihre stechenden Strahlen blendeten seine entzündeten Augen. Er streckte sich im hohen Gras aus, in den Bäumen sangen und zwitscherten die Vögel. Die Stimmen in seinem Kopf wisperten und lachten, um gleich darauf wieder gräßlich zu jammern.

Unter größten Qualen kroch er zum Lager zurück und entdeckte fremde Krieger zwischen den Zelten. Manche hatten ihre Tragen und Beutel mit geplünderten Habseligkeiten vollgepackt.

Verzweifelt schleppte er sich weiter. Wenn er stehenblieb, würden ihn die Toten packen. Die tödliche Bedrohung lauerte direkt hinter ihm und wartete nur darauf, daß er einen Fehler machte, daß er – und sei es nur für einen winzigen Augenblick – den Mut verlor.

Was an den folgenden Tagen geschah, ergab für ihn nie einen zusammenhängenden Sinn. Sein Gedächtnis war wie eine prächtig gearbeitete Obsidianspitze, die von einem schweren Quarzithammer zermalmt worden war – zerschlagen in zu viele Splitter, um je wieder zusammengefügt werden zu können. Bruchstückhaft erinnerte er sich an einzelne Fetzen aus jener Zeit: an den Hunger, den er mit lebenden Grashüpfern oder mit aus Vogelnestern gestohlenen Eiern stillte; an seinen Versuch, im Gras wimmernd und weinend Zuflucht vor den Stimmen zu finden; an die hämmernden, an und abschwellenden Kopfschmerzen. Er fühlte noch heute wie die Sonne seinen nackten Rücken verbrannte, wie er im kalten Regen zitterte und schauderte, wenn Stürme den Himmel aufwühlten. Er trat in Kaktusdornen, zog sich auf den Felsen blutende Risse zu. Gräser und Dornensträucher kratzten tiefe rote Striemen in seine Haut.

Nach vier Tagen voller Hunger und Durst hatte der Traum einer Macht von ihm Besitz ergriffen. Auf einem felsigen Grat fiel er in erschöpften Schlaf. Er hörte den Singsang, fühlte die Macht. Seine Seele schwebte auf und ab, wurde hochgehoben wie ein Blatt im Wind. Er ließ sich in den weichen grauen Dunst sinken und brach erlöst in Tränen aus. Schließlich nahm er in weiter Ferne ein goldenes Leuchten wahr.

»Wer bist du? Woher kommst du?« Eine angenehme Stimme – ganz anders als das Geflüster der Toten – erreichte ihn auf den sich verzweigenden Wegen des schimmernden Goldes. Das Rauschen eines tosenden Feuers in der Ferne erfüllte die honigsüße Luft.

»Ich bin Tapferer Mann. Ich bin aus dem Lager der Toten entkommen.«

»Was wirst du mit der Macht anfangen? Du bist nicht mehr der, der du einmal warst. Deine Seele hat sich verändert. Das Gold schien zu pulsieren. »Ich will vernichten – so wie meine Feinde versucht haben, mich zu vernichten.«

Er hat sich verändert, rief ein Chor von Stimmen durch den Nebel. *Wie ein Werkzeugstein, der zu lange in der Hitze behandelt wurde, ist aus ihm etwas anderes geworden. Er hat die Macht mit Schmerz und Leiden verbunden. Seine Seele hat sich gegen uns gewandt – ist verdorben von der grünen Glut der Wut.*

»Wo bist du?« rief Tapferer Mann und suchte nach der Quelle der Macht – aber der goldene Dunstschleier stieß ihn heftig zurück.

Keuchend erwachte er. Zackige Felsen marterten sein nacktes Fleisch. Er schluchzte. Die Ablehnung durch die Macht schmetterte ihn nieder.

»Ich finde dich«, flüsterte er drohend in den wolkenverhangenen Himmel. »Ich werde die Macht besitzen.« Er hob die geballte Faust zum Himmel und schrie seine Enttäuschung hinaus: *»Ich schwöre es bei meiner Ehre! Nichts wird Tapferer Mann aufhalten!«*

Er brach zusammen. Das unheilvolle, langgezogene Heulen eines Wolfes hallte durch die Nacht.

Nach Süden, flüsterten die Stimmen der Toten in seinem Kopf. Er raffte sich auf und schwamm den Hochwasser führenden Fat Beaver River flußabwärts. Er marschierte auf der Sohle der Trockenrinnen nach Süden und mied das zerklüftete Hochland. Er aß, was immer ihm in die Hände fiel.

Aber ich lebte. Ich erwies mich der Macht würdig. Ich entkam aus dem Lager der Toten und dem Grauen, das mich verfolgte.

Als ihn Keine Zähne und Rotluchs schließlich fanden, begrüßten sie ihn voller Freude. Er hatte sie zunächst nicht wiedererkannt. Sie hüllten ihn in ein weiches Fell und sagten, sie hätten geglaubt, die Schwarzspitzen-Krieger hätten ihn getötet.

Die beiden Freunde kümmerten sich um ihn und berichteten, was seit dem Überfall geschehen war. Das Volk war über den Fat Beaver River nach Süden geflohen. Darüber war es zu zornigen Auseinandersetzungen im Rat gekommen. Schwarzer Adler und Grauer Donner hatten sich von Pfeifender Hases Gruppe getrennt. Jedem Anführer hatten sich Angehörige des Weißlehm-Stammes angeschlossen. Die eine Gruppe hatte sich entlang des Fat Beaver River nach Westen, die andere nach Osten gewandt. Pfeifender Hase hatte die Führung der dritten Gruppe übernommen – zu der er nun gestoßen war – und war mit ihr nach Süden gewandert.

Zerlumpt und hungrig kam er mit Keine Zähne und Rotluchs in Pfeifender Hases Lager an. Alter Falke sang eine Gesundbetung, danach ging es Tapferer Mann besser. Seine Erinnerung kehrte langsam zurück, und die Schwindelanfälle quälten ihn weniger häufig. Seine zerschundenen Füße heilten, ebenso die übrigen Kratzer und Schnitte. Windläufer setzte sich öfters zu ihm, und sie unterhielten sich. Aber für Tapferer Mann hatte sich die Welt verändert. Die Geister flüsterten in seinen Ohren, machten ihm Versprechungen und warnten ihn vor drohender Gefahr. Der lockende graue Nebel und die goldene Verzückung schwebten stets knapp außerhalb seiner Reichweite.

»Ich bin aus dem Lager der Toten entkommen«, erinnerte er sich stolz. Die Macht war zu ihm gekommen. Er war auserwählt worden. Jeder Angehörige des Volkes wußte, daß sich Seelenflieger durch Singen und Fasten reinigen. Auf diese Weise befreiten sie ihre Seelen vom Körper und ließen sie hinauf zum Lager der Toten fliegen, wo sie verlorene Seelen erlösten; das erforderte jahrelange Vorbereitung – und einen erfahrenen Seelenflieger, der dem Neuling den Weg zeigte.

»Aber ich durchquerte das Lager der Toten mit meinem Körper, nicht nur mit der Seele. Niemand besitzt eine solche Macht wie Tapferer Mann.« Bei diesen Worten plapperten die Geister zustimmend.

Noch immer starrte Tapferer Mann mit zusammengekniffenen Augen in die Richtung, in der Windläufer verschwunden war. Ein kaum merklicher Schmerz durchzuckte seine Schläfen. *Bald geschieht etwas,* versprachen die Stimmen. *Bald.*

»Tannenzapfen? Geh mit den anderen hinaus. Laßt uns allein.« Rittersporn saß in ihrer Hütte neben Schwarze Hand und forderte ihre Tochter mit einer entsprechenden Geste auf zu gehen. Tannenzapfen nickte gehorsam und ging mit Schilfrohr und Phloxsamen hinaus. Die beiden Söhne von Phloxsamen waren vor langer Zeit durch ihre Heirat Angehörige des Weißen-Sandstein-Stammes und des Dornstrauch-Stammes geworden. Beide Ehen hatten dem Rundfelsen-Stamm die Erlaubnis verschafft, in Notzeiten in den Gebieten dieser Stämme zu jagen.

Als der Türvorhang zufiel, griff Rittersporn hinter sich und warf noch etwas Holz in das Feuer. Einen Augenblick lang beobachtete sie wie gebannt die auflodernden Flammen, dann lehnte sie sich in die weichen Felle an der Erdwand der Hütte zurück.

»So.« Sie wandte sich Schwarze Hand zu. »Jetzt erzähl mir, was es mit dieser Hexereigeschichte auf sich hat. Ist es den Leuten im Dreigabelungenlager ernst damit? Soll ich es für dich herausfinden?«

Schwarze Hand streckte seinen langen Körper und bog den Rücken durch. Seine Miene verzog sich schmerzgequält.

Sie lachte trocken. »Immer noch die alte Wunde?«

»Ja. Ein erfahrener Mann wie ich hätte eigentlich wissen sollen, daß man einem Büffel niemals den Rücken zukehrt … noch nicht einmal, wenn man annimmt, das Tier sei tot.« Er hob die Hände und spreizte die Finger. »Ich weiß nicht … ja, wenn du willst. Finde heraus, ob Grünes Feuers Anschuldigungen ernst zu nehmen sind und wieviel einfach Zorn über den Tod ihres Mannes ist. Er war ein alter Mann – seine *Seele* war schwach. Ich habe niemanden verhext.«

Rittersporn rieb sich nachdenklich die Stirn und mahlte mit den zahnlosen Kiefern. »Ich könnte Kranker Bauch zum Dreigabelungenlager schicken.«

»Ausgerechnet ihn? Bist du sicher? Ich meine, er … nun ja …« Schwarze Hand sah sie zweifelnd an.

Begütigend tätschelte Rittersporn sein Knie. »Er befolgt gehorsam meine Anordnungen. Sonst ist er zu nichts zu gebrauchen, da hast du recht. Mit diesem verkrüppelten Arm ist er nur ein halber Mensch. Arbeitet wie ein Junge und ißt wie ein Mann. Wozu ist er nütze? Fast drei Jahre habe ich gebraucht, bis ich ihn endlich verheiraten konnte, und dann richtete er ein solches Durcheinander an. Ständig stellte er Fragen und stocherte in Angelegenheiten herum, die ihn nichts angingen. Sie hat ihn rausgeworfen.«

Schwarze Hand lachte. »Mit Goldener Flachs ist es allerdings auch kein leichtes Auskommen.« Er stützte das Kinn in die Hand und starrte nachdenklich ins Feuer. »Du magst ihn nicht, stimmt's?«

Ihre Augen wurden schmal. »Hm, ich glaube nicht. Er ist nicht … nun ja, wie ein Mann sein sollte. Er geht nicht auf die Jagd, kundschaftet nie die Gegend aus und baut nichts mit eigenen Händen. Wenn man ihm sagt, er solle Schlüsselblumen sammeln, weil Anmutige Frau an Menstruationskrämpfen leidet, kommt er einen halben Tag später mit leeren Händen zurück – weil er vergessen hat, was er holen sollte. Sprichst du ihn darauf an, erzählt er dir, er habe darüber nachgedacht, woher die Wolken kommen. Wie kann man jemanden *mögen,* der sich so verhält? Ihm fehlt jede *Vernunft!*«

»Er hat einen schlimmen Arm. Du kannst nicht von ihm erwarten, daß er wie ein vollwertiger Mann lebt.«

»Diesem Fünf Kiesel ist so etwas Ähnliches zugestoßen.«

»Ich habe seinen Arm amputiert.« Er verstummte. »Er gehört zu denen, die es geschafft haben.«

»Hör auf damit.«

Schwarze Hand stieß einen ärgerlichen Seufzer aus. »Ich habe andere Sorgen. Es ist, als ob ... als ob mich meine Macht verläßt. Manchmal glaube ich, ich habe die Fähigkeit verloren, Geistermacht zu lenken. Die Träume beinhalten noch soviel Macht wie eh und je, aber sie läßt sich nicht mehr in *diese* Welt übertragen.«

»Ich vermute, wenn deine Macht nachläßt, möchtest du wohl kaum wieder mein Liebhaber sein?« Sie warf ihm einen herausfordernden Blick zu.

Er lachte. »Nein. Einen solchen Skandal könnte ich wohl nicht mehr durchstehen. Ein Mann, der *vielleicht* gerade seine Macht verliert, sollte sich nicht der Lächerlichkeit preisgeben. Wenn mich eine Frau interessiert, dann Rosenbusch.«

Rittersporn grinste ihn an und zeigte dabei ihre zahnlosen Kiefer. »Du bekommst sie nur über mich. Noch führe ich das Lager.«

»Und wenn ich auf die Macht verzichte und mich statt dessen für Rosenbusch entscheide?«

Sie blinzelte nachdenklich. »Du *könntest* mich dazu überreden, vorausgesetzt, du kannst mir sagen, welchen Vorteil der Rundfelsen-Stamm davon hat.«

Geistesabwesend starrte Schwarze Hand ins Feuer. »Das habe ich immer an dir bewundert. Stets setzt du deine Gerissenheit für das Ansehen des Stammes ein.«

»Ziehst du Rosenbusch der Macht vor, laß es mich wissen.«

Stirnrunzelnd kaute er auf den Lippen herum. »Es wäre eine Überlegung wert. Aber um noch einmal auf die Hexerei zurückzukommen. Ich bin ...«

»Du glaubst, sie rufen dich nicht mehr und versuchen, dir aus dem Weg zu gehen?«

Er lächelte freudlos. »Vielleicht. Oder Schlimmeres.«

»Fürchtest du, ausgestoßen zu werden?«

Er nickte mürrisch.

Prüfend schielte sie aus den Augenwinkeln zu ihm hinüber. Er sah mit zunehmendem Alter immer besser aus. Ihr

Herz schlug schneller. Eiter und Maden, ihr fehlte ein starker Mann.

Schwarze Hand massierte seine Finger. »Ein Geistermann sollte sich keine Sorgen um eine Verbannung machen müssen. Was ist bloß los? Was habe ich getan? Ich habe niemanden verhext. Ich muß frei von solchen Ängsten sein, sonst kann ich mich nicht auf die Macht konzentrieren. Ich fürchte mich wohl zu sehr vor übler Nachrede. Dabei sitze ich so leidenschaftlich gern an den Feuern und höre dem Tratsch der Leute zu.«

»Findest du nicht, du lieferst dich viel zu sehr deiner Leidenschaft aus?«

Für einen Augenblick kehrte das alte Funkeln in seine Augen zurück. »Könnte sein. Du bist noch immer eine Versuchung für mich.«

Lügner! Aber seine Worte taten ihr gut. »Hast du schon in Erwägung gezogen, Singende Steine ausfindig machen zu lassen? Er hält sich in einer Felshöhle am Südende der Grass Meadow Mountains auf – falls er noch lebt.«

»Ich dachte, du kannst ihn nicht leiden.«

Rittersporn schnaubte verächtlich. »Ich hasse ihn – und gleichzeitig respektiere ich ihn. Er gehört zu den wenigen – ach, vergiß es.«

»Zu den wenigen, die du nicht herumkommandieren kannst.« Schwarze Hand hob in einer abwehrenden Geste die Hände. »Sieh mich nicht so an. Wir kennen einander zu lange. Du willst alle Fäden in der Hand halten, und es hat dich wahnsinnig gemacht wie ein Frühlingskalb, wenn Singende Steine dich mit diesen belustigten, gedankenversunkenen Blicken angesehen hat.«

Sie funkelte ihn an, lenkte aber rasch ein. »Mag sein. Ich konnte ihn nicht manipulieren, aber das heißt noch lange nicht, daß ich nicht seine Macht respektiere. Und darauf kommt es an, das weißt du genau. Auf die Macht. Er betrachtet die Welt mit Augen, die über die menschlichen Beweggründe hinaussehen können. Mich interessiert an einer Macht nur, welche Vorteile sie mir bringt. Die Angehörigen des Stammes müssen überzeugt sein, dank der Macht wisse ich mehr als alle anderen. Das hält sie davon ab, eigene Vorstellungen zu entwickeln. Singende Steine redete davon, daß eine Macht überall und für alle da ist. Das hat mich geärgert.«

»Er redete davon? Du sprichst von ihm, als sei er tot.«

Rittersporn hob eine Schulter. »Er tat mir einen Gefallen, als er verschwand ... als die Macht ihm sagte, er solle in die Berge hinaufgehen. So war er mir nicht mehr im Wege, und ich konnte mich nach meinem Gutdünken verhalten. Der Grund für sein Fortgehen hatte irgend etwas mit dem Bündel zu tun, das Schilfrohr gestohlen hat. Ich erinnere mich noch gut an jenen Tag bei der Großen Versammlung. Singende Steine trat in den Kreis des Rats und blieb vor diesem Wolfsfell stehen, in das sie das Bündel gewickelt hatten. Er hob das Bündel auf, zitterte dabei am ganzen Leib, schrie auf und sank auf die Knie. Später behauptete er, er habe die leuchtende Gestalt eines Mannes gesehen, als die Sonne durch die Wolken brach. Er sagte, das Bündel müsse dem Wolfsvolk und seinem Hüter zurückgegeben werden oder wir müßten leiden.

Kaum eine Stunde später tauchte das Wolfsvolk auf. Wir haben es damals richtig gemacht, denke ich. Wir gaben ihnen das Bündel zurück im Tausch für Fleisch und Kiefernsamen für zehn Winter. Und wir schlossen Frieden mit dem Wolfsvolk. In den alten Legenden heißt es, einige unserer Vorfahren stammen von diesem Volk ab.«

Schwarze Hand schnaubte. »Ich kann nicht hinauf in die Grass Meadow Mountains gehen. Nicht seinetwegen«

Sie warf den Kopf in den Nacken. »Aha. Ich habe von euren Meinungsverschiedenheiten gehört.«

Schwarze Hand starrte gedankenverloren in die Ferne. »Wir stritten über Mächte. Er sagte zu mir, ich wisse nicht, wie ich zu der Macht vordringen könne, ich würde mir zu viele Gedanken über die Welt der Illusion machen anstatt über das Große Eine.«

»Mach dir deshalb keine Sorgen. Er ist für immer fortgegangen.«

»Mag sein, aber ich bin noch hier ... und das Gerede über meine angebliche Hexerei verbreitet sich in den Lagern.«

Sie überlegte einen Moment. »Ich sollte Kranker Bauch zum Dreigabelungenlager schicken. Die Leute unterhalten sich gern mit ihm. Er kann genausogut ihr Fleisch essen und dort Trübsal blasen. Niemand begreift, was Warmes Feuer in ihm gesehen hat. Warmes Feuer ... Blut und Mist, sein Tod war ein schwerer Schlag. Er war eine gute Partie für Rosenbusch. Der Mann hatte Verstand – obwohl er von dieser ausgesprochen merkwürdigen Sippe aus dem Sandwasser-Lager kam.«

Schweigen breitete sich aus. Schwarze Hand brach die Stille mit einem Seufzen. In einer hilflosen Gebärde hob er die Hände. »Vielleicht hast du recht. Möglich, daß ich zu gern Menschen um mich habe. Ich dachte, wenn ich in die Höhle am Dartwood River gehe, wo ich durch nichts abgelenkt werde, fände ich wieder zu meiner Macht zurück.«

»Und dem war nicht so?«

Wehmütig lächelte er sie an. »Seit ich hier gewesen bin, denke ich nur noch an Rosenbusch. Ich frage mich, wie ähnlich sie dir ist. Die ganze Zeit, während ich für Warmes Feuer sang, behielt ich ihre Brüste im Auge, sah, wie sich ihr Kleid über ihren Hüften straffte. Ein Heiler sollte so etwas nicht einmal bemerken.«

Sie runzelte die Stirn. »Und das wagst du einer ehemaligen Geliebten zu erzählen?«

Schwarze Hand winkte gleichgültig ab. »Warum nicht? Als du mich unter deine Decken nahmst, hatte ich noch nie eine Frau gehabt. Von dir lernte ich die Lust. Seitdem ist das Verlangen ständig gegenwärtig. Im Schlaf fechte ich einen unablässigen Kampf aus. Träume der Macht liegen im Wettstreit mit Träumen der Lust. Wenn ich von hier fortgehe, leide ich unter dem Verlangen nach Rosenbusch.« Nervös strich er über seine Leggings aus Hirschleder. »Was ist, wenn ich die Macht aufgeben *möchte?* Was, wenn ich Rosenbusch haben *will* und es mir gelingt, dich von den Vorteilen dieser Verbindung zu überzeugen? Würde sie mich nehmen?«

Rittersporn wandte den Blick von ihm ab und starrte ins Feuer. Diese Heirat würde dem Rundfelsen-Stamm und damit auch ihr mehr Ansehen verschaffen. Wenn das Volk erfuhr, daß ein Heiler seine Macht wegen einer Frau aus dem Rundfelsen-Stamm aufgab, wäre das eine besondere Auszeichnung. Alle würden bewundernd von den begehrenswerten Rundfelsen-Frauen sprechen. Phloxsamens Tochter kam langsam in das heiratsfähige Alter.

»Dafür sorge ich schon. Sie wird einverstanden sein. Aber im Augenblick ist der Zeitpunkt ungünstig. Kannst du warten? Laß ihr Zeit. Erst muß sie den Schock über Warmes Feuers Tod überwinden. Du solltest dir auch etwas Zeit zum Überlegen gönnen. Warte ab, wie es mit deiner Macht weitergeht.«

Er nickte. »Wenn Rosenbusch wartet.«

»Sicher. Sie wartet. Ich weiß, wie ich mit Rosenbusch umgehen muß. Die Große Versammlung wird zu einem Wendepunkt in ihrem Leben werden. Die Männer werden sie begehren, um sie kämpfen. Du wirst auch dort sein. Während all die brünstigen Heiratsanwärter gegeneinander um ihre Gunst wetteifern, gebärdest du dich einfach als hilfsbereiter Freund. Sei freundlich zu ihr. Ich trage meinen Teil dazu bei, daß ihr beide zusammenkommt. Vereinige dich mit ihr, wenn du willst. Ich weiß, was ich ihr sagen muß, damit sie dich akzeptiert. Streng dich an, damit sich ihr Körper ständig nach dir sehnt. Ich halte die anderen Freier fern. Und dann warte ab, wie es nächstes Jahr aussieht. Wenn du sie dann immer noch willst, können wir verhandeln.«

»Meinst du nicht, sie könnte das Gefühl haben, man drängt sie zu etwas, was sie gar nicht will? Daß du dich ungefragt in ihr Leben einmischst?«

»Nicht Rosenbusch. Sie ist zwar eine gescheite Frau, aber sie ist noch jung, und Warmes Feuer war heißblütig unter den Decken. Sie wird die Vereinigung vermissen. Du kanntest Warmes Feuer gut genug. Du weißt, was für ein Mann er war. So einen Mann wird sie suchen – und wenn du die Tricks nicht vergessen hast, die ich dir beigebracht habe, gefällst du ihr bestimmt.«

»Du bist ganz schön verschlagen.«

»Allerdings. Eine meiner Töchter, Junges Kitz, war so erbost über mich, daß sie fortging, um beim Volk ihres Mannes zu leben.« Sie verstummte. »Eines Tages, dafür sorge ich, wird ihr das leid tun.«

»Das ist der springende Punkt. Ich will nicht, daß mit Rosenbusch dasselbe passiert wie mit Junges Kitz.« Müde fuhr er sich mit der Hand über das Gesicht. »Trotzdem, wahrscheinlich ist es das beste, ich überlasse alles dir.«

Sie warf ihm einen Blick von der Seite zu. Die Verzweiflung in seiner Stimme war ihr nicht entgangen. »Willst du darüber reden?«

Er öffnete den Mund, um nein zu sagen, zögerte aber und sah sie offen an. »Du darfst niemandem gegenüber auch nur ein Sterbenswörtchen erwähnen.« Mit ängstlicher Miene starrte er regungslos ins Feuer.

Nach langem Schweigen sagte er leise: »Ich bin über die Anschuldigungen wegen Hexerei so besorgt, weil ich einen bestimmten Traum hatte. Es ist eine klare Nacht ... sternenübersäter Himmel. Der Wind weht durch die Sträucher. Man riecht die Erde. Zwischen zwei großen Sandsteinfelsen verläuft ein Pfad. Es sind verwitterte, von der Zeit glattgeschmirgelte Felsen. Im Hintergrund singt das Volk. Ich liege auf diesem Pfad zwischen den Felsen, mit dem Gesicht nach unten auf der Erde ... und mein Schädel ist eingeschlagen.«

Kapitel 4

Kranker Bauch tauchte den harten Kuchen aus süßen Selleriewurzeln, den ihm Rosenbusch reichte, in seinen Schafgarbentee, um das Gebäck etwas aufzuweichen. Während er kaute, betrachtete er nachdenklich die kleine Lupine, die schlafend unter ihren Decken lag, eine geballte Faust vor den Mund gepreßt, ein Bein ausgestreckt. Aus dem in der Hütte flackernden Feuer kräuselten sich blaue Rauchfäden und entschwanden durch das Abzugsloch. Im Hintergrund befand sich eine mit einer Sandsteinplatte abgedeckte, in die

Erde gegrabene Vorratsgrube, worin auch die getrockneten süßen Wurzeln aufbewahrt wurden. Um Platz zu sparen, hatte Rosenbusch Bettzeug auf die Sandsteinplatte gestapelt.

Rosenbusch starrte geistesabwesend in die lodernden Flammen. Fünf Kinder hatte sie Warmes Feuer geboren. Aber nur Knolle, ihr Erstgeborener, und Lupine, ihr letztes Kind, waren ihr geblieben. Die anderen waren an einer auszehrenden Krankheit gestorben: Das weitverbreitete Fieber, verbunden mit Durchfall, hatte die Säuglinge so sehr geschwächt, daß schließlich ihre Seelen entschwebten.

»Ich kann nicht glauben, daß er gegangen ist«, sagte sie mit ruhiger Stimme zu Kranker Bauch. »Es erscheint mir unmöglich. Ich habe das Gefühl, er müßte sich jeden Moment unter der Tür durchbücken, mich angrinsen und mir übermütig einen Scherz zurufen, während er fast platzt, weil er mir unbedingt eine Neuigkeit erzählen will. Er ist nicht tot. Mein Herz sagt mir, er kann nicht tot sein.«

»Kann ich dir helfen? Du hast fast die ganze Nacht geweint.« Kranker Bauch legte tröstend seine Hand auf ihren Arm. »Der Schmerz wird vorübergehen. Er geht immer vorbei.«

Er versuchte, sich selbst davon zu überzeugen, daß die klaffende Wunde, die Warmes Feuers Tod in sein Herz gerissen hatte, heilen würde. Würde es für ihn je wieder einen Regenbogen, einen Sonnenaufgang voller Hoffnung und Ziel geben?

Rosenbusch wiegte den Kopf und fuhr sich mit den Fingern nervös durch das volle schwarze Haar. »Ich weiß nicht. Eine Hälfte von mir ist mit ihm gestorben, Kranker Bauch. Ich bestehe nicht mehr aus einem Stück. Ich fühle mich wie … wie ein Schatten.«

Er stopfte sich das letzte Stück Kuchen in den Mund und stimmte ihr kauend zu: »Ja, ich verstehe, was du meinst. Er war mein einziger Freund. Auch ich fühle mich ohne ihn verloren. Er hat mich verstanden.«

Rosenbusch versuchte zu lächeln, aber es gelang ihr nicht. Sie wandte die Augen ab. »Ich weiß, es ist schwer für dich. Großmutter ist … na ja …«

Schützend preßte er seinen verkrüppelten Arm gegen seine Brust. »Sie weiß nicht, was sie mit mir anfangen soll. Ich bin für sie nur eine Last.«

»Es ist nicht gut für dich, wenn du dir ständig Vorwürfe machst, Kranker Bauch. Seit du aus Goldener Flachs' Lager zurückgekommen bist, warst du nie mehr wie früher. Großmutter wußte nicht ... ich meine, sie wollte das Beste. Sie konnte nicht wissen, daß Goldener Flachs so viele Schwierigkeiten machen würde.«

Er zog die Augenbrauen hoch. »Was? Bist du etwa nicht der Meinung, daß zwei Krüppel ein Ganzes ergeben?«

Rosenbusch stieg die Röte ins Gesicht. Unruhig zupfte sie an den Fransen ihres Rocksaums. »Goldener Flachs ist kein Krüppel. Du darfst nicht so über sie sprechen.«

»Meine liebe Schwester, Krüppel gibt es in allen Variationen. Sieh mich an. Ich bin leicht als Krüppel zu erkennen, du brauchst nur ...«

»Ich bitte dich, Kranker Bauch.«

»... meinen Arm anzusehen, und du weißt Bescheid. Bei Goldener Flachs ist das anders – sie ist ein Seelenkrüppel, wenn du so willst. Du weißt, das Volk verzeiht keiner Frau die Blutschande, besonders dann nicht, wenn sie mit dem eigenen Vater begangen wird.«

Rosenbusch erbleichte und warf einen raschen Blick auf Lupine, um sich zu vergewissern, daß die Kleine tief und fest schlief. »Sag das nicht. Du weißt genau, sie konnte nichts dafür. Er hat sie *vergewaltigt.* Wie soll sich ein kleines Mädchen gegen den Vater wehren? Sie begriff gar nicht, was vor sich ging.«

Kranker Bauch warf noch etwas Holz in das Feuer. Er sah zu, wie sich die knisternden Flammen durch die trockenen Blätter und dürren Zweige fraßen. »Nein, es war nicht ihre Schuld. Aber in den Augen unseres Volkes ist sie für immer besudelt. Es spielt keine Rolle, ob sie es wollte oder nicht, es ist nun einmal geschehen. Sie ist befleckt, und niemand wird das je vergessen – am allerwenigsten sie selbst.«

»Ich verzeihe ihr nie, daß sie dich hinausgeworfen hat.«

Kranker Bauch starrte ins Feuer. Er erinnerte sich an den

erbärmlichen Tag nach der noch erbärmlicheren Nacht. Noch keine drei Wochen war er im Lager des Weißen-Sandstein-Stammes gewesen, als Goldener Flachs ihn fortgeschickt hatte. Die Verzweiflung in ihren gequälten Augen ließ seiner Seele noch immer keine Ruhe. Er hatte seine Sachen zusammengepackt und das Lager noch am selben Nachmittag trotz des Unwetters verlassen.

»Du darfst Goldener Flachs nicht verurteilen. Sie konnte nichts dafür. Sie saß ebenso in der Falle wie ich. Man hatte uns einander aufgezwungen, weil wir einander ebenbürtig waren. Gab es eine bessere Lösung, als zwei überflüssige Menschen zusammenzuspannen? Wer weiß, vielleicht mögen sie sich sogar, und das ergibt dann zwei ungeliebte Menschen, die einander gern haben. Ist doch ganz schlau gedacht.«

»Bitte hör auf, ich bin bereits traurig genug. Mir reicht es.«

Er holte tief Luft. »Wahrscheinlich denkst du, ich wäre wütend und undankbar. Aber das stimmt nicht, zumindest jetzt nicht mehr. Im Laufe der Zeit haben sich meine Gefühle verändert. Inzwischen betrachte ich diese Ehe als einen grausamen Scherz, an dem niemand schuld hat. Vielleicht ergibt sich bei der Großen Versammlung die Gelegenheit, ihr wieder nahezukommen, so daß wir Freunde sein können.«

Rosenbusch legte den Kopf schief und kniff die Augen zusammen. »Du verzeihst allen und jedem, nicht wahr? Wahrscheinlich verzeihst du sogar der Klapperschlange, die deinen Arm auf dem Gewissen hat.«

Er lächelte. »Vermutlich. Weißt du, ich muß immer daran denken, in welche Probleme die Menschen verwickelt sind. Ich überlege, aus welchen Beweggründen sie handeln. Wahrscheinlich sind sie ebenso verloren und verletzt wie ich selbst.«

»Meinst du, Großmutter fühlt sich verletzt? Ich glaube nicht, daß sie sich jemals von irgend jemandem wegen irgend etwas hat kränken lassen.«

Er stützte das Kinn auf seine gesunde Hand. »Hast du

dich darüber nie gewundert? Sie scheint unverwundbar zu sein – als bestünde ihre Seele aus Stein. Aber wie sieht es in ihrem Innern tatsächlich aus? Warum ist sie so geworden? Aus Angst? Vielleicht aus Angst vor irgendeiner Schwäche ihrer Seele, die Schande über sie bringen würde, falls jemand dahinterkäme?«

Rosenbusch warf ihm einen ungläubigen Blick zu. »Ich nehme an, ihre Stärke entspricht ihrem Charakter. Vielleicht liegt sie einfach in ihrer Natur – so wie ein Dachs eben ein Dachs ist. Es liegt in der Natur des Dachses, sich wie ein Dachs zu verhalten und nicht wie ein Kojote.«

Kranker Bauch schürzte die Lippen. »Ich glaube, bei Menschen ist das anders. In unserer Natur liegt es, Menschen zu sein – wie Dachse eben Dachse sein müssen. Aber warum handeln Menschen so, wie sie es tun? Ich glaube, etwas in ihrer Seele ist anders. Du beobachtest Vögel, Kojoten und Antilopen und siehst, die Tiere streiten und fallen offen übereinander her. Aber Menschen gehen listiger vor, wenn sie miteinander in Streit geraten. Mir kommt es vor, als wollten sie die Seele des anderen verwunden. Bei ihren Auseinandersetzungen geht es nicht um lebenswichtige Nahrung.«

Rosenbusch seufzte entnervt und warf die Arme in die Luft. »Kein Wunder, daß Goldener Flachs dich rausgeschmissen hat! Was ist das für ein verrücktes Gerede? Menschen sind, wie sie sind.«

»Nein, du ...«

»Hör zu. Ich *will* das nicht hören. Ich habe keine Zeit, mir den Kopf über deine Narreteien zu zerbrechen. Mein Mann ist tot. Ich muß meine Kinder satt bekommen und mich auf die Große Versammlung vorbereiten. Großmutter will mich bestimmt verheiraten. Am besten denke ich schon mal darüber nach, wen ich heiraten will und wen nicht.«

»Stört es dich denn nicht, daß du wieder heiraten mußt, bevor du auch nur die Zeit gehabt hast, dich mit ...«

»Nein!« Zornig funkelte sie ihn an. Ihr Unterkiefer bebte kaum wahrnehmbar. »*Ich* muß meine Pflicht gegenüber dieser Familie erfüllen. Dieses Lager und alles, was damit zusammenhängt, fällt eines Tages in *meinen* Verantwortungsbereich. Das Wachstum der Wurzeln, des Grases, der Pflanzen, die Jagdgebiete, alles, was unsere Nahrung betrifft, untersteht eines Tages meiner Planung und Umsicht. Ich muß die Rituale lernen, muß wissen, wie man die Geister glücklich macht und versöhnlich stimmt, damit sie uns nicht im Stich lassen. Ich spreche von *deinem* Auskommen, deinem Lebensunterhalt, denn ich muß auch dich ernähren. Das alles schaffe ich nur, wenn ich einen Mann habe, der auf die Jagd geht, der mir bei meinen Pflichten wie dem Reparieren der Hütten und der Herstellung von Tierfallen helfen kann. Das sind Tatsachen, die ich nicht einfach außer acht lassen kann.«

»Ich weiß.« Er wies sich selbst zurecht und wich ihrem Blick aus. »Verzeih, daß ich die Sprache darauf gebracht habe.«

»Tu mir einen Gefallen.«

Er sah zu ihr hinüber und bemerkte die Aufregung in ihren Augen. »Was?«

»Suche meinen Sohn. Er ist spät dran zum Abendessen. Wenn er nicht ißt, siecht er dahin wie sein Vater.«

»Vielleicht hat er keinen Appetit, weil …«

»Verflucht seist du! Ich *will* nicht darüber reden. Ständig suchst du für alles eine Erklärung! Du sollst nur hinausgehen und deinen Neffen suchen. Ich *mache* mir Sorgen um ihn.«

Rasch warf sich Kranker Bauch ein Hirschfell über die Schultern und schlüpfte hinaus in die Nacht.

Vor der Hütte brauchten seine Augen einen Moment, um sich an die Dunkelheit zu gewöhnen. Die Felsen hoben sich nur undeutlich von dem schwachen, grauen Licht am westlichen Horizont ab. Eine Eule rief klagend in die Nacht. Plage hob den Kopf, gähnte, stand auf und streckte sich. Glücklich wedelte er mit dem Schwanz, trottete heran und stieß auffordernd mit der Schnauze an Kranker Bauchs Bein.

Es war ein langer Winter gewesen, schwer für jeden von ihnen. Und mit dem Tod von Warmes Feuer war für Kranker Bauch auch der letzte Hoffnungsschimmer erloschen. Er achtete nicht weiter auf Plage, sondern ließ die Atmosphäre des Lagers auf sich wirken. Aus der Ferne ertönte der schaurige Chor heulender Kojoten.

Die Gegenwart von Warmes Feuer durchdrang die Luft. Es war, als ob sein Geist noch über dem Feuerloch in der Mitte des Lagers schweben und die Geschichte von einer erfolgreichen Büffeljagd erzählen würde. Dort drüben bei den Mahlsteinen, wo die Frauen Reisgrassamen zum Trocknen ausgelegt hatten, um sie später zu Brei zu mahlen, sah er in Gedanken Warmes Feuer im Schatten hocken und eine neue Jagdspitze anfertigen, während er Kranker Bauchs Erzählungen über das Leben der Wespen lauschte, die in den Uferwänden der Arroyos ihre Nester bauten.

Seufzend schloß Kranker Bauch die Augen. Nach und nach würde die Gegenwart von Warmes Feuers Seele schwinden – aufgesogen werden wie die Feuchtigkeit nach einem Regenschauer an einem Sommernachmittag.

»Sie haben nie verstanden ... Die Macht hat mich hierhergeschickt ... auf dich kommt es an. Du rettest sie, du bringst sie zurück.« Er konnte die Worte von Warmes Feuer nicht aus seinen Gedanken verbannen, sie summten in seinem Kopf wie Sommerfliegen über einer Blutlache. *»Versprich es ... versprich es ...«*

»Aber Warmes Feuer«, flüsterte Kranker Bauch allein in der Finsternis, »ich kann hier nicht weg. Hier ist mein Zuhause.«

Entschlossen schüttelte er die düsteren Gedanken ab und schlug die Richtung zu Warmes Feuers Grab ein. Er wußte, wo er Knolle finden würde.

Die große, magere Felsmaus und Grashüpfer – die Frau von Rotluchs – halfen Weiße Esche, den Körper ihrer Pflegemutter den mit Felsen übersäten Hang hinaufzutragen. Auf dem glatten, schlüpfrigen Schnee fanden ihre Füße nur trügerischen Halt. Eisiger Wind und dichtes Schneetreiben behinderten sie zusätzlich auf ihrem schweren Gang.

Die Frauen hatten Leuchtender Monds Körper in ein zu einem tiefgelben Ockerton geräuchertes, fein gegerbtes Hirschleder gehüllt. Noch immer entströmte dem Leder ein würziger Räucherduft. Um ein besonders schönes Leichentuch zu erhalten, hatten sie mit großer Sorgfalt leuchtende Muster in das Leder gefärbt.

Warum schienen die Toten immer so viel schwerer zu sein als die Lebenden? Wurde der Körper schwerer, weil ihn die Seele verlassen hatte, die ihm Auftrieb verlieh, oder empfanden nur die Trauernden dies drückend lastende Gewicht? War es eine Mahnung an die eigene Sterblichkeit?

Trotz des gräßlichen Wetters mußten die Leute Leuchtender Mond begleiten, damit sich ihre Seele nicht geschmäht fühlte und zornig wurde. Wäre doch nur Salbeigeist hier. Wenn doch … Was für dumme Worte, voller Hoffnung und doch völlig bedeutungslos.

Dunkelgraue und weiße Wolkenfetzen streiften an den verschneiten Gipfeln der Red Rock Mountains im Westen. Wie von bösen Dämonen gehetzt, jagten sie tief am Himmel dahin, vorangepeitscht zu den weit entfernten Grass Meadow Mountains am Horizont im Osten. Schneeflocken wirbelten wie winzige Geistererscheinungen herab. Der frostige Wind biß in Weiße Esches Wangen und zerrte mit seinen Eisfingern an ihrer Kleidung. Die Zweige der Beifußsträucher klammerten sich wie Klauen in die Schäfte ihrer langen Mokassins, als wollten sie ihr Vorankommen verhindern.

Der Aufstieg war anstrengend, aber die Tote mußte zu einem hochgelegenen Platz gebracht werden, damit ihre Seele zu Wind und Sonne aufsteigen konnte. War die Seele erst einmal hoch oben in den Lüften, würde der Große Donnervogel sie aufnehmen und zum Lager der Toten tragen. Dort warteten alte Freunde, die vor ihr hatten gehen müssen, auf Leuchtender Mond, um sie an ihren Lagerfeuern zu begrüßen. Sie würde viel Zeit damit verbringen, mit ihnen zu lachen, zu scherzen und über die alten Geschichten zu reden.

Davon war Weiße Esche fest überzeugt. Das Erdvolk, von dem sie abstammte, legte seine Toten in den Schoß der Erde, um ihr wiederzugeben, was sie ihnen geschenkt hatte. Für den Weißlehm-Stamm war diese Vorstellung entsetzlich. Die Seele wäre für immer in Dunkelheit eingeschlossen, für immer gefangen, unfähig, sich zu bewegen, niedergedrückt von schwerer Erde und Steinen. Konnte man sich ein schrecklicheres Schicksal vorstellen?

Sie schnüffelte und wischte sich die Nase. Was war richtig? Das Erdvolk – das ständig an einem Ort lebte – konnte unmöglich seine Toten auf den Bergen in der Umgebung des Lagers liegenlassen. Wie gräßlich, häufig an ihnen vorbeigehen zu müssen und der fortschreitenden Fäulnis und der Zerstückelung eines geliebten Menschen durch Aasgeier zusehen zu müssen. Der Weißlehm-Stamm ließ seine Toten zurück und zog weiter. Kehrte das Volk nach langer Zeit an diesen Ort zurück, hatten Raben, Kojoten und Truthahngeier ihre Arbeit getan und die Knochen sauber abgefressen.

Als Weiße Esche oben auf dem Gipfel anlangte, schlug ihr der Wind mit voller Wucht ins Gesicht. Schneekristalle stachen wie winzige Speerspitzen in ihre ungeschützte Haut. Sie beugte sich vor und schritt entschlossen weiter.

»Hoffentlich stört Leuchtender Mond die Kälte nicht«, brummte Grashüpfer.

»Die Seele empfindet keine Kälte«, antwortete Weiße Esche. Sie erinnerte sich an das warme Gefühl des Schwebens während ihres Traums.

»Bist du sicher?«

Weiße Esche lächelte, die angenehme Erinnerung an ihren Traum tröstete sie. »Ja. Ich fühlte sie, als sie ging. Ich fühlte das Vorbeigleiten ihrer Seele. Ein herrliches Gefühl.«

»Ahha.«

Der unüberhörbare Zweifel in Grashüpfers Stimme ließ Weiße Esche zusammenzucken. »Ich habe es geträumt.«

Niemand ging darauf ein. Sie legten Leuchtender Monds Körper auf die Erde, das Gesicht nach Westen gerichtet, damit sie in die untergehende Sonne blicken konnte. Der Wind zerrte an der farbenprächtig verzierten Hirschhauthülle und warf die Zöpfe der Toten in makaber wirkender Fröhlichkeit hin und her. Feiner Schnee begann sich um den Körper anzuhäufen.

Flughörnchen erreichte heftig keuchend den Gipfel. Die anderen Frauen und Kinder aus dem Lager folgten in den Fußstapfen der alten Frau. Sie begannen einen Kreis um Leuchtender Mond zu bilden.

Flughörnchen trat hinter den Leichnam und hob die Hände zum düsteren Himmel hinauf. Mit bebender Stimme rief sie: »Wir preisen diese Seele dem Himmel und der Sonne und den Sternen. Leuchtender Mond, geh hinauf und erinnere dich an die Menschen, die dich liebten. Wir danken dir für das Glück, das du in unser Leben gebracht hast. Im Unterschied zu deinen Knochen, die zerfallen und verwehen, wirst du auf ewig in unserer Erinnerung weiterleben. Geh nun voran. Überbringe unseren Ahnen und den geliebten Menschen, die vor dir gegangen sind, unsere guten Wünsche.«

Der Wind peitschte auf die Trauernden ein. Die eisigen Schneekristalle klirrten leise über die vom Wind glattpolierten Steine.

Weiße Esche blinzelte, um die aufsteigenden Tränen zurückzuhalten. *Sie ist tot. Nie wieder werde ich ihre Stimme hören. Nie wieder die Wärme ihrer Berührung spüren.* Weiße Esche taumelte, als habe sie das Gleichgewicht verloren. Das in ihrer Seele klaffende Loch dehnte sich aus und versuchte, sie gänzlich aufzusaugen, sie in eine endlose Leere hinauszuwirbeln. Nur die Erinnerung an ihren Traum bot ihr Halt. Sie klammerte sich daran fest, um sich nicht in den tosenden Sturm reißen zu lassen.

Zähneklappernd und vor Kälte zitternd, sprachen die anderen nacheinander ihre Lobpreisungen. Sie rühmten die Frau, die Leuchtender Mond im Leben gewesen war, und baten ihre Seele, sich bei den Geistern an sie zu erinnern, so wie sie sich bei den Dingen des Lebens an sie erinnern würden. Endlich hatte auch die letzte der versammelten Frauen gesprochen.

»Möchtest du noch etwas sagen?« erkundigte sich Flughörnchen freundlich und berührte sacht Weiße Esches Schulter.

»Sie wurde meine Mutter. Sie liebte mich. Sie fehlt mir auf

ewig.« Ihre Zunge schien wie gelähmt, sie konnte nicht weitersprechen.

»Komm mit. Wir haben für sie getan, was wir konnten.«

Weiße Esche merkte kaum, wie Flughörnchen sie von der Toten wegführte. Wie betäubt wankte sie den Weg hinunter.

Erschöpft kam sie im Lager an. Die Zelte, an den Nähten und den durchsackenden Stellen der Dächer schneeverkrustet, sahen düster aus. Die Enden der rußgeschwärzten Stützpfähle ragten wie starre Finger in den grauen Himmel.

Flughörnchen ergriff Weiße Esches Ellenbogen und führte sie hinter Salbeigeists Zelt vorbei zu der Behausung, die sie mit Pfeifender Hase teilte. Gebückt trat Weiße Esche ein und ließ sich auf den ihr von Flughörnchen zugewiesenen Dekken nieder.

Müde rieb sie sich die Hände und klopfte den Schnee aus den Falten ihres Mantels. Flughörnchens Zelt, das sehr ordentlich aufgeräumt war, säumten rundum bunt bemalte Lederbehälter, an die man sich anlehnen konnte. Oben an die rußigen Zeltstangen waren in Felle gewickelte Bündel gebunden. Im hinteren Teil des Zeltes verstaute sie die eingerollten Bettdecken.

»Ich dachte, du willst jetzt sicher nicht alleine sein.«

Weiße Esche, verloren in ihrer inneren Leere, nickte. »Dort oben auf dem Berg wurde alles Wirklichkeit. Daß sie diese Welt verlassen hat, meine ich. Was wird Salbeigeist tun? Er liebte sie so sehr. Ihr Tod wird ihn umbringen.«

Flughörnchen seufzte. Sie stocherte im Feuerloch und bemühte sich, die Kohlen zum Glühen zu bringen. Dann warf sie Beifuß und Wacholder darauf, kniete nieder und blies in die Glut, um das Feuer anzufachen. Mit einer Hand hielt sie ihre silbergrauen Zöpfe fest, damit sie nicht in die züngelnden Flammen gerieten.

»Nun, entweder lebt er damit oder er stirbt daran. Ich weiß es nicht, die Menschen reagieren auf den Tod unterschiedlich. Im Augenblick mache ich mir um Salbeigeist noch keine Sorgen, aber um dich.«

Weiße Esche starrte blicklos in das Feuer. Sie fühlte sich ausgeliefert, verloren im Abgrund der Leere, die sie unaufhaltsam in die Tiefe zog. »Mir geht es gut. Ich war dabei. Ich fühlte, wie sie ging. Ich werde mich immer daran erinnern. Vielleicht … vielleicht war das ihr letztes Geschenk für mich.«

Flughörnchen goß dicke Brühe in eine Bisonhornschüssel. »Ihr beide standet euch näher, als wenn du ihre leibliche Tochter gewesen wärst. Sie liebte dich von ganzem Herzen.«

Weiße Esche lächelte wehmütig. »Vielleicht verband uns die Geistermacht.«

»Du hast deine Mutter all die Jahre am Leben erhalten. Das weißt du, nicht wahr? Für dich hat sie gelebt. So war sie. Für sie zählten nur ihre Kinder. Als ihre eigenen Kinder starben, hatte Salbeigeist seinen Geistertraum.« Ihre schwarzen, scharfen Augen richteten sich durchdringend auf Weiße Esche. »Vielleicht beruhte alles, was zwischen euch war, auf dem Wirken der Macht.«

Weiße Esche warf ihr einen raschen Blick von der Seite zu.

»Erzähl mir von deinen Träumen, Mädchen. Sag mir, was da geschieht.«

Weiße Esche zuckte die Achseln. »Ich sehe merkwürdige Dinge. Manchmal kommt ein Mann aus einem brennenden Wald und verwandelt sich in einen Wolf. Oder Tiere teilen mir Geheimnisse mit, erzählen mir von den Beweggründen der Menschen. Dann wieder erscheint ein großer schwarzer Wolf und warnt mich.«

»Wovor?« Flughörnchen beobachtete Weiße Esche aus schmalen Augen.

»Oh, zum Beispiel dies oder jenes nicht zu essen. Oder er sagt mir, ich solle an einen hochgelegenen Ort gehen und schlafen. Dort oben sind die Träume deutlicher. Als Salbeigeist einmal Halsentzündung hatte, habe ich geträumt, ich müsse ihm Wildkirschentee geben, um das Leiden zu lindern. Das habe ich getan, und es wirkte. Und letztes Jahr, wir hungerten damals in den Hügeln auf dieser Seite des Gray Deer River, träumte ich, wo Salbeigeist die Antilopen finden würde.«

»Hast du diese Träume schon dein Leben lang?«

»Ja, schon als kleines Mädchen.«

»Und was hielt deine Mutter davon?«

»Oh, du kennst doch Leuchtender Mond. Sie kümmerte sich nicht darum, solange ich im Alltag zurechtkam und ihr half …«

»Nein, ich meine deine richtige Mutter, deine Mutter beim Erdvolk. Was sagte sie dazu?«

Weiße Esche fuhr sich mit der Zungenspitze über die Lippen und rieb unruhig ihre Hände aneinander. Rasch nahm sie die Schüssel mit der heißen Brühe und trank schlückchenweise. »Es paßte ihr nicht. Die Träume machten ihr Angst. Sie hieß Eulenklee, der Name meiner Großmutter war Grünes Feuer. Grünes Feuer sprach oft davon, daß ihr Vater verhext worden sei. Sie haßte die Mächte und sorgte sich ständig, jemand könne sich mit ihnen gegen uns verbünden. Ich glaube, sie wartete förmlich darauf. Jedesmal, wenn ich einen Traum hatte – wenn ich zum Beispiel die Tiere sprechen hörte –, versuchte Eulenklee, mich einzuschüchtern. Sie behauptete, der Erste Mann werde mich bestrafen, wenn ich nicht aufhöre, mich mit den Mächten zu beschäftigen.«

»Wer ist dieser Erste Mann?«

»Das Erdvolk glaubt, daß der Schöpfer nach der Erschaffung der Welt den Ersten Mann und die Erdenmutter ins Leben rief, damit sie den menschlichen Wesen helfen. Der Erste Mann führte die Menschen durch ein Loch in der Erde in diese Welt, und Erdenmutter lehrte sie, ein rechtschaffenes Leben zu führen.«

»Dieser Erste Mann – klingt fast so, als wäre er unser Großer Donnervogel.«

»Ja, da besteht eine ziemliche Ähnlichkeit«

»Vielleicht bist du aus einem ganz bestimmten Grund zu uns gekommen. Möglicherweise wußte der Große Donnervogel, daß du bei uns das Träumen lernst.«

»Kann sein. Eines Abends, bevor Salbeigeist mich raubte, hatte ich einen Traum. Der schwarze Wolf kam und sagte mir, ich würde fortgehen, andere Menschen würden sich meiner annehmen.«

»Diese Eulenklee, hat sie sich denn nicht um dich gekümmert?«

»O doch. Weißt du, nach ihrem Tod hätte ich die Führung des Lagers übernehmen müssen. So ist es Brauch beim Erdvolk. Jeder Stamm herrscht über ein bestimmtes Gebiet, wo die Frauen das Recht haben, Wild zu jagen und Pflanzen zu sammeln. Jedes Volk verfügt über mehr Land, als es zum Überleben braucht. Wenn das Reisgras bei einem Flächenbrand vernichtet wird, dann wissen die Leute, wo sie Kiefernsamen sammeln können. Wachsen die süßen Wurzeln in einem bestimmten Jahr nicht, wissen sie, wo sie Segolilien finden können. Bleiben die Büffel weg, weiß jeder, wo sich Eselhasen aufhalten.

Die Frauen kennen das Land; ihr ganzes Leben lang lernen sie alles Notwendige. Sie treffen die Entscheidungen, wer wo hingehen und was er ernten soll. Nur die Männer heiraten in andere Stämme ein. Sie leben im Lande ihrer Frauen und wissen kaum, wo sie in einem schlechten Jahr Nahrung auftreiben können, weil sie sich dort nicht auskennen. Aber die alten Frauen wissen Bescheid. Sie wissen, was die Geister mögen, und machen ihnen Geschenke, damit die Pflanzen wachsen und die Tiere kommen. Jeder Geist unterscheidet sich vom anderen und muß entsprechend seiner Vorlieben behandelt werden, sonst jagt er beleidigt die Büffel und das Rotwild fort, oder er läßt nur winzige, schrumplige Beeren wachsen. Die alten Frauen erinnern sich genau, wo der wilde Roggen auch in Dürrejahren wächst und wo man in Trockenzeiten nach Wasser graben kann. Unsere Seelen sind ein Teil der Erde. Wir sind untrennbar an sie gebunden. Aus ihr wurden wir geboren, und zu ihr kehren wir nach unserem Tod zurück.«

»Ihr laßt euch begraben? Eine entsetzliche Vorstellung.« Flughörnchen schüttelte sich. »Scheint mir ungefähr so angenehm, wie sich einen Pfahl durch den Fuß zu treiben.«

Nachdenklich runzelte Weiße Esche die Stirn. »Ich weiß nicht. Bei uns ist es eben so Brauch. Aber die Stämme des Erdvolkes bekämpfen einander nicht wie die Stämme des Sonnenvolkes. Ihr kämpft mehr gegeneinander als gegen andere.«

»Ist gut für unsere Stärke.« Flughörnchen kicherte, wurde

aber sogleich wieder ernst. »Allerdings ... es ist schwer zu beweisen. Die Stämme der Gebrochenen Steine und der Schwarzspitzen haben uns nach Süden gedrängt ... und eines kann ich dir versprechen, diese alte Frau hier wird den Bug River nie wiedersehen. Der Stamm der Gebrochenen Steine wird vom Schneeammer-Stamm vertrieben, und so verdrängt ein Stamm den anderen. Immer wandert ein Stamm nach Süden. Warum? Wozu soll das gut sein?« Flughörnchens Augen verdüsterten sich. »Das erstaunt dich, nicht wahr, Mädchen? Die Mächte kontrollieren die Welt. Warum hat uns die Macht an diesen Ort hier geführt? Warum wurden wir verweht wie ein Sandkorn vom Wind?«

»Wenn das so ist, was haben euch eure Sitten und Gebräuche dann eingebracht? Das Erdvolk ist immer noch hier, stark und gesund. Dieses Volk führt keinen Krieg gegen die eigenen Leute. Welcher Weg ist also der bessere?«

Flughörnchen schob die schmalen Lippen über die zahnlosen Kiefer. »Der Große Bär kam von den hohen Bergen herunter und sagte uns, wie wir zu leben haben. Er machte uns zu dem, was wir sind. Sollen wir uns gegen seine Macht stellen?«

»Wie ich dir schon gesagt habe, tragen beim Erdvolk die Frauen der einzelnen Stämme die Verantwortung. Unsere Legenden berichten, die Männer hätten Krieg geführt, um zu entscheiden, wer Büffel, Rehe und Hirsche in einem bestimmten Gebiet jagen darf. Sie kämpften darum, wer wo Kiefernsamen ernten, Wurzeln oder Grassamen sammeln darf. Im Verlauf eines Jahres brach der Krieg während der Großen Versammlung aus, zu der alle Sippen und Stämme zusammenkommen, um Handel zu treiben, zu singen und Ehen zu schließen. So etwas sollte nie wieder passieren, deshalb wurde eine große Ratsversammlung einberufen. Tagelang stritten die Männer darüber, wer die territorialen Grenzen der Stämme festlegen dürfe. Da man sich nicht einigen konnte, begann erneut ein großer Kampf, und viele Männer wurden getötet. Jeder wollte Anführer des Volkes sein.

In der Zwischenzeit hatte eine Frau namens Leuchtender Weißer Stein einen Traum. Sie rief alle Frauen zusammen und erzählte ihnen, ihr sei ein Mann aus Feuer erschienen, der ihr gesagt habe, wie das furchtbare Leid beendet werden könne. Unter ihrer Führung bestimmten die Frauen die Grenzen der einzelnen Stammesgebiete. Anschließend nahmen sie ihre Kinder und gingen nach Hause. Nur Leuchtender Weißer Stein war geblieben, um den Heilern von ihrem Traum zu berichten. Sie erzählte vom Ersten Mann, der zu ihr gekommen war und ihr den Weg zum Frieden gewiesen hatte. Sie sagte, wer von den Männern weiterkämpfen wolle, könne dies tun. Die anderen aber sollten heimgehen zu ihren Frauen und Kinder zeugen und auf die Jagd gehen. Die meisten Männer befolgten diesen Rat. Seither lebte das Volk glücklich und in Frieden.«

»Aber unsere Lebensweise verleiht uns unschlagbare Stärke!«

»Und das Erdvolk wiederum schöpft aus seiner Lebensweise Stärke.«

»Pah!« Flughörnchen wedelte verächtlich mit der von Altersflecken gesprenkelten Hand. »Diese Leute ernähren sich von Wurzeln und Gras, und die Männer lassen sich von den Frauen herumkommandieren. Wenn unser Volk ihnen gegenübertritt, verwelkt das Erdvolk wie Sommerblätter im Frost.«

»Und was ist mit dem Wolfsvolk im Osten? Sie töten das Sonnenvolk auf die brutalste Weise.«

Flughörnchen funkelte sie zornig an. »Glaubst du, deine Leute vom Erdvolk könnten sich gegen Krieger wie Tapferer Mann behaupten? Hat er nicht beim letzten Überfall eigenhändig vier Krieger des Wolfsvolkes umgebracht?«

»Und haben diese Krieger wiederum nicht vierzehn Leute aus unserem Lager getötet … und sämtliche Fleischvorräte gestohlen?« Weiße Esche schüttelte den Kopf und preßte ihre schlanken Hände gegen die Schläfen. »Ein Krieg zwischen unseren Völkern wäre eine sinnlose Auseinandersetzung. Er würde nichts verbessern, nur neues Leid unter die Menschen bringen. Letztendlich würde niemand gewinnen.«

»Doch. Das Sonnenvolk würde gewinnen.«

»Oh?«

Flughörnchen nickte. »Du darfst nie vergessen, daß wir schon lange Zeit gegeneinander kämpfen und deshalb geübter sind. Vielleicht wird der Weißlehm-Stamm verschlissen wie die Zähne einer alten Frau, aber hinter uns folgen andere. Ich kenne nicht einmal die Namen aller Stämme oben im Norden, aber alle drängen nach Süden. Was nützt es also, wenn dein Erdvolk den letzten Angehörigen des Weißlehm-Stammes tötet? Das Erdvolk muß auch den letzten Überlebenden der Stämme der Gebrochenen Steine, der Schwarzspitzen, der Schneeammern, der Hohlkehlen und der Wespen umbringen. Und das sind längst nicht alle.«

»Und alle diese Stämme kommen nach Süden?« Weiße Esche starrte nachdenklich ins Feuer. Zorn wallte in ihr auf.

»Ja. Seit Generationen wandern wir schon nach Süden. Ich weiß nicht, woher wir alle kommen. Irgendwo aus dem Norden. Wie dem auch sei, alle Stämme bewegen sich immer weiter nach Süden.«

»Und das Erdvolk steht ihnen im Weg.« Warum regte sie sich so sehr auf? Was ging es sie an, wenn das Volk, dem sie einmal angehört hatte, von der Welle des Sonnenvolkes hinweggespült wurde?

Trotzdem drehte sich ihr bei dem Gedanken an das Gemetzel, an die zerstörten Hütten, an die Leichen und an das unsägliche Leid der Überlebenden fast der Magen um.

Kranker Bauch setzte sich seiner Großmutter gegenüber und wartete voller Unbehagen darauf, was sie von ihm wollte. Der gelbe Feuerschein flackerte über Rittersporns runzliges Gesicht, tanzte über die weichen Felle und ließ die Schatten der Bündel an der rauchgeschwärzten Decke zittern. Die Luft, heiß, stickig und geschwängert von den Gerüchen in der Hütte der alten Frau, drückte auf Kranker Bauch herab und beengte seine Seele.

Sie vermittelt mir stets das Gefühl, mich für mein bloßes Vorhandensein rechtfertigen zu müssen. Ich lebe, das ist alles. Ich habe nicht darum gebeten, in ihrem Lager geboren zu werden. Es ist einfach so gekommen. Warum habe ich immer das Gefühl, ich sei an allem schuld?

Schwarze Hand saß ein wenig abseits. Er stopfte umständlich Weidenrinde in seine Steinpfeife aus Steatit und zündete sie mit einem glimmenden Zweig an.

Unter halb geschlossenen Lidern hervor lächelte Rittersporn Kranker Bauch an. »Du sollst etwas für mich erledigen. Das machst du doch, nicht wahr?«

Kranker Bauch wand sich unter ihrem funkensprühenden Blick. Trotz des hellen Feuers wurde die Atmosphäre in der Hütte immer düsterer und beklemmender für ihn.

Er antwortete genauso, wie sie es erwartet hatte: »Selbstverständlich, Großmutter.«

»Ich möchte, daß du ins Dreigabelungenlager gehst und Grünes Feuer fragst, was sie von mir für die nächste Große Versammlung braucht. Außerdem sollst du die Wege prüfen und entscheiden, wo wir unterwegs lagern. Denk an mein Alter, wenn du die Lagerplätze aussuchst. Ich kann keine Antilope mehr überholen.«

»Ja. In Ordnung.«

Ihre knochigen Finger strichen über die Kante einer aus Gras geflochtenen Schüssel. »Während du im Dreigabelungenlager bist, achte auf das, was sie sich dort alles erzählen und ob sie Hexerei erwähnen. Ich will wissen, womit sich die Leute hauptsächlich beschäftigen. Auf uns kommen dieses Jahr wichtige Entscheidungen zu. Auch muß Rosenbusch bald verheiratet werden. Auf jeden Fall ist es gut, zu wissen, was vor sich geht.«

»Hexerei?« Er konnte es sich nicht verkneifen, einen Blick auf Schwarze Hand zu werfen. Der saß ruhig da und rauchte mit ausdruckslosem Gesicht seine Pfeife. Er sah zu entspannt aus. Knolles Anschuldigungen kamen Kranker Bauch in den Sinn.

Es stimmt also! Und Warmes Feuer ist gestorben, während Schwarze Hand seine Gesundbetung gesungen hat. Es wird noch mehr Gerede, noch mehr Anklagen geben.

»Und wenn in meiner Gegenwart kein Wort darüber fällt?«

Rittersporn winkte ab. »Die Leute dort kennen dich, Kranker Bauch. Du hörst gerne zu, wenn sie reden, und sie vertrauen dir. Sollten sie sich über Hexerei Sorgen machen, wird das Thema zur Sprache kommen.« Ihre Stimme wurde gebieterisch. »Wir vom Rundfelsen-Stamm sorgen uns *nicht* wegen Hexerei. Hast du verstanden? Es ist also völlig überflüssig, daß du im Dreigabelungenlager irgendwelche Vermutungen anstellst. Hör nur zu, sonst nichts.«

Kranker Bauch nickte und unterließ es, erneut zu Schwarze Hand hinüberzuschielen. »Wann soll ich aufbrechen?«

»Morgen. Sieht so aus, als würde es aufklaren. Verhalte dich ganz natürlich. Sei einfach du selbst. Laß die Leute reden. Soviel ich weiß, hat Grünes Feuer dich gern. Und auch der Mann von Eulenklee mag dich. Ich will alles wissen, was zu Ärger führen könnte.«

Wieder nickte er. Bei dem Gedanken, ein richtiger Spion zu sein, überfiel ihn lähmende Angst. Möge ihm der Schöpfer helfen, wenn er einen Fehler machte.

»Gut. Vorher müssen wir aber noch eine Sache klären.« Der durchdringende Blick, den sie auf ihn richtete, verstärkte sein Unbehagen.

Kranker Bauch wartete. Er kannte diesen Blick zur Genüge. Schließlich ertrug er das Schweigen nicht mehr länger – wie sie vorausgeahnt hatte. »Was denn?«

Rittersporn bewegte lautlos die dünnen Lippen, sog sie über die Kiefer und schürzte sie. »Du hast mit Warmes Feuer vor seinem Tod gesprochen. Rosenbusch sagte, es sei die Rede von einem Versprechen gewesen. Sie sagt auch, du wolltest ihr nicht erzählen, um was es dabei ging.«

Kranker Bauch holte tief Luft. »Diese Sache ging nur ihn und mich etwas an.«

Rittersporn schwieg. Ihre schwarzen Augen starrten ihn unnachgiebig und fordernd an.

»Es war eine Angelegenheit zwischen Freunden ... nichts weiter.« Er wußte, seine Worte klangen wenig überzeugend. Sie wartete unbeweglich, ihr harter Blick schien ihn scharf wie eine Speerspitze zu durchbohren. Der Zug um ihren Mund offenbarte wachsendes Mißfallen.

Verflucht sei sie! Sie saß da und beherrschte ihn allein mit ihren unversöhnlichen Augen. Kranker Bauch überlief eine Gänsehaut. Er begann zu schwitzen – als ob die brennende Macht dieser Obsidianaugen seinen Körper versengen würde. Die Spannung wuchs, er spürte sie fast greifbar in der Luft.

Ich kann es ihr nicht sagen. Ich habe es Warmes Feuer versprochen.

Das Schweigen dehnte sich schier endlos.

Kranker Bauch wischte sich den Schweiß von der Stirn. Sein Blick war unverwandt auf das Feuer gerichtet, er wich der schneidenden Wut in den Augen der alten Frau aus.

»Kranker Bauch?« Sie sprach in sorgsam gewähltem Tonfall, leise, drohend.

Er schluckte, seine Kehle war wie zugeschnürt. »Ich habe dazu nichts zu sagen.«

Sie seufzte, als leide sie unter einer drückenden Last. »Alles, was in diesem Lager geschieht, geht mich etwas an. Du gehst mich etwas an. Warmes Feuer ist gestorben, seine Seele hat sich von seinem Körper befreit. Ich kann unmöglich zulassen, daß irgend etwas Verrücktes, das er vor seinem Tod gesagt haben mag, zu Ärger und Zank im Stamm führt.«

Kranker Bauchs Mund wurde trocken. »Es betraf nur ihn und mich.«

Mit ihren krallenartigen Fingern trommelte sie ungeduldig auf ihre Knie. »Ich möchte mich nicht gezwungen sehen, dich zu bestrafen. Das wäre nicht gut für den Stamm. Nicht jetzt, so kurz nach Warmes Feuers Tod.«

Seine Backen zitterten, seine Muskeln verspannten sich, ihm wurde übel.

»Ich muß mich fragen, Kranker Bauch, ob du jemals an andere denkst. Wenn du mich zwingst, harte Maßnahmen zu ergreifen, was glaubst du wohl, wie sich das auf die Kinder auswirken wird? Machst du dir gar keine Gedanken um Lupine? Um Knolle?«

»Doch.« Seine Stimme brach.

»Dann zeig mir, daß du bereit bist, wenigstens ein bißchen

Verantwortung für andere Menschen zu übernehmen. Warmes Feuer ist tot. Nur du bist noch da. Du allein. Es ist also keine Angelegenheit mehr zwischen euch beiden. Was war das für ein Versprechen?«

Nie hätte sich Warmes Feuer von der alten Frau in die Enge treiben lassen. Nie wäre er schwitzend vor Angst vor ihr sitzen geblieben. *Warum bin ich nicht wie er?*

»Großmutter, es ist eine Angelegenheit der Seele. Ein Versprechen. Weiter nichts. Ich kann es dir nicht sagen.«

Ihre Augen wurden noch schmaler. »Ich frage dich zum letztenmal.«

Er senkte den Blick. Angesichts dessen, was ihn erwartete, überlief ihn erneut eine Gänsehaut. »Es ging nur Warmes Feuer und mich etwas an.«

Sie ließ ihrem Ärger freien Lauf. »Verschwinde. Ich schikke jemand anderen zum Dreigabelungenlager. Inzwischen kannst du über dein Leben nachdenken, Kranker Bauch. Denk über die Leute nach, die dich ernähren und wärmen. Denk über deine Verantwortung dem Stamm gegenüber nach.«

Unsicher erhob er sich. Ohne sie auch nur anzusehen, bückte er sich durch die Tür und trat hinaus in die Welt, in die Freiheit. Sein verängstigtes Herz hämmerte wie wahnsinnig gegen seine Rippen.

Plage lag an seinem gewohnten Platz und wedelte bei seinem Anblick mit dem Schwanz. Kranker Bauch holte seinen Hund und verschwand mit ihm im Wacholderdickicht hinter dem Lager. Dort zog er Plage im Schutz der Bäume ganz dicht an sich, kraulte ihn hinter den Ohren und vergrub sein Gesicht im dicken, warmen Fell des Tieres.

Kapitel 5

Windläufer hastete keuchend weiter. Eisiger Reif hatte sich an der Umrandung seiner Fuchspelzkapuze gebildet. Auf bebenden, wackligen Beinen wankte er in Schlangenlinien über den nach Norden verlaufenden Felsgrat. Vor zwei Tagen, bei Einbruch der Dunkelheit, hatte er die Verfolger zum erstenmal bemerkt. Er hatte sie im Laufe der Nacht abgeschüttelt – hoffte er jedenfalls. Doch nun war eine andere Gruppe, kleiner als die erste, aufgetaucht und folgte beharrlich seinen Spuren.

Das eisige Land ringsum beobachtete stumm den Ausgang dieses erbitterten Wettlaufs. Aufragende Felsen schoben sich wie düstere Zuschauer durch den verharschten Schnee. Die blendenden Sonnenstrahlen warfen ein gleißendes Licht auf die Schneewehen. Die Spitzen der hier und da durch den Schnee stechenden Beifußsträucher zitterten im Wind. In der Ferne erhoben sich wellenförmig lederfarbene Sandsteinhügel vor dem Hintergrund der Berge, die sich, entschlossenen Schutzmauern gleich, hinauf zum Himmel reckten. Über den Bergen, deren steil abfallende Hänge mit glitzerndem Schnee und blaugrünen Sträuchern bedeckt waren, dehnte sich der Himmel wie ein unendliches blaues Gewölbe, an manchen Stellen betupft mit kleinen weißen Federwolken.

Windläufer taumelte vorwärts über verkrustete Schneewehen und stolperte über die vom eisigen Griff der gefrorenen Erde umklammerten Steine. Jeder Atemzug schnitt in seine Kehle, brannte sich hinab in seine keuchenden Lungen. Die übermenschliche Anstrengung peinigte schmerzhaft jede Faser seiner Muskeln, der Schweiß lief ihm in Strömen über die Haut und tränkte seine dicken Fellumhänge.

Er hatte großes Glück gehabt, er hatte sie fast sofort entdeckt: sieben Männer. Sie trabten genau in seiner Spur. Sieben unbekannte Männer, deren Speere im Sonnenlicht funkelten. Vielleicht gehörten sie ebenso wie die vorherige Gruppe zum Wolfsvolk von den Grass Meadow Mountains. Oder sie gehörten einem anderen Stamm an. Auf jeden Fall mußte er sie zu den Feinden rechnen, die er nicht zu dem ungeschützten Lager führen durfte. Die Frauen des Weißlehm-Stammes konnten sich zwar gut verteidigen und würden die sieben Krieger wohl in die Flucht schlagen, aber mit Sicherheit forderte dieser Kampf einige Opfer.

Er mußte die Verfolger irreführen und abschütteln. Niemand besaß beim Laufen Windläufers Kraft und Ausdauer. Fast unmerklich hatte er die Richtung geändert und das Lager gut einen halben Tagesmarsch entfernt im Osten umgangen.

Windläufer spielte ein gefährliches Spiel, aber einiges sprach zu seinen Gunsten: Seine Feinde wußten, sollte sich in der Nähe ein Lager des Sonnenvolks befinden, würden ihm die Stammesangehörigen beistehen. Seine Verfolger mußten sich vorsichtiger bewegen als er, um nicht in einen Hinterhalt zu geraten.

Windläufer fiel in einen leichten Trab und schlüpfte zwischen den Beifußsträuchern hindurch. Er versuchte, seine Spuren so gut wie möglich zu verwischen.

Er kletterte die Windseite des Berges hinauf. Auf dem Gipfel angekommen, blickte er sich um. Er stand am südlichen Ende eines vom Wind blankgefegten Ausläufers eines zerklüfteten Sandsteingrats. Soweit er sehen konnte, erstreckte sich der Grat nach Norden. In allen anderen Richtungen dehnten sich Schneefelder aus – ein weites, offenes Land ohne Deckung. Wo das Ende des windumpeitschten Grats spitz in ein Schneefeld auslief, erstreckte sich unversehrter, hart verkrusteter Schnee weit nach Süden. Ein einzelner Beifußstrauch ragte einen Speerwurf von der Sandsteinkante entfernt aus dem Schnee.

Sein Herz hämmerte.

Vorsichtig ging er bis zur Südspitze des körnigen Felsens. Wieviel Zeit blieb ihm noch, bis die Verfolger die Horizontlinie überschritten?

Er prüfte die Schneekruste. Der Schnee konnte unmöglich das Gewicht eines Mannes tragen.

Windläufer schluckte vernehmlich, legte sich der Länge nach auf den Boden, um sein Gewicht gleichmäßig zu verteilen, und wickelte den Atlatl und die Speere in seinen Mantel. Vorsichtig, um keinen Druck mit Ellenbogen oder Knien zu erzeugen, begann er sich abzurollen. Blieb ihm genug Zeit? Was tun, wenn er einbrach?

Dann bin ich verloren.

Der Beifußstrauch schien unendlich weit entfernt zu sein; was, wenn die Verfolger den Grat erreichten und ihn ungeschützt draußen auf dem Schneefeld entdeckten? Besser, der Macht zu vertrauen und zu hoffen, als über die möglichen Folgen nachzudenken.

Ihn schwindelte, während er sich langsam weiterrollte. Blinzelnd versuchte er, sein Ziel im Auge zu behalten. Die Welt drehte sich, der Horizont hob und senkte sich, während er eine scheinbar endlose Zeit über den Schnee rollte.

Endlich hatte er es geschafft. Geschmeidig schlängelte er sich hinter den Strauch und scheuchte einen weißen Eselhasen aus seinem Versteck im Windschatten des Busches.

Er grub einen Hohlraum in den Schnee, rollte sich hinter dem Beifußstrauch zu einer Kugel zusammen und versuchte, das Schwindelgefühl zu vertreiben. Er reduzierte seine Bewegungen auf ein Minimum, holte Atlatl und Speere aus seinem Mantel und zuckte zusammen, als er die Beschädigung an der Befiederung seiner langen, schönen Speere entdeckte.

Er spähte über die unversehrt glatte Schneefläche und erstarrte: Sieben sich auf und ab bewegende Gestalten überquerten den Grat.

Sein Herz hämmerte wie rasend, und seine Kehle schnürte sich zusammen, er schluckte trocken. Schritt für Schritt kundschafteten die Krieger seine Spuren aus.

Windläufer blinzelte heftig und versuchte, seine vor Erschöpfung zitternden Muskeln zu entspannen. Er nahm all seine Willenskraft zusammen und zwang sich dazu, jeden Gedanken aus seinem Kopf zu verbannen. Aus den Augenwinkeln nahm er die Bewegungen seiner Verfolger wahr.

Er konnte hören, wie sie sich etwas zuriefen. Kein Stamm des Sonnenvolkes redete in einer solchen Sprache ... inzwischen waren sie nah genug und er sah, daß sie die üppig mit Fransen verzierte Kleidung des Wolfsvolkes trugen.

Ruhig! Nicht denken! Gar nichts! Er biß die Zähne zusammen und versuchte, seine nach Luft ringenden Lungen zu beruhigen. Konnten seine Verfolger aus dieser Entfernung seine Atemwolken erkennen? Möglich.

Nicht atmen. Nicht denken. Nicht bewegen. Du bist wie der Schnee – gedankenlos, kalt, schweigend.

Einer der Krieger marschierte auf dem Sandsteinfelsen hinunter bis zum Fuß des Grats und blickte über das Schneefeld zu Windläufers schützendem Beifußstrauch herüber. Der Mann hob eine Hand und beschirmte seine Augen vor dem glitzernden Weiß.

Durch die vom Wind verformten Zweige des Strauches fühlte Windläufer den bohrenden Blick auf sich gerichtet. Verzweifelt bemühte er sich, den Atem anzuhalten. Die Augen beständig auf seine vom Schnee bedeckten Knie gerichtet, wartete Windläufer.

Endlich, er fühlte es mehr, als daß er es sah, drehte sich der Mann um und suchte den Hang ab. Der Eselhase nutzte diese Gelegenheit und flitzte über den Harsch davon.

Pfeifend, als wolle er die Träume vertreiben, die ihn beunruhigten und ständig beschäftigten, schritt der Händler Linke Hand aus. Er schielte zum endlosen Mittagshimmel hinauf. *Es scheint als triebe mich die Macht zur Eile an.*

Wie alle vernünftigen Menschen folgte er um diese Jahreszeit dem auf einem Grat verlaufenden Pfad. Oben auf den sonnenüberfluteten Bergkämmen war der Schnee bereits geschmolzen. Schon beim bloßen Gedanken, die schattigen Täler durchqueren zu müssen, verzog er verdrießlich das Gesicht. Das Schmelzwasser hinterließ dort tiefe Wasserpfützen. Selbst das beste Mokassinleder sog die Nässe auf. Durchweichte Mokassins wurden immer schwerer und warfen Falten, die sogar die von Hornhaut geschützten Füße eines Händlers wundscheuerten. Jeder Schritt in diesem klebrigen Morast wurde zur beschwerlichen Anstrengung, und wenn man ausrutschte, mußte man sich mit nasser und nach Sonnenuntergang gefrierender Kleidung weiterschleppen. Solch ein Marsch setzte auch der zähesten Natur zu.

Linke Hand verharrte. Sofort blieben die keuchenden Hunde, auf deren Rücken schwere Lasten schwankten, hinter ihm stehen und genossen die Rast.

Seine schwielige linke Hand umklammerte den Händlerstab, an dessen ringförmig gekrümmtem Ende Federn im Wind tanzten.

An diesem Vormittag hatte er den Coldwater River überquert, nun folgte er dem Fluß Richtung Osten. Das Rundfelsen-Lager des Erdvolkes mußte vor ihm liegen. Er hob eine Hand zum Schutz gegen die blendende Sonne und blickte prüfend über das Gelände. Wenn ihn seine Erinnerung nicht trog, mußte sich das Lager hinter dem nächsten Granitfelsen befinden.

Linke Hand schleppte eine Rückentrage aus schwerem Büffelleder, die an einem Stirngurt befestigt war; über seinen Schultern hing ein dickes, warmes Bärenfell, darunter trug er eine mit Knochenperlen bestickte Jacke und lange Leggings. Die meisten Fransen seiner Kleidung hatte er abgeschnitten, um damit Reparaturarbeiten an seiner Trage und an den Geschirren der Hunde auszuführen. Endlose Wanderungen unter der Sonne hatten seinem Gesicht die dunkle Farbe von schwitzendem Wildkirschenholz verliehen.

Hinter ihm warteten seine Hunde in einer Reihe, ihre rosaroten Zungen zuckten bei jedem hechelnden Atemzug. Die Leute sprachen voller Bewunderung von Linke Hands Lastenhunden. Es begleiteten ihn nur die besten – kräftige, große Tiere, die schwere Lasten schleppen konnten. Auf die Rücken der weiß, braun und schwarz gescheckten Hunde waren bauchige Gepäckballen gegurtet. Darin befanden sich die eingetauschten Waren seiner Handelsreisen in das Tal im Südwesten, wo die Winter beträchtlich milder waren.

Das im Südwesten lebende Salzhändler-Volk handelte mit vielen Waren, die bei seinen Leuten vom Wolfsvolk begehrt waren. Hauptsächlich handelten sie jedoch mit Salz – gewaltigen Blöcken, die sie vom Grund des riesigen, salzigen Sees holten, aber auch mit Ephedra für Tee, Bildnissen aus verwobenen Yuccablättern, Trockenfischen und Wasserhühnern, die es im Sommer im Hochland nicht gab. Das Antilopenvolk, das noch weiter im Süden lebte, buk verschiedene Brote aus den süßen, fleischigen Kiefernsamen, die es nur dort gab und die sie im Herbst sammelten. Sie machten auch

Chimisabrot, eine Köstlichkeit von leichter, lockerer Substanz. Alle diese Dinge waren beim Wolfsvolk im Hochland des Nordens beliebte Handelswaren.

Seine Heimreise hatte er bei vollem Mond angetreten. Seitdem waren zwei weitere volle Monde vergangen. Es war eine lange Reise gewesen, und er hatte etliche Aufenthalte einlegen müssen, um Fleisch für seine Hunde zu jagen. Jede Rast löste bei ihm ein gewisses Unbehagen, ein unbestimmtes Gefühl der Bedrohung aus.

Vielleicht war ich zu lange von zu Hause fort.

Nicht weit entfernt befand sich ein Lager des Erdvolkes. Die Aussicht auf eine Nacht am Rundfelsen beruhigte ihn etwas. Dort traf er auf Leute, mit denen er sich unterhalten konnte – und vielleicht konnte er etwas erfahren, was seine wachsende innere Unruhe erklären würde. Das Erdvolk sprach in einer Sprache ähnlich der seines Volkes, aber sie verschluckten manche Silben, nuschelten fast, so daß ihre Sprache für seine Ohren etwas merkwürdig klang. Wenigstens mußte er bei ihnen nicht auf die allen Händlern geläufige Zeichensprache zurückgreifen. Er konnte ihren Berichten zuhören, über ihre Witze lachen und selbst Neuigkeiten erzählen. Ein angenehmer Abend stand ihm bevor. Im Rundfelsen-Lager würde man ihm Essen anbieten und auch seine Hunde versorgen, vielleicht war sogar ein guter Handel zu machen.

Er hätte unterwegs noch etliche andere Lager aufsuchen können, aber keines lag direkt auf seinem Heimweg – und die Träume trieben ihn unaufhaltsam vorwärts. Außerdem wurde von einem Händler stets erwartet, daß er Geschäfte machte. So konnte es passieren, daß er nach Hause zurückkehrte, ohne etwas Besonderes für seine eigenen Leute im Gepäck zu haben. Ein bißchen Handel hier, ein bißchen Handel da, und schon waren die Tragen nur noch mit Büffelfleisch, Hirschfleisch, Antilopenfleisch, Selleriewurzeln und Gänsefußpflanzen gefüllt – alles alltägliche Dinge, die überall erhältlich waren.

Er pfiff nach seinen Hunden und setzte seinen Weg fort. Nachdem er sich über einen Felsvorsprung gekämpft hatte, hielt er sich entlang der Hänge, wo der Schnee in Bächen schmolz und die Rinnen hinab zum Coldwater River floß. Die Sonne stand hoch am wolkenlosen Himmel. Er marschierte vergnügt pfeifend weiter. Die Federn seines Stabes, der die unangreifbare Macht des Handels symbolisierte, flatterten fröhlich in der munteren Brise. Zu seiner Linken leuchtete und funkelte der Granit, eine zartrosa Tönung in seinem Grau ließ den verwitterten Stein erstrahlen.

Nicht allzu weit vom Rundfelsen-Lager entfernt entdeckte er einen Mann, der Beifußsträucher aus dem Boden zog. Der Bursche schien mächtig zu kämpfen; ein ansehnlicher Haufen entwurzelter Büsche lag bereits zum Abtransport aufgestapelt da.

»Hoyeh!« rief Linke Hand.

Der Mann fuhr herum und starrte herüber. »Hoyeh!« kam die Antwort.

Linke Hand änderte die Richtung und ging auf den Fremden zu. Ah! Deshalb die Mühe! Der Mann schien seinen rechten Arm nicht gebrauchen zu können. Kein Wunder, daß es aussah, als müsse er jeden Augenblick das Gleichgewicht verlieren. Wie wollte der Krüppel bloß den riesigen Haufen Feuerholz ins Lager tragen?

»Willkommen, Händler. Ich bin Kranker Bauch ... vom Rundfelsen-Stamm.« Kranker Bauch drehte sich um und rief Plage, der sofort herbeitrottete und sich vor ihn hinlegte.

»Ich bin Linke Hand, Händler aus dem Wolfsvolk.« Mit einer Schulterbewegung befreite sich Linke Hand von seiner schweren Büffelledertrage. Er musterte den verkrüppelten Mann von oben bis unten. Kranker Bauch war nicht sehr groß, seine Gesichtszüge sanft und unauffällig. Das Haar hatte er zu zwei Zöpfen geflochten, und seine Kleidung wirkte leicht schmuddelig. Empfindsame braune Augen mit dem Anflug tiefer Traurigkeit begegneten Linke Hands Blick. Weinte die Seele dieses Mannes? Diese Augen rührten ihn, sprachen etwas an, das tief in Linke Hands Herz verborgen lag.

»Feuerholz?« fragte der Händler, noch immer gebannt vom Blick dieser traurigen Augen.

Kranker Bauch nickte. »Ja.«

Linke Hand inspizierte den Haufen. »Eine Menge Feuerholz. Hat meine Macht mich gerade zur rechten Zeit an den richtigen Ort geführt? Steht vielleicht ein Fest bevor?« Er hoffte inständig, die Trauer in Kranker Bauchs Augen bedeute nicht Krankheit oder Hunger.

Kranker Bauch schüttelte den Kopf. »Nein, kein Fest. Man hat mir diese Pflicht aufgetragen. Ich bin zum Holzholen eingeteilt.«

»Ich dachte, Frauen und Kinder sammeln Feuerholz.« Kaum waren ihm diese Worte herausgerutscht, bereute er sie bereits.

Kranker Bauch wandte den Blick ab, er wirkte tief verletzt. »Ich muß auch meinen Teil zur Arbeit beitragen.«

Im stillen schalt sich Linke Hand einen Narren. Er hatte die Regel Nummer eins der Händler verletzt: niemals jemanden beleidigen. Um den Schaden wiedergutzumachen, bot er rasch an: »Ich helfe dir. Sieht so aus, als müßtest du ein paarmal hin und herlaufen. Wir sind nicht mehr weit von Rittersporns Lager entfernt, oder täusche ich mich?«

»Gleich hinter den Felsen dort.« Kranker Bauch fuchtelte mit seinem gesunden Arm.

»Nicht mehr weit also.« Linke Hand gab seinen Hunden, die den fremden Mann beschnüffelten, ein Zeichen, sich hinzulegen. »Zu zweit schaffen wir es leicht.«

Kranker Bauch schürzte die Lippen und runzelte die Stirn. »Vermutlich keine so gute Idee.«

»Warum denn nicht?«

Unsicher zuckte Kranker Bauch die Achseln.

Linke Hand setzte sich seufzend auf einen Findling und genoß die Sonne. »Na gut. Erzähl mir, was es Neues gibt. Ich war im Land des Salzhändler-Volkes und noch weiter im Süden beim Antilopenvolk. Ist hier etwas Besonderes vorgefallen? Irgendwelche Neuigkeiten vom Wolfsvolk?«

Kranker Bauch lächelte – es schien, als ob nach langem Regen die Sonne aufging. Irgendein Geist ließ sein Gesicht von innen heraus erstrahlen, verschönte die sonst ausdruckslosen, langweiligen Züge. Er sah glücklich und heiter aus.

»Oh, es gibt viele Neuigkeiten. Schilfrohr ist zum Dreigabelungenlager gegangen, um festzustellen, wie weit die Vorbereitungen zur Großen Versammlung gediehen sind. Na ja, wahrscheinlich ist das nicht unbedingt wichtig für dich. Was gibt es noch? O ja, es gehen Gerüchte um, Angehörige des Sonnenvolkes seien in das Gray Deer Basin nördlich der Sideways Mountains gekommen und deine Leute vom Wolfsvolk hätten sie einige Male überfallen. Anderen Gerüchten zufolge sind mehrere Stämme des Sonnenvolkes nach Süden gezogen. Manche sprechen von Krieg, andere meinen, man sollte sich mit dem Sonnenvolk treffen und die Stämme bitten, nach Norden zurückzugehen.«

Linke Hand strich sich über das Kinn. »Mit diesen Leuten zu reden bedeutet noch lange nicht, daß sie auch wieder in den Norden gehen.«

»Oh?«

»Ich habe ein paar Jahre lang dort oben Handel getrieben. Außerdem bin ich mit einem ihrer Händler gewandert und habe ihm den Weg zum Bootsvolk weit im Westen gezeigt.« Linke Hand schüttelte den Kopf. »Das Sonnenvolk geht bestimmt nicht zurück, nur weil jemand darum bittet. Die einzelnen Stämme kämpfen mindestens so viel gegeneinander, wie sie gegen andere Völker auf den Kriegspfad gehen. Ich verstehe es auch nicht. Es sind seltsame Menschen.«

Kranker Bauch nickte, seine Miene wirkte bedrückt.

»Noch sind sie ja nicht hier. Wieso machst du dir Sorgen?« erkundigte sich Linke Hand.

»Ich dachte gerade an den Wolf.«

»An was für einen Wolf?«

»Ein großer schwarzer, der mich beobachtet. Er zeigt sich hin und wieder.« Kranker Bauchs Augen wirkten seltsam leer.

»Willst du mir von diesem Wolf erzählen?«

Unsicher blickte sich Kranker Bauch um.

Linke Hand hatte eine vage Vermutung. »Wie du weißt, ist der Wolf für mein Volk ein Tier der Geister. Besonders der schwarze Wolf. Er ist der Bote von Wolfsträumer, den wir den Ersten Mann nennen. Erinnerst du dich, als ihr unser heiliges Bündel gestohlen habt? Das ist unsere Macht, die Seele unseres Volkes, die uns von Wolfsträumer gegeben wurde. Sag mir alles, ich glaube dir. Wenn es der Große Wolf war, der Geisterhelfer, vielleicht sollte er ein Zeichen für dich sein. Wir nehmen die Mächte sehr ernst. Auch Träume.«

»Träume?« Kranker Bauchs Gesicht spiegelte die widerstreitendsten Gefühle. »Und Träumer?«

Linke Hand nickte nachdrücklich. »Träumer ganz besonders. Was ist los? Hattest du Träume?«

Kranker Bauch scharrte mit den Füßen. »Nein, keine Träume. Jedenfalls nicht solche. Keine von einer Macht.«

Linke Hand lehnte sich zurück und reckte den Hals. »Du denkst, ich bin nur ein Händler. Aber ich weiß einiges über die Menschen. Steckst du in Schwierigkeiten? Ist am Rundfelsen etwas im Gange, das ich wissen sollte? Könnte mich etwas davon abhalten, eine Nacht dort zu bleiben?«

»Nein, nein.« Kranker Bauch blickte unruhig in Richtung des Lagers. »Im Lager ist alles in Ordnung. Es hat nur mit mir zu tun. Ich bin ...« Heiße Röte stieg ihm ins Gesicht. Er holte tief Luft und ließ sich auf einen großen Stein gegenüber von Linke Hand sinken. Er deutete auf seinen schlimmen Arm. »Ich bin nicht gerade sehr nützlich für den Stamm. Weiter nichts.«

»Du *bist* in Schwierigkeiten. Ha. Dabei siehst du gar nicht so aus, als wärst du der Typ dafür.«

»Wie meinst du das?«

Der Ernst in der Stimme des Mannes erwärmte Linke Hands Seele. Der Mann schien so unschuldig, so freundlich. Man mußte ihn einfach mögen.

»Na ja ...« Linke Hand strich sich über das Kinn und musterte Kranker Bauch eingehend. »Du bist nicht sehr geschickt. Normalerweise geraten eher besonders gerissene Menschen in Schwierigkeiten. Sie versuchen immer, ihre Ziele mit schlauen Tricks und Schlichen zu erreichen. Sind stets ausschließlich auf ihren Vorteil aus, verstehst du. Du bist zu ehrlich, deine Seele leuchtet in deinen Augen. Du nimmst dir alles viel zu sehr zu Herzen.«

Nach einem ungemütlich langen Schweigen schlug sich Kranker Bauch unvermittelt mit der gesunden Hand auf das Knie und schüttelte den Kopf, als wolle er düstere Gedanken abschütteln. »Ich fürchte, ich werde Rittersporns Erwartungen nie erfüllen können, nie so sein, wie sie es von mir verlangt. Du hast wohl recht, ich bin nicht gerissen. Ich versuche nie, meinem Vorteil hinterherzujagen oder Menschen gegen ihren Willen zu beeinflussen.«

»Und hinter was bist du her?«

Kranker Bauch machte eine allumfassende Gebärde. »Sieh dir die Welt an. Es gibt unendlich viele Dinge zu sehen. Dinge, über die man sich Gedanken machen muß. Zum Beispiel ... die Sonne.«

»Die Sonne?« Linke Hand schielte hinauf zu dem hell leuchtenden Gestirn.

»Die Sonne.« Kranker Bauch lächelte, völlig in Anspruch genommen von den Gedanken, die ihm durch den Kopf gingen. »Überleg mal. Du fühlst die Hitze der Sonne. Sie erzeugt Helligkeit genau wie das Feuer.«

»Ahha. Und?«

»Was brennt dort oben? Holz? Es ist kein Rauch zu sehen. Hast du jemals ein Feuer ohne Rauch gesehen? Selbst das trockenste Holz erzeugt Rauch. Aber nicht nur das, man riecht auch keinen Rauch. Selbst wenn es sich um unsichtbaren Rauch handeln würde, müßte man ihn doch zumindest riechen, oder? Viele unsichtbare Dinge kann man riechen.«

Linke Hand blickte in Kranker Bauchs strahlendes Gesicht.

»Darüber habe ich noch nie nachgedacht.«

»Die wenigsten Menschen denken darüber nach. Und noch etwas. Die Sonne geht im Westen unter, stimmt's? Das heißt, sie muß die Welt umrunden, um im Osten wieder aufzugehen. Warum wird dann der Boden in der Nacht nicht heiß? Die Sonne müßte sich unter unseren Füßen befinden. Vielleicht in einem Tunnel – wie der unterirdische Gang eines Ziesels.«

»Falls sie tatsächlich unter dem Boden durchgeht.«

»Und wenn sie nicht unter dem Boden durchgeht, wo geht sie dann hin?«

»Vielleicht stirbt die eine Sonne und eine andere wird geboren.«

Kranker Bauch grinste, seine Augen blitzten munter auf. »Ah, ein guter Gedanke. Aber wenn jeden Morgen eine neue Sonne geboren würde, müßte sie im Laufe des Tages wachsen. In Wirklichkeit aber erscheint sie groß am Horizont und wird dann kleiner, bis sie den Horizont im Westen quert, wo sie wieder größer wird. Woher kennst du dieses Phänomen noch? Nur vom Mond. Und da wir gerade vom Mond sprechen, warum brennt er nicht so heiß wie die Sonne? Außerdem glaube ich auch nicht, daß der Mond jede Nacht stirbt.«

»Und warum nicht, Kranker Bauch?«

»Weil sich ständig alles wiederholt. Wenn der Mond von einem Kreis zu einem Splitter wird und sich der Kreis nach einiger Zeit wieder zu füllen beginnt, hat er immer noch genau dieselben Markierungen wie beim vorigen Mal. Er ist unverändert. Wie viele Dinge kennst du, die wieder und wieder sterben und wiedergeboren werden und immer gleich aussehen? Sogar Eichhörnchen, Mäuse und Vögel sind verschieden gezeichnet.«

Linke Hand lachte in sich hinein. Kein Wunder, daß Kranker Bauch Schwierigkeiten hatte. Linke Hand hatte Rittersporn vor fünf Sommern kennengelernt: eine äußerst praktisch denkende und auf ihren Vorteil bedachte Frau. Er hatte sich in ihrer Gegenwart nicht besonders wohl gefühlt. Doch die Leute fürchteten und respektierten sie. Das Erdvolk traf kaum Entscheidungen, ohne vorher ihren Rat einzuholen. Und Kranker Bauch lebte ausgerechnet in *ihrem* Lager? Kein Wunder, daß sie ihn zum Holzholen geschickt hatte.

»Aber es gibt noch mehr Unerklärliches«, fuhr Kranker Bauch begeistert fort. »Warum ändert die Sonne ihren Weg über den Himmel? Warum sind die Tage im Sommer länger und im Winter kürzer? Warum kann man nicht sehen, wie und wo die Sonne während der Jahreszeiten ihren Weg ändert? Warum nimmt sie nicht am einen Tag den südlichen Weg über den Himmel und am nächsten Tag den nördlichen?«

»Keine Ahnung, aber das macht sie nie«, antwortete Linke Hand zerstreut.

»Woher weißt du das?«

Linke Hand zeigte in Richtung der Berge. »Wir haben Steinkreise aufgestellt. Wenn die Sonne am Morgen aufgeht und über den Himmel wandert, kann man an diesen Kreisen beobachten, welche Steine in der Reihe sie berührt. Auf diese Weise erkennt man den Richtungswechsel im Weg der Sonne.«

Kranker Bauchs Augen glänzten. »Was würde ich nicht alles dafür geben, einmal einen solchen Kreis sehen zu dürfen!«

»Bau dir einen eigenen Kreis. Such dir einen Hügel oder einen Berggipfel aus und lege einen Kreis aus Steinen an. Du mußt bei Sonnenaufgang und Sonnenuntergang oben sein. Achte auf den Stand der Sonne und stelle die Steine entsprechend auf, weiter brauchst du nichts zu beachten.«

Die freudige Erregung in Kranker Bauch erstarb. »Das kann ich nicht. Rittersporn …«

»… würde es nicht zulassen?«

Kranker Bauch zuckte die Achseln. »Sie ist eine gute Stammesanführerin. Sie muß für uns alle die Entscheidungen treffen … und sich darum kümmern, daß für alle gesorgt ist.«

Linke Hand stützte die Ellenbogen auf die Knie und lachte. »Willst du damit sagen, du denkst über Sonne und Mond nach, über die Unterschiede im Aussehen der Mäuse, aber nie über das Leben deiner eigenen Leute?«

»Oh, ich denke ständig über Menschen nach. Ich frage mich, warum jemand auf eine bestimmte Weise handelt. Manche Dinge geschehen einfach, und wir Menschen reagieren nur darauf … weißt du, so wie man die Hand vom Feuer zurückzieht. Manchmal überlegen wir, bevor wir etwas tun, wir schmieden Pläne. Unterscheidet sich die eine Handlungsweise von der anderen? Hast du je darüber nachgedacht?«

»O ja. Ein Händler denkt ständig über diese Dinge nach. Wenn wir wissen, wie die Leute denken und was sie sich wünschen, haben wir jederzeit die richtige Ware parat. Wir wissen dann zum Beispiel, daß das Antilopenvolk Büffelfleisch möchte oder daß bestimmte Kiefernsamen sehr gefragt sind, wenn wir nach Hause zurückkehren. Aber so habe ich meine Frage nicht gemeint. Was hältst *du* von der Lebensweise *deiner* Leute? Ich finde, du bist anders, du paßt nicht hierher.«

Kranker Bauch ballte die Faust. »Natürlich passe ich hierher.«

»Warum schickt dich Rittersporn zum Holzholen? Die Rittersporn, die ich kenne, interessiert nichts weniger als die Frage, warum die Sonne unter der Erde durchwandert.«

Kranker Bauch wandte den Blick ab und rieb seine gesunde Hand nervös am schmutzigen Leder seiner Hosen. »Ich hatte einen Freund, den hat das interessiert. Aber er ist tot.«

»Das tut mir leid.« Linke Hand senkte die Stimme. »Er hat dir zugehört, nicht wahr? Die anderen verstehen dich nicht, habe ich recht?«

Kranker Bauch schreckte hoch, als höre er Worte aus der Vergangenheit. Er schluckte vernehmlich; seine Augen huschten unruhig hin und her, als könne er in den Schattenmustern der Sträucher oder in den Felsformationen eine Antwort finden.

Linke Hand verstand kaum, was er sagte, so leise flüsterte Kranker Bauch: »*Ein Händler kommt.* Das hat er gesagt. Er wußte es.«

Linke Hand erhob sich und schlug Kranker Bauch freundschaftlich auf den Rücken. »Komm schon, ich helfe dir, das Holz ins Lager zu schaffen«

»Rittersporn paßt das bestimmt nicht.«

»Sie wird keinen Händler kränken, schon gar nicht, wenn er seine Hilfe anbietet.«

Ohne auf Kranker Bauchs Erwiderung zu warten, ergriff Linke Hand einen Armvoll Holz und nahm seinen Händlerstab. Der gequälte, traurige Gesichtsausdruck des Mannes haftete ihm im Gedächtnis wie gekochter Kiefernsaft auf Leder. Beim haarigen Hodensack eines Büffels, er mochte Kranker Bauch.

Verstohlen schielte Linke Hand zum Himmel hinauf. *Und was ließ nun wirklich die Sonne da oben brennen?*

Weiße Esche stürzte sich mit Feuereifer in die ermüdende Arbeit, Beifußsträucher aus dem Boden zu drehen. Sie holte das Holz in den Niederungen nördlich des Lagers, wo die Humusschicht tiefer war und die Sträucher höher wuchsen als oben auf den Bergen. Ein bleierner, wolkenverhangener Himmel lastete schwer über dem von grauem Schnee bedeckten Land. Sie arbeitete hart und versuchte, ihre Trauer in der Erschöpfung zu vergessen.

Die struppigen Sträucher eigneten sich wundervoll als Brennmaterial. Sie qualmten kaum, entzündeten sich leicht und brannten einige Minuten lang wie eine Fackel, bevor das harte Holz zu Kohlen zerfiel. Legte man genug Steine ins Feuer, strahlten sie die ganze Nacht über Hitze ab. Eine dikke Kohlenschicht spendete mindestens zwei Tage lang Wärme. Und das stachelige Gestrüpp wuchs überall.

Krachend und knallend löste sich die Wurzel. Weiße Esche straffte den Rücken und warf ihre dem Boden entrissene Beute auf den zunehmend größer werdenden Haufen.

Aus alter Gewohnheit ließ sie ihren Blick zwischendurch über die Bergkämme schweifen. Bisher war alles ruhig geblieben, doch dieses Mal nahm sie eine flüchtige Bewegung wahr – ein Mann. Sie kniff die Augen zusammen, um besser sehen zu können. Seinem Gang nach schien er erschöpft zu sein. Rasch holte sie ihren Atlatl aus der Trage – er war leichter als der eines Mannes, dem Körperbau einer Frau angepaßt –, hob einige ihrer schlanken Speere auf und prüfte den Sitz der Vorderschäfte, die mit todbringenden, durchscheinend braunen Hornsteinspitzen bewehrt waren. Sie schaute sich um, entdeckte aber niemanden, den sie hätte warnen müssen. Entschlossen machte sie sich auf den Weg.

Sie fiel in einen leichten Trab und näherte sich der taumelnden Gestalt, die aussah wie ... *Windläufer!* Irrtum war ausgeschlossen. Sie rannte ungestüm los. Vielleicht hatten die Männer Wild erlegt? Wenn sie doch nur nicht so lange fortgeblieben wären; seit Leuchtender Monds Tod waren bereits fünf Tage vergangen. Diese Tage im Zelt waren schrecklich gewesen. Leuchtender Monds Gegenwart hatte verweilt, war aus den rußigen Zeltstangen und den rauchgeschwärzten Fellen gesickert. Inmitten all der wehmütigen Erinnerungen hatte Weiße Esche sehnsüchtig auf Salbeigeists Rückkehr gewartet.

»Windläufer!«

Er schaute über den tauenden Schnee zu ihr herüber und winkte. Im Näherkommen bemerkte sie, wie mitgenommen er aussah – abgezehrt und todmüde. Schlamm und Wasser hatten seine Kleider beschmutzt. Sein Gesicht war ausgemergelt und abgespannt; unter den breiten Backenknochen höhlten sich eingefallene Wangen. Etliche blutverkrustete Kratzer zogen sich über die blauen Tätowierungen auf seiner hohen Stirn, und in seinen schwarzen, schimmernden Zöpfen hatten sich Blätter verfangen.

»Was ist passiert?« verlangte sie zu wissen und umarmte ihn. »Sind die Männer alle gesund?«

»Ja, ich glaube schon. Wir haben Beute gemacht ... vor ungefähr einer Woche. Hör zu, wir müssen das Lager verlegen. In dieser Gegend wimmelt es von Leuten des Wolfsvolkes. Ich mußte erst zwei verschiedene Kriegerbanden abschütteln, bevor ich mich in die Nähe des Lagers wagte.«

Sie warf einen raschen Blick über die Schulter. Die sanft ansteigenden, immer wieder mit Schnee gesprenkelten Hänge verrieten keinerlei Gefahr. »Komm, rasch. Flughörnchen ist schon fast krank vor Sorge. Sie würde es zwar nie zugeben, aber mich kann sie nicht täuschen.«

»Ein paar Tagesmärsche weiter südlich haben wir Büffel erlegt. Vielleicht sollten wir von dort weiter in den Süden bis zu diesen Bergen, die du Sideways Mountains nennst.«

»Sie heißen so, weil sie auf dieser Seite sanft ansteigen und auf der anderen Seite in schroffen Klippen abfallen.«

Trotz seiner Erschöpfung versuchte er, sie anzulächeln, doch er brachte nur eine verzerrte Grimasse zustande. »Gut, bringen wir die letzten Überlebenden des Weißlehm-Stammes hinüber. Wie sieht's hier aus? Habt ihr keine Plünderer gesichtet? Keine Kundschafter, keine Spuren?«

»Nichts als Wind und Schnee.« Sie atmete tief durch. »Leuchtender Mond ist gestorben. Ihre Seele hat sich von ihrem Körper getrennt. Sie konnte sich einige Tage lang nicht bewegen. Eines Nachts ist sie gegangen. Es war ein friedlicher Tod. Sie hat nicht gelitten.«

Windläufer machte einen Fehltritt und stolperte. Seine Augen wurden schmal vor Kummer. »Nein ... nicht. Das bringt Salbeigeist um. Er hatte eine Ahnung, irgendein unbestimmtes Gefühl. Ich sollte Leuchtender Mond die Botschaft überbringen, es gehe ihm gut und er würde jede Menge Büffelfleisch essen und an sie denken.«

Weiße Esche versuchte, ihre Trauer zu überspielen. »Im Augenblick müssen wir uns wegen des Wolfsvolkes Sorgen machen. Bist du überzeugt, sie suchen nach uns?«

Er nickte heftig. »Bei einer einzelnen Gruppe hätte man annehmen können, sie sei auf der Jagd. Aber zwei? Nein, sie sind hinter uns her. Ich glaube, sie wollen uns in den Norden zurücktreiben. Wahrscheinlich als Warnung an andere Stämme, sich nicht in ihr Gebiet zu wagen.«

»Aber wenn wir zurückgehen, geraten wir in das Gebiet des Schwarzspitzen-Stammes.«

»Richtig. Also, was bleibt uns übrig?«

Erneut blickte sie über die Schulter. »Die Sideways Mountains. Und dahinter lebt das Erdvolk. Wir sind nur noch so wenige. Vielleicht finden wir einen Platz, wo wir hingehen können, ohne das Gebiet des Erdvolkes zu verletzen.«

»Wo immer das sein mag, wir müssen uns beeilen – und so wenig Spuren wie möglich hinterlassen.«

Nachdem Windläufer berichtet hatte, was vorgefallen war, nahm Flughörnchen die Sache unverzüglich in die Hand. Der Weißlehm-Stamm begann sofort, das Lager abzubrechen. Die Kinder fingen die Hunde ein und legten ihnen, ungeachtet ihres Gewinsels und Gejaules, die Ledergeschirre an. Die spärlichen Besitztümer wurden zusammengerollt und in Lederbehältern verstaut, diese wiederum wurden auf die Travois' gebunden, Packschlitten, die die Hunde hinter sich herzogen. Sobald die Hunde angespannt waren, wurden sie noch unruhiger. Rasch wurden die Zeltstangen abgeschlagen und die kunstfertig gegerbten Zeltwände eingerollt.

Weiße Esche warf einen schnellen Blick auf Windläufer; er hatte sich auf einen Deckenstapel fallen lassen und war sofort eingeschlafen. Auf seinem im Schlaf entspannten Gesicht spiegelten sich die entsetzlichen Strapazen des Marsches. Einen Augenblick lang kämpfte sie gegen den Wunsch an, zärtlich seine Wangen zu streicheln. Nein, das würde ihn nur in Verlegenheit bringen. Im stillen verfluchte sie, daß er sich den Heiratssitten des Weißlehm-Stammes unterwarf.

Mit der ihr von Leuchtender Mond beigebrachten Fertigkeit packte Weiße Esche die Habe zusammen und belud die Hunde. Mitleidig verzog sie beim Anblick der aus den mageren Körpern der ungeduldigen Tiere vorstehenden Rippen das Gesicht. Der Hunger nagte an allen. Zwei beschwerliche Tagesmärsche weit im Süden lagen vier Büffel. Und auf dem Weg dorthin lauerte die Bedrohung durch feindliche Krieger. Nicht zum erstenmal ertappte sie sich dabei, wie sie instinktiv nach Leuchtender Mond Ausschau hielt. Und wie immer in solchen Momenten empfand sie die schmerzliche Leere, die ihr Tod hinterlassen hatte, um so heftiger.

Während sich die Sonne bereits dem Westen zuneigte und die Schatten ihre blauen Fühler immer tiefer in die Kälte des Vorfrühlings streckten, brach der Weißlehm-Stamm zu seinem beschwerlichen, verzweifelten Marsch nach Süden auf.

Kapitel 6

Trotz des laut prasselnden Feuers in Rosenbuschs Hütte konnte Kranker Bauch schwach die Geräusche aus Rittersporns Behausung auf der anderen Seite des Lagers hören.

Schallendes Gelächter und die aufgeregten Stimmen der Leute drangen durch die Erdwände zu ihm herüber.

Rittersporns Anweisungen waren unmißverständlich gewesen. »Du kümmerst dich um die Kinder und sorgst dafür, daß alles in Ordnung ist. Halte die Feuer in allen Hütten in Gang und paß auf, daß unsere Hunde nicht mit den Hunden des Händlers raufen.«

Kranker Bauch hatte protestiert. »Ich will auch hören, was der Händler an Neuigkeiten mitbringt.«

Sie hatte ihn finster und heftig zwinkernd angestarrt. »Jemand muß sich um das Lager kümmern. Wir erzählen dir später, was der Händler berichtet hat.«

Sie bestraft mich immer noch, weil ich ihr nicht sage, was ich Warmes Feuer versprochen habe.

Er blickte hinüber zu den Fellen, unter denen Knolle und Lupine, die sich in die schützenden Arme ihres Bruders gekuschelt hatte, schliefen. Seit dem Tod seines Vaters war Knolle mürrisch. Es schien, als verberge er einen in seinem Innern schwelenden Zorn. Ihm blieben nur noch wenige Jahre der Kindheit. Wie würde sich diese unterdrückte Wut auf sein Leben als erwachsener Mann auswirken?

Ein Händler kommt. Geh fort.

Warmes Feuer *hatte* es gewußt. Der Traum war keine Fieberphantasie gewesen. Nachdenklich runzelte Kranker Bauch die Stirn. Mit den Fingerspitzen fuhr er über die runde Ausbuchtung von Rosenbuschs schwerem Sandstein, mit dem sie Samen und Wurzeln mahlte. Er zeichnete Muster in den feinen Staub auf dem Mahlstein ... und starrte bestürzt auf die Zeichnung, die seine Finger skizziert hatten: den Umriß eines Wolfes.

Sofort erinnerte er sich an den schwarzen Wolf. Wie kam es, daß er nie Spuren des Tieres gesehen hatte? Sobald etwas Wichtiges passierte, erschien der schwarze Wolf und starrte ihn mit gelben Augen an. Oder bildete er sich das nur ein?

Geh fort ... Geh ... Warmes Feuers Worte stachen schmerzhaft wie Dornen in seine Brust. Kranker Bauch griff hinter sich und nahm den Speerschaft in die Hand, den er mit soviel Liebe und Können für Warmes Feuer gefertigt hatte. Das Holz schien zu pulsieren, als wolle es ihn an sein Versprechen erinnern. Er balancierte den perfekten Schaft in der Hand ... Tränen traten in seine Augen.

Nur Linke Hand hatte ihm genauso aufmerksam zugehört wie Warmes Feuer.

Du paßt nicht hierher. Die Worte schwärten wie eine Wunde in ihm. Behutsam legte Kranker Bauch den Schaft zurück. Vorsichtig achtete er darauf, die Befiederung nicht zu beschädigen. Seufzend stand er auf, duckte sich unter der Tür durch und trat hinaus in die Nacht. Am Horizont dämmerte bereits der Morgen; Rittersporn hatte sich fast die ganze Nacht hindurch unterhalten. Inzwischen drangen nur noch gelegentlich gedämpfte Stimmen aus der Hütte der Stammesanführerin.

Wir nehmen Träumer sehr ernst.

Und ich soll auserwählt sein, eine Träumerin zu retten? Kranker Bauch schaute zu den Sternen hinauf. Ein sanfter, warmer Wind streifte seine Wangen, ein Bote des nahenden Frühlings – auch die Ankunft des Händlers kündigte den Wechsel der Jahreszeiten an. Überall zogen um diese Zeit die Händler los und lenkten ihre Schritte in alle Himmelsrichtungen. Wie es wohl sein mochte, als Händler in die Fremde zu wandern?

Kranker Bauch kraulte kurz Plages Hals und ging weiter, um nach den Hunden des Händlers zu sehen. Sie lagen im Kreis um die aufgestapelten Waren und bewachten sie, wie es ihre Aufgabe war. Sie achteten besonders auf Nagetiere und anderes lästiges Getier. Die Lagerhunde waren von ihren Besitzern so lange verprügelt worden, bis sie begriffen hatten, daß die Tiere des Händlers nicht belästigt werden durften, und blieben demütig auf ihren Plätzen in der Nähe der Hütten.

Hier zerstören sie dich. Trampeln dich Stück um Stück nieder.

Kranker Bauch ging zu dem Stapel Beifußholz, den er zusammen mit Linke Hand ins Lager geschafft hatte, und nahm einen der knorrigen Sträucher in die Hand. Er und Linke Hand hatten tatsächlich Spaß bei dieser eintönigen Arbeit gehabt. Sie hatten sich darüber unterhalten, wie die Felsen im Süden aussahen, sie hatten über den riesigen See gesprochen, dessen Wasser so salzig war, daß man es nicht trinken konnte. Was machte den einen See klar, den anderen sumpfig und wieder einen anderen salzig?

Er erinnerte sich an die ihm übertragene Aufgabe und kümmerte sich um die Feuer in jeder Hütte. Er stocherte in den Kohlen herum und warf noch ein wenig Holz darauf.

Anschließend vergewisserte sich Kranker Bauch, daß die Kinder in Rosenbuschs Hütte tief und fest schliefen. Beruhigt hockte er sich an die Außenwand einer Hütte und beobachtete den Mond. Er war nicht ganz rund, sondern sah mit seiner im dunklen Schatten liegenden Seite aus wie ein Lehmball, der auf harten Boden gefallen war und sich verformt hatte.

Ein Schatten? Wurde er von etwas – vielleicht von der Sonne? – beschienen? Besaß er gar kein eigenes Feuer? Der Gedanke gefiel ihm. Er begab sich in die Hütte und wühlte in seinen Habseligkeiten, bis er einen runden Stein zutage förderte. Er hielt ihn vor das Feuerlicht und stellte sich vor, der Stein wäre der Mond. Je nachdem, wie er ihn hielt, konnte er die Umlaufbahn des Mondes nachahmen.

Mit dem Stein in der Hand verließ er die Hütte und trat ins Freie. Er sah zum Mond hinauf. Die im Dunkeln liegende Krümmung war kaum erkennbar, ja, sah fast aus wie ein Schatten. Hätte er doch nur mit Warmes Feuer darüber sprechen können.

Er hörte Schritte und sah sich um. Linke Hand stand vor ihm. »Du hast dich hervorragend um meine Hunde gekümmert.«

»Es sind gute Hunde.«

»Du klingst traurig.«

»Ich denke nur nach.«

»Rittersporn hat mir von Warmes Feuer erzählt. Sie machte großes Aufhebens von dem Heiler Schwarze Hand. Sie behauptete, er habe soviel Macht knistern lassen, daß fast die Steine schwebten. Aber trotz seiner heldenhaften Anstrengungen habe Warmes Feuers Seele seinen Körper verlassen.

Normalerweise übertreiben die Leute nicht derart schamlos, wenn sie von der Macht eines Heilers sprechen.«

Kranker Bauch zuckte die Achseln. Er war froh, daß die Dunkelheit seine resignierte Miene verbarg. »Einen besseren Heiler als Schwarze Hand haben wir zur Zeit nicht.«

»Irgend etwas an Warmes Feuers Tod beunruhigt Rittersporn. Und das hat nichts mit Schwarze Hand zu tun.«

»Oh?«

Linke Hand setzte sich Kranker Bauch gegenüber. »Warmes Feuer muß ein wunderbarer Mensch gewesen sein.«

»Ja. Er fehlt mir.«

Linke Hand schwieg eine Weile. Schließlich sagte er: »Ich bin Händler. Vermutlich ist es Teil meiner Macht, daß sich mir beim Beobachten von Menschen ab und zu gewisse Ahnungen aufdrängen. Ihr beide standet euch sehr nahe, nicht wahr?«

Kranker Bauch rührte sich nicht und blieb stumm.

»Das ist mit ein Grund, warum Rittersporn auf dich zornig ist. Ich merkte das an der Art, wie sie darüber sprach.«

»Warmes Feuer sagte, ich solle fortgehen«, flüsterte Kranker Bauch geistesabwesend. Als er sich bewußt wurde, daß er sein Versprechen verraten hatte, fügte er flehend hinzu: »Sag es niemandem. Bitte.« Wieder einmal war er zu schwach gewesen. Das Gefühl der Freundschaft, das er für Linke Hand hegte, hatte ihn zum Verräter werden lassen. Sein Magen verkrampfte sich.

Linke Hand sprach beruhigend auf ihn ein. »Gibt es in der Nähe ein Lager, wo du hingehen könntest? Wo man sich für die Dinge interessiert, mit denen du dich andauernd beschäftigst? Ich stelle es mir schön vor, mit dir an langen Winternächten am Feuer zu sitzen und zu plaudern.«

Kranker Bauch hieb verzweifelt mit der Faust auf den Boden. »Ich kann nicht in ein anderes Lager gehen. Das würde Rittersporn beleidigen, und niemand wagt es, Rittersporn zu beleidigen.«

»Hast du je daran gedacht, deine Gedanken könnten deine Macht sein? Du solltest deine ureigenste Berufung herausfinden. Ich habe meinen Weg als Halbwüchsiger gefunden. Ich stieg zu einem hochgelegenen Ort hinauf und habe vier Tage gefastet. Dann kam die Macht des Handels zu mir, und ich wußte, ich werde Händler. Ich bin überall herumgekommen. Ich habe Orte gesehen, die du dir nicht einmal vorstellen kannst. Ich habe das Salzwasser der Westlichen Wasser geschmeckt und bin mit dem Bootsvolk auf den Wellen geritten. Ich habe den großen Fisch gegessen, den sie mit Speeren aus dem Silver River holen und über Erlenfeuern räuchern. Ich habe das Land des Antilopenvolkes gesehen – dort gibt es rote Sandsteinschluchten, in denen das Wasser unter Steinbögen hindurchrauscht. Ich bin bis zu dem großen Fluß im Osten marschiert, wo in den Wäldern das Wildreis essende Maskentänzervolk lebt. Um Fische zu fangen, schwimmen sie in ausgehöhlten Baumstämmen auf dem Wasser und werfen Netze aus, dabei tragen sie Masken, damit sie wie Geister aussehen. Ich wanderte über die Short Grass Plains und teilte die Zelte aus Tierhaut mit dem Büffelvolk. An den Lagerfeuern des Sumpfvolkes, wo der Vater der Wasser in das südliche Meer fließt, habe ich Tiere gegessen, von denen du nicht einmal zu träumen wagst. So viele interessante Dinge ... so viele.« Linke Hand lächelte versonnen. »Vermutlich hast du die in dir wohnende Macht noch nicht gefunden.«

»Habe ich denn überhaupt eine?« Kranker Bauch kamen Warmes Feuers Worte in den Sinn. *Ich sah es in meinem Traum. Auf dich kommt es an. Die Macht will dich.*

»Jeder Mensch besitzt eine Macht.« Linke Hand legte den Kopf in den Nacken und blickte zu den Sternen hinauf. »Bei uns erzählt man sich eine Legende. Früher befanden sich das Wolfsvolk und dein Volk gegeneinander auf dem Kriegspfad. Zu jener Zeit lebten deine Leute wie heute das Büffelvolk auf den Short Grass Plains. Dort waren alle Wasserlöcher ausgetrocknet, und kein Tropfen Regen fiel. Deshalb kamen eure Krieger von den Ebenen herauf, hungrig und fest entschlossen, uns aus den Bergen zu vertreiben. Wir schienen alles zu verlieren, doch inmitten des großen Kampfes erhob sich ein Träumer – ein Träumer, der eure Krieger verjagte. Er setzte die Wälder in Brand und tanzte mit dem

Feuer. Dieser Träumer führte euch hierher in das Wind Basin und lehrte euch das Wissen über die Erde und wie man aus Samen Nahrung gewinnt.«

»Feuertänzer?«

»Richtig, Feuertänzer. Er schuf Frieden zwischen unseren Völkern. Im Laufe der Jahre haben wir uns zwar manchmal überfallen, aber die meiste Zeit trieben wir friedlichen Handel miteinander. Die Alten meines Wolfsvolkes halten die Legenden lebendig. Bei uns sagt man, Feuertänzer gab unserem Volk die Vision, den eigenen Weg, unsere eigene Macht zu suchen. Du hast mich gefragt, ob du überhaupt eine Macht in dir hättest. Ja, mein Freund, auch du. Jeder Mensch hat eine Macht.«

Mein Freund. Er hat mich »mein Freund« genannt.

»Ich weiß auch nicht«, fuhr Linke Hand fort. »Ich glaube, es liegt an der Lebensweise deines Volkes. Bei euch besitzen nur Heiler und Stammesführer eine Macht. Es scheint, als sei sie allen von irgendwem da oben genommen worden, nur den Anführern nicht.« Er zeigte zum Himmel hinauf. »Aber das stimmt nicht, verstehst du. Die Macht ist, was du um dich herum fühlst. Ein Teil des Felsens, der Bäume, der Pflanzen und Tiere. Sie erfüllt die Erde und den Himmel. Du mußt sie nur suchen und zulassen, sie zu fühlen.«

»Ich weiß, was du meinst.« Kranker Bauch lächelte. »Ich habe dieses Gefühl, wenn ich die Geburt von Antilopenkälbern beobachte. Manchmal auch, wenn der Sonnenuntergang rote und orangefarbene Streifen an den Himmel malt.«

»Bei dir kann ich mir das sogar vorstellen. Ich sehe es in dir. Aber die anderen? Ich glaube, sie entfremden sich zunehmend von einem Teil der Welt. Vielleicht liegt es an den Hütten, in denen ihr wohnt. Oder daran, daß ihr ständig an ein und demselben Platz bleibt. Rittersporn erzählte von einem Geist, der in der Quelle hinter dem Lager lebt. Später erwähnte sie einen anderen Geist, der in einem vermoderten Baumstamm oben am Green Mountain haust. Das hat mich erstaunt. Ihr habt das Große Eine in einzelne Stücke aufgesplittert.«

»Woher weißt du, daß wir nicht recht haben?«

»Ich weiß es nicht. Aber mir scheint es nicht richtig. Ich glaube, das Erdvolk verändert sich. Und daran ist wohl eure Lebensweise schuld. Kann sein, daß ihr recht habt. Vielleicht gibt es Geister, die nichts miteinander zu tun haben – aber meine Seele weiß, alle sind Teil des Großen Einen.«

Kranker Bauch strich mit den Fingern über seinen gefühllosen, verkümmerten Arm. »Rittersporn hat einmal zu mir gesagt, die Geister hielten mich für töricht, weil ich so viele Fragen stelle. Sie sagte, dabei käme nichts Gutes heraus und die Geister hätten keine Verwendung für einen Mann, der ständig in Gedanken versunken ist. Ein Mensch trage Verantwortung und dürfe seine Zeit nicht vertrödeln und die Geister verrückt machen – sonst veranlaßten sie womöglich, daß die süßen Wurzeln nicht mehr wachsen, keine Kiefernsamen geerntet werden können oder eine Dürreperiode über das Land hereinbricht.«

Linke Hand kratzte sich hinter dem Ohr. »Ich glaube, alles, auch das Wachstum der Pflanzen, ist Teil des Großen Einen. Die Spirale ändert sich, und mit der Spirale unterliegen alle Dinge einem Wandel. Vielleicht wachsen im Frühling eines bestimmten Jahres keine süßen Wurzeln. Das liegt an der Veränderung der Spirale. Die Wurzeln kommen aber im nächsten oder übernächsten Frühjahr wieder, oder?«

Kranker Bauch zupfte nervös an seinen Leggings und entgegnete wenig überzeugt: »Ja, aber doch nur deshalb, weil wir den Geistern, die für das Wachstum der Wurzeln zuständig sind, Geschenke machen.«

»Weißt du, zwischen euch und uns besteht ein gewaltiger Unterschied. Das Wolfsvolk braucht den Geistern keine Geschenke zu machen. Wir müssen nur mit dem Großen Einen in Einklang leben. Wir rufen die Wapitis oder die Dickhornschafe, und die Tiere geben sich uns hin. Zum Dank dafür singen wir ihre Seelen hinauf zum Sternennetz. Ihr glaubt, ihr müßt vorher etwas geben, ihr meint, die Geister seien selbstsüchtig – wie die Menschen.«

»Ich bin mir immer noch nicht sicher, ob du recht hast.«

Prüfend blickte Linke Hand ihn an. »Ich möchte dir eine

Frage stellen. Wenn Geistermächte so sind, wie ihr glaubt, wenn man sie besänftigen muß, müßte dann nicht mein Volk längst verhungert sein? Wir opfern der Geisterwelt keine merkwürdigen Gaben, um die Geister freundlich zu stimmen. Trotzdem wachsen die Selleriewurzeln, die Segolilien und die Götterblumen. Wapitis, Rehe und Dickhornschafe lassen sich von uns töten. Wir leiden keinen Hunger.«

Kranker Bauch dachte angestrengt nach. »Aber unsere Heiler haben es immer so gemacht. Die müssen es doch wissen, oder etwa nicht? Sie kennen die Wege der Mächte.«

»Singende Steine kam auf der Suche nach dem Großen Einen zu uns in unsere Berge.«

Singende Steine, der größte aller Heiler. Seit der alte Mann für seinen Arm gesungen und ihm das Leben gerettet hatte, hatte ihn Kranker Bauch nur einmal gesehen. Er konnte sich noch gut an den nach innen gewandten Blick des Heilers erinnern.

»Wie entscheidest du dich?« erkundigte sich Linke Hand. »Was wirst du tun? Fortgehen, wie dich dein Freund gebeten hat?«

»Ich wollte, ich könnte es.«

»Du solltest tun, was du tun willst.«

»Dies ist mein Volk, mein Stamm und meine Familie.« Er schüttelte den Kopf. »Wohin sollte ich gehen? Was sollte ich tun? Ich … ich weiß es nicht.«

»Angst?«

Kranker Bauch zögerte. »Vermutlich. Ich kenne sonst nichts und niemanden. Hier kümmern sich die Leute um mich. Ich habe einen warmen Platz zum Schlafen und reichlich zu essen. Wenn ich verletzt oder krank bin, kümmert sich jemand um mich. Meine Ahnen sind hier begraben – sie passen auf mich auf. Und wenn ich fortgehe? Einmal bin ich weggegangen, und das war nicht gut. Es leben sonderbare Menschen auf dieser Welt, es gibt gefährliche Tiere und das kriegerische Sonnenvolk. Einem Menschen kann so vieles zustoßen.«

»Du mußt deine eigene Macht finden.« Linke Hand seufzte. »Was ist, wenn du nach vielen Wintern eines Tages aufwachst und zu dir sagen mußt: »Warmes Feuer wollte, daß ich fortgehe. Ich wollte mehr über die Dinge herausfinden, die Natur beobachten, den Weg der Sonne über den Himmel verfolgen und hinter die am weitesten entfernten Gebirge blicken. Warum bin ich nie gegangen? Wäre das nicht schrecklich? Zu wissen, dein Leben liegt hinter dir und du bist niemals deinen Träumen gefolgt? Überall lauern Gefahren, und du kannst nicht allen ausweichen.« Er zögerte. »Aber ich frage mich, wie kann ein Mann, der darüber nachdenkt, was wohl die Sonne zum Brennen bringt, bis an sein Lebensende in diesem Tal hocken?«

Kranker Bauch leckte sich die Lippen. Sein plötzlich schneller schlagendes Herz beunruhigte ihn. Warmes Feuer hatte ihm gesagt, ein Händler werde kommen. Die Schwärze der Nacht schien sich auf ihn herabzusenken, ihn unter sich zu begraben. Die Luft, schwer und drückend, drohte ihn zu ersticken. *Wenn ich jetzt nicht gehe, gehe ich niemals.*

»Ich habe ein Versprechen gegeben.«

»Was murmelst du da? Ich habe dich nicht verstanden.«

»Wohin wirst du gehen?« Kranker Bauch schloß die Augen, Verzweiflung legte sich wie eine Schlinge um seinen Hals.

»Nach Norden.«

»Nach Norden. Finde die Träumerin. Versprich es.«

Warmes Feuers fieberheiße Finger schienen auf geisterhafte Weise Kranker Bauchs Hand zu umklammern. Kranker Bauch rieb sich die brennenden Hände.

»Würdest du mich … ich meine … kann ich mit dir gehen? Nach Norden? Zumindest eine Zeitlang?«

Linke Hand ließ ihn nicht aus den Augen. »Nachdem du dich so sehr bemüht hast, dir das Weggehen auszureden? Warum?«

»Wegen des Versprechens, das ich Warmes Feuer gegeben habe. Das Versprechen, wofür Rittersporn soviel geben würde, wenn sie es erfahren könnte.«

Windläufer mußte sich zum Weitergehen zwingen. Alles, wonach er sich sehnte, war ein erholsamer Schlaf. Doch trotz seiner Erschöpfung fühlte er sich seltsam euphorisch. *Zwei* verschiedene feindliche Kriegerhorden hatten ihn verfolgt – und er hatte beide abgeschüttelt! Obwohl ihn jeder Knochen im Leib und jeder einzelne Muskel schmerzte, hatte er sie alle überlistet, und es war ihm sogar gelungen, die Feinde von seinem Stamm fernzuhalten. Damit war große Ehre verbunden.

»Wieso lächelst du so entrückt?«

Vergnügt grinste er Weiße Esche an. »Habe über Verschiedenes nachgedacht.«

»Worüber?«

»Darüber, daß ich am Leben geblieben bin, obwohl ich gejagt wurde wie ein Kaninchen.«

Sie nickte und warf einen Blick über die Schulter auf die Hunde, die in ihren Spuren folgten. Die Stangen der Travois' schlugen dumpf auf dem Boden auf. Sie ging mit Windläufer an der Spitze des Zuges, weil er die Stelle kannte, an der die Männer die Büffel erlegt hatten. Die ungefähr sechzig Überlebenden des Weißlehm-Stammes folgten im Gänsemarsch. Flughörnchen und der halbwüchsige Junge Trommler bildeten die Nachhut. Es war unmöglich, ihre Spuren zu verwischen, aber wenn sie rasch genug vorankamen, konnten sie den Verfolgern vielleicht entkommen, bis sie einen geeigneten Platz gefunden hatten, wo sie sich verteidigen konnten. Vielleicht gaben ihnen die vier Büffel genug Kraft, die Flucht nach Süden fortzusetzen.

»Sieht fast so aus, als wäre der Weißlehm-Stamm am Ende.« Windläufer schüttelte resigniert den Kopf und seufzte wehmütig.

Weiße Esche blinzelte hinauf zur warm und hell scheinenden Sonne. Der Schnee taute, und der Boden hatte sich in weichen Matsch verwandelt. Ein Marsch im Frühling war stets unangenehm und schwierig. Heute abend würden die Mokassins durch und durch naß sein, ebenso die Kleider – und die Kälte der Nacht würde die Feuchtigkeit gefrieren lassen.

»Vielleicht hast du recht. Flughörnchen und ich haben auch darüber gesprochen. Warum schließt du dich nicht dem Schwarzspitzen-Stamm an? Du hast Verwandte dort. Sie nehmen dich bestimmt auf … zumindest, wenn du dich von allen Bindungen zum Weißlehm-Stamm lossagst.«

Windläufer zuckte gleichgültig mit den Achseln. »Wahrscheinlich. Zwei Antilopen, die Schwester meiner Mutter, hat Steinfaust geheiratet, einen Schwarzspitzen-Krieger. Die beiden würden sich bestimmt für mich einsetzen. Ich müßte allerdings meinen Stamm für tot erklären. Ich nehme an, wir alle könnten uns ihnen anschließen. Aber wir wären keine … keine vollwertigen Angehörigen des Stammes. Niemand würde im Rat auf unsere Stimme hören. Wir hätten keinerlei Mitspracherecht. Wir würden wie Fremde unter ihnen leben.«

»Das muß nicht sein. Du hast doch auch von Büffelschwanz gehört. Er zählt zu den am meisten respektierten Alten im Rat des Stammes der Gebrochenen Steine, obwohl er eigentlich zum Schwarzspitzen-Stamm gehört. Er hat sich seine Rechte im Zweikampf erworben.«

»Ich bin gerade zwei Kriegerhorden des Wolfsvolkes entkommen. Ich habe keine Lust, um meinen Rang unter den Kriegern zu kämpfen.« Oder doch? Er hatte sich der Verfolgung durch die feindlichen Krieger entzogen und wider alle Wahrscheinlichkeit überlebt. Männer, die einer solch harten Probe unterzogen wurden, belohnte die Macht wegen ihres Mutes.

Mit müder Stimme sagte sie: »Vielleicht wäre es gar nicht so schlecht. Sicher würdest du eine Frau finden, die du heiraten kannst. Möglicherweise eine hübsche junge Frau, die dir viele Kinder gebärt.« Doch beim Anblick seines gekränkten Gesichts bereute sie ihre Worte sofort. »Tut mir leid. Verzeih mir. Ich wollte dich nicht verletzen. Vermutlich wollte ich mir selbst weh tun. Ich vermisse Leuchtender Mond sehr und trauere noch immer um sie.« Sie verstummte. »Ich hasse allein schon den Gedanken, es Salbeigeist sagen zu müssen.«

»Es wird ihm das Herz brechen.« Er ließ sich auf den Themenwechsel ein, obwohl er gerne, trotz seiner Angst davor, über seine Liebe zu ihr gesprochen hätte. *Warum quälst du dich dauernd? Ein kluger Mann würde ihr aus dem Weg gehen.* Lautlos bewegte er die Lippen.

Schweigend gingen sie weiter. Verstohlen sah er sie an. Ihr Gesicht verriet ihm, daß sie darüber nachdachte, wie sie Salbeigeist gegenübertreten solle.

Er bewunderte ihre Schönheit, ihr wiegender, geschmeidiger Gang und die vollendete Rundung ihrer Hüften fesselte ihn. Er sehnte sich danach, die Hand auszustrecken und sie zu berühren. *Ich darf sie nicht lieben, gleichgültig, wie sehr ich mich danach sehne. Sie ist die Tochter meines Onkels. Für den Weißlehm-Stamm ist sie meine Schwester. Ich muß sie Schwester nennen. Ginge ich zum Schwarzspitzen-Stamm, könnte ich sie heiraten. Meinen Stamm müßte ich für tot erklären. Ich hätte keine Verwandten mehr.* Der Gedanke überwältigte ihn. Wieder und wieder dachte er darüber nach, beleuchtete die Möglichkeiten von allen Seiten. Natürlich war ein Risiko damit verbunden. Er mußte sich seinen Platz beim Schwarzspitzen-Stamm durch einen Kampf erobern. Hatte er eine Chance, diesen Zweikampf gegen den stärksten ihrer Krieger zu gewinnen?

Weit im Westen, kaum sichtbar vor dem Hintergrund der ansteigenden Bergausläufer, flog ein Schwarm Gänse Richtung Norden … nach Norden …

Es *könnte* gehen. Der Gedanke fraß sich in ihm fest. In seinem erschöpften Zustand war er vollkommen machtlos dagegen. Er stellte sich Tapferer Manns dummes Gesicht vor, wenn er erfuhr, daß er Weiße Esche heiraten würde! Tapferer Mann. Er könnte in der Zwischenzeit Ärger machen.

»Eines darfst du nicht außer acht lassen«, sagte er unvermittelt.

Sie warf ihm einen argwöhnischen Blick zu.

»Tapferer Mann wird Salbeigeist bestimmt zusetzen und versuchen, aus seiner Verzweiflung über Leuchtender Monds Tod Vorteile für sich herauszuschlagen. Er will dich heiraten.«

»Ich werde nein sagen. Salbeigeist würde mich niemals mit einem Mann verheiraten, den ich nicht will, selbst wenn er vor Kummer ganz außer sich ist.«

Nachdenklich blickte Windläufer zum Horizont. »Eines Tages wirst du heiraten müssen. So groß ist die Auswahl an Ehemännern beim Weißlehm-Stamm auch wieder nicht.«

Sie lachte. »Im Weißlehm-Stamm gibt es nur einen Mann, den ich heiraten möchte.«

Er senkte die Stimme und antwortete: »Darüber haben wir schon gesprochen. Du bist die Tochter meines Onkels. Für den Weißlehm-Stamm ist das ...«

»... Blutschande, ich weiß. Aber ich bin nicht deine Schwester, auch wenn deine Leute erste Cousinen so nennen.«

Soll ich es ihr sagen? Will ich mich schon jetzt festlegen? Nein. Abwarten. Wie ein guter Jäger. Nichts überstürzen.

In gespielter Gleichgültigkeit zuckte er die Achseln. »So ist es Brauch bei meinem Volk. Ich kann meinem Stamm nicht den Rücken kehren und nicht dem Glauben meines Vaters und seines Vaters. Ein Mann ist nichts ohne seinen Stamm, nicht mehr als ein Tier.«

Sie schwieg.

»Tut mir leid. Lägen die Dinge anders, hätte dich Salbeigeist nicht großgezogen als seine ... er hat dich im Rat seine Tochter genannt. Wärst du nicht meine Schwester, hätte ich dich längst geheiratet.«

»Und warum hast du nicht jemand anderen geheiratet? Tanzende Rose würde sofort unter deine Decken kriechen, wenn du ihr ein wenig Interesse entgegenbrächtest.«

»Darum«, antwortete er schnippisch.

»Warum?«

»Einfach darum.« Er holte tief Luft. »Du weißt genau, warum.«

Der spöttische Blick, den sie ihm zuwarf, verwundete seine Seele. »Und wenn Tapferer Mann mich wieder entführen will?«

»Dann bringe ich ihn zur Strecke und hole dich zurück. Sollte er Widerstand leisten, treibe ich einen Speer durch ihn hindurch.«

Ihr Körper wurde starr. Für das Erdvolk gab es nichts Grauenvolleres als einen Mord – nicht einmal Blutschande war annähernd so verpönt.

Ihr Lächeln wurde bittersüß. »Ich weiß nicht mehr, wer ich bin, Windläufer. Wenn du Tapferer Mann umbringst, weil er mich vergewaltigt, dann ... also ich weiß nicht. Vielleicht werde ich irgendwann eure Art zu leben verstehen. Ich habe bei zwei Völkern gelebt, deshalb verstehe ich eure Gefühle, was die Blutschande angeht ... sie sind meinen Gefühlen bezüglich eines Mordes sehr ähnlich. Für das Erdvolk ist ein Mord eine grauenvolle Tat.«

»Wen könntest du denn sonst heiraten?« *Nur Tapferer Mann.*

»Vielleicht jemanden aus den Sippen von Schwarzer Adler und Grauer Donner«, meinte sie.

»Ich habe nichts mehr von ihnen gehört. Es dürften jetzt an die drei Jahre her sein, seit wir uns in Schwarzer Adlers Lager getrennt haben. Er glaubte damals, das Land oben am Fat Beaver River halten zu können. Ich hielt das für unmöglich und erwartete, er würde uns bald folgen. Inzwischen bin ich mir nicht mehr so sicher, was aus ihnen geworden ist.«

»Ich will Tapferer Mann *nicht.* Lieber paare ich mich mit einem Eisbären.«

Ein Schauer der Erregung lief ihm über den Rücken. Vielleicht war das eine Möglichkeit. Wenn Tapferer Mann versuchte, Weiße Esche gewaltsam zu entführen, mußte er den alten Freund töten. Dann konnte er sich dem Schwarzspitzen-Stamm anschließen und Weiße Esche heiraten, ohne fürchten zu müssen, Tapferer Mann würde hinter ihnen herjagen und versuchen, ihm Weiße Esche wieder zu entreißen.

Kranker Bauch beugte sich vor und legte den Gurt der Rückentrage um seine Stirn. Leise stöhnend unter dem schweren Gewicht, richtete er sich auf und blickte noch einmal über das Lager. Die frische Morgenluft biß in seine Haut, und die vom Boden aufsteigende Kälte drang durch die Sohlen seiner warmen Mokassins. Eine plötzliche Wehmut erfüllte seine Brust.

»Hast du die Ersatzfeuerstöcke?« Rosenbusch konnte es nicht lassen, sie mußte ihn noch ein letztes Mal kontrollieren.

»Im Beutel auf der Rückentrage.«

Sie musterte ihn von oben bis unten. »Sei vorsichtig. Sobald es nach einem Frühjahrssturm aussieht, verkriech dich. Geh kein Risiko ein.«

»Nein.«

»Kranker Bauch«, sagte sie mit derselben herrischen Kopfbewegung wie seine Großmutter, »du benimmst dich wie ein Dummkopf … wie gewöhnlich. Gib dieses Vorhaben auf. Du bringst dich nur selbst in Schwierigkeiten. Warum tust du mir das an? Habe ich nicht immer gut für dich gesorgt? Glaubst du, dieser Händler kümmert sich um dich? Was ist mit deiner Verantwortung für …«

»Rosenbusch, sei still.«

»Du bist nicht für ein solches Unternehmen geschaffen, Kranker Bauch, das weißt du genau. Warum zeigst du nicht einmal in deinem Leben Vernunft und handelst wie ein Mann? Du bist dabei, den größten …«

»*Rosenbusch!*«

»… Fehler deines Lebens zu machen. Und du hast bereits eine Menge gemacht. Ich kann das einfach nicht …«

»Tochter?« unterbrach sie Schilfrohr energisch und legte ihr eine Hand auf die Schulter. »Laß deinen Bruder tun, was er für richtig hält«

Kranker Bauch warf seinem Vater einen dankbaren Blick zu. Rosenbusch biß sich auf die Lippen und nickte zögernd, offensichtlich verstimmt über die Einmischung.

Linke Hand sicherte das letzte Gepäckstück auf dem Rücken eines Hundes. Voller Stolz blickte er auf seine Tiere. Er legte sich den Gurt seiner Trage um die Stirn und prüfte die Verteilung des Gewichts auf seinem Rücken.

Kranker Bauch wandte sich zum Gehen. Es überraschte ihn nicht, daß nur sein Vater und seine Schwester gekommen waren, um ihn zu verabschieden. Wahrscheinlich saßen

Tannenzapfen, Phloxsamen und Anmutige Frau in Rittersporns Hütte und unterhielten sich darüber, wie groß die Beleidigung war, die Kranker Bauch dem Lager zufügte, weil er mit einem Händler auf und davon lief.

Es war nicht so schwer gewesen, wie er befürchtet hatte. Rittersporn hatte keinen Wutanfall bekommen. Ein Händler besaß zuviel Macht. Händler beleidigte man nicht – das wußte Rittersporn genau. Würde sie sich nicht an dieses Gesetz halten, käme das Rundfelsen-Lager in einen schlechten Ruf, und die anderen Händler würden das Lager in Zukunft meiden.

Sie ließ mich nicht einmal bei meinem sterbenden Freund bleiben – obwohl Warmes Feuer mich darum gebeten hat. In diesem Augenblick, auf der Schwelle zur Freiheit, ergriff ein völlig neues Gefühl von ihm Besitz: Wut.

Der Blick, den ihm die alte Frau zugeworfen hatte, würde auf ewig in sein Gedächtnis eingebrannt sein. Sie hatte höhnisch gelacht und gebrummt: »Geh doch! Lauf weg mit deinem Händler! Kehr deiner Familie und deinem Stamm den Rücken.« Und sie bedeutete ihm mit einer Gebärde, als wolle sie eine lästige Fliege verscheuchen, hinauszugehen.

Schilfrohr versuchte zu lächeln, aber es glückte ihm nicht ganz. »Paß auf dich auf, wenn du in die Berge kommst. Ein falscher Schritt und dein Bein sieht aus wie dein Arm.«

»Ich werde vorsichtig sein, Vater.«

Schilfrohr überlegte kurz. »Bleib oben auf den Bergen. Dort ist der Matsch nicht so schlimm. Unten in den Trockenrinnen ist das Gehen fast unmöglich. Wenn du einige Tage lang durch den klebrigen, matschigen Schlamm gewatet bist, weißt du erst, was es heißt, müde zu sein. Von den Sandhügeln an wird der Marsch leichter.«

»Ich nehme an, Linke Hand kennt den Weg.«

Schilfrohr lächelte wehmütig. »Ich weiß, es war nicht leicht für dich in diesem Lager. Du bist ein guter Mensch, mein Sohn. Nur ein wenig anders als die anderen.« Er trat näher zu ihm heran und setzte leise hinzu: »Ich mache dir nicht den geringsten Vorwurf. Im Gegenteil, ich bin stolz auf dich. Auf Wiedersehen. Und viel Glück.«

»Sag Großmutter ... ach nichts. Vergiß es.«

»Sie ist außer sich wegen dieser Sache. Aber das sind wir alle«, fuhr ihn Rosenbusch scharf an. Doch mit gesenkter Stimme fügte sie hinzu: »Trotzdem, ich mache dir auch keine Vorwürfe.«

Kranker Bauch lächelte zum Abschied. Erstaunt bemerkte er, daß ihm die Trennung schwerfiel Tannenzapfen, Phloxsamen und Anmutige Frau hatten sich nicht von ihm verabschiedet. Sie hatten ihn nur voller Mißbilligung angestarrt. Warum? *Es ist meine Schuld. Sie wissen nicht, was sie mit mir anfangen sollen. Aber wenn ich unterwegs auf einen Bären stoße oder auf das Wolfsvolk auf dem Kriegspfad, fühlen sie sich schuldig wegen meines Todes.* Der Gedanke tröstete ihn nicht.

Linke Hand zog die Augenbrauen hoch und deutete auffordernd den Weg hinauf.

Noch einmal sog Kranker Bauch die Luft des Rundfelsen-Lagers tief in seine Lungen. Er blickte sich ein allerletztes Mal um und prägte sich das Bild ein. Dort drüben in Tannenzapfens Hütte wurde er geboren. Hier hatte er als Junge gewohnt, gespielt und gelacht und wäre fast an einem Schlangenbiß gestorben. Im Schatten der Hütten hatte er die Gespräche mit Warmes Feuer genossen. Sein Schweiß und seine Mühen waren in Rosenbuschs Erdhütte eingesickert. Ein Teil seiner Seele würde für immer hier verweilen.

Ein Mensch verliert einen Teil von sich selbst, wenn er seine Heimat verläßt. Der Abschied ist wie ein kleiner Tod, ein Wendepunkt im Leben eines Menschen.

»Fertig«, bemerkte er zu Linke Hand.

Nebeneinander gingen sie den ausgetretenen Pfad zum Coldwater River hinunter.

Kranker Bauch verlagerte das Gewicht seiner Rückenlast, die Steifheit seiner Gelenke machte ihm zu schaffen. Er ging langsam, bis sich seine Beinmuskeln aufgewärmt hatten. In seinem Rücken spürte er die Blicke seines Vaters und seiner Schwester. Er drehte sich nicht mehr um. Er war nicht bereit, ihnen ein letztes Mal zuzuwinken. Diese versöhnliche Geste, mit der sie ihr Gewissen hätten beruhigen können, versagte er ihnen.

Plötzlich entdeckte Kranker Bauch Knolles Silhouette im Morgenlicht. Der Junge stand oben auf der Düne, in der Warmes Feuer begraben wurde.

»Linke Hand? Warte einen Augenblick.« Kranker Bauch ging auf den Jungen zu. Von ihm mußte er sich verabschieden. Der arme Knolle hatte mindestens soviel gelitten wie er selbst.

Knolle hörte ihn kommen und hob den Kopf. Bei seinem Anblick floh der Junge plötzlich wie ein verängstigter Eselhase auf die andere Seite der Düne und lief in das Dickicht. Er sprang über die niedrigen Sträucher und rannte, als wären die Geister der ruhelosen Toten hinter ihm her.

»He! Knolle! Ich bin's, Kranker Bauch!«

Knolle rannte nur noch schneller.

Stirnrunzelnd blickte Kranker Bauch hinter dem rasch kleiner werdenden Jungen her. Er senkte den Blick ... und sah das Loch, in dem die Überreste von Warmes Feuer lagen. Die Kojoten waren dagewesen und hatten die gefrorenen Sandbrocken aufgegraben. Es war ihnen nicht gelungen, Warmes Feuers Körper ganz herauszuziehen, aber sie hatten verwüstet, was sie erreichen konnten.

Kranker Bauch schloß die Augen und versuchte, den aufsteigenden Kummer zu unterdrücken. Das war der Lauf der Welt. Kojoten gehorchten ihrer eigenen Natur. Allerdings hätten Schilfrohr und Riedgras das Grab tiefer ausheben können.

Er wandte sich ab und ging zurück zum Pfad, wo Linke Hand und Plage bereits ungeduldig auf ihn warteten.

Kapitel 7

Als Windläufer seine Leute vom Weißlehm-Stamm den Grat hinaufführte, wo die Jäger die Bisons erlegt hatten, erklangen laute Freudenrufe. Noch immer zeugten Blutspuren und zertrampelter Schnee von der glücklich verlaufenen Jagd. Tiefe Erleichterung durchflutete die Ankömmlinge.

»Anscheinend hat das Wolfsvolk sie nicht aufgespürt«, bemerkte Weiße Esche trocken. Trotz des Büffelfleisches, das hier auf sie wartete, konnte sie die Freude ihrer Gefährten nicht teilen. Ihr stand die schwere Aufgabe bevor, Salbeigeist gegenüberzutreten und ihm die Nachricht von Leuchtender Monds Tod zu überbringen.

Einige der Jäger kamen winkend aus den provisorischen, aus Zweigen geflochtenen Schutzhütten herausgelaufen, in denen das Fleisch aufbewahrt wurde. Allen voran konnte Weiße Esche Salbeigeists muskulöse Gestalt erkennen. Hinter ihm eilte in raschem Trab Tapferer Mann herbei. Bei seinem Anblick durchzuckten Weiße Esche Krämpfe des Ekels.

Tapferer Mann rannte auf sie zu und blieb vor ihr stehen. Die auf seine Stirn tätowierten Kreuze hoben sich überdeutlich von der Farbe seiner Haut ab und ließen sein Gesicht noch härter erscheinen. Ein niederträchtiges Grinsen spielte um seine Mundwinkel, in seinen Augen glomm heißes Verlangen. »Genug Fleisch für uns alle. Teile mein Feuer und mein Büffelfleisch mit mir. Wir beide müssen miteinander reden über …«

Sie drängte sich an ihm vorbei. Sie haßte dieses aufgesetzte, falsche Lächeln, haßte diesen Mann mit aller Erbitterung, deren sie fähig war. *Wie konnte ich ihn je lieben?* Lächelnd näherte sich Salbeigeist. In der Erwartung, Leuchtender Mond wiederzusehen, strahlten seine Augen vor Glück.

»Salbeigeist?« sagte sie leise.

Er blickte sie durchdringend an. Sein warmes Begrüßungslächeln schien sie zu erschlagen. Sie vergaß ihre zuvor so sorgfältig zurechtgelegten Worte.

Der strahlend blaue Himmel, der warme Wind, der Geruch nach Beifuß und schmelzendem Schnee erreichten sie wie durch eine Nebelwand. Er sah sie an, und die Erde schien sich zu verdunkeln.

»Was ist passiert?« Die Worte schnitten scharf wie ein Obsidiansplitter in ihre Seele.

»Komm mit. Wir müssen miteinander reden.« Sie senkte den Kopf und kämpfte gegen die Tränen an. Rasch ging sie den Weg auf der windwärts gelegenen Hangseite hinunter, nur weg von dem Gedränge der freudig erregten Menschen. Die Gegenwart von Salbeigeist, der ihr mit raschen Schritten folgte, raubte ihr die Fassung.

Am Fuße des Hangs ragte ein kahler Sandsteinausläufer aus der Erde. Entlang der kantigen Felsen hatten sich halbmondförmig geschwungene Schneeverwehungen gebildet. Sie drehte sich um, der Wind peitschte ihr das lange schwarze Haar ins Gesicht.

Salbeigeist blickte sie besorgt an. Die fünf auf seine Stirn tätowierten Kreise schienen auf seinem plötzlich blaß gewordenen Gesicht aufzuleuchten.

»Leuchtender Mond?« Seine Stimme bebte.

Weiße Esche biß sich auf die Unterlippe und nickte zögernd.

Mit kräftigen Händen packte er sie an den Schultern. Ihr Fleisch schien gefühllos, sie bemerkte kaum den Schmerz, den er ihr zufügte.

Nie werde ich die Qual auf seinem Gesicht vergessen. Nie.

»Ihre Seele ... hat sich von ihrem Körper getrennt. Ich war die ganze Zeit bei ihr. Sie hat nicht gelitten. Ich – ich fühlte, wie sie ging. Fühlte, wie sich ihre Seele in jener Nacht befreite. Warm glitt sie an mir vorüber, glücklich vereint mit dem Großen Einen.«

Sie zwang sich, ihn anzusehen und den Jammer in seinen Augen auszuhalten.

Seine Hände auf ihren Schultern zitterten, endlich lockerte er seinen festen Griff. »Nein.«

»Wir konnten nichts tun. Flughörnchen ...«

Er ließ sie los und wandte sich ab. Zutiefst erschüttert verbarg er sein Gesicht in den Händen, taumelte zwei Schritte vorwärts und verharrte regungslos. »Wo ... wo ist sie?«

»Im alten Lager. Wir haben sie mit dem Gesicht nach Westen auf den Gipfel gelegt und gebetet. Ihre Seele schwebte befreit durch einen wundervollen, warmen Dunst. Sie hat gelächelt, Salbeigeist. Wirklich, sie hat gelächelt.«

»Ich gehe zurück. Ich gehe zurück und bleibe bei ihr. Muß aufpassen, daß ...«

»Nein!« Sie nahm seinen Arm. Seine hemmungslos fließenden Tränen jagten ihr Angst ein. »Sie würde das nicht *wollen.* Du quälst dich nur selbst. Vielleicht stirbst du dann auch.«

»Und wenn schon?« Seine Stimme schnappte über. »Ohne sie … gibt es nichts mehr … nichts.«

Sie nahm all ihre Kraft zusammen und richtete sich kerzengerade auf. »Ich brauche dich. Wir alle brauchen dich. Sie ist gegangen. Laß es dabei, laß sie ruhen.« Sie schüttelte den Kopf und versuchte, die Bilder, die sie verfolgten, zu vertreiben: Leuchtender Monds Körper, angefressen von Nagetieren; Salbeigeist auf dem eiskalten Berg, einsam, nur in Gesellschaft eines vermodernden Leichnams. »Ich weiß über die Geisterwelt nicht Bescheid. Aber weißt du, was geschieht, wenn du deine Grenzen als Mensch überschreitest? Wenn deine Anwesenheit den Großen Donnervogel davon abhält, sie in das Lager der Toten zu holen? Wenn du schuld daran bist, daß sie von den Sternen zurückkommt? Sie starb in Frieden. Laß sie gehen, Vater.«

Sein gequälter Blick brannte sich unauslöschlich in ihre Seele.

»Ich *brauche* sie!« flüsterte er heiser.

Nun verlor sie die mühsam bewahrte Fassung. Fest schlang sie ihre Arme um ihn, und er zog sie an sich und drückte sie an seine Brust. Weinend barg sie ihr Gesicht im weichen Leder seines Mantels. Seine abgetragene Kleidung verströmte den vertrauten Geruch seines Körpers nach altem Schweiß und Büffelblut, nach Winterfeuern – nach einem Leben, das für immer vorbei war.

Tapferer Mann entfernte sich aus dem Menschengewühl oben auf dem Berg. Die Stimmen in seinem Kopf flüsterten und drängten ihn, Weiße Esche nachzugehen. Er umging die Menschenmenge und schlüpfte zur Seite, so daß ihn ein Felsen vor möglichen neugierigen Augen verbarg. Vorsichtig schlich er weiter, bis er einen Platz entdeckte, von dem aus er bequem den Hang überblicken konnte.

Er beobachtete, wie sich Weiße Esche und Salbeigeist weinend umarmten. *Ein Hindernis weniger. Ich werde dich besitzen, Weiße Esche. Du wirst mich nicht mehr zurückweisen. Salbeigeist wird nachgeben. Er streitet bestimmt nicht mit mir herum, während seine Seele nach Leuchtender Mond dürstet.*

Die Stimmen in seinem Kopf wisperten. *Bald. Bald geschieht etwas. Sei bereit … bereit, deine Chance zu ergreifen. Die Macht kommt.*

»Die Macht kommt«, flüsterte er und hob den Blick zum endlos blauen Himmelsgewölbe. »Höre mich, Geisterwelt.« Die Stimmen in seinem Kopf verstummten für einen Moment. »Wo immer ich hingehen muß, was immer ich dafür tun muß, ich will Weiße Esche. Ich schwöre es bei meiner Seele! Ich brauche ihre Stärke. Habe ich ihre Macht, kann mich niemand mehr aus dem goldenen Nebel vertreiben.«

Die Stimmen in seinem Kopf kicherten zustimmend.

»Wieso sollen wir noch weiter in den Süden? Ich verstehe das nicht« meckerte Rotluchs. Eingehüllt in eine schäbige Bisondecke, saß er auf seinem Stammplatz im Kreis des Rates. Das flackernde Feuer zeichnete tiefe Schatten auf sein wettergegerbtes Gesicht mit den tiefen Falten. Er verzog das Gesicht, und die Tätowierungen auf seinen Wangen, die Pfotenabdrücke darstellten, verloren an Kontur. »Ich begreife nicht, wo da der Vorteil liegt. Seit wir vom Dangerous River weggezogen sind, haben wir nicht einen einzigen Elch aufgespürt. Dieses Land sieht trockener aus als das weiter im Norden. Es gibt kaum Büffelherden, und die paar Tiere verteilen sich über ein großes Gebiet. Das Gras ist nicht so saftig, und hier wachsen andere, uns unbekannte Pflanzen.«

Vor dem hell strahlenden aufgehenden Mond verblaßten die am Himmel funkelnden Sterne. Der Weißlehm-Stamm hatte das Lager in einer Senke im Windschatten eines hochaufragenden, langen, scharfen Sandsteingrats aufgeschlagen. Die Mulde bot Schutz vor den wuchtigen Angriffen des Windes und war nach Süden hin offen, so daß die Sonne einfallen konnte. Auf dem sandigen Boden floß das Wasser im

Unterschied zu dem matschigen Lehmboden in den Ebenen gut ab.

Der flackernde Feuerschein aus den Zelten warf längliche, spitz zulaufende Schatten auf den zertrampelten Schnee. Irgendwo bellte ein Hund und verstummte, als das langgezogene Heulen der Wölfe durch die Nacht drang.

Pfeifender Hase, der alte Stammesanführer, spreizte die Finger. Die Fransen an seiner Jacke aus Wapitifell flatterten leicht im Wind. Seine Augen hatten jeden Glanz verloren, die welke Haut seines Gesichts sah fahl aus. »Ich weiß nicht, ob wir überhaupt eine Wahl haben. Das Wolfsvolk hetzt uns. Und hinter dem Wolfsvolk kommen die Stämme der Schwarzspitzen und der Gebrochenen Steine. Im vergangenen Sommer sind sie ständig gegeneinander auf dem Kriegspfad gewesen. Im kommenden Sommer könnte ihnen einfallen, gegen uns vorzugehen.«

»Ich habe noch nie so gehungert wie in diesem Winter«, schimpfte Grashüpfer, die Frau von Rotluchs. Zornig blickte sie einen nach dem anderen an. Zustimmendes Murmeln antwortete ihr.

Weiße Esche saß auf Salbeigeists Platz im Kreis des Rates. Seit sie das Lager aufgeschlagen hatten, rührte sich ihr Vater nicht mehr aus dem Zelt. Er saß auf seinen Decken und starrte mit leeren Augen auf Leuchtender Monds verlassenen Platz.

Das große Feuer in der Mitte des Lagers war fast niedergebrannt. Schuldbewußt warf Junger Trommler rasch Holz in die Glut. Mit grimmigen Gesichtern saßen die Führer des Weißlehm-Stammes um die wieder auflodernden Flammen.

»Wir können nicht hierbleiben«, beharrte die alte Flughörnchen, die neben Pfeifender Hase saß. Geistesabwesend strich sie mit den Händen über ihren abgenutzten Brustschild; ihr Daumennagel fuhr klappernd über die von Meeresmuscheln unterbrochenen Reihen aus Kaninchenknochenperlen. Die Muscheln hatte sie bei einem Händler eingetauscht, der aus dem Westen kam. »Windläufer hatte großes Glück, daß er mit dem Leben davongekommen ist. Diese Krieger, die ihn verfolgt haben, stoßen mit Sicherheit auf unsere Spuren. Vielleicht schnüffeln sie bereits hinter uns her. Rotluchs, es kommt nicht darauf an, wie gut es uns im Norden gefallen hat. Wir haben genug Zeit und Energie verschwendet, um dieses Land zu halten. Wir mußten zu viele Seelen unserer Krieger zum Himmel und zu Donnervogel hinaufsingen. Mir ist nur ein Sohn geblieben. Ein Sohn von vieren.«

Sie schüttelte den Kopf, für einen Augenblick hing sie ihren schwermütigen Gedanken nach. »Vielleicht geschieht dies alles, weil die Macht es will. Wir gehören zum Sonnenvolk. Vielleicht drängt uns die Sonne immer weiter nach Süden. Das Land im Süden wird uns ernähren.«

Weiße Esche schreckte auf, als die alte Frau erwartungsvoll zu ihr herübersah. Aller Augen wandten sich ihr zu.

Weiße Esche riß sich zusammen. Sie wußte, was von ihr erwartet wurde. »Die Menschen im Süden leben sehr gut. Es gibt nicht soviel Wild wie im Norden – aber trotzdem leidet niemand Hunger. Seit vielen Generationen lebt das Erdvolk auf der anderen Seite der Sideways Mountains. Anfangs gab es nur wenige, weit auseinanderliegende Lager. Aber es wurden immer mehr Menschen, deshalb trennten sich die Stämme und gründeten neue Lager. Im Unterschied zu uns sammeln sie Samen und Pflanzen und legen sie als Vorrat für den Winter in eigens dafür geschaffene Gruben zurück.«

»Sie leben in Zelten aus Erde!« rief Tapferer Mann. »Nie bringst du mich dazu, in der Erde zu leben!«

»Ihre Alten erfrieren nicht«, entgegnete Weiße Esche scharf. »Sie müssen auch nicht auf langen Märschen sterben, weil das Erdvolk seine Nahrung in der Nähe der Lager findet.«

Dachs kreuzte die Arme vor der Brust. »Mir gefällt der Gedanke gar nicht, Samen und Pflanzen essen zu müssen.«

Alter Falke, der Seelenflieger, befreite einen Arm aus den eng um seinen Körper gewickelten Decken und drohte ihm scherzhaft mit dem Finger. »Aber bei jeder Gelegenheit tauschst du etwas gegen diese Wurzelkuchen ein!«

Dachs machte eine hilflose Gebärde. »Na ja, mit Händlern

muß man handeln. Das liegt an der Macht. Ich will die Macht nicht beleidigen, das ist der ganze Grund.«

»Hast nicht du zu mir gesagt, wie herrlich süß diese Wurzelkuchen schmecken?« Alter Falke grinste. »Ich glaube, du würdest glatt ein ordentliches Stückchen Büffelfleisch für diese Kuchen eintauschen – besonders, wenn du beim Essen keine Angst haben mußt, von einem Speer der Gebrochenen Steine durchbohrt zu werden.«

»Das bleibt abzuwarten.« Aufmerksamkeit erheischend blickte sich Tapferer Mann im Kreis um. »Weiter im Süden heißt man uns bestimmt nicht mit offenen Armen willkommen. Was ist mit diesem Erdvolk? Glaubt ihr, die lassen uns bereitwillig auf ihrem Land lagern und jagen? Meine Macht warnt vor dem Weg nach Süden.«

Die Leute rutschten unruhig hin und her. Niemand wußte, was von Tapferer Manns Macht zu halten war. Alter Falke seufzte.

»Hört auf mich«, rief Tapferer Mann beschwörend. »Wenn wir weiter nach Süden gehen, weiß ich nicht, was passiert. Kommt mit mir. Ich führe euch zurück zum Fat Beaver River. Ich weiß eine Möglichkeit, wie wir dort in den reichen Jagdgründen leben können. Schließt euch mir an. Ich sorge für eure Sicherheit.«

Schockiertes Schweigen breitete sich aus. Nur noch die im Nachtwind hinter dem Lager raschelnden Büsche und das Knistern des Feuers brachen die Stille. Nacheinander wandten sich die Leute fragend Pfeifender Hase und Flughörnchen zu.

Pfeifender Hase richtete sich zu voller Größe auf. »Wohin willst du uns führen, Tapferer Mann? Was hast du vor?«

Tapferer Mann lächelte siegessicher, seine Zähne blitzten im roten Schein des Feuers. »Zurück nach Norden. Ich werde mich vom Weißlehm-Stamm lossagen … Wartet! Nur ich, ich allein. Anschließend fordere ich den Anführer der Krieger der Gebrochenen Steine heraus. Besiege ich ihren besten Krieger, bin ich ihr Anführer und kann das Weißlehm-Volk beim Stamm der Gebrochenen Steine aufnehmen.«

Weiße Esche blieb der Mund offenstehen. Sie war ebenso

verblüfft wie die anderen und glaubte, ihren Ohren nicht zu trauen.

»Überlegt doch!« Tapferer Mann gestikulierte leidenschaftlich. »Ich sorge dafür, daß jeder von euch einen Platz beim Stamm der Gebrochenen Steine bekommt. Ich kann uns alle *retten!* Wir brauchen nicht weiter in den Süden zu gehen. Wir müssen nirgendwohin fliehen.«

Rotluchs brach das drückende Schweigen. »Meine Ahnen gehörten seit Anbeginn der Welt dem Weißlehm-Stamm an. Ich kann ihnen nicht den Rücken kehren.« Der grauhaarige Jäger blickte die anderen an. »Mag ich Wurzeln essen und Pflanzen sammeln müssen, meine Kinder und deren Kinder werden Angehörige des Weißlehm-Stammes sein.«

Angewidert schüttelte Tapferer Mann den Kopf. »Und wenn es keine Kinder mehr gibt? Was dann? Was ist, wenn wir, die hier in diesem Kreis Versammelten, die letzten Überlebenden des Weißlehm-Stammes sind?«

»Dann sind wir eben die letzten des Weißlehm-Stammes«, erwiderte Rotluchs ruhig. »Weiter habe ich nichts zu sagen. Lieber gehe ich in den Süden, als mich mit dem Stamm der Gebrochenen Steine einzulassen.« Er beendete seine Rede mit einer Handbewegung, die unterstrich, daß dieses Thema ein für allemal für ihn erledigt war.

»Ich habe meinen Freund Rotluchs gehört.« Das Gesicht von Dachs war unbeweglich wie eine Maske. »Auch ich will als Weißlehm-Jäger sterben.«

»Ihr seid töricht.« Tapferer Mann breitete die Arme aus, als wolle er die Jäger umarmen. »Die Macht spricht in meinem Kopf. *Folgt mir!* Die Stimmen sagen mir den Weg. Aber alle zusammen als Stammesgemeinschaft können wir meinen Weg nicht gehen. Wir würden weggeblasen wie Sandkörner von einem Sturm.«

Langsam schüttelte Pfeifender Hase den Kopf. »Für mich ist es unmöglich, mich dem Stamm der Gebrochenen Steine anzuschließen. Ich kenne Tapferer Manns Macht nicht. Aber eines weiß ich, wir alle gehören dem Weißlehm-Stamm an. Wer von euch Tapferer Mann folgen möchte, den hindere ich nicht daran. Aber ich, ich kann das nicht.«

Die Leute nickten und sahen einander unsicher an. Jeder suchte in den Augen des anderen nach einem Hinweis auf dessen Entscheidung.

Weiße Esche warf einen schnellen Blick auf Windläufer. Er saß da wie erstarrt und hörte mit schmerzgequältem Ausdruck zu. Warum? Er konnte doch Tapferer Manns Vorschlag unmöglich ernst nehmen?

»Ich muß für mich und für Salbeigeist sprechen«, erklärte Weiße Esche. »Wir schließen uns in jedem Fall Pfeifender Hase an, was immer er entscheiden mag.«

Erfreut schenkte ihr der alte Anführer ein verstohlenes Lächeln.

Flughörnchen fügte rasch hinzu: »Wir sollten im ersten Morgengrauen zusammenpacken und nach Süden zu den Sideways Mountains aufbrechen. Es hat keinen Sinn, noch länger auf dieser Seite der Berge zu bleiben. Der Schöpfer, die Sonne oder der Große Donnervogel sorgen hoffentlich dafür, daß wir keinem Stamm begegnen, der auf dem Kriegspfad ist, bevor wir südlich der Berge sind. Niemand wird auf die Idee kommen, so weit im Süden nach uns zu suchen.«

»Außer dem Erdvolk«, erinnerte Tapferer Mann die alte Frau. Eine zunehmende Spannung lag in seiner Stimme. »*Hört* auf mich. Ich bin eure *einzige* Hoffnung.«

Alter Falke räusperte sich. »Ich weiß nicht, was ich von deiner Macht halten soll, Tapferer Mann. Sicher ist sie außergewöhnlich. Du bist dem Lager der Toten entkommen, und ich weiß, welche Macht daraus entsteht. Auch meine Seele ist gelegentlich in das Land der Toten geflogen. Menschen müssen auf die Stimmen der Mächte hören, aber ihre Entscheidungen müssen sie selbst treffen. Meine Seele sagt mir, ich solle nach Süden gehen. Ich weiß nicht, warum. Mächte benutzen die Menschen für ihre eigenen Ziele und gehen sehr unterschiedlich dabei vor.« Sein sanfter Blick richtete sich auf Weiße Esche. »Die Mächte haben uns in der Vergangenheit einige Hinweise gegeben, daß unser Weg nach Süden führt.«

»Das glaubst du, alter Mann. Es ist unser Tod!« Wütend funkelte Tapferer Mann den Seelenflieger an.

Weiße Esche erstarrte. Die um das Feuer versammelten Menschen schraken zusammen und setzten sich aufrecht hin. Die Alten verzogen grimmig den Mund. Niemand sprach so respektlos und in einem solchen Ton zu einem Seelenflieger – und schon gar nicht zu einem von solch hervorragendem Ruf, wie ihn Alter Falke genoß. Die Leute, die Tapferer Mann am nächsten saßen, rückten so weit wie möglich von ihm ab.

Blind gegen die Feindseligkeit, die sich um ihn zusammenbraute, starrte Tapferer Mann Alter Falke böse an.

Pfeifender Hase kündigte nach einigem Schweigen an: »Ich gehe morgen in aller Frühe nach Süden. Wer möchte, schließt sich mir an.«

Nacheinander erhoben sich die Leute und kehrten unter gedämpftem Gemurmel in ihre Zelte zurück.

Auch Weiße Esche ging zu ihrem Zelt. Bevor sie sich in Salbeigeists Zelt bückte, warf sie noch einen Blick über die Schulter. Nur Tapferer Mann und Alter Falke saßen noch am Feuer, die Augen unverwandt aufeinander gerichtet.

»Nimm zum Beispiel die Pfote eines Kojoten. Wenn sie eine Zeitlang im Freien liegt und das Fell, die Sehnen und die Muskeln abgefault sind, siehst du deutlich, wie sehr sie der Hand eines Menschen ähnelt.«

»Die Knochen müssen anders aussehen«, widersprach Linke Hand.

Sie wanderten durch ein enges Tal in den Round Rock Mountains Richtung Norden. Auf beiden Seiten erhoben sich riesige graue Höcker aus verwittertem Granit. Im Talgrund verlief eine Trockenrinne, deren sandiger Boden dicht mit Dornensträuchern und Beifuß bewachsen war. Entlang des Weges wuchsen in gelbbraunen Büscheln Reisgras, wilder Roggen und Weizengras. Das Land roch nach Frühling. Hin und wieder brachen bereits erste grüne Hälmchen aus den dürren Grasbüscheln hervor. Auf- und absteigend mit der Thermik, kreisten zwei Adler hoch über ihren Köpfen.

»Ja, sie sind anders«, gab ihm Kranker Bauch recht. »Die

Knochen sind kleiner und dünner. Trotzdem, vergleichst du die einzelnen Knochen einer menschlichen Hand mit denen einer Kojotenpfote, fällt dir sofort die große Ähnlichkeit auf. Sie ist nicht zu übersehen.«

Linke Hand gab sich seufzend geschlagen. »Also gut, vielleicht haben Tiere auch dieselben Innereien wie Menschen. Der Große Weise im Himmel hat die Menschen nach den Tieren erschaffen. Na und? Ist das so etwas Besonderes?«

Kranker Bauch kratzte sich zwischen den Schulterblättern und fuchtelte in der Luft herum. »Ich finde das schon eigenartig. Ich meine, warum hat der Große Weise im Himmel nicht einige Tiere … also zum Beispiel ohne Zähne oder was weiß ich wie erschaffen? Verstehst du, einfach damit sie anders sind.«

Linke Hand lachte vergnügt in sich hinein. »Kein Wunder, daß du Rittersporn verrückt gemacht hast.«

Kranker Bauch runzelte die Stirn und sah den Händler finster an. »Wenn du dich über mich ärgerst, sag es mir, dann halte ich den Mund.«

Linke Hand schüttelte den Kopf. »Nein. Ich rede gern mit dir. Du bist anders als die anderen. Du betrachtest die Dinge aus einer anderen Sicht. Das gefällt mir.«

Kranker Bauch seufzte, ein Gefühl wie das Flattern von Schmetterlingsflügeln regte sich in seiner Brust und machte ihn schwindlig. »Ich fühle mich um Jahre jünger. Ich hatte es mir ganz anders vorgestellt.«

»Was meinst du?«

»Ich glaube, ich bin glücklich … und gleichzeitig habe ich Angst.«

Linke Hand marschierte leichtfüßig den Weg entlang, den Händlerstab, das Symbol seiner Macht, hoch erhoben. »Warum wolltest du mitkommen? Ich hätte nicht gedacht, daß du mich fragst. Ich dachte, dir fehlt der Mut.«

Kranker Bauch strich über seinen verkrüppelten Arm. *Kann ich es ihm sagen? Ob Warmes Feuer etwas dagegen hätte?* »Ich habe meinem Freund versprochen, fortzugehen. Er … er sagte mir – Ach, nichts. Es geht nur ihn und mich etwas an.« Kranker Bauch sah zum kristallklaren Himmel hinauf. »Auch wenn ich auf dieser Reise sterbe, Linke Hand, ich *mußte* fort. Ich gab meinem einzigen Freund ein Versprechen. Ein Versprechen ...«

»Und deshalb willst du diese Reise bis zu ihrem Ende fortsetzen, wie immer sie auch ausgehen mag?« Linke Hand betrachtete ihn prüfend aus den Augenwinkeln. »Du kannst unterwegs sterben, das weißt du. Einen Unfall haben, von einer Klippe stürzen, einem Bären begegnen.«

Kranker Bauch zuckte zusammen. »Solche Alpträume habe ich zuhauf, aber, Linke Hand, selbst wenn ich Warmes Feuer kein Versprechen gegeben hätte, was würde mich deiner Meinung nach im Lager erwarten, wenn ich jetzt umkehren würde?«

»Es wäre nicht leicht, das weiß ich. Aber auch wenn du dich entscheidest, Händler zu werden, erwartet dich kein leichtes Leben. Der Weg ist immer länger und beschwerlicher, als man vorher glaubt.«

»Bevor ich mich entscheide, muß ich ... muß ich zuerst jemanden suchen.«

»Jemanden suchen?«

Kranker Bauch grinste unsicher. »Was hältst du davon, wenn ich dir sage, eine Macht hat mich beauftragt?«

»Du hattest einen Traum?«

»Nein, ich nicht, aber Warmes Feuer. Er hat kurz vor seinem Tod mit mir darüber gesprochen.«

»Und wohin, sagte er, sollst du dich wenden?«

»Nach Norden.«

»Der Norden ist groß. Wenn du willst, nehme ich dich mit zum Wolfsvolk. Ich kann dir aber auch sonst behilflich sein. Je nachdem, wo du hin willst, kann ich dir sagen, welche Pfade du nehmen mußt, wo du Wasser und gute Lagerplätze findest. Welches Ziel hat deine Reise?«

»Ah, ich fürchte, soweit habe ich noch gar nicht gedacht.«

»Komm mit mir. Beim Wolfsvolk gefällt es dir bestimmt. Bei uns ist sicher Platz für dich. Oder du wirst Händler und ziehst umher.«

»Du hast gesagt, ich müßte erst meine eigene Macht finden.«

»Ja, das stimmt.« Linke Hand blieb stehen und blickte Kranker Bauch aufmerksam ins Gesicht. »Für einen Händler ist jede Reise Bestandteil seiner Macht. Kein Händler begibt sich leichtfertig auf den Weg. Hier. Ich habe etwas für dich.« Linke Hand löste eine Verschnürung an seinem Gürtel, an der ein kleiner Lederbeutel befestigt war, den er Kranker Bauch feierlich überreichte.

»Was ist das?« Mit Hilfe seiner Zähne lockerte Kranker Bauch die Zugschnur. Im Innern des Beutels sah er eine Sammlung glänzend polierter, sonderbar geformter schwarzer Steine.

»Ich gebe dir ein Geschenk mit auf den Weg, mein Freund.« Linke Hands Stimme wurde auffallend sanft.

»Ein Geschenk?«

Linke Hand nickte. »Eigentlich ein Grundstock für den Tauschhandel.«

Eine nagende Angst breitete sich in Kranker Bauchs Eingeweiden aus. »Aber ich besitze nichts, womit ich handeln könnte. Nur die paar Sachen in meiner Rückentrage. Ein paar Wurzelkuchen, die ...«

Linke Hand lachte leise. »Nicht alle Händler handeln zur gleichen Zeit. Betrachte es als eine Art Leihgabe ... eine Leihgabe der Macht. Der Handel ist eine Sache der Seele, er besteht im Teilen. Eines Tages entdeckst du ein Geschenk, mit dem du mir dafür danken kannst – etwas, was für dich ebenso wertvoll ist wie diese Zähne für mich. Ich vertraue deiner Seele, Kranker Bauch. Du wirst mich nicht vergessen.«

»Zähne?« Kranker Bauch holte einen der merkwürdig flachen, eckigen Steine aus dem Beutel.

»Ja, Zähne.« Linke Hand ging weiter. »Ich habe es auch nicht gewußt, bis ich sie eines Tages einem Händler im Land des Antilopenvolkes zeigte. Er hatte Muscheln aus dem Westlichen Wasser dabei und sagte mir, dies seien die Zähne eines furchtbaren Fisches, der in diesem Wasser schwimmt – aber er habe noch keinen dieser Zähne in solcher Größe oder aus Stein gesehen.«

»Woher hast du sie?«

Linke Hand grinste. »Das ist ein Teil der geheimnisvollen

Macht des Handels, Kranker Bauch. Ich habe sie von dem alten Eine Faust drüben im Weißen-Sandstein-Lager bekommen. Er behauptete, er habe sie in der ausgewaschenen Erde in der Nähe des Lagers gefunden. In dieser Gegend lägen eine Menge Knochen, die alle aus der Erde gespült worden sind. Aber das ist noch nicht das Sonderbarste.«

»Oh?« Kranker Bauch beeilte sich, zu Linke Hand aufzuschließen. Er war begierig, mehr zu erfahren.

»Ja. Das Sonderbarste ist, alle diese Knochen sind aus Stein. Nun, ich bin weiter herumgekommen als die meisten Händler, aber noch nie habe ich ein Tier mit Knochen aus Stein gesehen.«

Kranker Bauch unterzog die Steine einer gründlichen Untersuchung. Ihm fielen die gezackten Kanten der flachen Zähne auf. »Man könnte eine wunderschöne Halskette daraus machen.«

Linke Hand nickte. »Wir denken oft dasselbe, du und ich. Was hast du vor, Kranker Bauch? Wo willst du damit beginnen, deine eigene Macht zu suchen?«

Kranker Bauch runzelte die Stirn. Wo fing ein Mensch an, die ihm eigene Macht zu suchen? Die steinernen Fischzähne in seinen Händen fühlten sich kühl und schwer an.

Der Traum ergriff vollkommen Besitz von Weiße Esche, hob sie hoch wie eine Feder im Wind, ließ sie wirbelnd emporschnellen, aufsteigen und wieder herunterfallen. Die Strömungen wiegten ihre Seele, bis sie sich in einem seltsam vertrauten grauen Dunst niederließ.

Der Dunstschleier begann sie wirbelnd zu umwogen und verwandelte sich in honigsüß schimmerndes Gold. Aus dem immer dichter werdenden goldenen Licht kristallisierten sich langsam die Züge eines gutaussehenden jungen Mannes heraus. Das Licht schien zu flackern, wurde mal heller, mal dunkler.

»Wer bist du?«

»Alles, was du bist … und nicht bist. Der, der ich bin, tanzt mit dem Feuer und singt mit den Sternen.«

»Warum bin ich hier?«

»Deine Zeit naht. Der Weg liegt vor dir. Du bist Teil der Spirale: der Kreise ohne Anfang und Ende. Dein Volk – dein ganzes Volk – braucht dich. Du bist der Weg … und du bist es nicht.«

»Was soll das heißen, ich bin der Weg und doch nicht der Weg?«

Der junge Mann lächelte. Weiße Esches Seele schmerzte angesichts dieser strahlenden Schönheit. Seine Liebe wallte in ihr auf mit der Hitze glühender Kohlen und versetzte ihre Seele in Verzückung und Ekstase.

»Die Zeit ist gekommen. Der Weg, den du gehen mußt, ist schwer. Bist du stark genug? Kannst du lernen, was du lernen mußt?«

»Ich weiß nicht. Wovon sprichst du eigentlich?«

»Für dich beginnt ein neuer Weg. Suche … und prüfe dich selbst. Die Macht hat ihre Gründe. Du könntest diejenige sein, die wir suchen. Das Bündel wartet auf dich … wenn du den Weg findest und auf dich vertraust.«

Der goldene Dunst schimmerte, das Bild des jungen Mannes verschwamm.

»Warte! Komm zurück!«

»Suche. Lerne dich selbst kennen. Erfahre Liebe und Haß. Erfahre Glück und Leid. Erfahre Schmerz und Freude. Lerne.«

»Komm zurück!«

Sie streckte die Arme nach ihm aus, aber der goldene Dunst begann unaufhaltsam zu verblassen. Verzweifelt rief sie nach ihm, doch sie fiel in ein endloses seidiges Nichts. Das Licht wurde schwächer und schwächer, bis sich die Konturen der goldenen Schattierungen vollkommen in Grau auflösten.

Weiße Esche schrie gellend und erwachte schlagartig. Keuchend setzte sie sich auf. Trotz der Kälte lief ihr der Schweiß in Strömen über das Gesicht. Benommen blinzelte sie in die Dunkelheit. Irgendwo in der Ferne erklang das Heulen eines Wolfes, herangetragen vom Wind, der leise um die Zeltstangen flüsterte und die rußgeschwärzte Türklappe auf und zu schlug.

Weiße Esche fror. Sie stand auf und stocherte in den Kohlen, bis eine winzige Flamme flackernd zum Leben erwachte. Sie blickte hinüber zu Salbeigeists Schlafplatz, der verlassen dalag. Sie machte sich große Sorgen um ihn. Er hatte nicht am Rat teilgenommen. Als sie ihm berichtete, was vorgefallen war, hatte er sie nur schweigend angesehen. Jeder Glanz in seinen Augen war erloschen.

»Wo bist du, Salbeigeist? Ich hoffe, du hast nicht auch den Verstand verloren.«

Entschlossen warf Weiße Esche die Haare zurück und legte ihren abgetragenen Mantel um die Schultern. Sie schlüpfte in die Mokassins, die sie zum Trocknen dicht an das Feuer gestellt hatte, und bückte sich unter der Türklappe durch.

Der niedrig über dem Bergkamm im Westen stehende Mond tauchte die Landschaft in fahles Licht. Weiße Esche ging langsam durch das Lager. Die Hunde hoben die Köpfe, stellten die Ohren auf und beobachteten sie aufmerksam. Die gespenstischen Schatten der Zelte ließen in ihr die Erinnerung an Tapferer Manns Erzählungen vom Lager der Toten aufleben.

Vermischt mit den Bildern ihres Traumes, schien die Nacht auf sie herabzudrücken, als wolle sie sie unter sich begraben. Das Lager kam ihr unnatürlich still vor. Selbst das gewöhnlich aus den Zelten dringende Schnarchen war nicht zu hören. Der leichte Wind bewegte klatschend die Zelthäute und erstarb plötzlich. Die Sterne am Himmel glitzerten in kaltem Licht.

Ein Schauder überlief sie.

Das Knirschen ihrer Schritte im körnigen Schnee zerrte an ihren Nerven. Ihre Haut prickelte, als ob ihr aus den unheimlichen Schatten unsichtbare Augen folgten. Etwas Bösartiges schien hinter ihr zu lauern, pirschte ihr auf räuberischen Füßen nach. Sie wirbelte herum – nichts war zu sehen.

Auch von Salbeigeist konnte sie weit und breit keine Spur entdecken. Es schien, als hätte er sich in der kristallklaren Luft aufgelöst. Mutig ging sie ein paar Schritte in das Dikkicht hinein, um von dort zum Sandsteingrat hinaufblicken zu können. Eine undeutliche Silhouette zeichnete sich vor dem Mondlicht ab.

Salbeigeist? Wanderte er, verloren in seiner Trauer um Leuchtender Mond, ziellos in der Nacht umher?

Vorsichtig kletterte sie den Hang hinauf. Ein plötzliches Rascheln in den Sträuchern ließ ihr den Atem stocken. Angestrengt spähte sie in die Dunkelheit: nichts. Ängstlich zwang sie sich, weiterzugehen. Ihr Herz hämmerte heftig.

Oben auf dem Grat kauerte sie sich nieder, denn sie fürchtete, sich als deutliche Silhouette abzuheben. Die dunkle Gestalt – zweifellos ein Mann – ging langsam, die Hände auf dem Rücken verschränkt, im Mondlicht auf und ab. Lautlos huschte sie zwischen den niedrigen Sträuchern hindurch. Endlich war sie nahe genug und konnte den Mann deutlich erkennen.

»Windläufer?«

Er drehte sich um und duckte sich leicht, dann erkannte er sie.

»Was machst du um diese Zeit hier oben?« fragte er ruhig.

»Dasselbe könnte ich dich fragen. Ich suche Salbeigeist.«

Er senkte den Kopf, sein Gesicht lag im Dunkeln. »Ich weiß es nicht. War nur so ein Gefühl. Ich konnte nicht schlafen.«

Sie sah sich um. Im Westen lagen die Red Rock Mountains wie schlafende Ungeheuer im Dunkeln. Die aufragenden Sandsteinfelsen im Norden schienen aus einer Geisterwelt zu sprießen; ihre zackigen Schatten hoben sich schemenhaft in die bläulich schimmernde Nacht.

»Diese Nacht dient nicht dem Schlaf. Eine Macht ist frei.«

Wie zur Bekräftigung seiner Worte stieß er heftig mit der Fußspitze in den Boden. »Ich habe das Gefühl, es passiert etwas Großes. Als müsse sich unser aller Leben in dieser einen Nacht verändern. Ich frage mich, ob es noch einmal Morgen wird.«

Sie blickte zu den Sternen hinauf. »Bestimmt. Schon bald sogar.« Sie zögerte. »Warum bist du hier heraufgegangen?«

»Ich muß eine Entscheidung treffen. Ich versuche, mir darüber klarzuwerden, was ich tun soll.«

»Was soll das heißen?« Ihr war, als hätte man ihr mit der Faust in den Magen geschlagen.

»Wahrscheinlich gehe ich morgen fort.«

»Fort?«

»In den Norden. Zum Schwarzspitzen-Stamm.«

Wie betäubt schüttelte sie den Kopf. »Das darfst du nicht! Wir brauchen dich. Du bist einer unserer besten Jäger.«

Er trat näher und faßte sie bei den Schultern. Sie fühlte seinen durchdringenden Blick auf sich gerichtet. »Ich tue es für dich.«

Sie befreite sich von ihm. »Für mich? Das ergibt doch keinen Sinn. Es ist … es ist …«

»Das ergibt sehr wohl einen Sinn. Ich gehe zum Schwarzspitzen-Stamm. Sobald ich mir einen festen Platz unter ihnen gesichert habe, bitte ich dich, mich zu heiraten. Meine Familie wird für tot erklärt. Meine verwandtschaftlichen Bande existieren dann nicht mehr.«

Für einen Moment fehlten ihr die Worte. Schließlich schrie sie: »Das ist *verrückt!* Heirate mich jetzt. Ich *liebe* dich! Das kann doch nicht dein Ernst sein mit dieser Blutsverwandtschaft. Ich bin genausowenig deine Schwester wie … wie diese Felsen da. Komm, wir laufen zusammen weg … irgendwohin, wo niemand vom Sonnenvolk lebt. Nur du und ich.«

»Das geht nicht«, erwiderte er. »Es sind meine Leute. Wie stellst du dir das vor? Denk an ihre Gefühle, wenn sie erfahren, daß wir in Blutschande zusammenleben.«

»Und wie werden sie sich fühlen, wenn du zu einem anderen Stamm überläufst und *sie für tot erklärst?* Ist das vielleicht besser?«

»Das werden sie *verstehen* – sie wissen, ich tue es nicht, um sie zu verletzen, sondern aus Respekt vor ihrer Tradition.« In einer Geste der Hilflosigkeit hob er die Hände. »Menschen müssen nach gewissen Regeln leben. Und unser Stamm hat nun einmal seine eigenen Regeln. Wir wissen beide, daß es nicht anders geht.«

»Geh nicht weg.«

Er lächelte. »Was tut ein Mann nicht alles für die Frau, die er liebt? Ist doch nur eine Kleinigkeit. Für dich fordere ich sämtliche Schwarzspitzen-Krieger heraus und hole dich aus den Reihen von zehn mal zehn Kriegern.«

»Du brichst deinen Verwandten das Herz.«

Leise fragte er: »Liebst du mich? Sag es mir. Jetzt, sofort. Sag es mir mit der ganzen Wahrheit deiner Seele.«

Sie schluckte und fühlte sich hin und hergerissen zwischen ihrer Pflicht dem Stamm gegenüber und ihrer Liebe zu ihm. *Lerne dich selbst kennen.* Die Stimme hallte wie ein Echo in ihrem Kopf.

»Ja.«

»Willst du meine Frau werden?«

»Ja.«

Er nickte, das Mondlicht schimmerte auf seinen langen schwarzen Haaren. »Warte auf mich. Versprich mir, Tapferer Mann nicht zu heiraten. Versprich mir, dich keinem anderen Mann aus dem Weißlehm-Stamm hinzugeben.«

»Es sind nicht mehr viele übrig, zwischen denen ich wählen könnte.«

Nach diesen Worten grinste er. »Ja, ich weiß. Am besten wäre es, du kämst gleich mit. Wir gehen zusammen in den Norden. In diesem Fall bräuchte ich nicht mehr zurückzukommen und müßte nicht mehr um dich kämpfen.«

Sie schloß die Augen und atmete tief durch. »Ich kann nicht mit dir gehen. Das weißt du genau. Salbeigeist braucht mich. Die Leute unseres Stammes brauchen mich.«

Er wandte sich von ihr ab und starrte auf die unregelmäßig gezackte Linie der Berggipfel, die in einem weichen Licht zu leuchten schienen »Ich komme zurück zu dir. Ich folge dem Weg nach Süden, bis ich dich finde.«

»Falls sie dich bei der Herausforderung nicht töten.« Das Herz tat ihr weh. »Du mußt gegen ihren besten Krieger antreten, einen Mann, der schon viele Menschen getötet ...«

»Niemand wird mich töten. Nicht, wenn die schönste Frau der Welt auf mich wartet.«

»Nein. Bitte. Ich will nicht, daß du meinetwegen ein derartiges Risiko eingehst.«

»Als du gesagt hast, du würdest mich heiraten, stand meine Entscheidung fest.«

»Dann heirate ich dich *nicht.*«

Mit den Fingerspitzen hob er ihr Kinn hoch. »Kannst du

diese Worte wiederholen und mir dabei in die Augen sehen?«

Sie schüttelte den Kopf. »Aber ich kann dich auch nicht in den sicheren Tod schicken.«

Er lachte leise. »Ich gehe nicht in den Tod. Ich fühle es. Ich komme zu dir zurück.«

Er zog sie an sich und umarmte sie so, wie sie es sich immer erträumt hatte. Einen endlosen Augenblick lang klammerte sie sich an ihn. Sehnsucht und heißes Verlangen pulsierten durch ihre Adern.

Schließlich schob er sie auf Armeslänge von sich. »Es dauert nicht lang. Ich komme zu dir, bevor der erste Schnee fällt. Nimm dich vor Tapferer Mann in acht. Er ist gefährlich – aber nach dem gestrigen Abend wird er wohl nicht mehr lange beim Stamm bleiben.«

»Kann ich denn gar nichts tun, um dich zurückzuhalten?«

Er schüttelte den Kopf. »Nein. Das ist der einzige Ausweg für uns. Wir haben keine andere Wahl. So, nun geh und suche Salbeigeist. Führe morgen das Volk nach Süden. Sag den Leuten, was ich vorhabe und warum. Sie werden mich verstehen.«

Sie nickte. Starr vor Trauer und Schmerz, sah sie zu, wie er seine Speere und den Atlatl aufhob und sich den Beutel mit seinen Habseligkeiten umhängte. Er blickte sie an. »Was auch passiert, ich werde dich immer lieben.«

»Und ich liebe dich.«

Er wandte sich zum Gehen um.

»Bitte! Windläufer, geh nicht.«

»Bevor der erste Schnee fällt. Das verspreche ich dir.« Winkend bahnte er sich den Weg durch das Dickicht. Schon bald war seine Gestalt in der Dunkelheit verschwunden.

Betrübt senkte Weiße Esche den Kopf. Das Leid bedeckte ihre Seele wie abgestorbenes Moos.

Sie machte sich auf den Rückweg. Als sie am Fuß des Hanges angelangt war, hatte sie ihren inneren Schmerz so weit unter Kontrolle, daß sie wieder klar denken konnte. Würde es immer so weitergehen? Würde jeder, den sie liebte, sie verlassen? Warum hatte sie nicht gelogen und gesagt, sie würde ihn nie heiraten? Erhabener Schöpfer, ich habe ihn zum Tode verurteilt. Es sei denn ... er schien außerordentlich siegessicher zu sein, obwohl er dem besten der gefürchteten Schwarzspitzen-Krieger gegenübertreten mußte.

Sie blickte zurück zum Grat, dessen Silhouette sich deutlich im ersten Morgengrauen abhob. *Ich werde ihn nie wiedersehen.*

Auf der Suche nach Salbeigeist schlug sie einen weiten Kreis um das Lager. Plötzlich entdeckte sie zwischen den Beifußsträuchern einen seltsamen Umriß. Sie trat näher und spähte genauer hin. Ein Mann lag mit dem Gesicht nach unten auf der Erde. Ein eisiger Hauch durchzog ihre Seele, ihr Herzschlag drohte auszusetzen.

»Salbeigeist?«

Der Mann rührte sich nicht. Sie fühlte das Unrecht, das in der Luft lag, das Gefühl einer mißbrauchten Macht. Sie bückte sich und strich mit den Fingern über die Haut: kalt wie der gefrorene Boden. Sie packte den Mann an seinem Büffelfellmantel und rollte ihn herum. Im grauen Zwielicht des heraufdämmernden Morgens erkannte sie seine Züge. *Alter Falke!*

Sie keuchte, als sie den dunklen Fleck auf seiner Stirn entdeckte. Das ausgeflossene Blut war geronnen und bereits hart gefroren. Jemand hatte ihm den Schädel gespalten.

Entsetzt schlug sie die Hand vor den Mund und taumelte rückwärts. Sie geriet in Panik und schrie mit schriller Stimme: »Pfeifender Hase! Komm her. Komm schnell! Alter Falke ist tot! Ermordet!«

Kaum war ihr Schrei in der Morgenstille verklungen, erfüllte lautes Kreischen und Brüllen die Luft. Dunkle Gestalten stürmten aus dem Dickicht heraus, die Waffen hoch über den Köpfen erhoben. Zu schockiert, um überhaupt zu begreifen, was vor sich ging, kauerte sich Weiße Esche blitzschnell nieder. Erst nach einigen Sekunden wurde ihr bewußt, daß die dunklen, zwischen die Zelte rennenden Gestalten Krieger waren. *Feindliche Krieger!* Sie kannte ihre Sprache; dies Nuscheln war ihr vertraut. Die Plünderer stießen wüste Beleidigungen hervor und brachen in Triumphgeheul aus: *das Wolfsvolk!*

Hunde jaulten und bellten. Jemand schrie vor Schmerz. Fünf, zehn, eine ganze Flut heulender Krieger fiel über das Lager her.

Nein. Nein! Das kann nicht wahr sein. Es sind zu viele. Der Weißlehm-Stamm war ihnen hoffnungslos ausgeliefert. Felsmaus, die den Überfall am Fat Beaver River überlebt hatte, stolperte aus ihrem Zelt und rannte mit fliegenden Haaren los. Eine Kriegskeule sauste herab und spaltete mit einem häßlichen Knirschen ihren Schädel. Pfeifender Hase tauchte aus seinem Zelt auf. Gerade wollte er einen Speer am Atlatl befestigen, da bohrte sich eine mit einer Steinspitze bewehrte Lanze in seinen Unterleib. Rotluchs rannte aus seinem Zelt und warf sich brüllend vor Wut mitten hinein in das Handgemenge – er taumelte, befiederte Schäfte spießten seinen Körper auf.

Vor Weiße Esches Augen fand ein Massaker statt. Verzweifelt blickte sie sich um. Die feindlichen Krieger waren überall. *Wir haben keine Chance! Wir können sie nicht besiegen … und nicht entkommen!*

Ein Speer zischte an ihrem Ohr vorbei – das diffuse Licht hatte den Feind getäuscht, sein Wurf ging fehl. Das tödliche Wurfgeschoß löste das lähmende Entsetzen, das ihren Körper gefangenhielt. Sie wandte sich um und rannte, so schnell sie konnte.

Hinter ihr gellten grauenvolle Schreie in die düstere Morgendämmerung, Schreie der Angst und des Todes.

Kapitel 8

Kranker Bauch zerrte die Decken hoch bis zum Hals; er lag auf dem Rücken und starrte zum Nachthimmel hinauf. Der kräftige Frühlingswind rauschte von den Bergen herab durch die Sträucher. Neben ihm lag Plage zusammengerollt zu einem Fellknäuel; die angenehme Wärme des Tieres drang durch Kranker Bauchs Decken. Über ihm leuchteten und funkelten die Sterne – kalte Lichtpunkte im endlosen Dunkel der Nacht.

Eine seltsame Unruhe regte sich in Kranker Bauchs Brust. Er war in die Fremde gezogen. Er hatte das Warmes Feuer gegebene Versprechen erfüllt. Und was nun? Wohin sollte er sich wenden? Zum Wolfsvolk? Wollte er wirklich Händler werden? War das der vorgezeichnete Weg seiner Macht? Der Beutel mit den steinernen Fischzähnen, den er an einem Riemen um den Hals trug, lag schwer und tröstlich auf seiner Brust. Dieses Geschenk war sein kostbarster Besitz, niemals würde er sich wieder von ihm trennen – nicht einmal um den Preis seiner Seele.

Er drehte den Kopf und ließ seinen Blick aufmerksam über die schwarzen Schatten der Mulde schweifen, in der sie ihr Lager aufgeschlagen hatten. Linke Hand lag unter seinen Decken. Seine Hunde lagerten im Kreis um ihre Tragen. Die Glut des heruntergebrannten Feuers leuchtete nur noch mit schwachen rötlichen Punkten in der Nacht.

Klagend rief der Wind nach Kranker Bauch, er säuselte in der Sprache verlorener Seelen.

Wohin soll ich gehen? Die Welt wartete, feindselig, fremd, unfreundlich. Gefahren lauerten überall, vielleicht jenseits des nächsten Gipfels oder schon in den düsteren Schatten der Beifußsträucher.

Die Tage seit dem Verlassen des Rundfelsen-Lagers waren mit Gesprächen ausgefüllt gewesen. Er und Linke Hand hatten gelacht und gescherzt, von Geistermächten und der von ihnen ausgehenden Beeinflussung gesprochen, von der Lebensweise anderer Völker und ihren Gewohnheiten. Kranker Bauchs Gehirn pulsierte in einer Fülle von Gedanken: Der schwärmerische Ruf des Abenteuers lockte. Wenn er sich nur nicht vor allem Fremden so fürchten würde. Er spürte, wie der heftige Wind an seinen Decken zerrte.

Mit einemmal fühlte sich Kranker Bauch, als würde er schweben, fühlte sich hochgehoben, sein müder Körper schien in einer reißenden Strömung zu treiben. Seine bewußten Gedanken schmolzen wie Frühlingsschnee in der Sonne.

Der Traum kam über ihn mit der sanften Berührung von Rauch an einem dunstigen Morgen, rankte sich sacht um seine Seele …

Kranker Bauch stand auf einer hohen, aus einer wild zerklüfteten Bergkette aufragenden Felsspitze. Unterhalb ihres Sockels fiel der Berg jäh in zackige Spalten ab, die in blaugrüne Tiefen stürzten. Er befand sich im Reich der Adler. Der kantige Granit schnitt hart und unerbittlich in seine Füße. Über ihm schien der Himmel zu brennen. Der Sonnenuntergang tauchte die Wolkenstreifen in gelbes und orangerotes Licht. Ein heißer Wind peitschte auf ihn ein und sog die letzte Feuchtigkeit aus seinem Körper.

Auf den Hängen unterhalb des Felsens stachen die lanzettförmigen Wipfel hoher Bäume aus dem dichten Wald, während das grelle Licht der tiefstehenden Sonne unheimliche Schatten in die versteckten dunklen Tiefen des Waldes warf. Die unregelmäßigen Ausläufer der Felskämme glühten unter den Strahlen des blutenden Himmels.

Kranker Bauchs Nasenflügel schnupperten den Geruch von Rauch. Der Wind flaute ab, und die Luft zitterte, erfüllt von tödlichem Schweigen. Plötzlich erklang hinter ihm unheimliches, bedrohliches Knistern.

Das Herz schlug Kranker Bauch bis zum Hals, ein seltsames Rumoren durchflutete seinen Magen, während eisige Ranken der Angst sich um seine Seele wanden.

Ringsum stiegen Rauchsäulen auf und verdichteten sich zu einer undurchdringlichen Wand.

Kranker Bauch beschattete die Augen und versuchte, durch das wogende Grau zu spähen. Bilder begannen sich aus dem Rauch zu formen. Er konnte Männer erkennen, die in einen Pferch gesperrte Antilopen einfingen. Lachend legten sie den verängstigten Tieren geflochtene Schlingen um den Hals. Das Bild wechselte, und er sah eine Menge Männer, die in der glühenden Sonne arbeiteten. Mit aufblitzenden Werkzeugen schlugen sie auf das Gestein an einem Abhang ein. Sie meißelten Felsblöcke aus dem Innern des

Berges, hievten sie nacheinander auf ihre schweißglänzenden Rücken und marschierten in einer endlosen Reihe davon. Das Land hatte sich verändert, es war flacher geworden. In viereckig abgeteilten Parzellen wuchsen in Reih und Glied Pflanzen einer einzigen Pflanzenart in der Sonne. Auf den Wegen zwischen den einzelnen Landstücken schritten Männer mit leuchtenden Speeren und silbern schimmernden Messern – so lang wie der Arm eines Mannes. Mit diesen Waffen hielten sie die arbeitenden Menschen in Schach und zwangen sie, ihre Befehle zu befolgen.

»Was ist das?«

»*Was sein könnte, Mann des Volkes*«, antwortete eine Stimme.

Von Angst gepackt, drehte sich Kranker Bauch um ... der Wald hinter ihm explodierte in Flammen. Äste schwankten und bogen sich, leckende gelbe Zungen fraßen sich mit unstillbarem Hunger durch das Unterholz. Das lodernde Feuer verschlang ausgewachsene Bäume, es sprang und tanzte mit seiner allesverzehrenden Hitze auf Kranker Bauch zu. Er versuchte, zurückzuweichen, aber das tosende Flammenmeer schleuderte Speere aus Feuer auf ihn.

Entsetzliche Panik durchströmte seine Adern. Wie ein Wahnsinniger blickte er sich um, aber von dieser spitzen Felsnadel gab es kein Entrinnen. *Gefangen! Ich bin auf diesem Fels gefangen!*

Die auflodernden Flammen schossen hinauf in den Himmel, durchbohrten die Wolken und tanzten wie verrückt gewordene Geister.

»*Mann des Volkes?*«

Er drehte sich nach der Stimme um, kniete nieder und versuchte, sich vor den Flammen zu schützen. »Hilf mir!«

»*Kranker Bauch ... Mann des Volkes.*«

»Wer bist du? Wo bist du? Wir sterben.«

»*Der Tod ist eine Illusion.*« Irgend etwas bewegte sich in den aufgewühlten Tiefen des Infernos. Kranker Bauch zuckte zusammen und kroch rückwärts. Tränen des Entsetzens traten in seine Augen.

Ein Mann aus Feuer schritt durch die Flammen. Die

schimmernde Gestalt blieb kaum eine Armlänge von ihm entfernt stehen, und die Hitze milderte sich.

»Kranker Bauch, Mann des Volkes.«

»Geh weg! Laß mich in Ruhe! Ich habe nichts mit Geistern zu schaffen! Verschwinde!«

»Du hast das Rundfelsen-Lager verlassen. Du hast dein Versprechen erfüllt.«

»Warmes Feuer?« War das aus seinem Freund geworden … diese alptraumhafte Erscheinung?

»Ich bin der Erste Mann … Wolfsträumer. Ich tanze die Spirale. Ich bin alles, was ist … und nicht ist. Ich träume das Große Eine.«

»Warum bist du hier? Was habe ich getan?«

»Ich bin nicht hier, weil du etwas getan hast … sondern weil du etwas tun wirst.«

»Nein! Ich denke nicht daran. Ich will nicht. Laß mich in Ruhe! Geh weg, Geist! Ich bin kein schlechter Mensch!«

Ein tiefes Lachen erklang und ließ die Felsen unter seinen Füßen erbeben. *»Du bist alles andere als ein schlechter Mensch, Mann des Volkes. Du hast eine reine Seele, suchst nichts weiter als dich selbst. Willst du mehr von dir geben? Bist du stark genug, sie zu retten? Besitzt du genug Mut, um alles für den Traum zu wagen? Kannst du das Große Eine retten? Bist du bereit, alles für den Wolfstraum zu riskieren?«*

»Alles riskieren? Ich verstehe nicht. Warum kommst du zu mir? Was habe ich getan?«

»Den ersten Schritt hast du gemacht. Du hast das Versprechen gehalten, das du einem Sterbenden gegeben hast. Bist du bereit, das Versprechen gegenüber der Macht zu halten? Du suchst nach der Macht, nicht wahr?«

»Ich … nun …«

»Geh. Bereite dich vor. Du trägst in dir, was die Macht braucht.«

»Warum ich?«

»Du bist vom Blut des Ersten Mannes. Dein ist das Vermächtnis der Träumer.«

»Ich habe nie geträumt!«

»Du hast nie danach begehrt. Die Wege der Macht sind nicht

vorhersehbar – und nie frei von Gefahr. Bereite dich vor. Suche den Weg.«

Als die Feuergestalt die Arme ausbreitete, versuchte Kranker Bauch, sich hastig zurückzuziehen. In diesem Augenblick verschmolzen die Flammen zu einem goldenen Dunstschleier.

»Was bist du?«

»Ich bin der Erste Mann ... Wolfsträumer ... Feuertänzer.« Die Gestalt wuchs und verwandelte sich in einen Wolf. *»Das Sonnenvolk kommt. Die Spirale verändert sich. Bevor ein Baum wachsen kann, muß er seine Wurzeln im Boden verankern. Der Baum des Sonnenvolkes wird wachsen. Er muß in unserem Traum vorsichtig Wuzeln schlagen. Gelingt dies nicht, dreht sich die Spirale ... und die Welt verändert sich.«*

Eine unglaubliche Verzweiflung senkte sich über Kranker Bauch. Das Gefühl eines riesigen, entsetzlichen Verlusts übermannte ihn, und er brach zusammen. Aufschreiend vor Entsetzen über die Leere in seiner Seele, nahm er all seine Kraft zusammen und klammerte sich mit blutenden Fingern krampfhaft in den rauhen Stein.

Der wirbelnde Dunst wurde dunkler und formte die Konturen eines Berghangs, der von strahlenden Lichtern wie von winzigen Sonnen erhellt wurde. Männer arbeiteten mit funkelnden Werkzeugen und hackten unter der Beobachtung von Aufsehern auf den Berg ein. Die Männer schleppten Steine aus dem Gerippe des Berges heraus und schichteten sie auf.

Die Vision zog Kranker Bauch in den Berg hinein. Dort hasteten Männer und Frauen wie Maulwürfe auf Händen und Füßen durch ein Labyrinth, das sie in den Bauch des Berges geschlagen hatten. In mühseliger Arbeit brachen die schmutzigen, erbärmlichen Gestalten Felsstücke los. Ihre Haut war fahl, einige husteten, die Augen mancher funkelten haßerfüllt, während andere ihre Pein schicksalsergeben ertrugen.

»Was ist das für ein Wahnsinn?« rief Kranker Bauch – und das Bild verschwamm im goldenen Dunst.

»Das Ende der Spirale. Das Ende der Harmonie des Traumes.«

Kranker Bauch schrie auf, als der leuchtende Wolf seine Gestalt zu ändern begann, sich die Vorderpfoten spreizten und zu Flügeln mit langen Flammenfedern wuchsen. Funkelnde goldene Augen sahen in Kranker Bauchs Gesicht. Der riesige Vogel zischte und klammerte sich mit tiefschwarzen Krallen in den Fels. Unvermittelt schnellte das Tier empor zum Himmel und kreischte schrill wie ein zorniger Adler.

Kranker Bauch drängte sich schutzsuchend an den Felsen, doch die Hitze des brennenden Flügelschlags streifte ihn. Der Geistervogel erhob sich hinauf in den blutroten Himmel – und verschwand. Ein gewaltiger Donnerschlag teilte den Himmel, ließ die Erde erbeben und verklang mit einem fernen Grollen.

Kranker Bauch schrie und schreckte schweißgebadet in seinen Decken auf. Verwirrt blickte er sich um. Mit der gesunden Hand verknotete er das dicke Leder seines Wildlederhemdes über seinem Herzen. Linke Hand richtete sich in seinen Decken auf, er hatte einen wurfbereiten Speer in seinen Atlatl gelegt.

»Was zum ...«, flüsterte Linke Hand. »Was ist passiert?«

»Ein Traum.« Kranker Bauch schluckte, ein Kloß schnürte ihm die Kehle zu. »Ein Geistertraum.«

Unruhig spähte Linke Hand in die Dunkelheit. Seine Füße hatten sich in den unordentlichen Decken verheddert. »Ein Geistertraum? Ja, hast du denn nichts gehört?«

Krampfhaft schloß Kranker Bauch die Augen, um die Vision zu verbannen. War das der Große Donnervogel gewesen? Der Geisterhelfer des Sonnenvolkes? Warum sollte dieses Wesen ausgerechnet zu ihm kommen? Er schauderte. »Was denn gehört?«

»Den Donner. Er grollte genau über unserem Lager.«

Kranker Bauch blickte ängstlich zum kristallklaren Nachthimmel hinauf. Nicht eine einzige Wolke war zu sehen. Die Erinnerung an die riesigen Flügel aus Feuer pochte machtvoll in seiner Seele.

Panische Angst peitschte Weiße Esche vorwärts. Mit hämmerndem Herzen rannte sie durch das enge Tal. Ein schmaler Arroyo schlängelte sich durch den Talgrund, an dessen Seiten sich sanfte, mit Beifuß und Salbei bewachsene Hänge erhoben. Sie blinzelte unter Schluchzen gegen die Tränen an, sprang über niedrige Sträucher und hetzte unaufhaltsam weiter. Der verharschte Schnee knirschte laut unter ihren Füßen.

Noch war der Boden gefroren, aber die Sonne stieg höher und überschritt den Bergkamm zu ihrer Linken. Der Tag versprach warm und sonnig zu werden. Sobald sich der Boden erwärmte, würde es schwer sein, keine Fußspuren zu hinterlassen.

Wie viele Angehörige des Weißlehm-Stammes hatten überlebt? Was war mit ihrem Volk geschehen? Und mit Salbeigeist? War er weit genug weg gewesen – oder hatte das angreifende Wolfsvolk ihn als ersten umgebracht, damit die Krieger das Lager ohne Warnung stürmen konnten?

Windläufer hat es geschafft. Er war zur Zeit des Überfalls weit genug im Norden.

Eisige Kälte legte sich wie Reif über ihre Seele: Alter Falke war lange vor dem Überfall ermordet worden. Der tödliche Schlag mußte ihn bereits am Abend getroffen haben, sonst wäre das Blut noch nicht so hart gefroren gewesen und sein Fleisch hätte noch nicht alle Wärme verloren gehabt.

Eine unheimliche Erinnerung drängte sich ihr auf: Tapferer Mann und Alter Falke, die sich nach der Versammlung des Rates am Feuer gegenübersaßen, die feindseligen Blicke, die zwischen den beiden Männer hin und her wanderten. Aber ein so brutaler Mord?

Sie durchlebte noch einmal den Moment, als Tapferer Mann versucht hatte, sie zu vergewaltigen. In seinen besessenen, höhnisch auf sie gerichteten Augen sah sie an jenem Tag seine Seele – er kannte kein Gut oder Böse.

Doch was spielte das noch für eine Rolle? Sie war Zeugin des Untergangs des Weißlehm-Stammes gewesen. Die Todesschreie würden sie ihr Leben lang verfolgen. Alles, was sie geliebt und geschätzt hatte, war ausgelöscht – wie Spuren im Sand nach einem stürmischen Wind.

Keuchend zwang sie sich trotz ihrer Erschöpfung, einen Fuß vor den anderen zu setzen. Sie mußte sich so schnell wie möglich weit genug von ihren Angreifern entfernen. Die Panik in ihr ließ nach und wich einer ungeheuren Leere, die ihre Seele auszudörren schien. Weiße Esche verließ das Tal, nahm all ihre Kraft zusammen und trieb ihren überanstrengten Körper den Hang hinauf. Ihre Füße hämmerten rhythmisch auf den eisverkrusteten Schnee.

Auf zitternden Beinen schlängelte sie sich durch das dichte Gestrüpp und erreichte taumelnd vor Schwäche die Hügelkuppe. Vor ihr verliefen die verlängerten Ausläufer der Red Rock Mountains in alle Richtungen. Eine breite Trockenrinne lag zwischen ihr und den Sideways Mountains.

Die unberührten Schneefelder auf den Gipfeln der Berge glitzerten in der Sonne. Eine unüberwindliche Barriere. Zu steil. In dieser im Eis erstarrten Landschaft gab es keine Nahrung.

Aber um diese Jahreszeit fand man überall wenig Eßbares. Seit die Schneeschmelze eingesetzt hatte, begannen ein paar Hahnenfußgewächse zu blühen. Man konnte sie nach drei oder viermaligem Kochen essen, dann erst war die Bitterkeit heraus. Götterblumen und Selleriewurzeln wuchsen erst nach dem nächsten Mond. Aber bis dahin?

Sie sank auf die Knie, atmete tief durch und gönnte ihrem ausgelaugten Körper eine Ruhepause. Der Wind hatte ihre verfilzten Haare zu einem schwarzen Netzwerk verwoben.

Sie blickte nach Westen auf die feindseligen Hänge der Red Rock Mountains. Häßliche Wolken verdunkelten die hohen Gipfel.

Sie stand stöhnend auf und begann den Abstieg auf der anderen Hangseite. Wie ein Irrgarten aus Spalten und Ritzen durchschnitten Trockenrinnen die rauhe, felsige Landschaft. Der Beifuß sproß nur knöchelhoch und spärlich aus dem schlechten Boden. Weiter entfernt erstickte die weiße Erde des Schwemmlandes unter fahlem Dornengestrüpp. Winterdürres Gras mit langen Dolden, mittlerweile längst aller Samen beraubt, wogte im Wind. Ein Land trockener Felsen und seltsam geformter Berge, das nicht viel Gutes bot.

Sie biß sich auf die Unterlippe, unsicher, was sie tun, wohin sie gehen sollte. Vom Norden her drängten die Stämme der Schwarzspitzen und der Gebrochenen Steine unaufhaltsam südwärts. Wenn sie zurückginge, was für ein Leben würde sie bei diesen Stämmen erwarten?

Windläufer, du Narr, sie werden dich umbringen! Wie sollte ein einzelner Jäger – kaum zwanzig Sommer alt – den tapfersten und listigsten der kampferprobten Schwarzspitzen-Krieger besiegen?

Im Westen der Red Rock Mountains lebten die Schafjäger, finstere Krieger, die sich in den Bergen auskannten. Auf der anderen Seite des Beckens im Osten befand sich das Gebiet des Wolfsvolkes – dessen Unbarmherzigkeit hatte sie mit eigenen Augen gesehen.

Im Süden auf der anderen Seite der Sideways Mountains wohnte ihr Volk, das Erdvolk. *Meine einzige Hoffnung.*

Auf dem nächsten steilen Hügel angelangt, blieb sie erschöpft stehen. Der einzig mögliche Weg führte entlang der zerklüfteten Ausläufer der Sideways Mountains. Sie mußte den Trockenrinnen nach Osten folgen und nach einem Paß Ausschau halten, den der Schnee nicht unpassierbar gemacht hatte.

Vorausgesetzt, ich finde genug zu essen. Vorausgesetzt, ich erfriere nicht. Vorausgesetzt ... Es lauerten so viele Unwägbarkeiten auf sie, sie durfte nicht weiter darüber nachdenken. Ihre Feuerstöcke, der Atlatl und die Speere, ihre Schlafdecken, alles war verloren – Siegesbeute des Wolfsvolkes bei seinem letzten vernichtenden Schlag gegen den Weißlehm-Stamm. Sie mußte Reisgras finden. Die Stengel eigneten sich hervorragend zum Feueranzünden. Zum Glück gab es im Gray Deer Basin eine Menge Werkzeugstein. Schneidwerkzeuge abzusplittern würde nicht schwer sein. Sobald sie das richtige Holz für Feuerstöcke gefunden hatte, konnte sie Feuer machen. Die kommenden Tage stellten sie vor viele Schwierigkeiten, aber das Land versorgte sie mit dem Nötigsten.

Finster starrte sie nach Osten, eine sengende Wut brannte in ihrem Herzen. *Deine Zeit ist begrenzt, Wolfsvolk. Das Sonnenvolk kommt aus dem Norden. Versetze den Stämmen einen Tritt, und sie schlagen wieder und wieder zurück. Darin liegt die Macht des Sonnenvolkes – im Krieg.* Sie schüttelte den Kopf. *Der Krieg, das ist seine eigentliche Stärke.*

Sie ging weiter und versank mit jedem Schritt tiefer in die Trostlosigkeit ihrer Seele.

Vorsichtig setzte Kranker Bauch seinen Fuß auf und verharrte lauschend mit hocherhobenem Kopf. Sie mußten irgendwo in der Nähe sein. Die Exkremente auf dem grauen Steinmehl unter den Sträuchern stammten vom gestrigen Abend. Auf der Ostseite des langgestreckten Hanges wuchs der Beifuß üppig bis zur Kniehöhe eines Mannes. Nach Osten erstreckte sich wellenförmig eine Bergkette bis zum Horizont. Die Sonne senkte sich bereits und warf lange Schatten über das Land. Im Norden ragte bedrohlich die zerklüftete Wand der Sideways Mountains auf. Enge Täler schnitten sich durch die felsigen Hügel, als habe eine Geisterkatze den nackten Stein mit ihren Krallen zerfurcht.

Er befühlte den runden Stein in seiner Hand. Im Rundfelsen-Lager hatte er mit diesem Stein am Feuer den Weg des Mondes nachgeahmt; nun benutzte er denselben Stein zum Töten.

In langgeübter Geduld überblickte er die blaugrünen Sträucher. Genußvoll sog er die frische Luft ein. Der Duft nach Beifuß, Salbei und feuchter Erde besänftigte sein Heimweh. Plötzlich starrte ihn ein braunes Auge an. Der Körper des Tieres war perfekt getarnt. Kranker Bauch verlagerte sein Gewicht, holte aus und warf den Stein. Die jahrelange Übung zahlte sich aus. Der Stein traf das Waldhuhn voll mit der Breitseite; der verwundete Vogel flatterte auf und gackerte.

Kranker Bauch eilte hinüber und hielt den großen Vogel am Fuß fest. Rasch griff er nach dem Hals des Tieres, wirbelte es herum und brach ihm das Genick. Er hob den Stein auf und schritt um den Strauch herum. Aufgescheucht von den Kampfgeräuschen, warfen zwei Waldhühner die Köpfe hoch. Unruhig liefen sie im Dickicht herum, flohen aber nicht.

Kranker Bauch wartete geduldig, bis einer der graugesprenkelten Vögel hinter einen Busch lief. Der mit aller Wucht geschleuderte Stein traf den Vogel und brach ihm die Glieder.

Kranker Bauch pirschte sich an den verletzten Vogel heran, der angstvoll mit seinem unverwundeten Flügel flatterte. Der dritte Vogel stolzierte unbeirrt zwischen den Sträuchern umher.

Kranker Bauch nahm den Stein, packte sein wehrloses Opfer und drehte ihm den Hals um. Behutsam näherte er sich dem dritten Huhn. Innerhalb weniger Minuten hatte der Stein auch das letzte Waldhuhn erwischt.

Er winkte, und Linke Hand schlenderte zu ihm herunter. Die Hunde folgten ihm.

»Immerhin etwas zu essen«, erklärte Kranker Bauch. »Heute abend essen wir uns tüchtig satt.«

Linke Hand legte den Kopf schief. »Mit drei Vögeln? Einer für uns ... und zwei für die vielen Hunde? Das nennst du sich satt essen?«

»Wer weiß, was wir da oben noch auftreiben.« Kranker Bauch wies vage in die Richtung der Bergausläufer. »Das Schlechtwasser-Lager liegt an diesem Bach da drüben. Bis morgen mittag könnten wir dort sein. Die Leute werden uns und den Hunden zu essen geben. Die drei Vögel halten uns bis dahin bei Kräften.«

Linke Hand nickte und blickte prüfend auf die Berge und den vor ihnen liegenden Weg. »Falls nicht, nehmen wir uns einen Tag Zeit und versuchen, eine Antilope in einen Hinterhalt zu locken. Bis jetzt habe ich allerdings noch keinen geeigneten Platz dafür entdeckt.«

Kranker Bauch beäugte seinen Freund mißtrauisch. »Wir befinden uns auf dem Land des Schlechtwasser-Stammes. Knochenklang ist es bestimmt gleichgültig, wenn wir ein paar Waldhühner erlegen, aber bevor wir größere Tiere jagen, holen wir besser ihre Erlaubnis ein.«

»Ich bin Händler.« Linke Hand hob seinen Stab und zeigte mit dem Daumen auf seine Brust. »Dein Erdvolk und sein Land haben für einen Händler keine Bedeutung.«

»Knochenklang trifft die Entscheidungen für den Schlechtwasser-Stamm. Ich kenne sie. Sie ist eine harte Frau.«

Linke Hand lachte vergnügt. »Einem Händler versagt niemand was. Auch kennen mich die Leute vom Schlechtwasser-Lager. Knochenklang kommt gut mit dem Wolfsvolk aus. Als wir vor ein paar Jahren Not litten, schickte sie uns ein paar Säcke Reisgrassamen.«

Kranker Bauch blickte über die Schulter auf die weit im Westen liegenden Berge. Ein grauer Dunst hüllte die Gipfel ein. »Sieht nach Sturm aus. Wir sollten versuchen, im Schlechtwasser-Lager unterzukommen. Wäre doch schön, bei schlechtem Wetter in einer warmen Hütte zu schlafen.«

»Knochenklang nimmt uns sicher auf. Wahrscheinlich verlangt sie die Hälfte meiner Waren – aber dafür bekommen wir eine warme Hütte und einen vollen Magen noch dazu.«

Als sie weitermarschierten, forderte Linke Hand seinen Weggefährten auf: »Komm, erzähl mir endlich von deinem Traum.«

Kranker Bauchs Magen zog sich schmerzhaft zusammen. »Ich weiß nicht, was ich davon halten soll. Ich hatte noch nie einen derartigen Traum.«

Linke Hand atmete tief durch. »Vielleicht warst du früher nicht würdig«

»Nicht würdig?«

»Jede Macht geht ihre eigenen Wege. Du hast mir nicht alles über Warmes Feuers Tod und das Versprechen gesagt, das er dir abverlangt hat. Ich frage dich auch nicht danach. Über große Macht spricht man nicht leichtfertig. Möglich, daß Warmes Feuers Tod ein Zeichen für dich sein sollte. Wie der Wolf, von dem du mir erzählt hast.«

Kranker Bauch schlug die Augen nieder. »Ich kenne mich nicht aus mit Zeichen und solchen Dingen. Ich bin nur ich.«

Ein ehrfurchtsvoller Ton stahl sich in Linke Hands Stimme. »Über die Mächte weiß man nie genau Bescheid. Große

Macht existiert überall – überall um uns herum. Als kleiner Junge kannte ich einen Träumer, der mir sagte, Macht ist in der Welt und ist es doch nicht.«

»Wie kann etwas dasein und gleichzeitig doch nicht?«

»Sieh dich um, Kranker Bauch. Die Macht ist überall, aber kannst du sie sehen? Sie berühren? Nein. Sie ist da, und sie ist nicht da. Man muß sie suchen. Bei meinem Volk muß man sich auf diese Suche vorbereiten. Dazu klettert man auf einen hochgelegenen Ort hinauf. Nur wer Körper und Seele gereinigt hat, dem zeigt sich die Macht. Du mußt der Macht in einer anderen Welt als der unseren begegnen, deshalb kommt sie in Träumen. In Träumen ... wenn die Seele frei ist.«

Kranker Bauch verzog den Mund. »Aber warum ist sie gestern nacht zu mir gekommen? Warum nie früher? Ich hatte viele Träume. Jeder Mensch hat Träume«

»Träume einer Macht?«

»Nein, sicher nicht. Das war mein erster derartiger Traum.«

»Das ist der springende Punkt.«

Kranker Bauch sah ihn skeptisch an.

»Sieh mal«, erklärte Linke Hand, heftig mit seinem Händlerstab fuchtelnd, »vermutlich warst du eines solchen Traumes nicht würdig, solange du in Rittersporns Lager gelebt hast. Möglich, daß die Macht dich geprüft hat. Du weißt, was immer du Warmes Feuer versprochen hast, du mußt dein Versprechen halten. Eine Macht wirft sich nicht einfach einem Menschen an den Hals. Du mußt dich ihrer *würdig* erweisen.«

Kranker Bauch senkte beschämt den Kopf. »Großmutter wußte immer, wie sie mich gefügig machen konnte. Darin war sie Meisterin.« Er seufzte.

»Aber schließlich hast du das Lager doch verlassen.«

Kranker Bauch nickte. »Ja. Ich bin gegangen. Sie ließ mich nicht einmal bei Warmes Feuer bleiben, als er starb. Ich ... ich konnte ihr nicht ... Was soll's, jetzt ist es vorbei.«

»Und eine Macht interessiert sich für dich. Die erste Prüfung hast du bestanden.«

»Ich bin mir gar nicht sicher, ob ich noch eine zweite Prüfung bestehen möchte.«

Linke Hands Augen verschleierten sich. »Die erste ist stets die leichteste. Hat der Geist in deinem Traum irgend etwas gesagt? Hat er etwas von dir verlangt?«

»Er sagte, ich solle mich vorbereiten ... und suchen.« Er blickte finster drein und stieß mit der Fußspitze in den Boden. »Und ich sah seltsame Dinge. Menschen, die etwas taten, was ich nicht begriff. Etwas Schreckliches kommt auf uns zu. Eine Veränderung in der Spirale, falls du weißt, was das bedeutet. Es hängt mit der Macht des Sonnenvolkes zusammen – es kommt auf die Träume des Sonnenvolkes an. Vielleicht verändert sich die ganze Welt.«

»Dir ist doch klar, Kranker Bauch, daß du mir Angst einjagst.«

»Ich jage dir Angst ein?«

Die Falten um Linke Hands Mund vertieften sich. »Die Handlungen einer Macht machen jeden vernünftigen Menschen nervös. Warmes Feuer prophezeite dir das Kommen eines Händlers. Die Macht sagte es ihm in einem Traum. Ich wiederum hatte meine eigenen Träume, aber ihre Bedeutung verstand ich nicht. Sie bestanden nur aus Fragmenten ... dazu kam ein Gefühl, als müsse ich mich beeilen. Die Macht führte uns zusammen. Ich weiß immerhin genug über die Geisterwelt, um sicher zu sein, daß ich in dieser Angelegenheit nicht der richtige Gesprächspartner für dich bin.«

In Kranker Bauch stieg Übelkeit auf. »Wenn nicht du, wer dann? Im Traum sagte Wolfsträumer zu mir ...«

»Wolfsträumer?« Linke Hand blickte über seine Schulter auf die bedrohliche graue Wolkenbank, die die Berge bereits einhüllte.

»So nannte er sich. Er sprach von einem Wolfstraum ... und von Feuertänzer ... und er verwandelte sich in einen Wolf ... und später in einen glühenden Vogel und ...«

»Wir suchen das Schlechtwasser-Lager nicht auf.«

»Nein?«

Stirnrunzelnd betrachtete Linke Hand die vor ihnen aufragenden Sideways Mountains. »Nein. Ich glaube, je eher ich dich zu Singende Steine bringe, um so besser für mich.«

»Zu Singende Steine? Ich dachte ...«

»Er ist der mächtigste Träumer, den ich kenne.«

»Mir gefällt der Blick nicht, mit dem du mich ansiehst.«

Linke Hand rieb sich die Stirn. »Ich weiß nicht, was vor sich geht, Kranker Bauch, aber je schneller ich von deiner Gegenwart befreit bin, um so wohler fühle ich mich.«

Kranker Bauch zeigte nach hinten. »Aber ein Sturm kommt!«

»Mehr als einer, mein Freund. Mehr als einer. Ich hoffe nur, du bist den Stürmen gewachsen.«

»Den Stürmen gewachsen? Du sprichst in Rätseln.« Unruhig wanderte Kranker Bauchs Blick zwischen dem sich nähernden Sturm und Linke Hand hin und her.

»Komm schon. Zum Glück hast du die Waldhühner erwischt. Die Hunde brauchen das Fleisch.«

»Die Hunde? Aber ich ... Was essen wir denn?«

»Die Säcke und Beutel sind voll, Kranker Bauch. Und sollte ich den Gewinn einer ganzen Handelssaison aufs Spiel setzen, stört mich das auch nicht. Komm, beeilen wir uns, wir müssen heute noch eine ordentliche Wegstrecke zurücklegen.«

Weiße Esche erreichte das breite Tal, das vom Gray Deer River aus nordöstlich verlief. Sie ging auf der Südseite des Tales weiter und überquerte Trockenrinnen, die sich zwischen den Bergausläufern eingegraben hatten. Pappeln säumten die Bachufer. Die Hänge der Hügel im Süden waren von Kiefern und Wacholder, Salbei und Beifußsträuchern gesprenkelt, dazwischen wuchsen verschiedene Rosengewächse. Von Westen brauste ein kalter Wind heran.

Beim Gehen suchte sie aufmerksam den Boden nach geeigneten Werkzeugsteinen ab. Sie entdeckte einen Quarzit von genau der richtigen Größe und einen zweiten Stein, der sich als Hammerstein verwenden ließ.

Sie legte eine Rast ein und prüfte Gewicht und Balance des Hammersteins; anschließend hieb sie mit scharfen Schlägen Splitter von einer Seite des Quarzits ab. Nachdem sie eine wellenförmige Kante geschlagen hatte, drehte sie den Stein und bearbeitete die andere Seite ebenso. Kritisch betrachtete sie die zackigen Schneidkanten des Werkzeugs.

Mit einem Finger fuhr sie leicht über die Klinge, um die Schärfe zu prüfen. Zufrieden mit ihrer Arbeit, ging sie den Hang hinauf. Den tiefhängenden, von Westen heranjagenden Wolken schenkte sie keine Beachtung. Zielstrebig ging sie auf eine Kiefer zu und begann, die Rinde abzuschälen. Den inneren Teil der Rinde konnte sie kauen. Sie schmeckte zwar bitter und der Körper gewann wenig Energie daraus, aber sie mußte essen, um zu überleben.

Die ersten Schneeflocken wirbelten herab. Weiße Esche hackte einen langen Rindenstreifen von dem hellgelben Holz. Normalerweise hätte sie die harte, schuppige Außenseite der Rinde *abgeschält* und die Innenseite gekocht. Doch unter diesen Umständen mußte sie darauf verzichten. Noch hatte sie nicht das richtige Holz für Feuerstöcke gefunden. Außerdem brauchte sie zur Zubereitung einer warmen Mahlzeit einen Kochsack aus Pansen – und das bedeutete, daß sie entweder ein Tier töten oder ein verhungertes oder erfrorenes Tier entdecken mußte, über das die Nagetiere noch nicht hergefallen waren. Die abgeschabten Streifen kaute sie sofort. Beim bittersüßen Geschmack der faserigen Rinde lief ihr das Wasser im Mund zusammen. Der an ihren Zähnen klebende zähe Saft munterte ihre Seele auf; Saft bedeutete Leben.

Erneut hieb sie mit dem Stein auf den Baum ein. Sie brauchte Nahrungsvorrat. Als nächstes mußte sie schnellstens Schutz vor dem Sturm suchen.

Nachdem sie soviel sie tragen konnte vom Baumstamm geschabt hatte, hastete sie weiter. Die zunehmende Kälte fraß sich durch ihre Mokassins; die äußere Schicht war bereits abgetragen und durchlöchert, und die innere Schicht hielt sicher auch nicht mehr lange. Sobald sie einen Unterschlupf gefunden hatte, wollte sie versuchen, Streifen aus

Wacholderrinde zu verweben und damit die Lebensdauer des mürben Leders verlängern.

Der Schnee wirbelte in dicken Flocken auf Weiße Esche herab. Die Hügelkuppen wirkten kahl und nackt und sahen nicht sehr einladend aus. Nichts deutete auf einen Unterschlupf hin. Die struppigen Sträucher waren nicht hoch genug, um aus den Zweigen eine Hütte flechten zu können. Die Nacht senkte sich über das Land. Der Schnee fiel in immer dichter werdenden Flockenwirbeln, und sie konnte die vor ihr liegenden Konturen der Landschaft nur noch schemenhaft erkennen.

Sie zog ihre Kapuze über den Kopf und schleppte sich erschöpft weiter. Verzweifelt hielt sie nach einem Platz Ausschau, der sie vor dem eisigen Wind und dem alles einhüllenden Schnee schützen konnte.

Mit tränenden Augen stolperte sie fast blind durch das Schneegestöber. Endlich, im diffusen Licht des späten Abends, entdeckte sie einen Felsüberhang.

Mit einem Seufzer der Erleichterung taumelte sie unter den überhängenden Felsen. Es war nichts weiter als eine unterhöhlte Sandsteinplatte, aber es mußte genügen. Sie klopfte den Schnee von ihrer Kleidung, kroch an die Rückwand des Felsens und rollte sich zu einer Kugel zusammen. Nur eine kurze Weile wollte sie ausruhen und ihrem erschöpften Körper die Möglichkeit verschaffen, neue Reserven aufzubauen.

Sie schloß die Augen. Hatte ein Angehöriger des Weißlehm-Stammes das Massaker überlebt? War ihr Stamm ausgelöscht und nur noch Erinnerung?

Windläufer, du hast Glück gehabt. Sage ruhig dem Schwarzspitzen-Stamm, der Weißlehm-Stamm sei vom Erdboden verschwunden. Damit beleidigst du niemanden mehr. Höchstens die Geister der zornigen Toten.

Unbeweglich lag sie da. Der Schnee fiel unentwegt, und es wurde rasch dunkel. Plötzlich vernahm sie durch das Heulen des Windes ein fremdes Geräusch. Sie horchte auf, und erkannte es – Schnee, der unter den Schritten eines Menschen knirschte.

Blitzschnell sprang sie auf die Füße und stürmte los, geradewegs in die Arme eines Mannes. Der packte sie mit seinen starken Armen und überwältigte sie mühelos. Sie hatte seiner Kraft nichts entgegenzusetzen. Lachend schleuderte er sie zu Boden und drückte sie grob hinunter.

»Laß mich los!« schrie sie und schlug mit den Fäusten nach ihm.

Der Geruch nach Rauch, Winterschweiß und Leder stieg ihr in die Nase. Sein heißer Atem streifte ihre Wangen. »Das war eine lange Jagd«, sagte er, »aber Drei Bullen hat dich schließlich doch erwischt.«

Schaudernd hörte sie die Sprache des Wolfsvolkes.

»Laß mich gehen«, flüsterte sie in der Sprache des Erdvolkes. »Ich bin aus dem Dreigabelungenlager. Mein Volk lebt mit dem deinen in Frieden.«

»Keine Frau aus dem Dreigabelungenlager lebt beim Sonnenvolk. Ich bin schon den ganzen Tag hinter dir her. Du gehörst mir.«

»Was … was hast du mit mir vor?«

Er lachte und rieb sein Gesicht an ihrem Hals. »Was will ein Mann von einer Frau? Du wirst Feuerholz in mein Zelt tragen und meine Mahlzeiten zubereiten. Du wirst für mich arbeiten, gerben und nähen. Und natürlich wirst du in der Nacht meine Decken wärmen und mir Vergnügen bereiten.«

»Du bringst den Zorn des Dreigabelungenlagers über dich. Grünes Feuer wird …«

»Gar nichts wird sie!« Er lachte vergnügt. »Der Sturm ist sehr unangenehm. Es ist kalt und naß. Wir beide müssen uns gegenseitig wärmen. Drei Bullen hat lange keine Wärme mehr verspürt. Könnte es sein, daß er zuviel Samen in sich hat? Vielleicht wird sein heißer Samen auch dich wärmen, ha?«

»Nein!«

Ein Schauder der Angst und des Ekels überlief sie. Seine eiskalte Hand griff nach unten und schob den Saum ihres Kleides hoch.

Kranker Bauch erwachte aus quälenden Träumen. Er hatte gesehen, wie ganze Wälder gerodet und niedergebrannt wurden, um Platz für eine goldfaserige Frucht zu schaffen. Er hörte die Seele des Landes aufschreien, als der Regen die Erde in schlammigen Strömen wegwusch, während die Füße der Männer feste Pfade durch das Land trampelten. Das langgezogene Heulen eines Wolfes verweilte in seiner Erinnerung, es klang traurig – *als ob er den Tod eines Traumes beklage.* Kranker Bauch fröstelte.

Hatte wirklich ein Wolf geheult? Oder war das klagende Heulen nur Teil des Traumes?

Plötzlich vermißte er Plages vertraute Körperwärme. Er sah sich blinzelnd in der Dunkelheit um. Schnee war handhoch auf ihr kleines Lager gefallen, und noch immer wirbelten schwere, feuchte Flocken herab. Der runde Abdruck von Plages Körper war noch gut zu sehen, ebenso seine Spuren, die an den steilen Wänden der Schlucht, in der sie ihr Lager aufgeschlagen hatten, hinaufführten und langsam vom Schnee zugedeckt wurden.

Kranker Bauch stand auf und schüttelte den Schnee von seiner Decke, bevor er sich in sie einhüllte. Etwas plumpste auf seinen Fuß. Er bückte sich und fischte den Beutel mit den Steinzähnen aus dem weichen Schnee. Vor dem Einschlafen hatte er sie in den Händen gehalten und überlegt, was er sich für eine Halskette daraus machen wollte.

Kranker Bauch brummte mißmutig vor sich hin. Er hatte Plage schon oft Prügel angedroht, wenn er sich davongeschlichen hatte, doch hatte er es niemals übers Herz gebracht, seinen Freund tatsächlich zu schlagen. Hunde waren eben Hunde, sie konnten auch nicht aus ihrer Haut.

Besorgt, die Hundefährte könnte vollends zugeschneit werden, und noch immer die Bilder seines furchteinflößenden Traumes vor Augen, setzte er der Fährte nach.

Als er weit genug entfernt war, um Linke Hand oder seine Hunde mit den scharfen Ohren nicht aufzuwecken, pfiff und rief Kranker Bauch nach seinem Hund.

Der Wind wirbelte dicke Flocken herunter, heftige Böen lösten einander rasch ab. Die Bäume standen dichter als unten in der Schlucht. Eine Wildfährte wand sich zwischen Felsen hindurch. Zwischen den düsteren Kiefern und Föhren wuchsen vereinzelt Felsenbirnen und Wacholderbüsche.

Kranker Bauch kaute nervös auf der Unterlippe, als er nach mehrmaligem Rufen immer noch nichts von seinem Hund hörte. Aber er mußte ihn finden, vielleicht war ihm ja etwas zugestoßen, und Plage hatte ihn nie im Stich gelassen.

Entschlossen stapfte Kranker Bauch weiter. Wie lange noch bis zur Morgendämmerung? Was würde Linke Hand sagen, wenn er wegen ihm und seinem Hund kostbare Zeit verlor?

Kranker Bauch beschleunigte seinen Schritt. Der stellenweise bereits knietiefe Schnee behinderte sein Vorankommen. Er duckte sich unter einem Föhrenast und betrachtete eingehend Plages Spuren. Seine Nackenhaare sträubten sich. Zwischen den Hundespuren konnte er deutlich eine Wolfsfährte erkennen. Er stürmte los und schrie, so laut er konnte, nach Plage.

Als Kranker Bauch zwischen den Bäumen hervor in die offene Landschaft stolperte, begann der Wind erbarmungslos auf ihn einzupeitschen. Das Schneetreiben verbarg jeden Orientierungspunkt. Plages Spuren waren nur noch als schwache Vertiefungen im unendlichen Weiß erkennbar. Unter Aufbietung all seiner Kräfte folgte Kranker Bauch den kaum sichtbaren Abdrücken.

Ein paar Felsen ragten vor ihm auf. Die Spuren führten um die Felsen herum in das dahinterliegende Flachland.

Er stapfte weiter, vorbei an knorrigen, vom Wind zerzausten Bäumen. Seine Füße schmerzten und pochten vor Kälte. Unentwegt rief er nach Plage, aber kein Hund rührte sich.

Noch immer hielt Kranker Bauch den Beutel mit den steinernen Zähnen in der geballten Faust. Da seine Hände in der bitteren Kälte langsam jedes Gefühl verloren, schlang Kranker Bauch den Riemen des Beutels sicherheitshalber um seinen Hals.

Ich hätte Linke Hand wecken sollen. Bestimmt macht er sich schreckliche Sorgen. Plötzlich versank Kranker Bauch bis zur Hüfte in einer Schneewehe. Strampelnd und fluchend arbeitete er sich zur anderen Seite der Wehe durch. Erneut rief er nach Plage.

Ein ausgelassenes Bellen antwortete ihm durch den Schleier des wirbelnden Schnees.

»Komm zurück! Plage?«

Kranker Bauch hastete weiter. Große Erleichterung breitete sich in ihm aus. Er hatte den Hund gefunden, bevor ihn der Wolf erwischt hatte. Schwanzwedelnd sprang Plage aus dem dichten Schneevorhang auf ihn zu.

Kranker Bauch sank auf die Knie und drückte den über und über mit Schnee verkrusteten Hund an seine Brust. »Plage? Was ist bloß los mit dir? Ich sollte dir jeden einzelnen Knochen im Leib brechen.«

Der Hund wand sich unter Kranker Bauchs Griff und versuchte winselnd, dessen Gesicht abzulecken.

»Bist du hinter einem Wolf her? Mußte ich deshalb die halbe Nacht hinter dir herrennen? Komm schon. Wir gehen zurück. Wir müssen im Lager sein, bevor Linke Hand aufwacht und uns vermißt.«

Kranker Bauch machte sich auf den Rückweg und folgte dabei seinen eigenen Fußspuren. Plage trottete gehorsam hinter ihm her. Er durchquerte die tiefe Schneewehe und kletterte einen Hang hinauf. Seine Fußspuren wurden schwächer. Suchend blickte er sich um – nichts war zu sehen, der Wind hatte alle Spuren zugeweht.

»Wo entlang?« Auffordernd sah er seinen Hund an. »Nach Hause, Plage. Such. Such den Weg.«

Mit erhobenem Kopf und gespitzten Ohren starrte Plage ihn verwundert an.

»Nach Hause!« befahl Kranker Bauch und zeigte auf den Schnee. »Such!«

Plage bellte, steckte die Schnauze in den Schnee und trabte los.

»Bist ein guter Junge.« Kranker Bauch paßte sich dem Tempo des Tieres an.

Stunden später, die Dämmerung graute bereits am östlichen Horizont, merkte Kranker Bauch, daß er sich in einer vollkommen fremden Gegend befand. Hier war er noch nie gewesen. Längst hätte er bei den Felsen sein müssen, die er auf der Suche nach Plage passiert hatte. Von dort aus hätte er die Bäume und die steile Schlucht sehen können, in der sich ihr Lager befand. Doch der Hang, den er gerade hinaufkletterte, stieg steil an – und zwar in der falschen Richtung.

Kranker Bauch blickte sich um; jeder Orientierungspunkt blieb im wirbelnden Schnee verborgen.

Traurig schüttelte er den Kopf. »Plage, wo hast du mich bloß hingeführt? Jetzt sind wir verloren.«

Eine gewaltige Bö riß ihn fast von den Beinen. Feiner Pulverschnee rieselte ihm in den Nacken. Plage ließ sich in den weichen Schnee plumpsen und kaute seelenruhig die festgebackenen Eisklumpen zwischen seinen Ballen heraus.

»Eines ist sicher. Unsere Spuren sind längst verschwunden … wir müssen einen Unterschlupf finden.«

Kranker Bauch entschied sich für die einzige Möglichkeit, die ihm noch sinnvoll erschien. Er ging bergab.

Kapitel 9

Drei Bullen trat hinaus in den Sturm. Er drehte sich um und starrte mit einem anzüglichen Grinsen im kantigen Gesicht auf Weiße Esche herab. Sie antwortete mit einem haßerfüllten Blick. Abscheu und Wut über seine selbstgefällige Zufriedenheit erfüllten sie. Lachend lüftete er sein Kriegshemd und erleichterte sich.

Angewidert wandte sie die Augen ab. Sie war nicht imstande, den Anblick seiner Männlichkeit zu ertragen – mit diesem Organ war er gewaltsam in sie eingedrungen.

Zusammenhanglose Gedanken gingen ihr durch den Kopf. *Flieh! Lauf weg!*

Verstohlen schielte sie auf seinen Rücken. Die frostigen Wolken seines stoßweise gehenden Atems schwebten um seinen Kopf. Vorsichtig trat sie einen Schritt vor und stellte behutsam einen Fuß auf den bröckeligen Fels. Noch ein Schritt, dann würde der knirschende Schnee sie verraten.

»Ungeheurer Sturm«, brummte Drei Bullen. »Sieh dir mal den Himmel an. Schwarz, vollkommen finster. Der Sturm wird noch lange dauern. Gut, daß ich dich gekriegt habe, ha?«

Der Schnee erschwerte eine Flucht. Er konnte sie ohne Schwierigkeiten aufspüren; aber sie *mußte* es versuchen! Die Verzweiflung verlieh ihren erschöpften Muskeln neue Kraft. Mit einem gewaltigen Satz sprang sie in die Dunkelheit hinaus.

Sie rannte und mobilisierte die letzten Reserven ihres ausgelaugten Körpers. Mit wild rudernden Armen stürzte sie den Hang hinunter und betete, der harschige Untergrund möge sie tragen. Wenn sie nur einen kleinen Vorsprung errang, konnte sie ihn vielleicht hereinlegen, ihn überlisten ...

Mit dem Gesicht voran fiel sie in den weichen Schnee, niedergedrückt von dem Gewicht seines schweren Körpers. Rohe Hände griffen in ihre Haare und rissen ihren Kopf zurück.

Seine Stimme gurrte in ihre Ohren: »Du bist eine Gefangene von Drei Bullen. Ich werde dich lehren, was es bedeutet, wegzulaufen.«

Er schmetterte seine Faust gegen ihre Schläfe, grelle Lichtblitze durchzuckten ihren Kopf. Rittlings setzte er sich auf sie und drückte sie brutal in den Schnee. Eine Hand packte ihre Haare, die andere schlug mit voller Wucht zu.

»Nein!« schrie sie und wand sich unter ihm.

Die Welt verschwamm vor ihren Augen. Der Schmerz zersplitterte in einem Meer winziger Lichtpunkte. Eine Welle der Übelkeit schwappte über sie hinweg, während er mit roher Gewalt auf sie einhämmerte.

Tapferer Mann stapfte den Grat herunter und betrat das zerstörte Lager. Die meisten Zeltwände waren zu einem Freudenfeuer aufgestapelt und zusammen mit den Zeltstangen in Brand gesteckt worden. Der Inhalt aufgerissener Beutel und Säcke, den die Plünderer nicht hatten brauchen können, lag überall verstreut herum.

Kojoten schlichen durch das Dickicht, gelbbraune Schatten, die nur auf sein Verschwinden warteten, um ihr Zerstörungswerk an den Toten fortzusetzen. Krächzende Raben erhoben sich mit flatterndem Flügelschlag und kreisten abwartend am Himmel oder ließen sich auf den Felsen nieder.

Tapferer Mann ging zwischen den Leichen hindurch. Vertraute Gesichter starrten ihn aus augenlosen Höhlen an. Die Raben, die sich stets zuerst den Augen zuwandten, hatten sich bereits daran gütlich getan. Pfeifender Hase lag mit ausgestreckten Gliedern auf dem Gesicht. Dachs war von einem Speer in den Rücken getroffen worden, bevor ihm ein weiterer Speer ins Herz getrieben worden war. Rotluchs, buchstäblich mit Speeren gespickt, war auch noch die Kehle durchgeschnitten worden. Junger Trommler war der Blutspur nach zu schließen mit einem Speer in den Nieren noch ein Stück weit gekrochen, bevor ihn ein zweiter Speer zwischen den Schulterblättern erwischte. Flughörnchen lag mit dem Gesicht nach unten, ihr Schädel war gespalten, das Gehirn quoll heraus. Einen nach dem anderen identifizierte er.

»Wo ist Weiße Esche?«

Die Stimmen in seinem Kopf flüsterten: *Sie lebt!*

Er beugte sich über den Körper von Alter Falke und starrte in das verwüstete Gesicht des alten Mannes. Sein Schlag hatte den Seelenflieger genau zwischen die Augen getroffen.

»Tut mir leid, Seelenflieger. Du hast meine Macht herausgefordert. Aber besser, du starbst durch meine Hand, als durch die des Wolfsvolkes. Durch mich hast du wahre Macht erfahren, eine Macht, deren Kraft du nicht einmal hast vermuten können.«

Tapferer Mann hatte nicht vorgehabt, Alter Falke zu töten, aber der Seelenflieger war ihm bis zum Rand des Lagers gefolgt und hatte ihm mit der Verbannung aus dem Stamm gedroht. Da hatte Tapferer Mann voller Wut zugeschlagen.

Er kehrte dem Leichnam den Rücken und ging in die Mitte des Lagers, wo schwelende Häute und zerbrochene Speerschäfte wild verstreut herumlagen. Das Wolfsvolk hatte alles Brauchbare mitgenommen, sogar die Hunde, die den Überfall überlebt hatten.

»Weiße Esche ist nicht da. Ebensowenig Weicher Schnee, Tanzende Rose, Grasfrau und Rote Kuh.«

Sie sind Gefangene des Wolfsvolkes, flüsterten die Stimmen.

»Ich werde dem Wolfsvolk folgen müssen.«

Die Stimmen murmelten warnend.

»Ich weiß!« rief er zornig. »Aber ich muß weitersuchen. Windläufers Körper ist nirgends zu entdecken. Und auch Salbeigeist sehe ich nicht.«

Die zahlreichen Spuren verrieten ihm, daß die feindlichen Krieger mit ihren Gefangenen nach Osten gegangen waren.

»Ist Weiße Esche mit Windläufer fortgegangen?«

Nein. Die Stimmen lachten grimmig. *Das Wolfsvolk! Das Wolfsvolk hat sie.*

Die ersten Schneeflocken tanzten vom Himmel herab. Schnüffelnd drehte er sich um. Der Geruch des kommenden Sturmes stieg ihm in die Nase. Die Stimmen schwatzten durcheinander.

»Nasser Schnee. Ein gewaltiger Sturm.«

Die Stimmen drängten ihn. Sie flüsterten: *Gebrochene Steine. Gebrochene Steine.*

Er nickte. »Wenn das Wolfsvolk Weiße Esche geraubt hat, ist sie oben in den Bergen. Ich brauche Krieger vom Stamm der Gebrochenen Steine. Nur mit ihrer Hilfe kann ich sie zurückholen.« Er grinste. »Und das tue ich, und wenn ich jeden Mann, jede Frau und jedes Kind des Wolfsvolkes umbringen muß. Ich hole sie. Zusammen mit Weiße Esche träume ich die Macht herbei. Wir träumen den neuen Weg.«

Tapferer Mann wandte sich um. Zum zweitenmal in seinem Leben war es ihm gelungen, dem Lager der Toten zu entkommen. Dieses Erlebnis ließ die Macht in ihm weiterwachsen.

Weiße Esche lag mit geschlossenen Augen da. Drei Tage dauerte nun schon ihr jämmerliches Elend.

Der Mann, der sie gefangenhielt, lag eng neben ihr und atmete schwer im Schlaf. Seine Körperwärme und die über sie gebreitete Decke schützten sie vor der bitteren Kälte.

Weiße Esches Unterlippe war vollkommen zerbissen. Jedesmal, wenn der Krieger sie gewaltsam genommen hatte, hatte sie verzweifelt darauf herumgekaut. Ihre verwundete Seele zog sich vollkommen in sich zurück. In ihr fochten Haß und Wut um den Sieg über das Gefühl von Ekel und Unreinheit.

Draußen vor ihrem Unterschlupf tobte und brauste der Wind. Eisige Kälte stieg aus dem Stein unter ihr auf. Die fortwährende Vergewaltigung durch Drei Bullen empfand sie als besonders erniedrigend, weil sie wußte, ohne ihn wäre sie in diesem Sturm erfroren. Sie lebte nur, weil dieser Mann aus dem Wolfsvolk ihr Gewalt antat, sie mit seiner Wärme und seiner Büffeldecke zudeckte, seinen Proviant mit ihr teilte und sein Feuer sie wärmte.

Er murmelte undeutlich im Schlaf und wälzte sich auf sie.

Weiße Esche zuckte zusammen und bebte am ganzen Leib. Ihr Zittern weckte ihn auf.

»Schlimmer Sturm«, sagte er gelassen. »Gut, daß ich dir nachgegangen bin. Sonst wärst du längst tot.«

Sie erwiderte nichts, sondern hoffte verzweifelt, er möge rasch wieder einschlafen. Sie schätzte die Entfernung zu seinen Speeren ab. Zu weit. Er legte sie immer außerhalb ihrer Reichweite ab.

Er tastete nach ihrer wunden Brust. Sie biß die Zähne zusammen. Gepeinigt stöhnte sie auf, als er seinen Griff verstärkte.

»Eine schreckliche Kälte. Wir müssen uns gegenseitig warm halten.«

Nur mit Mühe unterdrückte sie einen Schrei, als er sich aufrichtete und den Saum ihres abgetragenen Lederkleides hochschob.

»Das wird eine lange Nacht«, flüsterte er ihr ins Ohr. »Wir müssen uns ordentlich warm halten.«

Mit einem tiefen, brutalen Lachen ließ er sich auf sie niedersinken und drang in sie ein. Immer heftiger und schneller bewegte er sich in ihr. Voller Ekel hielt sie die Augen geschlossen und hoffte, daß es bald vorbei sein würde.

Endlich ließ er von ihr ab und rollte sich von ihr weg. Wie um sich festzuhalten und nicht zu ertrinken in Übelkeit und Ekel, griff sie mit einer Hand auf den eisigen Boden. Ihre Finger streiften etwas Rundes, Kaltes. Das Feuer der Hoffnung begann in ihren Adern zu pulsieren.

Keuchend kletterte Kranker Bauch auf einen aus dem Nordhang der Sideways Mountains herausragenden Felsvorsprung und blickte über das Gelände. Stufenweise ansteigende Hänge verjüngten sich zu unregelmäßig gezackten Gipfeln – das ganze Land lag unter einem Mantel unberührten Schnees begraben. Die Sonne brach durch die Wolkenbäusche und fiel auf einzelne Stellen des glitzernden Weiß. Durch die aufgerissene Wolkendecke blitzte hier und da das strahlende Blau des Himmels.

Kranker Bauch starrte über den langgezogenen Hang, den er heraufgekommen war. Ungläubig schüttelte er den Kopf. Seit vier entsetzlichen Tagen suchte er einen Weg von den Gipfeln herab. Seit zwei Tagen knurrte sein Magen erbärmlich. Der Marsch durch den Tiefschnee hatte seine Kräfte erschöpft, und die Kälte ging ihm durch Mark und Bein.

»Und alles ist deine Schuld«, brummte er zu Plage hinüber. Der Hund stand mit munter wedelndem Schwanz neben ihm und schnüffelte in den Wind.

Noch immer nach Orientierungspunkten suchend, blickte Kranker Bauch über die vor ihm liegende Landschaft. Im Westen strömte der Gray Deer River durch eine Schlucht in die Sideways Mountains. Im Norden erstreckten sich die Felsausläufer bis hinunter ins flache Tal. Dort lagen die Jagdgründe des Wolfsvolkes, sobald es von den Grass Meadow Mountains herunterkam, die sich im Osten wie stumme Wächter in den Himmel reckten.

Wo sich der Fluß seinen Weg durch das Tiefland suchte, erhob sich eine Reihe dunkelroter Felsen. Bei den lederbraunen Klippen, ungefähr einen halben Tagesmarsch entfernt, stieg eine Dampfsäule zum Himmel hinauf.

»Die Heißwasserquellen«, flüsterte Kranker Bauch. *Ein Ort der Mächte.*

Er hatte schon viel von diesen großartigen Quellen gehört, deren kochendheißes Wasser aus der Erde in seltsam geformte Teichbecken sprudelte und daraus in den Gray Deer River floß. Rittersporn hatte ihm immer gern die Geschichte aus ihrer Jugendzeit erzählt, wie sie als junges Mädchen zu den heißen Quellen gegangen, in deren Wasser gebadet und eine Vision gehabt hatte.

Kranker Bauch starrte sehnsüchtig zu dem wogenden Dampf hinüber. Jedesmal, wenn Rittersporn diese Geschichte erzählte, hatte er geglaubt, es handle sich um einen Ort außerhalb der wirklichen Welt. Es war ein wunderbares Gefühl, die Quellen nun tatsächlich vor sich zu sehen.

Er beschloß, dorthin zu gehen, und hoffte, vorher nicht in die nächste Katastrophe zu stolpern.

Er forderte seinen Hund auf, ihm zu folgen, und Plage trabte schwanzwedelnd neben ihm her.

Kranker Bauch verzog übellaunig das Gesicht und starrte mißmutig zum Himmel hinauf. »Warmes Feuer, du hast keine Ahnung, in welche Schwierigkeiten du mich gebracht hast. Und das alles wegen eines Versprechens. Bestimmt stoße ich bald auf mordgierige Krieger des Sonnenvolkes oder auf andere schreckliche Dinge.«

Er begann den Abstieg über den verschneiten Hang hinunter zum silbernen Band des Gray Deer River.

Geblendet vom reinen Weiß des Schnees, stolperte Weiße Esche ziellos vorwärts. Mehrmals stürzte sie über die unter dem Schnee verborgenen Steine und Sträucher und fiel hin. Der feuchte Schnee klebte an ihren Kleidern, schmolz und durchnäßte sie bis auf die Haut. Sie fühlte sich vollkommen abgeschnitten von der Welt der Lebenden.

Weiße Esche mußte sich zum Weitergehen zwingen. Halb betäubt von ihrer Begegnung mit Drei Bullen, hatte sie nur den einen Wunsch, sich so schnell wie möglich von dem schrecklichen Felsüberhang zu entfernen.

Die roten Flecken von Drei Bullens Blut bildeten Krusten auf ihrem Ärmel und unter ihren Fingernägeln. Voller Genugtuung erinnerte sie sich an den warmen Strom seines herausspritzenden Blutes, der ihre Hände tränkte. Das Geräusch des scharfen Quarzits, mit dem sie wieder und wieder auf ihn eingeschlagen hatte, würde bis zu ihrem Tod in ihren Träumen nachhallen.

Angst und Verzweiflung hatten ihren Muskeln ungeahnte Kräfte verliehen. Erst als sie völlig erschöpft war, hatte sie den Quarzit fallen lassen. Beim Anblick seines zerstörten Gesichtes wurde ihre Seele von Entsetzen gepackt. Das Bild seines verstümmelten, in einer Blutlache liegenden Kopfes hatte sich unauslöschlich in ihr Gedächtnis gebrannt.

Ihr Fuß verfing sich in einem abgestorbenen Strauch. Wieder stürzte sie. Der kalte feuchte Schnee biß in ihr Gesicht und in ihre Hände. Sie kämpfte sich hoch und sammelte Drei Bullens Speere wieder ein, die ihr aus der Hand gefallen waren. Wenigstens war sie geistesgegenwärtig genug gewesen, seine Sachen an sich zu nehmen. Nun besaß sie Feuerstöcke aus Hartholz, seinen Atlatl und die Speere. Mit Waffen und Feuer konnte sie überleben.

Geflüster erklang hinter ihr. Weiße Esche zuckte zusammen und warf einen ängstlichen Blick über die Schulter. Der Schnee schuf seltsame, bizarre Formen, fast wie Gesichter, die auf eisigen Flügeln vorwärts zu stoßen schienen. Mit hämmerndem Herzen eilte sie weiter. Deutlich fühlte sie etwas Lauerndes, Abwartendes, das ihren Spuren folgte.

Lauf weg! Flieh! Ohne anzuhalten, hetzte sie weiter. Ihr Magen schmerzte vor Hunger, ihre Beine zitterten vor Erschöpfung. Benommen und schwankend vor Müdigkeit, atmete sie tief durch. Die Welt verschwamm. Sie sah wie durch einen Nebelschleier. Dann wurde ihr schwarz vor Augen …

Weiße Esche lag im Schnee. Ihre Hände und Füße spürte sie nicht mehr. Sie blinzelte. Ein dunkler Schatten ragte über ihr auf.

»Nein! Laß mich in Ruhe!« schrie sie entsetzt und taumelte wieder auf die Beine. Mit letzter Kraft lief sie weiter. Sie blickte zurück – doch da war nichts. Die Erde drehte sich, die Landschaft verschwamm wieder vor ihren Augen …

Der kalte Schnee brachte sie wieder zu Bewußtsein. Wie lange hatte sie dieses Mal auf dem eisigen Boden gelegen?

Von heftigen Kälteschauern geschüttelt, starrte sie zum Himmel hinauf. Die Sonne brach durch die Wolken. Täuschte sie das Licht? Aus den Wolkenfetzen formte sich ein Gesicht. Ein Mann aus Feuer sah voller Mitgefühl auf sie herunter.

Zitternd und wimmernd stützte sie sich auf Hände und Füße und rappelte sich hoch. Ihre Vagina brannte wie eine offene Wunde. Ihre Brüste scheuerten schmerzhaft am Leder ihres Kleides.

Auf den Schaft des Atlatls gestützt, wankte sie langsam weiter. In ihrem Kopf wirbelte alles durcheinander, sie konnte keinen klaren Gedanken fassen. Wohin sollte sie gehen?

Abwärts. Abwärts geht es leichter. Völlig verwirrt, kaum in der Lage, das Gleichgewicht zu halten, stolperte sie blindlings weiter. Nur noch ein triebhafter Instinkt zum Überleben hielt sie aufrecht.

Ich bin allein. Nichts ist mir geblieben. Nicht mein Stamm. Nicht Windläufer. Nichts …

Das Land öffnete sich zu einem weiten Tal. Weiße Esche kämpfte sich durch Schnee und dichtes Gras. Die grauen Pappelstämme kamen ihr merkwürdig bekannt vor. Doch erst als sie an einigen Weiden vorbeikam, fiel ihr die veränderte Landschaft auf. Vor sich erblickte sie einen Fluß. Eine steilwandige Schlucht zog sich durch die Sideways Mountains nach Süden. Der Gray Deer River?

Wie von Sinnen starrte sie auf die schlammigen Fluten. Sie taumelte zum Ufer hinunter. Wie sollte sie jemals dieses Hindernis überwinden?

Ein Geräusch wie durch tiefen Schnee huschende Mokassins ließ sie zusammenzucken. Von panischer Angst gepackt, blickte sie über das Schwemmland. Doch dort war außer ihren eigenen Fußspuren nichts zu sehen.

Ich höre Geräusche. Ich werde verrückt … wie die ganze Welt.

Sie schaute auf die sich kräuselnden Wellen des rasch fließenden Stroms.

Wasser. Ich kann mich reinigen … reinigen. Meinen Körper. Nur meine Seele nicht. Die furchterregende Erinnerung an Drei Bullens lüsternen Blick quälte sie.

Rasch zog Weiße Esche ihre Kleider aus. Als ihr die ekelerregenden Gerüche der Vergewaltigung in die Nase stiegen, mußte sie gegen einen Brechreiz ankämpfen. Mit vollkommen tauben Händen schaufelte sie Sand aus dem Fluß; selbst die Kälte schmerzte nicht mehr. Sie begann ihre Haut mit Sand zu schrubben und bespritzte ihre Oberschenkel und ihren Bauch mit Wasser.

Aus den Augenwinkeln nahm sie eine Bewegung wahr. *Wer? Was?*

Sie wirbelte herum. »Wer bist du?« schrie sie die dunkle Erscheinung an, die im gleißenden Schnee auf sie zuschwankte.

Muß? entkommen! Muß? … weg. Sie raffte ihre Decke und ihre anderen Sachen zusammen und floh. Ungeachtet der gegen ihre Haut scheuernden Eisplatten watete sie in die Strudel des kalten Wassers. Sie zitterte unkontrolliert und rutschte hilflos auf den glitschigen Steinen aus. Sie ging unter, das eisige Wasser entzog ihr den letzten Rest Körperwärme. Gurgelnd und blubbernd wob das Wasser ihr Haar zu einem erstickenden Netz um ihr Gesicht.

Matt kämpfte sie gegen die Strömung an. Ihre Seele begann zu schweben, sich von ihrem Körper loszulösen.

Ich sterbe … sterbe. Weich und tröstlich wie herabfallende Gänsedaunen ließ sich der Gedanke auf ihrer Seele nieder. *Ich werde frei sein, in der Wärme schweben wie Leuchtender Mond. Vielleicht kann ich im Lager der Toten wieder lächeln.*

Kranker Bauch erhob sich, schüttelte seinen Mantel aus und sammelte seine kalten, feuchten Sachen, die er bei seinem Sturz den Hang hinunter hoch über den Kopf gehalten hatte, im Schnee zusammen. Im tief unter ihm liegenden Tal glitzerte der Gray Deer River mit opalisierendem Feuer.

»›Suche die Träumerin‹, hat Warmes Feuer gesagt«, brummte Kranker Bauch. Er warf einen Schneeball nach Plage, der nach dem Sturz schon wieder schwanzwedelnd vor ihm stand. Der Hund jagte dem Schneeball nach und wartete aufgeregt hechelnd bereits auf den nächsten.

»Mußtest du unbedingt mitten in der Nacht einem Wolf hinterherjagen? Ich wette, es war ein schwarzer Wolf. Irgendein Geistertier ist darauf aus, mich in Schwierigkeiten zu bringen.«

Fröstelnd ging Kranker Bauch weiter. Er erreichte die Talsohle und watete durch den Schnee im breiten Schwemmland. Die Äste der starren, grauen Pappeln waren mit schwarzen Knospen punktiert. Sehnsüchtig reckten sie sich dem Himmel entgegen, auf den Sommer wartend, der nicht kommen wollte.

Am dicht von Weiden bewachsenen Ufer blieb Kranker Bauch stehen und starrte verdrießlich auf den aufgewühlten Fluß. Beim Anblick der Schnee und Eisplatten, die auf dem rasch fließenden, dunklen Wasser trieben, überlief ihn ein Schauer.

Als er sich umwandte, um dem Fluß nach Norden zu den heißen Quellen zu folgen, sah er am gegenüberliegenden Ufer eine Gestalt. Instinktiv packte er Plage, der bereits hinter den Weiden hervorlaufen wollte, um unten am Fluß zu trinken, und hielt ihn fest. Kranker Bauch kauerte sich nieder und beobachtete die Gestalt, die er nur schemenhaft ausmachen konnte, aber es reichte, um die Speere und den Atlatl zu erkennen. Vorsichtig blickte Kranker Bauch hinter sich. Waren seine Fußspuren vom gegenüberliegenden Ufer aus sichtbar? Wer immer derjenige dort war, er hatte bestimmt nicht viel für einen einsamen Fremden wie Kranker Bauch übrig.

Der bewaffnete Mann trat ans Ufer. Er schwankte leicht, als wäre er erschöpft oder verwundet. Dann blieb er stehen und spähte den Weg zurück, den er gekommen war – so verhielt sich nur ein Mensch, der fürchtete, verfolgt zu werden.

»O Plage, wo sind wir jetzt wieder hineingestolpert?«

Kranker Bauch stöhnte und starrte ebenfalls auf die hinter dem Flüchtenden liegende Landschaft. Doch auf den öden Hängen im Westen konnte er nichts Beunruhigendes entdecken.

Der Mann am anderen Ufer begann sich auszuziehen.

»Bei allem Irrsinn, welcher Mensch, der noch seine fünf Sinne beisammenhat, zieht sich ...« Verblüfft verstummte er. Der Mann verwandelte sich in eine ... *Sie.*

Ungeachtet der klirrenden Kälte wusch sich die Frau auf eine Art und Weise, die Kranker Bauch die Schamröte ins Gesicht trieb.

Sie schrubbte und schrubbte, als wolle sie jede Pore ihrer Haut reinigen. Unvermittelt sprang sie auf, als hätte sie etwas erschreckt, und stürzte mit dem Kopf voraus in den Fluß.

»Nein! Nicht.« Kopfschüttelnd blickte Kranker Bauch seinen Hund an. »Sieht nicht so aus, als wäre sie kräftig genug, um durch die Strömung zu kommen. Was machen wir, wenn sie doch auf dieser Seite ankommt? Sie wird halb ...«

Die Frau im Fluß richtete sich auf, glitt auf den Steinen aus und stürzte.

Kranker Bauch sprang auf die Füße und trottete am Ufer entlang. Der Beutel und die Decke der Frau wurden von der Strömung fortgerissen. Nervös hüpfte er von einem Bein aufs andere und beobachtete, wie sie zappelte und mehr und mehr an Kraft verlor.

Sollte er tatenlos zusehen, wie die Frau vor seinen Augen ertrank? Kranker Bauch zog seine Kleider aus und stürmte in den Fluß hinein. Der Gedanke, sie könnte bereits tot sein, bevor er bei ihr war, entsetzte ihn.

Die Kälte des Wassers schockte seinen bereits unterkühlten Körper, trotzdem kam er immer näher an sie heran. Seine Füße fanden auf den glatten, runden Steinen kaum Halt. Er rutschte aus und versuchte krampfhaft den Kopf über Wasser zu halten. Verzweifelt kämpfte er gegen die Strömung an.

Sandkörner prickelten auf seiner inzwischen fast gefühllosen Haut. Die furchtbare Kälte betäubte jeden Nerv seines Körpers. Endlich fand Kranker Bauch Halt mit seinen Zehen und griff nach der Frau.

Mit letzter Anstrengung bekam er ihre Haare zu fassen. Sie wehrte sich schwach. »Halt dich an mir fest!« stieß er keuchend hervor.

Der Frau gelang es, ihre Arme um seinen Hals zu legen. Sie erwürgte ihn fast, während er mit seinem gesunden Arm gegen die Strömung ruderte, um nicht abgetrieben zu werden. Seine Zehen stießen schmerzhaft gegen die glitschigen Steine auf dem Grund des Flusses. Immer wieder gerieten er und die Frau unter Wasser.

Die entsetzliche Kälte entzog Kranker Bauchs Gliedern jede Kraft. Er fühlte, wie seine Muskeln starr wurden, er konnte nicht mehr.

»Wir sterben«, wimmerte er, als die Strömung sie um eine Biegung trug. Unter Aufbietung all seiner Willenskraft gelang es ihm, ruhigeres Wasser zu erreichen. Endlich berührten seine Füße Sand. Er grub die Zehen hinein und kämpfte sich gegen die Strömung voran, bis er im Stauwasser knien konnte. Seine Zähne klapperten heftig.

Völlig ausgelaugt versuchte er aufzustehen, doch der Würgegriff der Frau zog ihn nach hinten. Er keuchte verzweifelt und kam nicht mehr hoch.

Kranker Bauch zappelte hilflos im sandigen Wasser und versuchte, die Last des schlaffen Frauenkörpers abzuschütteln. Doch der Arm der Frau hatte sich in dem Riemen, den er um seinen Hals trug, verfangen. Er bewegte sich mit einem kräftigen Ruck – und der Riemen riß.

Er bekam gerade noch den Beutel mit den kostbaren Zähnen zu fassen, bevor ihn die Strömung davontragen konnte.

»Hast Glück gehabt, daß ich die Zähne dabei hatte, sonst wärst du abgetrieben worden.« Er zerrte sie auf die Sandbank. Sie stöhnte und spuckte hustend Wasser.

Ausgekühlt bis ins Knochenmark, patschte Kranker Bauch aus dem seichten Wasser und zog die Frau auf das steinige Ufer.

»Kkönnen nnicht bbleiben«, stotterte er mit klappernden

Zähnen. Er tappte herum und überlegte, wie er sie hochheben sollte. Die Anstrengung würde ihn ein wenig aufwärmen. Er legte seinen gesunden Arm um sie und hob sie hoch. Plage rannte zum Ufer hinunter; aufgeregt wedelte er mit dem Schwanz und bellte vor Vergnügen.

Unter Aufbietung all seiner Kräfte schaffte es Kranker Bauch, die Frau auf die Beine zu stellen. Gestützt auf ihn, torkelte sie am Ufer entlang. Quälende Krämpfe zuckten durch seine Beine.

Irgendwie bewältigte Kranker Bauch die schier endlose Strecke bis zu der Stelle, an der seine Kleider lagen. Dort hüllte er die Frau zuerst in seinen Mantel, dann zog er die Leggings über seine eiskalten Beine und streifte sich zitternd die Mokassins über die zerschundenen Füße.

Sosehr Kranker Bauch sich auch bemühte, es gelang ihm nicht, klar zu denken. Fieberhaft überlegte er, was zu tun war. Sie brauchten beide dringend Wärme oder sie starben. Die Frau lag bewußtlos am Boden. Hilfesuchend blickte er sich um. Im Norden stieg lockend die weiße Dampfwolke der heißen Quellen empor.

Heiße Quellen? Heißes Wasser? Das konnte die Rettung sein. Sah nicht mehr allzu weit entfernt aus. Er mußte nur den Fluß entlanggehen, dann kam er hin.

Aber wie sollte er sie dorthin schaffen? Sein Verstand arbeitete angestrengt.

Nimm die Decke als Schlitten.

Er rollte ihren schlaffen Körper auf die Decke und marschierte los. Die Qual seiner schmerzenden Füße trieb ihn an. Er kämpfte gegen Erschöpfung und Kälte, dachte nur noch an Wärme. Gesegnete, wunderbare Wärme, gar nicht so weit von ihm entfernt.

Stöhnend und schnaufend peitschte er sich voran, zwang die rebellierenden Muskeln zu ihrer gewohnten Arbeit – er wußte gar nicht mehr, warum er sich so anstrengte. Jegliche Vernunft schien ihm wie ein schlüpfriger Fisch entglitten zu sein. Was tat er hier? Wer war diese Frau, die er hinter sich herschleppte? Wo befand er sich überhaupt?

»Zieh die Frau zu den heißen Quellen. Zieh, Kranker Bauch

Zieh.« Die Worte schienen direkt aus der eiskalten Luft zu ihm zu sprechen.

Die Welt schwankte und drehte sich. Seine Finger verkrampften sich im Fell der Decke. Schritt für Schritt quälte er sich am Ufer entlang, erkämpfte sich mühsam den Weg über das rauhe Land. Seine ganze Kraft konzentriert auf das Ziel gerichtet, spürte er plötzlich einen Widerstand. Die Decke glitt nicht mehr weiter.

Stumpfsinnig starrte er nach unten auf den steinigen Boden. Eine Gänsehaut überlief ihn. Er rang nach Luft, völlig verwirrt von diesem neuen Problem. Verfluchte böse Geister, warum rutschte die Decke nicht mehr? Bis jetzt war sie fast wie von selbst hinter ihm hergeglitten.

Plage sprang bellend voraus zu einer Stelle, an der das Wasser hoch aufspritzte. Kranker Bauch starrte mit offenem Mund zu Plage hinüber, der schrecklich prustete, weil ihm der beißende Schwefelgeruch des Dampfes aus dem warmen, türkisfarbenen Teich in die Nase stieg.

Wärme? Kein Schnee?

Wie gebannt starrte Kranker Bauch auf den Stein unter seinen Füßen. Fels, kein Schnee. Er hatte es bis zu den heißen Quellen geschafft! Mit aller Kraft zerrte er die widerstrebende Decke über die Felsen bis zum Teichufer.

Benommen hüpfte er ins Wasser. Nach dem ersten Schreck genoß er die wundervolle Hitze, die über seine Haut strich und wie mit tausend Nadeln in sein Fleisch stach. Tief sog er die dampfende schwefelhaltige Luft in die Lungen und planschte voller Vergnügen ... bis sein Blick zufällig auf die bewußtlose Frau fiel.

Verblüfft starrte er sie an und fragte sich, woher sie wohl gekommen war. Er patschte aus dem Wasser und zog die Frau von der Decke. So schnell er konnte, zerrte er ihr den Mantel vom Leib und klemmte seinen gesunden Arm unter ihre Schulter. Er hob sie hoch und watete mit ihr ins Wasser. Langsam ließ er sie in den Teich gleiten und achtete sorgfältig darauf, daß ihre Nase nicht unter Wasser geriet.

Stunden später, die Sonne versank bereits hinter den

schroffen Felsklippen im Westen, spürte Kranker Bauch, wie sie sich in seinen Armen regte. Sie murmelte irgend etwas Unverständliches.

»Geht es dir besser?« fragte Kranker Bauch.

Sie geriet in Panik, schlug wild um sich und peitschte auf das Wasser ein.

»Es ist alles gut, du bist in Sicherheit«, beruhigte er sie. »In Sicherheit.«

Sie wand sich in seinen Armen und sah ihn aus leeren Augen an. Plötzlich begann sie zu weinen, doch noch während ihre Tränen flossen, versank sie wieder in Bewußtlosigkeit.

»Es ist alles gut«, versicherte er tröstend und preßte sie fest an sich. »Du bist in Sicherheit.«

Kapitel 10

Weiße Esche glitt schwebend auf einer Strömung der Wärme, ihre Gedanken waren ungeordnet und wirr. Ein beißender Gestank – nach Schwefel und aggressiven Mineralien – stach ihr in die Nase.

Der Alptraum begann von vorn. Sie schrie auf. Drei Bullen würgte sie bis zu ihrer völligen Unterwerfung, sie spürte seinen heißen Atem auf ihrer Wange. Noch einmal erlebte sie die Qual seines Eindringens in ihren Körper. Gespenstische Bilder vom Überfall des Wolfsvolkes auf das Lager des Weißlehm-Stammes suchten sie heim. Sie schluchzte verzweifelt.

»Nichts ist mir geblieben«, wimmerte sie. »Alle Schönheit ist aus der Welt verschwunden. Nur die Qual ist geblieben. Nur Leid, Hunger und Kälte.«

»Um weiterzuleben, mußt du wiedergeboren werden«, flüsterte eine tiefe Stimme in ihrem Kopf.

Ihre Seele erbebte vor Angst. Bruchstücke ihres Traums tauchten auf und verflüchtigten sich wirbelnd wie Rauchfahnen im Wind. Goldene Lichtstreifen durchdrangen den grauen Dunst. Die Honigsüße des Großen Einen begann sie einzuhüllen. Aus dem goldenen Glanz formte sich das Gesicht des gutaussehenden jungen Mannes. Unter seinem strahlenden Lächeln öffnete sich ein Weg zu ihrem Herzen.

»Das Wolfsbündel wartet auf dich, Mutter des Volkes. Bereite dich vor. Erkenne dich selbst. Die, die war, ist nicht mehr. Um zu wissen, mußt du lernen. Um zu fühlen, brauchst du Erfahrung. Um zu träumen, mußt du hoffen. Alles andere ist Phantasie und Einbildung … Illusion. Der Weg muß aus dem Wissen der Vergangenheit kommen, das Leid aus der Gegenwart und die Hoffnung aus der Zukunft. Alles, was dich umgibt, ist Illusion. Wie ein Speer aus rohem Holz, Stein, Federn und Darm gearbeitet wird, so wird auch ein Anführer des Volkes geformt. Die Macht des Träumers entspringt seiner Stärke. Wie ein Speerschaft, der im Feuer gehärtet wird, kannst du stärker werden als du bist … oder schwächer.«

»Du sprichst in Widersprüchen.«

Die Sonne leuchtete aus seinen Augen, der goldene Glanz vertiefte sich. Das Große Eine pulsierte. *»Gegensätze, gut und böse, hell und dunkel, sind die Quelle des Lebens … und Illusion. Nur im Großen Einen gibt es keine Gegensätze. Nur das Große Eine ist die Wirklichkeit. Alles, was ist und nicht ist. Bereite dich vor, suche das Bündel. Mit seiner Hilfe wirst du das Große Eine erfahren. Du mußt dich vorbereiten. Die Saat der Zukunft wird durch deine Worte gepflanzt, durch deine Taten trägt sie Früchte, Mutter des Volkes. Nur du kannst den Traum erneuern.«*

»Wer bist du?«

Er lachte. Feurige Strahlen schossen wie Speere in einen goldenen Wald und hüllten ihn in Flammen, die von Ast zu Ast tanzten. Das Bild des brennenden Waldes verschmolz mit einer seltsam warmen Vision eines von einem Blizzard heimgesuchten Landes aus Schnee und Eis. Ein junger Mann hob ein Wolfsherz an seinen Mund und saugte gierig das warme Blut aus dem dampfenden Muskel.

Wolfstraum! erklang das Echo der Stimme einer alten Frau unheimlich aus dem dichten Schneetreiben. Das Bild wechselte, der Sturm verflüchtigte sich im goldenen Nebel, und ein junger Mann erschien. Er kniete auf einer Lichtung inmitten bizarrer Felsen. Vor ihm lag der Kadaver eines schwarzen Wolfes. Der Mann streckte die Hände aus und schnitt das Herz aus dem Körper des Tieres, während das ihn umgebende Licht hell leuchtend schimmerte.

Weiße Esche fühlte die Erneuerung der Macht. Ihr war, als würden unzählige Seelen in Jubel ausbrechen. Das Herz, von dem jungen Mann dem nächtlichen Himmel dargeboten, begann wie ein Stern zu strahlen und stieg in einem funkelnden Dunst in die Höhe.

Sie fühlte sich mit hochgehoben, hoch oben neugeboren durch die Macht des glühenden Mannes aus Licht. Wie ein Adler blickte sie auf die unter ihr liegende Welt. Trotz der Dunkelheit sah sie sich selbst in einer heißen Quelle baden. Sie flog wie ein Vogel, getragen von seinen warmen, Sicherheit bietenden Armen.

»Mutter des Volkes, alles, was war, ist nicht mehr. Du bist erneuert durch das Wasser, wiedergeboren wie der Samen, welcher der Erdenmutter gegeben wird und zum Leben erwacht durch das Wasser des Himmels.«

Sie drehte den Kopf und sah flammende Flügel. »Großer Donnervogel«, flüsterte sie. »Ich bin tot.«

»Wiedergeboren«, flüsterte der Große Donnervogel und trug sie mit kräftigem Flügelschlag über die schneebedeckte Ebene. Der Gray Deer River glitzerte silbern im Licht der Sterne.

Die schrille Stimme einer alten Frau krächzte in der Luft:

Kommen die Brüder! Sonnengeboren.
Einer ermordet. Auf dem langen Marsch ist sein Leichnam aufgebahrt.
Blut besudelt, am Kopf. Der Schwarze geht
… aye, er ist tot.
Er, der liebt, ist verloren und fort. Hingegeben dem Lied des ehrlichen Herzens.
Frauen weinen, doch du weißt nichts. Südwärts, immer nach
Süden ziehen wir … entdecken das Ende des wehenden Schnees.

Mit mächtigen Flügeln schwang sich der Große Donnervogel in schwindelerregende Höhen. Weiße Esche unterdrückte einen Angstschrei. Sie fühlte, wie sie wirbelnd und schwerelos fiel. Die Erde unter ihr verschwamm in grauem Dunst.

Ihr gellender Schrei hallte in der plötzlichen Leere ihrer Seele wider, und das friedliche Gleiten kehrte zurück.

Bin ich tot? Bedeutet dieses Gefühl warmen Friedens den Tod?

Blinzelnd erwachte sie und fühlte, wie Wasser ihren Körper umspülte. Tief atmete sie die kalte Luft ein. Ihr Herz klopfte heftig, das Blut strömte mächtig durch ihre Adern.

»Ich lebe«, flüsterte sie.

Sterne funkelten zwischen den dunklen Schatten der Wolken. Ein leichter Wind blies ihr feuchte Dampfschwaden ins Gesicht. Die Luft fühlte sich warm an, obwohl die Hügel ringsum schneebedeckt waren.

Stöhnend bewegte sie sich. Plötzlich fühlte sie einen Körper unter ihrem. Die Bilder des wundersamen Traumes zerplatzten wie Blasen. Panik ergriff sie.

»Geht es dir besser?« fragte eine freundliche Stimme.

Sie wappnete sich und bereitete sich darauf vor, zuzuschlagen. »Bitte tu mir nichts. Bitte. Nicht ... nicht weh tun.«

»Ruhig. Du bist in Sicherheit. Du wärst fast ertrunken.«

»Ertrunken?« Eine vage Erinnerung streifte sie, doch sie begriff nicht, was er meinte.

»Im Fluß. Du wolltest ihn durchqueren und bist untergegangen.«

Die Erinnerungen kehrten zurück; der Tod von Drei Bullen, die entsetzlichen Tage der Flucht, das lauernde Grauen, das ihr dicht auf den Fersen blieb, Hoffnungslosigkeit und Angst.

Beklommen fragte sie: »Wer ... wer bist du?«

»Ich bin Kranker Bauch vom Rundfelsen-Stamm.«

»Rundfelsen? Vom Erdvolk? Dann ... habe ich die Sideways Mountains überquert?« Aber hatte sie das wirklich? Daran hätte sie sich erinnert. *Wieviel von meinem Leben habe ich verloren?*

»Nein, wir befinden uns nördlich der Berge. Weißt du, alles war Plages Schuld. Er lief mitten im Sturm hinter einem Wolf her in die Berge. Ich ... na ja, ich habe mich verirrt, als ich seinen Spuren folgte. Es hat fürchterlich geschneit. Ich wußte nur, ich muß bergab gehen. Linke Hand muß mich für einen richtigen Idioten halten.«

Wer war Plage? Mußte sie noch einen zweiten Mann außer Gefecht setzen? Weiße Esche rappelte sich auf. »Plage?«

»Mein Hund. Dort drüben ist er, da, bei den Felsen.« Kranker Bauch deutete hinüber.

Sie erkannte den Umriß eines schwarzweißen Hundes, der sie mit gespitzten Ohren beobachtete. Ihre Angst ließ nach. Der Hund sah nicht gerade sehr beeindruckend aus – aber das Licht war nicht besonders gut. Vollkommen durcheinander, schüttelte sie den Kopf. »Ich verstehe gar nichts mehr.«

»Ich auch nicht.« Er zögerte. »Ich glaube, die Macht ist für alles verantwortlich. Bist du die Träumerin?«

»Die Träumerin?«

Er nickte. »Ja, die Träumerin.« Zögernd, als sträubte sich etwas in ihm dagegen, fuhr er fort: »Ein Freund von mir, Warmes Feuer, sagte, ich sei dazu auserwählt, Rittersporns Lager zu verlassen und nach Norden zu gehen, um die Träumerin zu retten. Ich habe nicht so recht daran geglaubt – trotz meines Traumes. Weißt du, wenn man den Legenden glauben kann, schickt die Macht normalerweise einen Helden, um Träumer oder andere bedeutende Menschen zu retten. Ich bin nicht unbedingt, also ... nicht unbedingt sehr heroisch.«

Sie schloß die Augen. »Ich bin keine Träumerin.«

Ein langes Schweigen folgte. Sie wartete angespannt auf seine nächste Bewegung, stets bereit, zurückzuschlagen, falls er nach ihr greifen sollte. Sie mußte schnellstens aus dem Wasser heraus. Aber wohin? Rasch ließ sie die Hände über ihren Körper gleiten und merkte, daß sie nackt war. Wie lange würde sie naß und nackt im Schnee überleben?

»Du bist nicht die Träumerin?« Er klang maßlos enttäuscht.

»Nein.«

Er seufzte. »Dann habe ich wieder ein schreckliches Durcheinander angerichtet. Ich hatte gehofft, du seist die Träumerin, und ich könnte jetzt wieder nach Hause zurück. Das heißt, falls Plage und ich den Heimweg finden.«

Ihr Verstand begann wieder zu funktionieren. Diesen Mann zu töten dürfte nicht allzu schwer sein. »Was hast du mit mir vor?«

Er fuhr zusammen. »Mit dir vor?«

»Willst du mich vergewaltigen?«

»Dich vergewaltigen?« Er klang ehrlich verwirrt. »Oh. Das also ist dir zugestoßen. Ich – ich sah die Prellungen, als ich dir meinen Mantel auszog. Ich meine, ich ...« Er schüttelte den Kopf. »Wer macht denn so was? Was sind das für Männer ... Bist du vor ihm auf der Flucht? Vermutlich sollten wir schleunigst von hier verschwinden ... Nein, wir müssen abwarten. Meine Kleider sind durch und durch naß.«

»Ich habe ihn umgebracht«, knurrte sie. Blut und Därme, das hätte sie besser nicht gesagt. Jetzt würde er auf der Hut sein. *Du kannst nicht klar denken. Sei vorsichtig, Weiße Esche. Du brauchst all deine Schlauheit. Du mußt deinen Verstand benutzen, oder du schaffst es nie, ihn umzubringen und von ihm wegzukommen.*

Angriffsbereit ballte sie die Fäuste, aber er saß unbeweglich da und sah sie an. *Was hat er mit mir gemacht, während ich ihm hilflos ausgeliefert war?* Dieser Gedanke machte sie ganz krank.

Ihr fiel auf, daß er immer nur mit einer Hand gestikulierte. Wo war die andere? Hielt er eine Waffe in der anderen Hand? Jederzeit mit seinem Angriff rechnend, setzte sie sich sprungbereit hin.

»Kann ich dir helfen?« Seine Stimme hörte sich aufrichtig an.

»Du hast mir schon genug geholfen.«

Er planschte mit der unsichtbaren Hand im Wasser. »Hast du Angst vor mir?«

Sie beobachtete ihn argwöhnisch. »Sollte ich das?«

Er lachte leise in sich hinein. »Du wärst der erste Mensch, der sich vor mir fürchtet.«

Mißtrauisch runzelte sie die Stirn. Wo waren seine Waffen? »Hast du etwas zu essen?«

»Nein. Ich hatte nicht vor, so lange wegzubleiben.«

»Hast du unterwegs nicht gejagt?« fragte sie listig.

Er zuckte die Achseln. »Ich habe einen kaputten Arm. Ich kann ganz gut einen Speer werfen, aber ich brauche zu lange, um einen neuen Speer in den Atlatl zu legen. Bis ich den zweiten Speer wurfbereit habe, sind die Tiere verschwunden. Normalerweise grabe ich Wurzeln oder sammle Beeren. Rittersporn hat mich oft zum Holzholen geschickt. Aber ich kann recht gut Kaninchen und Waldhühner mit einem Stein erschlagen.«

Ein Krüppel? Ist er ein Krüppel? Sie blinzelte in die Dunkelheit. Seine ehrlich klingenden Worte beruhigten sie etwas. *Windläufer? Wo bist du? Ich brauche dich.*

Sie schloß die Augen. Windläufer? Nein, nicht an ihn denken. Nicht nach dem, was Drei Bullen ihr angetan hatte. Wie konnte sie sich je wieder von einem Mann berühren lassen?

»Du zitterst. Ist alles in Ordnung? Bitte weine nicht wieder.«

»Weinen?«

»Du hast viel geweint, geschlafen und geweint … als würden dich schreckliche Träume quälen. Ich hatte Angst, du hättest vielleicht …«

»Deine Kleider sind noch naß?«

»Ja, und deine sämtlichen Sachen hat die Strömung weggespült. Wir haben nur noch meine Decke, meinen Mantel, ein Hemd, meine Leggings und die Mokassins.«

Kleider nur für einen? Sie mußte ihn töten. Seine Kleider bedeuteten ihr Überleben. Vielleicht gelang es ihr aber auch, diesem unbeholfenen Menschen die Kleider zu stehlen und in der Nacht heimlich damit zu verschwinden. Sollte er doch sehen, wie er durchkam.

Sie biß sich auf die Lippe. Damit verurteilte sie ihn zum Tode durch Erfrieren.

Er ist ein Mann. Wie Drei Bullen. Wach endlich auf, Weiße Esche. Sieh das Leben, wie es wirklich ist. Du hast gesehen, wie dein Stamm umgebracht wurde. Du bist vergewaltigt und gejagt worden, du hast Hunger gelitten. Du kannst dir kein Gewissen mehr leisten. Es geht um dein Leben oder um seins. Du willst überleben. Gleichgültig, um welchen Preis.

»Die Steine sind warm«, fuhr er fort. »Ich habe die nassen Sachen zum Trocknen draufgelegt. Aber du weißt ja, mit Leder ist das so ein Problem. Wahrscheinlich sind sie erst morgen trocken.«

»Wo sind wir hier eigentlich? An den großen heißen Quellen?«

»Ja. Man sagt, dies sei ein Ort der Mächte. Vielleicht stimmt es. Ich befand mich weiter stromaufwärts, als ich dich aus dem Wasser zog.«

Weitere Bilder aus der Erinnerung kehrten zurück. Das Grauen, das sie verfolgte, hatte sie ins Wasser getrieben, obwohl sie genau wußte, daß ihr die Kraft zum Durchqueren des Flusses fehlte.

Sie ließ sich tiefer in die tröstliche Wärme des Wassers sinken und fuhr sich mit der Hand über das Gesicht. Sie mußte wach bleiben, falls er doch über sie herzufallen gedachte.

Suchte er wirklich nach einer Träumerin? Sie schüttelte den Kopf und starrte nachdenklich in die Dampfschwaden. *Halte durch bis morgen, Weiße Esche. Morgen bringst du ihn um und gehst deiner Wege.*

Kranker Bauch saß auf den Felsen über der Quelle und betrachtete den Sonnenaufgang. Er hatte nicht mehr einschlafen können, nachdem die Frau in der Nacht aufgewacht war. Er hatte gewartet, bis sie sich ins seichte Wasser zurückgezogen hatte und, den Kopf auf einen großen Stein gebettet, in Schlaf gesunken war. Zitternd vor Kälte, hatte er seinen immer noch feuchten Mantel und die Decke geholt, sich hingesetzt, Plage die Ohren gekrault und dabei über seine Lage nachgedacht.

Steifbeinig erhob er sich und ging zum Fluß hinunter. Im Zwielicht der Dämmerung folgte er dem dunklen Wasserlauf bis zu den Weiden. Mit einem Flußkiesel schärfte er die

Kante eines eckigen Steins und schnitt ein paar der zähen Weidenstämmchen ab. Mit dem Holz kehrte er zu den heißen Quellen zurück, schälte Rindenstreifen von den Stämmchen und grübelte weiter über sein Mißgeschick nach.

Sie war nicht die Träumerin!

Kranker Bauch flocht aus den Rindenstreifen ein grobmaschiges Netz. Mit Hilfe seiner Zähne gelang es ihm, die Knoten festzuziehen.

In der zunehmenden Helligkeit blickte er zu ihr hinüber. Das weiche Morgenlicht verbarg die blauen Flecken auf ihren Wangen und liebkoste die Kurven ihres Körpers. Angesichts ihrer Schönheit wunderte es ihn nicht, daß ein Mann sie begehrt hatte.

Kranker Bauch seufzte und gab Plage ein Zeichen, mitzukommen. Erneut schritt er den Pfad zum Fluß hinunter.

Seine nackten Füße brannten vor Kälte. Suchend watete er am Ufer entlang, bis er endlich eine geeignete Stelle gefunden hatte: ein Felsgesims, unter dem die Strömung den Sandstein ausgehöhlt hatte. Er legte sich auf den Bauch und streckte den linken Arm aus.

Mit großer Vorsicht senkte er das Netz so sanft wie möglich ins Wasser und hoffte inständig, auch mit einer Hand zurechtzukommen.

Das Netz berührte den Grund des Flusses, und das Wasser ließ das Rindengewebe aufquellen. Sein mühsam geflochtenes Netz sah nun eher aus wie ein Korb.

Er gebrauchte den verkrüppelten Arm wie einen Stock und scheuchte einige Fische auf. Wie dunkle Pfeile schossen sie in den Korb.

Kranker Bauch grinste zufrieden und hob das Netz mit seiner zappelnden Beute heraus. Er hatte drei Fische gefangen, jeder so lang wie sein Unterarm.

Vorsichtig legte er das empfindliche Netz auf den Boden. Nacheinander ließ er die wild zappelnden Fische auf das Ufer schnellen, wo Plage sogleich über sie herfiel.

Einige hundert Schritte weiter am Ufer entdeckte er ein ähnliches Felsgesims und fing ein paar weitere Fische. Als die Sonne über die hohen Gipfel im Osten gestiegen war, hatte er zehn Fische gefangen, die von Plage bereits gefressenen nicht mitgerechnet. Sein Netz hatte sich im Wasser aufgelöst, und seine Füße waren vollkommen taub von der Kälte – aber ein köstliches Essen erwartete ihn.

Er entschuppte die Fische, legte sie in eine Falte seiner Decke und machte sich auf den Rückweg. Plage trottete satt und zufrieden hinter ihm her. Kranker Bauch kletterte über die Felsen und hielt überrascht inne. Der Teich lag verlassen vor ihm. Weit und breit keine Frau zu sehen.

Suchend blickte er sich um – und entdeckte sie. Verzweifelt versuchte sie gerade, einen seiner feuchten Mokassins überzuziehen. »Ist schwer mit feuchtem Leder«, rief er. »Laß sie noch ein bißchen trocknen. Ich bin auch lieber barfuß gegangen.«

Sie warf ihm einen ängstlichen Blick zu und erstarrte mitten in der Bewegung.

Froh über den warmen Stein unter seinen eiskalten Füßen, näherte er sich ihr. »Ist etwas passiert? Kommt jemand?«

Sie schüttelte den Kopf und starrte ihn entsetzt und verzweifelt an.

»Ich habe Fische gefangen«, verkündete er. »Heute gibt es was zu essen!«

Sie schien förmlich zusammenzuschrumpfen. Schlagartig wurde ihm alles klar. Er blieb vor ihr stehen und legte den Kopf schief. »Bitte. Hab keine Angst vor mir. Du wolltest weglaufen, nicht wahr? Und mir meine Kleider wegnehmen?«

Ihr Gesicht verzerrte sich vor Wut.

Betreten blickte Kranker Bauch auf seine Fische. »Schon gut. Du kannst die Kleider haben. Lauf weg. Ich halte dich nicht zurück.«

Mißgestimmt ging er zum Teich und warf die Fische am Ufer auf den Boden.

Sie kam ihm nach, ein Fuß bekleidet, den anderen Mokassin trug sie in der Hand. »Du *überläßt* mir deine Kleider? Im Namen vom Großen Donnervogel, warum?«

Er wedelte geringschätzig mit seiner gesunden Hand. Wieso hinterging sie ihn? Er hatte ihr das Leben gerettet, oder etwa nicht? »Ich weiß nicht, was dir alles zugestoßen ist. Vielleicht hast du ein größeres Recht auf die Kleider als ich. Du bist eine Frau, ganz allein auf dich gestellt. Deine Augen spiegeln entsetzliche Dinge wider ... Vielleicht ... vielleicht bleibst du am Leben, wenn du mir meine Kleider wegnimmst, und kannst zu deinem Volk zurückkehren. Oder sonstwohin, wo sich jemand um dich kümmert ... und wo du dich sicher fühlst.«

Ihre Schultern sackten herab. »Ist das wirklich dein Ernst, was du da sagst?«

»Ja, sicher. Die Welt ist voller Rätsel – voller Merkwürdigkeiten, über die wir Menschen nachdenken sollten. Überleg doch mal. Sicher kennst du jemanden, der lebt, obwohl er eigentlich tot sein müßte. Es kann sein, daß fünf Leute auf einem Grat entlangwandern und ein Blitz sie alle tötete, bis auf einen. Jahre später ist dieser eine Überlebende bei einer Überschwemmung oder einem Erdrutsch dabei – und bringt einen anderen Menschen in Sicherheit. Und dieser Mensch, der ihm sein Leben zu verdanken hat, wächst heran und wird ein mächtiger Heiler, der wiederum vielen Menschen das Leben rettet. Das Schicksal geht seltsame Wege, das will ich damit sagen.«

Sie trat näher an ihn heran. Ihre verzerrte Miene wirkte beängstigend. »Mein Volk, der Weißlehm-Stamm, ist ausgerottet worden.«

Mit offenem Mund starrte er sie an. »Aber du ... sprichst meine Sprache. Ich dachte, das Sonnenvolk redet so komisch.«

Ihr harter Blick schien ihn durchbohren zu wollen. »Ich weiß nicht mehr, was Wirklichkeit ist und was Traum. Ich ...«

Er lächelte verständnisvoll. »Schon gut. Denk mit vollem Magen darüber nach. Wenn du gegessen hast, kannst du gehen. Ich esse nur einen Fisch. Was übrigbleibt, kannst du mitnehmen.«

Ihr blieb der Mund offenstehen. »Du ... du redest ohne jede Vernunft! Wirst du denn gar nicht wütend, wenn ich deine Kleider nehme und verschwinde? Was empfindest du?

Für mich, meine ich. Du müßtest ... entsetzlich zornig auf mich sein!«

In einer friedlichen Gebärde hob er die Hand. »Es tut mir weh. Dein Verhalten macht mich traurig. Aber ich glaube, ich verstehe dich. Der Mann, der dir vor mir über den Weg gelaufen ist, hat dich vergewaltigt und geschlagen. Vermutlich würde ich an deiner Stelle auch die Kleider von irgend jemand stehlen. Wie ich dir schon sagte, das Leben ist voller Rätsel, über die wir Menschen ...«

»*Rätsel!* Hier geht es ums Überleben! Und du überläßt mir deine Fische?« Er zeigte hinunter zum Fluß. »Dort gibt es jede Menge Fische. Das nächste Mal knüpfe ich ein besseres Netz und fange ganz viele.«

Sie schüttelte den Kopf, langsam ließ sie sich auf den Felsen sinken. »Was bist du bloß für ein Mann?«

Kranker Bauch holte tief Luft. »Ich bin, wie ich bin. Ein anderer Mann kann ich nicht sein.«

Sie starrte auf ihren einen nackten Fuß hinunter. »Ich verabscheue rohen Fisch.«

Er deutete hinauf ins Hochland. »Du könntest ein paar Feuerstöcke anfertigen. Da oben stehen Wildkirschenbäume. Du brauchst etwas, um Holz zu schneiden. Im Fluß habe ich Quarzitsteine gesehen. Du kannst dir einen holen und ... Was ist los? Ist dir schlecht?«

Sie wandte ihr aschfahles Gesicht ab. An den gestrafften Muskeln ihrer Schultern erkannte er, daß sie die Fäuste ballte. Sie hielt ihr Gesicht der Sonne entgegen, die Flut ihrer schwarzen Haare fing das Licht ein.

»Warum machst du das nicht selbst?« fragte sie ruhig.

»Du hast einen meiner Mokassins an und meine Kleider.« Nach einigem Zögern fügte er unsicher hinzu: »Vielleicht willst du dich davonmachen. Du hast die Wahl. Wenn du glaubst, du mußt die Gelegenheit beim Schopf packen, dann geh.«

Sie fuhr herum, ihre schönen Augen funkelten ihn an. »Ich schneide Wildkirschenäste.« Sie schluckte vernehmlich. »Und ich komme zurück. Ich ... ich bin es dir schuldig.«

Die Luft strich kühl über Windläufers Haut. Nackt, die Zehen im Boden festgekrallt, stand er da. Die Angehörigen des Schwarzspitzen-Stammes umringten ihn. Dichtgedrängt, Schulter an Schulter, warteten sie auf den Beginn des großen Ereignisses. Die Jungen trugen Kleidung aus edel verarbeiteten Häuten, die Alten hatten sich in Büffeldecken gehüllt. Fremde Gesichter blickten Windläufer aufgeregt an. Zwei Antilopen, die Schwester seiner Mutter, schenkte ihm ein freundliches Lächeln. Sie hatte dem Weißlehm-Stamm angehört, bevor sie bei der Großen Versammlung Steinfaust geheiratet hatte.

Im Sonnenvolk waren Hochzeiten bei der Großen Versammlung Brauch. Einmal im Jahr wachte der Große Donnervogel über alle Menschen. In dieser Zeit wurden sämtliche Feindseligkeiten begraben, und die Stämme versammelten sich, um Handel zu treiben, zu feiern und zu tanzen. Geiseln wurden freigekauft und Hochzeiten in einen anderen Stamm vereinbart. Die Ehen zwischen Angehörigen verschiedener Stämme wurden besonders gefördert, wenn es in einem Stamm wegen der Verwandtschaftsbeziehungen kaum noch in Frage kommende Ehepartner gab.

Die Heirat seiner Tante erwies sich nun als Vorteil für Windläufer. Gleich nach seinem Eintreffen im Schwarzspitzen-Lager hatte er sich unter Steinfausts Schutz gestellt. Er war unbewaffnet gekommen. Nachdem er seinen Wunsch geäußert hatte, Angehöriger ihres Stammes zu werden, hatte sein Schwiegeronkel vor dem Rat ein gutes Wort für ihn eingelegt.

Nun mußte Windläufer seinen Wert für den Stamm unter Beweis stellen. Angespannt blickte er sich um. Die Sonne stand hoch am blaßblauen Himmel und überflutete mit ihrem strahlenden Licht die fruchtbare, grasbewachsene Ebene am Fat Beaver River. Die Pappeln standen wie schweigende Zuschauer da. Ihre grauen Stämme zeichneten ungewöhnliche Muster vor dem fernen Horizont im Westen, wo die Great Bear Mountains sich dem Himmel entgegenreckten. Auf den Gipfeln lag noch Schnee, das Land dort oben war eingeschlossen in bläulich schimmernde Kälte.

Der Wind trug den Geruch nach modrigem Gras und tauendem Schnee herbei. Er kündigte den Frühling an, war aber immer noch sehr kalt. In der Ferne krächzten Raben, Finkenschwärme flogen hinauf zum Himmel.

Sein Gegner stand ihm in einigem Abstand gegenüber. Eine Kriegskeule baumelte in seiner Faust. Einziger Mann hatte ungefähr fünfunddreißig Sommer hinter sich, war hochgewachsen und eine stolze Erscheinung. Tätowierte Blitze zierten seine Wangen, und quer über seine muskulöse linke Brust zog sich eine häßliche Narbe. Der Krieger musterte Windläufer wie einen lästigen Schädling. Langsam und bedrohlich schwang er die mit einem Steinkopf bewehrte Kriegskeule, an deren Griff leuchtend gelbe Tangarafedern flatterten, vor und zurück.

Schwarzer Mond, der Anführer des Schwarzspitzen-Stammes, trat aus der Menge heraus. Er trug ein auffallend leuchtendes Gewand aus Büffelhaut – ein Symbol der Lobpreisungen der Macht und seiner Stellung als Anführer. Ihm folgte Heißes Fett, der mächtigste Seelenflieger des Schwarzspitzen-Stammes. Seine Haare glänzten silbrig im Sonnenlicht. Er hob die Arme und sang und tanzte für den Großen Donnervogel, damit er den beiden Kämpfern Kraft und Geschicklichkeit verlieh. Er sang, um den Herzen der Gegner Mut zu machen.

Nachdem Heißes Fett geendet hatte, ließ Windläufer seine Kriegskeule zu Boden gleiten, hob die Hände und begann ebenfalls zu singen: »Großer Donnervogel im Himmel, höre mich. Ich, Windläufer, möchte mir den mir gebührenden Platz bei diesem Stamm verdienen. Ich bin dieses Stammes würdig. In der Vergangenheit siegte ich im Kampf gegen unzählige Feinde, mein Mut wurde im Krieg besungen. Meine Geschicklichkeit habe ich bewiesen, als ich den Verfolgern, die mir nach dem Leben trachteten, entkam. Erhöre mich heute. Verleihe mir Stärke und Sieg. Dir weihe ich mein Leben. Hilf mir, ein ehrenwerter Mann des Schwarzspitzen-Stammes zu werden. Vor dir demütige ich mich, dir biete ich mein Leben.«

Er senkte die Arme und merkte, daß der Seelenflieger ihn

unverwandt anstarrte. Seine Augen hinter den Lidschlitzen funkelten wie schwarzer Obsidian. Heißes Fetts Gesicht durchzogen tiefe Runzeln und Falten, das ganze Zeitalter der Erde schien darin eingemeißelt. Der alte Mann kam näher und begutachtete ihn von oben bis unten. Dann fragte er ihn: »Hältst du es nicht für töricht, dich auf den Kampf gegen Einziger Mann einzulassen?«

Windläufer schüttelte den Kopf. »Nein, Alter. Bei meiner Seele habe ich ein Versprechen gegeben. Ich nehme meine Seele und ein Versprechen, das ich einer Macht gebe, nicht auf die leichte Schulter.«

Heißes Fett legte eine Hand auf Windläufers Schulter. »Viel Glück, junger Mann. Dein Schicksal liegt in den Händen der Sonne.«

»Ich danke dir, Alter.« Windläufer bückte sich und hob seine Keule auf.

Heißes Fett kehrte auf seinen Platz neben dem Schwarzspitzen-Anführer zurück. Schwarzer Mond blickte zwischen den beiden gegnerischen Kriegern hin und her. Mit einer Kopfbewegung gab er das Zeichen zum Beginn des Kampfes.

Sofort stürmte Einziger Mann mit einem schrillen Schrei auf den Lippen vor.

Windläufer duckte sich, wich geschickt aus und parierte Einziger Manns Schlag. Flink sprang Einziger Mann beiseite und prüfte den Griff seiner Kriegskeule. Er bewegte sich mit nachtwandlerischer Sicherheit, geschmeidig und behende.

Leicht geduckt und vorsichtig auf den Fußballen balancierend, umkreiste Windläufer seinen Gegner. Einziger Mann war einen halben Kopf größer als er; seine Schultern waren mit mächtigen Muskeln bepackt.

»Du bist gekommen, um zu sterben, Weißlehm-Mann«, knurrte Einziger Mann böse.

»Ich bin gekommen, um zu leben.« Windläufer wirbelte herum, täuschte den Schlag vor und schwang die Keule mit der Rückhand gegen den Schädel seines Gegners. Der Hieb ging ins Leere, aber Windläufer nutzte seinen Schwung und wich dem kraftvollen Gegenangriff Einziger Manns aus.

Er hatte sich kaum wieder gefangen, da schnellte Einziger Mann wie ein Puma vorwärts; zischend holte seine Steinkopfkeule zum tödlichen Schlag aus. Windläufer sah keinen Ausweg, bückte sich und rannte gegen den größeren Mann. Gedämpft, wie durch einen Nebel, hörte er die Menge aufschreien.

Er umschlang Einziger Mann und stieß den Griff seiner Kriegskeule in dessen eisenharten Magen. Einziger Mann hakte seine Ferse in Windläufers und ließ ihn stolpern.

Windläufer stürzte zu Boden, rollte sich aber blitzschnell zur Seite. Einziger Manns Keule donnerte krachend auf die gefrorene Erde neben seinem Kopf. Windläufer rollte sich über die Schultern ab und stieß Einziger Mann seine Füße ins Gesicht.

Den Schwung dieses Tritts ausnutzend, kam Windläufer rasch wieder auf die Beine. Einziger Mann schüttelte benommen den Kopf und starrte fassungslos auf seine Hand. Der Stiel seiner Kriegskeule war beim Aufprall auf den harten Boden zerbrochen.

Windläufer hob die Hand. »Warte!«

Schweigen breitete sich in der Menge aus. Einziger Mann rückte vor und wollte ihn mit seinen Händen packen.

»*Warte!*« rief Windläufer noch einmal. »Wenn ich Einziger Mann töte, verliert der Schwarzspitzen-Stamm einen starken Krieger, einen guten Mann.«

Schwarzer Mond trat zwischen die beiden Gegner und starrte Windläufer aus schmalen Augen eindringlich an. »Was hast du da gesagt?«

Windläufer ließ Einziger Mann, der ihm abwartend und kampfbereit gegenüberstand, nicht aus den Augen. Blut lief aus der Nase des Schwarzspitzen-Kriegers.

Rasch sagte Windläufer: »Nichts weiter. Ich meinte nur, wenn ich Einziger Mann mit meiner Keule töte, habe ich zwar gewonnen, aber was ist mit Einziger Mann? Er wird tot auf der Erde liegen, seine Frau und seine Kinder werden weinen und um ihn trauern.«

Windläufer riskierte ein tödliches Spiel. Er warf seine Keule weg; mit einem dumpfen Aufprall schlug sie auf dem Boden auf. Er trat vor und streckte Einziger Mann die Hand entgegen. »Wenn mich der Schwarzspitzen-Stamm aufnimmt, möchte ich als Einziger Manns Freund aufgenommen werden – und nicht als der Krieger, der seine Frau zur Witwe machte und seinen Kindern den Vater nahm.«

Einziger Mann fuhr sich über die blutenden Lippen und schielte unsicher zu Schwarzer Mond hinüber.

»Habe ich dir meinen Mut bewiesen, Einziger Mann?« Windläufer holte tief Luft. »Habe ich ehrenhaft und mutig gekämpft?«

Einziger Mann nickte. Windläufer sah ihm seine Verwirrung deutlich an. »Du hast gut gekämpft, Windläufer. Aber der Kampf ist noch nicht entschieden. Noch hast du mich nicht geschlagen.«

»Ja, das stimmt. Aber wenn ich dich schlage, ist das eine große Schmach für dich. Der Groll über diese Niederlage würde stärker eitern als ein Kaktusdorn unter der Haut. Der Haß zwischen uns würde nie enden. Ich müßte dich töten. Oder du mich. In jedem Fall verliert der Schwarzspitzen-Stamm einen guten Krieger.«

Heißes Fett humpelte mit knackenden Gelenken hinüber zu Schwarzer Mond, der nachdenklich auf seiner Unterlippe herumkaute. Der Stammesanführer sah den Seelenflieger an. »Was sagt die Macht dazu? Dürfen wir den Kampf abbrechen?«

Heißes Fetts Blick wanderte von Einziger Mann zu Windläufer. »Der Grund dieser Herausforderung besteht darin, den Wert des jeweiligen Kriegers für den Stamm festzustellen. Unnützes Blutvergießen war und ist nicht das Ziel. Wir Menschen dürfen die Ziele der Macht nicht unseren Wünschen unterjochen. Wir müssen über unsere Grenzen hinaussehen, müssen die wahre Bedeutung und den Sinn unserer Taten erkennen. Dienen wir den Bestimmungen der Macht? Oder wollen wir uns nur im Namen der Macht amüsieren? Was sagst du dazu, Einziger Mann? Du hast gegen ihn gekämpft. Glaubst du, sein Arm ist stark genug, sein Herz mutig genug, um deine Familie zu verteidigen?«

Windläufer hielt dem abschätzenden Blick des Kriegers

stand. Einziger Mann nickte langsam. »Ich würde ihn auf einen Überfall mitnehmen. Ich glaube, ich würde auch auf seinen Rat hören.«

Windläufer versuchte, sich seine innere Erregung nicht anmerken zu lassen, und atmete tief durch. Aus seiner Erinnerung tauchten Bilder auf – Bilder eines Lagers weiter stromaufwärts. An jenem warmen Sommertag waren dieselben Krieger, die ihn nun umringten, johlend und mordend in das Lager des Weißlehm-Stammes gestürmt. Deutlich fühlte er die Blicke der gepeinigten Augen der Toten auf sich ruhen.

Schwarzer Mond hob die Hände. »Gut. Ich erkläre diese Prüfung für beendet. Windläufer verdient, vom Schwarzspitzen-Stamm aufgenommen zu werden. Er hat uns seinen Mut bewiesen – und seine Schlauheit.«

Wieder streckte Windläufer Einziger Mann die Hand hin. Der hochgewachsene Krieger ergriff sie, seine Lippen kräuselten sich zu einem kaum merklichen Grinsen. »Ich hätte dich umgebracht, das weißt du genau.«

Windläufer zuckte die Achseln. »Mag sein, aber ist es so nicht besser?«

Einziger Mann wischte seine blutverschmierte Nase ab. »Für mich ist die Sache erledigt. Du hast gut gekämpft, also ist es besser, du kämpfst mit uns und nicht gegen uns.«

Heißes Fett legte eine Hand auf Windläufers Schulter. »Komm mit. Meine Enkelin Espe hat bald das Essen fertig. Sie kocht wundervoll. Du stehst im Mittelpunkt des allgemeinen Interesses. Laß die anderen in Ruhe über dich und den Kampf reden. Schließ dich mir an. Wir unterhalten uns ein wenig.«

Lächelnd folgte Windläufer dem alten Mann; noch immer fühlte er die Augen der Toten des Weißlehm-Stammes auf sich ruhen, ihre Blicke brannten sich in seine Seele. *Ich hatte keine andere Wahl.*

Ob sie ihm Glauben schenkten?

Kapitel 11

Kranker Bauch beschattete mit der Hand die Augen zum Schutz vor den Sonnenstrahlen. Blinzelnd blickte er über das Tal. Das grelle Glitzern der schneebedeckten Gipfel der Sideways Mountains im Süden tat den Augen weh. Im Tal war der Schnee zu graubraunem Matsch geschmolzen. Das schlammig trübe Wasser floß träge in die Trockenrinnen ab.

Das endlos blaue Himmelsgewölbe schien zu neuem Leben erwacht. Die leuchtende Sonne brannte heiß auf Kranker Bauch herab. Er roch den üppigen Duft der feuchten Erde, die darauf wartete, neues Leben keimen zu lassen. Zwei Adler kreisten in einem faszinierenden Tanz über dem Tal. Die an den Hängen wachsenden Beifuß- und Salbeisträucher hatten bereits junge blaugrüne Blätter getrieben. Der Duft des Salbeis belebte Kranker Bauchs Sinne.

Sie wanderten die südlichen Ausläufer der Sideways Mountains entlang und hielten sich dabei hoch genug an den Hängen, um dem Morast zu entgehen. Trotzdem versanken ihre Füße in die Erde wie in ein schwammiges Polster.

Kranker Bauch summte vergnügt vor sich hin und beobachtete Plage, der aufgeregt schnüffelnd umherstürmte und seine Nase in jedes Loch im Boden steckte.

Weiße Esche folgte Kranker Bauch auf dem Weg zwischen den dicht stehenden Beifuß- und Dornensträuchern.

»Wie halten die Sandalen?« erkundigte sie sich.

Kranker Bauch warf einen kurzen Blick auf die Riemenschuhe. »Ganz gut. Obwohl die Stacheln dieser dreimal verfluchten Kakteen mit Leichtigkeit durchpieksen. Mokassins sind jedenfalls besser.«

»Dein Einfallsreichtum hat mich überrascht. Ich wäre nie auf die Idee gekommen, aus Wacholderrinde, Beifuß und Yucca Schuhe zu flechten.«

»Der Händler Linke Hand erzählte mir von diesen Sandalen. Er sagte, die Leute draußen in der Ebene trügen solches Schuhwerk. Dort gibt es nichts als Antilopen und Rehe. Fast keine Büffel oder Wapitis, nur oben in den Hügeln ein paar

Dickhornschafe. Die Leute sind deshalb knapp mit Häuten, und Leder ist sehr kostbar für sie. Linke Hand sagt, sie tauschen eine Menge ihrer Waren für gute Büffelledermokassins.«

Zum Schutz seiner Beine war ihm allerdings bisher noch nichts eingefallen. Die Sträucher hatten seine Waden mit blutigen Kratzern verunstaltet.

Er richtete sich auf und verlagerte das Gewicht des aus Rinde geflochtenen Korbes, in dem er die restlichen der inzwischen geräucherten und getrockneten Fische trug. »Glaubst du, wir sind hier richtig?«

Sie schielte unsicher zu ihm hinüber. »Ich glaube schon. Ich meine ... Ich weiß es nicht. Mir gefällt es nicht, nach Osten zu gehen. Dort ist das Wolfsvolk. Ich ...« Sie schüttelte den Kopf und massierte mit den schlanken Fingern ihre Schläfen. »Es tut mir leid, daß ich dich gedrängt habe. Aber dieser schreckliche Traum, den ich gestern nacht an den heißen Quellen hatte, war so ... so unheilverkündend. Gefährlich. Wir *mußten* weg. Im Traum sah ich fremde Krieger kommen. Sie trugen blutbesudelte Speere und hinterließen auf ihrem Weg ... Hunger und Leid und Erfrierungstod.«

»Das Sonnenvolk?«

»Ich kann es dir nicht sagen. Sie hielten lange Steinmesser zur Sonne empor. Sie trugen Federn in allen Regenbogenfarben im Haar und auf den Schultern. Die Stimme im Traum sagte, wir müßten fort, nach Osten. Wir müßten irgendein Machtbündel suchen.«

Er kratzte sich am Kinn und umfaßte den Tragriemen seines Korbes fester. »Vielleicht *bist* du doch die Träumerin.«

Sie zog die Augenbrauen hoch. »Wenn das stimmt, wäre ich eine verfluchte, armselige Träumerin.«

Am Abend lagerten sie am Rande eines Wacholderhains. Kranker Bauch nutzte die letzten Tageslichtstunden und schälte Rinde von den Stämmen. Die langen Streifen rieb er anschließend zwischen Handfläche und Oberschenkel zu zähen, biegsamen Strängen und verflocht sie zu einem Umhang. Während er am munter prasselnden Feuer arbeitete, knabberte Weiße Esche am Rest eines Räucherfischs.

Er machte eine Pause und genoß den Anblick ihres vom Feuerschein beleuchteten Gesichtes. Ihre Verletzungen waren schon fast verheilt. Könnte er doch nur die Traurigkeit in ihren Augen in Fröhlichkeit verwandeln. Sobald sie sich in Gedanken verlor, spiegelten sich auf ihrem Gesicht noch immer Angst und Leid.

»Warum bist du bei mir geblieben?« fragte er sanft.

Sie nagte den letzten Rest des faserigen Fleisches von den Gräten, schnippte die Überbleibsel ins Feuer und säuberte ihre Hände am Leder ihrer Leggings. Abwehrend kreuzte sie die Arme vor der Brust, beugte sich vor und starrte ins Feuer.

»Ich glaube, weil ich einen Menschen wie dich brauchte. Versetz dich in meine Lage und stell dir vor, du würdest an einem Tag alles, was du liebst, verlieren. Mir ist keine Zufluchtsmöglichkeit mehr geblieben.«

»Du hast mir vom Dreigabelungenlager erzählt. Grünes Feuer würde dich jederzeit aufnehmen.«

Sie lächelte wehmütig. »Das ist nicht mehr meine Heimat, Kranker Bauch. Das *Leben* dort war mir schon als kleines Mädchen verhaßt. Die Leute vom Dreigabelungenlager stehen den Mächten mißtrauisch gegenüber. Menschen wie wir, die träumen und Stimmen hören, beunruhigen sie und sind in ihrem Kreis nicht erwünscht.«

»Aber sie müssen sich doch auch gut mit den Geistern stellen, sonst wächst das Gras nicht oder die Nußernte fällt dürftig aus. Dem Glauben des Erdvolkes zufolge sind die Geister für alles verantwortlich.«

»Sicher, auch Grünes Feuer verhandelt mit den Geistern, aber eher ungern und furchtsam«, erklärte sie. »Sie will die Kontrolle über die Mächte, damit niemand diese gegen sie einsetzen kann. Deshalb kann ich auch nicht zurück. Ich kann meine Träume nicht geheimhalten.«

Sie starrte über das Feuer hinweg auf einen imaginären Punkt. »Aus diesem Grund bin ich mit dir gegangen. Ich weiß nicht, wo ich hin soll.« Sie zögerte. »Und allein bleiben wollte ich auch nicht, dann hätte ich keine Ablenkung. Weißt du, ich … ich mag mich selbst nicht mehr besonders.

Ich bin nicht würdig ...« Sie verstummte und wandte den Kopf ab.

Er nahm einen Zweig von dem zuvor gesammelten Holzhaufen und warf ihn in das Feuer. »Du solltest dich aber mögen. Du bist stark, gesund und vor allem klug. Was sollte dir nicht gelingen?«

Sie warf ihm einen verstohlenen Blick zu. »Kann ich auch die Mutter des Volkes sein? Was immer das heißen soll. Ich fürchte, ich will damit nichts zu tun haben. Vielleicht ziehe ich mich zurück und lebe in einer Höhle wie die Heiler des Erdvolkes. Die Leute werden mich dann in Ruhe lassen, weil sie glauben, ich stünde mit einer Macht im Bunde.«

»Gar keine schlechte Idee.«

Er schnüffelte in die nächtliche Brise und sog den süßen Duft des Wacholders in die Nase. Es wurde rasch kälter. Er konnte bereits seine Atemwolken sehen, sobald er sich vom Feuer abwandte. »Scheint heute nacht strengen Frost zu geben.«

Sie wickelte eine Haarsträhne um einen Finger und blickte zu den unendlich vielen funkelnden Sternen hinauf. »Das heißt, du wirst gewaltig frieren.«

Er zuckte die Achseln. »Falls ich friere, werde ich das Feuer anheizen und Plage dicht an mich ziehen, damit er mich wärmt.« Lächelnd blickte er auf seinen Hund, der sich zusammengerollt hatte und, die Nase unter seinem Schwanz vergraben, friedlich schlief.

»Warum hast du nicht versucht, mich zu nehmen?«

Ihre Offenheit ließ ihn zusammenzucken. Er wußte nicht, was er darauf antworten sollte, und schwieg betreten.

»Warum hast du es nicht versucht?« wiederholte sie mit Nachdruck »Ich habe deinen Blick gesehen. Du hast heimlich meinen Körper betrachtet ... und dich abgewandt. Du willst mich. Die Art und Weise, wie du mich beobachtest, sagt genug. Aber du kommst in der Nacht nie unter meine Decke, bittest mich nie, für dich die Beine zu spreizen. Warum nicht?«

»Stört es dich, wenn ich dich ansehe?«

»Ja.« Sie ging in Verteidigungsposition und kreuzte die

Arme vor der Brust. »Sind denn alle Männer gleich? Warum kannst du mich nicht einfach ignorieren?«

Er kratzte sich im Nacken und rutschte unbehaglich hin und her. »Du bist eine schöne Frau, das kann ich nicht leugnen. Du hörst aufmerksam zu, wenn ich mit dir spreche. Du denkst über meine Worte nach und unterhältst dich später mit mir darüber. In meinem ganzen Leben kannte ich nur zwei Menschen, die sich mir gegenüber so verhalten haben. Aber ich weiß, was in dir vorgeht, was du empfindest, deshalb lasse ich mich nicht in Versuchung führen.«

»Woher willst du wissen, was ich empfinde?« Ihr scharfer Ton schnitt schmerzhaft in seine Seele.

»Ich ...«, begann er und brach ab. *Wie soll ich es ihr sagen? Wie kann ich mit ihr, einer fast Fremden, darüber sprechen?* Er gab sich einen Ruck. »Ich war verheiratet mit einer Frau namens Goldener Flachs. Ihr Vater hat sie vergewaltigt, als sie noch ein kleines Mädchen war. Niemand wollte sie. Niemand wollte mich. Wir beide wollten einander auch nicht – aber die Stämme beschlossen, eine Ehe wäre gut für uns. Ihr Vater hat ihr Leben zerstört, deshalb war sie anders als die anderen Frauen, aber sie konnte nichts dafür. Es war nicht ihre Schuld. Trotzdem gingen ihr die Leute aus dem Weg, als säße ein böser Geist auf ihrer Schulter.« Er senkte den Kopf. »Wir paarten uns nur einmal – und sie mußte sich dabei erbrechen. Vermutlich hinterläßt dein schlimmes Erlebnis bei dir auch solche Narben.«

In ihrem glasig gewordenen Blick spiegelte sich gehetzte Panik.

Er schüttelte die geballte Faust. »Ich *will* dich nicht nehmen. Begreifst du das nicht? Ich höre dich im Schlaf aufschreien. Jedesmal, wenn du die Augen schließt, machst du noch einmal durch, was Drei Bullen dir angetan hat. Du bist zu sehr verletzt worden.«

Ihr mißtrauischer und gehetzter Gesichtsausdruck entspannte sich erst nach einer Weile. Schließlich sagte sie: »Gut, lassen wir es, wie es ist.«

Er nickte und fühlte sich ein wenig erleichtert. »Vielleicht kann ich dir dabei helfen, das furchtbare Erlebnis mit Drei Bullen zu vergessen.«

»Das vergesse ich nie.«

Kranker Bauch schwieg und starrte ins Feuer. Was sollte er darauf antworten?

Sie schloß die Augen und ballte die Fäuste. »Du weißt, ich habe ihn mit einem eigenhändig geschliffenen Hackmesser getötet, als er schlief. Und ich bereue es nicht. Ich hämmerte immer wieder auf ihn ein und versuchte, mit ihm die Erinnerung an alles auszulöschen.« Sie brach am ganzen Leib zitternd ab.

Behutsam legte ihr Kranker Bauch den Arm um die Schultern. »Schsch. Jetzt ist alles gut.«

»Dann bin ich weggelaufen«, murmelte sie undeutlich. Sie schnüffelte und versuchte, die aufsteigenden Tränen zurückzuhalten. »Ich lief und lief. Und inzwischen frage ich mich, ob ich nicht vielleicht vor mir selbst davongelaufen bin.«

Er hielt sie fest und legte seine Wange an ihr Haar. »Würdest du dich rückblickend anders verhalten?«

»Nein«, gab sie widerstrebend zu.

»Dann hast du das Richtige getan.«

Seufzend schüttelte sie den Kopf, ihr Haar streifte weich und glatt seine Wange. »Ich war am Ende. Ich konnte einfach nicht mehr ertragen. Leuchtender Mond ist gestorben. Wir haben gehungert, die Männer waren auf der Jagd nach Wild. Ich mußte Salbeigeist gegenübertreten und ihm ins Gesicht sagen, daß die einzige Frau, die er liebte, gestorben ist. Der Mann, den ich liebte, lief zum Schwarzspitzen-Stamm, um sich umbringen zu lassen. Ich fand die Leiche von Alter Falke, den Tapferer Mann ermordet hat. Ich weiß, daß er es war. Dann wurde das Lager überfallen. Ich floh und versuchte, am Leben zu bleiben. Und wozu das alles? Um gefangengenommen, vergewaltigt und geschlagen zu werden?« Zitternd kauerte sie sich zusammen. »Und unablässig quälen mich die Träume. Ich begreife nicht, was der Erste Mann mir klarmachen will.«

»Was sagt er denn?«

»Irgend etwas von wiedergeboren werden.« Ihre Stimme klang verloren und ängstlich. »Er spricht von einem neuen Weg und vom Sonnenvolk, das sich auf etwas vorbereiten soll.«

»Formt er sich aus Feuer heraus?«

Sie setzte sich auf und starrte ihn an. »Woher weißt du das?«

»Ich hatte auch einmal so einen Traum, draußen im Wind Basin, als ich mit Linke Hand unterwegs war. Der Erste Mann sagte zu mir, das Sonnenvolk sei wie ein Baum, dessen Wurzeln man richtig pflanzen müsse, damit er auf eine bestimmte Weise wachsen kann. Plötzlich verwandelte er sich von einem Mann aus Feuer in einen Wolf und anschließend in einen brennenden Vogel. Als der Vogel davonflog, grollte der Donner so laut, daß Linke Hand aus tiefstem Schlaf aufgewacht ist.«

Ihr Mund wurde trocken. »Hat dich eine Macht zu mir geschickt?«

»Vermutlich.« Er zuckte die Achseln. »Falls du die Träumerin bist. Ich bin zu etwas Bestimmten auserwählt. Bis jetzt verstehe ich das alles auch noch nicht. Es hat etwas mit einem Bündel zu tun – vielleicht mit dem Bündel, von dem du geträumt hast.« Kranker Bauch deutete auf Plage, der ein gedämpftes Jaulen von sich gab und mit vibrierender Nase und zuckenden Pfoten im Schlaf Kaninchen jagte. »Als Plage eines Nachts hinter einem Wolf herlief, bin ich ihm gefolgt und habe ihn gesucht. Ich fand nicht mehr zum Lager zurück, verirrte mich und traf schließlich dich.«

»Was hat das zu bedeuten?« flüsterte sie tief erschüttert.

Kranker Bauch lehnte seinen Kopf zurück, atmete langsam aus und verfolgte mit den Augen den Weg seiner Atemwolke. »Das fragst du mich? Mich, Kranker Bauch? Ich bin ebenso verloren und allein wie du.«

Sie lehnte den Kopf an seine Schulter und verschränkte ihre Finger mit den seinen. »Ich möchte heute nacht nicht allein sein.«

»Ich habe nicht die Absicht, irgendwohin zu gehen – nicht

einmal, wenn wieder ein Geisterwolf versuchen sollte, Plage wegzulocken. Das verspreche ich dir. Ich werde nur auf die andere Seite des Feuers gehen.«

»Hüllst du dich in deinen Umhang aus Wacholderrinde?«

»Mir wird schon nicht kalt. Wir haben genügend Holz.«

»Die Felldecke ist groß genug für uns beide.« Sie sah zu ihm auf und suchte seinen Blick. »Du hast gesagt, du würdest nicht … würdest nicht …«

Er lächelte auf sie hinunter und streichelte sanft ihr Haar. »Nein, das brauche ich nicht von dir. Trotzdem schlafe ich besser dort drüben. Ich weiß, wie es ist. Goldener Flachs hat nachts geschrien, als ich mich neben sie legte. Sie dachte, ich sei ihr Vater. Du könntest glauben …«

»Ich *will nicht* allein sein. Bleib ganz nah bei mir. Ich fürchte mich, Kranker Bauch. Vielleicht kommen die Träume nicht, wenn du da bist.«

»Ich werde nicht …«

»Außerdem frierst du sonst.« Sie lächelte schwach. »Alles wird gutgehen. Ich – ich vertraue dir.«

Kranker Bauch nickte seufzend. Er stand auf, ging zu Plage hinüber und zauste ihm die Ohren. In ernstem Ton befahl er: »Keine Wölfe heute nacht. Falls du doch hinter einem Wolf herläufst, mußt du alleine damit fertig werden.«

Er ließ sich neben Weiße Esche nieder und drehte ihr bewußt den Rücken zu. Rasch zog er die Decke über sich.

»Kranker Bauch?«

»Ja.«

»Warum nennt man dich Kranker Bauch?«

»Jedesmal, wenn ich mich verletzt oder Angst gehabt habe, mußte ich mich übergeben.«

»Wie lautet dein vorheriger Name?«

»Stilles Wasser.«

»Ich weiß, wie das ist mit der Übelkeit. Bei diesen Träumen vom Ersten Mann und dem Großen Donnervogel wird mir immer schlecht. Ich habe schreckliche Angst.«

»Ich auch, Weiße Esche.«

Grünes Feuer erhob sich von ihrem Stammplatz an der Rückwand ihrer Hütte und humpelte mühsam zwei Schritte voran. Sie verabscheute die heftigen Schmerzen in ihren Knien, aber noch mehr litt sie unter ihrem nachlassenden Augenlicht. Im Halbdunkel der Hütte konnte sie fast nichts mehr sehen.

Sie blickte sich in der Hütte um, konnte aber kaum die an den Stützbalken befestigten rußgeschwärzten, schräg nach oben laufenden Dachsparren erkennen. Ihr Rücken hatte sich im Alter so sehr gekrümmt, daß sie die von den Balken herabhängenden Fellbündel nicht mehr erreichen konnte.

Mit der von Altersflecken gesprenkelten Hand hielt sie sich an einem Balken fest und tappte vorsichtig um die Sandsteinplatte am Feuerloch herum, von der die Wärme zurückstrahlte. Sie bückte sich und warf einen verdrießlichen Blick auf die nur noch schwach glimmenden Kohlen. Zuviel Asche drohte die Glut zu ersticken. Jemand mußte dringend die Feuerstelle saubermachen.

Sie richtete sich auf und inspizierte den Kochsack. Wasser, Fleisch und kleingehackte Wurzeln. Ihr Magen knurrte, er verlangte nach einem dicken Filetstück oder einem saftigen Braten.

»Kein Wunder, daß die Hexer sich auf mich stürzen. Wie soll eine hungrige Seele bei Kräften bleiben und sich gegen Hexerei wehren?«

»Was sagst du, Großmutter?« Korb blickte von ihrer Arbeit auf. Sie war gerade dabei, eine Knochenahle durch dikkes Leder zu stoßen. Um ihre Hand zu schützen, benutzte sie ein Holzklötzchen zum Durchschieben der Ahle. Sie war schwanger, und ihre Tätigkeiten beschränkten sich seit einiger Zeit auf die Hütte.

»Nichts. Führe nur Selbstgespräche. Was machst du da?«

»Mokassins für Kleiner Zeh.«

»Kann das nicht seine Frau machen? Er ist doch verheiratet mit … wie heißt sie doch gleich?«

»Graue Nadel.«

»Richtig. Graue Nadel drüben vom Schlechtwasser-Lager. Soll sie doch seine Mokassins anfertigen.«

Korb verzog ihr Gesicht zu einer Leidensmiene. »Ich möchte ihm diese Schuhe schenken. Im Sommer kommt er her. Er ist immer noch mein Bruder. Wir stehen uns sehr nahe.«

»Nahe? Er hat uns den Rücken gekehrt. Er hat meinem Urteil nicht vertraut. Ich hätte aus seiner Ehe ein gutes Tauschgeschäft machen und den Zugang zu den Jagdgründen oberhalb des Schlechtwasser-Lagers herausschlagen können.«

Fassungslos starrte Korb ihre Großmutter an. »Du *wolltest* nicht mit Knochenklang verhandeln. Damals hast du sie beschuldigt, sie beschäftige sich mit Hexerei. Nach der großen Auseinandersetzung hast du zu Kleiner Zeh gesagt ...«

»Er ist weggelaufen!«

»Großmutter, die beiden lieben sich.«

Verächtlich wedelte die alte Frau mit der Hand. »Hätte er sich nicht in Gelber Vogel verlieben können anstatt in Graue Nadel? Nach Knochenklangs Tod übernimmt Gelber Vogel das Schlechtwasser-Lager.«

Korbs Gesicht lief dunkelrot an, und sie verdrehte die Augen.

Grünes Feuer beachtete sie nicht weiter und hinkte quer durch die Hütte. Verflucht, warum tat ihr nur ständig der Rücken weh? Mit ihrer krallenartigen Hand schob sie den Türbehang beiseite und trat in den sonnigen, aber kühlen Tag hinaus.

Sie wackelte ein paar Schritte zum Sonnenschutz hinüber.

Plötzlich schoß ein furchtbarer Schmerz durch ihre Brust. Sie schrie auf. Noch während Eulenklee erschrocken zu ihr lief, verlor sie das Gleichgewicht. Schwarze Flecken tanzten vor ihren Augen, und sie fühlte, wie ihr Körper auf dem Boden aufschlug.

Ein glühender Schmerz brannte in Grünes Feuers Brust. Aus weiter Ferne hörte sie Eulenklees aufgeregte Stimme.

»Verhext«, flüsterte sie. »Ich bin verhext. Es steckt in meiner Brust, brennt. Das Böse ist in mir. Bin verhext ... verhext ...«

Sie stürzte in einen grauen Nebel und fiel ... fiel ...

Sorglos ging Weiße Esche mit Salbeigeist am Ufer des Bug River entlang. Salbeigeist erzählte ihr die Geschichte vom Großen Bären und vom Großen Donnervogel. Sein Gesicht strahlte vor Freude, und er unterstrich seine Worte mit heftigen Gesten. Die Vögel auf den Bäumen und in den Himbeersträuchern zwitscherten in den Sommermorgen, als wollten sie seiner wohlklingenden, begeisterten Stimme antworten.

Lachend schüttelte Leuchtender Mond den Kopf. »Du schwatzt dem Mädchen noch die Ohren ab, Alter.«

»So? Meinst du?« Salbeigeist breitete die Arme aus. »Sie muß alles über den Großen Donnervogel, den Großen Bären und die Macht der Sonne lernen. Alle Legenden des Sonnenvolkes soll sie kennenlernen. Eines Tages könnte das wichtig für sie sein. Sie muß Bescheid wissen. Wichtig ... Legenden ... Bescheid wissen ... eines Tages ...« Die Worte brachen ab, hallten in Weiße Esches Seele wie in einer Höhle wider.

Der Traum verblaßte mehr und mehr, und die zarten Fäden der tröstlichen Vergangenheit zerrissen. Voller Wehmut sah sie die Traumbilder davonschweben wie Blätter im Herbstwind.

Neben ihr bewegte sich jemand. Sofort packte sie Abscheu. *Drei Bullen! Schmerz und Gewalt! Nicht noch einmal!* Sie könnte es nicht ertragen. *Nicht noch einmal!* Schlagartig erwachte sie. Tränen der Verzweiflung stiegen in ihr auf.

»Weiße Esche?« flüsterte ihr eine sanfte Stimme ins Ohr. »Alles in Ordnung? Du bist hochgeschreckt und hast geschrien. Es war nur ein Traum, weiter nichts. Nur ein Traum.«

Kranker Bauch drehte sich um, kuschelte sich an sie und tätschelte beruhigend ihre Schulter. »Schlaf weiter«, murmelte er. »Plage weckt uns, wenn etwas Ungewöhnliches passiert. Schlaf und träume nicht. Morgen sieht die Welt wieder anders aus.«

Eine Windbö drang durch die Salbei- und Beifußsträucher bis in den Wacholderhain. Sie fröstelte in der vom Boden aufsteigenden Kälte. »Daran glaubst du wirklich, nicht wahr? Daß die Welt morgen besser ist?«

Er drückte sie an sich. »Natürlich. Die Macht hat mich zu dir geschickt. Du bist etwas Besonderes, Weiße Esche. Ein besonderer und wundervoller Mensch.«

Sie bewegte sich und stieß dabei mit ihren Beinen an Plage. Der Hund stand auf und schüttelte sich. Er stieg über ihre Beine und ließ sich mit einem zufriedenen Grunzen in eine Wölbung der Decke vor ihre Arme fallen. Nach einem langen Seufzer rollte er sich zusammen und schob die Schnauze unter seinen Schwanz. Die Wärme des Tieres drang durch die Decke.

»Halt mich fest«, flüsterte sie Kranker Bauch zu und spürte, wie er seinen Arm um sie legte.

»Dir droht keine Gefahr«, versicherte er ihr. »Ich bin ja da.«

Von beiden Seiten von tröstlicher Wärme geschützt, sank sie wieder in Schlaf.

Schmerz.

Tapferer Mann stöhnte.

»Lieg still«, befahl jemand.

»Was? Wo bin ich?« Seine Stimme klang merkwürdig dumpf und undeutlich – als habe er den Mund voller Federn.

»In Büffelschwanz' Lager, Krieger.« Es war die Stimme einer Frau.

Schmerz.

Stöhnend öffnete Tapferer Mann die Augen und versuchte, klar zu sehen. Er lag auf dem Rücken und starrte auf rußgeschwärzte Zeltstangen und eine vom Rauch verfärbte Zeltwand aus Büffelhäuten. Durch das Abzugsloch konnte er ein Stückchen des bewölkten Himmels sehen.

Sein Kopf schmerzte, als hätte ihm jemand Speere ins Gehirn gebohrt, und sein Mund fühlte sich seltsam geschwollen an. Sobald er die Zunge bewegte und zu schlucken versuchte, litt er Höllenqualen. Trotzdem tastete er mit der Zunge das Innere seines Mundes ab und entdeckte eine Lücke an der Stelle, wo seine Vorderzähne hätten sein sollen.

Die Zahnsplitter schnitten in seine Zunge. Er versuchte, sich aufzusetzen, doch eine unerträgliche Qual schien seinen Körper zu zerreißen. Er holte tief Luft und ließ sich wieder zurücksinken.

»Rühr dich nicht«, mahnte die Frau noch einmal. Sie beugte sich vor und legte ihre kühle Hand auf seine Stirn. Trotz seines Zustands konnte er erkennen, daß sie eine beachtliche Schönheit war. Langes schwarzes Haar umrahmte ihr zartknochiges Gesicht. Über ihren intelligenten braunen Augen, die ihn ungerührt musterten, erhob sich eine glatte, hohe Stirn. Ihr leicht geschwungener Mund war schmallippig und verriet Lebhaftigkeit. Ihre ganze Erscheinung verkörperte Anmut verbunden mit Kraft, und obwohl sie Gleichgültigkeit zur Schau trug, wirkte sie sehr entschlossen und tatkräftig.

Erneut bewegte er sich. Ein brennender Schmerz durchzuckte sein Bein und raubte ihm den Atem. Er schnappte nach Luft und versuchte, den aufsteigenden Brechreiz zu unterdrücken.

»Weißt du, wer du bist?«

»Tapferer Mann.« Er schluckte. Der schale Geschmack geronnenen Blutes lag unangenehm auf seiner Zunge.

»Weißt du, wo du bist?«

Er nickte schwach. »Beim Stamm der Gebrochenen Steine. Ich forderte euren Krieger zum Kampf heraus.«

»Richtig. Erinnerst du dich an den Kampf?« Ihre sinnliche Stimme gefiel ihm.

Er sog die kühle Luft in die Lungen und schloß die Augen. »Ich habe ihn getötet.«

Ein versonnenes Lächeln umspielte ihren Mund. »Nicht nur das. Du hast ihm die Augen ausgestoßen und den Kiefer abgerissen.«

Er rieb sich die Augen. Wenigstens sein Arm schmerzte nicht. »Bin ich würdig genug für den Stamm der Gebrochenen Steine?«

»Falkenklaue war unser größter Krieger.« Sie zog ihre scharf konturierten Augenbrauen hoch. »Die Leute glaubten, er sei unschlagbar. Er hat nicht weniger als fünf Bären eigenhändig getötet. Über zwei mal zehn feindliche Krieger starben durch seine Hand.« Sie verstummte. »Und nun ist er durch dich gestorben. Der Stamm hat dich aufgenommen.«

Die Stimmen der Geister wisperten in seinem Kopf. *Ja! Wie wir es dir gesagt haben!*

Noch einmal versuchte er, sich aufzusetzen. Dabei wurde ihm schwindlig, und er wäre beinahe zur Seite gefallen. Die starken Hände der Frau fingen ihn auf. Vorsichtig bettete sie ihn auf die Decken zurück.

Tapferer Mann keuchte; Schweiß strömte über sein heißes Gesicht. »Was ... was ist mit mir los?«

»Du hast fast alle Vorderzähne verloren. Außerdem ist deine Nase gebrochen und dein Knie zerquetscht.«

Das Zelt begann sich zu drehen, und er schloß wieder die Augen. Jetzt erinnerte er sich. Zum Glück hatte ihn der Schlag auf den Mund nicht mit voller Wucht erwischt.

Tapferer Mann war rückwärts getaumelt, den Mund voller Blut und Zahnsplitter. Die wispernden Stimmen in seinem Kopf halfen ihm, den plötzlichen Schmerz und seine Verwirrung zu überwinden. Als Falkenklaue auf ihn zusprang, um ihn vollends niederzustrecken, spuckte Tapferer Mann dem feindlichen Krieger Blut und Zähne ins Gesicht. Mit voller Wucht schlug er seine Keule auf Falkenklaues Schulter und brach ihm das Schlüsselbein. Sein nächster fürchterlicher Hieb traf Falkenklaues Brust.

Erneut schwang er die Keule und verpaßte Falkenklaue einen vernichtenden Hieb zwischen die Beine. Qualvoll aufschreiend brach der Krieger zusammen.

Eine wahnsinnige Wut ließ Tapferer Mann sämtliche Schmerzen vergessen. Bei seinem Gegner angekommen, stieß er ihm mit voller Wucht die Finger in die Augen.

Zu diesem Zeitpunkt hatten Büffelschwanz und Sonnenfedern, der Seelenflieger des Stammes der Gebrochenen Steine, versucht, den Kampf abzubrechen. Aber angestachelt von den Stimmen in seinem Kopf, hatte Tapferer Mann die Alten ignoriert – das war das Recht des Herausforderers.

In einer Geste schieren Hohns nahm er Falkenklaues Keule und zerschmetterte ihm die Kiefer, dann packte er mit wütenden Händen die blutenden Knochentrümmer und riß ihm mit einer ruckartigen Bewegung den gebrochenen Kieferknochen aus. Aus Falkenklaues Kehle drangen tierische Schreie. Das Entsetzen und die Schmach seines Opfers voll auskostend, wartete er, bis Falkenklaue das Bewußtsein verloren hatte. Erst dann erhob Tapferer Mann die Keule und schmetterte sie in einem letzten tödlichen Schlag auf die Kehle des Mannes.

Anschließend war er zu Boden gestürzt und hatte Blut auf das dürre Wintergras gespuckt. Er war in den grauen Nebel eines Traumes geglitten und hatte nach der Macht gesucht. Die Stimme der Macht und die von Weiße Esche hatten ihm zugeflüstert: Finde Weiße Esche, und du erhältst den Schlüssel, der dir den Zugang zum goldenen Dunst verschafft.

Er wurde sich wieder der Gegenwart bewußt und preßte aus trockener Kehle hervor: »Wer bist du?«

»Bleicher Rabe.« Sie griff nach einem Wassersack. »Mach den Mund auf. Ich träufele dir ein wenig Wasser auf die Lippen.«

Er gehorchte ihrer Aufforderung und war dankbar für die schmerzlindernden Tropfen.

»Ist das dein Zelt oder gehört es meiner Cousine?«

»Das ist Falkenklaues Zelt.«

Tapferer Mann versuchte, den Sinn der Worte zu begreifen. »Bist du seine Frau?«

Sie lächelte verdrießlich, ihre Stimme klang bitter. »Ich bin niemandes Frau. Falkenklaue gab mir vor langer Zeit ein Heiratsversprechen, als ich noch mit einem anderen Mann verheiratet war. Falkenklaue und ich wurden dabei erwischt, wie wir uns paarten. Er gab mir allein die Schuld. Das Volk glaubte natürlich ihm, seinem größten Krieger. Mein Mann hat sich daraufhin von mir getrennt. Kein anderer Mann will mich mehr haben.«

»Warum kümmerst du dich um mich?«

»Nennen wir es ausgleichende Gerechtigkeit. Falkenklaues Frau ist mit ihren Kindern und sämtlichen Habseligkeiten in das Zelt ihrer Eltern gezogen. Von ihr hast du nichts zu befürchten. In ein paar Monaten wird sie wieder heiraten. Sie ist zu hübsch, die Männer lassen sie bestimmt nicht lange allein. Und dir gehört, wie es Brauch ist, Falkenklaues Habe. Sein Zelt, seine Waffen und seine anderen Besitztümer.«

»Und du?«

Prüfend sah sie ihn an, in ihrem Blick lag herausfordernde Sinnlichkeit. »Ich habe dir von meinem Leben erzählt. Warum solltest du mich wollen?«

Er versuchte zu lächeln, zuckte aber vor Schmerz zusammen. »Du bist eine schöne Frau, praktisch veranlagt und gescheit.« Er veränderte trotz der Schmerzen seine Lage. »Ich glaube, du bist eine starke Frau. Du könntest eine Zeitlang ganz nützlich für mich sein.«

»Eine Zeitlang?« Ihre Lippen verzogen sich in bitterem Hohn.

Er wischte sich den Schweiß von der Stirn. »Ich muß nach Süden und eine Frau des Weißlehm-Stammes suchen, die vom Wolfsvolk bei einem Überfall auf das Lager ihres Volkes entführt wurde. Sie verfügt über eine Macht – sie ist der Schlüssel zum neuen Weg.«

Bleicher Rabe runzelte die Stirn. »Wenn du dich mit mir einläßt, untergräbst du deine Autorität beim Stamm der Gebrochenen Steine.«

»Ich besitze eine eigene Macht. Ich brauche von niemandem eine Erlaubnis für das, was ich tue.« Er starrte zu den über dem Rauchabzugsloch dahinjagenden Wolken hinauf. »Die Macht regt sich. Sie führte mich aus einem bestimmten Grund hierher.«

»Aber wie willst du Weiße Esche dem Wolfsvolk entreißen? In der nächsten Zeit kannst du sowieso nicht weg, du bist zu schwer verletzt. Falkenklaue hat dein Knie zerschmettert – du bist für den Rest deines Lebens verkrüppelt.«

Tapferer Mann ballte die Fäuste. »Die Macht hat mich nicht ohne Grund so weit fortgeschickt. Die Stimmen in meinem Kopf werden mir sagen, was ich zu tun habe. Ich werde träumen. Ich führe den Stamm der Gebrochenen

Steine nach Süden. Wir werden Weiße Esche finden, und dann bekommt das Wolfsvolk die Macht des Stammes der Gebrochenen Steine zu spüren. Das schwöre ich bei den Seelen der Toten!«

Kapitel 12

Korb saß ihrer Tante Eulenklee und ihrer Mutter Sternwurz gegenüber. Eulenklee war Grünes Feuers älteste Tochter und nach ihrem Tode nun Lagerführerin. Im Falle von Eulenklees Tod ginge die Führung des Lagers an Sternwurz über, da Eulenklee keine weiblichen Erben hatte außer ihrer spurlos verschwundenen Tochter Weiße Esche. Nach Sternwurz' Tod schließlich würde Korb das Lager übernehmen.

Prüfend betrachtete Korb den Innenraum der Hütte. Dieser Ort hatte für sie stets Grünes Feuers Macht über das Lager widergespiegelt, aber nach ihrem Tod empfand sie das nicht mehr. Die Besitztümer von Grünes Feuer waren fortgeschafft worden; aus Angst, es könne von der Hexerei noch etwas Böses in den Gegenständen verblieben sein, hatten sie alles verbrannt. In den in die Hüttenwände gegrabenen Nischen herrschte gähnende Leere. Sobald sie Zeit hatte, wollte Eulenklee ihre eigenen Sachen dort unterbringen.

Alles verbrennen, damit der Hexenzauber verschwindet. Wie kämpft eine Stammesanführerin gegen Hexerei? Wie reinigt man ein ganzes Lager vom Bösen? Das Kind in ihrem Leib bewegte sich. Korb strich sich unbehaglich über den geschwollenen Bauch. Das Baby mußte bald kommen. Vielleicht wieder eine Tochter, die ihre Blutlinie stärken würde.

Während Korb über diese Dinge nachdachte, hatten sich die beiden älteren Frauen in ein angeregtes Gespräch über die Zukunft vertieft. Im Lager durfte keine Hungersnot ausbrechen. Jetzt, da der Frühling sich zeigte und auf den Südhängen der Hügel erste zartgrüne Hälmchen sprossen, war es Zeit, die besten Gebiete für das Sammeln der Nahrung auszuwählen. Da die Geister zornig wurden, wenn die Menschen Jahr für Jahr die Wurzeln an denselben Stellen ernteten, und deshalb dort keine guten Pflanzen mehr wachsen ließen, mußte der Stamm das Sammeln auf ein größeres Gebiet ausdehnen. Nur dann kümmerten sich die Geister der Erde und der Steine liebevoll um die Pflanzen.

Nun oblag es Eulenklee, die Geister versöhnlich zu stimmen. Die Anspannung im Gesicht der älteren Frau verriet die große Last ihrer Verantwortung. Auch das Problem mit der Hexerei und die bevorstehende Große Versammlung machten ihr zu schaffen.

Korb blickte nach oben zum Abzugsloch, wo sich die Rauchgirlanden des prasselnden Feuers kräuselten. Zwischen einigen Deckenbalken lugte bereits die nackte Erde hervor. Die zwischen den Balken und der darübergehäuften Erde angebrachte Weiden-Gras-Matte mußte durch eine neue ersetzt werden. Das bedeutete viel Arbeit. Grünes Feuer hatte die Instandsetzung nie erlaubt, weil sie davon überzeugt gewesen war, die Macht der Hütte werde dadurch zum Schlechten verändert oder zumindest geschwächt.

Eulenklee hatte sich den Umhang der Anführerin aus Antilopenleder um die breiten Schultern gelegt. Zum erstenmal saß sie auf den Pelzen an der Rückwand der Hütte, auf dem Platz, der der Anführerin vorbehalten war. In steifer Haltung, eine Hand vor den Mund gepreßt, hörte sie Sternwurz zu. Es schien, als überstiegen die auf sie zukommenden Bürden und die Verantwortung ihre Fähigkeiten.

Sternwurz spielte müßig mit ihren Zöpfen. Eines Tages sitze ich an der Rückwand der Hütte. Die Verantwortung für den Stamm wird in meinen Händen liegen. Wie wird mir dabei zumute sein? Werde ich ebenso zaudernd dasitzen wie Eulenklee?

Eigentlich war Weiße Esche in der Erbfolge vor ihr an der Reihe – aber Weiße Esche war verschwunden, fortgehext von bösen Geistern oder, wie manche Leute behaupteten, im Fluß ertrunken. Einen Tagesmarsch lang hatte der Stamm die Ufer abgesucht und nichts gefunden, nicht einmal einen Fetzen ihrer Kleidung. Ein anderes Gerücht besagte, sie sei vom Sonnenvolk geraubt worden. Diese Version stammte von einem Händler, der vor Jahren das Lager besucht hatte.

Woran glaube ich? An Hexerei? Oder an eine Entführung durch ein Volk aus dem fernen Norden? Korb schüttelte den Kopf, darüber wollte sie lieber nicht nachdenken.

Draußen vor der Hütte erhob sich ein unheimlich pfeifender Wind. Es hörte sich an, als heule der Geist von Grünes Feuer höhnisch über dem Rauchabzugsloch. Eine schwere Bö schlug gegen die Hütte, Erde rieselte zwischen den Balken herunter. Eulenklee und Sternwurz verstummten erschrocken und blickten zu den Balken hinauf.

»Nur der Wind«, flüsterte Sternwurz. Ihre Stimme klang, als wolle sie sich selbst beruhigen. »Ich schlage vor, wir sammeln zuerst Götterblumen oben bei dem Geisterloch, da, wo der Fluß in den Berg fließt. Wir sollten nicht mehr lange damit warten.«

Eulenklee wandte die Augen nicht von der Decke ab. Als habe sie gar nicht zugehört, sagte sie: »Eine Nacht für Hexerei und Flüche.«

Sternwurz strich sich über die Stirn. »Du bist noch immer beunruhigt wegen Grünes Feuers Worten?«

Eulenklee nickte. »Sie kannte sich mit Hexerei aus. Als sie im Sterben lag, sagte sie: ›Ich bin verhext worden … verhext …‹«

Korb legte schützend die Arme um ihren gewölbten Leib. Gespräche über Hexerei ängstigten sie, besonders so kurz vor der Geburt. Wie oft hatte Grünes Feuer von bösen Wesen erzählt, die während der Schwangerschaft durch die Vagina der Frau eindrangen, ihre Seele verfaulen ließen und das Kind töteten. Seit Grünes Feuers Tod zuckten sie alle beim kleinsten Geräusch zusammen. Unbehagen hatte sich wie ein schwarzer Mantel über das Lager gelegt.

»Vielleicht sollten wir das Lager in den Red Canyon verlegen«, überlegte Eulenklee laut.

Korb schüttelte den Kopf. »Im Red Canyon ist es kälter. Der Schnee …«

»Halt den Mund, Mädchen.« Eulenklee starrte unverwandt an die Decke.

»Du wolltest eben über die Selleriewurzeln reden«, sagte Sternwurz in dem vergeblichen Versuch, das Thema zu wechseln.

Eulenklee antwortete nicht. Schweigend starrte sie auf das Rauchabzugsloch. Nach einer Weile entgegnete sie: »Wir holen sie am Monsterfelsen. Dort haben wir seit fünf Jahreszeiten keine Wurzeln mehr gegraben.«

Draußen rief eine Stimme: »Ich bin's, Wolfsbeere. Kann ich reinkommen? Ich muß mit Eulenklee reden.« Seine Stimme klang gehetzt.

»Komm rein, Wolfsbeere.« Eulenklees Blick richtete sich auf die Türklappe.

Gebückt trat Korbs Ehemann herein. Als sie sein angstvolles Gesicht sah, erstarrte Korb.

Eulenklee sah ihn beunruhigt an. »Was ist los?«

Er kauerte sich neben Korb nieder und stützte die Ellenbogen auf die Knie. »Jemand ist draußen. Draußen im Dunkeln.«

Eulenklee erschrak sichtlich, ihr Blick wanderte über die Wände hinauf zum Rauchabzugsloch, als zweifele sie an der Sicherheit der Hütte. »Ein Mann?«

Wolfsbeere spreizte die Hände. »Ich weiß es nicht. Vor ein paar Tagen entdeckte ich Spuren – eindeutig die eines Mannes.«

»Vor ein paar Tagen? Am selben Tag, als Grünes Feuer starb?« Aus Eulenklees Gesicht wich jede Farbe.

Wolfsbeere nickte. »Ich wollte es Grünes Feuer sagen, aber dazu hatte ich keine Gelegenheit mehr.«

Eulenklee schloß die Augen. »Du *glaubst*, draußen treibt sich jetzt ein Mann herum? Was genau hast du gesehen?«

Wolfsbeere streifte Korb mit einem raschen Seitenblick. »Ein Schatten bewegte sich im Gestrüpp. Ich nahm meine Speere und ging nachsehen.«

»Das kann ein Tier gewesen sein«, warf Korb ein und bemühte sich, diese Worte unbeschwert zu sagen, aber instinktiv legte sie ihre Hände wieder schützend auf ihren Bauch.

Warum widerfährt ausgerechnet uns das? Was haben wir getan? Böses, hebe dich hinweg und verschwinde!

»Welcher Mann würde im Dickicht herumschleichen? Es

muß ein Tier gewesen sein. Vielleicht ein Dachs oder ein Rotluchs«, pflichtete ihr Sternwurz bei. »Ein Mensch wäre ins Lager gekommen und hätte um Essen gebeten und uns Neuigkeiten erzählt.«

»Vielleicht ist Schilfrohr zurückgekommen«, meinte Korb.

»Er wäre ins Lager gekommen, um hier die Nacht zu verbringen«, unterbrach sie Eulenklee. Offensichtlich fiel es ihr schwer, diese Worte herauszubringen. »Wolfsbeere, hast du an dem Tag, als Grünes Feuer starb, wirklich Spuren gesehen?«

Er nickte. »Sie waren unscharf. Die Größe der Abdrücke entsprach der eines Menschen. Es scheint, als hätte derjenige die Stellen gemieden, an denen die Erde oder der Schnee deutliche Spuren gezeigt hätten.«

»Wie ein Hexer«, flüsterte Korb tonlos. *Die Geburt steht dicht bevor. Bitte, Schöpfer, laß nichts passieren. Ich könnte es nicht ertragen.* Schon bei dem bloßen Gedanken daran schien ihre Seele krank zu werden.

»Wie ein Hexer«, pflichtete ihr Eulenklee bei. Mit heiserer Stimme fügte sie hinzu: »Im ersten Morgengrauen wirst du mit allen Männern jede Handbreit Boden absuchen. Wer immer es auch ist, bringt ihn zur Strecke. Falls es ein Hexer ist oder jemand, den wir verdächtigen, tötet ihn. Tötet ihn sofort. Ich will nicht die nächste sein.«

Entsetztes Schweigen breitete sich in der Hütte aus. *Jemand, den sie verdächtigten? Schwarze Hand!*

Die Stimmen in seinem Kopf wisperten wie rasend. *Wach auf!? Sag es ihnen! Sag ihnen, was du im Traum gesehen hast!*

Stöhnend kehrte Tapferer Mann von seiner Suche nach dem grauen Dunst zurück. Er öffnete die Augen und blickte sich blinzelnd im Dämmerlicht des Zeltes um. Sonnenfedern hatte vor einiger Zeit nach ihm gesehen und ihm einen gräßlich schmeckenden Tee aus Weidenrinden zu trinken gegeben; ungeachtet des widerwärtigen Geschmacks linderte er die Schmerzen. Außerdem hatte ihm Sonnenfedern gegen die Infektion seines Knies einen Breiumschlag aus zermanschter Berberitze aufgelegt. Anfangs hatten sich durch den Umschlag die Schmerzen verstärkt, aber bald hatte sich Tapferer Mann besser gefühlt.

»Bleicher Rabe? Bist du da?«

Draußen vor dem Zelt bewegte sich etwas, dann hörte er ihre schläfrige Stimme. »Was ist? Mußt du wieder urinieren? Ich hole den Beutel und …«

»Nein. Es geht um meinen Traum. Ich muß sie aufhalten.«

Sie trat ein, setzte sich, schürte die Glut des Feuers und warf ein paar Pappeläste hinein. Im auflodernden Licht der Flammen kämmte sie ihre rabenschwarze Haarmähne mit schlanken Fingern zurück und betrachtete ihn abschätzend.

»Den Traum?«

»Ja«, rief er. »Unsere Krieger brechen zu einem Überfall auf den Schwarzspitzen-Stamm am Fat Beaver River auf. Fliegender Falke führt den Trupp an.«

Sie spitzte die Lippen. »Stimmt. Das habe ich dir gestern abend erzählt.«

Er nickte und schluckte hart. »Sag ihnen, sie sollen nicht gehen, sonst gibt es eine Katastrophe. Die Macht meint es nicht gut mit ihnen. Man wird sie entdecken, sie laufen geradewegs in einen Hinterhalt. Einige Krieger werden sterben, andere verwundet werden. Sag ihnen, sie dürfen auf keinen Fall aufbrechen.«

Sie legte den Kopf schief und sah ihn mißtrauisch aus schmalen Augen an. »Wie du meinst.«

»Beeil dich.«

Sie zog ihr Kleid über, schlüpfte in ihre Mokassins und legte eine Decke um die Schultern. Rasch bückte sie sich unter der Tür durch und verschwand in der Dunkelheit.

Tapferer Mann atmete erschöpft aus und starrte in die Flammen, die um die armdicken Äste prasselten. Die Macht des Traumes ließ sein Herz heftig gegen seine Rippen hämmern.

Nach einer Weile näherten sich eilige Schritte. Fliegender Falke, bereits in das lange Kriegshemd des Sonnenvolkes gekleidet, trat gebückt durch die Tür. In der einen Hand hielt er seinen Beutel, in der anderen Speere und Atlatl. Der große, muskulöse Krieger musterte Tapferer Mann aus scharfen Augen. Seine vorspringende Adlernase war eingerahmt von hohlen Wangen, auf die rote Klauen tätowiert waren. Für den Kriegspfad hatte er sein Haar hochgekämmt und mit einer aus einem Schulterblatt geschnitzten Knochenspange zusammengefaßt. Seine schmalen Lippen verzogen sich zu einem amüsierten Lächeln. »Was soll dieses Gerede?«

Hinter ihm schlüpfte Bleicher Rabe herein und setzte sich auf ihren Platz auf der anderen Seite des Zeltes.

Tapferer Mann zeigte mit dem Finger auf den Krieger. »Kein Gerede – ein Traum. Die Schwarzspitzen-Krieger lokken euch in einen Hinterhalt. Ein Mann sieht euch kommen und warnt den Schwarzspitzen-Stamm. Ich sah nicht alles, aber ich sah die Falle, eine schmale Trockenrinne zwischen zwei Sandsteinwänden. Die feindlichen Speere regnen auf euch herab. Ihr könnt die Feinde nicht sehen und deshalb nicht mit euren Speeren antworten. Die Feinde verstecken sich oben hinter den Sandsteinfelsen. Auf dem unebenen, von Dickicht überwucherten Boden könnt ihr nicht schnell genug den Hang hinaufstürmen. Zwei Männer – Rille und Zwei Schilde – sterben in dieser Falle. Andere werden verwundet, und zwei weitere sterben auf der Flucht.«

Fliegender Falke lächelte ungläubig. »Warum sollte ich dir glauben, Tapferer Mann? Dieser Überfall ist seit langem geplant. Schon in der Mitte des Winters kundschaftete Falkenklaue die Lager des Schwarzspitzen-Stammes aus und berichtete uns, wie wir den Angriff erfolgreich durchführen können. Du hast Falkenklaue getötet ... und nun bin ich Anführer bei diesem Überfall. Stellst du dich gegen mich?«

Tapferer Manns Augen wichen dem Blick des Kriegers nicht aus. »Ich mag den Schwarzspitzen-Stamm nicht.« Er strich seine Haare zurück und entblößte die Narbe auf seinem Schädel. »Das haben sie mir angetan. Nur mit Hilfe der Macht entkam ich dem Lager der Toten. Ich wünsche dir Glück und hoffe, daß du alle von ihnen tötest, aber ich darf den Traum nicht außer acht lassen. Wenn die Macht zu mir spricht, *muß* ich zuhören. Die Macht hat mich zu euch geführt. Vielleicht, damit ich mit meinem Traum die Krieger der Gebrochenen Steine vor einer Niederlage bewahre. *Verzichtet auf diesen Überfall!«*

Fliegender Falke lachte lauthals. »Ich habe mir meine eigene Macht geschaffen, Tapferer Mann. Ich habe mich gereinigt, ging an einen hochgelegenen Ort hinauf und bat den Großen Bären um Mut und List. Ich hatte dort oben keine Vision von einer Niederlage.«

»Geht nicht, Fliegender Falke. Ich habe dir gesagt, was ich im Traum gesehen habe. Mehr kann ich nicht tun.«

Fliegender Falke warf einen raschen Blick über das Feuer hinweg auf Bleicher Rabe. »Meine Krieger sind aufbruchbereit. Wir werden ja sehen, ob an deinem Traum etwas Wahres ist. Ich werde sehr vorsichtig darauf achten, daß wir nicht entdeckt werden.« Er machte eine Kopfbewegung zu Bleicher Rabe hinüber. »Sie wird sich in der Zwischenzeit *gut* um dich kümmern, da bin ich sicher. Sobald ich zurück bin, sprechen wir uns wieder.«

»Geht nicht!« schrie Tapferer Mann, doch der Krieger bückte sich bereits unter der Tür durch und ging davon.

Scheinbar unbeteiligt ging Bleicher Rabe über Fliegender Falkes anzügliche Bemerkung hinweg. »Er geht. Du kannst ihn nicht aufhalten. Das ist eine einmalige Chance für ihn, in Falkenklaues Fußstapfen zu treten und der größte Krieger des Stammes zu werden. Er glaubt, die Leute werden zu ihm aufsehen, seine Macht für *so* groß halten wie die von Falkenklaue.« Sie lächelte freudlos. »Ich frage mich, ob Fliegender Falke weiß, daß Falkenklaue der Vater des Kindes seiner Ehefrau Zwei Rosen ist?«

Tapferer Mann legte sich zurück und brummte: »Anscheinend hat Falkenklaue mit den meisten Frauen im Lager geschlafen.«

Unter gesenkten Augenlidern hervor blickte sie ihn aufmerksam an. »Das hat er auch. Er ging auf eine Art mit den Frauen um, daß sie nie genug von ihm bekamen. Im Unterschied zu den meisten Männern verlor er seine Härte nicht, nachdem er seinen Samen vergossen hatte. Er kannte die Frauen und wußte, wo er sie berühren muß, wie er sich bewegen muß, um ihnen großes Vergnügen zu bereiten. Er behauptete, das käme von seiner besonderen Macht, die ihn auch zu einem großen Krieger hatte werden lassen. Ich war wahrhaftig nicht die einzige, mit der er sich herumtrieb – nur die einzige, die dabei erwischt wurde.«

»Scheint so, als kümmert es dich nicht weiter.«

Sie warf den Kopf in den Nacken und entblößte die feste Linie ihrer Kehle. »Du bist jung, Tapferer Mann. Hast du schon einmal eine Frau gehabt?«

»Nein.«

»Hat dich Weiße Esche so sehr in Anspruch genommen?« Anzüglich zog sie die Augenbrauen hoch. »Ich könnte dir vieles beibringen.«

Tapferer Mann schaute sie eine Weile nachdenklich und von ihrer sinnlichen Ausstrahlung erregt an.

»Steh auf«, befahl er. »Zieh dich aus. Ich will dich ansehen.«

Ohne eine Miene zu verziehen, erhob sie sich und zog das weiche Lederkleid über den Kopf. Mit gespreizten Beinen stellte sie sich vor ihn hin. Das Feuerlicht schmeichelte der glatten Festigkeit ihres Fleisches. Ihre Brüste waren voll und fest, unverdorben vom Stillen eines Kindes; die Brustwarzen wurden in der kühlen Luft hart. Ihr flacher, muskulöser Bauch ging über in das schwarze volle Dreieck ihres Schamhaares. Unter der glatten Haut ihrer herrlichen Schenkel spielten kräftige Muskeln.

Mit einer geschmeidigen Kopfbewegung ließ sie ihre glänzenden Haare kaskadenartig über ihre breiten Schultern fallen. Stolz und herausfordernd blickte sie ihm in die bewundernden Augen. Sie sah wunderschön und stark aus. Anmutig und lockend trat sie näher an ihn heran, dabei spannten sich ihre Bauchmuskeln, Feuchtigkeit schimmerte zwischen ihren Beinen.

Er warf die Decke beiseite. »Bring mir bei, was du über die Lust weißt. Bring mir alles bei.«

Als der Morgen dämmerte, lagen sie noch immer beieinander. Ihre sein Glied umschließende Weichheit verbreitete eine merkwürdige Zufriedenheit in seinem Körper, seine Seele durchströmte eine nie gekannte Wärme. Er streichelte die runden Kurven ihres Gesäßes. Sie hatte seinen Kopf in ihre Hände gebettet, ihre Finger strichen zärtlich über seine Ohren, während ihre Haare sie wie ein seidener Schleier umwogten. Ihre vollen Brüste preßten sich gegen seine muskulöse Brust. Drängend schob sie ihr Schambein gegen ihn, forderte in heftiger werdendem Rhythmus seine Reaktion.

»Du lernst schnell«, flüsterte sie.

»Wer waren deine beiden Ehemänner?«

Sie blickte ihm in die Augen, die glatten Züge ihres vollendet schönen Gesichtes blieben im schwachen Licht unergründlich. »Mein erster Mann war Rille. Mein zweiter Zwei Schilde.«

Tapferer Mann bewegte sich rhythmisch in ihr und genoß die aus seinem Becken aufsteigenden Empfindungen. »Sie sterben bei diesem Überfall.«

Sie nickte. »Sofern dein Traum der Wahrheit entspricht, Tapferer Mann.«

»Daran zweifle ich nicht«, keuchte er in sich steigernder Lust.

Die Stimmen in seinem Kopf wisperten: *Ja ... ja.*

Weiße Esche blieb stehen und deutete auf die von schmelzendem Schnee bedeckte Anhöhe. »Da ist jemand!«

»Das sind Wapitis!« widersprach Kranker Bauch, beschattete die Augen und spähte den Hang hinauf.

»Da ist jemand. Da sitzt jemand mitten zwischen den Wapitis«, beharrte Weiße Esche.

Kranker Bauch blinzelte gegen die Sonne. Die Wapitihirsche grasten unbekümmert auf dem Bergsattel. Doch dann entdeckte er einen merkwürdigen Schatten, der aussah wie der Umriß eines Mannes.

»Wahrscheinlich ist das eine Jägerlist. Vermutlich hat jemand einen Steinhaufen aufgeschichtet, der in einer Treiberreihe aussehen soll wie ein Mann. Damit wollen die Jäger die Wapitis täuschen. Aber sieh sie dir an. Sie kümmern sich nicht im mindesten darum. Ich kenne mich aus mit Wapitis, sie sind klüger als Menschen. Niemals käme ihnen ein Mensch so nah, sie würden vorher flüchten. Ich wette, das ist ein Steinhaufen.«

»Ich weiß nicht. Ich habe so ein ...«

»So ein was?«

»Eigenartiges Gefühl«, ergänzte sie unruhig.

Sie stiegen aus einer verschneiten, zwischen den Flanken zweier Berge liegenden Talsohle herauf. Den niedrigen Sattel hatten sie vom Tal aus entdeckt. Über ihn schien eine vernünftige Route nach Süden in das Wind Basin zu führen. An den felsigen, von Geröll und Schutt übersäten Hängen fristeten Dornengestrüpp und gelegentlich Salbei ein kümmerliches Dasein. Aus dem steilen, steinigen Boden lugten hie und da gelbbraune Gräser zwischen Schneeresten hervor. Felsenbirnen und Johannisbeersträucher klammerten sich in die Felsspalten und in die unregelmäßig verlaufenden Trockenrinnen. In der verschneiten Mulde zu ihrer Linken lag ein Espengehölz. Der Mittagswind trieb Wolkenfetzen nach Westen.

»Ein eigenartiges Gefühl?« Kranker Bauch sah sich um. »Mir ist auch etwas seltsam zumute.« Er blickte auf Plage hinunter. Der Hund ließ sich unbekümmert zu Boden plumpsen und nagte den Schnee zwischen seinen Ballen heraus.

»Kehren wir um«, schlug Weiße Esche fast flehend vor.

Kranker Bauch stampfte mit den Füßen, die in den Rindensandalen eiskalt waren. »Wenn wir den ganzen Weg durch den Schnee zurückgehen, erfrieren mir die Füße. Wir befinden uns auf einem Nordhang und stehen hüfttief im Schnee. Mir ist erbärmlich kalt – und während wir hier herumstehen, wird mir ständig kälter. Bis wir oben in der warmen Sonne sind, sind es noch nicht einmal mehr zwei Speerwürfe. Ich bleibe dabei, das ist ein Steinhaufen.«

Sie kaute auf der Unterlippe. Als er seine kalten Füße erwähnte, fühlte sie sich schuldig, denn sie trug seine warmen Mokassins. »Wahrscheinlich hast du recht. Also, beeilen wir uns. Ich fühle irgend etwas ... als ob ich beobachtet werde.«

Als sie sich den Wapitis näherten, hob eine der Hirschkühe den Kopf – und blickte ihm genau in die Augen. Sie trat einen Schritt vor und hob prüfend die Nase in den Wind. Sie waren zu weit entfernt und konnten ihren Warnruf nicht hören, aber plötzlich wirbelte die Herde herum und verschwand im Galopp.

Nur die seltsame, schwarze, erschreckend menschlich aussehende Silhouette blieb zurück.

Weiße Esche murmelte irgend etwas Unverständliches. Obwohl sie hinter ihm ging, konnte er *fühlen*, daß sie ihren Blick unverwandt auf die menschenähnliche Kontur richtete.

Die bittere Kälte und seine gefühllosen Zehen begannen Kranker Bauch zu zermürben. Unter Qualen schlurfte er weiter. Sobald sie den Kamm überquerten, befanden sie sich auf der sonnigen Seite.

Die Gestalt befand sich nun weniger als einen Speerwurf weit von ihnen entfernt. Kranker Bauch kämpfte sich wild mit den Armen fuchtelnd durch eine hohe Wächte. Im Windschatten der Schneewand verlor er die Silhouette aus den Augen.

»Mir gefällt das nicht«, flüsterte Weiße Esche mit zitternder Stimme. »Wenn jemand da oben ist, kann er unbemerkt auf Schneeschuhen herunterkommen und uns mit einem Speer durchbohren.«

»Vielen Dank, genau das wollte ich hören«, meckerte Kranker Bauch so leise, daß sie ihn nicht verstehen konnte. Mit Hilfe seines Ellenbogens bohrte er einen Durchgang durch den Harschschnee

Keuchend kroch er durch das Loch. Er streckte seine gesunde Hand aus und half Weiße Esche hindurch. Plage wählte den Weg über den Schnee, er robbte sich vorwärts und krallte sich in die obere harte Schicht ein.

Kranker Bauch zitterte wieder heftig vor Kälte. Mit angehaltenem Atem suchte er nach besserem Halt für die Füße. Bei jedem zweiten Schritt brach er durch die Schneekruste; endlich spürte er festen Fels unter seinen Füßen.

»Geschafft«, erklärte er keuchend.

Plage blieb stehen und schnüffelte mit bebender Schnauze in den Wind. Wenn er sonst Wapitis roch, stürmte er sofort los, doch jetzt stand er wie erstarrt da.

»O nein.« Weiße Esche blieb unvermittelt stehen.

Kranker Bauch blinzelte gegen das grelle Sonnenlicht und sah vor sich einen alten Mann, der sie aus sanften schwarzen Augen beobachtete. Er saß mit gekreuzten Beinen auf einem Felsen, eine Biberfellmütze bedeckte sein weißes Haar, und auf seinen Schultern lag eine Decke aus schön gegerbter Dickhornschafhaut.

Das Gesicht des Mannes fesselte Kranker Bauchs Aufmerksamkeit. Alt, schrecklich alt. Tiefe Falten hatten sich von den Augenwinkeln bis zum schmallippigen Mund in die pergamentene Haut eingegraben. Wie bei den meisten alten Leuten hatte sein Gesicht die ursprünglichen Proportionen verloren, seine Nase ragte zwischen eingefallenen Wangen hervor. Aus tiefen Höhlen brannten wie von einer inneren Macht beleuchtete Augen. Unter dem Blick dieser Augen schrumpfte Kranker Bauchs Seele zusammen.

Die Angst schnürte sich um Kranker Bauchs Brust wie feuchte Rohlederriemen, aber er ging tapfer weiter und rief: »Ich grüße dich, Großvater! Eine Menge Schnee hier oben. Eine ganze Menge ...«

Die Gestalt rührte sich nicht. Sie schien vollkommen verwachsen zu sein mit der steinigen Erde und dem Felsen – sie war ein Teil des Berges.

Kranker Bauch überlief eine Gänsehaut, seine Seele erbebte. »Weiße Esche? Versuch du mal, mit ihm in der Sprache des Sonnenvolkes zu sprechen.«

Wie gelähmt stand sie neben ihm. Ihre Lippen waren leicht geöffnet, und ein unergründlicher Glanz strahlte in ihren Augen.

Der alte Mann begann zu sprechen. Seine Stimme klang wie zwischen zwei Holzklötzen knirschender Sand. »Du brauchst mit mir nicht in der Sprache des Sonnenvolkes zu reden, Stilles Wasser. Alles zu seiner Zeit.«

Kranker Bauch versuchte, den Kloß im Hals hinunterzuschlucken. »Du ... du kennst mich?«

»Es ist schon eine Weile her, Mann des Volkes. Damals warst du jünger.«

Behutsam, als habe er Klapperschlangen vor sich, trat

Kranker Bauch einen Schritt vor. Eindringlich musterte er das verwitterte Gesicht. Eine Erinnerung regte sich in ihm. »Singende Steine?« fragte er zutiefst verblüfft. »Bist du ... Singende Steine?«

Der alte Mann nickte unendlich langsam. »Der war ich.«

»War?« stieß Kranker Bauch hervor. *Kein Geist ... sag mir, daß du kein Geist bist!*

Wieder sprach der alte Mann. »Was ist ein Mensch? Ein Name? Ein Name besteht aus Worten, Geräuschen, die ein Mund ausstößt. Früher dachte ich, ich sei jemand namens Singende Steine. Ein Name ist Torheit, Illusion«

»Wwie soll ich dich dann nennen?«

»Nenn mich Singende Steine. Das ist vorläufig einfacher für dich.«

»Vorläufig?«

»Du und Weiße Esche, ihr beide zittert am ganzen Leib. Kommt mit, ich weiß, wo ihr euch ausruhen und aufwärmen könnt. Ich habe auch etwas zu essen.« Langsam erhob sich Singende Steine und wandte sein zerfurchtes Gesicht der Sonne zu.

»Woher kennst du mich?« erkundigte sich Weiße Esche heiser.

Der alte Mann holte tief Luft. Allein schon das Atmen schien ihm Vergnügen zu bereiten. »Ich kenne dich seit vielen Jahreszeiten, Weiße Esche. Du hast meine Träume ausgefüllt. Für einen Träumer verliert sich die Zeit, sie ist weniger und mehr, als lebende Menschen glauben. Ich hätte euch vielleicht verpaßt, wäre nicht dieser Händler, Linke Hand, in mein Lager gekommen. Er sagte mir, er habe Kranker Bauch zu mir bringen wollen. Hätte er das getan, wäre Kranker Bauch nicht zur Stelle gewesen, als du ihn gebraucht hast. Der Erste Mann hat die Sache in die Hand genommen. Er webte weiter an dem Muster, das mit Warmes Feuer begonnen hat ... und Linke Hand nahm den Faden auf.«

»Du hast auf uns gewartet? Du wußtest, wir würden heute diesen Paß überqueren?«

Singende Steines Gesicht blieb ausdruckslos. »Ich wußte nicht, daß ihr heute kommt. Ich wußte nur, daß ihr kommt.

Seit zwei Sonnenaufgängen bin ich hier und warte auf euer Eintreffen.«

»Seit zwei Tagen? Und du sitzt einfach so da und bist nicht erfroren?« Eingeschüchtert schüttelte Kranker Bauch den Kopf.

»Ich habe nicht gefroren. Mein Aufenthalt war erfrischend. Hier oben fühlt man die Erde und hört den Himmel. Das Große Eine stellt sich leichter ein, da die Illusion der Welt ohne Schwierigkeiten überwunden werden kann. Ich rief die Wapitis, damit sie ihre Gedanken mit mir teilen. Wapitis sind eine angenehme Gesellschaft. Sie sind klüger, als die Menschen glauben«

»Du hast sie gerufen und mit ihnen gesprochen?« fragte Weiße Esche und sah ihn mit offenem Mund an.

Singende Steine nickte. Als schwebe er auf Gedanken dahin, legte sich ein Schleier auf seine Augen. »Wir waren im Großen Einen.«

»Im Großen Einen«, grübelte Kranker Bauch laut und rief sich seine Machtträume ins Gedächtnis. »Und sie liefen nicht weg? Sie verschwanden erst, als die Leitkuh uns bemerkte?«

»Sie wußte, ihr wart nicht im Großen Einen.«

»Was soll das heißen, nicht im Großen Einen? Ich dachte, man fühlt das Große Eine nur in einem Traum ... oder wenn man stirbt.« Weiße Esche griff nach Kranker Bauchs Hand.

Singende Steine lächelte wieder, sein Gesicht war ein Spiegel alles Guten und Friedlichen. »In deinem bewußten Leben bist du geblendet von Illusion. Mehr kann ich dir dazu nicht sagen. Nicht jetzt. Ihr müßt euch aufwärmen, bevor die Kälte euren Körpern dauerhaft schadet«

Er ging voraus, bog vom Bergsattel ab und schlug einen Weg zwischen rosaroten Granitblöcken ein. Von den steil abfallenden Klippen aus konnten sie das Wind Basin im Süden sehen.

Weiße Esche warf Kranker Bauch einen skeptischen Blick zu. »Er *wußte,* daß wir kommen?«

Kranker Bauch kaute unschlüssig auf seiner Unterlippe und schielte auf den Rücken des alten Mannes. »Er hat für mich gesungen, als ich klein war – als die Klapperschlange meinen Arm vergiftet hat. Ohne seine Macht wäre ich gestorben.«

»Hast du verstanden, was er gesagt hat? Diese Dinge über Illusion und Zeit?«

Kranker Bauch zitterte unkontrolliert, seine Zähne klapperten vor Kälte. »Nein. Trotzdem glaube ich, wir sollten mit ihm gehen.«

»Ich würde eher …«

»Es gibt keinen Ort auf dieser Welt, wo du so sicher bist wie in Singende Steines Lager. Das Wolfsvolk würde sich lieber selbst aufspießen, als sich mit ihm anzulegen«

»Das Sonnenvolk wiederum …«

»Falls die kommen, weiß er es rechtzeitig. Ich glaube, er sieht alles.«

»War er schon immer so?«

Kranker Bauch humpelte hinter dem alten Mann her. Er spürte seine Füße nicht mehr. »Nein. Aber dieses eigenartige Gefühl, das du auf der anderen Bergseite empfunden hast, war seine Macht. Wir haben sie beide gefühlt.« Er zuckte die Achseln. »Ich verstehe, was er von dir will. Du wirst eine Träumerin. Aber was will er von mir? Ich war nur dazu auserwählt, dein Leben zu retten. Warum kann ich jetzt nicht nach Hause gehen?«

Sie drückte ganz fest seine Hand. »Weil ich dich brauche. Ich habe Angst. Irgend etwas geht vor … und du bist ein Teil davon.«

»Woher weißt du das?« Ein Kribbeln überlief seinen Rükken.

»Aus den Träumen, Kranker Bauch.« Sie senkte beschämt die Augen. »Ich habe dir nicht alles erzählt.«

Eine wohlige Wärme durchflutete ihn und ließ ihn die Muskelkrämpfe und die Frostbeulen an den Füßen vergessen. Er lächelte. »Wenn du mich brauchst, bleibe ich bei dir. Aber es wäre gut, wenn du mir bald erzählst, was du mir bisher von deinen Träumen verschwiegen hast.«

Kapitel 13

Windläufer sprang keuchend über die Salbeisträucher. Er holte das Letzte aus seinen Muskeln heraus, auch wenn er dabei einen Sturz riskierte. Seine Beine zitterten vor Erschöpfung. Seine überanstrengten Lungen lechzten nach Luft, seine Kehle brannte heiß und trocken, und die Zunge klebte ihm am Gaumen.

Vor ihm und zu beiden Seiten ragten die lederbraunen, von Sandstein gekrönten Berge zum Himmel hinauf. Lange, indigoblaue Schatten spielten über die herabgestürzten Sandsteinblöcke und tauchten die Salbei und Beifußsträucher in weiches Licht.

Windläufer warf einen raschen Blick über die Schulter; die Krieger der Gebrochenen Steine folgten ihm in mörderischem Tempo.

Ich muß nicht bei Verstand gewesen sein! Er erreichte den Hang und hetzte mit Riesenschritten die mit Sträuchern bewachsene Schräge hinauf. Sein Herz raste, Angst fraß sich durch sein Bewußtsein.

Windläufer erinnerte sich, wie Feuerkaninchen japsend ins Lager gerannt kam und rief: »Gebrochene Steine! Eine Horde Krieger kommt aus dem Osten. Ich sah sie unten in der Trockenrinne herumschleichen. Mindestens zehn kommen den Fluß entlang!«

Einziger Mann und Schneckenhaus schrien sofort: »Holt eure Waffen! Wir machen sie nieder! Wir überraschen sie!«

Windläufer war voller Stolz in ihre Mitte getreten und hatte Feuerkaninchen gefragt: »Wie weit sind sie noch entfernt?«

»Sie sind unterhalb der Stelle, wo der Fluß den spitzen Felsen durchschneidet. Nicht mehr allzu weit.«

Windläufer blickte Einziger Mann fest in die Augen. »Bei einem Kampf im offenen Gelände sterben einige unserer Krieger und noch mehr werden verwundet.«

Einziger Mann legte spöttisch den Kopf schief. »Das bringt der Krieg so mit sich« Ein hinterhältiges Lächeln umspielte seinen Mund. »Oder willst du Heißes Fett mitnehmen, damit er den Kampf wieder vorzeitig abbricht?«

»Weder – noch. Kennst du die hohen Felsen im Norden? Wo die alte Büffelfalle ist? Wenn ein einzelner Krieger den Feinden direkt vor die Nase läuft, werden sie ihn verfolgen, und er kann sie mit etwas Glück dorthin locken. Unsere Krieger können sich oben hinter den Felsen verstecken und dem Stamm der Gebrochenen Steine einen schweren Schlag versetzen – ohne einen einzigen Mann zu verlieren.«

Einziger Mann zögerte. Er vergrub seine weißen Zähne in die Unterlippe und legte die Stirn in tiefe Falten. »Und wer soll den Köder spielen?«

Windläufer hob beide Hände. »Wer kann schneller laufen als ich?«

Einziger Mann schwieg eine Weile. »Und wenn es nicht funktioniert? Wenn sie dich umbringen?«

»Dann seid ihr wahrscheinlich immer noch besser dran als sonst. Bestimmt sind sie dann fahrlässiger oder sogar leichtsinnig im Vorgefühl des Sieges. Aber wenn es funktioniert, machen wir ihnen Beine und sorgen dafür, daß sie lange und sorgfältig darüber nachdenken, ob sie uns noch einmal angreifen.

Heißes Fetts Enkelin Espe fügte hinzu: »Es könnte klappen. Ihr wißt, was meinem Mann letztes Jahr zugestoßen ist. Jetzt bietet sich uns die Möglichkeit, ihren Hochmut gegen sie selbst zu richten.«

Windläufer sah sie an und fing ihren Blick auf. Seit dem ersten Abend, als er und Heißes Fett zusammen gegessen und über Mächte gesprochen hatten, beobachtete sie ihn unablässig. Ihr herzförmiges Gesicht blieb dabei völlig ausdruckslos. Er hätte nicht einmal sagen können, ob sie ihn respektierte oder nicht.

»Sie hat recht«, meinte Windläufer. »Die Krieger der Gebrochenen Steine sind unerträglich hochmütig.«

Einziger Mann blickte zum Himmel hinauf und verfolgte den Flug eines rotschwänzigen Falken. »Gut, versuchen wir es. Geh, Windläufer. Und sei vorsichtig. Wir sind zu weit entfernt, wir können dir nicht helfen. Mögen die Sonne und der Große Donnervogel dir die notwendige Kraft verleihen und sie mit deinem Mut und deiner Verwegenheit vereinen. Geh! Lauf, mein Freund. Lauf so schnell, wie es dein Name sagt. Wir bereiten die Falle vor.«

Windläufer hatte seine Speere und den Atlatl aufgehoben, Espe dankend zugenickt und war aus dem Lager getrabt. Aller Augen waren bei seinem Weggang auf ihn gerichtet gewesen.

Ich muß nicht bei Verstand gewesen sein!

Keuchend hetzte Windläufer den Hang hinauf. Die lockere Erde unter seinen Füßen verdichtete sich. Er sprang über einen Beifußstrauch – und landete mit einem Fuß auf nacktem Fels. Er stürzte, Schmerz durchzuckte seinen Knöchel. Hinter ihm durchschnitten die Schreie seiner Verfolger triumphierend die Luft. Sie wußten, jetzt hatten sie ihn.

Windläufer sammelte seine Speere ein und humpelte weiter. Er mußte seinen Knöchel schonen. Wie weit noch? Die rettende Schlucht schien greifbar nah – und unerreichbar fern. Der Knöchel schien nicht gebrochen zu sein, tat aber verflucht weh!

Mit zusammengebissenen Zähnen hinkte er weiter. Seine Verfolger befanden sich schon dicht hinter ihm. Die Freudenschreie und das schrille Gekreische näherten sich bedrohlich. Er blickte zurück. Nicht mehr als ein Speerwurf trennte ihn vom ersten Verfolger.

Windläufer wirbelte herum und legte einen Speer in den Atlatl. Er ließ seinen Arm zurückschnellen und katapultierte den Speer mit aller Kraft. Doch der Krieger sprang behende zur Seite und ließ das tödliche Wurfgeschoß an sich vorbeizischen. In der Zwischenzeit war Windläufer zu den Felsen bei der alten Falle gehumpelt. Er blickte sich suchend um. Zersplitterte Büffelknochen ragten aus dem schlammigen Boden. Die Spitzen der Knochensplitter und die herumliegenden Rippen schienen ihn zu verhöhnen. Ein weißgebleichter Bisonschädel starrte ihn aus leeren Augenhöhlen an.

Auf beiden Seiten der alten Büffelfalle erhoben sich jäh aufsteigende Felswände. Hier konnte er unmöglich hinaufklettern. Windläufer kroch in das Dickicht aus Felsenbirnen und Johannisbeersträuchern, die an dieser Stelle üppig wuchsen, denn die Wurzeln ernährten sich von den verfaulenden Resten der Bisons. Inbrünstig flehte er: *Sei da, Einziger Mann. Bei der Sonne und dem Großen Donnervogel, sei da … oder ich sterbe in diesem Canyon.* Ein Speer pfiff an ihm vorbei und sauste in die Büsche. Er mußte weiter, hatte nicht die Zeit, sich den besten Weg auszusuchen.

Kopfüber tauchte Windläufer in das dichte Gestrüpp und kroch wie eine unbeholfene Schlange auf der Sohle einer Trockenrinne entlang. Der durchdringende Geruch von Moschus und verwesenden Bisons stieg ihm in die Nase. Die Krieger hinter ihm stießen zornige Schreie aus – sie hatten ihn aus den Augen verloren.

Windläufer kroch weiter, Steine und Felsen zerschrammten seinen Körper. Die Sträucher schützten ihn zwar vor den Blicken seiner Verfolger, doch das stetig dichter werdende Gestrüpp behinderte ihn immer mehr.

Oberhalb von ihm stolperten die wütenden Krieger lautstark durch die Büsche. Wo blieben Einziger Mann und die anderen? Er hatte nur noch wenig Kraft und Speere, um sich zu verteidigen.

Ein Speer zischte durch die Felsenbirnensträucher und bohrte sich eine Handbreit neben ihm in den Boden. Hatten sie ihn entdeckt oder einfach nur Glück gehabt? Er schlängelte sich weiter, das Blut rauschte in seinen Ohren wie ein Wasserfall.

Plötzlich entdeckte er eine unterspülte Wurzel. Er glitt in den Hohlraum und gelangte an eine blanke Felswand. Verzweifelt suchte er nach einem Fluchtweg – doch es gab keinen.

Hier werde ich sterben! Auf dem Bauch kroch er aus der Sackgasse heraus und schob sich hinter einen mächtigen Wildpflaumenbaum. Mit zitternden Fingern versuchte er, einen seiner zwei letzten Speere in seinen Atlatl zu legen. Im Gestrüpp krachte es, Äste brachen. »Komm heraus, kleine Schwarzspitze! Komm heraus und stirb!« johlte ein Krieger.

»Schnappt ihn! Sonst warnt er die anderen, und der Traum bewahrheitet sich!« schrie ein Mann vom anderen Ende der Schlucht herauf. *»Spürt ihn auf!«*

Eine andere Stimme beschwerte sich: »Warum bleiben Fliegender Falke und die anderen am Eingang der Schlucht? Wenn das die Falle wäre, von der der Weißlehm-Mann geträumt hat, hätten sich die Schwarzspitzen-Krieger längst gezeigt und gekämpft – es sei denn, ihr Mut ist so dünn wie Winterurin.«

Windläufer horchte verwundert auf. *Weißlehm-Mann? Von wem sprach dieser Krieger?*

»Rille? Sieh mal da vorn am oberen Ende der Schlucht nach. Aus dem Dickicht hier kommt er nicht heraus, ohne sich so viele Speere einzufangen, daß er aussieht wie Stachelschweins großer Bruder.«

»Sei vorsichtig! Er wirft gut. Wir müssen ihn entdecken, bevor er uns ins Visier nimmt.«

»He! Schwarzspitze! Versteckst du dich wie eine Frau? Kämpft ihr so, ängstlich in den Büschen herumkriechend?«

Windläufer spähte vorsichtig durch das Gewirr aus Ästen, das ihn verbarg. Ließ Einziger Mann ihn im Stich?

Ein Speer zischte heran und streifte Windläufers Kriegshemd. Windläufer ließ es auf keine neuerliche Mutprobe ankommen, sondern warf sich sofort flach auf den Bauch. Dabei rissen ihm die Äste einen weiteren Speer aus der Hand. Schnell kroch er aus der Gefahrenzone.

Beim verfluchten Licht der Sonne, wo blieb Einziger Mann?

Ein siegestrunkener Krieger rannte johlend durch das Gewirr der Felsenbirnensträucher. Windläufer rollte sich zu einer Kugel zusammen.

»Bist du sicher, daß du ihn gesehen hast?« fragte eine Stimme. »Vielleicht war es nur ein Schatten? Irgendein Tier? Ein Kojote oder ein Rotluchs?«

»*Er* war es!«

»Verteilt euch!« befahl eine andere Stimme. »Wir bilden eine Kette, treiben ihn weiter hinauf und kesseln ihn ein.«

Windläufer zuckte zusammen. Dieser Plan sah leider erfolgversprechend aus.

»Fliegender Falke? Du kannst mit den anderen heraufkommen! Von einer Falle keine Spur … sonst hätten sie uns längst angegriffen!« grölte eine Stimme.

War das der Grund? Hatten ihn nur ein paar der feindlichen Krieger verfolgt? Windläufer griff in die dicke Laubschicht, auf der er lag – und ein Hoffnungsfunke erglomm in seiner Brust. Wenn es ihm gelang, sich im Laub einzugraben, hatte er vielleicht noch eine Chance – zwar nur eine kleine, aber immerhin eine Chance.

Ich kehre in Einziger Manns Lager zurück. Ich gebe mein Ehrenwort, wenn ich hier lebend herauskomme, bringe ich ihn um. Dieses Mal bringe ich ihn um. Ich treibe einen Speer durch ihn hindurch, bevor er auch nur mit einer Wimper zucken kann! Niemand läßt Windläufer als Zielscheibe der Krieger der Gebrochenen Steine im Stich. Niemand!

»Ob das Zeug brennt?« erkundigte sich einer der Verfolger.

Windläufer blieb fast das Herz stehen. Wollten sie etwa das Dickicht anzünden … *nein, nicht einmal daran denken!*

»Ist zu feucht, so kurz nach der Schneeschmelze. Außerdem haben die Sträucher viel zuviel Saft. Sie knospen schon. Ich glaube, die schwelen höchstens.«

Unwillkürlich stieß Windläufer einen Seufzer der Erleichterung aus.

»He, wird aber auch Zeit! Willkommen bei der Jagd, Fliegender Falke. Wir dachten schon, ihr hättet beschlossen, hier oben sei es zu gefährlich für euch …«

Ein wildes Geheul ertönte.

»Das ist eine Falle!« kreischte ein Krieger in panischem Schrecken.

Laute Schreie durchschnitten die Luft. Unter den in wilder Panik durcheinanderrennenden Füßen erklang das Geräusch brechender Äste. Speere pfiffen durch die Luft und schlugen klappernd auf Felsen.

Vorsichtig grub sich Windläufer aus dem modrigen Blätterhaufen. Er zögerte. Er befand sich genau zwischen den Fronten und mußte befürchten, sowohl von seinen Freunden oben auf den Felsen wie von den Feinden getroffen zu werden.

Von oben grölte Einziger Mann: »Lauft, ihr Hunde der Gebrochenen Steine! Rennt davon wie Eselhasen vor einem Wolf! Zeigt uns eure Fersen, ihr jämmerlichen alten Weiber! Ha!«

Unter dem Gepolter von Steinen, gefolgt von prasselndem lockerem Geröll und Erde, schlitterten die Schwarzspitzen-Krieger den Hang herunter. In der Nähe stöhnte ein Krieger vor Schmerz.

»Schneckenhaus! Bring den da um. Ich prügle diesem hier noch das Gehirn heraus. He, Windläufer? Bist du da? Lebst du noch? Oder hast du dich zu Tode geschissen?«

Windläufer lugte über den Rand der Sträucher. Feuerkaninchen schmetterte gerade eine schwere Sandsteinplatte auf einen Feind.

»Ihr habt lange genug gebraucht!« Windläufer hetzte durch das Strauchwerk. Erst jetzt, da er gerettet war, spürte er wieder die stechenden Schmerzen in seinem Knöchel. Gequält zuckte er zusammen, fürchtete, bewußtlos zu werden.

Feuerkaninchen starrte auf den zermalmten Körper seines Opfers. »Sie kamen nicht alle herauf. Sie warteten, gerade außer Speerwurfweite, als wüßten sie, daß wir da sind.« Er grinste. »Das machte einige von uns mißtrauisch, obwohl Einziger Mann dir vertraute. Aber du hast durchgehalten ... und sie sind gekommen. Sieg! Windläufer, *du hast es geschafft!*« Feuerkaninchen stieß Freudenschreie aus, hüpfte von einem Bein aufs andere und stimmte ein Lied des Triumphes an.

Windläufer humpelte näher und starrte auf den toten Krieger der Gebrochenen Steine hinunter.

»Wo ist Einziger Mann?«

»Er jagt hinter dem Feind her. Ich wette, außer den beiden da kriegen wir auch noch zwei oder drei.« Windläufer hielt sich wegen seines verletzten Knöchels an Feuerkaninchen fest, als sie sich, die Krieger der Gebrochenen Steine verfluchend, zu den anderen gesellten.

Fliegender Falke führte seine Krieger zurück nach Osten. Von Zeit zu Zeit unterbrachen sie ihre Flucht und katapultierten Speere auf die Schwarzspitzen-Krieger, um sie auf Abstand zu halten. Sie hielten sich in der Mitte des breiten Schwemmlandes des Fat Beaver River, damit sie nicht von der Seite angegriffen werden konnten oder in einen weiteren Hinterhalt gerieten.

Rille und Zwei Schilde waren gleich im ersten Speerhagel gestorben. Weißer Rauch würde die Wunde in seinem Rükken nicht überleben. Wie viele mußten noch sterben?

Fliegender Falke hatte große Vorsicht walten lassen. Tapferer Manns Traum hatte ihn mißtrauisch gemacht, doch den Kundschafter durften sie nicht entkommen lassen. Nie hätte er gedacht, daß die Schwarzspitzen-Krieger tatenlos zusehen, wie einer ihrer Kameraden wie ein verwundeter Eselhase gejagt wird. Sicher, die Schlucht war gefährlich gut für einen Hinterhalt geeignet – aber er hatte es riskieren müssen. Und wer immer da oben auf diesen Felsen gewartet hatte, er war klug und hatte seine Krieger mit einer Faust härter als Quarzit befehligt.

Genau wie Tapferer Mann gesagt hat. Fliegender Falke schielte über die Schulter auf die Schwarzspitzen-Krieger, die ihnen folgten wie Wölfe im Winter einer halbverhungerten Wapitiherde. *Der Stamm der Gebrochenen Steine hat eine neue Macht bekommen.*

Er blickte zur Sonne hinauf, die den westlichen Horizont rot färbte. »Bring mich hier raus, Großer Donnervogel. Für heute hast du genug unserer Seelen in das Lager der Toten geholt. Bring mich und alle noch Lebenden hier raus … und ich folge deinem neuen Seelenflieger, der die Zukunft in seinen Träumen sieht. Das schwöre ich, Fliegender Falke, bei meiner Seele.«

Der Geruch bratenden Fleisches und der süße Duft nach Selleriewurzeln weckte Weiße Esche auf. Sie lag geschützt unter einem unterhöhlten, an den Seiten von Felsen eingeschlossenen Sandsteinüberhang. Auf die Rückwand dieser

Höhle war mit rotem Ocker eine Spirale gemalt. Eine Elster saß auf einer aus der Felswand vorspringenden Stange. Der Vogel beobachtete sie mit schief gelegtem Kopf und krächzte leise.

»Oh? Du sagst, sie ist wach?« ertönte Singende Steines rauhe Stimme.

Sie lugte über ihren Deckenberg. Singende Steine hockte auf einem flachen herabgestürzten Stein und kümmerte sich um das Feuer. Mit seinen vom Sonnenlicht beschienenen unzähligen Runzeln im Gesicht und dem mageren, gekrümmten Körper sah er so alt und zerbrechlich aus, als könne ihn der kleinste Windhauch fortblasen.

Der Vogel stieß ein hohles Schnalzen aus.

»Ja, sie hat lange geschlafen«, erwiderte Singende Steine. Die Elster gab ein kehliges Kreischen von sich.

»Du sprichst mit dem Vogel?« Weiße Esche setzte sich auf. Die Decken waren herrlich warm und weich. Wie lange hatte sie nicht mehr so tief geschlafen? Kein Traum einer Macht hatte ihren Schlummer gestört. Trotz der sättigenden Mahlzeit vom vorigen Abend knurrte ihr Magen schon wieder vor Hunger.

Die Türbehänge waren zur Seite gezogen. Goldenes Sonnenlicht flutete herein und beleuchtete den Raum und die rußgeschwärzten Wände der Höhle mit einem warmen Licht. Aus Häuten gefertigte Beutel hingen so hoch von der Decke, daß selbst die raffinierten Packratten mit den buschigen Schwänzen sie nicht erreichen konnten. Sandsteinplatten bedeckten etliche Vorratsgruben, die eine Armlänge von der Rückwand entfernt in die feste Erde gegraben worden waren. So waren sie geschützt vor Nagetieren und vor der Bodenfeuchtigkeit, die von draußen hereinsickerte. Drei unterschiedlich geformte Feuerstellen – ein flaches, mit Steinen gefülltes Becken, eine von Platten eingefaßte Herdstelle und eine tiefe Röstgrube – befanden sich in Form eines Dreiecks in der Mitte der Höhle. Zwei senkrecht stehende Sandsteinplatten schützten als Windabfänger die Feuerherde.

Durch die Höhlenöffnung waren zerklüftete Berge zu sehen. Dunkelgrüne Waldflecken kontrastierten mit braunen Sandsteinfelsen und Geröllhalden. In den kühlen blauen Schatten dazwischen lag noch Schnee. Die Luft war geschwängert vom Duft nach Salbei, Rosengewächsen, Gras und feuchter Erde – eine leichte Brise trug die Wärme der sonnenbeschienenen Felsen in die Höhle.

Singende Steine lächelte ihr zufrieden zu und entblößte dabei braune Zahnstummel. »Ja, ich spreche mit vielen Geschöpfen. Sogar mit Träumern, eh? Und mächtigen Träumerinnen ... wie dir.«

Sie senkte die Augen und strich ihre schwarz schimmernden Haare aus dem Gesicht. »Alle außer mir glauben, ich sei eine Träumerin. Was ist, wenn ich gar keine Träumerin sein *will?*«

Singende Steines Runzeln verzogen sich zu einem neuen Muster. »Oh, bestimmt willst du das nicht. Niemand *will* ein Träumer sein. Das gehört zum Charakter der Träumer – zumindest der guten Träumer. Ein Narr mag sich wünschen, ein mächtiger Träumer zu sein, aber er sieht dabei nur die Macht und was er mit ihrer Hilfe erreichen kann. Mit der Macht im Bunde kann er eine bedeutende Persönlichkeit werden, zu der die anderen aufsehen. Er wird die Macht nur für seine eigenen Zwecke benutzen. Aber die Macht will den Träumer benutzen und nicht umgekehrt. Wer also die Macht mißbrauchen will, wird von der Macht abgelehnt.« Er schüttelte den Kopf. »Nein, kleine Weiße Esche, Träume sind für die Menschen, die träumen *müssen.*«

Sie rieb sich den Schlaf aus den Augen, lehnte sich an die Wand und blickte ihn prüfend an. »Ich will nicht träumen. Ich will meine Ruhe.«

Singende Steine stocherte mit einem Stock im Feuer herum. »Dir bleibt noch ein wenig Zeit ... allerdings nicht mehr allzu viel. Dir und Kranker Bauch. Aber wie alle Träumer wirst auch du dich schließlich zwischen dem Großen Einen und der Illusion dieser Welt entscheiden müssen. Du wirst die Illusion oder die wahre Wirklichkeit wählen müssen.«

Sie erhob sich, streifte Kranker Bauchs Hemd über und ging zu Singende Steine hinüber. Herausfordernd blickte sie in seine funkelnden Augen. »Ich muß mich entscheiden? Warum? Was ist, wenn ich mich weigere?«

Ein flüchtiges Lächeln umspielte seine Lippen. »So geht das nicht, Mutter des Volkes. Eine Macht ist kein alter Mantel, den du auf deinem Lebensweg einfach irgendwo ablegen kannst. Sie ist wie deine Arme oder deine Beine oder dein Herz. Sie ist ein Teil von dir. Natürlich kannst du beschließen, einen Arm nicht zu gebrauchen – wie das ist, siehst du an Kranker Bauch. Nein, Mädchen, wenn du dem Weg der Sonne folgst, handelst du nach dem Willen und mit dem Einverständnis der Macht. Bevor du dich den Aufgaben zuwenden kannst, die auf dich warten, mußt du allerdings die Wege der Macht erlernen. Du mußt zu den Sternen fliegen und mit den Geistern der Ahnen, mit Wolfsträumer, mit Feuertänzer und mit den Tieren sprechen.«

Sie legte den Kopf schief. »Mich den Aufgaben zuwenden, die auf mich warten? Hör mir mal zu. Vor meinen Augen wurde der letzte Angehörige meines Stammes abgeschlachtet. Ich wurde geschlagen und vergewaltigt. Ich habe den Mann, der mir das angetan hat, umgebracht … und bin vor kurzem fast erfroren und verhungert. Ich weiß, du bist ein großer Träumer, Singende Steine, aber ich bin nicht bereit, mich auf eine Macht oder was auch immer einzulassen. Ich brauche Zeit. Ich will um meine Toten trauern. Ich muß über meine Zukunft nachdenken. Ich kann auch nicht hierbleiben. Hier bin ich zu nah beim Wolfsvolk … und ich bringe den ersten dieses Volkes um, der sich hier zeigt und an dein Feuer setzt.«

Sein sanftes Lächeln veränderte sich nicht. »Vor dir liegt ein langer Weg, Mutter des Volkes. Im Augenblick bist du durcheinander. Du weißt nicht, wohin du dich wenden sollst, wann du kämpfen und wann du fliehen mußt. Du lebst am Rande abgrundtiefer Panik wie ein neugeborenes, von seiner Herde getrenntes Kitz. Hab Geduld. Bereite dich vor.«

Sie holte tief Luft. »Du verstehst *nichts.* Ich bin nicht …« Ihr Blick fiel auf die leere Schlafstelle von Kranker Bauch. Erschrocken fragte sie sich, wo er sein könnte.

»Vielleicht verstehe ich mehr, als du glaubst«, erwiderte Singende Steine. »Aber für den Augenblick haben wir genug von Träumen und Mächten gesprochen. Das Essen ist fertig. Setz dich.« Er klopfte einladend auf die neben ihm liegenden Felle. »Setz dich zu mir, Weiße Esche. Berge erheben sich nicht über Nacht zum Himmel hinauf. Riesige Wälder wachsen nicht mit dem Atemzug einer Maus zu erhabenen Höhen. Das Wirken einer Macht und die Unterweisung eines Träumers folgen ihrem eigenen Rhythmus.«

»Wo ist Kranker Bauch?« erkundigte sie sich argwöhnisch. Hatte Kranker Bauch sie verlassen? Er durfte sie doch nicht bei diesem alten Geisterheiler zurücklassen und einfach fortgehen.

Singende Steine lachte, er wußte, was sie dachte. »Stilles Wasser ist am frühen Morgen gegangen.«

»Wohin?« Sie stand auf und duckte sich sprungbereit. »Welchen Weg hat er genommen? Wie lange ist er schon weg?«

Während Singende Steine sie unverwandt ansah, schienen seine alten Augen immer tiefer in den Höhlen zu versinken. »Hast du Angst?« Seine Stimme senkte sich zu einem Flüstern. »Ja ... ich sehe es. Du bist gestorben, hast alle verloren, die du geliebt hast. Die frühere Weiße Esche ist im Fluß ertrunken und gleitet schweigend unter dem Wasser, strömt in der kühlen Finsternis vorbei an Felsen und Moos.«

»Wo ist Kranker Bauch?« Sie bückte sich und packte ihn an den Schultern. »*Wo ist Kranker Bauch? Hat er mich allein zurückgelassen?*«

Unter Singende Steines hypnotischem Blick verstummte sie. Die überwältigende Verzweiflung ihres Geistes entfernte sich. Sie schien das Gleichgewicht zu verlieren und merkte kaum, wie ihre Hände von seinen Schultern glitten. Ihre Seele zerfloß, trieb willenlos in eine neue Richtung, verlor ihr Ziel.

»Setz dich und iß.« Die freundlich befehlende Stimme löste den letzten Rest ihres Widerstands in nichts auf. »Dein Körper braucht Nahrung. Stilles Wasser ist bald zurück. Er ist oben auf dem Grat und sieht sich ein Sternenrad an, das ich gebaut habe. Er hat dich nicht verlassen und wird es auch nicht tun.«

Sein Lächeln hüllte sie in einen weichen Schleier, durchdrang ihre Seele und wiegte sie in wohltuender Wärme.

Sie blinzelte und schüttelte verwirrt den Kopf. Nur langsam erlangte sie wieder die Kontrolle über ihren Geist. Als sie ihren Blick von seinem löste begann sich die Höhle zu drehen, alles schien aus dem Gleichgewicht zu geraten. Sie senkte den Kopf und drückte mit Daumen und Zeigefinger gegen ihren Nasenrücken, um ihren verschwimmenden Blick zu festigen. »Wie machst du das? Daß sich ein Mensch so verliert?«

»Das beruht auf einer einfachen Verlagerung der Macht«, gab er offen zu. »Wie man das macht, wirst du eines Tages lernen. Ich tat es eben nur, damit du dich entspannst. Iß jetzt, bevor das Fleisch kalt wird. Es ist von einem Büffeljährling und wird dir schmecken. Ich benutze für die Zubereitung ein besonderes Gewürz aus den Samen einer Pfefferpflanze, die viele Monatsmärsche weit im Süden wächst.«

Sie biß in das saftige Fleisch. Genießerisch ließ sie den fremdartigen, aber wunderbaren Geschmack auf der Zunge zergehen.

Er fischte ein paar Selleriewurzeln aus dem dampfenden Kochsack und reichte sie ihr in einer Hornschüssel. Gedankenverloren nahm sie die Schüssel entgegen. »Singende Steine, das Gerüst meines Lebens ist zerstört worden. Alle, die ich liebte, sind tot. Von dem Augenblick an, als wir den Fat Beaver River verlassen haben, begann meine Welt auseinanderzubrechen. Mir ist nichts geblieben. Nicht einmal ich selbst.« Krampfhaft schloß sie die Augen. »Was *geschieht* mit mir?«

Er legte seine Hand auf ihre Schulter. »Ein neuer Weg liegt vor dir, Kind. Ruhe in Frieden. Ich habe dir die Wahrheit gesagt. Die frühere Weiße Esche liegt tot auf dem Grund des Flusses. Um der Macht zu folgen, mußtest du sterben und wiedergeboren werden. Wasser ist der Lebensspender, der Samen von Vater Sonne, der auf Erdenmutter fällt. Du bist durch das Wasser gegangen und für ein neues Leben wiedergeboren worden. Nichts ist von der früheren Weißen Esche geblieben; du kannst nicht zurück.«

Sie schauderte, furchterregende Gedanken schossen ihr durch den Kopf. »Du glaubst, alle diese Menschen mußten meinetwegen sterben? Ich war der wahre Grund für die Vernichtung des Weißlehm-Stammes?«

Singende Steine bewegte die schmalen braunen Lippen. »Nicht du allein. Das Ende des Weißlehm-Stammes diente vielen Zwecken. Völker, gleich welchen Stammes, leben auch auf der Spirale, jedes Volk an seinem Platz. Manche, wie das Erdvolk oder das Wolfsvolk, sind uralt. Andere Völker entstehen und verschwinden wieder innerhalb einer Generation. Das Sonnenvolk ähnelt ängstlichen, unruhigen jungen Männern, die eben erst ihre Männlichkeit entdeckt haben. Es ist ein tatkräftiges Volk, dem ein großes Schicksal bevorsteht. Die Sonne hat dieses Volk nach Süden geführt … führt es noch weiter in den Süden. Dort wird das Volk einen gefiederten Gott zur Sonne emporheben und in seinem Stolz das Große Eine vergessen. Aber einige Angehörige dieses Volkes bleiben hier in diesem Land. Diese Leute werden sich an das Große Eine erinnern und den Wolf heilig halten.«

»Und zu denen gehöre ich?«

Er nickte und rieb sich die Hände. »Du und Stilles Wasser, ihr seid die Zukunft. Ihr überbrückt die Welten. Du spielst eine sehr bedeutende Rolle. Du bist vom Blut des Ersten Mannes und vom Blut Feuertänzers. Das Sonnenvolk ist eine junge Rasse. Jemand muß ihm das Blut des Ersten Mannes bringen und die Schritte des Volkes auf dem Weg der Spirale lenken. Bis jetzt kenne ich noch nicht alle Wege … und vermutlich werde ich sie erst kennenlernen, wenn mein Geist diesen Körper verläßt und die Spirale betritt.«

Sie seufzte und schöpfte noch ein paar Selleriewurzeln aus der Schüssel. Genußvoll kostete sie den Geschmack und leckte die süße Masse von den Fingern. »Nichts, was du sagst, ergibt einen Sinn.«

»Noch nicht. Um den Weg zum Großen Einen zu finden,

brauchst du das Wolfsbündel. Es singt mit tausend Stimmen – allem, was ist und nicht ist. Erachtet das Wolfsbündel dich für würdig, öffnet es dir den Zugang zum Großen Einen. Das heilige Bündel wird dich führen … und dich zurückträumen.«

»Was für ein Bündel?« erkundigte sich Kranker Bauch, der gerade die Höhle betrat. Plage, der ihm auf den Fersen folgte, ließ sich zu Boden plumpsen, rollte sich zusammen und knabberte an seinem Schwanz herum.

»Das heilige Bündel«, flüsterte Singende Steine, sich in geheime Gedanken verlierend.

Weiße Esche stellte die Hornschüssel beiseite, sprang auf die Füße und umarmte Kranker Bauch. »Ich dachte schon, du wärst fortgegangen und hättest mich allein zurückgelassen.«

»Das würde ich nie tun«, beruhigte er sie, ihre Umarmung erwidernd.

»Stilles Wasser, komm her und iß etwas«, rief Singende Steine und hielt eine Fleischscheibe an einem Weidenspieß hoch.

»Komm schon«, sagte sie und nahm seine Hand. »Das Essen schmeckt wundervoll.«

Froh, daß er wieder zurück war, setzte sie sich neben Kranker Bauch und sah ihm beim Essen zu.

»Das Bündel«, flüsterte Singende Steine und starrte geistesabwesend zu Boden. »Das Bündel des Ersten Mannes. Das Wolfsbündel ist der Schlüssel zu der Macht, die du brauchst. Was ich dir nicht beibringen kann, lehrt dich das Bündel.«

Kranker Bauch kaute nachdenklich und fragte: »Du meinst das heilige Bündel des Wolfsvolkes?«

Eiskalte Angst bohrte sich in Weiße Esches Brust.

»Ja. Es hat mich gerufen« Singende Steine schielte von der Seite verstohlen zu Kranker Bauch hinüber. »Du mußt es stehlen. Das Wolfsvolk verzichtet nicht freiwillig auf einen Gegenstand der Macht wie das Wolfsbündel.«

Kranker Bauch starrte den alten Mann mit offenem Mund an.

»Stehlen ...?« Weiße Esche blieben die Worte im Halse stecken. »Bist du wahnsinnig?«

Kapitel 14

Der Rat des Stammes der Gebrochenen Steine versammelte sich um das große Feuer. Tapferer Mann saß schweigend dabei. Die Macht pulsierte in ihm, wie immer begleitet von rasenden Kopfschmerzen. Die Stimmen in seinem Kopf wisperten: *Jetzt ist die Zeit gekommen. Jetzt erhältst du den dir gebührenden Platz.*

Ein helles Feuer prasselte im Lager. Das Licht tanzte flakkernd über die Lederhäute der Zeltwände und offenbarte die Angst in den Gesichtern der Leute, die den im Kreis sitzenden Rat umringten. Sie warteten darauf, mehr über den fehlgeschlagenen Überfall zu erfahren. Viele trugen Büffeldecken über den Schultern; andere wiederum hatten ihre besten Hirschhautjacken angezogen und sich mit Wapitizähnen und Brustplatten aus Röhrenknochenperlen geschmückt. Die Krieger trugen ihre langen Jagdmäntel, jeder Mantel war mit den Symbolen der Macht des Kriegers bemalt. Die Frauen standen flüsternd in Gruppen zusammen und warfen mißtrauische Blicke auf Fliegender Falke.

Aus schmalen Augen beobachtete Tapferer Mann Fliegender Falke. Der Krieger saß mit gekreuzten Beinen am Feuer. Die lodernden Flammen ließen die roten auf seine Wangen tätowierten Krallen aufleuchten. Sein Haar war zu zwei schlichten Zöpfen geflochten, die ihm über die Schultern seines Kriegshemdes aus Bärenfell hingen. Obwohl über sein Schicksal als Anführer der Krieger entschieden wurde, zeigte sein Gesicht keine Regung, es schien wie aus Stein gemeißelt.

Der Stammesanführer Büffelschwanz und der alte Seelenflieger Sonnenfedern saßen Fliegender Falke gegenüber. Büffelschwanz' Frau, Wolkiger Himmel, eine große Frau mit rundem Gesicht, saß zu seiner Rechten.

Weitere Krieger drängten sich dicht hinter Fliegender Falke und demonstrierten damit ihre Verbundenheit mit ihm.

Tapferer Mann war ein Platz an der Seite zugewiesen worden, wie es sich für eine neue Stimme im Rat geziemte. Bleicher Rabe saß neben ihm. Er ignorierte die auf sie gerichteten mißbilligenden Blicke. Zufrieden spürte er die Wärme ihres Körpers. Sollten die Leute sie doch anstarren und hinter vorgehaltener Hand tuscheln. Ihre Meinung über seine Frau hatte keinen Einfluß auf das, was heute nacht geschehen würde.

Die Bewohner des Lagers lauschten begierig den Worten des Rates. Sie wollten sich keine Silbe entgehen lassen. Die Kinder krabbelten zwischen den Beinen der Eltern herum und verfolgten das ernste Ereignis aus staunenden Augen.

»Erzähl uns, was vorgefallen ist«, eröffnete Büffelschwanz die Versammlung.

Fliegender Falke gehorchte und berichtete von Anfang an. Als er zu der Stelle gelangte, an der sie in den Hinterhalt gerieten, unterstrich er seine Worte mit lebhaften Gesten. »Tapferer Mann hatte mich vor einem auf der Lauer liegenden Schwarzspitzen-Krieger gewarnt. Ich mußte mich entscheiden, in die Schlucht einzudringen oder den feindlichen Krieger laufenzulassen. Die Sandsteinwände waren zu steil, um einen meiner Männer hinaufzuschicken und die Lage auskundschaften zu lassen. Wir verfolgten den Schwarzspitzen-Krieger, und ich schickte zwei meiner Leute allein voraus. Dabei riskierte ich, sie in die Falle zu schicken. Wir anderen warteten. Das fast undurchdringliche Dickicht bot dem Schwarzspitzen-Krieger ausreichend Schutz.

Als sich nach einer Weile noch immer nichts rührte, war ich überzeugt, daß diese Schlucht kein Hinterhalt war. Die beiden Männer, die ich vorausgeschickt hatte, riefen, ich solle mit den anderen unserer Gruppe nachkommen. Kaum hatten wir jedoch die Schlucht betreten, hagelten Speere auf uns nieder.«

Fliegender Falke sah Tapferer Mann an. »Es geschah alles

so, wie du gesagt hattest. Von den zehn Männern, die mich begleitet haben, sind vier tot.«

Sonnenfedern legte den Kopf in den Nacken und blickte zum Nachthimmel hinauf.

Mit leiser Stimme fragte Büffelschwanz: »Will einer der Krieger, der mit Fliegender Falke in den Hinterhalt geraten ist, seinen Worten etwas hinzufügen?«

Gelber Fels räusperte sich. Auf die Stirn seines langen, von einer Hakennase dominierten Gesichtes war ein Kreis tätowiert. »Ich gehörte Fliegender Falkes Gruppe an. Ich war die ganze Zeit dabei. Es geschah so, wie er berichtete. Ihn trifft keine Schuld, denn er hat sich bis zur Aufforderung durch seine zwei vorausgeeilten Krieger geweigert, in die Schlucht zu gehen.«

Büffelfuß rief: »Fliegender Falke hat keinen Fehler gemacht. Eine Macht arbeitete gegen uns.«

Die Leute warfen Tapferer Mann unbehagliche Blicke zu. Er nickte nachdenklich. »Ja, eine Macht hat uns eine Lektion erteilt.« Beifallheischend blickte er sich um, stieß aber bei den Umstehenden nur auf Mißtrauen und Ablehnung.

»Jetzt ist nicht die Zeit, um gegen den Schwarzspitzen-Stamm auf den Kriegspfad zu gehen«, fuhr er unbeirrt fort. »Ich habe den Rat der Macht im Traum vernommen. Der Große Donnervogel will, daß wir gegen das Wolfsvolk auf den Kriegspfad gehen. Das Wolfsvolk versperrt den Weg nach Süden. So, wie es den Weißlehm-Stamm ausgelöscht hat, möchte es auch den Namen des Stammes der Gebrochenen Steine für immer vernichten.«

Das darauffolgende betretene Schweigen wurde nur vom fernen Heulen der Kojoten unterbrochen.

Sonnenfedern räusperte sich und spuckte ins Feuer. »Ich hatte keinen solchen Traum.«

»Du hast auch nicht von dem Hinterhalt geträumt, in den Fliegender Falke mit seinen Kriegern hineingelaufen ist«, entgegnete Tapferer Mann. Die Worte kamen ihm wie von selbst, sie wurden ihm von den in seinem Kopf wispernden Stimmen eingeflüstert. »Ich weiß nicht, was ich von deiner Macht halten soll, Seelenflieger. Vielleicht ist sie stärker als meine, vielleicht auch nicht. Wir Menschen müssen auf die Worte jeder Macht hören, aber unsere Entscheidungen treffen wir selbst. Meine Macht sagt, wir sollen nach Süden gehen. Ich weiß nicht, warum. Die Mächte benutzen die Menschen auf unterschiedliche Weise für ihre eigenen Ziele.« Es bereitete ihm ein bösartiges Vergnügen, Alter Falkes Worte zu gebrauchen. Auf diese Weise verdoppelte er die darin enthaltene Macht. Die Stimmen in Tapferer Manns Kopf schnatterten aufgeregt und kicherten.

Fliegender Falke hob die Hände. »Als wir vor den Schwarzspitzen-Kriegern flohen, rief ich den Großen Donnervogel und gelobte dem Boten der Macht der Großen Sonne, wenn ich die übrigen Männer retten könnte, der Macht zu folgen, die uns Tapferer Mann gebracht hat.«

Sonnenfedern musterte Fliegender Falke aufmerksam, in seinem Gesicht bewegte sich kein Muskel. Die Leute flüsterten miteinander.

Büffelschwanz rutschte unruhig hin und her. »Glaubst du wirklich, Tapferer Mann hat uns eine neue Macht gebracht?«

»Ja«, antwortete Fliegender Falke mit überzeugter Stimme. »Wir alle haben gesehen, wie er Falkenklaue getötet hat, und die Warnung vor dem Hinterhalt der Schwarzspitzen-Krieger entsprach der Wahrheit.« Er blickte scharf in die Runde. »Ich habe mich geweigert, an seine Worte zu glauben, doch jetzt glaube ich ihm. Wenn Tapferer Manns Macht uns auffordert, gegen das Wolfsvolk auf den Kriegspfad zu gehen, sollten wir gehorchen.«

Eine rege Diskussion brach unter den Leuten aus.

Büffelschwanz erhob sich und gebot mit einer Handbewegung Schweigen. »Mein Volk, wir haben gehört, was Fliegender Falke über die Geschehnisse während dieses Überfalls zu berichten hatte. Ich bin der Meinung, wir sollten ihn für die schrecklichen Vorfälle nicht verantwortlich machen.« Er richtete seine von schweren Lidern beschatteten Augen auf Tapferer Mann. »Anstatt an Fliegender Falkes Mut und Vernunft zu zweifeln, sollten wir uns mit Tapferer Manns Vision und einem möglichen Überfall auf das Wolfsvolk beschäftigen.«

Mühsam stand Tapferer Mann auf. Er stützte sich auf Bleicher Rabe. Der pochende Schmerz in seinem steifen Bein war kaum auszuhalten. Sein prüfender Blick wanderte über die Gesichter der Umstehenden. Einige sahen sich unsicher an. Andere schauten grimmig und entschlossen drein. In den Augen der Alten flackerte Angst.

Er wandte sich an die Leute. »Unser Weg führte stets nach Süden, Volk der Sonne! Im Augenblick haben wir die Zeit, Atem zu schöpfen. Aber wie lange dauert es noch, bis die Stämme der Schneeammern oder der Hohlkehlen oder der Wespen begehrliche Blicke auf unsere reichen Jagdgründe werfen? Ich weiß, manche von euch werden dieser Gefahr unbekümmert und siegessicher entgegensehen, aber davor kann ich nur warnen. Der Weißlehm-Stamm verhielt sich einst genauso. Und jetzt besteht er nur noch in der Erinnerung.«

»Wir sind der Stamm der Gebrochenen Steine«, erklärte Büffelschwanz stolz und richtete sich zu voller Größe auf. »Der Weißlehm-Stamm war nie stark. Er hatte nie die Mächte auf seiner Seite und kein Herz für den Krieg.«

Tapferer Mann schlug sich lachend mit der Hand auf das gesunde Bein. »Du glaubst, dieser Stamm habe kein Herz für den Krieg besessen? Erinnere dich! Zähle die Toten, Büffelschwanz. Erinnere dich an ihre Gesichter, und sag mir, ob die Weißlehm-Krieger nicht für jeden ihrer eigenen Toten zwei Feinde umgebracht haben.« Tapferer Mann machte eine flehende Gebärde. *»Ich war dabei!* Nie zählte der Weißlehm-Stamm mehr als zehn mal zehn Krieger, trotzdem hielten sie euch – und den Schwarzspitzen-Stamm – viele Jahre in Schach.«

»Doch jetzt ist der ganze Stamm ausgelöscht«, unterbrach ihn Wolkiger Himmel streitlustig, kreuzte ihre Arme vor der Brust und starrte ihn zornig an.

»Aber nicht, weil seine Krieger nicht kämpften wie in die Enge getriebene Dachse. Ich *kannte* diese Krieger. Ich fühlte ihren Mut. Ihre starken Arme und wütenden Herzen konnten den Weißlehm-Stamm nicht vor dem Untergang bewahren, weil sie einen Fehler gemacht haben.«

»Was für einen Fehler?« erkundigte sich Sonnenfedern und baute sich vor Tapferer Mann auf.

»Sie vergaßen die Macht.« Tapferer Mann hob mahnend einen Finger. »Sie konnten die Zeichen der Sonne nicht mehr lesen. Sie hörten nicht mehr auf ihren Seelenflieger Alter Falke.«

»Du bist eigentlich noch zu jung, um über Seelenflieger und Mächte zu sprechen«, meinte Sonnenfedern beiläufig.

Tapferer Mann hob würdevoll den Kopf. »Eine Macht bindet sich nicht an das Alter eines Mannes, sondern an seine Seele, hochverehrtester Ältester. Der Weißlehm-Stamm wurde vernichtet, als er sich und damit seine Stärke in drei Gruppen spaltete. Zwei dieser Gruppen wollten das Tal des Fat Beaver River mit seinen herrlichen Jagdgründen und den milden Wintern halten. Sie weigerten sich, den Bitten der Macht nachzukommen. Jetzt pfeift der Winterwind durch ihre Knochen.«

Sonnenfedern legte amüsiert den Kopf schief. »Und *du* weißt, worum die Macht den Weißlehm-Stamm gebeten hat?«

Nur mit Mühe unterdrückte Tapferer Mann den Drang, den alten Mann zu erwürgen. »Ja, Alter. Das Schicksal des Sonnenvolkes liegt im Süden. Wer sich weigert, dem Weg der Sonne zu folgen, wird vernichtet oder von der Macht fallengelassen.«

»Und was ist, wenn wir deinen Visionen keinen Glauben schenken?« fragte Sonnenfedern und blitzte ihn aus schmalen Augen an.

Spannung breitete sich unter den Leuten aus. Eine Bö fuhr in die Flammen, wirbelnde Funken stoben in den Nachthimmel.

»Dann werdet auch ihr vernichtet oder fallengelassen. Eine Macht will Beachtung. Wir haben keine andere Wahl, wir müssen dem Weg der Sonne folgen. Sieg auf Sieg wird uns dafür belohnen. Falls wir hierbleiben oder in den Norden zurückgehen, wird sich eine Katastrophe an die andere reihen.«

»Und du weißt das so genau, Weißlehm-Mann?« Sonnenfedern schnaubte geringschätzig. »Was glaubst du eigentlich, wer du bist, Tapferer Mann?«

Die Stimmen in Tapferer Manns Kopf plapperten und zischten vor Zorn.

Tapferer Mann lächelte grimmig und hob die Hände zum sternenfunkelnden Himmel. Er achtete nicht auf die qualvollen Schmerzen in seinem Knie, sondern stand frei da, ohne sich auf Bleicher Rabe zu stützen. »Ich bin der Weg der Macht, Alter. Ich bin die Zukunft des Stammes der Gebrochenen Steine.«

Sonnenfedern nahm eine drohende Haltung ein und erklärte mit einem Handzeichen das Gespräch für beendet. »Ich glaube, für heute ist es genug. Wir alle müssen nachdenken und die Worte der Alten gegen die Worte unverfrorener, ungestümer junger Männer abwägen.«

Nach diesen Worten wandte sich der Seelenflieger um, die Menge teilte sich und ließ ihn durch. Würdevoll schritt er durch die Reihen, ein Mann der Macht, der seinen Status kannte.

Büffelschwanz holte tief Luft und starrte in das Feuer. »Gut, gehen wir. Für heute abend ist genug gesagt worden. Denken wir darüber nach.«

Die Leute begannen sich zu zerstreuen. Unter leisem Gemurmel kehrten sie in ihre Zelte zurück.

Fliegender Falke erhob sich und wandte sich an Tapferer Mann. »Stimmt das? Wird uns das Wolfsvolk auslöschen, wenn wir ihm nicht zuvorkommen?«

Tapferer Mann nickte. »Falls du daran zweifelst, frag den Weißlehm-Stamm.«

»Und was erwartet uns nach der Vernichtung des Wolfsvolkes?« fragte Büffelschwanz.

Tapferer Mann zeigte nach Süden. »Dort hinter dem Land des Wolfsvolkes liegt ein anderes Land. Hinter den Sideways Mountains liegt das Land des Erdvolkes. Je weiter man nach Süden geht, um so stärker ist die Macht der Sonne. Im Wind Basin hungern die Menschen auch im Winter nicht. Ein so reiches Land wird den Stamm der Gebrochenen Steine stark und unschlagbar machen. Die Macht hat mir den

Weg gewiesen. Das Erdvolk ist nicht an Krieg gewöhnt. Wir töten ihre Krieger und nehmen ihre Frauen gefangen. Unser Weg führt nach Süden zur Sonne.«

Gestützt auf Bleicher Rabe humpelte er zu seinem Zelt.

Sie flüsterte: »Du hast in ein Wespennest gestochen. Sonnenfedern wird alles in seiner Macht Stehende tun, um dich kleinzukriegen.«

»Soll er doch«, brummte Tapferer Mann. Er litt heftige Schmerzen. »Der Samen für die Zukunft ist in die Erde gepflanzt. Er wird kräftig und üppig gedeihen.«

»Du besitzt viel Selbstvertrauen«, erwiderte sie trocken.

»Die Macht läßt mich nicht fallen. Ich werde wieder träumen – bald schon. Das Wolfsvolk wird am eigenen Leib erfahren, was Angst bedeutet.«

»Und du bekommst deine Weiße Esche.«

»Sie gehört mir im Grunde schon.«

Die Stimmen gurrten: *Ja. Ja.*

Der Wind tänzelte mit spielerischer Unbekümmertheit über den ungeschützten Bergkamm. Sanft wiegte er das braune Gras, das erst seit kurzem vom Schnee befreit war, und zupfte neugierig an Weiße Esches Decke. Sie saß mit Kranker Bauch am Ostrand des Steinkreises, der im Durchmesser zehn Schritte maß und von Singende Steine auf dem höchsten Punkt des Grats angelegt worden war. Reihen aus kopfgroßen Steinen durchkreuzten den Kreis.

Kranker Bauch legte seine Bohrwerkzeuge und den flachen, dreieckigen Steinzahn, den er für eine Halskette durchbohrt hatte, beiseite. Liebevoll betrachtete er den kleinen Bohrer – er hatte das Werkzeug in mühevoller Arbeit selbst hergestellt. Es bestand aus einem dünnen Hartholzschaft, dem eigentlichen Bohrer, der am oberen Ende in einen mit einem Loch versehenen Holzkeil gesteckt wurde. Eine am Hartholzschaft befestigte Bogensehne mußte vor und zurück bewegt werden, während der Holzkeil nach unten gedrückt wurde. Kranker Bauch mußte den Keil wegen seines kaputten Armes mit dem Kinn nach unten drücken. Von Zeit zu

Zeit mußte die Spitze des Bohrers mit Speichel befeuchtet und in den feinen weißen Sand getaucht werden, der als Schmirgelstoff diente.

Der Himmel begann sich bereits blauviolett zu färben, der Mantel der Nacht senkte sich mit zunehmender Kälte über das Land. Von hier oben konnten sie das Wind Basin überblicken. Blaue Schatten krochen in die Täler zwischen den weit entfernten Bergen. Magisch zog der unendliche Blick gen Süden ihre Aufmerksamkeit an. Das Land reichte immer weiter bis es in der Entfernung von vielen Tagesmärschen mit dem Horizont verschmolz. Im Westen schienen die Monster Mountains mit ihren schneebedeckten spitzen Gipfelzähnen den in der Dämmerung gelblichweißen Himmel anzuknabbern. Die steil aufragende Kante der Gray Wall begrenzte den südlichen Teil des Beckens und schloß sich an die Round Rock Mountains an. Weit im Osten waren die Black Mountains nur noch als unregelmäßige, finstere Masse vor dem fast dunklen Himmel zu erkennen; die runden Gipfel lasteten gewichtig auf den baumbewachsenen Hängen.

Kranker Bauch richtete sich auf. Beim letzten Sonnenuntergang hatte er die Steinreihen genau beobachtet. Zu seiner Enttäuschung war die Sonne zwischen zwei Reihen hinter dem Horizont verschwunden.

»Wahrscheinlich sehen wir heute wieder nichts«, sagte er traurig zu Weiße Esche. »Die Steinreihen werden nur an bestimmten Tagen von der Sonne berührt. Singende Steine sagte mir, bis zum längsten Tag vergehen noch zwei Monde. Wir müssen also warten.«

Sie hakte sich bei ihm unter und genoß den Frieden dieses Abends. »Das macht doch nichts. Ich kann mir gut vorstellen, wie die Sonne über die Steine wandert. Ich wußte nicht einmal, daß man die Wege der Gestirne markieren kann.«

»Natürlich. Siehst du, wie die Speichen durch das Innere des Kreises verlaufen? Jede hat eine bestimmte Bedeutung. Es gibt eine Stelle, an der die Sonne am längsten Tag aufgeht, und eine andere, an der die Sterne in der längsten

Nacht des Jahres erscheinen. Von Linke Hand habe ich zuerst von einem Sternenrad gehört. Ich wünschte mir so sehr, einmal eines zu sehen.«

Sie lehnte ihren Kopf an seine Schulter. »Und jetzt ist dein Wunsch in Erfüllung gegangen.«

Eine Falte erschien auf seiner glatten Stirn. »Deine Stimme klang eben sehr traurig.«

»Nein, ich freue mich wirklich für dich. Ich hoffe, alle deine Wünsche gehen in Erfüllung.« Sie zuckte die Achseln. »Es hat nichts mit dir zu tun. Es liegt allein an mir. Ich bin verwirrt. Das Leben ist so traurig. Zu viel ist in zu kurzer Zeit passiert. Mir ist noch gar nicht richtig klargeworden, daß der Weißlehm-Stamm nicht mehr auf mich wartet. Ich glaube noch immer, ich könnte einfach nach Hause gehen ... und Leuchtender Mond und Salbeigeist würden mich erwarten.« Sie schüttelte den Kopf und beobachtete das erste Aufblinken der Sterne im Osten. »Doch das ist nur ein Traum – unwiederbringliche Vergangenheit. Die Menschen, die ich liebte, sind tot.«

Er schlang seine Finger in die ihren. »Die Welt ändert sich. Wir sind nur ein Teil der Welt. Menschen sind nichts anderes als Kojoten oder Wölfe. Manchmal tötet der Hunger die Babys und die Alten. Manchmal werden wir auf der Jagd verwundet – oder eine Krankheit breitet sich in unserem Körper aus. Das ist der Lauf der Welt. Ich verstehe es auch nicht. Vielleicht weiß der Schöpfer, warum das alles geschieht. Oder der Große Donnervogel, von dem ihr vom Sonnenvolk dauernd redet. Du kannst ja mal in deinen Träumen die Geistermächte danach fragen.«

»*Falls* ich träume. Das bleibt mir überlassen, Kranker Bauch. Singende Steine sagt, ich kann mich weigern, mich mit der Macht einzulassen. Ich muß wählen zwischen ... zwischen Illusion und der wahren Wirklichkeit der Welt. Verstehst du, was das bedeutet?«

Mürrisch schüttelte er den Kopf. »Nein.«

»Was ist, wenn ich mich weigere, eine Träumerin zu sein? Ich weiß nicht, wie ich mich entscheiden soll.«

Er lächelte sie an. »Ich werde dich immer lieben, gleichgültig, wie du dich entscheidest. Selbst wenn du in einer Höhle im Land des Antilopenvolkes leben möchtest, gehe ich mit dir. Du brauchst nichts zu tun, nur um mir zu Gefallen zu sein. Sei, wer du bist … wer du sein willst.«

»Warum bist du so gut zu mir?«

Achselzuckend blickte er zu den Sternen hinauf. »Es ist etwas vollkommen Unerwartetes geschehen. Ich liebe dich, Weiße Esche. Das macht mir angst … genauer gesagt, es ängstigt mich zu Tode. Ich fürchte, ich richte wieder ein gewaltiges Durcheinander an. Wenn sich Kranker Bauch schon in eine Frau verliebt, dann natürlich nur in eine wunderschöne und mächtige Träumerin, die wahrscheinlich zwischen ihren Fingern einen Blitz hochschleudern und das Wetter herbeisingen und die Wapitis rufen kann. O nein, Kranker Bauch verliebt sich niemals in eine einfache Frau, die nichts lieber mag, als in der Hütte zu sitzen, Mahlzeiten zuzubereiten und die Kinder großzuziehen. Wenn Kranker Bauch liebt, dann nur eine Frau, die außerhalb seiner Reichweite liegt. Kranker Bauch läßt sich stets auf das Unmögliche ein.«

»Warum bin ich unerreichbar für dich?«

»Weil die Macht dich ruft. Weil du und ich niemals wie normale Menschen leben können.« Er senkte den Kopf. »Wegen all der Dinge, die hinter uns liegen – den Narben, die wir davongetragen haben. Wir sind, wer wir sind. Ich werde nie ein tapferer Held, niemals einer schönen und mächtigen Frau würdig sein.«

Sie umarmte ihn und schloß die Augen. »Für mich bist du tapfer genug, Kranker Bauch. Sprich nicht so, als wäre ich etwas Besonderes. Das bin ich nicht. Ich bin nur verwirrt. Ich fühle mich wie eine vom Wind verwehte Feder. Du bist der einzige Halt in meinem Leben.«

»Was ist mit dem Mann, von dem du mir erzählst hast?«

Am Horizont erschien ein Stern. Ob er sich mit einer der Steinreihen überschneiden würde? Geistesabwesend beobachtete sie den Weg des Sterns und dachte an Windläufer. Was, wenn er den Zweikampf überlebt *hatte?* Was, wenn er vor dem ersten Schnee zu ihr kam?

»Windläufer? Er ist jung, sieht gut aus und ist ein listiger Krieger. Er hat mich einmal vor Tapferer Mann gerettet, als der mich vergewaltigen wollte.« Ihr Griff um Kranker Bauchs Finger wurde fester. »Falls Windläufer überlebt hat, hat er sich dem Schwarzspitzen-Stamm angeschlossen. Er war der Sohn des Bruders meines Vaters. In der Tradition des Sonnenvolkes wäre eine Heirat zwischen uns Blutschande gewesen – obwohl ich nicht vom Blut des Weißlehm-Stammes bin. Schließt er sich dagegen dem Schwarzspitzen-Stamm an und besiegt im Zweikampf ihren besten Krieger, kann er seinen Stamm und seine Familie für tot erklären und mich, ohne in Schande zu geraten, heiraten.«

Wehmütige Traurigkeit schimmerte in Kranker Bauchs Augen. »Er muß dich sehr lieben, wenn er ein solches Risiko eingeht.«

Sie blinzelte. »Ja. Ich ... ich sagte ihm, ich liebe ihn und würde ihn heiraten. Er versprach, mich vor dem ersten Schnee zu holen. Aber nachdem Drei Bullen ... ich weiß nicht, was ich tun soll. So viel ist geschehen, seit ich mich von Windläufer verabschiedet habe. Vielleicht hat das Wolfsvolk ihn umgebracht, bevor sie das Lager überfallen haben. Oder er starb beim Kampf gegen den Schwarzspitzen-Krieger.«

»Er hat überlebt«, sagte Kranker Bauch entschieden.

Sie legte den Kopf schief. »Was macht dich so sicher? Alles, was ich geliebt habe, wurde mir genommen.«

Er lachte freudlos. »Er lebt. Und er wird kommen. Ich fühle es. Nenne es eine Ahnung. Nenne es eine Prophezeiung. Ich glaube, mein Gefühl täuscht mich nicht. Du wirst Windläufer wiedersehen.«

Ihr Herz machte einen Sprung, doch die plötzlich aufkeimende Hoffnung vermischte sich mit Entsetzen bei der Erinnerung an Drei Bullen. »Nein, das kann ich nicht. Ich kann den Gedanken nicht ertragen, von ihm berührt zu werden. Ich hoffe, Windläufer findet eine Frau beim Schwarzspitzen-Stamm, die ihm kräftige Söhne und gesunde Töchter gebärt. Vielleicht läßt ihn die Macht nach alledem ein glückliches Leben führen. Hätte ich einen Wunsch frei, wünschte ich mir, er würde vergessen, daß es mich je gegeben hat.«

Zärtlich fuhr Kranker Bauch mit dem Daumen über ihren Handrücken. »Warum willst du, daß dich der Mann, der dich liebt, vergißt? Liebe ist etwas Wunderbares. Es gibt sie viel zu selten.«

Sie knurrte: »Liebe ist ein Fluch … eine Illusion.«

»Du bist für mich keine Illusion. Und ich liebe dich.«

In ihrer Phantasie sah sie Windläufer kommen und Anspruch auf sie erheben. Mit seinem überschwenglichen Lächeln und großer Vorfreude in den Augen gestand er ihr seine Liebe. Und wenn sie ihm sagte, sie könne seine Liebe nicht erwidern? Würde er sie packen, zu Boden werfen und ihr Kleid hochschieben wie Drei Bullen? Würde er jeglichen Widerstand aus ihr herausprügeln?

»Windläufer ist nicht so«, flüsterte sie und versuchte, in den wild durcheinanderwirbelnden Bildern einen Sinn zu finden. Drei Bullens Augen verschmolzen mit Windläufers Augen, die Gesichter beider Männer wurden zu einem einzigen Gesicht.

»Nein, sicher nicht.« Kranker Bauch ließ ihre Hand los und zog die Decke über ihren Schultern zurecht. »Was Drei Bullen dir angetan hat, wird langsam verheilen. Die Narbe wird immer bleiben, aber du wirst erleben, daß Männer und Frauen sich ohne Schrecken und Schmerzen paaren können. Windläufer wird Verständnis für dich haben und dir Zeit lassen, bis du bereit bist.«

Aus den Augenwinkeln schielte sie zu ihm hinüber. »Warum glaubst du das?«

Er schenkte ihr ein warmes Lächeln. »Wenn du auch wiedergeboren bist, so hat sich doch die Seele der früheren Weiße Esche nicht verändert. Ein Mann, den du liebst, ist deiner Liebe würdig. Windläufer war bereit, sein Leben für dich zu riskieren, damit hat er seine Liebe zu dir bewiesen. Außerdem sehe ich die Sanftheit in deinen Augen, wenn du von ihm sprichst. Auch du hältst ihn deiner Liebe für wert.«

Tief atmete sie die kühle Abendluft ein und genoß den verheißungsvollen Geruch nach Frühling.

Kranker Bauch zog sie an sich und strich ihr über das Haar. Sie schloß die Augen und kostete das Gefühl seiner liebevollen Berührung aus. In solchen Momenten konnte sie ihre Sorgen vollkommen vergessen.

»Alles wird anders sein«, fuhr Kranker Bauch fort. »Mit Windläufer wirst du ein neues Leben beginnen. Bestimmt genießt er beim Schwarzspitzen-Stamm großes Ansehen. Ich glaube, du wirst eine mächtige Frau werden, respektiert und bewundert von allen Angehörigen des Schwarzspitzen-Stammes.«

Sie drehte sich zu ihm und legte eine Hand auf seine Brust. »Und du, Kranker Bauch? Kommst du mit mir?«

Er schüttelte den Kopf. Ein wehmütiges Lächeln umspielte seinen Mund. »Ich ...« Er verstummte und lachte leise in sich hinein. »Ich fürchte, ich werde mein Versprechen brechen müssen. Als ich sagte, ich würde alles für dich tun, da dachte ich nicht an Windläufer. Nein, Weiße Esche. Ich werde dir Frieden und Glück wünschen und einen anderen Weg gehen.«

In diesem Augenblick begann ein strahlender Streifen den dunklen Nachthimmel zu erleuchten. Inmitten des Sternenhimmels glühte ein Licht auf, steigerte sich zu einem grellen, grünlichgelben Feuer, nahm seinen Weg zum Bogen des Horizonts und verschwand mit einem leichten Nachglühen hinter den Bergen im Süden.

»Heiliger Donnervogel!« flüsterte Weiße Esche. Eine Gänsehaut lief ihr über den Rücken.

Kranker Bauch keuchte. »Ich habe schon früher Sterne tanzen und am Himmel Streifen bilden sehen – aber noch niemals so helle, grelleuchtende. Und das Licht hat grün gestrahlt, hast du das gesehen?« Er schnüffelte in den Wind und prüfte die Luft wie ein argwöhnischer Wapiti.

»Wonach schnüffelst du?«

Er seufzte. »Nach Rauch. Es sah aus, als ob es gebrannt hätte. Das Licht hat den Himmel überquert, etwas muß da gebrannt haben. Wie die Sonne. Ich schnüffle immer noch Rauch – obwohl ich weiß, die Entfernung ist zu groß. Außerdem kam der Wind von hinten.«

»Und wenn das ein Zeichen für kommende schreckliche Dinge war?«

»Was, wenn nicht? Ein grünes Licht schoß über den Himmel. Weiter wissen wir nichts. Vielleicht war es ein Zeichen für kommende schreckliche Dinge. Vielleicht aber waren es zwei Geister, die miteinander gespielt und sich Feuer zugeworfen haben. Und falls es ein Zeichen für das Kommen eines Träumers war, der die Menschheit rettet? Warum sollte ich mich davor fürchten?«

»Wenn es doch schreckliche Dinge angekündigt hat, fürchtest du dich dann auch nicht?«

Kranker Bauch kratzte sich am Kinn. »Die schrecklichen Dinge kämen trotzdem, auch wenn ich mich fürchte. Was könnte ich daran ändern?«

Sie zitterte. »Mir macht es aber angst.«

Er drückte ihre Hand. »Nun komm schon, gehen wir zurück zu Singende Steine. Er hat bestimmt ein Festmahl für uns zubereitet. Wenn du hier oben bleibst, machst du dir Sorgen, und dann leidest du die ganze Nacht unter schlimmen Träumen, so daß ich nicht schlafen kann, weil ich dich festhalten und streicheln und dir immer wieder sagen muß, daß alles in bester Ordnung ist.«

Sie erhob sich und zog ihn auf die Füße. »Ich weiß nicht, was ich ohne dich täte, Kranker Bauch.«

Als er sich umdrehte und den Bohrer und die schwarzen Steinzähne aufhob, konnte sie einen flüchtigen Blick auf sein Gesicht erhaschen. Sein Ausdruck glich dem eines innerlich zerstörten Mannes, der jeder Hoffnung beraubt ist.

Heißes Fett entfernte den dicken Wickel aus weichem Leder von Windläufers Knöchel. Die Schwellung war zurückgegangen, die Prellung abgeheilt.

»Ganz in Ordnung.« Heißes Fett gestikulierte zufrieden. »Nun mußt du das Bein bewegen und es wieder kräftigen.«

»Du hast gute Arbeit geleistet«, sagte Windläufer anerkennend zu dem alten Mann und bewegte befriedigt seinen Fuß. Er bückte sich und zog seine Mokassins an.

»Los, geh ein paar Schritte.« Heißes Fett scheuchte ihn hoch.

Windläufer verließ das Zelt des Seelenfliegers und trat hinaus in den ruhigen Abend. Die Luft roch nach Frühling.

Der Schwarzspitzen-Stamm hatte das Lager in den Pappelwäldern am Nordufer des Fat Beaver River aufgeschlagen. Die Blätter begannen zu sprießen und färbten die Astspitzen grün. Dicke Fruchtkapseln übersäten bereits das Lager.

Windläufer ging an den Zelten vorbei, genoß den Duft der Kochfeuer und nickte den Menschen freundlich zu. Hin und wieder blieb er kurz stehen und unterhielt sich mit den Leuten, die ihm ihre Freundschaft bezeugt, ihr Essen mit ihm geteilt und ihm kleine Geschenke gebracht hatten.

Im Westen versank die Sonne hinter den blauviolette Schatten werfenden Geyser Mountains. Die Schneefelder auf den höchsten Gipfeln der Great Bear Mountains leuchteten im sterbenden Licht rötlich auf. Die leichte Brise trug aus dem grasbewachsenen Schwemmland das Trällern einer Wiesenlerche an sein Ohr. Ihr Lied erwärmte seine Seele. *Die erste, die ich höre. Frühling.*

Als Ziel hatte er sich einen kleinen Hügel in der Nähe ausgesucht, das schien ihm fürs erste weit genug. Er spazierte in Schlangenlinien zwischen den grauen Pappelstämmen hindurch und trat an den mit Steinen übersäten Rand des Hügels.

Tief sog er die abendlichen Gerüche des Flusses und frischen Grases und den lebendigen Moschusgeruch der Erde in seine Lungen.

Er blickte sich um und entdeckte Espe, die mit um die Knie geschlungenen Armen auf dem Boden saß.

»Tut mir leid, Espe«, sagte er. »Ich wollte dich nicht stören.«

Sie lächelte – ein neutrales, höfliches Lächeln – und erhob sich. »Schon gut. Ich habe dich nicht kommen hören. Was macht dein Knöchel?«

»Dein Großvater hat ihn wunderbar hingekriegt.« Er stellte sich neben sie und beobachtete das Farbenspiel am Abendhimmel. »Ein friedlicher Abend.«

»Ja.« Als ob sie in einen Traum versinke, schloß sie die Augen.

»Du siehst sehnsüchtig aus«, bemerkte er.

Sie schlang die Arme um ihren Oberkörper. Ihre üppige schwarze Haarmähne floß wie ein Strom über ihre Schultern bis hinunter zur Taille.

Sie seufzte wehmütig. »Ja, mag sein. Ich dachte an meinen Mann. Ich mache das manchmal ... hinausgehen, meine ich, um mit meinen Erinnerungen allein zu sein. Du auch? Auch dir sieht man manchmal die Sehnsucht an.«

Er verschränkte die Hände auf dem Rücken. Seine Augen waren starr auf den fernen Horizont gerichtet. »Die Frau, die ich liebe, ist im Süden. Sie gehört zum Weißlehm-Stamm. Ihr Name ist Weiße Esche. Ich werde bald auf die Suche nach ihr gehen.«

Espe beobachtete ihn aus den Augenwinkeln. »Deinem Tonfall nach zu schließen, liebst du sie sehr. Ich finde es merkwürdig, daß ein Mann seinen Stamm verläßt – und die Frau, die er liebt – und sich einem anderen Stamm anschließt.«

Ihm entging der mißtrauische Unterton in ihrer Stimme nicht. »Da ich ebenfalls dem Weißlehm-Stamm angehörte, konnte ich sie nicht heiraten. Der Bruder meines Vaters hat sie an Kindes Statt angenommen. Wir sind nicht blutsverwandt, aber die Regeln meines Stammes sind streng. Ich liebe sie zu sehr, ich wollte nicht, daß es Gerede und häßliche Bemerkungen gibt.«

Espe nickte bedächtig, ihr Mund wirkte angespannt. »Ich verstehe.«

»Wirklich?«

Sie zuckte mit den wohlgeformten Schultern. »Die Liebe verleitet die Menschen zu den merkwürdigsten Handlungen – die Männer ebenso wie die Frauen.«

Er grinste über ihre sorgfältig gewählten Worte. »Ich gehe wohl besser. Verzeih mir, wenn ich dich gestört habe.«

Mit leicht geneigtem Kopf blickte sie zu ihm auf. »Du hast mich nicht gestört.«

Ein plötzliches Aufflackern am Himmel ließ sie zusammenfahren. Ein grellgrünes Feuer brauste am Himmel entlang und zog einen Streifen von Norden nach Süden.

»Heiliger Donnervogel!« flüsterte Espe. »Was ist da passiert?«

Windläufer schluckte vernehmlich und schüttelte den Kopf. »Ich weiß es nicht.« *Aber das brennende Licht wies den Weg nach Süden … Weiße Esche!*

Rittersporn starrte geblendet auf den grünen Lichtstreifen, der über den Himmel schoß. »Hexenlicht«, brummte sie fast lautlos.

Rosenbusch und Knolle unterbrachen ihre Arbeit und gesellten sich zu ihr. »Wetten, drüben im Dreigabelungenlager drehen sie jetzt durch? Schilfrohr erzählte mir, Eulenklee behauptet, Schwarze Hand habe Grünes Feuer verhext.«

Rittersporn klopfte mit ihrem knochigen Zeigefinger an ihr Kinn und betrachtete nachdenklich den Himmel. »Grünes Feuer? Dieses Ding da oben hat grün gebrannt. Habt ihr das gesehen?« Sie schüttelte den Kopf. »Ich glaube, das war ein Zeichen. Daraus entsteht nichts Gutes, das sage ich euch. Gar nichts Gutes. Hexenlicht. Zauberei ist frei – schwarze, böse Hexerei.«

Knolle wich entsetzt zurück und floh lautlos in die Nacht.

Wolfsbeere schälte mit einem Schaber lange Rindenstreifen von einem Wildkirschenstämmchen. Die Arbeit lenkte ihn von den Sorgen ab, die alle Angehörigen des Dreigabelungenlagers belasteten. Beim leisen Schlurfen von Mokassins richtete er sich auf. Sternwurz trat gebückt aus der Hütte, die er mit Korb teilte. Als er ihre Miene sah, blieb ihm fast das Herz stehen. »Was ist passiert?«

»Sie hat das Baby verloren.«

Wie gelähmt ließ Wolfsbeere sein Werkzeug aus den plötzlich kraftlos gewordenen Händen fallen. Er senkte den Kopf und starrte verzweifelt auf den festgetretenen Lehmboden. »O Gepriesener Schöpfer. Und … Korb?«

»Die Blutung hat aufgehört. Sie wird überleben. Aber …«

Wolfsbeere blickte auf, seine Seele zog sich krampfhaft zusammen. »Aber?«

Sternwurz' Kiefermuskeln arbeiteten heftig unter ihren breiten Backenknochen. »Es fing an, nachdem dieses Hexenlicht am Himmel gebrannt hat. Sie ist ... wie soll ich sagen? Ich weiß nicht, wie widerstandsfähig ihr Verstand ist. Sie sagt, sie hat den bösen Zauber gefühlt. Ein Hexer habe ihr Baby umgebracht.«

Wolfsbeere ballte die Hände zu Fäusten und taumelte auf die Beine. »Ich finde Schwarze Hand! Das schwöre ich!«

Gestützt auf Bleicher Rabe, humpelte Tapferer Mann ins Lager zurück. Stechende Schmerzen durchzuckten seinen gemarterten Kopf, die Welt drehte sich vor seinen Augen. Stöhnend preßte er eine Hand gegen die Schläfe, mit der anderen klammerte er sich an Bleicher Rabe fest.

»Geht es noch?« fragte sie mitfühlend.

Mit Einbruch der Dämmerung war es still geworden. In den Zelten brannten inzwischen die Abendfeuer, blaue Rauchfahnen schwebten aus den Abzugsöffnungen an den Zeltspitzen. Bleicher Rabe hatte ihm in die Büsche geholfen, damit er sich erleichtern konnte. Nun befanden sie sich *auf* dem Weg zurück zum Zelt.

Sei bereit! zischten die Stimmen in Tapferer Manns Kopf. *Das Zeichen kommt! Benutze es ... benutze es und ändere die Meinung der Leute.*

»Das Zeichen«, murmelte Tapferer Mann. »Das Zeichen kommt.«

Bleicher Rabe betrachtete ihn besorgt. »Was für ein Zeichen? Ist das wieder so ein Gerede von Mächten und Träumen? Du hast bereits das ganze Lager damit in Aufruhr versetzt.«

Tapferer Mann sog tief die Luft ein. Er mußte sich zu jeder Bewegung zwingen und stützte sich schwer auf Bleicher Rabe, um sein krankes Bein zu entlasten. »Das Zeichen!« rief er verzweifelt. Die Leute steckten die Köpfe aus ihren Zelten und starrten zu ihm herüber. »Das Zeichen kommt! Seht! Seht!«

Murrend traten die Leute aus ihren Zelten in die zunehmende Dunkelheit. Argwöhnisch standen sie herum und ließen ihre Blicke suchend über das Lager schweifen.

Tapferer Mann und Bleicher Rabe hatten ungefähr die Hälfte des Weges zu ihrem Zelt hinter sich gebracht, als ein unheimliches grünliches Licht am Himmel aufflammte. Die Leute keuchten erschrocken und zeigten auf den glühenden Himmel im Osten.

Jetzt ist der Augenblick gekommen, stachelten ihn die Stimmen in seinem Kopf an. *Nutze ihn! Übernimm die Kontrolle über den Stamm der Gebrochenen Steine.*

»Dort! Seht doch! Ich rief die Sonne, damit sie uns ein Zeichen schickt! Seht!« rief Tapferer Mann und zeigte auf den grellgrünen Lichtstreifen, der sich über den Himmel zog. »Seht euch das an! Meine Bitte wurde erhört! Der Himmelspfad aus grünem Feuer weist den Weg nach Süden!«

Er verlagerte einen Teil seines Gewichts auf das kranke Bein und löste sich von Bleicher Rabe. Ohne sich auf sie zu stützen, hob er die Arme dem schwächer werdenden Licht entgegen. »Höre mich, Großer Donnervogel! Tapferer Mann dankt dir für diesen Fingerzeig!« Die Schmerzen wurden stärker, und er mußte die Zähne zusammenbeißen, dennoch machte er mit seinem kranken Bein ein paar Schritte. Die Qual in seinem Körper brannte so hell wie das Licht am Himmel. »Seht mich an! Der Große Donnervogel schickt dem Stamm der Gebrochenen Steine ein Zeichen! *Ich kann gehen!* Ich werde die Krieger nach Süden führen! Wir werden das Wolfsvolk vernichten!«

Er blickte nacheinander in jedes einzelne Gesicht. Die Angehörigen des Stammes der Gebrochenen Steine starrten wie betäubt auf den hellen Streifen, der langsam am Himmel verblaßte. Eine tödliche Stille senkte sich über das Lager.

Tapferer Mann fühlte sich der Macht einen Schritt näher. Jetzt kam es drauf an. »Ich kann gehen!« schrie er. »Ich erhöre deinen Wunsch, Großer Donnervogel! Ich erhöre deinen Ruf nach Krieg! Das Wolfsvolk versperrt uns den Weg nach Süden. Der Stamm der Gebrochenen Steine räumt diesen

Weg frei. Wer folgt Tapferer Mann? Wer folgt dem Pfad, den der Große Donnervogel quer über den Himmel gebrannt hat?«

Fliegender Falke trat vor und hob die Arme. »Ich folge dem Pfad des Großen Donnervogels. Ich höre auf den neuen Träumer des Volkes. Ich gehe nach Süden und vernichte das Wolfsvolk!«

Tapferer Mann schrie seine Freude zum nächtlichen Himmel hinauf. Einer nach dem anderen traten die jungen Männer vor, singend und schreiend bekannten sie sich dazu, gegen das Wolfsvolk auf den Kriegspfad gehen zu wollen.

Tapferer Mann sang und rief die Mächte der Geisterwelt und des Lagers der Toten an. Er rief zum Großen Donnervogel und zur Sonne hinauf. Der Schmerz in seinem zerschmetterten Bein verschwand im Augenblick seines Triumphes.

Während Tapferer Mann schrie und jauchzte und zum Himmel hinaufzeigte, beobachtete Bleicher Rabe aus schmalen Augen, wie die Begeisterung im Lager um sich griff. Die Menschen vollführten Freudensprünge und tanzten ausgelassen. Tapferer Mann stand ohne jede Hilfe in ihrer Mitte und sang seine Geistervision zum dunklen Himmel hinauf. Ein Prickeln überlief ihren Rücken. Tapferer Mann besaß eine Macht; sie fühlte diese Macht in der pulsierenden Nachtluft.

Wie schaffte er es, ohne Hilfe zu stehen? Sein zermalmtes Knie hatte kaum begonnen zusammenzuwachsen. Er hätte vor Schmerz leichenblaß sein und kraftlos taumeln müssen, statt dessen ging er, wenn auch langsam und steifbeinig, zwischen den Tänzern umher.

Noch immer in Gedanken, fiel ihr im Dunkeln plötzlich eine Gestalt auf. Das mußte Sonnenfedern sein, der den Tumult beobachtete. Sie konnte sich seinen haßerfüllten Blick nur zu gut vorstellen, als er erkennen mußte, daß ihm die Macht über den Stamm der Gebrochenen Steine entrissen wurde.

Sie spürte die im dunklen Schatten schwärende Wut fast

körperlich. Nun war der Seelenflieger gezwungen zu handeln.

Wenn er Tapferer Mann vernichtet, was geschieht dann mit mir? Als Sonnenfedern sich in die Dunkelheit zurückzog, pirschte Bleicher Rabe vorsichtig hinter ihm her. Sie rollte ihre Ärmel hoch und befühlte ihre Armmuskeln. Jahrelanges Schaben und Bearbeiten von Häuten, das unentwegte Schleppen von Feuerholz und schwerem Fleisch hatten ihren Körper gekräftigt.

Es mußte lautlos, schnell und sehr vorsichtig erledigt werden.

Kapitel 15

Kranker Bauch sank in den Traum. Seine vom Körper losgelöste Seele fiel durch den grauen Nebel, wurde aufgefangen und begann in dem mit goldenen Lichtflecken gesprenkelten Dunst zu schweben …

Feuerzungen leckten durch den Nebel und wirbelten um ihn herum. In instinktiver Angst vor den Flammen krümmte er sich zusammen, aber keine Hitze versengte seine Haut. Mit einemmal verwandelten sich die Flammen in wehende, tanzende Schneeschwaden, die ihn sanft in eine angsteinflößende Landschaft trugen. Ineinander verschlungene Schneebänder, vom Wind aus den Schneewehen geblasen, kräuselten sich zu langen Spiralen, begannen zu glühen und wieder zu Flammenzungen zu werden. Das Feuer setzte die aufgetürmten Schneewehen in Brand.

»Unmöglich«, flüsterte Kranker Bauch. »Schnee brennt nicht. Er schmilzt … und das Schmelzwasser würde die Flammen löschen. So etwas gibt es nicht.«

»Das ist die Macht, Stilles Wasser«, rief eine geisterhafte Stimme aus dem rauchigen Dunst. *»Wir brachten dich hierher, damit du sie mit eigenen Augen siehst. So sind Wir. Schnee und Feuer. Dies ist das Erbe des Wolfsbündels – die Lektion, die Wir dich lehren.«*

»Schnee und Feuer? Du bist das Wolfsbündel?« Kranker Bauch beobachtete voller Ehrfurcht die Verwandlung von Schneeflocken zu gelbroten Flammenzungen, die in einem Aschenregen erloschen und wieder als Schneeflocken zu Boden schwebten.

»Wir sind das Wolfsbündel. Wir sind Eins.«

Die Worte zersplitterten in tausend Fragmente, von denen jedes eine eigene Stimme besaß, jede Schneeflocke und jede Feuerzunge schien ein eigenes Gesicht zu haben. Rasch verschmolzen die Bilder wieder im brennenden Schnee.

»Seit Wir existieren, haben Wir die Macht aller und alles uns Umgebenden genommen. Wir teilten Uns mit anderen, verbanden unsere Macht mit der ihren. Wir wurden geliebt und gefürchtet, entweiht und erneuert. Die Welt befindet sich ewig und auf immer im Wandel. Ein neues Volk kommt aus dem Norden. Was neu ist, muß sich mit dem Alten verbinden. Komm zu Uns, Stilles Wasser. Komm und nimm Uns an. Wir müssen die Träumerin unterweisen. Wir müssen dich lehren.«

»Warum ich?« rief Kranker Bauch voller Angst aus.

»Dein Vater ist Schilfrohr. Er brachte Uns nach Süden zum Erdvolk. Dort wurden Fäden zu Mustern verwoben wie Stränge zu einem Korb. Jetzt warten wir auf das, was kommt … und hoffen, Wir kommen nicht zu spät.«

»Fäden zu Mustern?«

»Komm zu Uns. Im Norden braut sich ein Sturm zusammen. Er, der den Traum vernichten will, sucht den Weg zum Großen Einen. Er fühlt die Macht. Wir wußten von der Kraft dieses neuen Träumers. Wir wußten nicht, daß die Ereignisse seine Kraft gegen Uns richten. Nicht einmal die Macht kann den Verlauf der Zukunft bestimmen. Er muß aufgehalten werden, bevor er Uns – den Traum vernichtet. Komm zu Uns … bevor es zu spät ist. Komm, Stilles Wasser. Komm …«

Der Traum veränderte sich. Die brennenden Schneewehen lösten sich in unregelmäßige Muster auf, aus denen sich ein Wald, gesehen aus der Vogelperspektive, herauskristallisierte.

Er sah grimmig blickende Krieger mit klappernden Kriegsspeeren durch dichtes Gehölz schleichen. Mit starken

Fäusten umklammerten die Männer ihre Atlatls. Er schwebte über die abweisenden Wipfel der Tannen und Föhren, über eine Wiese, auf der sich, beschienen von einer unheimlich grellen Sonne, ein Lager befand. Die Zelte waren umgestürzt, ihre Wände zerrissen. Die Kohle in den Feuerlöchern war erkaltet, der Wind hatte die Asche überall verstreut.

Beim Anblick der im zertrampelten Gras hingestreckten Leichen stockte Kranker Bauch der Atem. Speerschäfte ragten aus zerfetztem Fleisch, und ihre Kleidung war rot getränkt. Andere lagen mit eingeschlagenem Schädel im blutbesudelten Gras. Fliegen schwebten in schimmernden Wolken über den aufgedunsenen Leichen.

Schatten glitten über ihn hinweg. Kranker Bauch reckte den Hals und entdeckte Raben, die abwartend im Wind kreisten. Hoch aus den Lüften schwebten schwarzweiße Truthahngeier lautlos in zielstrebigen Spiralen herab.

Der graue Dunst begann sich zu bewegen, Tausende Stimmen schrien sehnsüchtig und ängstlich auf.

Während Kranker Bauch über das gebirgige Land schwebte, verdunkelte sich der Himmel, die Nacht brach mit erschreckender Schnelligkeit herein. Unter ihm loderte ein großes Freudenfeuer. Krieger tanzten im Kreis darum herum und sangen zu Ehren ihrer Macht. Wie Wellen aus Luft hoben und senkten sich ihre Stimmen, schienen Kranker Bauch auf und ab zu wiegen. Die Schwingungen ihrer Macht schickten eisige Schauer durch seine Seele.

Gefangene Frauen und Kinder kauerten im Schein des Feuers, umringt von singenden Kriegern, die Freudensprünge vollführten und in einem triumphierenden Tanz herumwirbelten. Mit angstvoll aufgerissenen Augen, gelähmt vor Entsetzen und Leid, starrten die Gefangenen auf die sich drehenden Krieger.

Eine laute Stimme durchbrach das nächtliche Schauspiel und rief die Macht der Sonne an. Kranker Bauch blickte zurück auf das zerstörte Lager, dann wandte er die Augen wieder den Gefangenen zu. Ein grünes Leuchten begann im Dunkel der Nacht aufzuglimmen und bewegte sich hüpfend auf die Tänzer zu. Der Kreis teilte sich … und aus dem rauchigen grünen Glimmen kristallisierte sich ein hochgewachsener junger Mann heraus, der steifbeinig in den Feuerschein humpelte. Bei dem Gefühl der Macht, die dieser Mann ausstrahlte, wurde Kranker Bauch übel.

Der junge Mann führte an der einen Hand eine Gefangene, in der anderen Hand hielt er ein leuchtendes Bündel, dessen funkelndes Strahlen an die aufgehende Sonne erinnerte.

Das Feuer loderte auf. Kranker Bauch sah die Ehrfurcht in den Gesichtern der Zuschauer, und plötzlich erkannte er im flackernden Licht das Gesicht der Gefangenen: *Weiße Esche!*

Kranker Bauch krümmte sich beim Anblick ihrer gepeinigten Seele zusammen. In ihr tobten Angst und Abscheu. Verzweifelt schrie er zu ihr hinunter, doch der Nachtwind übertönte seine Stimme. Eine rot leuchtende Verletzung entstellte Weiße Esches Gesicht, und ihre Seele – so rein und glänzend – begann in der gräßlichen Farbtönung der Macht des lahmen Kriegers zu welken.

Ein leuchtender Punkt widerwärtigen Grüns glühte durch Weiße Esches Hirschlederkleid, breitete sich aus und sickerte unaufhaltsam zwischen ihre Beine. Er wuchs, schickte sich windende Fäden in ihren Schoß und leuchtete durch ihr Becken.

Kranker Bauch jammerte: »Nein. Nicht Weiße Esche. Er hat ihr ein Kind gezeugt!«

Kranker Bauch versuchte, den würgenden Knoten hinunterzuschlucken. Seine Kehle stieß unkontrollierte Schluchzer aus. Gequält schloß er die Augen.

Sieh hin, befahl das Wolfsbündel.

Kranker Bauch blinzelte durch den Tränenschleier und sah den lahmen Krieger, der Weiße Esche zu dem lodernden Feuer zerrte.

»Ich bin die Macht des Sonnenvolkes!« erklärte er mit furchtbarer Stimme. Er hob das Wolfsbündel hoch. »Und ich opfere die Macht des Wolfsvolkes der größeren Macht der Sonne!«

Mit diesen Worten warf er das Wolfsbündel in das prasselnde Freudenfeuer.

Ein entsetztes Schweigen senkte sich über das Land. Plötzlich stürzte sich eine der gefangenen Frauen in das Feuer und versuchte verzweifelt, das Wolfsbündel aus den allesverzehrenden Flammen zu retten. Ihre Haare fingen sofort Feuer, ihre Haut bildete Blasen und wellte sich. Im Todeskampf sank sie auf die Kohlen.

Tausende Stimmen des Wehklagens erhoben sich. Die Totenklage wurde ohrenbetäubend laut, das ganze Gespinst des grauen Nebels pulsierte von dem allumfassenden Elend.

Überwältigt und wie betäubt vor Angst, schlang Kranker Bauch die Arme um seinen Körper und weinte hemmungslos. Seine wimmernde Seele löste sich los von der Welt und allem Guten. Er schwebte im Nichts. Grauer Nebel pulsierte im Rhythmus seines von Leid und Angst gepeinigten Herzens.

»Komm zu Uns, Stilles Wasser. Bring Uns weg, bevor es zu spät ist. Komm … komm …«

In ohnmächtiger Hilflosigkeit trat Kranker Bauch um sich und hämmerte wie ein Wahnsinniger auf den Nebel ein. »Wo bist du? Was ist geschehen?«

Plötzlich fanden seine wild tretenden Beine Halt, doch der Boden unter seinen Mokassins war weich und schwammig, als ginge er über verdorbenes Fleisch. »Wo bist du? Wo …«

»Kranker Bauch?« Die Worte durchdrangen den Traum. »Kranker Bauch? Wach auf!«

Er blinzelte verwirrt. »Was ist?«

Weiße Esche umarmte ihn. »Du hast im Schlaf geschrien. Ich bin da. Alles ist gut. Du bist in Sicherheit … bei Weiße Esche. Du liegst unter deinen Decken in Singende Steines Höhle. Nichts ist passiert.«

Tief atmete er die kühle Nachtluft ein. Er versuchte, den Druck der Angst zu lindern. »Ein Traum einer Macht«, flüsterte er. »Das Wolfsbündel rief mich, hob mich hoch in die Luft und zeigte mir Dinge – entsetzliche Dinge. Du warst da …« Er hämmerte mit den Händen gegen seine Schläfen, als wolle er die Erinnerung aus seinem Kopf herausprügeln. »Nein. Das passiert nicht. Das darf nicht passieren!«

»Ruhig. Alles ist gut. Du bist in Sicherheit, Kranker Bauch. In Sicherheit.« Beruhigend streichelte sie ihn – ihre Anwesenheit wärmte und entspannte ihn.

Sein schweißbedeckter Körper zitterte noch immer heftig. »Das Wolfsbündel – es will, daß ich es rette. Ich soll es vom Wolfsvolk wegholen.«

Sie fröstelte. »Erinnerst du dich daran, was man sich beim Erdvolk darüber erzählte? Darüber, wie Schilfrohr das Bündel gestohlen hat? Das Wolfsvolk kam mit allen Leuten, die es auftreiben konnte. Krieger, Frauen, Alte und Kinder, alle zogen mit geschulterten Waffen los, lagerten in der Nähe der Großen Versammlung und schickten ihre Alten, um über die Rückgabe des Wolfsbündels zu verhandeln.«

Kranker Bauch versuchte, sich zu beruhigen. »Schilfrohr – der Mann, der das Bündel vom Wolfsvolk gestohlen hat – ist mein Vater. Im Traum erwähnte das Bündel etwas von Fäden und Mustern, von Dingen, die angeblich vor Jahren in Bewegung geraten sind.«

»Das stimmt«, erklang Singende Steines rauhe Stimme in der Dunkelheit. »Nachdem Schilfrohr das Bündel gestohlen hatte, brachte er es zur Großen Versammlung. Dort sah ich es zum erstenmal. Als ich es hochhob, strömte eine Macht durch meine Knochen und kräftigte meine Muskeln. Ich fühlte sie … und mein Leben veränderte sich für immer. Ich setzte mich für das Wolfsbündel ein und riet den Stämmen, es dem Wolfsvolk zurückzugeben.« Er verstummte einen Augenblick. »Seitdem ist nichts mehr, wie es war. Von nun an sah ich die Welt mit anderen Augen. Ich hörte mit anderen Ohren. Die Gedanken in meinem Kopf hatten sich verändert. Was zuvor wichtig gewesen war, bedeutete nichts mehr. Was ich einmal hatte, wurde wertlos – ich fühlte mich wie ein Baum, der von Holzameisen zerfressen wird. Den Versuch, mein altes Selbst zu bewahren, gab ich schließlich auf. Es ist nur eine Illusion gewesen. Ich kam hierher in die Berge, um dem Wolfsbündel nahe zu sein und das Große Eine zu suchen.«

»Das Wolfsbündel rief mich.« Blicklos starrte Kranker Bauch in die Dunkelheit. Er fühlte die Gegenwart der auf die

Rückwand der Höhle gemalten Spirale. »Es sagte, im Norden braue sich ein Sturm zusammen. Was hat das zu bedeuten? Im Frühling gibt es häufig Stürme … Ich sah … ich sah …«

»Ein Sturm. Ein menschlicher Sturm«, unterbrach ihn Singende Steine. »Sie dringen nach Süden vor, und falls nicht ein neuer Weg geträumt wird, zermalmen sie alles, was ihnen entgegenkommt. Darum rief dich das Wolfsbündel, Stilles Wasser. Es ruft nach einem neuen Hüter. Du mußt gehen. Du mußt diesem neuen Geistermann des Sonnenvolkes entgegentreten. Tust du das nicht, zerstört er den Traum des Ersten Mannes – ersetzt ihn durch seinen eigenen – und verändert die Spirale. Nimm dein Schicksal an. Versuche, das Wolfsbündel zu retten.«

»Versuchen?« flüsterte Kranker Bauch fast unhörbar. Bilder des Traumes kehrten zurück: mit Speeren klappernde Krieger, in der Sonne verfaulende Tote, die schrecklichen Tänzer am Feuer, Weiße Esche …

Singende Steine seufzte. »Du glaubst doch nicht, eine Macht kommt zu dir ohne Risiko für dich, oder? Um das Wolfsbündel vom Wolfsvolk wegzuholen, mußt du dein Leben aufs Spiel setzen. Prüfe dich, ob du alles riskieren willst – denn vielleicht wirst du sterben.«

Übelkeit pulsierte durch Kranker Bauchs Eingeweide. Verzweifelt schloß er die Augen, aber ein widerlich grünes Glühen brannte in seinem Gedächtnis. *Nicht ich. Das kann doch nicht wirklich mir zustoßen.*

»Tu es nicht«, flüsterte Weiße Esche in sein Ohr. »Wir laufen weg. Wir gehen zum Antilopenvolk oder sonstwohin, nur fort.«

Die unzähligen Stimmen aus dem Traum schrien in schrillem Entsetzen auf. Umwirbelt von brennendem Schnee, erhoben sie sich zu einem dröhnenden Donnern – und schlagartig wurde es still.

Die Bilder tanzten in rötlichem Schimmer und flackerten vor seinen Augen. Er starrte auf das Lager mit den aufgedunsenen, in der heißen Sonne stinkenden Körpern. Ein lahmer Krieger zerrte Weiße Esche in das Licht des Freudenfeuers. Das grünliche Leuchten durchflutete ihr Becken, breitete sich aus, alles verzehrend …

»Ich … ich muß gehen. Ich muß es tun, es geht nicht anders.«

Weiße Esche folgte dem Weg, der von Singende Steines Höhle auf den Grat hinaufführte. Die aufgehende Sonne begann den indigoblauen Horizont in leuchtendes Orange zu tauchen. Der Himmel zerfloß in allen Farben des Sonnenaufgangs, hellrote und gelbe Streifen durchzogen die dunkleren violetten und purpurroten Wolkenformationen im Westen. Dort, weit entfernt am Horizont, verblaßte der letzte funkelnde Stern. Das Tal lag im Zwielicht, die Umrisse von Beifuß und Wacholdersträuchern waren nur schemenhaft erkennbar.

Tief sog sie die frostige Morgenluft in ihre Lungen. Der scharfe Geruch des Beifußes, vermischt mit dem üppigen Duft des frühlingsfrischen Wacholders, besänftigte die nagende Unruhe ihrer Seele.

In Gedanken versunken, beobachtete sie ihre Atemwolken, die in weißen Spiralen aufstiegen und sich sofort verflüchtigten. *Steht mir eine weitere Prüfung bevor? Soll mir auch Kranker Bauch genommen werden?*

Sie blickte auf den schmalen Weg zurück, der sich in zahlreichen Kurven von der Sandsteinklippe zu dem sich fächerförmig ausbreitenden Abhang schlängelte. Das Braun des zerklüfteten Sandsteins, der das Tal wie eine Wand umschloß, reflektierte die zartrosa Tönungen der Morgendämmerung. Salbeisträucher und Rosengewächse hatten ihre sehnigen Wurzeln in die steinige Erde gekrallt und fristeten auf dem der Sonne ausgesetzten Südhang ein kärgliches Dasein.

Um Kranker Bauchs durch den Traum ausgelöste innere Anspannung zu lockern, hatte ihn Weiße Esche lange in den Armen gehalten und besänftigt. Als sie ihn zu überreden versuchte, mit ihr darüber zu sprechen und Sorgen und Angst mit ihr zu teilen, hatte er hartnäckig den Kopf geschüttelt und stur darauf beharrt, »alles sei in bester Ordnung«.

Schließlich war er in einen unruhigen Schlaf gesunken. Er hatte vor sich hin gemurmelt, die Worte blieben jedoch bis auf die wenigen Male, als er ihren Namen wimmerte, unverständlich.

Irgendwann war ihr Kummer zu groß geworden. Als sie es nicht mehr länger aushalten konnte, machte sie sich von ihm frei und kroch lautlos unter den Decken hervor. Nur Plage hatte bemerkt, wie sie in die Kälte des Morgens hinausschlüpfte.

Nun wanderte sie den Pfad entlang und versuchte, eine unabänderliche Wahrheit zu begreifen: Kranker Bauch hatte vor, sich der Laune einer Macht zu opfern.

Und wenn das nur ein weiterer Trick ist? Sie blickte zum langsam blau werdenden Himmel hinauf und fragte laut: »Und wenn er sterben muß, weil er nur als Mittel zum Zweck zur Beeinflussung meines Schicksals diente? Wenn die Macht ihn nun, da er mir das Leben gerettet und damit seine Aufgabe erfüllt hat, fallenläßt?«

Plötzlich sagte hinter ihr jemand: »Du beginnst, die Wege der Macht zu verstehen.«

Keuchend wirbelte sie herum, helle Angst loderte in ihr auf.

Singende Steine saß unbeweglich auf einer flachen Sandsteinplatte. Eingehüllt in seine Decke, schien er mit dem Braun und Grau des beginnenden Tageslichtes zu verschmelzen.

»Singende Steine? Wie kommst du hierher? Ich dachte, du schläfst noch.« Sie legte eine Hand auf ihre Brust, um ihr heftig hämmerndes Herz zu beruhigen, und ging langsam auf ihn zu.

Die Falten um den Mund des alten Mannes kräuselten sich. Lächelnd hob er seine knochige Hand. »Ich komme so oft wie möglich hierher und beobachte den Sonnenaufgang … und genieße das Große Eine. Das erste Tageslicht eignet sich hervorragend dazu, einfach nur dazusitzen und sich von allen Gedanken freizumachen. Zu dieser Jahreszeit ist die Morgendämmerung am friedlichsten, und es gelingt mir am besten, aus der Illusion herauszugleiten und in das Große Eine einzutreten.«

Sie schüttelte den Kopf und kniff sich in den Nasenrücken. »Du sprichst vom Großen Einen ... und Kranker Bauch redet sich ein, er müsse Selbstmord begehen und in einen Speer des Wolfsvolkes rennen. Beunruhigt es dich denn nicht, wenn ein Mann wie Kranker Bauch wegen irgendeines eigenartigen Auftrags drauf und dran ist, für ein merkwürdiges Machtbündel seinen Hals zu riskieren?«

Seine Augen wurden schmal, und er bedachte sie mit einem kritischen Seitenblick. »Für eine Frau, die eine Träumerin sein wird, hast du wahrhaft sonderbare Vorstellungen vom mächtigsten Gegenstand der Welt. Vermutlich betrachtest du diese Angelegenheit aus dem Blickwinkel des Menschen. Der Mensch neigt dazu, sich, seine Gefühle und sein Leben höher zu bewerten als die Erde, die Tiere, die Luft oder das Wohl der gesamten Menschheit. Du hast noch einen langen Weg vor dir, bis du das Große Eine finden wirst, Mädchen.«

Sie kreuzte die Arme vor der Brust und scharrte mit den Füßen auf dem gefroren Boden. »Du hast gesagt, ich müßte selbst wählen. Vielleicht entschließe ich mich ja, das Große Eine gar nicht zu suchen.«

Prüfend sah er sie an; die schwarzen Augen brannten von einem inneren Feuer. »Das kannst du halten, wie du willst.« Er verstummte. Zögernd fuhr er fort: »Allerdings frage ich mich, was du hier draußen in der Kälte zu suchen hast – und warum du dich so sehr damit beschäftigst, was die Macht mit Stilles Wasser vorhat. Eine Frau, die der Macht – und der Zukunft – den Rücken zugekehrt hat, würde sich keine Sorgen um einen unbedeutenden verkrüppelten Mann machen, der davon träumt, dem Wolfsbündel zu helfen.«

Sie warf ihm ihren vernichtendsten Blick zu – doch er zeigte keinerlei Reaktion. Mit seinen alles durchdringenden hypnotischen Augen schien er ihre Seele zu entblößen. »Ich verdanke ihm viel.«

Er nickte bedächtig, als habe er nach reiflicher Überlegung endlich einen tieferen Sinn in ihrem Verhalten entdeckt. »Ah, jetzt begreife ich. Verpflichtungen veranlassen uns Menschen zu den merkwürdigsten Handlungen. Den gewundenen Pfaden einer Verpflichtung nachzuspüren, ist, als wolle man dem Flug einer Biene in einem Wildblumenfeld folgen.«

Er schwieg. Sein Gesicht verzog sich zu einem vergnügten Grinsen. In dem Moment, als die ersten Sonnenstrahlen über die Gipfel fielen, blickte er auf.

Sie folgte der Richtung seines Blickes, dankbar für das Schweigen nach seinen verwirrenden Worten.

Erst als die Sonne über die Gipfel gestiegen war und ihre goldenen Lichtstrahlen in die Schlucht hinunterschickte, brach Singende Steine die Stille. Er seufzte und leckte sich die Lippen. »Für solche Augenblicke lebt der Mensch.« Er sah sie an. »Und für eine junge Frau, die eine Träumerin werden möchte, lautet die erste Lektion, sich selbst gegenüber stets ehrlich zu sein.«

Sie beugte sich zu ihm hinab und sagte eindringlich: »Ich bin ehrlich zu mir selbst.«

»Tatsächlich?«

»Ja, natürlich. Ich weiß, was ich will und warum ich es will. *Ich bin* der Mensch, der in diesem Körper und in dieser Seele lebt. Wie könnte ich unehrlich zu mir sein? Das wäre wie ...«

»Wie ein Scheitern, dir die Wahrheit einzugestehen«, unterbrach er sie.

»Ich bekenne mich stets zur Wahrheit.«

»So? Gut. Sag mir, was jagt dir am meisten Angst ein – daß Stilles Wasser das Wolfsbündel holt oder daß du wieder allein sein wirst, falls er dabei getötet wird?«

Nur zögernd kamen die Worte über ihre Lippen. »Singende Steine, sprich mit ihm. Bitte. Wir dürfen ihn nicht gehen lassen. Gestern ist er beinahe von der Klippe gestürzt. Er ist kein Krieger. Er besitzt weder die Gerissenheit noch die Kühnheit, die ein Krieger braucht. Die Vorstellung, er schleicht sich in ein feindliches Lager und stiehlt einen heiligen Gegenstand wie das Wolfsbündel, ist absurd. Er wird … er wird in einen Kochsack voller Brühe fallen oder über eine Zeltstange stolpern oder einem Hund auf den Schwanz treten. Du kennst Kranker Bauch. Er denkt nicht wie ein Krieger. Er ist zu … zu verletzlich.«

Gleichmütig legte der alte Mann den Kopf in den Nacken und hielt sein Gesicht der Sonne entgegen. »Anscheinend setzt die Macht größeres Vertrauen in Stilles Wasser als du.«

»Er hat einen kaputten Arm! Er kann nicht einmal zwei Speere hintereinander werfen. Er wird sich *umbringen.* Ich war Gefangene eines Angehörigen des Wolfsvolkes. Ich *weiß,* was das für Leute sind.« Sie senkte die Stimme. »Ich darf nicht zulassen, daß Kranker Bauch so etwas widerfährt.«

»Und was ist mit dir?«

Sie zuckte zusammen. »Mit mir? Es geht um Kranker Bauch …«

»Sollte das Wolfsvolk ihn gefangennehmen, was würde das für dich bedeuten? Weshalb sorgst du dich so um ihn? Ich dachte, du magst die Männer nicht.«

»Kranker Bauch ist anders.«

»Oh? Ist er kein Mann?«

»So habe ich es nicht gemeint.«

Wieder lächelte er, seine Augen funkelten vergnügt. »Ich wüßte zu gern, was passiert, wenn du einmal ehrlich zu dir bist.«

»Wie oft soll ich es dir noch sagen? Ich kenne mich besser, als du mich je kennen wirst.«

»Tatsächlich? Du weißt, daß du Stilles Wasser begleiten mußt, denn du liebst ihn, auch wenn du dir das nicht eingestehen willst. Er ist deine Sicherheit, der einzige Mensch, dem du vertraust. Und du weißt, du wirst ihm niemals ausreden können, das Wolfsbündel zu holen. Er leidet Qualen deshalb … aber er wird die Bitte der Macht erfüllen. Das steckt in seiner Seele, das entspricht seiner Natur.«

Ihr Widerstand erlahmte. »Vermutlich.«

»Vermutlich? Ist das wieder so ein Dreh, dich vor der Wahrheit zu drücken?«

Sie setzte sich neben ihn auf den Felsen. »Ich bin nicht davon überzeugt, daß er der Richtige dafür ist.« Sie griff in ihr dichtes Haar und drehte nervös eine Strähne zwischen den Fingern. »Vielleicht bin ich auch nicht die Richtige ... allein schon der Gedanke, zum Wolfsvolk zu gehen, ängstigt mich zu Tode. Ich bin mir nicht sicher, ob ich mich dazu überwinden kann. Wenn etwas passiert – wenn sie ihn gefangennehmen –, liege ich wahrscheinlich vor Angst schluchzend im Dickicht, anstatt nachzudenken und zu handeln.«

»Ah, jetzt bist du doch noch ehrlich.«

Sie schnaubte wütend. »Ich verstehe das nicht. Ich meine, warum hat die Macht gerade uns gerufen, und warum soll ich eine Träumerin sein? Was ist, wenn ich mich dafür entscheide, aber versage?«

»Eine Macht hat ihre eigenen Bedürfnisse und Ziele. Sie kümmert sich nicht um deine Gefühle oder Wünsche. Wenn du dich fürs Träumen entscheidest und versagst, läßt dich die Macht fallen wie ein Krieger eine zerbrochene Speerspitze«

»Oh, prima! Jetzt fühle ich mich *sehr viel* besser!«

»Hier geht es nicht um deine Gefühle. Der entscheidende Punkt ist die Macht.«

Sie nickte, ihr Herz klopfte hart in ihrer Brust. »Wenn ich mich entscheide, eine Träumerin zu sein, gilt die Entscheidung für mein ganzes Leben. Entweder bewähre ich mich, oder ich werde vernichtet.«

Er nickte zustimmend. »Das ist der Weg der Macht.«

Windläufer hielt mitten im Laufen inne und drehte sich auf dem Absatz um. Rasch überblickte er den kahlen, abgeflachten Grat und nickte. Was er vorhatte, bedeutete ein großes Risiko.

»Hierher!« rief er keuchend und winkte. »Schneckenhaus! Blauer Wind! Hierher!«

Seine mit ihm fliehenden Gefährten verlangsamten ihr ungestümes Tempo und kamen aufgeregt zu ihm hinüber.

Schwarzer Basalt bedeckte den hohen, windumpeitschten

Grat, den sie wie verängstigte Maultierhirsche heraufgestürmt waren. Dort, wo sich der Fels gespalten hatte und im Laufe der Zeit gebrochen war, wuchs mageres Gras, der übrige Bergkamm war öde und verlassen. Lediglich an den tiefergelegenen Stellen hatten sich ein paar Findlinge und lockeres Geröll angesammelt. Von hier oben konnten sie nach Süden zum Fat Beaver River und weiter zu den Great Bear Mountains blicken.

Am Nordhang, den sie soeben bestiegen hatten, kletterten die Krieger des Hohlkehlen-Stammes herauf. Mit der Zähigkeit und Hartnäckigkeit von Kojoten, die hinter einem verletzten Antilopenkitz her waren, peitschten sie ihre schweißüberströmten Körper den Berg hinauf.

Die Verfolger verringerten stetig den Abstand und zwangen die Gejagten, sich völlig zu verausgaben. Heftig atmend versuchte Windläufer, die Situation nüchtern einzuschätzen.

Wir müssen überleben. Wir müssen Schwarzer Mond berichten, was wir gesehen haben. Falls uns das nicht gelingt, folgt eine ebenso große Katastrophe, wie sie den Weißlehm-Stamm am Fat Beaver River heimgesucht hat.

Er warf einen letzten Blick den langgezogenen Hang hinunter, dann schlängelte er sich an einer mit Gras bewachsenen Felsspalte entlang zwischen den schwarzen Basaltsteinen hindurch. Seine erschöpften Gefährten folgten ihm vorsichtig.

»Was ist?« stieß Schneckenhaus keuchend hervor, seine breite Brust hob und senkte sich schwer.

»Sie kriegen uns ... falls wir nicht etwas unternehmen. Es sind zu ... viele.« Schwer atmend brachte Windläufer diese Worte heraus. Er zeigte auf die Felsspalte. »Genau das brauchen wir ... nur breiter.«

»*Was?* Hast du den Verstand verloren? Diese Krieger sind im nächsten Augenblick hier oben!« rief Blauer Wind aus. Sein Lederhemd war schweißgetränkt, sein Gesicht vor Anstrengung hochrot. Er warf einen gehetzten Blick über die Schulter und spielte mit seinen Speeren.

»Sie werden glauben, daß wir auf die andere Seite des

Grats hinunter ins Beerengestrüpp gegangen sind. Sieh doch, hier ist es vollkommen eben! Nicht die kleinste Dekkung.«

»Ahha. Vollkommen eben. Keine Deckung. Genau das beunruhigt mich«, grunzte Schneckenhaus.

»Über kurz oder lang kriegen sie uns«, erwiderte Windläufer scharf. »Blauer Wind, lege dich in diese Felsspalte.«

Blauer Wind lugte über den Rand des Grats – die Entfernung zu den sich unerbittlich nähernden Hohlkehlen-Kriegern war bedrohlich geschrumpft – und stieg rasch in die brusttiefe Spalte. Er legte sich auf den Rücken. »Wenn das nur gutgeht.«

Windläufer hob einen kopfgroßen Stein auf und legte ihn Blauer Wind auf die Brust, mit einem weiteren Brocken bedeckte er seine Oberschenkel. Schneckenhaus schleppte noch ein paar große Steine herbei, mit denen sie Blauer Wind ganz verdeckten, und trat zurück, um die Wirkung zu prüfen.

»Das genügt«, meinte er.

Windläufer nickte und drängte zur Eile. »Hier, diese Spalte ist genau richtig für dich, Schneckenhaus. Los, hinunter. Zieh deine Speere dicht an dich heran.«

Hastig häufte er große Steine über Schneckenhaus. Einer genauen Überprüfung durch die Feinde hielt diese List sicher nicht stand, allerdings erwartete wohl keiner von ihnen, daß sie sich hier versteckt hatten.

Schnell trug Windläufer noch einige Geröllsteine herbei und legte sich in eine andere Spalte. Er zwängte sich in den ausgewaschenen Basaltriß, rollte ein paar Steine auf seine Beine und legte sich je einen großen Brocken auf den Bauch und die Brust. Jetzt konnte er nur noch hoffen, daß die Krieger des Hohlkehlen-Stammes sofort auf die andere Seite des Grats gingen.

Sie verhielten sich ruhig, und Windläufer rekapitulierte die jüngsten Ereignisse.

Mit dem Feuer am Himmel hatte es begonnen. Seit jenem Augenblick, als der brennende grüne Stern den Himmel von Osten nach Süden überquert hatte, war er beunruhigt gewesen. Unbehagen hatte seine Seele beschlichen und ihn nervös und reizbar gemacht. Mehr als einmal hatten ihn seltsame Träume gequält, häufig war er schwitzend aus dem Schlaf hochgeschreckt.

Um seine schwelende Angst zu betäuben, hatte er sich freiwillig dazu gemeldet, mit Schneckenhaus und Blauer Wind nach Norden zu gehen und das Land nach Bisons abzusuchen. Die Fleischvorräte im Lager schwanden bedrohlich, und die Jahreszeit, in der sich die Kühe in kleinere Herden abspalteten, um zu kalben, war günstig für die Jagd. Vergnügt hatten die drei Männer das Lager verlassen und waren sorglos nach Norden marschiert.

Keiner von ihnen hatte mit dem nach Süden ziehenden Hohlkehlen-Stamm gerechnet. Die feindlichen Krieger hatten sofort die gnadenlose Verfolgungsjagd begonnen.

Windläufer hörte die herannahenden keuchenden Hohlkehlen-Krieger und verharrte regungslos in seinem Versteck. Seine Gefährten wagten sich ebenfalls nicht zu rühren.

»Siehst du sie?« rief eine Stimme.

»Nein. Sehen wir mal in dem Gestrüpp da unten nach.«

»Vielleicht haben sie die Richtung geändert«, bemerkte ein anderer. »Oder sie haben sich getrennt, und jeder hat einen anderen Weg genommen. Vielleicht versuchen sie, uns seitlich zu umgehen.«

»Wie denn? Auf allen Seiten wächst nur niedriges Gras. Los, kommt, hetzen wir sie wie dumme Waldhühner aus dem Dickicht heraus. Woanders können sie nicht sein.«

Die Hohlkehlen-Krieger verschwanden unterhalb des Grats.

Windläufer atmete tief durch, rollte die Steine beiseite und schlüpfte vorsichtig aus der Felsspalte.

»Bleibt, wo ihr seid!« rief er leise seinen Freunden zu, sprintete geduckt über den flachen Felsgrat und lugte über die Südkante hinunter. Er beobachtete, wie die Krieger das Dickicht einkreisten und ihr Netz stetig enger zogen. Kriechend zog er sich von der Kante zurück und rief in drängendem Flüsterton: »Los, kommt!«

Er führte sie denselben Weg, den sie heraufgekommen

waren, zurück. Blitzschnell verschwand er hinter der Nordkante und rannte zu einer Trockenrinne. Dort unten konnten sie unentdeckt fliehen.

Windläufer trieb seine beiden Gefährten zur Eile an.

»Am besten laufen wir gleich zurück ins Hauptlager. Je früher der Stammesanführer und der Seelenflieger wissen, daß der Hohlkehlen-Stamm im Anmarsch ist, um so eher können sie das Lager verlegen.«

»Das Lager verlegen?« fragte Schneckenhaus. »Ich finde, wir sollten diese verdammten Hohlkehlen in den Norden zurücktreiben – am besten mit etlichen Toten als Denkzettel.«

»Wie viele Männer hast du in den letzten paar Tagen auf dem Kriegspfad gesehen?« wollte Blauer Wind wissen.

»Zu viele«, brummte Windläufer. »Redet nicht herum. Spart eure Luft zum Laufen.« *Und Der Große Donnervogel steh uns bei, es sind noch eine Menge Hohlkehlen-Krieger zwischen uns und dem Schwarzspitzen-Lager.* Ein eisiger Schauer überlief Windläufers Rückgrat. Gelang es ihnen nicht, den Schwarzspitzen-Stamm rechtzeitig zu warnen, wiederholte sich das Massaker vom Fat Beaver River …

Die Sonne erklomm die niedrigen Felsenklippen am östlichen Horizont und ließ die Grass Meadow Mountains im ersten Morgenlicht funkeln. Vereinzelte Wolken zogen über die Gipfel und warfen träge wandernde Schatten über das Land. Die Vögel zwitscherten fröhlich in den Pappeln und im grünen Buschwerk entlang des Grass River. Die Angehörigen des Stammes der Gebrochenen Steine waren nach dem lärmenden Fest, das Tapferer Mann am Vorabend veranstaltet hatte, erst spät schlafen gegangen. Das Lager war noch nicht wieder zum Leben erwacht. Schwache Spuren blauen Rauches stiegen aus den Abzugsöffnungen, kräuselten sich um die Zeltstangen und verloren sich über den kegelförmigen Zelten aus gegerbten Häuten. Hin und wieder erschien ein Lagerhund und schnüffelte nach übriggebliebenen Essensresten.

Plötzlich zerstörte ein gellender Schrei den morgendlichen Frieden.

Tapferer Mann fuhr erschrocken auf und humpelte vor sein Zelt. Die Leute schrien durcheinander, schlaftrunkene Krieger hetzten aus den Zelten, die Speere in den Händen. Hunde bellten und jaulten unter den Tritten der herbeieilenden Menschen.

»Hierher! Es ist Sonnenfedern!«

Tapferer Mann hinkte an den am Rande des Lagers stehenden Zelten vorbei zu Sonnenfederns Lagerplatz. Die vor dem Zelt des alten Seelenfliegers versammelte Menge bildete eine Gasse und ließ ihn durch. Bei seinem Eintreffen senkte sich Schweigen über die Runde. In den Augen der Menschen stand Verwirrung und Entsetzen.

Büffelschwanz kniete neben dem Körper des Seelenfliegers und hielt dessen erschlaffte Hand. Der Stammesanführer blickte kummervoll auf. »Er ist tot.«

Nur das Gebell und Geknurre der Lagerhunde brach die Stille. Hoch oben in den Pappelästen begann unheilvoll ein Rabe zu krächzen. Ein Windstoß schlug Tapferer Mann wie eine Ohrfeige ins Gesicht. Büffelschwanz blickte ihn ausdruckslos an. Tapferer Mann konzentrierte seine Aufmerksamkeit auf den alten Seelenflieger.

Sonnenfedern lag auf dem Rücken, die Arme friedlich über der Brust gekreuzt. Die Augen des alten Mannes waren geschlossen, unter seiner runzligen Haut trat deutlich die Kontur des Schädels hervor.

»Lag er genau so da?« fragte Tapferer Mann.

Blaue Gerte, die Frau von Gelber Fels, trat aus der Menge hervor und nickte. »Ich war in der Morgendämmerung auf dem Weg zum Fluß, um Wasser zu holen. Ich kam hier vorbei und dachte, er schläft. Auf dem Rückweg trat ich näher und sah, daß er nicht atmete. Ich bekam Angst ... da habe ich geschrien.«

Der Stammesanführer wischte sich die Hände an seinen Leggings aus Büffelleder ab und schüttelte den Kopf. »Er muß sich hingelegt haben und im Schlaf gestorben sein.«

»Getötet von dem grünen Licht am Himmel«, flüsterte jemand. Ein ängstliches Stimmengewirr erhob sich.

»Wartet.« Tapferer Mann bückte sich und legte eine Hand auf die Haut des alten Mannes. Kalt. Er hob das farbenprächtig mit Perlen verzierte Hemd und enthüllte Bauch und Brust. Nichts Auffallendes war zu sehen. Tapferer Mann öffnete den Mund des toten Seelenfliegers und schaute hinein. Prüfend betrachtete er das Gesicht und untersuchte den Hals. Auch die Hände sah er sich genau an.

Schließlich hob er den Kopf und blickte in die Runde. »Ich sehe nichts Ungewöhnliches an seinem Körper.«

»Woran ist er gestorben?« fragte Büffelschwanz. Tapferer Mann richtete sich stöhnend auf.

»Das grüne Licht«, flüsterte eine alte Frau. »Es war ein böser ...«

Tapferer Mann zeigte drohend mit einem Finger auf sie. »Da war nichts Böses im Spiel.« Aus schmalen Augen fixierte er die Alte. »Achte auf deine Worte, Großmutter. Worte besitzen Macht. Das, was du rufst, könnte zu dir kommen.« Die getadelte Frau schlug eine Hand vor den Mund und wich entsetzt zurück.

Tapferer Mann hob eine Hand und spreizte die Finger. »Kein böser Zauber hat Sonnenfedern getötet. Sein Weg war zu Ende, er hat für sein Volk getan, was er tun konnte. Er war ein Seelenflieger.« Tapferer Mann sah jedem einzelnen ins Gesicht. »Wir alle spürten gestern abend die Macht. Sie erfüllte die Luft. Sonnenfedern war sich nicht im klaren darüber, was die Macht wollte; er fragte sich, warum sie mich zum Stamm der Gebrochenen Steine geschickt hat. Ich wußte, er würde die Antwort suchen. Wie sucht ein Seelenflieger? Er verläßt seinen Körper und reist zum Lager der Toten. Dort spricht er mit Großer Donnervogel, der den Weg der Sonne kennt.« Er verstummte, um seinen Worten Nachdruck zu verleihen. »Stellt ein Seelenflieger fest, daß er seinen Dienst an seinem Volk erfüllt hat, kehrt seine Seele nicht mehr zurück. *Aber manchmal schickt er ein Zeichen, um das Volk zu führen!* Vielleicht schickte er das grüne Feuer, das wir am Himmel sahen. Als er noch lebte, war Sonnenfedern nicht sicher, was den Weg nach Süden betraf, aber nach seinem Tod kannte er den Weg des Lebens für den Stamm der Gebrochenen Steine!«

Büffelschwanz runzelte die Stirn und kratzte sich im Nacken. »So, glaubst du, ist das passiert? Du glaubst nicht, daß es ein böser Geist gewesen ist?«

»Seht ihn euch an.« Tapferer Mann wies auf Sonnenfedern. »Ihr alle, seht ihn euch genau an! Seht ihr irgendeine Verletzung an seinem Körper? Irgendein Anzeichen eines Kampfes? Wenn böse Geister einen Seelenflieger töten, sieht man das in seinem Gesicht, weil die Seele erst nach einem furchtbaren Geisterkampf herausgetrieben wird. Sonnenfedern liegt friedlich vor uns. Seht in seinen Mund. Entdeckt ihr Blut? Sieht es so aus, als sei seinem Körper die Seele gewaltsam entrissen worden?«

Tapferer Mann ließ die Gesichter der Umstehenden nicht aus den Augen. »Nein, ich glaube, er flog zum Lager der Toten. Dort erfuhr er, was die Macht vom Stamm der Gebrochenen Steine erwartet, und er sandte uns ein Zeichen – er brannte einen Pfad quer über den Himmel. Das grüne Feuer erstreckte sich nach Süden, hin zur Heimat der Sonne.«

Unsicher leckte sich Büffelschwanz die Lippen. »Es stimmt, sein Körper müßte ein Merkmal aufweisen, wenn er während eines Geisterkampfes gestorben wäre.«

Tapferer Mann legte Büffelschwanz eine Hand auf die Schulter. »Er war dein bester Freund. Sein Rat half dir bei der Führung des Volkes. Ich weiß, was du empfindest. Aber hör mich an. Er ging in Frieden nach einem erfüllten Leben.« Tapferer Mann lächelte tröstend. »Büffelschwanz, du mußt dich all der Dinge erinnern, die Sonnenfedern geleistet hat. Er heilte Krankheiten, sang um Mut auf dem Kriegspfad und für eine erfolgreiche Jagd. Die Alten – auch so kluge alte Männer wie Sonnenfedern – müssen einmal sterben. Zur gleichen Zeit aber werden zur Erneuerung des Stammes Babys geboren.«

Büffelschwanz' Schultern sanken herab. Er blickte mit kummervollen Augen auf den toten Seelenflieger. »Ja, ich weiß. Aber ich fühle eine gähnende Leere in meiner Seele. Niemand wird ihn je ersetzen können.«

»Dieses Gefühl empfinden wir alle«, sagte Tapferer Mann feierlich. »Kommt, wir wollen ihn bereitmachen. Fliegender Falke, Büffelfuß, Gelber Fels und Dicker Wapiti, unsere besten Krieger, tragen seinen Körper an einen hochgelegenen Ort. Dort singen wir unsere Lobpreisung für Sonnenfedern.«

»Wirst du auch singen? Hilfst du uns, den Großen Donnervogel zu rufen, damit er Sonnenfederns Seele zum Lager der Toten bringt?«

Tapferer Mann lächelte warm. »Ich werde mit meinem ganzen Herzen singen. Ich bin überzeugt, Sonnenfedern wollte nur das Beste für sein Volk und es vor jedem Schaden bewahren. Eines Tages, wenn ich so viele Winter erlebt habe wie Sonnenfedern, werde ich wie er mißtrauisch einem jungen Mann gegenüberstehen, der eine eigene Macht für sich beansprucht. Ich hoffe, dann ebensoviel Mut aufzubringen wie Sonnenfedern und meine Seele fliegen zu lassen, damit sie die Antwort sucht.«

Er drehte sich um und humpelte durch die Menge zurück zu seinem Zelt. Dieses Mal waren die Blicke der Menschen weit weniger argwöhnisch.

Ja, ich habe den Vorfall gut zu meinem Vorteil zu nutzen verstanden.

Bleicher Rabe löste sich aus der Menge und begleitete ihn.

»Zu schade«, sagte sie gelassen.

»Ja.« Tapferer Mann musterte sie prüfend. Bewundernd betrachtete er ihre vollen, sich unter dem weichen Leder ihres Kleides abzeichnenden Brüste und ihre in der Morgensonne glänzenden Haare. »Du scheinst nicht gerade untröstlich.«

Sie warf ihm einen abschätzenden Blick zu, ihre sinnlichen Lippen verzogen sich haßerfüllt. »Sonnenfedern war nicht mein Freund.« Sie zögerte. »Wirst du wirklich eine Lobpreisung für ihn singen?«

Er lachte leise. »Ist das nicht das mindeste? Er starb genau zum richtigen Zeitpunkt. Dabei sah er gestern noch so gesund aus.«

Ihre glatten Gesichtszüge zeigten unverhüllte Ironie. »Ja, seltsam, nicht wahr?«

Tapferer Mann biß die Zähne zusammen und bückte sich unter der Zelttür hindurch. Stöhnend humpelte er zu seinen Schlafdecken. Sie folgte ihm und stellte sich mit verschränkten Armen vor ihn hin. »So, jetzt bist du der Seelenflieger. Was kommt als nächstes?«

Er starrte zum Rauchabzugsloch hinauf und betrachtete den stetig blauer werdenden Himmel. »Das Wolfsvolk. Fliegender Falke ist bereits begierig darauf, sich als größter Krieger des Stammes zu beweisen. Wir brauchen drei Tage zur Vorbereitung, dann brechen wir auf.«

»Ich gehe mit.«

Er lächelte. »Alle gehen mit. Die Jagdgründe dort oben sind gut. Außerdem kämpfen die Krieger begeisterter, wenn ihre Familien in der Nähe sind. Der Mut strömt heftiger durch die Adern eines Mannes, wenn er weiß, daß seine Frau bei einer Niederlage von einem feindlichen Krieger genommen oder seine Kinder umgebracht werden könnten.«

Sie legte den Kopf schief. »Du bist noch besser, als ich dachte. Ich mag dich.« Mit verführerisch wiegenden Hüften näherte sie sich ihm. Das enganliegende Kleid weckte seine Begierde.

»Es wird einige Zeit dauern, bis die Leute Sonnenfedern vorbereitet haben. Probieren wir in der Zwischenzeit doch mal aus, was du mir beigebracht hast, Bleicher Rabe.«

Mit einem zufriedenen Lächeln zog sie das weiche Kleid über den Kopf. Er schlüpfte aus seinem Hemd und band mit flinken Fingern seine Leggings auf. Ungeduldig zog er sie neben sich auf die Decken.

Sie faßte hinunter und griff mit der einen Hand nach seiner steifen Männlichkeit, mit der anderen strich sie über die Muskeln seiner Brust. Rasendes Begehren durchflutete ihn. »Wenn du ein Kind in mich pflanzt, wäre ich für die Leute deine Frau.«

Er sah sie durchdringend an. »Ich *werde* Weiße Esche haben.«

»Nur zu! Das stört mich nicht, Tapferer Mann. Du kannst

sie haben. Pflanze alle deine Kinder in ihren Schoß. Aber für unseren Stamm werde ich trotzdem deine *Erstfrau* sein.«

Er rollte sich begierig auf sie und blickte in ihre Augen. Sie bewegte sich wellenförmig unter ihm und reizte seinen vor Verlangen bereits zum Zerreißen angespannten Körper noch mehr.

Sie streichelte seinen Rücken, fuhr mit einem Finger sein Rückgrat entlang, dann umspannte sie kraftvoll sein Gesäß. »Du hast alles, was ich je von einem Mann wollte. Ich werde alles tun, um dich zu behalten.«

»Selbst töten?«

Sie spreizte die Beine und umfaßte sein pulsierendes Glied. »Eine furchtbare Tragödie, Sonnenfedern auf diese Weise zu verlieren.«

Er lächelte. »Und kein verräterisches Merkmal an seinem Körper. Du und ich, wir beide werden sehr gut miteinander auskommen, Bleicher Rabe. Sehr gut.«

»Und was machen wir jetzt?« flüsterte Blauer Wind. Mit dem Ärmel seines Jagdhemdes wischte er sich über das breitknochige Gesicht.

»Sterben«, murmelte Schneckenhaus. »Ich hätte nie geglaubt, jemals so viele Krieger auf einem Haufen zu sehen.«

Windläufer rieb sich das heiße Gesicht und setzte sich hinter einen Beifußstrauch. Nachdenklich starrte er zum sternenübersäten Himmel hinauf. Sie waren im Tal tief in das bis zur Brusthöhe eines Mannes reichende Dickicht gekrochen und hatten sich dort versteckt. Auf beiden Seiten erhoben sich steile Sandsteinfelsen, vor ihnen sprudelte eine kleine Quelle, zu der Schneckenhaus sie zielsicher geführt hatte. Doch ein riesiger Trupp Hohlkehlen-Krieger lagerte unerwartet an der Quelle und blockierte den Weg nach Süden zum Schwarzspitzen-Lager. Die Zeit wurde knapp.

Windläufer spähte durch die Sträucher und beobachtete das Lager. In dem engen Tal sah er keine Möglichkeit, sich unbemerkt am Feind vorbeizuschleichen. Mitten in der

Nacht die jähen Felsenklippen hinaufzuklettern erforderte zuviel Zeit – die Katastrophe wäre unausbleiblich.

Denk nach, Windläufer. Entscheide richtig, sonst sterben eine Menge Leute.

Dieses Lager war eine Vorhut des Hohlkehlen-Stammes – vielleicht die ersten zehn mal zehn Krieger, die nach Süden unterwegs waren. Sie sollten für die Sicherheit ihrer nachfolgenden Frauen, Kinder und Alten sorgen. Die Krieger, die Windläufer und seine Freunde zuvor überlistet hatten, waren nur die Kundschafter einer der drei Gruppen gewesen, die sie im Laufe des Tages entdeckt hatten. Aber wie viele hatten sie *nicht* entdeckt? Der ganze Norden schien nur so zu wimmeln von Frauen und Kindern, die mit ihren Lastenhunden ihr gesamtes Hab und Gut in den Süden brachten.

Windläufers Miene wurde grimmig. Was er heute gesehen hatte, schnitt schmerzhaft in seine Seele. Zweimal hatte er so eine Wanderung miterlebt, zuerst bei der Flucht des Weißlehm-Stammes vom Bug River und später beim Verlassen des Fat Beaver River. Auch die Angehörigen des Hohlkehlen-Stammes sahen aus, als seien sie auf der Flucht.

Windläufer kaute auf den Innenseiten seiner Backen. Kaum mehr als einen Tagesmarsch im Süden lagerte Schwarzer Monds Gruppe am Fluß. Steinfaust und Feuerkaninchen hatten sich mit kleineren Trupps nach Westen aufgemacht, um entlang des Flusses zu jagen. In mehrere voneinander entfernte Gruppen aufgeteilt, hatte der Schwarzspitzen-Stamm keine Chance gegen diese Woge von Feinden, die wie eine Büffelherde nach Süden brandete.

»Was ist bloß passiert?« wisperte Blauer Wind. »Wo kommen die nur alle her? Wie soll sich der Schwarzspitzen-Stamm gegen so viele halten?«

»Das können wir nicht«, zischte Windläufer. »Ebensowenig wie sich der Weißlehm-Stamm gegen den Schwarzspitzen-Stamm behaupten konnte.«

»So langsam glaube ich das auch«, pflichtete ihm Schneckenhaus bei. »Aber welche Wahl haben wir? Wir müssen kämpfen – unser Land verteidigen.«

Windläufers Miene wurde bitter. Die Kochfeuer im Lager des Hohlkehlen-Stammes loderten hell auf – als wollten sie sie verhöhnen. »Es gibt anderes Land.«

»Wo? Im Gray Deer Basin? Da jagt dich das Wolfsvolk wie ein lahmes Kaninchen.« Blauer Wind schnaubte vor Abscheu.

»Südlich von hier – da, wohin sich die Überlebenden des Weißlehm-Stammes zurückgezogen haben.« Windläufer fuhr sich mit der Zunge über die Lippen. »Wir müssen über die Sideways Mountains. Auf der anderen Seite der Berge können wir uns ein Gebiet aneignen. Wir müssen das Erdvolk vertreiben. Soll doch der Hohlkehlen-Stamm versuchen, die Jagdgründe am Fat Beaver River gegen die Stämme der Schneeammern und Wespen zu verteidigen.«

»Sieht so aus, als wäre der Hohlkehlen-Stamm bereits geschlagen.« Schneckenhaus seufzte und machte eine geringschätzige Handbewegung. »Ich denke an die Gruppen, die wir Richtung Süden ziehen sahen. Die Leute sahen halbverhungert aus. Einige der Männer waren verwundet.«

Blauer Wind wies zum Lager. »Wie sollen wir da vorbeikommen? Sollen wir uns zurückziehen? Vielleicht rüber nach Westen und über dieses Ödland auf den Klippen?«

»Dieser Umweg kostet uns zwei Tage«, widersprach Schneckenhaus. »Wir sollten ostwärts um diesen Felsgrat dort herumgehen und anschließend nach Süden. Auch ein langer Weg, aber wir können es rechtzeitig schaffen und wenigstens eines der Lager noch warnen.«

»Nein« Windläufer schüttelte in Erinnerung an den verhängnisvollen Tag des Weißlehm-Stammes am Fat Beaver River den Kopf. *Ich darf nicht zulassen, daß so ein Massaker noch einmal geschieht. Ich darf es einfach nicht zulassen!* Er beobachtete zwei Krieger. Sie unterhielten sich lachend und verließen das Lager, um sich in den Büschen zu erleichtern. Noch immer scherzend, kehrten sie zurück und hockten sich an ein Lagerfeuer.

Windläufer reckte den Hals. »Ich glaube, mir kommt da eine Idee. Es müßte eigentlich funktionieren.« *Unmöglich! Aber immerhin …*

»Warum ist mir allein schon der Gedanke verhaßt, Windläufer habe wieder eine Idee?« Blauer Winds Gesicht verzog sich zu einer gequälten Grimasse.

»Weil du weißt, es wird etwas so absolut Verrücktes und Gefährliches sein, daß es funktioniert«, brummte Schneckenhaus. Er wandte sich an Windläufer und fragte: »Woran denkst du?«

Als die Sterne den halben Weg am Himmel zurückgelegt hatten, marschierten Windläufer, Blauer Wind und Schneckenhaus tollkühn mitten ins Hohlkehlen-Lager hinein. Wären die feindlichen Krieger mit Hunden unterwegs gewesen, hätte dieses Bravourstück nicht länger als drei Atemzüge eines atemlosen Mannes gedauert. Doch auf den Kriegspfad wurden niemals Hunde mitgenommen.

»Entspannt euch«, hatte er zuvor seinen Gefährten eingeschärft. »Denkt euch einfach: Das ist unser Land. Wer ist berechtigter als wir, hier herumzulaufen?«

Schneckenhaus hatte gebrummt: »Zehn mal zehn Hohlkehlen-Krieger mit ihren Speeren, scheint mir!«

Warum habe ich mir diese Idee nicht ausreden lassen? Windläufers Blut schoß kribbelnd und heiß pulsierend durch seine Adern. Sein Mund war trocken vor Angst, seine Haut prickelte vor Anspannung. *Irgendeiner wird uns entdecken. Jede Sekunde kann ein Warnschrei ertönen ... und wir sind tote Männer.* Er nahm all seinen Mut zusammen. Weiträumig umging er die glühenden Feuerstellen und hielt sich dabei so weit wie möglich im Dunkeln.

In Decken gehüllte Krieger lagen als dunkle Umrisse mit den Füßen zum Feuer. Manche schnarchten, andere atmeten tief und ruhig. Windläufer verharrte kurz. Ein schlafender Hohlkehlen-Krieger wälzte sich herum und streckte *dabei* eine Hand ins Licht des glimmenden Feuers.

Windläufer zögerte. Er war sich der plötzlichen Anspannung von Blauer Wind bewußt, der hinter ihm stehengeblieben war. Trotzdem näherte er sich dem schlafenden Krieger, bückte sich und betrachtete die Hand des Mannes. Das letzte

Gelenk des kleinen Fingers war abgetrennt – ein Opfer an eine Macht und gleichzeitig das Versprechen, einen Schwur zu erfüllen, selbst um den Preis des eigenen Lebens.

Windläufers Herz hämmerte gegen seine Rippen wie ein Steinfäustel auf eine in der Sonne getrocknete harte Büffelhaut. Er zog sich zurück und mußte sich zwingen, nicht beim leisesten Geräusch kopflos in die Dunkelheit davonzustürmen.

Das geht nie gut! Das kann gar nicht gutgehen! Niemand kann einfach mitten durch ein feindliches Kriegslager dieser Größe marschieren. Dieses Mal begehst du Selbstmord – und Schneckenhaus und Blauer Wind nimmst du mit in den Tod.

Sorgsam wählte er seinen Weg, hinter sich hörte er Blauer Winds unsichere Schritte. Schneckenhaus verhielt sich so geräuschvoll, als wolle er Waldhühner aus dem Dickicht treiben, um ihre Eier zu stehlen.

Windläufer zählte beim Weitergehen die Feuer; zwei mal zehn und zwei, bis sie das andere Ende des Lagers erreicht hatten. Ein paar feindliche Krieger zeigten mit den Fingern auf ihn und seine Gefährten, achteten aber sonst nicht weiter auf sie. Immer wieder sahen sie im schwachen Feuerschein an den Händen der Krieger den Stumpf eines abgeschnittenen kleinen Fingers. Was war im Norden Grauenvolles passiert?

Sie trotteten am letzten Feuer vorbei, als plötzlich eine Stimme rief: »Wer ist da?«

»Der sich ein Bein bricht.« Windläufer nannte den Namen eines Kriegers, den er zuvor aufgeschnappt hatte.

»Was machst du hier mitten in der Nacht?« fragte die Stimme aus der Dunkelheit.

Windläufer drehte fast durch, er konnte keinen klaren Gedanken fassen. Ihm fiel keine passende Antwort ein. *Du mußt etwas sagen! Schnell … oder wir sind alle tot!* Er sagte das erstbeste, was ihm in den Sinn kam. »Ehrlich gesagt, wir sind drei Schwarzspitzen-Krieger, die durch das Lager schleichen. Was glaubst du, was wir mitten in der Nacht machen? Läßt du uns jetzt vorbei, oder willst du, daß wir mitten auf den Weg scheißen?«

»Ich muß pinkeln wie ein Büffelbulle in der Brunft«, knurrte Schneckenhaus. »Vielleicht sollten wir im Dunkeln herumpissen, könnte ja sein, wir treffen seine Decke.«

»Geht weiter«, brummte die Stimme ärgerlich. »Und geht weit genug weg vom Lager, damit ich nicht die ganze Nacht euren Gestank in der Nase habe.«

Windläufer konnte kaum ein ängstlich-albernes Lachen unterdrucken, während er in die Sicherheit des Dickichts eilte. Blauer Wind und Schneckenhaus blieben ihm hart auf den Fersen.

»Ich glaube nicht, daß du das *wirklich* gemacht hast«, stieß Blauer Wind in gedämpftem Flüstern hervor.

»Ich wäre fast umgekippt, als du ihm gesagt hast, wir wären Schwarzspitzen-Krieger«, brummte Schneckenhaus. »Was wolltest du damit erreichen? Uns umbringen?«

Windläufer schüttelte den Kopf. »Wir haben Glück gehabt. Die vielen Krieger wissen nicht, bei welchen Gruppen sich die einzelnen aufhalten. Ich sagte einfach das erstbeste, was mir einfiel. Los jetzt, weiter. Wir müssen schleunigst abhauen, bevor er sich wundert, daß wir nicht zurückkommen.«

Schneckenhaus flüsterte angespannt: »Wenn so viele hier sind, muß etwas Furchtbares geschehen sein.«

»Und unsere Leute im Tal des Fat Beaver River sind so wachsam wie Bären im Winterschlaf – und ebenso leicht zu überrumpeln und umzubringen«, mahnte Windläufer. »Los, machen wir, daß wir fortkommen.«

Kranker Bauch rieb sich die Augen und blinzelte verstört. Die Vision hatte ihn während der Arbeit überfallen. Geistesabwesend hatte er ein Loch in einen weiteren der schwarzen, dreieckigen Steinzähne gebohrt ... und wußte nur noch, daß sein Kopf plötzlich voller merkwürdiger Bilder gewesen war.

Er lehnte sich zurück und sah sich gequält in Singende Steines Höhle um. Langsam schüttelte er den Kopf.

»Was ist los?« Weiße Esche hockte sich neben ihn.

»Eine Vision«, flüsterte er. »Alle Wälder waren abgeholzt – von Menschen. Die Menschen ließen die Baumstämme die Berge hinunterrutschen und flößten sie flußabwärts, wo sie riesige Dörfer bauten. Zehn mal zehn mal zehn Menschen lebten dort, mehr als du an mehreren Tagen zählen kannst. Wo einmal Bäume standen, blieben nur noch Stümpfe zurück. Der Regen wusch die Erde von den Felsen. In den Bergen war es ganz still geworden, kein Vogel sang mehr. Krieger kamen aus dem Westen – mit schrecklichen Kriegskeulen, die wie Glimmer in der Sonne glänzten. Sie fielen übereinander her und töteten sich gegenseitig – die Zahl der Toten war größer als die Zahl aller Büffel, die jemals über sämtliche Klippen der Welt gestürzt sind. Die Leichen lagen aufeinandergestapelt in der Gegend, Fliegen und Truthahngeier ergötzten sich daran.«

»Was hat das zu bedeuten?« fragte sie.

Er schüttelte den Kopf. »Ich weiß es nicht ... aber das Gesicht des lahmen Kriegers schwebte über den toten Bergen in den Wolken. Er lachte – und sein Lachen erschütterte die Welt.«

Erschöpft taumelten Windläufer und seine beiden Freunde bei Tagesanbruch in Schwarzer Monds Lager. Ein paar Hunde tauchten aus den Schatten auf und begrüßten sie laut bellend. Unter dem Baldachin der in jungem Grün prangenden Pappeln boten die spitz zulaufenden Zelte ein friedliches Bild. Hier und da stieg bereits eine blaue Rauchspirale aus der Abzugsöffnung auf.

»Ich glaube, meine Beine sind eine halbe Hand kürzer geworden«, klagte Blauer Wind.

»Ich komme einfach nicht dahinter, warum wir noch leben. Wir haben mehr Hohlkehlen-Leute gesehen, als ich mir überhaupt vorstellen konnte.« Schneckenhaus schüttelte den Kopf. »Sind wir *wirklich* mitten durch das Lager gegangen – oder habe ich das nur geträumt?«

Windläufer überlief ein Prickeln des Stolzes. Müde blickte er auf das friedlich daliegende Lager. Er war froh und dankbar, endlich angekommen zu sein. Er war müde, so entsetzlich müde, aber er konnte nicht anders, er mußte grinsen. *Wir haben es geschafft! Wir leben ... und wir warnen sie! Rechtzeitig!*

Vor dem Zelt des Stammesanführers blieb er stehen und rief: »Schwarzer Mond! Windläufer, Schneckenhaus und Blauer Wind müssen mit dir reden!«

Während Schwarzer Monds Hund neugierig ihre zerschlissenen Mokassins beschnüffelte, hörten sie drinnen das Rascheln von Decken, und gleich darauf bückte sich der alte Mann aus seinem Zelt. Schlaftrunken rieb er sich die Augen und gähnte herzhaft. Er hatte ein Büffelfell um die Schultern gelegt und trug nur Leggings und einen Lendenschurz. Die Haut seines vorstehenden Bauches wirkte im Morgenlicht sehr blaß, sein Gesicht hingegen war walnußbraun, und der auf seine Stirn tätowierte schwarze Mondkreis hob sich kaum von der dunklen Haut ab. Tiefe Falten zogen sich von seiner platten Nase zu den Mundwinkeln des breiten Mundes.

»Ihr seid früh zurück.« Verwundert blickte er in ihre abgespannten Gesichter.

»Der gesamte Norden wimmelt von Hohlkehlen-Kriegern.« Windläufer deutete zurück auf die Felsklippen über dem Fluß. »Während wir uns hier unterhalten, rollen sie kaum einen halben Tagesmarsch entfernt – bei der Weidenquelle – in einem ihrer Kriegslager schon emsig die Schlafdecken zusammen. Mehrere kleine Gruppen von ungefähr je zehn Kriegern streunen im Land umher und versuchen, uns aufzuspüren.«

Schwarzer Monds Gesicht wurde hart. Er blickte nach Norden. »Wie viele sind es eurer Meinung nach insgesamt?«

Hilflos hob Windläufer die Arme und ließ sie wieder fallen. »Vielleicht zwei Krieger auf jeden von uns. Vielleicht drei.«

»Erzähl ihm auch den Rest«, fügte Blauer Wind in nüchternem Ton hinzu.

Windläufer begegnete dem fragenden Blick des Anführers. »Der gesamte Stamm ist in Bewegung. Den Kriegern folgen etliche große Hohlkehlen-Lager. Männer, Frauen und Kinder. Die Hunde tragen so viele Lasten, wie sie nur schleppen können. Der ganze Stamm scheint auf der Flucht zu sein. Die Leute machen einen völlig verzweifelten Eindruck«

»Das ist noch nicht alles«, ergänzte Blauer Wind. »Windläufer führte uns in der Nacht mitten durch ein Hohlkehlen-Kriegslager. Viele Krieger haben sich Fingergelenke abgeschnitten.«

Nachdenklich kratzte sich Schwarzer Mond am Kinn. »Die Gelenke abgetrennt? Sie haben einer Macht ein Opfer gebracht. Demnach werden sie nicht wieder in den Norden zurückgehen.«

Schneckenhaus warf einen ängstlichen Blick gen Norden. »Wir sahen verschiedene Gruppen. Die Menschen sahen halb verhungert aus – und die paar Männer, die bei den Frauen und Kindern waren, schienen verwundet zu sein. Sieht ganz so aus, als hätten sie einen großen Kampf verloren.«

Schwarzer Mond sah Windläufer an. »Was ist deiner Meinung nach vorgefallen?«

»Ich glaube, entweder ist der Stamm der Wespen oder der Schneeammern-Stamm hinter ihnen her. Furchtbares muß im letzten Winter geschehen sein.«

Schwarzer Mond schielte zu den Felsen hinüber. »Der Winter war härter als alle, an die ich mich erinnere. Was unternehmen wir nun wegen dieser Hohlkehlen-Leute? Was schlägst du vor?«

»Sofort das Lager abbrechen. Unsere Leute über den Fat Beaver River bringen. Kundschafter zu den anderen Schwarzspitzen-Lagern schicken. Drei Tagesmärsche im Süden fließt der Stinking River von den Red Rock Mountains herunter. Du erkennst die Stelle leicht an der stinkenden heißen Quelle. Dort können wir uns mit den anderen Gruppen treffen und beraten, wie wir weiter vorgehen sollen.«

»Glaubst du nicht, daß wir sie besiegen können?« Schwarzer Monds Gesicht war erstarrt.

Windläufer schluckte und blickte den alten Anführer resigniert an. »Ich fürchte, bei einem Kampf würden zu viele Krieger sterben. Der Schwarzspitzen-Stamm würde so vernichtend geschlagen wie seinerzeit der Weißlehm-Stamm am Fat Beaver River.«

»Wir sind Schwarzspitzen-Krieger! Niemand ist ...«

»Bei allem Respekt«, unterbrach ihn Blauer Wind. »Um Mut geht es nicht. Ein Vielfraß besitzt eine Menge Mut, aber nicht einmal ein Vielfraß kann ein Hornissennest ausheben.«

Schneckenhaus nickte. »Wir haben darüber gesprochen, Schwarzer Mond. Was Windläufer sagt, ist richtig. Vielleicht können wir den Hohlkehlen-Stamm zurücktreiben. Aber wir können es nicht heute ... und uns bleibt nur das Heute.«

Schwarzer Mond atmete tief aus, sein Widerstand erlahmte. »Einen halben Tagesmarsch im Norden? Und ihr seid mitten durch ihr Kriegslager spaziert?«

Blauer Wind nickte. »Windläufer sagte, der kürzeste Weg führe durch ihr Lager. Und wir mußten unbedingt rechtzeitig hier sein. Ich dachte, wir sind so gut wie tot, aber es hat geklappt.« Grinsend erzählten sie Schwarzer Mond, wie sie dem wachhabenden Hohlkehlen-Krieger entwischt waren, und der alte Anführer schüttelte ungläubig den Kopf.

Einsehend, daß sie keine Wahl hatten, hob Schwarzer Mond seine Stimme und rief: »Alle mal herhören! Steht auf. Wir verlegen das Lager! Der Hohlkehlen-Stamm kommt mit vielen, vielen Kriegern! Ich brauche Kundschafter. Die anderen Lager müssen gewarnt werden. Schnell! Beeilt euch! Wir haben nicht viel Zeit.«

Windläufer trat von einem seiner vor Erschöpfung zitternden Beine aufs andere. Er blickte auf die Hügel, hinter denen die Welle des Hohlkehlen-Stammes heranbrandete. »Uns bleibt wirklich nur noch wenig Zeit.«

Schneckenhaus stand neben ihm. Unruhig suchten seine Augen den Horizont ab. »Glaubst du immer noch, wir sollen über diese Sideways Mountains nach Süden ziehen?«

»Ich halte das für den einzig möglichen Weg.«

»Und wenn das Erdvolk sich gegen uns erhebt?«

Windläufer zuckte die Achseln. »Nach allem, was ich vom Erdvolk gehört habe, bin ich überzeugt davon, daß wir es besiegen und davonjagen können. Diese Leute hausen in Löchern im Boden. Die alten Frauen führen die Lager.«

»Die sollen mal versuchen, uns aufzuhalten.« Blauer Wind klapperte vielversprechend mit seinen Kriegsspeeren.

Kapitel 16

»Ich gehe mit. Weiter ist nichts dazu zu sagen.« Weiße Esche richtete sich kerzengerade auf. Sie war gerade dabei, ihre Habseligkeiten in einem Beutel zu verstauen. Entschlossen verschränkte sie die Arme vor der Brust und blickte Kranker Bauch trotzig an.

Weiße Esche trug einen Mantel aus Dickhornschafleder sowie Hosen und Hemd aus mit Wapitizähnen, Bärenzähnen und farbenprächtigem Federschmuck verziertem Kalbsleder. Singende Steine hatte ihr diese hervorragend bearbeiteten Häute, die er vom Wolfsvolk bekommen hatte, geschenkt. Der Großzügigkeit des alten Mannes verdankte Weiße Esche auch den Beutel, den sie gerade packte.

Kranker Bauch seufzte. Gedankenvoll blickte er aus Singende Steines Höhle und legte sich seine Gegenargumente zurecht. Der alte Träumer saß etwas abseits auf einem Sandsteinfindling. Sein Gesicht war so ausdruckslos wie ein Stück Holz.

Kranker Bauchs Stimme nahm einen besänftigenden Tonfall an. »Du hattest nicht dieselbe Vision wie ich. Furchtbare Dinge passieren, und ich ...«

»Ich gehe mit«, beharrte sie.

»Aber mein Traum. Schreckliche ...«

»Gerade wegen deines Traumes.« Energisch schob sie den Unterkiefer vor. »Kranker Bauch, du *brauchst* mich. Was genau hast du vor? Hmm? Hast du schon einen Plan ausgearbeitet?«

»Nun, ich ...«

»Hast du überhaupt über deine Vorgehensweise nachgedacht?«

»Ich weiß nur, daß ich ...«

»Das dachte ich mir.«

Verlegen stieß er mit der Fußspitze in den Boden. »Dort oben lebt das Wolfsvolk. Du *willst* doch gar nicht hingehen, oder? In deinem tiefsten Herzen? Nach allem, was ich dir von meinem Traum erzählt habe?«

Sie schloß die Augen und schüttelte den Kopf. »Nein.«

»Was soll dann diese Dummheit? Warum versuchst du ...«

»Weil ich dich begleiten muß.« Ihre Miene veränderte sich. Sie stellte sich dicht vor ihn hin und blickte ihm in die Augen. »Ich darf dich das nicht allein tun lassen. Ich würde sterben, falls dir irgend etwas passiert, nur weil ich zu feige gewesen bin.«

Kranker Bauch gab sich geschlagen. Gereizt zuckte er die Achseln. »Na gut. Wahrscheinlich ist es ein Fehler – aber vermutlich bin ich inzwischen daran gewöhnt, Fehler zu machen.« Liebevoll drehte er eine ihrer Haarsträhnen zwischen den Fingern. »Ganz abgesehen davon, freue ich mich, wenn du mitkommst.«

Sie erwiderte sein Lächeln. »Also gut, gehen wir.«

Er hob die fast fertige Halskette aus den Steinfischzähnen auf und legte sie in den Beutel, den er um seinen Hals trug. Ein letztes Mal blickte er von der Höhle hinaus in die Ferne. Die Empfindung tiefer Verbundenheit mit dem Land durchströmte seine beunruhigte Seele. Dann nahm sein Gesicht den Ausdruck vollkommener Verwirrung an. »Oh – welchen Weg schlagen wir ein? Ich meine, ich weiß, wir gehen in die Grass Meadow Mountains, aber auf welchen Pfaden? Wir dürfen uns nicht verirren.«

»Begreifst du nun?« Weiße Esche freute sich hämisch. »*Darum* brauchst du mich.«

»Geht drei Tagesmärsche oben auf den Bergkämmen nach Osten«, sagte Singende Steine sanft. »Dann weiter am Stauwasser nördlich der Hügel entlang. Am Oberlauf des Flusses nehmt ihr den Grat nach Osten. Der Weg führt hinauf in den Hochwald. Im Hochwald stoßt ihr auf eine Büffelroute. Dieser folgt ihr nach Norden in die Grass Meadow Mountains.«

»Wie erfahre ich, wo sich das Wolfsbündel befindet?« fragte Kranker Bauch. »Soll ich einfach jemanden vom Wolfsvolk fragen?«

»Hört sich nicht besonders schlau an«, murrte Weiße Esche.

Singende Steine blickte von einem zum anderen. »Wenn du dich würdig erweist, brauchst du dir darüber keine Sorgen zu machen. Die Macht läßt dich sicher nicht lange im dunkeln tappen. Jedenfalls nicht, wenn das Bündel dich ruft. Irgend etwas wird geschehen und dir den Weg weisen.«

Kranker Bauch hörte aufmerksam zu. *Bin ich würdig?* Er blickte abschätzend an sich hinunter. Was er sah, wirkte nicht gerade ermutigend.

»Wie geht es weiter, wenn wir das Wolfsbündel haben?« Weiße Esche warf sich den Beutel über die Schulter. »Hast du darüber schon nachgedacht?«

Verdutzt starrte Kranker Bauch sie an. »Nun, nicht direkt.«

Weiße Esche wandte sich an den Träumer. »Vielen Dank, daß wir bei dir bleiben konnten. Dürfen wir zurückkommen? Willst du uns wieder bei dir haben?«

Der alte Mann lächelte ruhig. »Ihr kommt hierher zurück … falls ihr überlebt.«

»Falls wir überleben«, murmelte Weiße Esche.

»Eine Macht verspricht nie etwas«, erinnerte Singende Steine sie freundlich. »Ich warte auf euch. Ich muß euch noch vieles beibringen und erzählen, auch über das Bündel.«

»Falls wir überleben«, wiederholte sie tonlos.

Weiße Esche half Kranker Bauch, das Gepäck auf seinen Rücken zu laden, dann machten sie sich auf den Weg. Plage trottete eifrig voraus.

Kranker Bauch wandte sich noch einmal zu Singende Steine um, der unter der Elsterstange saß. »Danke, daß wir bei dir bleiben durften. Wir kommen bestimmt zurück.«

Lächelnd hob der Träumer eine Hand. »Viel Glück, Mann des Volkes. Wenn die Macht will, sehen wir uns wieder. Wenn nicht, treffen wir uns im Großen Einen.«

Kranker Bauch nickte und winkte zum Abschied. Eine seltsame Mischung aus Sorge, Angst und Glück kämpfte in seiner Brust. Der schreckliche Traum verfolgte ihn. Ständig tauchten die bruchstückhaften Bilder in seiner Erinnerung auf.

»Nun sind wir wieder auf uns gestellt, du und ich und Plage«, sagte er versonnen.

Weiße Esche stieß einen entmutigten Seufzer aus.

Kranker Bauch genoß die wärmenden Strahlen der Sonne. Wie konnte man an einem so wundervoll warmen Tag an Tod und Verderben denken? Aber er brauchte nur die Augen zu schließen, und sofort sah er wieder das Gesicht des bösen Träumers vor sich. »Wer, glaubst du, ist der lahme Krieger aus meinem Traum?«

Sie antwortete nicht gleich. »Ich weiß es nicht. Ich habe in meinem Leben etliche lahme Männer gekannt – aber die sind inzwischen alle tot. Nach allem, was du mir erzählt hast, will ich ihm auch gar nicht begegnen.«

»Ich auch nicht.«

»Wir hören uns nicht gerade an wie Helden, von denen später an den Winterfeuern erzählt wird, oder?«

Vor ihnen sprang Plage den an der Sandsteinwand entlangführenden Pfad zum Gipfel hinauf. Kranker Bauch sagte: »Weißt du, obwohl ich nicht wirklich glaube, daß der Macht ein Fehler unterlaufen ist, frage ich mich doch, warum sie nicht jemanden wie Warmes Feuer nach dem Bündel geschickt hat. Oder deinen Windläufer. Man sollte doch meinen, eine Macht sucht sich einen starken, tapferen jungen Krieger aus – und nicht Kranker Bauch.«

Der Pfad bog scharf ab und folgte einer engen Spalte in der Sandsteinwand. Als sie aus dem Engpaß heraustraten, blieb Kranker Bauch stehen und warf einen letzten Blick auf das Sternenrad.

Eine tiefe Falte grub sich in Weiße Esches Stirn. »Ich weiß nicht, warum wir anstelle von Kriegern ausgewählt wurden«, sagte sie. »Ich versuche vergeblich, es zu begreifen, einen Sinn darin zu entdecken.« Sie zögerte. »Die Macht hat mein Leben von Grund auf verändert. Sieh mich an. Wäre mein Leben normal verlaufen, müßte ich heute im Dreigabelungenlager meine Pflichten von Grünes Feuer und Eulenklee lernen. Später würde ich meinen Platz als Anführerin einnehmen und die für das Lager wichtigen Entscheidungen treffen. Wahrscheinlich hätte ich einen Ehemann und ein oder zwei Kinder und ein drittes in meinem Bauch. Ich müßte mir Gedanken über die Geister machen und entscheiden, wo wir dieses Jahr Wurzeln sammeln. Statt dessen helfe ich dir beim Diebstahl des heiligen Bündels des Wolfsvolkes und soll einen neuen Weg für das Sonnenvolk träumen.« Sie seufzte wehmütig. »Das ist doch Wahnsinn.«

Kranker Bauch verlagerte das Gewicht seines Gepäcks auf dem Rücken und ergriff ihre Hand. »Wir haben einen langen Weg vor uns. Komm weiter. Vielleicht entdecken wir das Bündel schon bald und können uns wieder davonschleichen, bevor auch nur irgend jemand etwas von dem Diebstahl bemerkt.«

»Und wenn sie doch etwas merken? Wenn sie uns verfolgen?«

Er bedachte sie mit einem langen Seitenblick. »Dann wird die Macht erfahren, was für ein Feigling ich bin.«

Bei der Erinnerung an seinen Traum sank ihm das Herz in der Brust. Er sah das freundliche Gesicht von Linke Hand vor sich, und die Kette aus Steinfischzähnen schien ihm mit ihrem Gewicht den Hals langzuziehen. Nach all den interessanten Unterhaltungen mit dem Händler und der Ehre seines Geschenks war der Diebstahl des Wolfsbündels eine widerwärtige Art und Weise, ihm seine Freundlichkeit zu vergelten.

Windläufer setzte sich auf den Platz, den Schwarzer Mond ihm zugewiesen hatte. Er ließ sich mit gekreuzten Beinen nieder und versuchte, seine Gedanken zu ordnen. Schwarzer Mond hatte ihn in die Nähe des Ratsvorsitzenden gesetzt, und das bedeutete, der Stammesanführer hatte die Absicht, ihn um Rat zu fragen.

Männer und Frauen strömten herbei und ließen sich im

Schatten der Pappeln nieder. Es war ein schöner Tag, und die Leute hatten die für die wärmeren Tage gedachten, bunt geschmückten Kleider angezogen: Enge Halsbänder aus Knochenperlen, Brustplatten aus Adlerknochen, Austernschalen und Muschelschmuck von der Küste, den sie bei Händlern eingetauscht hatten, leuchtend bunte Federn und glänzende Felle zierten ihre aus Hirsch und Antilopenhäuten gefertigten Kleider. Die meisten hatten das Leder bemalt. Unübersehbar waren die Lieblingsfarben Gelb und besonders ein dunkles Purpurrot, das aus einem Rosengewächs hergestellt wurde.

Im Gegensatz zu ihrer fröhlich bunten Aufmachung stand in den Gesichtern der Menschen tiefe Besorgnis, zuweilen sogar nackte Angst. *Ich kann sie deswegen nicht tadeln. Gerüchte verbreiten sich wie ein Buschfeuer im Spätsommer. Wir fliehen vor dem Hohlkehlen-Stamm, doch die Leute wollen lieber kämpfen.*

Windläufer wurde das Gefühl nicht los, daß sie sich am Rand eines gähnenden Abgrunds bewegten und ein falscher Schritt für alle den sicheren Tod bedeutete.

Er schürzte die Lippen und blickte sich finster um. Die Pappeläste über ihm zeigten flaumiges zartes Frühlingsgrün. Einen Speerwurf weit nördlich des Ratskreises, für den sie einen offenen, grasbewachsenen Platz vor Schwarzer Monds Zelt gewählt hatten, floß der Stinking River vorüber. Der Schwarzspitzen-Stamm hatte das Lager ein Stück stromabwärts der übelriechenden heißen Quellen aufgeschlagen, die dem Fluß seinen Namen gegeben hatten. Selbst an einem so warmen Tag wie heute konnte man dort, wo der Fluß im Westen aus dem Canyon floß, Dampfschwaden aufsteigen sehen. Hinter den baumbestandenen Hügeln erhoben sich die zerklüfteten Red Rock Mountains zum weißblauen Himmel.

Den nördlichen Horizont markierte eine einzelne Kuppe, auf deren Spitze ein seltsam geformter Sandsteinbrocken lag. Es sah aus, als habe der Große Donnervogel oder der Große Bär ein gigantisches Herz auf den Hügel geworfen.

»Sie haben dich ganz vorne hingesetzt?« erkundigte sich Schneckenhaus und blieb vor Windläufer stehen.

»Vermutlich, weil ich das Land hier kenne.«

Schneckenhaus blickte sich im rasch größer werdenden Kreis um. »Du hast dir unter den Kriegern viele Freunde gemacht. Heute wird man auf deine Worte hören. Sei so schlau wie bei unserem Spaziergang durch das Hohlkehlen-Lager, dann sind wir innerhalb der Drehung eines Mondes hinter den Sideways Mountains.«

»Setz dich.« Windläufer machte ihm auf seiner Decke Platz. Schneckenhaus, stolz, so nah bei den Anführern sitzen zu dürfen, gehorchte sofort. »Was hältst du davon?« fragte Windläufer. »Bist du bereit, in den Süden, in das Unbekannte vorzustoßen? Vielleicht treffen wir dort auf Ungeheuer … Bären, so groß wie Berge, und Seelenräuber oder andere Bestien.«

Schneckenhaus machte eine geringschätzige Geste. »Dann bringen wir sie eben um und gehen anschließend wieder zur Tagesordnung über. Dieser Hohlkehlen-Stamm macht mich nervös. Es sind so viele.« Er schüttelte den Kopf. »Und sie kommen alle hierher. Sie wollen hierbleiben. Wir haben keine Sommerwanderung zu anderen Jagdgründen gesehen. Ihre Entschlossenheit … wie eine Macht lag sie in der Luft. Ich setze auf das gewagte Unternehmen Süden.«

Schwarzer Mond begrüßte Heißes Fett, der eben den Kreis betrat. Das silberne Haar des alten Seelenfliegers leuchtete in der Sonne.

»Ah! Da kommt auch die Enkelin von Heißes Fett.« Schneckenhaus rammte Windläufer kräftig den Ellenbogen in die Rippen. Espe kniete am Rand des sich stetig erweiternden Kreises nieder. Mehr als ein männliches Augenpaar ruhte auf ihr.

»Espe? Sie ist hübsch. Wir haben uns ein paarmal unterhalten. Sie setzt sich oft zu uns und hört zu, wenn Heißes Fett und ich miteinander reden.« Windläufer wandte seine Aufmerksamkeit wieder den Alten zu, seine Gedanken konzentrierten sich auf andere Dinge.

»Hübsch? Sie ist von erlesener Schönheit.« Schneckenhaus schnitt eine Grimasse. »Ich wette, du hast noch nicht gemerkt, daß sie ein Auge auf dich geworfen hat.«

»Hmm?«

»Ich sagte, sie hat ein Auge auf dich geworfen. Die anderen Männer sieht sie nicht einmal an, sie hat nur Augen für dich.«

Windläufer sah ihn erstaunt an. »Warum denn? Was habe ich getan?«

Schneckenhaus schlug sich mit der flachen Hand auf die Stirn. »Du bist so schlau wie ein Felsklotz. Sie hat Interesse an dir. Sie ist schon seit Monaten Witwe und hat sich noch nicht einmal nach einem der überragenden Krieger – wie zum Beispiel dem, der neben dir sitzt – umgesehen. Du kannst die schönste Frau des ganzen Stammes haben – und dich läßt das kalt!«

Windläufer lachte und blickte zu Espe hinüber. Sie beobachtete ihn mit diesem seltsam prüfenden Blick, an den er sich inzwischen gewöhnt hatte. Ihre Schönheit konnte er nicht leugnen. Große, dunkle Augen blickten ihn aus einem herzförmigen Gesicht an, das von einer Fülle glänzenden, taillenlangen schwarzen Haares umgeben war.

»Ich bin auf der Suche nach einer anderen. Dir wünsche ich viel Glück bei Espe.«

»Deine Weiße Esche?«

»Ja, meine Weiße Esche.« *Meine?* Bei der Erwähnung ihres Namens erwachten in Windläufer wehmütige Erinnerungen. Er sah ihr Lachen, das reizende Zwinkern ihrer übermütig blitzenden Augen, ihre schwarze Haarmähne, die das Sonnenlicht mit bläulichem Glanz einfing. Das weiche Leder ihres Kleides hob mit jeder Bewegung die Geschmeidigkeit ihres Körpers hervor.

Ich liebe dich … ja, ich werde dich heiraten … Ihre Worte hallten in seinen Ohren, als seien sie eben erst geflüstert worden.

Ich komme zu dir. Vor dem ersten Schnee. Er sah sie mit wiegenden Hüften auf sich zuschlendern, ein sinnliches Lächeln auf den vollen Lippen.

Ein kräftiger Ellenbogenstoß in seine Rippen unterbrach brutal seinen Tagtraum.

»Hättest du die Güte, mal zuzuhören?« flüsterte Schneckenhaus ihm ins Ohr.

Verwirrt guckte Windläufer den Freund an, der nachsichtig den Kopf schüttelte. Der Stammesanführer hatte gerade das Wort ergriffen. Heißes Fett saß mit gekreuzten Beinen neben Schwarzer Mond, die Hände im Schoß gefaltet, die Augen unverwandt auf das zertrampelte Gras gerichtet, und hörte aufmerksam zu.

Auf der anderen Seite von Schwarzer Mond saß Einziger Mann, rechts hinter ihm hockte Steinfaust. Beide Männer wirkten abgespannt, ihre Kleider waren staubig und schlammbespritzt, als hätten sie einen langen Marsch hinter sich. Trotz ihrer Erschöpfung waren die beiden zweifellos nicht zu unterschätzende wachsame Männer.

Einziger Mann und Steinfaust? Wann sind die beiden zurückgekommen? Windläufer hatte gehört, sie sollten den Hohlkehlen-Stamm mindestens zehn Tage lang auskundschaften – sie mußten also etwas sehr Wichtiges herausgefunden haben, wenn sie schon wieder zurück waren. *Und bestimmt wird uns das gar nicht gefallen.*

Schwarzer Mond sagte soeben: »... angekommen ist. Er soll uns alles berichten, was er und Steinfaust herausgefunden haben.«

Einziger Mann ließ seinen Blick prüfend über die Gesichter der Versammelten gleiten. Als er Windläufer ansah, nickte er anerkennend. Nach kurzem Räuspern begann er: »Alles, was Windläufer, Schneckenhaus und Blauer Wind berichtet haben, entspricht der Wahrheit. Wir hielten uns im Hochland auf, Steinfaust und ich, dort konnten wir uns unbeobachtet bewegen. In der Nacht schlichen wir hinunter zu den feindlichen Lagern. Wir belauschten sie und brachten einiges in Erfahrung. Der gesamte Hohlkehlen-Stamm ist in das Tal des Fat Beaver River gezogen.«

Unruhiges Gemurmel erhob sich.

Einziger Mann gebot mit einer Handbewegung Schweigen. »In der Dunkelheit nahmen wir eine der Frauen gefangen. Wir zerrten sie weit genug vom Lager weg. In sicherer Entfernung von den anderen fragten wir sie aus. Sie erzählte uns folgendes: Nördlich des Dangerous River war der Winter fürchterlich. Nicht ein einziges Mal wehte der Chinook.

Eine ungeheure Menge Schnee fiel, riesige Verwehungen bildeten sich, der Schneefall hörte nicht mehr auf. Hohlkehlen-Krieger entdeckten Büffel, die von den Schneewehen begraben worden waren, andere Büffel waren auf deren Rücken gestiegen – und ebenfalls unter den Schneemassen erstickt. Die Ebenen im Norden stinken nach verwesendem Wild. Die großen Herden sind verschwunden. Nur vereinzelte Tiere sind noch aufzuspüren, und diese haben kaum Fleisch auf den Rippen.

Aber der Hohlkehlen-Stamm ist nicht wegen des Tiersterbens auf der Flucht. Weiter im Norden wütete der Winter noch schlimmer. Am Bug River wurden die Stämme der Wespen und Schneeammern von einer Hungersnot heimgesucht. Elche und Karibus starben – manche Tiere erfroren im Stehen. Die Büffelherden oben im Norden sind alle verendet. Die furchtbare Not veranlaßte beide Stämme zu einem Treffen. Sie beschlossen, gemeinsam den Hohlkehlen-Stamm aus seinen Jagdgründen zu vertreiben. Nur so sahen sie eine Möglichkeit, ihre Kinder vor dem Hungertod zu retten. Die beiden vereinten Stämme nahmen das Land des Hohlkehlen-Stammes am Dangerous River ein.«

Ungläubig schüttelte Schwarzer Mond den Kopf. »*Alle diese Stämme wandern nach Süden?*«

Einziger Mann zuckte die Achseln. »Die gefangene Frau hat noch mehr erzählt: Die Krieger der vereinten Stämme überfielen den Hohlkehlen-Stamm zu Beginn der Schneeschmelze. Oben aus dem Waldgürtel im Norden kam der Stamm der Grünen Steine herunter in das von den anderen verlassene Gebiet am Bug River. Da der Stamm der Grünen Steine dort Bedingungen vorfand, die die anderen zur Flucht getrieben haben, werden sie ihnen wahrscheinlich nach Süden folgen und unterwegs soviel Wild wie nur irgend möglich erlegen und Wurzeln und Beeren essen. Der Sommer ist eine gute Jahreszeit. Die Leute hungern nicht. In den Flüssen können sie Fische fangen, Vögel und Kleinwild gibt es reichlich. Aber die Stämme finden keine großen Herden mehr vor, und alle müssen an den bevorstehenden Winter denken. Der einzige Ausweg ist der Süden.

Wir fragten die Frau, ob der Hohlkehlen-Stamm im Tal des Fat Beaver River bleiben und versuchen will, die vereinten Stämme aufzuhalten. Sie antwortete, sie wollten nur so lange bleiben, bis sie wieder zu Kräften gekommen seien – oder bis die anderen Stämme auftauchen. Der Hohlkehlen-Stamm ist der ständigen Kämpfe müde. Er hat zu viele seiner Angehörigen zum Großen Donnervogel gesungen. Auch sie sahen das grüne Feuer am Himmel und deuteten es als Zeichen, noch weiter in den Süden zu ziehen. Von den Händlern hatten sie erfahren, daß dort die Winter weniger streng sind. Die Frau sagte, der Hohlkehlen-Stamm sei verzweifelt aus Angst vor einer Hungersnot.«

Das Stimmengemurmel schwoll an. Was auch immer der Rat beschließen würde, die Aussichten waren entsetzlich.

»Steinfaust und ich hörten diese Worte«, fuhr Einziger Mann fort. »Und wir vernahmen die Verzweiflung hinter diesen Worten. Die Seele der Frau sprach zu uns. Ich sage euch, mein Volk: Der Hohlkehlen-Stamm kann, selbst wenn er wollte, nicht umkehren, denn hinter ihm kommen die vereinten Stämme der Schneeammern und Wespen, und diesen wiederum folgt der Stamm der Grünen Steine«

Schwarzer Mond zuckte sichtlich zusammen. »Einziger Mann, du bist unser größter Krieger. Du hast stets voller Vernunft und Ehrlichkeit gesprochen. Wir alle respektieren deinen Rat. Was schlägst du vor?«

Einziger Mann atmete tief durch, seine Schultern sanken herab. »Früher hätte ich gesagt, die Schwarzspitzen-Krieger sind mutig und stark genug, um die anderen zurückzutreiben. Doch das wäre der Rat eines törichten jungen Mannes gewesen, der noch nie einen vollkommen ausgebluteten Stamm gesehen hat. Das Schicksal des Weißlehm-Stammes sollte uns zur Vorsicht mahnen. Windläufer erzählte uns, fast der gesamte Stamm sei vernichtet worden, nur ein einziges Lager bestehe noch.«

»Was habt ihr mit dieser Frau gemacht, die ihr gefangengenommen habt?« erkundigte sich Schwarzer Mond.

Steinfaust meldete sich von seinem Platz hinter Einziger Mann zu Wort. »Wir nahmen sie mit, bis wir den Fat Beaver

River überquerten. Unterwegs unterhielten wir uns weiter mit ihr. Was sie sagte, berührte unsere Herzen. Ihre Mutter und ihr Vater und ihre beiden einzigen Kinder sind erfroren. Wir ließen sie laufen und wünschten ihr Glück.«

Feuerkaninchen, der tapfere junge Krieger, erhob sich. Er wartete, bis Schwarzer Mond ihm auffordernd zunickte, räusperte sich und blickte sich in der Runde um. »Wenn wir die Jagdgründe am Fat Beaver River halten wollen, brauchen wir all unseren Mut. Rückblickend war es gut, hierherzukommen. Wäre der Hohlkehlen-Stamm über uns hergefallen, solange wir auf verschiedene Lager verteilt waren, hätten sie uns aus dem Flußtal vertrieben und viele unserer Krieger getötet. Aber mit vereinten Kräften können wir die Hohlkehlen zurückschlagen. Sie sind geschwächt. Wenn es uns gelingt, den Stamm in alle Winde zu zerstreuen, werden sie überall von unserem Mut berichten. Vermutlich überlegen es sich dann die Stämme der Schneeammern und Wespen zweimal, bevor sie sich an uns heranwagen.«

Als sich Feuerkaninchen setzte, war vereinzelt zustimmendes Gemurmel zu hören.

Einziger Mann räusperte sich. »Unter anderen Umständen würde ich meinem Freund Feuerkaninchen zustimmen. Aber so, wie es aussieht, kann ich das nicht.«

»Was sollen wir denn sonst machen?« rief Feuerkaninchen hitzig. »Sollen wir untätig herumsitzen und reden und zusehen, wie uns unser Land weggenommen wird?« Er blickte sich um und suchte in den Gesichtern der Leute nach Zustimmung. Er breitete die Arme aus und hob den Kopf. »Sollen wir *das* alles aufgeben?«

Schwarzer Monds Frau, Die die Platz macht, erhob sich. Ihr Lederkleid war mit Wapitizähnen verziert, die in der Sonne weiß aufblitzten. Muschelschalen schmückten den Ausschnitt. Die Runzeln in ihrem Gesicht und ihre vielen Zahnlücken bewiesen deutlich ihre fünfzig Winter.

Sie seufzte tief auf und schüttelte den Kopf. »Ich höre diese Worte … und mein Herz wird kalt. Wir stehen einem Problem gegenüber, mit dem niemand von uns gerechnet hat.

Die Stämme haben stets gegeneinander gekämpft, aber nur, damit unser Blut stark bleibt.«

Sie blickte sich im Kreis der Versammelten um. »In den letzten Jahren haben sich die Dinge verändert. Wir brachen den Weißlehm-Stamm, weil wir neue Jagdgründe brauchten. Ich erinnere mich noch sehr gut an die Freudentänze unserer Krieger nach dem großen Sieg. Damals sang auch ich Lobpreisungen auf die Schwarzspitzen-Krieger, obwohl mein Herz voller Kummer war. Noch nie erlitt ein Stamm das Schicksal des Weißlehm-Volkes. Manche Stämme schlossen sich zusammen, anderen spalteten sich ab und gründeten neue Stämme – so, wie sich der Schwarzspitzen-Stamm zu Lebzeiten meines Großvaters vom Wespenstamm abgespalten hat. Doch die vielen Toten des Weißlehm-Stammes bereiteten mir großen Kummer. Meine Mutter kam vom Weißlehm-Stamm.«

Sie hob den Kopf. »Unser Volk ist immer nach Süden gezogen. Früher jagten wir Robben und Moschusochsen, dann Karibus, später Büffel. Nun machen wir Jagd auf Wapitis und Antilopen, da die Büffel selten geworden sind. Alles hat sich verändert. Ich habe viele Überfälle und Kriege miterlebt, aber nicht, daß ganze Stämme über große Entfernungen gehetzt werden.«

Sie rieb sich die Nase und hustete. »Ich bin eine alte Frau. Ich will nicht wie ein im Winter hungernder Kojote davonlaufen müssen. Meiner Ansicht nach haben wir drei Möglichkeiten. Entweder zu bleiben und gegen alle Stämme zu kämpfen. Oder nach Osten zu gehen und zu versuchen, den Stamm der Gebrochenen Steine aus seinem Land zu vertreiben. Oder nach Süden über die Sideways Mountains zu ziehen. Von allen diesen Möglichkeiten scheint mir der Weg nach Süden die vernünftigste Lösung. Ich sage das, weil wir schon seit Generationen nach Süden wandern und dieser Weg immer gut für uns war.«

Die die Platz macht setzte sich mit knackenden Gelenken.

Schwarzer Mond wandte sich an Windläufer. »Wie sieht es im Süden aus?«

Windläufer stand auf und blickte sich im Rat um. Die Leute beobachteten ihn voller Neugier und Hochachtung. Seine Heldentaten hatten sich rasch herumgesprochen.

Er straffte sich. »Im Süden der Sideways Mountains liegt das Tal, von dem die Händler uns erzählt haben ... dort lebt das Erdvolk.

Mein Rat lautet, in dieses Land zu gehen. Der Bruder meines Vaters raubte eine ...« Er lächelte wehmütig, als er seinen Schnitzer bemerkte, und fing noch einmal von vorn an. »Als ich beim Weißlehm-Stamm lebte, raubte ein Mann namens Salbeigeist ein Mädchen aus dem Erdvolk. Sie erzählte mir vom Leben des Erdvolkes. Es hat mehr als genug zu essen, aber seine Lebensweise unterscheidet sich grundlegend von der unseren. Ich schlage vor, wir gehen nach Süden und nehmen dieses Gebiet ein. Dort gibt es Platz für uns.«

Er runzelte die Stirn. »Wir müssen uns entscheiden. Es ist eine schmerzliche Entscheidung. Ich weiß, was sie bedeutet. Zweimal war ich mit dem Weißlehm-Stamm auf der Flucht.« Er blickte seine Zuhörer durchdringend an. »Im Süden müssen wir unsere Lebensweise ändern. Mir wurde erzählt, dort wandere das Wild nicht in großen Herden und die meisten Menschen dort unten äßen aus Pflanzen hergestellte Speisen. Obwohl mir die Vorstellung nicht behagt, unsere Lebensart zu ändern, so ist das immer noch besser, als einen fürchterlichen Krieg gegen den Hohlkehlen-Stamm zu führen. Falls wir die Hohlkehlen vernichten, müßten wir anschließend gegen die vereinten Stämme der Schneeammern und Wespen kämpfen und diese nach Norden zurücktreiben. Wie viele Gesichter aus dem hier versammelten Kreis werden nach diesen Kämpfen fehlen? Als ich den Weißlehm-Stamm verließ, waren gerade noch fünf mal zehn Menschen übriggeblieben. Die Überfälle ...«

»Halt! Nie wieder!« donnerte eine Stimme vom Rand des Lagers.

Windläufer reckte den Hals und spähte angestrengt hinüber. Ein einzelner Mann trat hinter den Zelten hervor, gefolgt von einem Rudel neugierig schnüffelnder Hunde. Windläufer erstarrte. Die Stimme und der wiegende Gang dieses Mannes waren ihm wohlvertraut.

»Salbeigeist?« flüsterte Windläufer ungläubig.

Die Leute bildeten eine Gasse und ließen Salbeigeist, der Speere und Atlatl bei sich trug, vorbei. Von allen Seiten erklang staunendes Gemurmel.

Salbeigeist ging auf Windläufer zu. Er blieb vor ihm stehen, Tränen traten in seine Augen, seine Lippen bebten. Windläufer breitete die Arme aus und drückte ihn fest an seine Brust.

»Was machst du hier?« fragte er entgeistert und schob seinen Onkel auf Armeslänge zurück. Salbeigeists Kleidung bestand nur noch aus zerrissenen Lederfetzen. Er hatte an Gewicht verloren – war nur noch ein ausgemergelter, zerlumpter Schatten des Mannes, den er einmal gekannt hatte. Aber in den leidgeprüften Augen funkelte ungebrochener Stolz.

Salbeigeists Gesicht verzerrte sich vor Kummer und Leid. »Ich konnte sonst nirgendwo hingehen«, flüsterte er und kämpfte gegen die aufsteigenden Tränen. »Der Weißlehm-Stamm ist … ist verschwunden.«

»Verschwunden? Was soll das heißen, verschwunden?«

»Tot«, antwortete er mit tonloser Stimme. »Ausgelöscht vom Wolfsvolk.«

Ein überraschtes, ungläubiges Geflüster brach aus.

Schwarzer Mond stand auf und maß Salbeigeist mit einem argwöhnischen Blick. »Du trägst Waffen.«

Salbeigeist nickte. »Schön, dich wiederzusehen, Schwarzer Mond. Nachdem uns der Schwarzspitzen-Stamm am Fat Beaver River angegriffen hat, hätte ich nie geglaubt, jemals in meinem Leben diese Worte zu sagen. Aber natürlich trage ich meine Waffen bei mir. Ich wußte ja nicht, ob mein Neffe noch am Leben ist.« Er ließ Atlatl und Speere klappernd zu Boden fallen. Salbeigeist schluckte vernehmlich und blickte den Anführer der Schwarzspitzen an. »Wäre er im Zweikampf getötet worden, hätte ich gekämpft. Nicht, um in euren Stamm aufgenommen zu werden – sondern um als letzter Überlebender des Weißlehm-Stammes zu sterben.«

Schwarzer Mond holte tief Luft. »Du sagtest, das Weißlehm-Volk sei tot …«

»Weiße Esche!« stieß Windläufer hervor und faßte Salbeigeist bei den Schultern. Sein Herz hämmerte heftig, die Knie gaben unter ihm nach.

Salbeigeist senkte den Kopf. »Ich weiß nicht. Sie war nicht da, als das Wolfsvolk das Lager überfiel. Ich weiß, sie haben Weiße Esche nicht gefaßt, aber einige der anderen jungen gebärfähigen Frauen haben sie mitgenommen.«

»Aber wo ...«

»Ich weiß es nicht.« Salbeigeist fuhr sich mit der Hand über das Gesicht. »Ich ging über die Sideways Mountains zum Dreigabelungenlager und beobachtete es. Ich dachte, vielleicht ... nun ja, da der Weißlehm-Stamm nicht mehr existierte, konnte sie zum Erdvolk zurückgegangen sein. Ich habe sie dort aber nicht gesehen.«

Windläufer fühlte sich wie von einem Strudel in eine endlos tiefe Leere gerissen. Die Welt schien zu verblassen, Bäume, Himmel und Hügel verloren jegliche Farbe. »Wann?« krächzte er.

»An dem Morgen, nachdem du zum Schwarzspitzen-Stamm aufgebrochen bist.« Salbeigeist hob den Blick zu den sich im Wind wiegenden Ästen. »Ich schlief nicht in jener Nacht – ich setzte mich hinter die Felsen. Ich wollte allein sein, an Leuchtender Mond denken und ungestört um sie weinen. Ich sah dich zum Grat hinaufklettern und hörte dich mit Weiße Esche sprechen. Ich sah dich weggehen. Erst bei Tagesanbruch machte ich mich auf den Rückweg zum Lager. Ich hörte die Schreie, aber es war bereits zu spät. Ich konnte nicht mehr eingreifen. Ich verbarg mich hinter den Felsen und sah gerade noch, wie die Krieger des Wolfsvolkes die letzten unserer Zelte niederbrannten. Gleich nachdem sie verschwunden waren, suchte ich sie unter den Toten, konnte sie aber nicht entdecken. Dann folgte ich dem Wolfsvolk. Weiße Esche war nicht unter den Gefangenen. Ich ging zurück zum Lager, um noch einmal nach Weiße Esche zu suchen. Tapferer Mann trieb sich dort herum und sah sich die Leichen an.«

»Er hat sie!«

»Nein.« Salbeigeist schüttelte den Kopf. »Aber auch er hat

offenbar nach ihr gesucht. Als Tapferer Mann ging, begann es zu schneien. Einen Tag lang folgte ich Tapferer Manns Spuren, um sicherzugehen, daß er sie nicht entführt hat.« Er atmete tief durch. »Als ich feststellte, daß er, wie angekündigt, zum Stamm der Gebrochenen Steine ging, wanderte ich in den Süden und beobachtete das Erdvolk.«

»Wo mag sie bloß sein?« fragte Windläufer fassungslos.

Salbeigeist ballte die knochigen Fäuste. »Ich weiß es nicht. Ich weiß es einfach nicht.«

Windläufer kämpfte verbissen gegen seine wachsende Verzweiflung.

Salbeigeist wandte sich an Schwarzer Mond. »Was hast du mit mir vor?«

Nachdenklich betrachtete Schwarzer Mond Salbeigeist. Sein Blick wanderte über die zerfetzte Kleidung, die Spuren des Leids in seinem Gesicht. »Du sagtest, dein Stamm sei ausgelöscht.«

Salbeigeist lachte verbittert – bei diesem Laut lief es Windläufer eiskalt über den Rücken. »Alles, was ich jemals war ... oder geliebt habe, ist tot« – er zeigte auf Windläufer – »bis auf diesen jungen Mann.«

Heißes Fett stellte sich neben Schwarzer Mond. »Du möchtest Angehöriger des Schwarzspitzen-Stammes werden?«

Langsam schüttelte Salbeigeist den Kopf. »Nein, Seelenflieger. Ich will bis zu meinem Tod ein Weißlehm-Mann bleiben, ich bin der Letzte meines Stammes.«

Verwundertes Gemurmel brandete unter den Zuhörern auf.

»Nein«, rief Windläufer, der sich sofort der Bedeutung dieser Worte bewußt wurde. »Sie bringen dich um, Onkel!«

Salbeigeist legte seine schwieligen Hände auf Windläufers Schultern. Ein wehmütiges Lächeln umspielte seine Lippen. »Dann sollen sie mich töten, Neffe. Ich bin nur gekommen, um dich ein letztes Mal zu sehen. Ich mußte wissen, was aus dir geworden ist. Du bist alles, was mir geblieben ist.«

»Dieser Mann ist mein Onkel«, rief Windläufer. »Er kann mein Zelt mit mir teilen. Ich kümmere mich um ihn.«

Schwarzer Mond begann nachdenklich auf und ab zu schreiten. Mit ratloser Miene blieb er schließlich vor Heißes Fett stehen. »Was sollen wir machen? Ich kann Einziger Mann nicht befehlen, ihn umzubringen, nach allem, was wir heute gehört haben, oder?«

Heißes Fett stellte sich vor Salbeigeist hin, seine scharfen Augen musterten den Weißlehm-Mann von oben bis unten. »Wie viele Sommer sind vergangen, seit wir uns zum letztenmal gesehen haben?«

»Fünf, mein Alter. Es war bei der Großen Versammlung nördlich des Bug River, als Sieben Bullen Wildpflaume geheiratet hat.«

Heißes Fett grunzte und kratzte sich hinter dem Ohr. »So lange ist das schon her?«

Einziger Mann, dessen Blick die ganze Zeit nachdenklich von einem zum anderen gewandert war, schob sich neben Windläufer und sagte ruhig: »Ich teile meine Fleischvorräte mit Salbeigeist.«

Windläufer war wie betäubt. Die Sehnsucht nach Weiße Esche, seine Sorge um Salbeigeist, die Trauer über den Untergang des Weißlehm-Stammes und der Tod so vieler geliebter Menschen brachten ihn fast um den Verstand.

Schwarzer Mond wandte sich mit einer hilflosen Handbewegung an die Umstehenden. »Ihr habt Salbeigeist gehört. Ihr habt Einziger Manns Worte vernommen. Ihr habt gehört, was Die die Platz macht und was Windläufer sagten. Meine Stimme ist nicht entscheidend für die Haltung des ganzen Stammes. Aber ich sage euch, ich kann nicht befehlen, diesen Mann umzubringen. Sein Leid ist schon groß genug. Ich schlage vor, ihn bei uns leben zu lassen. Er soll als letzter Überlebender des Weißlehm-Stammes unter uns weilen.«

Einziger Mann hob die Hände, um die allgemeine Aufmerksamkeit auf sich zu lenken. »Ihr kennt mich alle. Ihr kennt den Mut von Einziger Mann. Ich habe für den Schwarzspitzen-Stamm gekämpft. Ich habe meine Seele für den Stamm gegeben. Ihr wißt, Einziger Mann ist stolz und stark. Doch jetzt habe ich Dinge gesehen und gehört, die mich in Furcht versetzen, weil ich nicht begreife, was mit dem Sonnenvolk geschieht. Vielleicht sollten wir alle an den Weißlehm-Stamm denken – und daran, was diesen Menschen zugestoßen ist. Vielleicht sollten wir unsere Zeit nutzen und soviel wie möglich daraus lernen, damit wir den Weg, den der Große Donnervogel und der Große Bär uns weisen, verstehen.«

Der Anführer der Schwarzspitzen-Krieger bedachte Salbeigeist mit einem Kopfnicken. »Ich heiße Salbeigeist bei uns willkommen.« Mit einem stahlharten Blick maß er die im Kreis versammelten Leute. »Er kam zu uns, obwohl er wußte, er steht dem Schwarzspitzen-Stamm alleine gegenüber. Ein Mann, der das wagt, hat mir seinen Mut und seine Würde zur Genüge bewiesen.«

Feuerkaninchen sprang mit einem Satz auf die Beine und stieß die geballte Faust in die Luft. »Was geht hier eigentlich vor? Was geschieht mit uns? Denkt nach über das, was wir heute gehört haben. Hat sich die Macht gegen uns gewandt? Alles bricht auseinander wie eine alte Mantelnaht aus brüchiger Sehne. Es kümmert mich nicht, ob dieser alte Weißlehm-Mann unter uns lebt. Mich bewegt nur eine einzige Frage: Was unternehmen wir wegen des Hohlkehlen-Stammes?«

In der Menge brach Tumult aus. Einige schrien, manche stritten lautstark miteinander, wieder andere schüttelten die Köpfe und gestikulierten heftig. Es herrschte allgemeine Verwirrung.

Schwarzer Mond hob die Hände und gebot Ruhe. Er wandte sich an Salbeigeist: »Du sagtest, du warst südlich der Sideways Mountains?«

Salbeigeist nickte. »Ich bin zweimal dort gewesen. Das erste Mal vor vielen Jahren führte mich eine Macht dorthin. Dieses Mal ging ich, um meine Tochter zu suchen.«

Schwarzer Mond nickte. »Was ist mit diesem Erdvolk? Haben sie wirklich so viel zu essen, wie die Händler behaupten? Können wir in ihrem Land leben?«

Salbeigeist zuckte die Achseln. »Sie leben nicht so wie wir. Aber ja, sie haben so viel, wie die Händler behaupten. Sie hungern selbst im Winter selten. Wir können das Land einnehmen und dort leben – aber wir müßten unsere Lebensweise ändern.«

Einziger Mann schielte nachdenklich zum Himmel hinauf. »Glaubst du, wir können ihr Land einnehmen? Sind es zu allem entschlossene Kämpfer? Wie viele von uns müßten sterben?«

Salbeigeist bedachte ihn mit einem schiefen Lächeln. »Niemand lebt ewig, Einziger Mann. Einige Angehörige des Schwarzspitzen-Stammes werden sterben, gleichgültig, gegen wen ihr auf den Kriegspfad zieht. Ich würde mich allerdings lieber dem Erdvolk stellen als dem Hohlkehlen-Stamm. Das Erdvolk hat zwar mehr Angehörige – ihre Lager liegen im ganzen Land verstreut, weil es ein so fruchtbares Land ist –, aber ich kenne die Hohlkehlen-Krieger. Man muß sie dreimal umbringen, um sicherzugehen, daß sie auch tot sind.«

Schwarzer Mond kaute auf der Unterlippe. »Nehmen wir uns ein wenig Zeit zum Nachdenken. Unterhaltet euch in der Zwischenzeit miteinander über die Angelegenheit. Morgen ist es noch früh genug, um eine Entscheidung zu treffen.«

Windläufer hatte kaum wahrgenommen, was um ihn herum vorging. Vollkommen in Gedanken an Weiße Esche versunken, schienen ihn ihre Augen aus den Tiefen seiner Seele anzublicken. *Tot? Sie konnte nicht tot sein! Unmöglich!*

Eine leichte Berührung an seiner Schulter ließ Windläufer zusammenzucken. Er blickte in die durchdringenden Augen von Heißes Fett.

»Komm«, sagte der Seelenflieger. »Espe bereitet das Essen vor. Du und Salbeigeist, ihr kommt mit mir.«

»Mir ist der Appetit vergangen, Alter.«

Salbeigeist sah seinen Neffen traurig an. »Komm schon. Wenn sie irgendwo ist, dann südlich der Sideways Mountains. Falls sie noch lebt, finden wir sie.«

Ich habe sie für immer verloren. Ich fühle es. Der Weißlehm-Stamm ist untergegangen – ermordet vom Wolfsvolk. Warum bin ich nicht mit ihr fortgegangen, als ich noch die Möglichkeit dazu hatte? Warum?

Windläufer sah nach oben, sein Blick verlor sich in den endlosen Tiefen des Himmels. *Man hat mich betrogen. Man hat mich um das einzige Glück in meinem Leben betrogen.*

Kapitel 17

Kranker Bauch und Weiße Esche lagerten in einer Mulde zwischen verwitterten Granitfelsen und hatten ein kleines Feuer entzündet. In der unterhalb der Mulde liegenden Trockenrinne plätscherte ein Bach mit klarem, kaltem Wasser. Espen rauschten leise im Abendwind. Die Luft duftete nach Gras, feuchter Erde und Nadelbäumen. Die Wiese im Tal prangte im saftigen Grün von üppigem Weizengras, Schwingelgras und Wiesenrispengras. Die leuchtendgelben Blüten des Springkrauts betonten die purpurroten Köpfe der Götterblumen, hier und da blühten Butterblumen und frühe Zwiebeln. Von Westen zogen Wolken auf und verdunkelten den Abend frühzeitig.

Sie saßen dicht am Feuer und unterhielten sich. Plage lag auf der anderen Seite, damit keine vom leichten Wind verwehten Funken seinen dicken Pelz verbrannten. Zufrieden beobachtete er die beiden Menschen. Die Ohren hatte er aufgestellt, als lausche er aufmerksam ihrer Unterhaltung.

»Ich begreife das nicht. Das ist Stein … und zugleich Holz. Siehst du die Maserung? Die Astknoten? Wie konnte das wachsen?« Ratlos drehte Kranker Bauch seinen aufregenden Fund in den Händen.

Weiße Esche betrachtete aufmerksam das merkwürdige Fundstück. Obwohl es wie ein Stück verwittertes Holz aussah, etwas länger als Kranker Bauchs Unterarm, war es eindeutig aus massivem Stein. »Vielleicht gehört dieses Stück zu einem Baum, den wir nicht kennen.« Sie nahm den seltsamen Stein und strich mit den Fingern über die deutlich sichtbare Holzmaserung. »Linke Hand sagte, die Steinzähne, aus denen du dir die Halskette machst, stammten von einem

Fisch. Hat er dir nicht auch etwas von steinernen Knochen erzählt?«

Kranker Bauch nickte nachdenklich. Er holte die zehn schwarzen Zähne aus seinem Beutel und polierte sie, dann nahm er wieder seinen Fund zur Hand.

»Das ist Holz«, wiederholte er. »Wie verwandelt sich Holz in Stein?«

Weiße Esche gähnte und streckte sich. »Vielleicht ist eine neue Macht gekommen, die Holz in Stein verwandeln kann.«

Kranker Bauch kratzte sich hinter dem Ohr. Bilder von brennendem Schnee kamen ihm in den Sinn. Er säuberte das Ende des Steinholzes, das er versucht hatte, in Brand zu stecken. Nichts war passiert, nicht einmal, als er es mitten in die glühenden Kohlen gelegt hatte. »Holz, das Stein ist ... und nicht brennt? Das in den Flammen nicht einmal qualmt? Vielleicht zündet eine Macht die Sonne an, und man riecht deshalb keinen Rauch von der Sonne, weil sie diese Art Steinholz verbrennt.«

Skeptisch zog sie eine Augenbraue hoch. »Sei nicht albern. Würde das Feuer der Sonne mit solchem Steinholz brennen, wäre sie viel zu schwer. Sie würde vom Himmel fallen. Fühl doch. Das ist massiver Stein.«

Weiße Esche nahm das Steinholz und wiegte es in der Hand. »In den Hügeln südlich des Dangerous River gibt es eine Menge von diesem Zeug. Als ich klein war, habe ich mich darüber gewundert und mich gefragt, was das wohl ist. Die Leute sahen es nur kurz an und ließen es dann achtlos liegen. Niemand hat sich je darüber gewundert, ich mich später auch nicht mehr.«

»Gibt es im Norden Steinbäume?«

»Ich habe noch nie einen *gesehen.«* Sie hielt den Gegenstand ins Feuerlicht. »Hätte jemand so einen Baum entdeckt, hätte er das bestimmt erzählt. Ich wüßte zu gern, ob die Blätter auch aus Stein sind.«

Kranker Bauch zog die Augenbrauen zusammen und überlegte. »Die Blätter müßten eigentlich grün sein.« Er legte den Kopf schief. »Müssen sie das wirklich? Blätter ändern im

Herbst ihre Farbe und fallen ab. Aber was geschieht mit Steinblättern? Wohin verschwinden die? Wir müßten kleine Splitter von Steinblättern am Boden finden.«

»Schiefer?«

»Das glaube ich nicht. Schiefer ist zwar dünn und flach wie Blätter, aber er ist schwarz oder grau. Man sieht darauf keine dieser kleinen Adern ... und die Form stimmt auch nicht.«

Ein im Feuer explodierendes Holzstück ließ einen Funkenregen in die Nacht hinaufsteigen. In dem schwarzen Baumgürtel hinter ihrem Lagerplatz heulte klagend eine Ohreule.

Weiße Esche legte ihm eine Hand auf den Arm und bedachte ihn mit einem sachlichen Blick. »Die Welt wird für mich zwar nie mehr so sein wie früher, Kranker Bauch, aber durch dich ist sie wieder lebendig geworden. Vielleicht haben Singende Steine und der Traum recht und ich bin tatsächlich im Fluß gestorben.« Ihr Griff um seinen Arm wurde fester. »Von dem Moment an, als du mir das Leben gerettet hast, wendeten sich die Dinge zum Besseren.«

Lächelnd legte er eine Hand auf ihre. »Das freut mich. Ich habe noch nie jemanden glücklich gemacht. Ich hoffe nur, es bleibt so. Wir sind jetzt im Land des Wolfsvolkes.«

Sie blickte über das Feuer hinweg in die Nacht. »Außer alten verlassenen Lagern haben wir nichts entdeckt.«

»Alles beginnt zu grünen. Das Wetter ist warm, und der Schnee schmilzt bereits an den Nordhängen. Vielleicht graben sie Wurzeln. Die Götterblumen fangen an zu sprießen. Die Selleriewurzeln wachsen, und die Spitzen schmecken gut, bevor sie blühen. Die Leute lieben Abwechslung und freuen sich, wenn sie endlich nicht mehr nur von den Vorräten zehren müssen.«

»Wahrscheinlich.« Sie gähnte und seufzte. »Wenigstens haben uns keine Träume gequält.«

Er blickte zum dunklen Himmel hinauf. »Ich weiß nicht, ob das gut oder schlecht ist. Irgendwie ... also irgendwie dachte ich, die Träume würden uns sagen, wohin wir gehen sollen. Das ist ein weites Land. Wo sollen wir denn nach dem Wolfsbündel suchen?«

Sie umklammerte seinen Arm. »Vielleicht kommen die Träume deshalb nicht, weil wir uns bereits auf dem richtigen Weg befinden?«

»Wollen wir's hoffen«, seufzte Kranker Bauch inbrünstig. »Vielleicht haben wir morgen Glück und gelangen ans Ziel.«

Die Sonne brannte unbarmherzig auf die Granitwälle hinter dem Rundfelsen-Lager herunter. Rittersporn saß vor ihrer Hütte unter einem Sonnenschutz, einem quadratischen Gerüst aus Wacholder, auf dem ein aus Weiden und Wildroggen geflochtenes Dach ruhte, und genoß die von den heißen Steinen reflektierte Wärme. Sie tat ihren abgenutzten Knochen und Gelenken gut.

Der südliche Horizont wurde vom Green Mountain beherrscht, der sich wie ein buckliges Ungeheuer in das endlose Blau des Spätfrühlingshimmels erhob. Die hochgelegenen Wiesen zwischen den Waldstücken leuchteten in frischem Grün. Durch die Schneeschmelze hatte der Boden viel Wasser aufgesogen, und das Gras wuchs saftig. Selbst die Bäume schienen in diesem Jahr ein satteres Grün zu zeigen als sonst. Auf den Terrassen unterhalb des Berges wucherte blaugrüner Salbei, dazwischen sproß das Gras etwas spärlicher.

Zu schade, daß ich nicht mehr so gut zu Fuß bin wie früher. Rittersporn schmatzte mit den Lippen. Ihre Augen folgten den Pfaden zum Gipfel hinauf. Als junges Mädchen hatte sie es genossen, diese Hänge hinaufzusteigen, in einer Hand den Grabestock für die Wurzeln, in der anderen einen Beutel, in dem sie die Ernte aus Ackererbsen, Braunwurz und wilden Zwiebeln nach Hause trug.

Sie blickte sich im Lager um – seit ihre Töchter Anmutige Frau, Tannenzapfen und Phloxsamen mit den Männern hinausgegangen waren, um Götterblumen, Selleriewurzeln und die ersten zarten Ampferblätter zu sammeln, war es merkwürdig still geworden. In der brütenden Hitze war nur das Summen der Fliegen und der Gesang der Vögel zu hören. Finken und Spatzen mit weißen Kappen tummelten sich in den Salbeisträuchern. Amseln mit roten Flügeln und Stare huschten zwischen den dichtstehenden Weiden am Coldwater River hindurch; eine Wiesenlerche trällerte fröhlich.

Die jüngeren Hunde waren von den anderen mitgenommen worden, um Lasten zu tragen. Die alten Hunde schliefen im Schatten und knurrten gelegentlich im Traum. Hin und wieder wachte einer von ihnen auf und betrachtete Rittersporn aus schläfrigen Augen, bevor er sich wieder auf die Seite rollte und weiterdöste.

Bald fand die Große Versammlung statt. Dieses Jahr trafen sich die Stämme im Dreigabelungental. *Besser dort als drüben im Sandwasser-Lager wie letztes Jahr. Der weite Marsch hätte mich fast umgebracht.*

Und nächstes Jahr? Falls die Große Versammlung im Waldhuhn-Lager abgehalten wurde, konnte sie noch so weit gehen?

Sie schielte auf ihre geschwollenen Knöchel. »Du wirst alt, Rittersporn. Zu alt.« Sie hob den Kopf und blinzelte in das Geflecht ihres Sonnenschutzes, durch das vereinzelte Sonnenstrahlen fielen. Es wurde bald Zeit, die Erdhütten zu verlassen. Jeden Sommer zog das Volk durch das Land und errichtete dort, wo die Wurzeln üppig wuchsen oder das Reisgras und der Wildroggen besonders viele Samen trugen, vorübergehende Lager. Die Geister, die dort hausten, versorgten die Menschen gut, solange sie und ihre Wurzeln und Pflanzen vom Volk mit Respekt behandelt wurden. Die Geister liebten ihre Heimat – und alles, was darauf wuchs – genauso sehr wie die Menschen ihre Lager.

Das Umherziehen befriedigte auch das Bedürfnis der Menschen, wieder im Freien zu leben. Nach so vielen Drehungen des Wintermondes zerrte das Leben in den Erdhütten an den Nerven. So warm und gemütlich sie im Winter auch sein mochten, die Seele sehnte sich in der warmen Jahreszeit hinaus.

Die alte schwarze Hündin, die neben dem Eingang der Hütte geschlafen hatte, sprang plötzlich auf und begann laut zu bellen.

Rittersporn fuhr erschrocken hoch und taumelte ein paar

Schritte nach vorn. Sie beschattete ihre Augen gegen die gleißende Sonne und sah eine einsame Gestalt auftauchen, die flott näher trabte.

»Schilfrohr«, murmelte sie und kehrte seufzend in den Schatten zurück. *Wieso kommt er so früh zurück? Haben sie schon genug Selleriewurzeln gegraben?*

Sie blickte zum Green Mountain hinüber. Sobald die heißen, trockenen Winde über das Coldwater Basin wehten und die Beifußsträucher in der Hitze flimmerten, wünschte sie sich sehnlichst, dort oben zu sein. Sicher war es dieses Jahr günstig, oben an der Moosquelle zu lagern. Das Jahr war feucht gewesen, und die Stechmücken würden in Schwärmen über sie herfallen. Dort oben im Hochland konnten sie der schlimmsten Heimsuchung entgehen. Außerdem wuchsen dort Binsen und subalpine Tannen. Sie konnten den Saft sammeln, Minze und Bergoregano dazugeben und diese Mischung anzünden, um die Insekten fernzuhalten.

Schilfrohr war inzwischen am Rande des Lagers angekommen und rief ihr einen Gruß zu. Er ging zuerst in Tannenzapfens Hütte. Mit einem Wassersack in der Hand erschien er wieder. Er trank gierig, dann kam er mit dem Wassersack zu Rittersporn herüber und hockte sich in den Schatten.

»War ein weiter Weg, Großmutter.«

»Und ein zu warmer Tag, um nur rasch zum Umziehen ins Lager zu kommen.« Sie blinzelte, ihre Augen waren ständig gereizt. Zuviel Holzrauch abbekommen, vermutete sie. »Du bist früh zurück. Sind die Sammelsäcke schon gefüllt?«

Schilfrohr wischte sich den Schweiß von der breiten Stirn und schielte zum Gestrüpp hinüber. »Die meisten. Die anderen machen sich wahrscheinlich morgen auf den Heimweg.«

Rittersporn wedelte eine Fliege weg. »Und was gibt es Neues?«

Schilfrohr legte die schwieligen Hände auf die Knie und hockte sich auf die Fersen. »Kleiner Zeh kam auf seinem Weg vom Dreigabelungenlager zum Schlechtwasser-Lager bei uns vorbei.«

»Und?«

»Er macht sich Sorgen.« Schilfrohr atmete tief aus, ihm war nicht wohl zumute. »Eulenklee redet dauernd von Hexerei.«

»Im Dreigabelungenlager macht man sich seit ewigen Zeiten Sorgen wegen Hexerei.«

»Ich weiß. Aber Kleiner Zeh ist dort aufgewachsen, und er sagte, Eulenklee sorge sich noch mehr wegen Hexerei als Grünes Feuer, und das will was heißen. Angeblich sah Alsenblase, der Ehemann von Sternwurz, einen Hexer.«

Rittersporn richtete sich stocksteif auf. »Er hat einen gesehen?«

»Das behauptete jedenfalls Kleiner Zeh. Jemand spionierte um das Dreigabelungenlager herum. Sie entdeckten Spuren ... und Alsenblase sagte, er habe jemanden draußen im Dickicht gesehen.«

»Aber er hat nicht mit ihm gesprochen? Ihn nicht erkannt?«

Schilfrohr verzog das Gesicht. »Nach allem, was Kleiner Zeh sagte, nicht. Im Grunde wollte er nicht mit uns darüber reden. Wir mußten jedes Wort aus ihm herauspressen. Ihm ist das alles ein bißchen unheimlich. Das schlimmste ist, wer auch immer dieser Hexer gewesen sein mag, er trieb sich genau zum Zeitpunkt von Grünes Feuers Tod dort herum.«

»Ahha«, brummte Rittersporn. Sie schielte aus den Augenwinkeln zu ihm hinüber. »Und wie geht's weiter?«

»Erinnerst du dich an diesen grünen Lichtstreifen, der sich quer über den Himmel gebrannt hat? Als dies geschah, verlor Korb ihr Baby. Kleiner Zeh sagte, seine Schwester sei jetzt noch schlimmer als Grünes Feuer, ja sogar verrückter als Eulenklee.« Unverwandt blickte Schilfrohr zu den Hängen des Green Mountain hinüber. »Angeblich hat Eulenklee vor, Schwarze Hand während der Großen Versammlung der Hexerei zu bezichtigen.«

Rittersporn fuhr sich mit der rauhen Hand über das Gesicht. »Das wäre nicht gut. Gar nicht gut.« Sie überlegte einen Augenblick. »Aber wirklich *gesehen* hat Schwarze Hand niemand?«

Schilfrohr schüttelte den Kopf. »Niemand sah im Grunde überhaupt etwas – zumindest habe ich Kleiner Zeh so verstanden.«

Rittersporns Augen wurden schmal. Schwarze Hand kam vor der Großen Versammlung ins Rundfelsen-Lager. Das verschaffte ihr ein wenig Zeit. »Wird Schwarze Hand öffentlich der Hexerei beschuldigt, dann verbreitet sich dieses üble Gerücht wie ein Lauffeuer. Und er ist mit uns zusammen unterwegs.«

Schilfrohr kaute auf der Unterlippe. »Ich hielt das für wichtig genug, um gleich herzukommen und es dir zu erzählen. Tannenzapfen macht sich Sorgen. Sie dachte, Schwarze Hand sei vielleicht schon hier.«

Nachdenklich sah sie ihn an. »Was glaubst du, was passieren wird, Schilfrohr? Du hattest immer einen klugen Kopf auf deinen Schultern.«

»Was immer auch geschieht, Schwarze Hand steckt in Schwierigkeiten. Ich glaube nicht, daß ihn jemand bei der Großen Versammlung direkt angreift. Die Leute werden nur reden. Aber das Dreigabelungenlager hat einen gewissen Einfluß. Was die Leute dort sagen, ist durchaus von Gewicht.« Schilfrohr breitete die Arme aus. »Selbst wenn Schwarze Hand behauptet, er habe seine Macht verloren, wird es lange dauern, bis sich die Angst der Leute wieder verliert.«

»Allerdings.« *Aber die Leute wissen, ein Hexer heiratet nicht.* Rittersporn zupfte an ihrem Kinn. »Du bist doch ein guter Zuhörer und Beobachter. Du hältst deine Zunge im Zaum und tratschst nicht herum, nur um dich reden zu hören. Das respektiere ich seit langem an dir. Du kennst Schwarze Hand seit vielen Jahreszeiten. Was hältst du von ihm und Rosenbusch?«

Gleichmütig zuckte Schilfrohr die Achseln. »Ich glaube, sie hat nichts gegen ihn. Ich beobachtete Schwarze Hand, als Warmes Feuer starb. Er begehrte sie schon damals – aber er durfte es nicht zeigen. Nicht, solange ihr Mann – den sie liebte – vor seinen Augen starb. Ich kenne meine Tochter. Ihr Herz sehnt sich noch immer nach Warmes Feuer, aber sie ist eine praktisch denkende Frau. Sie ist sich darüber im klaren, wie ihr Ansehen durch eine Verbindung mit Schwarze Hand steigen würde. Sie weiß, die Leute würden glauben, er habe ihretwegen auf seine Macht verzichtet.«

Rittersporn nickte. »Genau – und überdies weiß alle Welt, kein Hexer legt sich je zu einer Frau. Das würde nur seine Macht schwächen.«

Schilfrohr hob den Kopf. »Das wäre wohl die beste Lösung.«

Rittersporn lächelte zufrieden. »Damit nehme ich Eulenklees Beschuldigungen die Spitze. Ihre Worte werden im Wind verwehen.«

»Kleiner Zeh erwähnte noch etwas.«

Sie wartete schweigend.

Schilfrohr neigte den Kopf, seine Augen funkelten. »Es geht nicht um das Dreigabelungenlager, sondern um ... das Schlechtwasser-Lager. Kleiner Zeh sagt, Knochenklang mache sich Sorgen wegen des Sonnenvolkes. Anscheinend lief Halbmond einigen Kriegern vom Wolfsvolk über den Weg. Diese Krieger haben ein Lager des Sonnenvolkes gleich auf der Nordseite der Sideways Mountains vernichtet. Das Schlechtwasser-Lager liegt direkt unterhalb eines Passes. Sie sagt, das Wolfsvolk sei beunruhigt, irgend etwas sei im Norden passiert und ...«

»Bah!« Rittersporn saugte an ihren zahnlosen Kiefern. »Der Norden ist weit weg. Das Sonnenvolk kommt nicht hierher. Das ist nur wieder so ein Gerede, das die Leute aufregt. Knochenklang sollte es eigentlich besser wissen. Sobald sich Kundschafter des Sonnenvolkes auf dieser Seite der Sideways Mountains sehen lassen, schicken wir dich und die anderen Männer los und ihr jagt sie zurück. Was ist schon eine Horde Büffeljäger gegen uns? Diese Menschen sind keine Bedrohung.«

Unsicher senkte Schilfrohr den Kopf.

Rittersporn wandte sich wieder den wichtigeren Dingen zu. *Schwarze Hand und Rosenbusch. Ja, das war die Lösung. Rosenbusch war schließlich nicht dumm.*

Kapitel 18

Tapferer Mann humpelte den schmalen, sich zwischen den Bäumen durchschlängelnden Pfad entlang. Obwohl er gelernt hatte, mit den Schmerzen zu leben, hielt er an diesem Tag die sengenden Qualen kaum aus, die von seinem Knie durch den Körper schossen und sich mit den hämmernden Kopfschmerzen verbanden. Das Gelenk war verheilt, der Knochen zusammengewachsen, aber das Knie ließ sich nicht mehr beugen.

Der Stamm der Gebrochenen Steine folgte den von seinen Kriegern ausgekundschafteten Pfaden durch die Wälder, deren Labyrinth immer wieder zu herrlich blühenden Wiesen führte, wo Wapitis und Bisons grasten. Die Grass Meadow Mountains schienen wahrhaftig ein Paradies zu sein. Aus schwindelerregenden Höhen konnte man die im Osten gelegenen, unendlich weiten Ebenen überblicken. Das Auge reichte bis zum grenzenlosen Horizont.

Hinter Tapferer Mann kamen die Angehörigen des Stammes. Die jungen Frauen hatten ihre Kinder der Obhut der Alten überlassen und stellten während des Marsches Fallen und jagten. Sie befanden sich in ständiger Alarmbereitschaft, falls ein Angehöriger des Wolfsvolkes durch die sichernde Reihe der Krieger geschlüpft sein sollte.

Auf einem Erkundungsgang hatte Fliegender Falke ein großes Lager des Wolfsvolkes entdeckt. Sie hatten gewaltige Mengen von Wapiti und Büffelvierteln in den Bäumen aufgehängt. Es schien sich also nicht um ein gewöhnliches Lager zu handeln, sondern um eine besondere Zusammenkunft mit einer geplanten Zeremonie. Fliegender Falke hatte jedoch keine Anzeichen erkennen können, die darauf schließen ließen, daß sie um die Nähe der Gebrochenen Steine wußten.

Als sich Tapferer Mann unter einem niedrigen Ast durchbückte, zuckte er unter den pochenden Schmerzen zusammen. Tränen traten in seine Augen, sein Blick verschwamm. *Könnte ich doch nur diese Schmerzen abstellen!*

Seinen Kriegern hatte er eingeschärft, die Gefangene Weiße Esche unangetastet zu ihm zu bringen. Er hatte ihnen von seinem Traum erzählt, in dem er den Sieg geträumt hatte.

Voller Vorfreude erwartete er nun den Augenblick, in dem er seine Macht mit Weiße Esches verbinden konnte.

Tapferer Mann folgte einer scharfen Wegbiegung und stand plötzlich zweien seiner Krieger gegenüber, die hinter einem umgestürzten Baumstamm kauerten und auf eine offene Wiese spähten.

»Näher können wir nicht heran«, erklärte Gelber Fels. »Das Wolfsvolk lagert gleich hinter den Bäumen da drüben.«

Tapferer Mann nickte. »Sind unsere Krieger ausgeschwärmt?« Er blickte zur schräg einfallenden Sonne hinauf. Es würde bald dunkel werden.

»Ja.« Gelber Fels grinste, ballte die Faust und schüttelte sie. »Morgen früh ist das gesamte Lager umstellt. In der ersten Morgenröte ertönt unser Kriegsruf. Sobald wir hören, daß du dich an deine Macht wendest, stürmen wir von allen Seiten auf sie ein. Sie werden nicht wissen, wie ihnen geschieht. Wenn die Sonne über die Berggipfel steigt, wird das Wolfsvolk den Weg ins Lager der Toten beschritten haben.«

Tapferer Mann warf den Kopf zurück und sog tief den Duft der Tannen ein.

Die Stimmen in seinem Kopf wisperten: *Bald. Bald gehört Weiße Esche dir!*

Die ersten Sonnenstrahlen fielen schräg über die Gipfel, die trotz des zunehmend wärmer werdenden Wetters noch immer unter einer Schneehaube lagen, und sprenkelten die Baumwipfel mit gelben und grünen Tupfen. Die Vögel trällerten ihre fröhlichen Melodien in die klare Morgenluft.

»Plage?«

Als Weiße Esche Kranker Bauchs besorgte Stimme hörte, setzte sie sich in den Decken auf. Sie rieb sich den Schlaf aus den Augen und wunderte sich, wie sie so lange hatte schlafen können.

Kranker Bauch stand ein Stück von ihr entfernt und spähte angestrengt in das Dickicht. Die Halskette, an der er gearbeitet hatte, baumelte in seiner Hand.

»Was ist denn los?«

Er drehte sich um. Deutliches Unbehagen stand in seinem Gesicht. »Plage ist verschwunden. Ich bin gleich im Morgengrauen aufgestanden, weil ich meine Halskette fertig machen wollte, und er war nicht da. Zuerst machte ich mir keine Sorgen. Ich dachte, er käme bald zurück.«

Sie seufzte und gähnte. »Er ist ein Hund, Kranker Bauch. Er findet zurück.«

»Und wenn er sich verirrt?«

Sie stand auf, streckte die Glieder und atmete tief die klare, kühle Luft ein. In dieser Höhe war es bei Tagesanbruch noch recht frostig. Sie konnte ihren Atem sehen.

»Wo sollen wir nach ihm suchen?«

»Ich weiß es nicht.« Er schüttelte den Kopf. »Wir finden ja nicht einmal einen Angehörigen des Wolfsvolkes. Wenn wir nicht mal das schaffen, wie sollen wir dann jemals das Wolfsbündel aufspüren, geschweige denn Plage?«

»Vermutlich findet Plage uns.« Sie rollte die Schlafdecken ein und band sie fest zusammen. Dann nahm sie einige Streifen an der Luft gedörrten Fleisches aus dem Beutel, den Singende Steine ihnen mitgegeben hatte, und schob sich ein Stück davon in den Mund. Suchend blickte sie sich um.

Sie hatten ihr Lager knapp unterhalb eines Grates an einer schwachen Steigung aufgeschlagen. Auf der anderen Seite der Sträucher, die das Lager abschirmten, fiel der Kalksteinfels steil in ein enges Wiesental ab. Auf beiden Seiten schufen dicht stehende Bäume ein fast undurchdringliches Labyrinth.

Kranker Bauch lief aufgeregt hin und her und rief nach seinem Hund.

»Komm, iß etwas. Er wird schon zurückkommen.« Sie reichte ihm einen Streifen Fleisch. »Du hast die Halskette fertig gemacht. Laß mich mal sehen.«

Kranker Bauch reichte ihr die Kette und nahm nervös das harte Fleisch entgegen. Sorgenvoll schielte er immer wieder zu den Sträuchern hinüber, als hoffe er, Plage könne jeden Augenblick dort auftauchen.

Bevor sie die Kette näher betrachtete, klopfte sie ihm leicht auf die Schulter. »Du siehst schrecklich aus. Bist du sicher, es ist nur Plage, der dir Sorgen macht?«

Seine Augen verrieten deutlich, daß ihn noch etwas anderes bedrückte. »Ich hatte heute nacht wieder eine Vision. Du weißt, einen Traum einer Macht. Ich hörte, wie das Wolfsbündel dringend nach mir verlangte. Bald wird etwas geschehen. Etwas Furchtbares.«

»Na wundervoll«, brummte sie, während sie abwesend die hervorragend gearbeitete Halskette betrachtete. Kranker Bauch hatte die Steinzähne in langwieriger, harter Arbeit durchbohrt und einzeln an einen Lederriemen geknotet. Sie fühlten sich seltsam kühl an.

Weiße Esche konnte ihm nicht in die Augen sehen. Da sie den Marsch durch das Land des verhaßten Wolfsvolkes bewußt hinauszögerte, hatte sie ein schlechtes Gewissen. Sie drängte Kranker Bauch, die verschlungensten Wege zu gehen, bis sie sich nicht mehr zurechtfanden. Alles war ihr recht, was ihr Vorwärtskommen verlangsamte. Noch immer pumpte ihr Herz grelle Furcht durch ihre Adern, wenn sie an die Vernichtung des Weißlehm-Stammes und an Drei Bullen dachte und daran, was ihr möglicherweise noch bevorstand.

»Meine Vision von heute nacht hatte mit der Zukunft zu tun. Ich sah, was geschieht, wenn wir das Wolfsbündel nicht retten.«

»Erzähl weiter.«

Er machte ein finsteres Gesicht. »Es ist schwer zu erklären. Ich sah Leute, die Steine ausgruben und über große Entfernungen in einen riesigen Raum schleppten – einen Raum von so gewaltigen Ausmaßen, wie du ihn dir gar nicht vorstellen kannst. Groß genug, um einen Speer quer durchwerfen zu können. Gewaltige Feuerlöcher waren in die Wand gegraben. Es war heiß, schrecklich heiß. Und die Männer schoben die Steine in die in den Wänden tobenden Feuer.«

»Und was hast du noch gesehen?«

Kranker Bauch wedelte mit dem Fleischstreifen in der Luft herum. »Du wirst das nicht glauben, aber die Steine schmolzen und liefen als gelbe Flüssigkeit aus den Feuerlöchern heraus. Die Männer kühlten die Flüssigkeit ab, schlugen mit Hämmern darauf ein und stellten etwas daraus her. Manche der flüssigen Steine wurden zu einer leuchtendgelben festen Masse, die sie zu mächtigen Anführern brachten, die oben auf den Bergen saßen. Diese unglücklichen Menschen an diesem heißen, in Flammen stehenden Ort arbeiteten für sie.«

Sie richtete sich auf. »Und was hat das zu bedeuten?«

Er starrte sie düster an. »Wir müssen das verhindern, verstehst du denn nicht? Wir müssen einen neuen Weg für das Sonnenvolk träumen – oder diese Menschen lernen nie das Große Eine kennen. Und wenn sie das Große Eine nicht kennen, werden sie die Erde verändern. Sie werden nicht mit ihr träumen, sondern sich von ihr entfernen und den Traum vergessen.«

Sie nickte. Langsam begann sie zu begreifen. Leise flüsterte sie: »Und ich bin die Brücke? Der Weg zwischen den Völkern?« Sie starrte auf ihre Hände; sie hatten sich fest um Kranker Bauchs Halskette gekrallt. Schweigend streckte sie die Hände aus und legte ihm die Kette um den Hals.

Kranker Bauch rief erneut nach Plage, aber ohne Erfolg. Leise stöhnend meinte er: »Wir können hier nicht weg, bevor er nicht wieder da ist.«

Sie kaute auf einem Fleischstreifen herum, ging zu ihm hinüber und legte ihm einen Arm um die Schultern. Fest zog sie ihn an sich. »Schon gut. Das ist ein schöner Lagerplatz. Da unten in dem kleinen Bach können wir Wasser holen. Der Blick nach Westen reicht bis zu den Red Rock Mountains. Ich glaube, hier können wir in Ruhe abwarten, bis Plage zurückkommt.« Sie zögerte. »Außerdem wird uns hier kaum jemand entdecken.«

Er tätschelte ihre Hand. »Du fürchtest dich halb zu Tode, nicht wahr?«

»Sobald ich an das Wolfsvolk denke, sehe ich Drei Bullen vor mir.«

Er griff nach ihrem Handgelenk. »Ich habe dir doch gesagt, sollte uns jemand vom Wolfsvolk über den Weg laufen und uns fragen, was wir hier zu suchen haben, antworten wir einfach, wir wären auf dem Weg zu Linke Hand.« Ihren furchtsamen Gesichtsausdruck wahrnehmend, fügte er hinzu: »Außerdem sind wir vom Erdvolk und damit Freunde des Wolfsvolkes. Sie befinden sich nur gegen das Sonnenvolk auf dem Kriegspfad. Solange kein Wort in der Sprache des Sonnenvolkes über deine Lippen kommt, schöpfen sie nie Verdacht.«

»Bestimmt hast du recht«, meinte sie tonlos. Eisige Finger wühlten in ihren Gedärmen.

»Komm schon, wir ...«

Plötzlich brach unter ihnen im Tal lautes Geschrei aus.

»Das Wolfsvolk!« flüsterte Kranker Bauch aufgeregt. Er schlich zu den schützenden Sträuchern und lugte vorsichtig über die Kalksteinklippe. Weiße Esche kroch neben ihn an den Rand des Felsens und spähte ebenfalls hinab. Drei Frauen mit Säuglingen auf den Armen und fünf Kinder rannten durch das Tal. Hinter ihnen preschte ein Mann zwischen den Bäumen hervor. Im Laufen blickte er ängstlich über die Schulter. Er trug einen Atlatl und zwei Speere, einer war wurfbereit angelegt.

»Schneller!« Der Ruf des Mannes war nur schwach zu hören.

Innerhalb weniger Augenblicke hatten die Flüchtenden das Tal durchquert und waren zwischen den Bäumen verschwunden.

Kranker Bauch wippte auf den Fersen und kaute nachdenklich auf seinem Daumen. »Was glaubst du, wovor sie weglaufen?«

Weiße Esche versuchte, die aufsteigende Panik zu unterdrücken. »Vor dem Krieg.«

»Krieg?«

Sie haßte das Übelkeit erregende Gefühl, das die Erinnerung heraufbeschwor. »Ich habe genug gesehen. Da unten herrscht Krieg.«

»O nein«, stöhnte Kranker Bauch. »Krieg? Und Plage läuft mitten hinein! Wir müssen ...«

Voller Angst umklammerte sie seinen Arm. »Wir müssen gar nichts. Wir bleiben still hier sitzen und halten uns da heraus!«

»Aber Plage …«

»Kranker Bauch, jetzt hör mir mal zu.« Sie starrte ihm durchdringend in die Augen. »Du hast das nie miterlebt. Du weißt nicht, wie das ist. Das Erdvolk wurde schon lange nicht mehr überfallen und befand sich seit ewigen Zeiten nicht auf dem Kriegspfad. Im Krieg sterben Menschen, Kranker Bauch. Leute werden durchbohrt, ihre Schädel gespalten. Die Wunden infizieren sich und Eiter strömt heraus wie ein Fluß. Die Menschen schwellen an und brennen vor Fieber. Sie sterben langsam … unter entsetzlichen Qualen.«

Er nickte. »Das weiß ich.«

»Dann weißt du sicher auch, daß uns das passieren kann.«

Er schloß die Augen und nickte wieder.

Noch mehr Menschen stürmten zwischen den Bäumen hervor und rannten in Panik durch das Tal.

»Wer ist das?« fragte Kranker Bauch. »Wer überfällt das Wolfsvolk?«

Ihre Augen verengten sich zu schmalen Schlitzen. »Das Sonnenvolk. Höchstwahrscheinlich der Stamm der Gebrochenen Steine. Letzten Winter jagte der Stamm an der Mündung des Gray Deer River in den Fat Beaver River – östlich von dem Gebiet des Schwarzspitzen-Stammes.«

»Genau wie in meinem Traum«, flüsterte er mit unterdrückter Stimme. »Alles geschieht genau wie in meinem Traum.«

»Komm.« Weiße Esches Körper verkrampfte sich vor Angst. »Wir packen zusammen und sehen zu, daß wir wegkommen.«

Sie zog sich vom Rand der Klippe zurück, Kranker Bauch folgte ihr zögernd. Hastig band sie die Beutel zusammen und blickte sich um, ob sie auch nichts vergessen hatte. Schon eilte sie zum Weg, der hinunter in den Wald führte.

»Warte!« rief Kranker Bauch.

Sie drehte sich um. »Wir *müssen* hier weg.«

Er schluckte hart und sah zum Grat hinauf. »Laß mich wenigstens noch nachsehen, ob Plage da oben ist. Vielleicht hat eine Packratte ihr Nest in den Felsen, und er ist hinter ihr her. Es dauert nur einen Augenblick.«

Mit Mühe verkniff sie sich eine zornige Antwort. »Gut, aber beeil dich! Wir wollen mit *keinen* Kriegern zusammentreffen! Die Krieger der Gebrochenen Steine töten uns ebenso schnell wie das Wolfsvolk – jeder Fremde ist für sie eine Zielscheibe.«

Er rannte los. Zaudernd folgte sie ihm den Hang hinauf. Kranker Bauch erreichte den Grat und blieb wie angewurzelt stehen.

Als Weiße Esche neben ihn trat, stieß sie vor Verwunderung einen kleinen Schrei aus. Zu ihren Füßen lag das größte Sternenrad, das sie je gesehen hatte. Es befand sich auf einer Plattform des Bergkamms, der auf den Seiten jäh abfiel. Das Rad war so groß, daß zwanzig weitausgreifende Schritte kaum genügt hätten, den Kreis zu durchqueren. Speichen aus kopfgroßen weißen Steinen verliefen kreuzweise in allen Richtungen durch den Kreis. Das Rad sah uralt aus, Gras wuchs zwischen den Steinen, und schlammige Erde hatte sich in den Steinhaufen angesammelt, die die Mitte und die Hauptrichtungen markierten.

Von hier oben war der ganze Himmel zu überblicken – nicht einmal Baumwipfel verstellten den Horizont. Die Aussicht war beeindruckend, sie reichte von den Red Rock Mountains im Westen bis weit in die Ebenen im Osten. Weiße Esche *fühlte* die Anwesenheit einer Macht ... beobachtend, in der Luft schwebend.

Trogen sie ihre Ohren? Oder hörte sie wirklich eine alte Frau einen monotonen Singsang leiern?

»Sieh mal«, rief Kranker Bauch aus und zeigte auf die Steine. »Sieh dir das an! Das ist wunderbar! Du kannst den Weg der Sterne und der Sonne und ...«

»Und irgendwer versucht, uns *umzubringen!*«

Nur mit Mühe riß sich Kranker Bauch vom Anblick des Kreises los und ging auf die Kante des Plateaus zu, um Ausschau nach Plage zu halten. Weiße Esche legte die Beutel auf den Boden und suchte die andere Seite des Grats ab. Doch sie konnte keine Spur von Kranker Bauchs Hund entdecken. *Das ist verrückt!*

»Kranker Bauch? Ich gehe wieder auf den Pfad hinunter. Mal sehen, was da unten vor sich geht. Falls noch mehr Leute aufkreuzen, müssen wir auf einem anderen Weg absteigen.«

Er nickte, winkte ihr zu und setzte die Suche unbeirrt fort.

Weiße Esche hob ihren Beutel auf und stieg den Hang hinab. Grollend murrte sie: »Wir können jede Sekunde sterben, und er macht sich Sorgen um einen Hund, der mehr Verstand besitzt als er.«

Sie ließ den Beutel neben den abwärts in den Wald führenden Pfad fallen und kroch wieder an den Rand der Kalksteinklippe. Die Wiese im Tal wirkte trügerisch friedlich und verlassen.

Beeil dich, Kranker Bauch. Beeil dich.

Sie ärgerte sich. Jeder Augenblick, den sie noch länger hier verbrachten, vergrößerte die Gefahr. Plötzlich stürzten zwei Krieger zwischen den Bäumen hervor auf ihren alten Lagerplatz. Ihr Herzschlag drohte auszusetzen. Sie kannte den Schnitt ihrer Kleidung. Dieses Jagdhemd mit den langen Fransen und die enganliegenden, fransenbesetzten Leggings trug nur ein Volk: das Sonnenvolk. Krieger der Gebrochenen Steine.

Vorsichtig, um nicht das kleinste Geräusch zu verursachen, kroch sie rückwärts ins Gestrüpp. Sie tastete mit einer Hand nach ihrem Beutel, doch sie griff ins Leere. Er war verschwunden. Verwundert drehte sie sich um – und erstarrte. Vor ihr stand lächelnd ein Krieger der Gebrochenen Steine.

Triumph leuchtete in seinen Augen. »Laß das nächste Mal deinen Beutel nicht mitten auf dem Weg liegen, Wolfsfrau.«

»Nein«, flüsterte sie.

Lauf weg!

Blitzschnell wirbelte sie herum und lief los … dem zweiten Mann genau in die Arme. Sie öffnete die Lippen, um zu schreien, aber eine harte Hand preßte sich von hinten auf ihren Mund.

Kapitel 19

Tapferer Mann humpelte durch das Lager des Wolfsvolkes. Wieder ein Lager der Toten – doch dieses Mal hatte er die Opfer ins Jenseits befördert.

»Ob einer von euch entkommt, wie mir das gelungen ist? Das bezweifle ich. Die Macht ist auf meiner Seite.« Er blickte auf einen jungen Krieger hinunter. Der Mann lag in der Sonne, ein Speer ragte aus seinem zerfetzten, blutigen Bauch. Jemand hatte die gräßliche Arbeit vollendet und ihm mit einer Kriegskeule den Schädel eingeschlagen.

Bleicher Rabe begleitete Tapferer Mann auf seinem Rundgang. Geistesabwesend blickte sie auf die rauchenden Feuerstellen und die rußigen Zeltwände, auf die die Morgensonne fiel. Wären die vielen Leichen nicht gewesen, hätte dieser Ort ausgesehen, als warte er friedlich auf die Rückkehr seiner Bewohner. Bisher war fast nichts zerstört worden. Die persönlichen Besitztümer der Leute lagen noch so da, wie sie sie hatten fallen lassen.

»Es geschah so, wie du es im Traum gesehen hast«, sagte Bleicher Rabe ehrfürchtig. »Genau so.«

Tapferer Mann lachte leise. Vor Befriedigung fast platzend, warf er sich in die Brust. »Ich bin der neue Weg. Niemand wird den Stamm der Gebrochenen Steine aufhalten. Die Macht wispert in meinem Kopf. Schon bald wird das ganze Sonnenvolk meinen Namen rühmen.«

Sie bedachte ihn mit einem sinnlichen Blick. »So langsam glaube ich dir.«

Vor einem Feuerloch blieb Tapferer Mann stehen. Auf den grauen Kohlen lag ein Braten; während des Kampfes war das Fleisch an der Unterseite angebrannt, aber oben brodelten die Fleischsäfte. Genießerisch sog er den appetitlichen Duft von Wapitifleisch ein. »Ich möchte ein wenig davon.«

Bleicher Rabe griff in ihre Gürteltasche und holte ein Hornsteinmesser mit Griff heraus. Geschickt schnitt sie eine lange Scheibe von der Oberseite ab und reichte sie ihm. Er blies auf das heiße Fleisch, um es abzukühlen, und biß herzhaft hinein. Der warme Fleischsaft verströmte sich wohlschmeckend in seinem Mund.

Er kaute sorgfältig und sah sich dabei prüfend um. Einige der jüngeren Krieger bewachten aufmerksam den Waldrand im Umkreis des Lagers, damit nicht einer der entflohenen feindlichen Krieger unbemerkt einen Haken schlagen und zurückkommen konnte.

Auf einem freien Platz inmitten des Lagers stand ein einzelnes Zelt – das größte des Lagers. Die Zeltwände waren mit bunten Zeichnungen von Sonne, Wolf und Feuer, Mond und Sternen geschmückt; einige große Spiralen waren mit roter Farbe auf die Türklappe gemalt. Tapferer Mann humpelte hinüber und blieb vor dem Zelt stehen. Dort lag ein grauhaariger alter Mann auf dem Rücken, Arme und Beine lang ausgestreckt. Ein Speer hatte seinen Körper durchbohrt. Die trüben Augen starrten blicklos zum Himmel. Etwas im Gesichtsausdruck des alten Mannes – als habe den Schamanen im Sterben der Hauch eines entsetzlichen Alptraums berührt – ließ Tapferer Manns Seele erschauern.

Energisch schüttelte er das unangenehme Gefühl ab und besah sich den Mann näher. Das Wolfsvolk hatte gut für seinen Schamanen gesorgt. Seine Kleidung war aus den herrlichsten Wapitihäuten gearbeitet und von kundiger Hand genäht worden. Auf der Brust, auf der Passe und den Ärmeln des Hemdes waren unterschiedlich gefärbte Stacheln von Stachelschweinen aufgenäht. Unter dem Körper des alten Mannes lag ein Wolfsfell; der weiche schwarze Pelz hatte sich mit Blut vollgesogen, das inzwischen geronnen war und trocknete.

Tapferer Mann wandte sich dem Zelt zu. Als er sich durch den niedrigen Eingang duckte, mußte er vor Schmerz die Zähne zusammenbeißen. Verschiedene Beutel, Fetische und befiederte Bündel hingen an den Zeltstangen. Die am schönsten gegerbten Häute hatten dem alten Mann als Bett gedient.

Am Ehrenplatz an der Rückwand des Zeltes stand ein Dreifuß aus entrindeten Weidenstöcken, auf dem ein großes, in ein Wolfsfell gehülltes Bündel lag. Neben dem Dreifuß entdeckte er einen wunderschönen Rohlederbeutel – zweifellos der Tragesack für das Bündel. Tapferer Mann trat näher und betrachtete das Bündel aufmerksam. Als er die Hand danach ausstreckte, zuckte ein stechender Schmerz durch sein Bein.

Ja, wisperten die Stimmen in seinem Kopf. *Die Macht. Das ist die Macht des Wolfsvolkes.*

In dem Moment, in dem Tapferer Manns Finger das Wolfsfell berührten, schoß ein brennender Strom durch seine Muskeln. Seine Hand zuckte zurück, als hätte sie eine Schlange berührt. Doch er riß sich zusammen und hob das merkwürdige Ding von dem Dreifuß. Mit zitternden Händen wickelte er das Wolfsfell auf. Etwas Hartes fiel aus der Hülle auf die Pelze zu seinen Füßen.

Stöhnend bückte sich Tapferer Mann und hob ein in Stein gemeißeltes Bildnis auf. Er drehte es in den Händen: Es handelte sich um das in einen schwarzen Stein gemeißelte Abbild eines Wolfes. Der Stein war poliert und glänzte im dämmrigen Licht des Zeltes.

Wunderschön! Und jetzt gehört er mir, ebenso wie die Macht. Er ließ den Steinwolf in seinen Beutel fallen.

Mit heftig klopfendem Herzen wickelte Tapferer Mann das schwarze Wolfsfell weiter aus. Er wog das Bündel in den Händen und begutachtete es voller Interesse. Die Lederhülle schien sehr alt zu sein und war in der Form eines Herzens genäht. Die obere Hälfte war weiß bemalt und stellte das Herzfett dar, der untere Teil leuchtete in einem blutigen Rot, durchzogen von dunkleren Adern. Die Hülle war straff gespannt, als wäre das Bündel fest ausgestopft. Womit?

Tapferer Mann drückte es prüfend zusammen … und zuckte zurück. Ein ekelerregendes Gefühl befiel ihn, Schmerzen durchbohrten seinen Kopf wie heiße, scharfkantige Steinsplitter.

Fühle die Macht! Er schloß die Augen und achtete nicht weiter auf die Kopfschmerzen. Seine Sinne schienen überzuströmen, sich auszudehnen. Er fühlte, wie die Macht ihn einzuhüllen begann. Zuerst umspannte sie ihn wie eine wärmende Winterdecke, dann zog sie sich immer fester um ihn und versuchte, ihn zu ersticken …

Unter Aufbietung all seiner Willensanstrengung schlug er zurück. Fluchend kämpfte er dagegen an, bis es ihm gelang, die Macht aus seiner Seele zu verbannen.

»Es hat versucht, mich umzubringen!« brüllte er wütend. Nachdem er seinen ersten Zorn abreagiert hatte, wandte er sich kichernd an das Bündel: »So kriegst du mich nicht. Ich bin stärker als du. Du hast versucht, mich reinzulegen, deshalb vernichte ich dich.«

Hämisch betrachtete Tapferer Mann das Bündel und trat mit ihm hinaus ans Tageslicht. Er unterzog es einer gewissenhaften Prüfung. Voller Bewunderung bestaunte er die zierlichen Stiche, die das heilige Bündel zusammenhielten. Diese Nadelarbeit war von einem Meister ausgeführt worden. Die Nähte waren so fein, daß man sie kaum erkennen konnte.

»Noch eine Beute?« fragte Bleicher Rabe. Sie starrte auf die Leiche des alten Mannes.

Tapferer Mann warf den Kopf in den Nacken und lachte trotz der in seinem Kopf heftig pochenden Schmerzen. »Das Herz des Wolfsvolkes! Ich habe sein Herz!«

Wieder suchte ihn die Macht des Bündels und sickerte in sein Fleisch wie Frost an einem Wintertag. Er wehrte sich verzweifelt und schloß die Augen, um gegen den inneren Schmerz und die Wut der Macht anzukämpfen. Gepeinigt von unerträglicher Qual, verlor er das Gleichgewicht und stürzte zu Boden.

Kämpfe! Bist du dem Lager der Toten entkommen, um auf diese Weise zu sterben? kreischten die Stimmen in seinem Kopf.

Durch den roten Dunst aus Schmerz und Angst drang wie aus weiter Ferne die besorgte Stimme von Bleicher Rabe. Er merkte kaum, wie sie ihn berührte und dann angsterfüllt vor ihm zurückwich. Nichts existierte für ihn außer dem Willenskampf, den er gegen das Bündel ausfocht.

Ich vernichte dich! Ich hasse dich, ich trotze dir! So, wie ich dein Volk niedergemetzelt habe, so werde ich auch dich vernichten! Aus seiner ins Unermeßliche wachsenden Wut schöpfte er neue

Kraft. Der seine Seele erfüllende Haß brach sich Bahn und schlug die würgenden Ranken der Macht, mit der das Bündel seine Seele zu ersticken drohte, zurück. Schäumende Wut durchflutete Tapferer Manns ganzes Wesen. Er schrie auf und brach den Würgegriff des Bündels.

Ich habe gewonnen! Ich muß nur hassen, dann gewinne ich! Blut und Angst sind meine Waffen, meine Macht.

Die Macht des Bündels schwand. Tapferer Mann blinzelte benommen. Er hatte sich mit der Stärke seiner persönlichen Macht befreit. Oder hatte das Bündel ihn losgelassen? Er verstärkte seinen Griff um das Bündel, als wolle er es erwürgen. »Du kannst mich nicht verletzen. Niemand besitzt soviel Macht wie Tapferer Mann. Heute abend wirst du das wahre Ausmaß meiner Macht erleben.«

Er blickte auf und merkte, daß er von ängstlich blickenden Menschen umringt war. Die Sonne stand hoch am Himmel. Wie lange hatte der Kampf gedauert? Bleicher Rabe kniete vor ihm, die Hände in ihr Antilopenlederkleid verkrallt.

Tapferer Mann rollte sich auf die Seite und schüttelte den Kopf, um seinen verschwommenen Blick zu klären. Schweiß lief ihm in Strömen über das Gesicht.

»Geht es dir gut?« Bleicher Rabes Stimme bebte. »Was ist passiert? Ich habe versucht, dir zu helfen, aber ...« Sie schloß die Augen und schauderte.

»Ich habe die Macht des Wolfsvolkes gebrochen«, schnarrte Tapferer Mann.

Die Stimmen in seinem Kopf wisperten und kicherten in schwindelerregendem Triumph. *Töte es! Verbrenne es!*

Tapferer Mann kniff die Augen zusammen und hob das Herzbündel zur Sonne empor. »Siehst du? Siehst du, was ich dir darbringe? Ich, Tapferer Mann, bin die Macht der Sonne! *Großer Donnervogel, ich gebe dir dieses Herz!*«

Bleicher Rabe schaute auf. »Du opferst es dem Großen Donnervogel?«

»Heute abend«, versprach Tapferer Mann und umklammerte das Bündel immer fester, bis seine Finger Vertiefungen in die Seiten drückten. »Während des Tanzes. Ich werde dieses Bündel inmitten des Aschenhaufens des Wolfsvolkes zum Großen Donnervogel schicken!«

Durch Linke Hands Adern pulsierte panischer Schrecken. Er hielt den Atem an und lauschte aufmerksam. Sie kamen näher, er hörte die leisen Schritte der Krieger. Verrückt vor Angst, ohne Fluchtmöglichkeit, schlüpfte er in ein Dickicht junger Tannen und grub sich in die dicke Matte der Nadeln. Verborgen hinter einem Netz aus grünen Ästen, wartete er. Ein paar Nadeln fielen ihm ins Ohr und kitzelten ihn.

Linke Hand bemühte sich verzweifelt, seinen Geist zu befreien, eins zu werden mit dem Waldboden. Wenn sie ihn in seinem Versteck aufstöberten, konnte er sich nicht einmal mehr verteidigen. Er hatte seinen letzten Speer längst geworfen und mit Befriedigung gesehen, wie er sich einem feindlichen Krieger in die Seite bohrte. Hoffentlich war er tief genug eingedrungen und durchlöcherte die Gedärme.

Wenn sich seine Innereien mit Verwesung füllen, wird wenigstens einer der Feinde jämmerlich sterben. Hätte ich doch alle umbringen können – ihnen das zurückzahlen können, was sie uns heute angetan haben.

Linke Hand hörte Kleider an den Tannenzweigen entlangstreifen. Er zitterte vor Angst. Jetzt hörte er auch ihre Stimmen. Die Krieger sprachen in der heiseren, kehligen Zunge des Sonnenvolkes.

Verhindere, daß sie mich finden. Wolf? Laß es nicht geschehen.

Einer der Feinde lachte leise und schlug mit der Hand klatschend an seine Speere. Sie befanden sich jetzt direkt neben ihm. Linke Hand, der unter seinem dicken Nadelbett lag, hätte nur die Hand auszustrecken brauchen, um den Mokassin des einen Kriegers zu berühren.

Aus der Ferne drang ein Schrei des Entsetzens durch den stillen Wald.

Die Krieger dämpften ihre Stimmen und flüsterten miteinander. Plötzlich wandten sie sich um, das Geräusch ihrer Schritte entfernte sich.

Linke Hand atmete tief aus.

Bleib liegen. Rühr dich nicht. Warte bis zur Dunkelheit. Sie mögen wissen, wie man im Wald Fährten sucht, aber sie kennen längst nicht alle Pfade.

Er bewegte die trockene Zunge. Der üble Geschmack in seinem Mund verursachte Brechreiz, und er versuchte zu schlucken. Wie konnte das nur geschehen? Das Volk war zur Großen Lobpreisung zusammengekommen. Heute hätte der Tanz beginnen sollen, mit dem das Volk dem Wolf dafür danken wollte, daß er es gut durch den schrecklichen Winter gebracht hatte.

Er war erst aufgestanden und wollte gerade den Pfad zur Schwitzhütte hinuntergehen, als die unheimlichen Schreie die morgendliche Stille brachen. Wie aus dem Boden gewachsen waren die Krieger aufgetaucht, rannten zwischen den Zelten umher, warfen Speere und schwangen Kriegskeulen.

Linke Hand war sofort wieder in sein Zelt geeilt und hatte seine Waffen an sich genommen. Der Berdache Leuchtender Morgen, sein Geliebter, war schlaftrunken aus den Decken hochgeschreckt. In diesem Augenblick wurde das Zelt über ihren Köpfen eingerissen.

Linke Hand kämpfte sich durch das Gewühl herabfallender Häute und konnte dem überraschten Sonnenkrieger einen Speer in die Brust treiben.

»Lauf!« hatte Linke Hand Leuchtender Morgen zugerufen, bevor er sich zwischen die Kämpfenden stürzte. Auf den ersten Blick wußte er, es war völlig aussichtslos, sie hatten bereits verloren.

Er war hinter Leuchtender Morgen zum Wald hinübergeflohen und hatte immer wieder seine Speere geworfen, um die Verfolger auf Abstand zu halten.

In seinem Versteck aus Tannennadeln schloß Linke Hand die Augen. Bis zu dem Tag, an dem seine Seele zum Großen Sternennetz aufstieg, würde er die entsetzlichen Schreie seines Volkes hören, das wie eine Herde verängstigter Dickhornschafe niedergemetzelt wurde. Er hatte beobachtet, wie Hübsche Kehle aufgespießt wurde, wie Großes Wasser, seine Mutter, stolperte und stürzte – eine durch die Luft sausende Kriegskeule schlug ihr den Schädel ein.

Und Leuchtender Morgen? Hatte der Berdache überlebt?

Aus allen Richtungen waren mehr und mehr Sonnenkrieger herbeigeströmt. *So zahlreich wie Bäume im Wald.* Linke Hands Eingeweide verkrampften sich.

Was war mit dem Wolfsbündel geschehen? Hatte jemand noch im letzten Augenblick daran gedacht, das Bündel in Sicherheit zu bringen?

Ich muß zurück und es herausfinden!

Tapferer Mann rückte sich auf den Fellen, die er vor dem Zelt des Schamanen hatte aufstapeln lassen, gemütlicher zurecht. Im Dämmerlicht hörte er die Krieger der Gebrochenen Steine die Zelte durchwühlen und die von den fliehenden Angehörigen des Wolfsvolkes zurückgelassenen Sachen lautstark taxieren.

Grüppchenweise kehrten Frauen, Kinder und Alte vom Holzsammeln zurück. Den ganzen Tag über hatten sie für das große Feuer, das Tapferer Mann für diese Nacht angekündigt hatte, abgestorbene Bäume, Zweige und Strauchwerk herangeschleppt.

Nachdenklich starrte er auf das Bündel. Das unangenehme Ding lag auf dem Dreifuß aus Weidenholz, den er aus dem Zelt herausgetragen hatte. Er fühlte die Macht des Bündels. Dieser Fetisch des Wolfsvolkes hatte heimtückisch versucht, seine Seele mit den Ranken der Macht einzuschnüren und ihn zu töten.

Tapferer Mann blickte zum sich rötenden Himmel hinauf. Glitzernd leuchtete der Abendstern über dem Waldrand im Osten. *Ich habe widerstanden. Du hast versagt, Machtbündel – und ich weiß nun, wieviel Macht meine Seele tatsächlich besitzt.*

Nacheinander kamen seine Krieger zurück. Sie hatten sich vergewissert, daß das Wolfsvolk in blindem Schrecken geflohen war und keine Anstalten machte, umzukehren. Wie gut, daß die Wolfsleute das Bündel nicht mitgenommen hatten. Was für eine Gabe für den Großen Bären und den Großen Donnervogel! Die Hüter des Sonnenvolkes würden ihm für ein solches Geschenk Macht und Mut gewähren.

Irgendwo wimmerte eine Frau, und ein Mann lachte. Seine Krieger vergnügten sich ausgiebig mit den Gefangenen, den künftigen Sklavinnen des Stammes der Gebrochenen Steine. Diejenigen, die sie am Leben gelassen hatten, würden dem Stamm kräftige Kinder gebären und den Frauen des Stammes die Schwerarbeit abnehmen.

Wo ist Weiße Esche?

Der Ansatz einer Vision durchdrang seinen Geist. Wie durch einen Nebel sah er eine riesige Menschenmasse, die für ein paar wenige Anführer arbeitete. Er konzentrierte sich auf diese Vision und konnte nun deutlich viele Leute erkennen, die in der Sonne schwitzten und die Früchte ihrer Arbeit in großen Körben zu ihm brachten. Er selbst saß erhaben auf herrlichen Nerz-, Otter- und Pumafellen, über seiner Stirn thronte ein Kopfschmuck aus prachtvollen Federn.

Ich werde selbst so mächtig sein wie eine Geistermacht. Sie werden mich anbeten, mir Opfer bringen, damit ich meine Macht zu ihrem Wohle verwende. Die Vision flimmerte in der heißen Sommersonne wie eine Luftspiegelung und verschwand trotz seiner Anstrengungen, sie festzuhalten.

Tapferer Mann warf einen mißtrauischen Blick auf das Bündel. Er wußte, was man sich über seine Macht erzählte. Ja, die Vision war von dem Bündel ausgegangen. Was barg es noch für Geheimnisse?

Eine Zeitlang betrachtete er es eindringlich und versuchte, dem Bündel seinen Willen aufzuzwingen. Als jedoch all seine Anstrengungen fehlschlugen, hieb er wütend danach und warf den Dreifuß um.

Wie mußte er vorgehen, damit er all diese Leute für sich arbeiten lassen konnte? Die anfänglichen Probleme lagen auf der Hand. Wie konnten derart viele Gefangene kontrolliert werden? Was hielt sie davon ab, einfach wegzulaufen? Und wieviel Arbeit konnten Sklaven verrichten, ohne den Jägern des Stammes der Gebrochenen Steine für ihre Ernährung zuviel Energie abzuverlangen? Der Ertrag der Sklavenarbeit mußte zum Aufwand für ihren Lebensunterhalt im richtigen Verhältnis stehen.

Er überlegte angestrengt. *Das ist etwas Neues, eine Macht der Zukunft. Das Sonnenvolk hat stets Menschen gefangengenommen – aber nur gebärfähige Frauen und Kinder, die von den anderen Stämmen freigekauft werden konnten. Wie schafft man es, durch die Arbeit von Gefangenen zu einer neuen Lebensweise zu gelangen?*

Bleicher Rabe schritt in der Dämmerung auf ihn zu und ließ sich neben ihm auf den Fellen nieder. Sie trug ein weiches Kleid aus goldbraun geräuchertem Hirschleder. Röhrenförmige Knochenperlen klapperten an den Fransen, die den Saum schmückten. Die Schulterpasse war mit purpurroten Mustern bemalt. An ihrem offenen, rabenschwarz herabflutenden Haar zerrte der Wind.

»Gerade kam ein Bote von Fliegender Falke«, berichtete sie. »Das Wolfsvolk ist nach Süden geflohen.«

»Ist Weiße Esche gefunden worden?«

»Anscheinend noch nicht.«

Tapferer Mann grunzte und blickte verärgert auf das Bündel. »Haben Krieger des Wolfsvolkes zurückgeschlagen?«

»Fliegender Falke sagte, ein paar von ihnen hätten ihren ganzen Mut zusammengenommen und versucht, unsere Krieger in einen Hinterhalt zu locken – aber die meisten Feinde seien in Panik geflohen.«

Tapferer Mann lachte zufrieden in sich hinein. »Sicher werden es noch mehr versuchen.« Er hob das Bündel auf, das er auf den Boden geschleudert hatte – ein Prickeln überlief seine Haut. »Morgen lasse ich eine der Frauen frei, damit sie denen, die weiter gegen uns kämpfen wollen, sagt, daß wir ihr Herz verbrannt haben.«

Bleicher Rabe fröstelte und rieb sich die Oberarme. »Ich mag dieses Ding nicht. Ich kann es beinahe fühlen. Wie kannst du so sorglos mit ihm umgehen?«

Er hielt das Herzbündel dicht vor seine Augen und betrachtete es nachdenklich. »Weil meine Macht größer ist als die seine. Es hat versucht, mich zu bekämpfen – und hat verloren.« Mit dem Zeigefinger stieß er in das Bündel. Die Sonne ist stärker als das Herz. Alles kommt von der Sonne. Sogar der Große Donnervogel und der Große Bär. Vor allem anderen war die Sonne da, der einzige Schöpfer und Lebensspender. Das Sonnenvolk ist der neue Weg für die Welt ... und ich bin der neue Weg für das Sonnenvolk.«

Bleicher Rabe bedachte ihn mit einem nüchternen Blick. »Ich möchte dich nicht zum Feind haben.«

Er lachte und hegte aufrichtige Bewunderung für ihr wachsendes Einfühlungsvermögen in seine Gedanken. »Und ich dich nicht.«

Neugierig schob er den Kopf vor. »Sag mir, wie du Sonnenfedern umgebracht hast.«

Sie legte die Arme um die Knie und faltete die Hände. Gleichgültig sah sie hinüber zu den nur noch schemenhaft erkennbaren Bäumen. »Woher willst du wissen, daß ich das getan habe?«

»Das fragst du den mächtigsten Mann des Stammes der Gebrochenen Steine? Das fragst du den Träumer, der all das hier geträumt hat?« Mit einer großartigen Geste umfaßte er das Lager, wo hier und da im samtdunklen Abend ein Feuer aufzuflackern begann.

Sie überlegte einen Moment, ehe sie antwortete: »Das Alter zehrt an den Kräften eines Mannes ... und er war ein alter Mann. Ich wußte, er hatte vor, dir Schwierigkeiten zu machen. Ich sah es in seinen Augen. Er konnte nicht zulassen, daß du – ein Bürschchen, ein Junge aus dem Weißlehm-Stamm – ihm seinen Status streitig machst. Als er zu seinem Zelt ging, folgte ich ihm, ging hinein und behauptete, ich müsse ihm etwas sagen. Er bot mir Platz an. Nachdem er sich gesetzt hatte, ergriff ich im dämmrigen Licht einen Ledersack und zog ihn ihm über den Kopf. Ich legte mich auf ihn und drückte seinen Kopf in die vielen weichen Pelzdecken, auf denen er saß. Er wehrte sich für sein Alter ziemlich heftig, dennoch war er zu schwach. Ich mußte einige Zeit warten, bis er aufhörte zu zappeln.«

»Hast du ihn gehaßt?«

Sie schnaubte höhnisch. »Das auch.«

Tapferer Mann streckte die Hand aus. »Hilf mir auf. Es wird Zeit, mit dem Tanz zu beginnen.«

Sie erhob sich und half ihm auf die Beine. Er zuckte zusammen, als sein Gewicht auf sein krankes Knie drückte. Das Bündel legte er wieder auf den Dreifuß. Hoffentlich haben wir genug Holz.«

Sie stützte ihn und erwiderte: »Mit dem Haufen, den du hast heranschleppen lassen, können wir den ganzen Berg niederbrennen.«

Er sah zum Nachthimmel hinauf. »Nur so ist das Feuer auch vom Lager der Toten aus sichtbar.«

Bleicher Rabe trat zum nächstgelegenen Feuer, entzündete eine Fackel und reichte sie ihm. Tapferer Mann ging hinüber zu dem riesigen Holzstoß, den die Leute zusammengetragen hatten, und setzte den Zunder in Brand. Schon bald begannen gewaltige Flammen zum Himmel hinaufzulodern.

Von überall her eilten die Leute herbei und bewunderten mit großen Augen das Feuer. Tapferer Mann legte den Kopf in den Nacken und beobachtete die in den dunklen Himmel hinaufwirbelnden Funken. Diese Nacht würde allen für immer unvergeßlich bleiben.

»Gelber Fels, bring die Wolfsfrauen her. Stell sie ins Licht, damit alle sie sehen können. Sie sollen im Mittelpunkt des Tanzkreises stehen.« *Weiße Esche ist nicht da!*

Bald, versprachen die Stimmen in seinem Kopf. *Noch in dieser Nacht wirst du sie besitzen. Bald. Falls deine Macht stark genug ist – wird sie bald die deine sein.*

Am Waldrand tauchten zwei Krieger auf, die eine sich sträubende Gefangene hinter sich herzerrten. Noch eine Frau für den Stamm der Gebrochenen Steine. Ob sie wohl die Bedürfnisse seiner Krieger zufriedenstellend erfüllt hatte? Er blickte zu Bleicher Rabe hinüber. Keine Gefangene würde einen Mann jemals so beglücken können wie Bleicher Rabe ihn.

Tapferer Mann legte ihr den Arm um die Schultern und wandte seinen Blick wieder dem Feuer zu, dessen Flammen funkenstiebend hoch hinauf in die Nacht schossen.

Wo ist Weiße Esche?

Die Stimmen in seinem Kopf seufzten besänftigend. *Noch heute nacht gehört sie dir. Aber* wir warnen *dich … nimm dich in acht! Nimm dich in acht vor dem Eingreifen der Macht!*

Lachend warf Tapferer Mann den Kopf in den Nacken. Die beiden Krieger zerrten die sich heftig wehrende Gefangene näher an das Feuer heran.

Grobe Hände schleuderten Weiße Esche zu Boden und hielten sie brutal unten. »Wir haben eine Hübsche erwischt, Fünf Speere. Wir teilen sie uns – oder spielen darum, wer sie behalten kann.«

Fünf Speere grinste beglückt. »Wir sollten darum spielen, wer sie als erster kriegt.«

»Ich habe euch nichts getan! Euer Feind ist das Wolfsvolk. Im Namen vom Großen Donnervogel, *laßt mich gehen!«* flehte Weiße Esche. Entsetzliche Krämpfe befielen ihren Bauch, als sie begriff, was ihr bevorstand.

Fünf Speere beäugte sie mißtrauisch. »Du sprichst wie ein menschliches Wesen. Du verschluckst die Worte nicht wie dieses abscheuliche Wolfsvolk.«

Sie nahm all ihren Mut zusammen. »Ich – ich gehöre zum Weißlehm-Stamm.« Jetzt mußte sie alles aufs Spiel setzen. Wußten sie vom Schicksal des Weißlehm-Stammes? »Bei der Großen Versammlung ... wird meine Familie bezahlen. Sie kaufen mich zurück. Wenn ihr mir kein Leid zufügt, arbeite ich für euch. Ich kann Holz tragen, kochen, Häute gerben ... bis zur Großen Versammlung. Dann kauft mich meine Familie zurück.«

Fünf Speere sah seinen Freund aufgeregt an. »Büffelsprung, uns wurde doch gesagt, wir sollten nach einer Weißlehm-Frau Ausschau halten.« Gespannt starrte er in ihre Augen. »Wie heißt du?«

»Weiße Esche.« Ein Funken Hoffnung erwachte in ihr. Vielleicht konnte sie Zeit schinden, bis sich eine Gelegenheit zur Flucht ergab.

Büffelsprung stieß einen Freudenschrei aus, sprang auf die Beine und drehte sich in einem Tanz des Triumphs. Die Adlerknochenperlen auf seinen Ärmeln klapperten bei jeder Drehung. »Feßle sie! Wir haben es geschafft!«

Fünf Speere errötete vor Freude. »Der Seelenflieger wird

dem Großen Donnervogel unsere Namen preisen. Im nächsten Rat weist er uns bestimmt die Ehrenplätze an seiner Seite zu!«

Büffelsprung holte Riemen aus seiner Gürteltasche. Fünf Speere rang mit Weiße Esche. Es gelang ihm, ihre Arme nach hinten zu biegen, und sein Freund fesselte sie gekonnt.

»Was macht ihr?« schrie Weiße Esche. »Ich gehe doch mit euch. Tut mir nichts.«

»Wir tun dir nichts, Weiße Esche. Nicht für alle Frauen des Wolfsvolkes und nicht für alle Beute, die wir je gemacht haben. Du bist kostbarer für uns als der fetteste Fleischbrocken in größter Hungersnot«, versicherte ihr Fünf Speere.

Büffelsprung zog die Knoten fest. »Steh auf.«

Unbeholfen taumelte sie auf die Beine. Fünf Speere hielt sie fest, während Büffelsprung ihr mit einem anderen Riemen die Fußknöchel zusammenband.

»So müßte er die richtige Länge haben«, entschied er. »Du kannst gehen – sofern du aufpaßt. Aber weglaufen kannst du nicht. Los jetzt.« Er zeigte den Pfad hinunter.

Weiße Esche nickte ergeben und vermied es, einen Blick auf den Grat zu werfen, wo Kranker Bauch noch immer nach seinem Hund suchte. Dem Großen Donnervogel sei gedankt, daß er weder nach Plage gerufen noch gepfiffen hatte.

Sie betrat den Pfad und strauchelte, denn der Riemen um ihre Knöchel war sehr fest gebunden.

»Wir haben Weiße Esche erwischt!« wiederholte Fünf Speere unentwegt.

»Weshalb bin gerade ich ein so guter Fang?« verlangte sie zu wissen. Angst wechselte mit Hoffnung, während sie mit schwankenden Schritten vorwärts stolperte.

»Der Seelenflieger will dich haben«

Der Seelenflieger? Sonnenfedern? Sie hatte den Seelenflieger des Stammes der Gebrochenen Steine bei der letzten Großen Versammlung am Bug River gesehen. Was hatte der alte Mann mit ihr vor? Zumindest würde er sie nicht vergewaltigen oder schlagen.

Der Stamm der Gebrochenen Steine? Eine Welle eisiger Kälte brandete in ihrer Seele auf. Zu diesem Stamm war Tapferer Mann gegangen. Falls das Wolfsvolk ihn nicht getötet hatte, konnte er sich unter den Kriegern befinden. Hatte er etwas zu Sonnenfedern gesagt? Hatte er Anspruch auf sie und ihre Macht, von der er ständig redete, erhoben?

Der Gedanke, Kranker Bauch könnte versuchen, ihr zu folgen und sie zu retten, quälte sie schrecklich. Sobald die Krieger der Gebrochenen Steine ihn zu Gesicht bekämen, würden sie ihn auf der Stelle töten. Und sie würden Kranker Bauch entdecken. *Lauf weg, Kranker Bauch! Geh fort. Verschwinde aus diesen verfluchten Bergen und kehre zum Rundfelsen-Stamm zurück!*

Der Tag zog sich endlos hin. Quälender Durst peinigte sie. Das Gehen mit der Fessel um die Knöchel verkrampfte ihre Bein- und Hüftmuskeln. Der Riemen hatte schon die Haut durchgescheuert und schnitt bei jedem Schritt brennend in ihr rohes Fleisch.

»Wir kämen schneller voran, wenn ihr mir die Fesseln abnehmen würdet«, schlug sie vor.

Fünf Speere zog eine Augenbraue hoch und blickte Büffelsprung fragend an. Dieser schüttelte energisch den Kopf. »Nein, wir gehen lieber langsam. Nachher läuft sie weg, und wir verlieren sie. Der Seelenflieger würde ... Also, ich möchte mir jedenfalls nicht seinen Zorn zuziehen.«

Weiße Esche biß sich resigniert auf die Unterlippe. Jedesmal, wenn sie von den Kriegern über einen umgestürzten Baumstamm gehoben oder über sehr unebenen Boden getragen wurde wie eine biegsame Büffelhälfte, stieg unbändiger Haß in ihr auf.

Als die Sonne im Westen zu sinken begann und ihre Lichtstrahlen schräg durch die Bäume schickte, kamen sie an der ersten Leiche vorbei. Eine alte Frau mit zertrümmertem Schädel lag rücklings auf dem Pfad.

»Warum habt ihr das Wolfsvolk angegriffen?« fragte sie.

Fünf Speere lächelte grimmig. »Der Seelenflieger sah im Traum unseren großen Sieg, und Sonnenfedern schickte uns ein Zeichen aus dem Lager der Toten. Er brannte ein grünes Licht in den Himmel und zeigte uns den Weg.«

Büffelsprung hob das Kinn. »Der Stamm der Gebrochenen

Steine hat einen neuen Seelenflieger, einen sehr mächtigen Seelenflieger. Sein Name ist Tapferer Mann.«

Grauenvolles Entsetzen packte Weiße Esche. Sie stolperte und stürzte mitten auf den Pfad. Eine furchtbare Übelkeit wogte durch ihre Seele, ekelerregend wie die graue, eiternde Flüssigkeit, die aus einem verfaulenden Kadaver strömte.

»Komm schon. Steh auf«, befahl Fünf Speere.

»Sie will nicht«, sagte Büffelsprung. »Sie kennt Tapferer Mann. Sie begreift besser als wir. Sie dachte, sie könnte Sonnenfedern anflehen. Jetzt weiß sie Bescheid. Hilf mir, sie aufzuheben.«

Der Abendhimmel verdunkelte sich zu Indigoblau und dann zu Violett. Sie gingen weiter. Weiße Esche tat alles, um den Marsch zu verzögern. Sie blieb mit den Riemen an Zweigen und Felsen hängen; sie kämpfte, wann immer sie konnte, aber sie wehrte sich vergeblich gegen die ihr an Kraft weit überlegenen Krieger.

»Ich sehe das Tanzfeuer!« rief Fünf Speere. »Wir sind fast da.«

»Bitte«, flüsterte Weiße Esche. »Laßt mich gehen. Ihr scheint ehrenhafte Krieger zu sein. Tut mir das nicht an.«

»Wann hat einer vom Weißlehm-Stamm je was für mich getan?« erwiderte Büffelsprung mürrisch. »Mein Vater ist durch den Kriegsspeer eines Weißlehm-Kriegers gestorben.«

Sie wurde auf eine Lichtung hinausgestoßen und prallte gegen aufeinandergestapelte Leichen. Tapferer Mann hatte also tatsächlich das Wolfsvolk, die unversöhnlichen Krieger der Berge, gebrochen.

Eine Menschenmenge umringte ein riesiges Freudenfeuer. Gnadenlos zerrten die Krieger sie darauf zu.

»Seelenflieger?« rief Fünf Speere. Weiße Esche wich zurück, versteckte sich in Büffelsprungs Schatten und zerrte erneut an den Riemen, die der Mann mit eiserner Hand festhielt. Ein flüchtiger Blick hatte ihr genügt. Sie erkannte dieses Profil, die Haltung dieser breiten Schultern sofort.

Tapferer Mann drehte sich um. Mit seinem Bein schien irgend etwas nicht in Ordnung zu sein. »Ja?«

»Ich bin Fünf Speere, und das ist Büffelsprung.«

Tapferer Mann betrachtete die beiden eingehend. »Ja und?«

Grinsend überreichte ihm Büffelsprung den Lederriemen. Wir bringen dir die Frau, nach der du gefragt hast. Wir bringen dir Weiße Esche!«

Sie wurde von Tapferer Mann aus dem Schatten gezerrt und blickte haßerfüllt in dessen triumphierend aufleuchtende Augen. Ihr Herz drohte zu zerspringen.

»Weiße Esche«, flüsterte er.

Grelles Entsetzen flammte in ihr auf. *Denk nach! Denk nach, Frau, oder du wünschst dir Drei Bullen zurück.* Sie konnte keinen klaren Gedanken fassen. »Laß mich gehen, Tapferer Mann. Ich mache dir nichts als Ärger.«

Er lachte tief aus dem Bauch heraus. »Dieses Mal gibt es keinen Windläufer, der herbeieilt und dich rettet.«

»Das also ist Weiße Esche?« fragte eine hochgewachsene Frau. Sie näherte sich und nahm Weiße Esche genauer in Augenschein. »Ja, Tapferer Mann, sie ist schön.« Sie kniff die Augen zusammen. »Aber, Frau, bist du gut genug? Bist du besser als Bleicher Rabe?«

Weiße Esche versuchte, ihre Angst hinunterzuschlucken – ohne Erfolg.

Tapferer Manns Stimme klang hocherfreut. »Darauf habe ich lange gewartet. Mit einem Finger hob er Weiße Esches Kinn. »Jetzt steht mir nichts und niemand mehr im Wege.« Er senkte die Stimme. »Heute nacht, Weiße Esche, verbindet sich deine Macht mit der meinen. Und dir wird es sogar gefallen.« Er warf einen raschen Blick auf die große Frau, die Weiße Esche unverwandt aus schmalen Augen anstarrte. »Dank der gründlichen Unterweisung von Bleicher Rabe.«

»Wir werden sehen, Tapferer Mann. Wir werden ja sehen, wen du letztendlich vorziehen wirst«, warf Bleicher Rabe mit rauher Stimme ein.

Tapferer Mann hinkte zu einem großen Zelt hinüber, das allein inmitten des Lagers stand, und rief: »Bringt sie her. Jetzt gehört sie mir.«

Lahm! Tapferer Mann hatte ein lahmes Bein! *Ein lahmer*

Krieger, hatte Kranker Bauch nach seinem schrecklichen Traum gesagt. *Großer Donnervogel, nein!*

Sie versuchte davonzuspringen, doch Büffelsprung packte sie und hob sie geschickt auf seine kräftigen Schultern.

»Entspann dich, Weiße Esche.« Bleicher Rabe sprach in ruhigem Ton auf sie ein. »Ich habe ihn für dich trainiert. Er ist ein eifriger Schüler gewesen. Es wird dir sehr viel besser gefallen, als dich von einem gewöhnlichen Krieger bespringen zu lassen.«

»Leg ein gutes Wort für mich ein«, bat Weiße Esche. »Laß nicht zu, daß *er das* tut! Macht es dir denn gar nichts aus? Wenn du ihn liebst, wieso willst du dann, daß er mich nimmt?«

Bleicher Rabes Stimme wurde kehlig und wollüstig. »Oh, ich bin überzeugt, er kommt zu mir zurück. Alles, was er von dir will, ist ein Kind und deine Macht. Laß ihn seinen Samen in dich pflanzen, Weiße Esche. Du kannst doch nichts dagegen tun, also kannst du es ebensogut genießen. Wie gesagt ... er ist recht gut.«

Vor dem großen Zelt blieb Büffelsprung stehen. Weiße Esche sah die auf die Häute gemalten Symbole der Macht – die Spiralen, den Wolf und die Sonne.

»Setz sie auf die Felle«, befahl Tapferer Mann. »Was geschehen wird, soll vom Lager der Toten aus zu sehen sein.«

Büffelsprung warf sie auf die übereinandergelegten Felle vor dem Zelt. Weiße Esche biß die Zähne zusammen, Tränen verschleierten ihren Blick. Es würde wieder geschehen. Gegen so viele Gegner konnte sie nicht ankämpfen.

»Tapferer Mann?« fragte Weiße Esche und versuchte, ihrer Stimme einen sicheren Klang zu verleihen. »Was ist mit dir geschehen? Erinnerst du dich nicht mehr, was einmal zwischen uns war? Was geschah mit dem freundlichen jungen Mann ... was widerfuhr dem Mann, den ich einst liebte?«

Er hob den Kopf und blickte zum Nachthimmel hinauf, wo die Sterne zu funkeln begannen. »Die Macht rief mich. Eine Macht hat keine Verwendung für ein weiches Herz oder Gefühlsduseleien. Der Tapferer Mann, den du gekannt hast, starb im Lager der Toten. Das Lager der Toten schälte die weichen Teile meiner Seele ab wie Rinde von einem alten Baum. Nur das harte Holz blieb zurück.«

»Nach allem, was hinter uns liegt, kannst du das nicht tun. Laß mich gehen. Ich werde nie zurückkommen. Ich möchte nur …«

»Es ist zu spät.« Er hob die Arme zu den Sternen hinauf. »Ein neuer Weg wartet auf uns, und die Macht hat mich erwählt, ihn zu beschreiten und das Volk zu führen.«

Sie biß sich auf die Lippen. »Und was willst du von mir?«

»Die Stimmen sagten mir vor langer Zeit, daß du die Macht besitzt. Durch dich finde ich den Weg zum goldenen Dunst. Mit deiner Macht werde ich lernen, den goldenen Dunst zu kontrollieren und den neuen Weg zu beschreiten. Die Stimmen sagten mir, daß ich heute nacht meinen Sohn zeuge – und er wird so groß und mächtig sein wie nie ein Mann zuvor.«

Stöhnend griff Tapferer Mann an sein schmerzendes Bein. Er nahm einen Gegenstand aus Leder von einem Dreifuß. »Siehst du das? Das ist das Geisterherz des Wolfsvolkes.«

Das Wolfsbündel! Kranker Bauchs Vision ging ihr durch den Kopf. Zu spät. *Wir kommen zu spät. Kranker Bauch, es tut mir leid. Ich hätte zur Eile drängen sollen. Alles ist meine Schuld. Ich habe getrödelt. Meine Angst vor dem Wolfsvolk …*

»Du wirfst es ins Feuer, nachdem du mit mir fertig bist.« Die Worte fühlten sich in ihrem Mund wie Kieselsteine an.

Tapferer Mann nickte. »Du *bist* im Besitz einer Macht. Du weißt es … und du weißt, warum ich es tun muß. Du weißt, was die Macht mit dir vorhat … und mit mir. Alles wird sein, wie es sein muß, Weiße Esche. Und wenn du mich noch so sehr haßt, ich muß dich meinem Willen unterwerfen. Du kannst deine Macht nicht leugnen – und mit dir besitze ich sie.« Er schüttelte das Wolfsbündel. »Dieser Gegenstand hat versucht, mich umzubringen … vergeblich, Tapferer Mann hat widerstanden. Sogar jetzt versucht es, mich zu töten, aber die Geisterstimmen warnen mich rechtzeitig, deshalb kann ich mich dagegen wappnen.«

Seine Sprache war undeutlich wie die eines alten Mannes,

der seine Zähne verloren hat. Weiße Esche schlang die Arme um ihren Oberkörper. »Das Große Eine und der Traum des Ersten Mannes sind nicht für dich bestimmt. Du weißt nicht, was du mit deiner Macht anrichten wirst.«

»Das Große Eine?« Er zog die Augenbrauen hoch. »So also nennst du es?«

Sie wandte den Kopf ab.

Tapferer Mann gab den beiden Kriegern ein Zeichen. »Ihr könnt gehen. Ihr habt euch die Dankbarkeit von Tapferer Mann verdient. Sollte ich euch brauchen, rufe ich euch.« Fünf Speere und Büffelsprung begaben sich mit stolzgeschwellter Brust auf den Weg zum Feuer.

Zu Bleicher Rabe gewandt, sagte er: »Ich kann das Risiko nicht eingehen, sie loszubinden. Nimm dein Messer und zerschneide ihr Hemd.«

Bleicher Rabe kniete neben Weiße Esche nieder. »Er hat die Macht, und er weiß, wie er sie bei einer Frau anwenden muß.«

Weiße Esche schloß die Augen. Bleicher Rabe schnitt das Vorderteil des wunderschönen Hemdes, das ihr Singende Steine geschenkt hatte, auf. Das Leder teilte sich, kühle Nachtluft strich über ihre Haut. Ohne zu zögern, öffnete Bleicher Rabe die Verschnürung ihrer Hosen und zog ihr diese mit erstaunlicher Kraft über die Hüften.

Weiße Esches Körper befiel ein krampfartiges Zittern.

»Wie willst du es haben, Weiße Esche?« fragte Tapferer Mann. »Nimmst du mich ohne Kampf? Oder muß ich Fünf Speere und Büffelsprung rufen, damit sie dich festhalten? Wirst du willig meiner Macht begegnen … sie annehmen?«

Sie schluckte ihre fürchterliche Angst hinunter und zischte: *»Bring es hinter dich!«*

Tapferer Mann legte Bleicher Rabe die Hände auf die Schultern. »Geh. Tanze und singe. Lobpreise die Macht. Sage den Leuten, sie sollen mit ganzem Herzen singen, um den Großen Donnervogel herbeizurufen.«

Bleicher Rabe nickte und ging gehorsam zum Feuer.

»Tu es nicht, Tapferer Mann. Denk an unsere Freundschaft, denk an unsere Ahnen …«

»*Ich* bin der neue Weg.« Er zog sich das Hemd über den Kopf. Seine muskulöse Brust leuchtete im Schein des Feuers. Dann öffnete er die Schnüre seiner fransenbesetzten Leggings. Er stöhnte erneut, als er sie von seinem kranken Bein zog. Das Kniegelenk sah knollig aus wie der Astknoten einer Kiefer.

Am Feuer erklangen wilde Freudenschreie. Die Männer begannen zu tanzen und ihre Gebete zum Nachthimmel zu singen.

Er wandte sein Gesicht dem Feuer zu und hob die Arme. Erhöre mich, Großer Donnervogel! Ich bin dem Weg der Macht gefolgt! Ich habe die Vernichtung des Wolfsvolkes geträumt! In dieser Nacht, vor dir, werden die Mächte vereinigt. An diesem Ort wird ein neuer Träumer gezeugt, geboren aus meinem Samen und genährt in Weiße Esches Leib.«

Mit angehaltenem Atem ließ er sich neben ihr nieder. »Vereinige dich mit mir, Weiße Esche. Du kennst den Weg der Macht. Du weißt, was geschehen muß.«

Wie hätte sie sich wehren sollen? Ihre Hände waren auf den Rücken gebunden. Die Hosen, die sich um die Fessel an den Knöcheln rollten, verhinderten, daß sie nach ihm treten konnte.

Sie wimmerte leise auf, als er sie berührte. Leicht strichen seine Finger über ihre Haut. Ihr Magen verkrampfte sich, drohte sich umzustülpen. Angewidert drehte sie den Kopf weg und blickte auf das im tanzenden Feuerschein blutrot aussehende Wolfsbündel. Während sie es beobachtete, fühlte sie, wie die von ihm ausgehende Macht ihre Angst durchdrang. Sie konnte sich dieser geheimnisvollen Kraft trotz Tapferer Manns Händen auf ihren Brüsten nicht entziehen.

Kranker Bauch, ich habe dich im Stich gelassen ... ich ließ die Macht im Stich. Könnte ich doch noch einmal von vorn anfangen. Oh, Kranker Bauch ...

Sie spürte Tapferer Manns Hände, die eine brennende Spur auf ihrem Körper hinterließen. Grauenvoller Ekel wogte durch sie hindurch, bittere Galle stieg in ihre Kehle.

Kapitel 20

Kranker Bauch rannte, so schnell er konnte. Mit seinem unbrauchbaren Arm war es schwierig, in vollem Lauf das Gleichgewicht zu halten, überdies mußte er mit seiner gesunden Hand den Tragegurt seines Beutels festhalten. Unabhängig davon war er noch nie ein guter Läufer gewesen.

»Weiße Esche«, stöhnte er, während er über einen auf dem Pfad liegenden Baumstamm kletterte. Der Beutel auf seinem Rücken schwang von einer Seite zur anderen und riß ihn fast zu Boden.

Nachdem er keine Spur von Plage gefunden hatte, hatte er sich trotz seiner Besorgnis wegen der umherstreunenden blutrünstigen Krieger die Zeit genommen, einen letzten Blick auf das Sternenrad zu werfen. Er ging hinüber zu dem Steinhaufen in der Mitte des riesigen Rades, um ihn näher zu betrachten.

Die Steine schienen vor unendlich langer Zeit aufgeschichtet worden zu sein. Die kopfgroßen Felsbrocken, bewachsen mit orangeroten Flechten, waren auf eine Breite von zwei Schritten mit Reif überzogen. Einige der Steine waren in den Boden gesunken, dürres Gras bedeckte sie fast völlig. Von einem Funkeln aufmerksam geworden, entdeckte er einen Steinsplitter, der aus der morastigen Erde herausragte. Er zog daran; als sich nichts rührte, kramte er eine Knochenahle aus seinem Beutel, hockte sich auf die Fersen und stieß die Ahle in den Boden. Der Steinsplitter entpuppte sich als Speerspitze. Neugierig, weshalb sich die Spitze nicht aus dem Boden ziehen ließ, grub er weiter und legte einen Knochen frei – eine Wirbelsäule, in der die Spitze steckte. In fiebriger Hast grub er den Knochen aus. Der Fund ließ keinen Zweifel zu. Der Speer war einem Menschen in den Bauch gestoßen worden, und die Spitze hatte sich von vorne in die Wirbelsäule gebohrt.

Irgend jemand hatte die Leiche auf den Steinhaufen gelegt. Nachdem das Fleisch verfault war, fielen die Knochen auseinander und zwischen die Steine. Im Laufe der Zeit war Erde darübergeweht worden. Wer war dieser Mensch? Vor wie langer Zeit war er gestorben?

Kranker Bauchs Kopfhaut prickelte. Ängstlich blickte er auf das Sternenrad. Er konnte fühlen, wie sich die Macht um ihn herum sammelte.

Stimmen in einer Sprache, die Kranker Bauch noch nie gehört hatte, erklangen im Flüstern des Windes.

»Geister?« fragte er sich verwundert. In diesem Augenblick erhob sich ein gewaltiger Wirbelwind. Stürmische Böen schlugen auf ihn ein, peitschten seine Zöpfe und rissen an den Fransen seines Hemdes. Er stemmte sich gegen den wütenden Sturm, der stechende Staubpartikel gegen seine Haut schleuderte und schloß die Augen.

Eine geisterhafte Stimme – rauh und heiser wie die einer alten, nach Atem ringenden Frau – rief aus dem Wirbel: *Ein Träumer ... kommt. Sag ... allen Völkern ... sie müssen mit dem Feuer tanzen. Ein neuer Träumer kommt. Lauf lauf, wie du noch nie in deinem Leben gelaufen bist, Junge.*

Der Wirbelwind stieg zum Himmel hinauf und entschwand. Behutsam legte Kranker Bauch den Knochen mit der grausigen Speerspitze dahin zurück, wo er ihn gefunden hatte. Er streute Erde darüber, so daß nur noch ein Stückchen der Spitze zu sehen war.

Die Stimmen wurden lauter. Noch etwas benommen merkte er, daß sie von unterhalb des Grats kamen, von ... *da, wo Weiße Esche ist ...!*

Erschrocken sprang er auf die Beine und ergriff seinen Beutel. Aufs äußerste beunruhigt, spähte er über die Kante des abgeflachten Grats hinunter. Zwei Männer hatten Weiße Esche zu Boden geworfen und fesselten ihre Hände und Füße mit Riemen.

»Meine Schuld«, flüsterte Kranker Bauch. »Meine Schuld und Plages Schuld. Warum habe ich nicht auf sie gehört? Warum sind wir nicht rechtzeitig weggelaufen?«

Weiße Esche kam mühsam auf die Beine, dabei unterhielt sie sich mit den Männern in einer merkwürdigen Sprache. *Das Sonnenvolk! Krieger der Gebrochenen Steine!*

Die Krieger zerrten sie den steilen Pfad hinunter in den dichten Wald.

Kranker Bauch warf seinen Beutel über die Schulter und

kletterte rasch den Hang hinunter. Mit ängstlich geweiteten Augen blickte er sich nach allen Seiten um und entdeckte im Gras die Spuren von Weiße Esche und den Kriegern. Seine Knie zitterten, doch tapfer betrat er die Lichtung.

Lauf ... lauf, wie du noch nie in deinem Leben gelaufen bist, Junge. Die Stimme der alten Frau hallte wieder durch seinen Kopf.

Und er lief, hetzte über die Lichtung zwischen die Bäume. *Was mache ich, wenn ich sie verliere? Wenn sie Weiße Esche zu dem lahmen Krieger bringen?* Er verlor fast den Verstand vor Angst und hätte sich beinahe selbst verraten. In vollem Tempo rannte er um eine Wegbiegung und konnte sich im letzten Moment noch in das Unterholz in Deckung werfen. Die Krieger hoben Weiße Esche gerade über einen umgestürzten Baumstamm, und nur das Krachen der Zweige bewahrte ihn davor, entdeckt zu werden.

Kranker Bauch hielt sich knapp außerhalb ihrer Sichtweite. Die Spuren erkannte er an den schlurfenden Abdrücken, die Weiße Esche mit ihren gefesselten Füßen hinterließ. Abwechselnd erfüllt von Angst, Hoffnung und Verzweiflung, schlich er den Fährten durch dichtes Unterholz und über offene Wiesen hinterher. Gleichzeitig versuchte er, sich über sein weiteres Vorgehen klarzuwerden.

Alles meine Schuld. Er duckte sich hinter einer Fichte und wäre beinahe über eine alte Frau gestolpert. Sie lag mit dem Gesicht nach unten auf der Erde, ihr Hinterkopf war gespalten.

Rasch eilte er weiter. Dichtstehende Fichten und Tannen verschmolzen zu dunkelgrünen Schatten, ihre Äste schwebten bedrohlich über dem Pfad. Seine Kopfhaut prickelte, lauernde Augen schienen ihn aus der undurchdringlichen Dunkelheit des Waldes heraus zu beobachten. Etwas weiter mußte er ein Waldstück mit zeltstangendünnen Kiefern durchqueren und gleich darauf über eine offene Wiese kriechen. Er wußte, jeden Moment konnte ein Warnruf ertönen.

Die Sonne versank bereits im Westen, und Kranker Bauch beschleunigte seine Schritte. Er fürchtete, in der Dunkelheit die Spur zu verlieren. Plötzlich trat er auf einen dürren Ast, das laute Krachen ließ ihn erstarren. *Still, du Dummkopf.*

Er blickte sich um und ging vorsichtig weiter – dabei lief er fast in einen Krieger hinein. Kranker Bauch blieb ruckartig stehen und glaubte, seinen letzten Atemzug zu tun. Im trügerischen Zwielicht der hereinbrechenden Dunkelheit dauerte es einen Augenblick, bis er merkte, daß ihm der Krieger den Rücken zukehrte. Die Aufmerksamkeit des Mannes richtete sich ausschließlich auf eine Lichtung, in deren Mitte ein Feuer angezündet worden war.

Mit weichen Knien trat Kranker Bauch einen Schritt zur Seite. Dann noch einen. Im stillen betend, arbeitete er sich leise in das Unterholz hinein. Er mußte den Krieger umgehen. Noch ein Stückchen weiter zurückschleichen, anschließend seitlich an ihm vorbei …

Ein Zweig knackte unter seinem Fuß. Der Krieger wirbelte herum und suchte mit scharfen Augen die Dunkelheit ab, den Speer wurfbereit in die Rille des Atlatls gelegt.

Kranker Bauch erstarrte wie ein Wildkaninchen unter dem hungrigen Blick eines Falken. *Jetzt stirbst du!*

Der Krieger trat einen Schritt vor und reckte suchend den Hals. Kranker Bauch biß die Zähne zusammen aus Angst, sie könnten klappern.

Der Krieger rief leise – Kranker Bauch verstand die kehligen Laute nicht. Der Arm des Kriegers mit dem tückischen Speer fuhr zurück und balancierte das todbringende Wurfgeschoß aus.

In diesem Moment bewegte sich etwas zu seiner Rechten. Der Krieger fuhr auf dem Absatz herum und warf den Speer mit der Schnelligkeit einer zuschnappenden Klapperschlange. Doch so schnell sein Wurf auch sein mochte, der Schatten im Wald war noch schneller. Blitzartig verschwand der schwarze Wolf in der Dunkelheit.

Der Krieger knurrte mißmutig und begann nach seinem Speer zu suchen.

Wolf, gesegnet seist du und alle deine Kinder. Behutsam zog sich Kranker Bauch zwischen die Bäume zurück, stieg über einen umgestürzten Baumstamm und ging auf Zehenspitzen über einen Teppich aus trockenen Nadeln. Er versuchte, sein heftig hämmerndes Herz zu beruhigen. Nah. So furchtbar nah!

Er ließ sich Zeit, schlug einen Kreis und schlich um den Krieger herum. Durch die Lücken zwischen den Bäumen konnte er sehen, wie sich Menschen um das gewaltige Feuer versammelten. Weiße Esche mußte dort sein. Am Rande der Lichtung blieb er starr vor Schreck stehen. Nachlässig aufgeschichtete Leichen stapelten sich vor den Bäumen. Zu seinem Entsetzen gaben die Körper glucksende und zischende Geräusche von sich, während sich die Fäulnis des Todes in sie hineinfraß.

Kranker Bauch wurde übel. *Nein.* Die Visionen aus seinem Traum überschlugen sich in seiner Erinnerung. Nein! Er wich in den Schutz der Bäume zurück.

Das riesige Feuer auf der Lichtung loderte stetig höher hinauf in die Nacht. Gelbes Licht spielte über die spitz zulaufenden Zelte. Zwischen den schemenhaften Gestalten der Leute, die sich um das Feuer drängten, konnte Kranker Bauch gefangene Frauen sehen, die die Sieger in die Mitte des Tanzkreises gesetzt hatten.

Der Traum! Alles trifft ein. Weiße Esche … das Wolfsbündel!

Ein paar Gestalten entfernten sich vom Feuer. Kranker Bauch konnte gerade noch einen Schrei unterdrücken, als er die dunkle Silhouette des humpelnden Anführers entdeckte. Der Lahme! Im grellen Licht näherte sich ein Krieger, der eine Gefangene hinter sich herzerrte.

Weiße Esche! Es konnte niemand anderes sein. Er erkannte das wunderschöne Hemd, das ihr Singende Steine geschenkt hatte. Obwohl es die Tracht des Wolfsvolkes war, hatte Weiße Esche die Kleider angenommen. Sie hatte keine andere Wahl gehabt.

Kranker Bauch mußte all seinen Mut aufbieten, um dem fast unwiderstehlichen Drang zur Flucht nicht nachzugeben. Er umrundete den aufgehäuften Leichenhügel und trat auf die inzwischen im Dunkeln liegende Seite der Lichtung hinaus. *Ich muß den Verstand verloren haben! Das sind Leute vom Sonnenvolk! Sie essen kleine Kinder! Sie …*

»Beeil dich!« Die Stimme schien direkt in der Luft zu schweben.

Er beschleunigte seinen Gang und sprang hastig in den Schutz eines Zeltschattens. Er reckte den Hals und lugte um das Zelt herum. Dann holte er tief Luft und sprintete geduckt in den Schatten des nächsten Zeltes. Schritt für Schritt schlich er voran. Die schnatternden Stimmen näher kommender Krieger warnten ihn. Er ließ sich auf den Boden fallen und rollte sich zwischen den überall verstreuten Habseligkeiten des Wolfsvolkes zusammen.

Ein paar Schritte von ihm entfernt blieben die Krieger stehen und unterhielten sich weiter. Urin plätscherte auf die Erde.

Bis zum äußersten angespannt, wartete Kranker Bauch auf den Schrei, der seine Entdeckung verkündete. Doch die Stimmen entfernten sich wieder. Vorsichtig hob er den Kopf und vergewisserte sich, daß der Weg frei war. Voller Angst stolperte er in den Schatten des nächsten Zeltes und spähte um die Ecke.

Ein Mann und eine Frau standen vor einem großen Zelt in der Mitte des Lagers. Kranker Bauch überlief es eiskalt. Das mußte das Zelt des Geistermannes sein – der Ort, an dem das Wolfsbündel aufbewahrt wurde. Der große Mann trat unbeholfen einen Schritt vor, sein krankes Bein schien ihn stark zu behindern. Er befahl etwas in der Sprache des Sonnenvolkes, und die Frau ging zum Feuer.

Nun blickte der Mann nach unten. Er sprach mit einer gefesselten Gefangenen. Kranker Bauch konnte die Frau nicht richtig sehen, aber er erkannte ihre Stimme – Weiße Esche. Sofort verkrampfte sich sein Magen.

Der lahme Mann zog sein langes Hemd über den Kopf und ließ es achtlos fallen. Anschließend nestelte er an seinen Leggings und streifte sie stöhnend über die Beine. Die Leute am Feuer begannen zu tanzen und zu singen.

Was nun? Was soll ich unternehmen? Kranker Bauch starrte zum Nachthimmel hinauf und suchte verzweifelt nach irgendeinem Zeichen der Macht. Doch die Sterne funkelten ungerührt und kühl am samtschwarzen Himmel. Nichts Besonderes ereignete sich, dabei erzählten die alten Legenden stets über Wunder im Augenblick höchster Gefahr.

Der lahme Mann erhob die Hände und rief zum Himmel hinauf. Das Singen im Hintergrund schwoll zu einem lauten Chor an.

»Ich wette, für Geisteraugen glüht seine Seele grün«, brummte Kranker Bauch leise. Der lahme Mann sank auf ein Deckenlager vor dem Zelt.

Kranker Bauch holte tief Luft und schlüpfte eilig weiter. Wenigstens diesmal stand ihm das Glück zur Seite. Er stolperte nicht über seine eigenen Füße, trat auf keinen dürren Ast, und keine verwesende Leiche stellte ihm ein Bein.

Geräuschlos wie im Traum ging er durch das geplünderte Lager, erahnte den Weg zur Rückseite des Zeltes des Geistermannes und lugte unbehelligt um die Ecke. Er lauschte. Weiße Esches verzweifeltes Flehen in der unverständlichen Sprache des Sonnenvolkes tat ihm bis in die Tiefen seiner Seele weh.

Ich komme, Weiße Esche. Halte durch!

Wie kam er um das Zelt herum, ohne ins Licht des Feuers zu geraten? Unschlüssig trat er einen Schritt vor, da durchschoß ein stechender Schmerz seinen großen Zeh.

Kranker Bauch griff hinunter ... und grinste. Er packte einen der Pflöcke, mit denen die Zeltwände im Boden verankert waren, und lockerte ihn, dann den zweiten und den dritten. Kranker Bauch löste den Tragegurt und ließ den Beutel vom Rücken gleiten. Dann ließ er sich auf den Boden nieder und schlängelte sich bis zur Zeltwand, um unter der Plane durchzukriechen. Aus dem Innern des Zeltes griff er nach dem Riemen, zog den Beutel herein und warf ihn wieder über die Schulter.

Kranker Bauch kroch zur Tür hinüber und lugte hinaus. Vor ihm lag Weiße Esche. Das Feuerlicht tanzte über ihr festes Fleisch, über ihre vollen Brüste und ihr dichtes Schamhaar. Der Krieger lag leise lachend neben ihr. Weiße Esches Augen blickten unverwandt auf einen Dreifuß, der neben ihr stand. Kranker Bauch folgte ihrem Blick – und erstarrte. Er fühlte die Gegenwart des Gegenstands, den er nur als Silhouette wahrnehmen konnte. Friede – das angenehme Bewußtsein von einer Macht und ihrer Rechtmäßigkeit – erfüllte seine Seele.

Die Hände des lahmen Kriegers glitten besitzergreifend über Weiße Esches zitternden Körper. Grinsend stützte er sich auf und riß ihr mit einem Ruck die Beine auseinander.

Kämpfe! Weiße Esche, warum ... Erst jetzt bemerkte er, daß sich ihre Hosen um die Fußfessel gewickelt hatten.

Der lahme Krieger rollte sich auf Weiße Esche und bedeckte ihren Körper mit dem seinen. Ein jämmerliches Schluchzen drang aus ihrer Kehle.

Nein! Das darf er nicht! Das lasse ich nicht zu! Kranker Bauch duckte sich unter der niedrigen Türklappe durch. Hastig richtete er sich auf, und der Beutel auf seinem Rücken verfing sich in der Zeltwand. Er verlor das Gleichgewicht, riß sich mit wild fuchtelnden Armen von dem schwankenden Zelt los und stürzte ächzend auf das Fußende der übereinandergelegten Decken.

»Kranker Bauch!« keuchte Weiße Esche.

Der lahme Mann rollte von ihr herunter und sprang auf die Füße. Als er den Mund öffnete, um zu schreien, hechtete Kranker Bauch instinktiv nach vorn. Mit der ganzen Kraft seines gesunden Armes riß er das Steinholz aus seinem Beutel und drosch auf das Knie des lahmen Kriegers ein.

Der Krieger stöhnte erstickt auf und stürzte zu Boden. Kranker Bauch wollte ihm nachsetzen, doch die aufeinandergestapelten Decken gerieten ins Rutschen, und er fiel halb herunter. Die hart zupackende Hand des Mannes erwischte die Halskette aus Steinzähnen. Kranker Bauch zuckte zurück und holte zum nächsten Schlag mit dem Steinholz aus. Aus seiner ungünstigen Position heraus konnte er nicht die notwendige Kraft aufbieten, und der Schlag glitt ohne besondere Wucht seitlich am Kopf des Mannes ab. Eine unglaubliche Macht entlud sich in der Luft, Kranker Bauch standen die Haare zu Berge. Der lahme Krieger riß die Steinzahnkette von Kranker Bauchs Hals und rollte sich zur Seite. Mit einem gräßlichen, gurgelnden Geräusch umklammerte der Krieger seinen Kopf.

»Kranker Bauch, schnell!« Weiße Esche zappelte hilflos auf den Decken. Der Krieger der Gebrochenen Steine krümmte sich keuchend.

Kranker Bauch holte hastig eine scharfe Hornsteinklinge aus seinem Beutel. Er betastete den Riemen um Weiße Esches Knöchel. Ihn mit einer Hand durchzuschneiden, noch dazu mit den um die Fessel verwickelten Hosen, war nicht einfach, aber schließlich hatte er es geschafft.

»Roll dich herum. Rasch!« befahl er und sägte wie rasend an den Bändern, die ihre Handgelenke fesselten. Endlich hatte er auch diese durchschnitten. »Los, verschwinden wir.«

Er zog Weiße Esche hinter sich her in die Dunkelheit, da spürte er plötzlich wieder die Woge einer ungeheuren Macht. *Das Wolfsbündel.*

»Lauf!« Er gab ihr einen Stoß und griff nach dem heiligen Bündel. Als seine Finger das dicke Leder packten, überlief ihn ein Prickeln. Alles verschwamm vor seinen Augen, er sah nur noch das herzförmige Bündel. Es glühte, als brenne in seinem Innern ein Feuer. Das Glühen breitete sich über Kranker Bauchs Hände und Arme aus, bis sein ganzer Körper von einer flammenden Woge aus Licht überflutet war. In den Tiefen seines Bewußtseins hörte er die vor Verzweiflung rasenden Stimmen: Der *neue Hüter ist gekommen! Wir haben auf dich gewartet, Stilles Wasser, auf dich gewartet, damit du Uns von hier wegbringst. Zögere nicht! Lauf!«*

Weiße Esche keuchte. Fassungslos starrte sie auf Kranker Bauch, als könne auch sie das in ihm brennende Feuer sehen. »Schnell!« zischte sie. Schon rannte sie auf die schützende Dunkelheit des Waldes zu.

Kranker Bauch warf einen letzten Blick auf den sich im Gras krümmenden und wälzenden Krieger. Dieser Anblick würde ihn sein Leben lang in seinen Träumen verfolgen. Der lahme Mann hämmerte mit beiden Fäusten gegen seine Schläfen und wimmerte, als ramme ihm jemand Pflöcke in den Schädel.

Kranker Bauch drehte sich um und rannte hinter Weiße Esche her.

Linke Hand huschte geräuschlos wie der Schatten einer Eule auf mondhellem Gras den Hirschpfad entlang. Auf beiden Seiten erhoben sich mächtige dunkle Bäume. Nur hier und da funkelten Sterne durch den dichten Schirm der tiefschwarzen Tannen.

Nicht mehr weit. Ich muß bereits in der Nähe sein. Wie zur Bestätigung erklangen singende Stimmen. Ja, dort im Nordosten. Nun wußte er genau, wo er sich befand. Er konnte das Lager westlich umgehen und aus dem Norden heranschleichen. Auf diesem Weg kam er aus derselben Richtung, aus der auch das Sonnenvolk gekommen war. Dort hatten sie sicher weniger Wachen aufgestellt. Der Gesang wurde lauter.

»Der Siegestanz«, flüsterte er tonlos. Schon bei dem Gedanken wurde ihm übel. Was war passiert? Welche Fehler hatten sie gemacht? Warum hatten die Träumer dieses Unheil nicht vorausgesehen?

Hatte das Wolfsbündel sein Volk im Stich gelassen? Hatte sich die ganze Welt gegen das Wolfsvolk verschworen?

Linke Hand warf einen Blick über die Schulter und erstarrte. Etwas Weißes bewegte sich in der Dunkelheit auf ihn zu. Sein Griff um den Atlatl verstärkte sich, sonst war ihm keine Waffe mehr geblieben. Der weiße Fleck verharrte regungslos.

Linke Hand duckte sich und balancierte auf den Fußballen. In der Finsternis war seine Silhouette bestimmt nur undeutlich auszumachen. *Komm schon. Komm näher, du Maden fressendes …*

Das weiße Etwas bewegte sich geräuschlos, verharrte erneut, als sei es verunsichert.

Ein Schauder überlief Linke Hands heiße Haut. Konnte dieser Jäger im Dunkeln sehen? Oder besaß er einen sechsten Sinn, eine eigene Macht? Linke Hand biß die Zähne zusammen. Auf die Gewogenheit der Mächte war kein Verlaß mehr.

Wieder bewegte sich das Weiße, und Linke Hand hob beobachtend den Kopf. Seltsam. Viel zu klein. Ein Mensch wäre größer, aber mit letzter Sicherheit konnte er das in der Dunkelheit nicht sagen. *Kein Skunk!* Dabei wäre das gar nicht so schlecht. Der Gestank eines Skunks könnte für ihn von Nutzen sein. Auch ein wachsamer Krieger achtete nicht weiter auf Geräusche im Dunkeln, wenn ihm der Gestank eines Skunks in die Nase stach.

Das Weiße näherte sich, und Linke Hand hob den Atlatl. Der weiße Fleck wich zurück.

»Was bist du?« rief Linke Hand leise. »Ein Geist?«

Ein zaghaftes Winseln antwortete. Linke Hand senkte den Atlatl. Ein Hund. »Verschwinde«, zischte er. »Mach, daß du wegkommst. Das letzte, was ich brauche, ist ein Hund, der mich verrät.«

Unbeeindruckt trottete das Tier näher und schob die Schnauze in seine Hand. Er bückte sich, spähte angestrengt in die Dunkelheit und legte ungläubig den Kopf schief. »Plage? Bist du das? Wie kommst du hierher? Wo ist Kranker Bauch?«

Der Hund schnüffelte selig und versuchte begeistert, ihm das Gesicht zu lecken. Linke Hand richtete sich kopfschüttelnd auf und ging weiter, da hörte er hinter sich Plage leise winseln.

»Verschwinde.« Linke Hand fuchtelte ärgerlich mit der Hand. »Du willst doch wohl nichts mit dem Sonnenvolk zu schaffen haben.« Er beugte sich hinunter und flüsterte drohend: »Die fressen schwarzweiße Hunde. Hau lieber ab.«

Erneut setzte er seinen Weg fort. Er bog nach Westen ab, um seinen Plan, sich von Norden über die offene Wiese dem Lager zu nähern, in die Tat umzusetzen. Nach kurzer Zeit erreichte er eine kleine Lichtung. Eingehend musterte er das Gelände. In diesem Moment stürmte Plage an ihm vorbei. Linke Hands verzweifelte Anstrengung, ihn zu fassen zu kriegen, schlug fehl.

Mit vor Angst trockener Kehle beobachtete er, wie Plage auf die grasbewachsene Lichtung lief; jeden Augenblick erwartete er die heiseren Schreie. Die Krieger des Sonnenvolkes mußten den Hund entdecken. Doch nichts geschah. Plage blieb schwanzwedelnd stehen und drehte sich zu ihm um. Linke Hand fuhr sich mit der Zunge über die Lippen und löste sich behutsam aus dem Schutz der Bäume. Unruhig suchte er im fahlen Licht des Mondes nach der Stelle, wo der Hirschpfad wieder in den dunklen Wald hineinführte, und lief los.

Wieder winselte Plage, lauter und beharrlicher diesmal.

Linke Hand blieb entsetzt stehen und suchte den Boden nach einem Stein oder Ast ab, den er nach dem Tier werfen konnte. Plötzlich sah er hinter Plage eine schwarze Gestalt auf lautlosen Füßen zwischen den Bäumen herumschleichen. In der Dunkelheit fühlte Linke Hand den Blick gelber Augen auf sich gerichtet.

»Geisterwolf?«

Das große Tier beobachtete ihn aufmerksam, und Linke Hands Seele prickelte. Der Wolf drehte sich um und verschwand als schwarzer Schatten zwischen den Bäumen auf der Ostseite der Lichtung. Plage folgte ihm, blieb aber abwartend stehen und blickte, eine Vorderpfote unsicher erhoben, zu Linke Hand zurück.

Linke Hand strich mit dem Daumen über den Holzschaft seines Atlatls. *Folge ich einer Macht? Oder nur zwei dummen Tieren?* Er schüttelte den Kopf. *Was hat die Macht dem Wolfsvolk heute angetan?* Dennoch machte er fluchend auf dem Absatz kehrt und folgte dem weißen Fleck durch die Dunkelheit Richtung Osten.

Begeistert darüber, ihn führen zu dürfen, stürmte der Hund schwanzwedelnd voran. Ständig lief er zwischen ihm und dem Wolf hin und her. Der durch die Finsternis gleitende schwarze Schatten war der einzige Hinweis auf die Gegenwart des Wolfes.

Schwer atmend hastete Linke Hand weiter. Immer wieder stolperte er, und seine Füße versanken in der Waldstreu; aus der Dunkelheit griffen Zweige nach ihm und schlugen auf ihn ein.

So etwas Dummes! Warum bist du nicht weiter nach Norden gegangen, wie du es vor hattest? Was hat dich bloß veranlaßt – mit hocherhobenem Kopf und gespitzten Ohren blieb Plage stehen.

Der schwarze Wolf verharrte abwartend am Anfang einer Reihe kleiner Lichtungen, deren schmale Wiesen mit Salbeibüschen gesprenkelt waren. Das entfernte Singen brach unvermittelt ab. Unheilverkündende Stille breitete sich aus. Gleich darauf wurde aus der Richtung des Lagers wütendes Geschrei laut.

Linke Hand kniete neben Plage nieder und streichelte das dicke, weiche Fell des Hundes. Eine Macht erfüllte die Nacht. Linke Hands Seele zog sich lauernd in sich zurück.

Ein leises Geräusch veranlaßte ihn, noch aufmerksamer zu lauschen. Was war das? Ein knackender Zweig? Er strengte sein Gehör an: Zwischen den entfernten Schreien aus dem Lager hörte er gedämpftes Stöhnen, dem ein dumpfer Schlag folgte – als würde ein Körper zu Boden stürzen –, dann vernahm er leises Geflüster. Plötzlich stürmten zwei Menschen auf die Lichtung. Wie ein Blitz sprang der schwarze Wolf beiseite und verschwand lautlos im dunklen Wald. Plage sauste los und lief auf die beiden zu.

»Plage? Bist du das?« Ein Mann sank auf die Knie und umarmte den Hund, der sich vor Wiedersehensfreude wie ein Verrückter gebärdete.

»Lobpreise meinetwegen die Macht. Aber lauf weiter«, befahl die Stimme einer Frau. »Freuen können wir uns später.« Eine Pause entstand. »Wohin jetzt?«

Kranker Bauch erhob sich. »Ich weiß es nicht. Das Sonnenvolk ist da hinten. Der Mond steht da, also ist dort Osten. Irgendwo müßte ein Pfad sein … aber wo?«

Linke Hand zögerte einen Moment, bevor er leise rief: »Kranker Bauch? Ich bin's, Linke Hand. Hier«, Kranker Bauch eilte bereits in seine Richtung, die Frau folgte ihm widerwillig.

»Linke Hand?« fragte Kranker Bauch mit ruhiger Stimme. »Wo bist du?«

»Hier bin ich. Da ist auch ein Pfad.« Er trat in das fahle Mondlicht, und Kranker Bauch schloß ihn in die Arme.

»Du wirst nicht glauben, was alles passiert ist. Zuerst verschwand Plage mitten in der Nacht. Ich suchte ihn und verirrte mich in den Sideways …«

»Nicht jetzt, Kranker Bauch«, unterbrach die Frau ungeduldig.

»Eine gute Idee«, pflichtete ihr Linke Hand bei. »Ich kenne die Pfade hier und kann euch ein Versteck zeigen oder die Richtung weisen, in der ihr weitergehen müßt. Dann müßt ihr allerdings zusehen, wie ihr alleine weiterkommt.«

»Du kommst nicht mit uns?« erkundigte sich Kranker Bauch.

»Ich muß das Wolfsbündel aus dem Lager holen, Kranker Bauch. Das Sonnenvolk …«

»Ich habe das Wolfsbündel«, jubelte Kranker Bauch. »Es ist in Sicherheit. Du weißt doch, ich hatte diesen Traum und …«

»Können wir vielleicht später darüber reden?« unterbrach ihn die Frau unwirsch. »Bald wimmelt es hier von Tapferer Manns Kriegern. Wolfsmann«, sie dehnte die Worte herausfordernd, »wenn du einen Weg aus diesem Tal kennst, wenn du weißt, wie wir zu Singende Steine zurück …«

»Folgt mir.« Linke Hand führte sie über die Lichtung nach Südwesten. *Kranker Bauch hat das Wolfsbündel? Wäre ich den ursprünglich von mir gewählten Weg nach Norden weitergegangen, hätte ich die beiden verfehlt. Ein schwarzer Wolf führte mich geradewegs zu Kranker Bauch – und zum Wolfsbündel. Aber um welchen Preis? Was geschieht nun? Was hat die Macht vor?*

»Ich weiß nicht, was mit dir los ist, Kranker Bauch«, brummte Linke Hand. »Du bist so sehr mit der Macht verstrickt, daß es mich eiskalt überläuft.«

Vater aller Wasser fließt so reich,
Schickt Wasser in die Bäche.
Wächst eine Pflanze, hoch und grün, Frucht ist gelb.
Ich habe sie gesehen.
Bunte Federn, die Toten aufgebahrt.
Stämme liegen quer, die Erde ist bestellt.
Träge Faulheit, in Körben getragen –
Sonne, Mann und Frau sind verheiratet.

Die Stimme der alten Frau summte leise durch den Traum.

Von riesigen Schwingen emporgetragen, konnte Weiße Esche auf die Menschen am grünen Ufer eines großen Flusses hinunterblicken. Wo sich das Flußbett in eleganten Bogen schlängelte, waren die Bäume gerodet und das Land bepflanzt. Zwischen den schlanken Pflanzen gingen Menschen umher und zupften Unkraut aus. Weiter entfernt im Wald konnte sie Männer mit Steinäxten arbeiten sehen. Sie hieben Ringe aus der Rinde der Bäume, damit sie abstarben. War das Holz tot und trocken, verbrannten sie es, um mit der Asche die schwarze Erde ertragreicher zu machen.

Eine Macht erfüllte die Felder und glühte leuchtend um die hochgewachsenen Pflanzen, deren lange Blätter im Wind tanzten. Die reifenden gelben Früchte zwischen den Stengeln pulsierten voller Leben.

Im Hintergrund ragte ein Hügel auf. Auf der Hügelkuppe stand ein Gebilde aus Baumstämmen, dessen Wände mit Rinde verkleidet waren. Darüber erhob sich ein Strohdach, dessen Spitze den höchsten Punkt des Hügels bildete. Nach Süden befand sich ein offener Eingang, vor dem ein Mann mit einer mit Federn schmückten Maske die Arme zur Sonne emporhob und Lobpreisungen des Ersten Mannes, der Sonne und der hell behaarten Pflanze sang.

Sage Linke Hand, brauste die Stimme des Großen Donnervogels durch die Luft, *er muß das Wolfsvolk nach Osten führen. Der Weg wird schwierig. Das Büffelvolk wird gegen sie auf den Kriegspfad gehen, und viele werden in den Short Grass Plains sterben. Das Wolfsvolk muß dem Elk River bis zum Vater der Wasser folgen. An seinen Ufern müssen sie gegen die Maskentänzer kämpfen. Dort müssen sie den Traum fortsetzen und die Maskentänzer auf den neuen Weg führen.«*

»Ich sage es ihm.« Sie breitete die Arme aus, als wolle sie fliegen. »Er wird das Wolfsbündel haben wollen.«

»Das Wolfsbündel träumt für Linke Hand, aber er muß es alleine bewerkstelligen. Er ist ein Händler. In seinem Herzen wird er wissen, was er tun muß. Er träumt nicht mit deiner Macht, seine Macht ist eine andere. Sag ihm, er soll den Flüssen nach Ostenfolgen. Sag ihm, eines Tages wird ein Träumer kommen, der das Wolfsbündel dem Vater der Wasser und dem Blut des Ersten Mannes zurückbringt. Aber zuvor muß sich sein Volk des Wolfsbündels würdig erweisen.«

»Ich sage es ihm.« Sie stieg höher hinauf, tauchte in den goldenen Dunst des Großen Einen und empfand verzückt dessen heftige Anziehungskraft.

Unter ihr zogen Wolken auf und verhüllten das Land. Mit einem Flügelschlag erreichte der Große Donnervogel die bauschige Fülle. Weiße Esche zog die Knie an die Brust. Schwebend glitt sie ins Grau. Noch immer schienen sie die Ränder des Großen Einen magisch anzuziehen, beharrlich, überwältigend.

Weiße Esche blinzelte, entfernte sich aus dem sich verflüchtigenden Traum und wurde sich wieder der Gegenwart bewußt.

Aus Sicherheitsgründen hatten sie beschlossen, bei Tag zu schlafen und bei Nacht zu wandern. So konnten sie nicht von den auf den Bergen und Felsklippen postierten Spähern des Stammes der Gebrochenen Steine entdeckt werden. Weiße Esche streckte sich. Während ihr noch einzelne Bilder des Traumes durch den Kopf gingen, betrachtete sie hingerissen die Landschaft. Die Sonne versank hinter der zerklüfteten Silhouette der Red Rock Mountains weit hinter dem im purpurroten Schatten liegenden Gray Deer Basin. Ein tiefes Indigoblau breitete sich im Osten aus.

Sie hatten ihr Lager in einer geschützten Mulde aufgeschlagen, die, mit Ausnahme der Westseite, von frühlingsgrünen Espen abgeschirmt war. Die hellschimmernde Borke fing die letzten Sonnenstrahlen ein. Weiße Esche warf die Decke zurück und suchte sich rasch nach Zecken ab, bevor sie ihre Kleider anzog. Mit einer Ahle und mit Hilfe von Sehnen hatte sie ihr zerschnittenes Hemd notdürftig ausgebessert.

Kranker Bauch gähnte und machte ein mürrisches Gesicht. Weiße Esche musterte ihn erstaunt. Diese finstere Miene war ungewöhnlich auf seinem sonst stets freundlichen Gesicht. Er hatte sich verändert. Sie fühlte es tief in ihrem Innern. In dem Augenblick, als seine Hände das heilige Bündel berührt hatten, war seiner Seele eine neue Kraft, eine *Anwesenheit* eingehaucht worden.

Linke Hand lag schlafend auf einem Grashaufen. Immer

wieder drang ein gequältes Röcheln aus seiner Kehle, bis er plötzlich jäh hochfuhr und erwachte. Er sah sich ängstlich um, atmete tief durch und setzte sich auf. Schweißperlen glitzerten auf seinem wettergegerbten Gesicht. Müde stützte er den Kopf in die Hände.

»Was ist los?« fragte Kranker Bauch.

Weiße Esche schüttelte erschöpft den Kopf. »Ein Traum.«

»Du meinst, die Träume«, krächzte Linke Hand heiser. »Furchtbare Träume. Ich sah fliehende Menschen. Sie liefen durch ein verdorrtes Land. Bäume. Ich sah Bäume ... und schwarze Erde ... und einen gewaltigen, reißenden Fluß.« Er blickte auf, sein Gesicht war von Leid gezeichnet. »Und ich fühlte, wie ein Teil meiner Seele erkaltete, als sei ihr etwas Wundervolles genommen worden.« Er schüttelte den Kopf. »Ein schrecklicher ... Verlust ...«

»Was für einen Traum hattest du?« wandte sich Kranker Bauch an Weiße Esche und ergriff ihre Hand. »Erzähl uns, was du gesehen hast.«

»Ich stieg, vom Großen Donnervogel getragen, hinauf in die Wolken. Wir schwangen uns in die Lüfte empor und flogen weit nach Osten bis zu einem großen Fluß. Das Land dort ist grün und mit Bäumen bestanden. Dorthin sollst du, Linke Hand, das Wolfsvolk führen.« Durchdringend starrte sie den Wolfsmann an.

Linke Hand bedachte sie mit einem argwöhnischen Blick. »Das Wolfsvolk dorthin führen? Du meinst, weg von hier ... weg von unserer Heimat?«

Sie nickte ernst. »Die Macht hat sich gewandelt.«

Er rieb seine Hände und schüttelte die Schultern, als wolle er eine unangenehme Last abwerfen. »Ich bin nahe daran, dir zu glauben. Ständig empfinde ich eine sonderbare Leere. Und diese Bilder ...«

»Von Tod und Krieg und einer Pflanze mit hellen Haaren?« unterbrach ihn Weiße Esche.

Er wurde blaß. »Woher ...«

Sie sah ihm direkt in die Augen. »Die Macht läßt jedem Menschen die Möglichkeit der Wahl, Händler. Du bist der nächste Anführer des Wolfsvolkes. Führst du dein Volk in den Tod? Läßt du es in die Hände des Sonnenvolkes fallen? Oder folgst du dem Traum?«

»In den Tod?« Sein Gesicht verzog sich ungläubig. »Seit drei Nächten sind wir auf der Flucht. Wie oft haben wir die Krieger der Gebrochenen Steine gehört? Wie oft haben wir in der Nacht ihre Feuer gesehen?«

»Viel zu oft.«

»Du kennst sie nicht, du hast sie nie auf dem Kriegspfad erlebt, Händler. Ich dagegen schon. Hinter dem Stamm der Gebrochenen Steine folgt der Schwarzspitzen-Stamm. Hinter diesem die Stämme der Hohlkehlen und Wespen und ...«

»Du irrst dich, Weiße Esche. Ich kenne diese Menschen. Ich habe im Norden Handel getrieben ... mit allen diesen Stämmen«, antwortete er kaum hörbar. »Hier ist unsere *Heimat.* Wolfsträumer hat uns hierhergeführt. Hier hat Feuertänzer das Volk erneuert und mit dem Feuer getanzt.«

»Diese Zeit ist längst vorbei«, erwiderte sie tonlos. »Die Macht zeigt dir einen neuen Weg. Das Wolfsvolk ist zu den Ausläufern der Berge geflohen. Dir bleibt nur wenig Zeit, um deine Leute zu überzeugen und dein Volk nach Osten zu führen.«

»Die meisten Angehörigen meines Volkes möchten die Berge zurückerobern. Diese Erde trägt die Gebeine ihrer Ahnen. Unsere Seelen sind Teil dieses Landes.« Eine qualvolle Verzweiflung schlich sich in seine Stimme. »Wir können nicht weg!«

Unglücklich senkte Weiße Esche den Kopf. *Niemand möchte ein Träumer sein.* Wie ein Echo hallten Singende Steines Worte durch ihren Kopf. *Deshalb? Wegen des Leids – weil man weiß, was getan werden muß?*

»Die Macht führt dich auf einen anderen Weg, Händler.« Sie blinzelte zum Himmel hinauf. »Ich kann dir nur sagen, was ich gesehen habe. Das Land im Osten ist reich. Die hochgewachsene Pflanze bietet Nahrung für viele Menschen.« Sie schloß die Augen und sah wieder die Bilder des Traumes vor sich. »Leben – Macht – erfüllt die gelbe Frucht der Pflanze.«

»Was hast du sonst noch gesehen?« erkundigte sich Linke Hand beunruhigt.

»Ich sah einen aus Erde aufgeschütteten Hügel, auf dessen Kuppe eine Hütte stand. Dort hob ein Geistermann die Arme der Sonne entgegen.«

»Und ich soll das Volk dorthin führen?«

Sie nickte. »Oder du wirst dein Blut für dieses Land vergießen müssen. Du hast die Wahl. Wo werden eure Kinder tanzen, Linke Hand? Am Vater der Wasser? Oder zwischen den Seelen der Toten?«

Linke Hand erschauerte, tonlos sagte er: »Das habe ich in meinem Traum gesehen.« Er warf einen ängstlichen Blick über die Schulter. »Ich ging die alten Pfade ... und hinter mir folgten die Geister der Toten.«

Sie nickte. »Du weißt also Bescheid. Als sich der Erste Mann in den Großen Donnervogel verwandelte, sagte er zu mir, ich solle dir diese Botschaft überbringen. Die Entscheidung liegt bei dir.«

Linke Hand holte tief Luft. »Gut, Weiße Esche, ich gehe. Gib mir das Wolfsbündel, und ich mache mich sofort auf den Weg.«

»Das Wolfsbündel kommt mit uns in den Süden«, erklärte Weiße Esche bestimmt. »Stilles Wasser ist sein neuer Hüter. Das Bündel hat ihn gerufen.«

»Stilles Wasser? *Kranker Bauch?*« Linke Hand fuhr herum, Wahnsinn glitzerte in seinen Augen. »Das Wolfsbündel ist das Herz des Volkes! Es gehört ...«

»Dem Ersten Mann« unterbrach ihn Weiße Esche und packte den Händler bei den Schultern. Sie starrte ihm durchdringend in die Augen, blickte bis auf den Grund seiner Seele. »Prüfe dein Herz, Linke Hand. In deinen Träumen hast du die Macht gefühlt. Du weißt, wohin sie gehört.«

Entsetzt öffnete er den Mund, doch er brachte kein Wort über die Lippen.

»Der Erste Mann trug mir auf, dir folgendes mitzuteilen: Wenn deine Leute nach Osten gehen, müssen sie die Maskentänzer auf den neuen Weg führen und den Traum fortsetzen. Erst wenn sich dein Volk würdig erwiesen hat, wird ein Träumer kommen, der das Wolfsbündel euren Kindern zurückbringt.«

»Aber ich ...«

»Die Macht kommt *nicht* ohne Gegenleistung!«

Unter ihrem unnachgiebigen Blick ließ sein Widerstand nach. Er unternahm einen letzten verzweifelten Versuch. »Ich muß das Bündel mitnehmen. Wenn ich meine Leute führen soll – brauche ich es.«

Sie schüttelte den Kopf. Stilles Wasser ist von nun an der Hüter des Bündels. Das Wolfsbündel rief nach ihm. Ein neuer Weg für alle Völker muß geträumt werden, sonst stirbt der Traum des Ersten Mannes.«

Kranker Bauch stand auf. Schmerz und Mitleid zeichneten sein Gesicht. »Wird der neue Weg nicht geträumt, verändert sich die Spirale. Ich habe im Traum Bilder gesehen. Gerodete Wälder und versklavte Menschen, die furchtbare Arbeit verrichteten. Ich habe faulende Wasser und braun verpestete Luft gesehen. Ich habe eingepferchte Tiere gesehen – deren Seelen starben, während sie noch am Leben waren. Die Spirale ist in Gefahr. Es liegt an Weiße Esche und an mir, diese Gefahr abzuwenden.«

Linke Hand ballte die Fäuste, seine Schultermuskeln wölbten sich eindrucksvoll. »Verbitterung funkelte in seinen Augen. »Als wir uns gemeinsam auf diese Reise begaben, die uns schließlich hierhergeführt hat, überreichte ich dir ein Geschenk – Fischzähne, die sich in Stein verwandelt hatten. Gehst du so mit der Macht des Handels um? Als Dank für ein Geschenk ... nimmst du Herz und Seele meines Volkes?«

Stilles Wasser krümmte sich unter diesen Worten zusammen, ein schreckliches Schuldbewußtsein nagte an seiner Seele.

»Genug jetzt!« rief Weiße Esche und trat zwischen die beiden Männer. »Er hat damit *nichts* zu tun, Händler. Frag die Macht, warum sie sich vom Wolfsvolk abgewandt hat. Frag den Ersten Mann und das Wolfsbündel, warum es nach einem neuen Hüter verlangt hat! Suche die Antworten in den Träumen, die dich im Schlaf verfolgen. Aber gib nicht Stilles

Wasser die Schuld an dem, was die Macht von ihm verlangt.«

Linke Hand holte tief Luft und hielt den Atem an. Er drehte sich um und starrte in den Sonnenuntergang. »Zu anderen Zeiten, Kranker Bauch, würde ich dich dafür umbringen.« Er schüttelte den Kopf, ein am Boden zerstörter Mann, weggerissen von allem, was er gekannt hatte, was ihm lieb und teuer war. »Ja, Weiße Esche, von Anfang an wußte ich, daß eine Macht am Werk ist. Ich konnte sie fühlen.«

Stilles Wasser leckte sich die trockenen Lippen und sagte unglücklich: »Eines Tages schicke ich dir ein Geschenk, Linke Hand. Ich weiß nicht, was, aber irgendwie ...«

»Vergiß es, Kranker Bauch. Uns verbindet nichts mehr. Die Macht unserer Freundschaft ist tot.« Er wandte sich an Weiße Esche, Tränen glitzerten in seinen Augen. »Was soll ich tun? Wie kann ich gegen dich kämpfen? Du ... bist die Macht. Du bist die Träumerin, die Kranker Bauch suchen sollte. Und du sagst mir, ich ... ich müsse ...« Abrupt wandte er sich wieder von ihr ab und blickte zur untergehenden Sonne hinüber.

»Linke Hand ...«, begann Kranker Bauch, aber auf ein Zeichen von Weiße Esche hin verstummte er.

»Es gibt nichts, womit wir ihn trösten können«, sagte sie. »Das ist die Macht. Und du weißt das. Das Wolfsbündel rief dich in deinen Träumen. Prüfe dein Herz – und sage mir, was du fühlst.«

Stilles Wasser schürzte die Lippen und senkte die Augen. »Es ist ungerecht. Weiter nichts.«

»Wer sagt, eine Macht müsse gerecht sein? Eine Macht verfolgt ihre eigenen Ziele.« Ihre Stimme wurde kühl. »Und wenn sie dabei ganze Völker vernichten muß«

Sie wandte sich an Linke Hand. »Ich gehörte dem Weißlehm-Stamm an. Die Krieger deines Volkes rotteten meinen Stamm aus. Ich haßte jeden Angehörigen des Wolfsvolkes wegen dieser abscheulichen Tat. Doch jetzt teilt meine Seele dein Leid. Geh! Nutze die Chance, die die Macht dir bietet, und rette dein Volk. Führe dein Volk nach Osten, Linke Hand. Folge den Flüssen in das Land der Maskentänzer.«

Als sie den tiefen Schmerz auf seinem Gesicht sah, seine

unendliche Sehnsucht nach *diesem* Land hier, stiegen auch ihr die Tränen des Kummers in die Augen. Er blickte mit einer Hingabe auf den verblassenden Sonnenuntergang über den Red Rock Mountains, als wolle er diesen Anblick unauslöschlich in sein Gedächtnis eingraben.

»Ich …« Er brachte kein Wort heraus. Nach längerem Schweigen stieß er hervor: »Ich glaube dir, Träumerin. Ich bin in jenem Land gewesen. Hat mich die Macht deshalb zum Händler berufen? Damit ich den Weg für mein Volk finde?«

Ohne eine Antwort abzuwarten, reichte er Stilles Wasser die Hand. »Lebe wohl, mein Freund. Vermutlich werden wir nie erfahren, was die Sonne zum Brennen bringt … aber was immer es auch sein mag, ich bin mir nicht sicher, ob ihr Leuchten für irgendeinen von uns gut ist.«

Nach diesen Worten verschwand er zwischen den Espen in Richtung Osten – ein gebeugter, müder Mann.

Kläglich fragte Stilles Wasser: »Geschieht alles so, wie du gesagt hast?«

Sie bückte sich und hob ihren Beutel auf. »Ja. Aber die Wahrheit schmerzt. Singende Steine hatte recht, Stilles Wasser. Niemand möchte ein Träumer sein.«

Unsicher blickte er zu Boden. »Warum nennst du mich bei meinem richtigen Namen?«

Traurigkeit verschleierte ihre dunklen Augen. »Auch du bist wiedergeboren worden, Stilles Wasser. Als du das Bündel berührt hast, strömten all die Seelen, die das Bündel je in Händen gehalten haben, in dich ein und veränderten dich. Ich fühlte es in meiner Seele wie einen Blitzschlag. Wir werden nie mehr dieselben sein wie zuvor.«

Kapitel 21

»Sag mir, was du empfindest. Ich muß es wissen.« Schwarze Hand stand mit auf dem Rücken verschränkten Händen auf dem höchsten Punkt des Grats und hob den Kopf zum Himmel empor.

Rosenbusch warf einen Blick zurück auf den Weg, den sie gekommen waren. In der Senke unter ihnen, wo die Quelle aus den Felsen sickerte, schimmerten die Lagerfeuer in rötlichem Licht. Im Süden hob sich die Gray Wall wie ein dunkler Fleck von dem etwas helleren Nachthimmel ab. Hier und da schwebten vom Mondlicht silbern gefärbte Wolkenbäusche vorüber und verdeckten die Sternbilder. Der laue Wind trug den angenehmen Duft nach Salbei und Beifuß und den scharfen Geruch trockener Erde herbei.

Rosenbusch scharrte mit den Füßen im Boden. »Der Mond ist viele Male gekommen und gegangen, seit Warmes Feuer in sein Grab gelegt wurde.« Sie zögerte kurz. »Ich werde ihn immer lieben. Er wird immer den ersten Platz in meinem Herzen einnehmen.«

»Das verstehe ich«, antwortete Schwarze Hand. »Jeder hatte Warmes Feuer gern. Ich erwarte keineswegs, daß du ihn vergießt.«

Sie seufzte und schüttelte den Kopf. »Ich kenne natürlich auch meine Verantwortung und weiß, was für den Stamm von Vorteil ist. Großmutter hat mir ihre Wünsche sehr deutlich mitgeteilt.«

Er lachte in sich hinein. »Ja, das kann ich mir vorstellen. Rittersporn besitzt die zartfühlende Empfindsamkeit eines verwundeten Pumas. Aber ich wollte wissen, wie du darüber denkst. Rosenbusch, wenn du mich nicht willst, sag es mir. Wir sind nicht Rittersporns Besitz, sie kann nicht nach Gutdünken über uns verfügen. Bitte, sei ehrlich. Willst du mich?«

Sie schloß die Augen und spürte die Wärme seiner Hände. Wie lange war es her, daß Warmes Feuer seine Wärme mit ihr geteilt hatte? Ein sehnsüchtiges Verlangen erfüllte sie. Wehmütig dachte sie an die Zeiten zurück, in denen sie mit Warmes Feuer gelacht, sie in kalten Nächten die warmen Decken geteilt und sich in den Morgenstunden zärtlich geliebt hatten. Sie wollte keinen anderen Mann.

Doch eine Frau war zur Ehe verpflichtet. Eines Tages würde sie die Anführerin des Stammes sein, und sie brauchte einen Mann an ihrer Seite.

Sie kannte Schwarze Hand schon seit sie ein kleines Mädchen war. »Du hast mit Rittersporn die Decken geteilt.«

»Ja.«

Fröstelnd kämpfte sie gegen ihr Unbehagen an. »Und was ist mit deiner Macht?«

Er legte den Arm um sie und hüllte sie wärmend in seine Decke. »Sie schwindet seit einigen Jahren ... ich weiß nicht, warum. Aber du sollst wissen, ich habe mit meiner ganzen Seele für das Leben von Warmes Feuer gebetet.«

»Ich weiß.« Bis zur Großen Versammlung waren es noch drei Tage. Sie blickte hinüber auf die dunkle Silhouette der Monster Mountains hinter dem Dreigabelungenlager. Diese Heirat brachte dem Rundfelsen-Stamm beträchtliches Prestige. Das Getuschel von Hexerei würde aufhören – und die Beschuldigungen der Leute aus dem Dreigabelungenlager würden eher zum Gespött, denn zu einer Bedrohung werden. Außerdem bot die Heirat auch für ihre Zukunft etliche Vorteile.

Sie wandte sich ihm zu. Schuldbewußtsein beschlich ihre Seele, als verrate sie mit ihrer Entscheidung Warmes Feuer. »Ich werde deine Frau.«

Der Druck seines Armes um ihre Schultern wurde fester. »Ich danke dir, Rosenbusch. Ich werde mein Bestes für dich tun.«

»Ich auch für dich.« Erleichtert, die Qual der Entscheidung hinter sich zu haben, genoß sie die Wärme seines Körpers. Er wickelte die Decke um sie beide. Für eine so warme Nacht hast du eine große Decke mitgenommen.«

Er lächelte sie offen an. »Ich hoffte, ich könnte sie brauchen.«

Sie nickte beklommen und führte ihn tiefer hinein in das Dickicht. An einem versteckten Platz nahm sie die Decke, breitete sie auf dem weichen Boden aus und streifte das Kleid über den Kopf. Die kühle Luft liebkoste ihre im bleichen Mondlicht sanft schimmernde Haut.

Schwarze Hand seufzte, bewundernd glitt sein Blick über ihren makellosen Körper. Während er sein Hirschlederhemd auszog, löste sie die Verschnürung seiner Leggings.

Sie ließ sich auf die weiche Decke zurücksinken und schloß die Augen. Sie öffnete sich und seufzte, als er in sie eindrang.

Plötzlich raschelte es in den Sträuchern. Erschrocken fuhr sie auf, doch es war bereits wieder still.

Im Rhythmus seiner Bewegungen entspannte sie sich, bis sich die warmen, vertrauten Empfindungen einstellten. Tief in ihrem Innern wiederholte eine winzige Stimme: *Warmes Feuer, verzeih mir. Verzeih mir …*

Der heulende Wind wirbelte stechende Schneekristalle über die gefrorenen Schneewehen. Die Salbeibüsche raschelten rauh unter dem funkelnden Sternenhimmel. Kalte, schwarze Nacht drückte auf Windläufer nieder. In der Ferne ragten die zerklüfteten Berge schneebedeckt in die Finsternis.

Als Windläufer die Augen öffnete, verschwand dieses winterliche Bild schlagartig; vor ihm erstreckte sich das Land mit blaugrünem Salbei und sonnenüberfluteten gelbbraunen Felsen. Das Land hatte sich vollkommen verändert, seit er das letzte Mal auf diesem Felsen gesessen und auf das Lager des Weißlehm-Stammes geblickt hatte. Die Sonne hatte den Schnee längst weggetaut. Die eisigen Winde hatten sich in sanfte Brisen verwandelt. *Das könnte eine andere Welt sein – ein fremder, nur in Träumen existierender Ort.*

Bevor er auf den Grat gestiegen war, hatte ihn ein merkwürdiger Impuls dazu getrieben, durch die Überreste des Lagers zu gehen. Die Knochen der Toten waren sauber abgefressen, ihre Lederkleidung hatten Sonne und Wind hart und brüchig gemacht. Spröde gewordene Haarsträhnen lagen zwischen rußigen Zeltstangen und Wänden.

Einige der Toten hatte Windläufer an den Knochenperlen und den Resten ihres Muschelschmucks erkannt. Alter Falke, in dessen Lächeln soviel Wärme gelegen hatte. Pfeifender Hase, der so klug gewesen war. Inmitten der ruhelosen Toten stehend, hatte er die Arme zum Himmel erhoben und mit dem uralten Lied seines Volkes den Großen Donnervogel angefleht, nach ihren gepeinigten Seelen zu suchen. Er hatte geweint – eine letzte Totenklage für den Weißlehm-Stamm.

Und keine Spur von Weiße Esche. Er blickte über die schattige Senke, in der sich die Überreste des Weißlehm-Lagers befanden. Er hatte diesen Weg, der den Schwarzspitzen-Stamm hier vorbeiführte, nicht bewußt gewählt. Oder doch? Falls es Salbeigeist aufgefallen war oder ihn bekümmert hatte, so hatte er jedenfalls nichts dazu gesagt.

Salbeigeist hatte sich damals sämtliche Leichen genau angesehen. Wäre Weiße Esche darunter gewesen, hätte sie der alte Jäger entdeckt. Windläufer versank wieder in Erinnerungen. Die Sonne ging langsam unter und verschwand hinter den Red Rock Mountains. Dunkelheit senkte sich über das Land.

Windläufer warf einen Blick über die Schulter. Dort im Norden flackerten die Feuer des Schwarzspitzen-Lagers. Morgen würde er die Leute um den Ort des Todes herum auf die andere Seite des Grats führen. Tief atmete Windläufer die warme Nachtluft ein und versuchte, den Schmerz in seiner Seele zu lindern. Er hatte die Dunkelheit herbeigesehnt. Nun konnte er sich vorstellen, Weiße Esche käme wie damals den schneebedeckten Hang herauf.

Im fahlen Licht des am Horizont aufgehenden Mondes erhob er sich und machte noch einmal dieselben Schritte wie in jener Nacht. Hier, genau an dieser Stelle, hatte er sie in den Armen gehalten, hier hatte sie ihn zu überreden versucht, mit ihr wegzulaufen.

Hätte ich gewußt, was kommt, ich wäre mit dir gegangen Weiße Esche. Er warf den Kopf in den Nacken und versank völlig in Erinnerungen. Er spürte, wie ihn ihre Arme zu jener letzten Umarmung umschlangen und …

»Windläufer?«

Jeder Muskel seines Körpers straffte sich. Für einen winzigen Augenblick drehte sich alles um ihn herum. Sein Herz pochte heftig vor Aufregung, heiße Freude strömte durch seine Adern. *Ist das möglich? Kann es sein …*

»Windläufer?« Die Stimme klang höher und melodischer, als er sie in Erinnerung hatte.

Er schluckte vernehmlich und wandte sich mit heftig hämmerndem Herzen um. Die Frau stand vom Mondlicht überflutet hinter ihm – kleiner, zierlicher als Weiße Esche.

Er schwankte und setzte sich rasch auf einen Felsen. »Espe? Was machst du hier?«

Sie kam näher, der Kies knirschte unter ihren Mokassins. »Ich habe dich gesucht. Großvater macht sich Sorgen. Er hat mich nach dir geschickt.« Windläufer nickte, verärgert und dankbar zugleich.

Sie blickte sich um, ihre scharfen Augen taxierten das Land. »Es war hier, nicht wahr?«

Er schluckte. Mit schnarrender Stimme antwortete er: »Ja, genau hier.«

Sie setzte sich neben ihn auf den Fels. »Ich hoffe, sie lebt und du findest sie.«

Er lächelte wehmütig. »Wirklich?«

»Ich weiß, was es bedeutet, einen geliebten Menschen zu verlieren.« Sie warf ihr langes Haar über die Schultern zurück. »Zuerst starb meine Mutter. Dann mein Vater. Schließlich meine beiden Brüder und zuletzt mein Mann – der Mann, den ich mehr liebte als mein Leben.« Sie lehnte den Kopf an den Fels und starrte zu den hell funkelnden Sternen hinauf. »Er ist da, irgendwo da oben – hoffe ich.«

»Du hoffst es nur?«

Sie nickte. Das Mondlicht offenbarte den Kummer in ihrem herzförmigen Gesicht. »Er hat mich fünf Tage vor dem Überfall auf den Stamm der Gebrochenen Steine geheiratet.« An jedem Finger einer Hand zählte sie die Tage ab.

»Er kam nie zurück.« Sehnsucht schwang in ihrer Stimme mit. »Ich wußte lange nicht, was ihm wirklich zugestoßen ist, nur, daß er getötet wurde. Einziger Mann hat mir schließlich erzählt, was passierte. Er gehorchte dem Anführer unserer Krieger nicht und stürmte mitten unter die Feinde.« Sie schüttelte den Kopf. »Er war noch so jung. Vielleicht dachte er, er könne sich auf diese Weise einen Namen als tollkühner Krieger machen. Aber es kam alles ganz anders …« Sie zögerte. »Einziger Mann und die anderen mußten zusehen, wie die Krieger der Gebrochenen Steine ihn abschlachteten.« Sie kniff die Lippen zusammen und machte eine Kopfbewegung zu den Sternen hinauf. »Deshalb hoffe ich, daß er dort oben ist … ich hoffe, seine Seele ist wenigstens so weit aufgestiegen, daß der Große Donnervogel sie in das Lager der Toten bringen konnte.«

»Das wußte ich nicht.« Windläufer rutschte unbehaglich hin und her. »Du kümmerst dich nicht besonders um das Schicksal anderer Leute.« Er sah sie scharf an. »Nein?«

»Nein. Aber das macht nichts … eine Zeitlang jedenfalls. Der Verlust ist noch zu frisch in deiner Erinnerung. Es braucht Zeit, bis die Wunden deiner Seele heilen.«

Er schnaubte mißbilligend. »Du scheinst eine Menge über mich zu wissen.«

»Ja«, antwortete sie schlicht. »Ich habe dich häufig beobachtet und mir Gedanken über dich gemacht.«

»Hast du nichts Besseres zu tun?«

Sie zog ein Knie an und stützte das Kinn darauf. »Ich glaube, ein Mann – ein Weißlehm-Krieger deines Alters –, dem es gelingt, die Angehörigen des Schwarzspitzen-Stammes zu überreden, so weit nach Süden zu gehen, verdient besondere Aufmerksamkeit. Ich wollte wissen, mit wem wir es zu tun haben. Ich habe dir gut zugehört. Der Stamm sitzt in der Falle – und du bietest einen Ausweg an.«

Er blickte nach Norden. »Nichts wird die Stämme hinter uns aufhalten. Das Sonnenvolk drängt weiter vor wie hungrige Kojoten. Es ist besser, die Führung zu übernehmen, anstatt sich von der Meute in Stücke reißen zu lassen.« Er zeigte auf das zerstörte Lager. »Wie sie dort unten. Geh hinunter. Die Knochen werden zu dir sprechen.«

»Nicht auf dieselbe Weise wie zu dir.«

Er nickte. »Du behauptest, ich kümmere mich nicht viel um andere Menschen, aber da irrst du dich.« Seine Stimme wurde dumpf. »Ich denke ständig über andere Menschen nach. Ich denke über die nach, deren bleiche Knochen dort unten liegen. Alle sind tot, meine ganze Familie – wie auch die deine. Du hast einen Großvater. Ich habe einen Onkel – ja, er ist noch immer mein Onkel. Daran ändert meine Aufnahme in den Schwarzspitzen-Stamm gar nichts. Zwischen ihm und mir besteht eine tiefere Bindung als nur die Stammes-Verwandtschaft.«

Sie beobachtete ihn unablässig aus großen, dunklen Augen, während er weitersprach: »Und dann sah ich die Angehörigen des Hohlkehlen-Stammes, sah den gequälten Blick in ihren Augen – diesen Blick, den ich so gut kannte.«

Nachdenklich starrte Espe auf die geschützte Senke unterhalb des Grats. »Ich wußte nicht, was dich wirklich zu uns geführt hat, aber du bist ein großes Risiko eingegangen. Woher nahmst du die Überzeugungskraft deiner Rede vor dem Rat? Warst du ernsthaft besorgt um den Schwarzspitzen-Stamm? Oder wolltest du dich selbst zerstören, indem du uns in die Katastrophe führst?« Ihre dunklen Augen bohrten sich in die seinen. »Vielleicht warst du bereit, alles dafür zu tun, um dich für den Überfall des Schwarzspitzen-Stammes auf das Weißlehm-Lager damals am Fat Beaver River zu rächen. Die Beweggründe für die Handlungsweise eines Menschen sind oft vielschichtig.«

»Alles hat sich verändert. Ich weiß nicht mehr genau, wann es begann. Vielleicht am Tag des Überfalls am Fat Beaver River. Oder am Tag meines Abschieds von Weiße Esche. Die Stämme aus dem Norden oder der Große Donner oder die Sonne mögen die Ursache all dieser Veränderungen sein. Ich weiß nur eines genau, die Welt ist aus dem Gleichgewicht geraten. Das grüne Feuer am Himmel war ein Zeichen. Nichts wird mehr so sein wie früher.«

»Da gebe ich dir recht. Du sagtest, wenn wir dieses Gebirge überqueren, müssen wir eine neue Lebensweise annehmen. Was bedeutet das für den Stamm? Was wird aus uns werden?«

»Was immer wir aus uns machen.« Er schloß die Augen und durchforschte seine Seele auf der Suche nach Weiße Esche. Die Erinnerung an sie hatte ihm die Kraft gegeben, mit soviel Überzeugung vor dem Rat zu sprechen. Und nun? Er suchte in seiner Seele nach ihr – und fand nichts.

Espe machte eine Kopfbewegung hin zum zerstörten Lager der Weißlehm-Stammes. »Ich höre deine Geister, Windläufer.« Sie erhob sich und stellte sich vor ihn hin. »Und ich glaube, viele Fragen, die ich an dich hatte, sind beantwortet worden. Ich folge dir. Du wirst ein großer Anführer sein.«

Er winkte ab. »Ich will gar kein großer Anführer sein. Ich will nur nicht die Fehler der Vergangenheit wiederholen.«

Sie legte ihm sacht die Hand auf seine Schulter. »Eben darum wirst du ein großer Anführer.«

Eine Weile sah er ihr in die Augen. Nach kurzem Zögern sagte er: »Es wird nicht leicht sein. Ich weiß nicht, was uns hinter den Sideways Mountains erwartet. Vielleicht besitzen die Stämme des Erdvolkes eine größere Macht, als wir uns vorstellen können.«

»Viele von uns machen sich deswegen große Sorgen – sie vertrauen auch dir nicht vorbehaltlos.« Sie blickte über die Schulter auf das stille Tal. »Ein paar Leute sind zu mir gekommen und wollten wissen, was ich von dir halte. Jetzt weiß ich, was ich ihnen antworten muß.«

»Hast du mich deshalb ständig beobachtet?«

»Zum Teil. Ich hatte allerdings auch einen sehr eigennützigen Grund. Die Krieger sind weniger aufdringlich, wenn sie denken, ich hätte nur noch Augen für dich. Ich habe noch nicht den richtigen Mann gefunden. Mein Mann … ich liebte ihn so sehr, daß mir das Herz weh tat.«

»Du sprichst nie seinen Namen aus.«

»Das werde ich auch nicht tun. Das ist eine Angelegenheit meiner Seele.«

Er umklammerte seine Knie. »Von den Händlern habe ich gehört, daß es bei manchen Völkern als etwas Furchtbares gilt, die Namen der Toten auszusprechen. Sie glauben, das bringe Pech und die Geister würden sie heimsuchen. Manchmal geben sie den Namen eines Toten einem Kleinkind. Sie sagen, die Seele des Toten sei mit diesem neuen Leben wiedergeboren worden.«

»Glaubst du tief drinnen in deinem Herzen, daß du Weiße Esche wiedersehen wirst?«

Er holte tief Luft. »Als wir heute nachmittag das Lager aufschlugen, dachte ich, wenn ich hier heraufginge, hier stünde, wo ich in jener Nacht gestanden habe, bekäme ich vielleicht Gewißheit. Bevor du kamst, war ich hier mit ihr zusammen. Ich habe unseren letzten Abend noch einmal erlebt.« Er starrte zum Mond hinauf. »Alles, was ich jetzt fühle, ist … Leere.«

Sie warf den Kopf in den Nacken und betrachtete die Sterne. »Hätte ich das gewußt, hätte ich dich nicht gestört. Verzeih mir.«

Achselzuckend erhob er sich und warf einen letzten Blick auf das Tal. »Macht nichts. Ich habe jedenfalls mein Bestes gegeben, damit die Geister in Frieden ruhen können. Vielleicht geht heute etwas zu Ende – und morgen wird etwas Neues geboren.«

Weiße Esche und Stilles Wasser lagerten unter einem Felsüberhang, der kaum groß genug war, um ihnen Schutz vor dem Unwetter zu gewähren. Es goß in Strömen, die Regentropfen hämmerten laut prasselnd gegen die Felsen. Grelle Blitze zuckten auf, Donner grollte über dem Wind Basin.

Nachdenklich wiegte Stilles Wasser das Wolfsbündel in der Hand.

Weiße Esche ließ ihn nicht aus den Augen, nicht einmal, als sie einen Zweig aus dem verlassenen Packrattennest hinter sich herauszog. Das Wolfsbündel jagte ihr eine Gänsehaut über den Rücken. Sie *fühlte* die Macht, die an ihr zerrte und sie unwiderstehlich anzog. Sie sehnte sich danach, die Hand auszustrecken und das Bündel zu berühren – aber etwas tief in ihrer Seele mahnte sie zur Vorsicht. Sobald sie die Augen schloß, begann die pulsierende Macht des Bündels sich tanzend um ihre Träume zu bewegen. Ständig gegenwärtig, brannte sie sich in ihre Seele.

Warum ruft es nach mir? Warum werde ich so unruhig, sobald Stilles Wasser das Bündel aus seinem Beutel nimmt? Warum sagte mir der Erste Mann, ich solle das Bündel suchen? Inzwischen wünschte ich, wir hätten es Linke Hand übergeben.

»Du siehst traurig aus«, sagte sie unvermittelt zu Kranker Bauch.

Er versuchte zu lächeln, brachte aber nur eine verzerrte Grimasse zustande. »Ich dachte an Linke Hand – und daran, was ich ihm schulde.« Er starrte hinaus in den Regen. »Die Macht spielt uns böse Streiche. Bei der Arbeit an der Halskette ging ein Teil meiner Seele in die Kette ein. Diese Kette war etwas Besonderes für mich. Ein Rätsel – du weißt schon, wie werden Fischzähne zu Stein? Wie oft habe ich darüber nachgedacht. Ich hielt sie in Ehren, weil Linke Hand sie mir gegeben hat – obwohl ich ihm nichts dafür zurückgeben konnte. Sie war ein Zeichen seiner Freundschaft.«

»Kranker Bauch, hör auf. Es ist nicht deine Schuld. Schuld hat ....«

»Nein, nicht meine Schuld.« Traurig sah er sie an. »Die Macht wollte es so, nicht ich. Nein, es ist die Halskette, die mich beunruhigt. Weil ein Teil meiner Seele darin enthalten ist.« Er gab ein verblüfftes Grunzen von sich angesichts dieser Erkenntnis. »Ich glaube, ich mußte auf die Kette verzichten, um das Wolfsbündel zu bekommen – und dich.«

Stilles Wasser konzentrierte sich wieder ausschließlich auf das Wolfsbündel in seiner Hand.

»Kann sein. Wenn das alles ist, was die Macht von dir fordert, kannst du dich glücklich schätzen.« Sie schielte zu den grauen Wolken hinauf, die sich in dichten Nebelschwaden zwischen die Kiefern und Wacholderbäume herabzusenken begannen und um den Felsüberhang wagten. Kleine Hagelkörner klatschten auf die dunklen Felsen. Sie fröstelte in der kalten, feuchten Luft.

»Ich muß mein Versprechen, das ich Linke Hand gegeben habe, unbedingt halten«, erklärte Stilles Wasser. »Ich weiß zwar noch nicht, wie, aber der Tauschhandel muß korrekt vollendet werden. Ich muß seine Gefälligkeit erwidern.«

Der üppige Geruch nach Regen und nasser Erde stieg Weiße Esche in die Nase. *Ich muß etwas tun, sonst werde ich verrückt.* Sie zog einen weiteren Zweig aus dem Packrattennest und warf ihn ins Feuer. »Woran denkst du?«

»Solange ich lebe, werde ich Linke Hands Gesichtsausdruck, als er fortging, nicht vergessen. Dieses Land verlassen zu müssen brach ihm das Herz.« Stilles Wasser nahm seinen Beutel und verstaute vorsichtig das Wolfsbündel darin. Anschließend lehnte er sich zurück und entspannte sich ein wenig.

Weiße Esche seufzte erleichtert, als der ihre Seele umrankende Griff der Macht sich lockerte.

In ihrem Unterschlupf war es merklich kälter geworden. »Ist die Welt verrückt geworden, Stilles Wasser? Schnappt und fletscht die ganze Welt die Zähne wie ein Skunk, der die Krankheit mit dem Schaum vor dem Maul hat? Wird auch uns das Böse beißen, damit wir genauso werden?«

Er rutschte näher an das Feuer heran. »Ich weiß es nicht. Ich weiß nicht mehr, was ich denken soll. Einmal habe ich zu dir gesagt, die Welt sei voller Rätsel. Inzwischen fürchte ich mich vor den Lösungen.«

»Du hast gestern nacht nicht gut geschlafen.«

Er schüttelte den Kopf. »Ich mußte ständig an die Halskette denken. Als ich endlich eingeschlafen bin, hatte ich wieder eine Vision. Ich war eine Antilope – ich lief frei über das Land, und meine Seele sang. Plötzlich kamen Menschen und trieben mich in eine Falle. Sie banden mich mit Seilen und brachten mich weit nach Osten an einen großen Fluß. Zusammen mit vielen anderen Tieren zerrten sie mich auf ein Holzgestell, das auf dem Wasser schwamm. Die Luft roch nach Schlamm und Moder. Das Essen schmeckte schauderhaft. Meine Seele wurde krank und dunkel. Nach tagelanger Fahrt auf dem Wasser erreichten wir ein riesiges, von Holzwänden umschlossenes Lager mit gewaltigen Holzhütten, die höher waren als die Bäume. Ich wurde durch von Menschenmassen verstopfte Wege zwischen den Hütten geführt.« Er verstummte und starrte ins Nichts. »So viele Menschen.«

»Und dann?«

»Sie brachten mich auf einen winzigen, von Wänden umschlossenen viereckigen Platz, wo ich nicht mehr frei laufen konnte. Ständig kamen Leute und starrten mich an – meine Seele verdorrte. Schließlich atmete ich ein letztes Mal die feuchte Luft ein und starb an diesem furchtbaren Ort.«

Weiße Esche schloß die Augen und versuchte, dieses trostlose Bild aus ihren Gedanken zu verbannen. Antilopen mußten frei wie der Wind über die Prärie laufen, alles andere war unannehmbar. Sie zog die Knie vor die Brust. »Und Tapferer Mann will, daß dieser Traum Wirklichkeit wird?«

Stilles Wasser bedachte sie mit einem kurzen Seitenblick. »Das Wolfsbündel sagte, dies werde geschehen, wenn wir keinen neuen Weg träumen. Wir müssen die Spirale ins Gleichgewicht bringen. Andere Träumer werden nach uns kommen und die Spirale im Gleichgewicht halten.«

Ein leises Zittern überlief ihn, als ein krachender Donnerschlag die Erde erbeben ließ. Weiße Esche sagte: »Sieht nicht so aus, als würde das Wetter bald besser werden.«

Der Hagel hatte sich wie ein weißer Mantel über den Boden gebreitet. »Das ist vielleicht ganz gut so, dann jagen die Krieger der Gebrochenen Steine nicht so eifrig hinter uns her.«

»Langsam ist mir alles gleich. Ich bin müde, Stilles Wasser. Wir tun nichts anderes, als ständig herumlaufen, uns Sorgen machen und weiterlaufen.«

Er löste die Verschnürung ihrer einzigen Decke, die zusammengerollt zwischen ihnen lag. »Schlafen wir. Sobald der Sturm aufhört, machen wir uns wieder auf den Weg.«

Sie legte noch etwas trockenes Holz auf das Feuer. Bei so einem Wetter würde kein Stammesangehöriger der Gebrochenen Steine den Rauch entdecken. Als sie sich zusammenrollte, kam Plage angetrottet, ließ sich neben sie fallen und legte seine Schnauze in die Kurve ihrer Taille. Sie tätschelte den Hund und erntete ein zufriedenes Brummen.

Versonnen blickte sie hinaus. Der Hagel hatte nachgelassen, es war wieder das rhythmische Platschen der Regentropfen zu hören.

»Stilles Wasser?«

»Hmm?«

»Warum hast du mich befreit?«

Verlegen zuckte er die Achseln. »Ich konnte nicht anders.«

Sie umarmte ihn. »Stilles Wasser, ich … Was auch immer geschieht, ich werde dich immer lieben. Von ganzem Herzen.«

Er sah sie mit strahlenden Augen an. »Weiße Esche, wenn du da bist, singt meine Seele.«

Ein greller Blitz durchzuckte die tiefhängenden Wolken, fast gleichzeitig erfolgte ein heftiges Krachen, das die Welt auseinanderzureißen schien.

»Das war nah«, flüsterte sie. »vielleicht hat eine Macht den Blitz gelenkt und damit Tapferer Mann erschlagen.«

»Wollen wir's hoffen.« Er blinzelte verwirrt. »Weißt du, ich begreife nicht, was mit ihm passiert ist. Ich habe ihm zwar mit voller Wucht gegen das Knie geschlagen, aber der zweite Schlag gegen seinen Kopf hat ihn nur gestreift.«

Der Gedanke an Tapferer Mann erzeugte wieder eisige Kälte der Angst in ihr und ließ ihr von neuem das Blut in den Adern gefrieren. Noch einmal durchlebte sie den Augenblick, als sich Tapferer Manns muskulöser Körper auf sie gelegt hatte.

Sie kaute auf der Unterlippe und zog Stilles Wasser noch näher zu sich heran. Nach einiger Zeit setzte sie sich auf und begann unter heftigem Herzklopfen ihr Hemd auszuziehen.

»Was machst du da? Du wirst frieren«, protestierte er.

Sie lächelte ihn an, die freudige Erregung in ihrem Herzen begann über ihre Angst zu triumphieren. Sie stand auf und schlüpfte aus den Hosen. Sie beeilte sich, denn die Luft war kalt, sie konnte ihren Atem sehen.

»Steh auf«, sagte sie.

»Hast du den letzten Rest Verstand verloren ...

»Steh auf. Schnell. Bevor ich den Mut verliere.«

Er warf ihr einen seltsamen Blick zu, erhob sich und ließ sich von ihr ausziehen. Plage beobachtete sie neugierig.

Weiße Esche zog Stilles Wasser auf den Boden hinunter und breitete die Decke über sie beide.

»Dir wäre wärmer, wenn du ... *Was machst du da?«*

»Dich lieben.« Sie sah in seinen Augen, daß ihr Vorhaben ihm langsam dämmerte.

»Bist du sicher? Was ist, wenn ... wenn ...«

Sie fühlte, wie er unter ihrer Berührung reagierte.

»Ich bin völlig sicher, Stilles Wasser. Fast hätte ich dich

verloren. Ich möchte die Traurigkeit in deinen Augen lindern und meine Erinnerung an Drei Bullen endlich durch ein schönes Erlebnis vergessen.«

Er schloß die Augen. »Und wenn ich nicht kann?«

Sie hielt ihn fest und rollte sich auf den Rücken. »Dann versuchen wir es eben noch einmal. Andere Leute machen das andauernd. So schwierig kann das nicht sein.«

Der Regen fiel wie ein silbriger Schleier vor dem Felsüberhang herab. Stilles Wassers regelmäßige Atemzüge verrieten ihr, daß er fest schlief. Von tiefer Zufriedenheit erfüllt, fragte sie sich, warum sie nicht für immer so zusammenbleiben konnten – einander lieben, ihre Seelen teilen konnten? Mußten sie wirklich wieder in die Welt hinaus? Mußten sie sich dem fürchterlichen Sturm stellen, der sich zusammenbraute? Einem Sturm der Macht, der die Völker gegeneinanderhetzte, einem Sturm, bedrohlicher als jedes Unwetter.

Sie schloß die Augen, fühlte deutlich das Schweben des grauen Nebels und das Versprechen des dahinterliegenden goldenen Dunstes.

Die Gegenwart des Wolfsbündels, bedrohlich lauernd und doch gleichzeitig so unwiederstehlich anziehend, zerrte an ihren Nerven.

Ein Sonnenstrahl durchdrang den glänzenden Regenschleier, und die leuchtenden Farben eines Regenbogens erstrahlten am Himmel.

Ihre Finger strichen sanft über Stilles Wassers Rücken, ihr tiefes Verlangen nach seiner Nähe und Wärme kämpfte mit der Sehnsucht nach dem Großen Einen. Er drehte sich um und seufzte glücklich.

»Wach auf«, flüsterte sie ihm ins Ohr.

»Was ist los? Was ist passiert?«

»Nichts.« Sie biß ihm zärtlich ins Ohrläppchen. »Ich will dich wieder.«

Schmerzhaft wurde ihr bewußt, wie sehr sie sich danach sehnte, daß es für immer so bliebe, und wie zerbrechlich dieses Glück war.

Die von Pfosten getragenen, mit einem Geflecht aus Beifußzweigen gedeckten Hütten waren zwischen den dicht belaubten Pappeln kaum zu erkennen. Hinter dem für die Große Versammlung ausgewählten Platz im Schwemmland des Spirit River erhoben sich wellige, blauweiß schimmernde Hügelketten, die mit der von Salbei und Beifuß bewachsenen Ebene verschmolzen. Die im Westen aufragenden grauen Felsklippen gingen über in das kühle Grün der bewaldeten Hänge, über die sich die majestätischen, noch mit einzelnen Schneeresten gefleckten Granitgipfel erhoben.

Ächzend humpelte Rittersporn den letzten Abhang hinunter. Sie war zwar erschöpft, aber wie es sich gehörte, führte sie den Stamm an. Tannenzapfen, Phloxsamen und Anmutige Frau folgten dicht hinter ihr. Erst nach ihnen kamen die Familien.

Die drei Regentage hatten sie aufgehalten. Sie hatte den Sturm verflucht, der sie völlig durchnäßte. Doppelt verflucht hatte sie den zähen Schlamm, der sich an ihren müden Füßen festzusaugen schien und jeden ihrer Schritte noch mühsamer machte. Ihretwegen waren sie spät dran. Der Rundfelsen-Stamm mußte sich Rittersporns Schrittempo anpassen.

Rittersporn zwang sich, schneller zu humpeln. Sie verabscheute ihre geschwollenen Knöchel und Knie. Ihre Hüften brannten wie Feuer, und ihre Muskeln zitterten, aber sie brachte den sonnenbeschienenen Platz hinter sich und gelangte wohlbehalten in den Schatten der Bäume. Mußte die Sonne nach einem Regen immer so verflucht heiß herunterbrennen?

Das Rauschen des Spirit River, der fast überschäumte von reißendem, schlammigem Wasser, erfüllte die Luft. Aus den Hütten stiegen blaue Rauchfäden auf. Eine Gruppe von Menschen, umgeben von Zuschauern, saß im Schatten der Pappeln.

Rittersporn verlangsamte ihr Tempo und blieb am Rande der Zuschauermenge stehen. Niemand hatte ihre Ankunft bemerkt; die Aufmerksamkeit aller Anwesenden richtete sich ausschließlich auf eine Rednerin im Kreis.

»Die Hexerei reißt uns auseinander!« schimpfte Eulenklee vom Dreigabelungenstamm gerade und schüttelte die geballte Faust. »Wir mußten den Preis dafür bezahlen. Ihr wißt, welche Beschuldigungen wir schon in der Vergangenheit erhoben haben. Nun hat der Hexer Korbs Kind und Grünes Feuer gefordert!«

Besorgtes Gemurmel erhob sich.

»Und wer ist dieser Hexer?« fragte Knochenklang mürrisch. Die Anführerin des Schlechtwasser-Stamms saß mit überkreuzten Beinen auf einer schönen Schaffelldecke im Schatten. Das graue Haar hatte sie zu zwei dicken Zöpfen geflochten. Feindselig starrte sie Eulenklee an, dann zischte sie: »Dieses Gerede von Hexerei ist überflüssig und sinnlos. Ihr sitzt alle da und kreischt und streitet wie die Waldhühner, während sich die Kojoten schon durch das Dickicht heranpirschen.«

»Das Sonnenvolk macht mir nicht halb soviel angst wie ein Hexer!« Eulenklee verschränkte die Arme. »Wer ist schon das Sonnenvolk? Zerlumpte Büffeljäger aus dem Norden, das sind sie! Wir können uns über das Sonnenvolk soviel Sorgen machen, wie wir wollen, und in der Zwischenzeit gehen Hexer unter uns um und verrichten ihr böses Werk.«

»Das Wolfsvolk hat ein Lager deiner zerlumpten Büffeljäger auf der anderen Seite der Berge gleich hinter meinem Lager vernichtet«, beharrte Knochenklang. »Ich habe keinen Hexer gesehen – aber ich habe den Worten des Wolfsvolkes gelauscht.«

»Sollen *die* sich Sorgen machen! Das Wolfsvolk überläßt das Gray Deer Basin niemals dem Sonnenvolk! Sollen doch die Wolfskrieger das Sonnenvolk im Norden festnageln.« Eulenklee wandte sich um, hob die Hände und betrachtete nacheinander die Gesichter der Anwesenden. »Wir können uns nicht um das kümmern, was im Norden vorgeht. Der Norden ist weit weg. Wir *müssen* uns Sorgen über das *Heute* machen! Über das Böse mitten unter uns.«

»Schön und gut«, rief Knochenklang. »Sag uns, wer der Hexer ist. Nenne ihn beim Namen. Wir haben deine Geschichten über Schattengestalten im Dickicht gehört. Habt ihr auch Spuren im Schnee entdeckt? Was ist damit? Mich kümmert nicht, was Grünes Feuer kurz vor ihrem Tod gejammert hat. Sterbende Menschen sehen Dinge, die es gibt oder aber auch nicht. Beantworte mir endlich die Frage, wer ist dieser Hexer?«

Eulenklee holte tief Luft und antwortete: »Wir glauben, Schwarze Hand hat sich zum Bösen bekehren lassen. Wir halten ihn für den Hexer.«

Das Gemurmel der Zuhörer schwoll an. Mit den Ellenbogen bahnte sich Rittersporn den Weg nach vorn und betrat den offenen Platz im inneren Kreis des Rates. Mit schiefgelegtem Kopf starrte sie Eulenklee an. »Eine interessante Beschuldigung. Du nennst den Namen von Schwarze Hand? Du hältst ihn für einen Hexer?«

Eulenklees Augen wurden schmal. »Du solltest Bescheid wissen. Wer war denn dabei, als Warmes Feuer starb? Erinnere dich! Wie viele Menschen, für die Schwarze Hand gesungen hat, sind gestorben? Zähle sie!« Sie hielt die Hände in die Höhe und zählte an den Fingern die Namen ab.

Die Leute rutschten unruhig hin und her. Sie nickten beifällig.

Rittersporn lachte laut auf. »Bisher hatte ich keine schlechte Meinung vom Dreigabelungenstamm. Ich beklagte den Tag, als ich von Grünes Feuers Tod erfuhr. Hat sie dich nichts Klügeres gelehrt, Mädchen?«

Ein gespanntes Schweigen senkte sich über den Rat.

»Was bezweckst du, Rittersporn? Welche Rolle spielst du in dieser Sache? Versuchst du, ihn zu schützen? Nach all den Jahren noch? Macht dein Herz deine Seele blind? Wo ist er jetzt? Wo ist er gewesen? Warum ist er nicht hier und stellt sich den Leuten? Ein Hexer verbirgt sich, er schleicht heimlich in der Nacht umher und tut Böses. Hast du Schwarze Hand seit Warmes Feuers Tod gesehen?«

»O ja, das kann man wohl sagen.«

»Dann bist du die einzige! Sonst hat ihn niemand gesehen.«

Das Zischen der flüsternden Stimmen wurde lauter.

Rittersporn straffte sich. »Sag mir, Anführerin des Dreigabelungenstammes, was wünscht sich ein Hexer am meisten? Worauf verzichtet ein Hexer niemals und unter keinen Umständen?«

»Auf die Macht der bösen Geister, über die er Gewalt hat. Spielst du Spielchen mit mir?«

Ritterspörns Adern durchströmte das schwindelerregende Glücksgefühl des sicheren Sieges. »Ich rate dir, spiele du keine Spielchen mit mir. Ein Hexer muß die bösen Mächte suchen und gebrauchen. Dieses überwältigende Verlangen treibt ihn um. Jeden Augenblick seines Lebens verbringt er damit, die Wege der Geister zu träumen, die ihm bei seinem Bösen helfen. Dieses Verlangen nährt sich aus sich selbst, es wächst wie ein schwammiger Pilz, bis es seine Seele ausfüllt. Er kann an nichts anderes mehr denken als daran, seine verdorbene Geistermacht einzusetzen. *Das* heißt es, ein Hexer zu sein!«

»Genau. Du hast vollkommen recht«, pflichtete ihr Eulenklee bei und schob mit einem herausfordernden Nicken das Kinn vor.

»Gut«, sagte Rittersporn nüchtern. »Wenn du derselben Meinung bist, dann laß den Namen meines Schwiegersohns im Zusammenhang mit Hexerei aus dem Spiel.«

Wieder erhob sich Geflüster. Rittersporn empfand wachsenden Stolz. *Sieh dir die verblüfften Gesichter an! Die beste Unterhaltung, die die Leute in zehn mal zehn Jahreszeiten geboten bekamen!*

»Schwiegersohn?« Eulenklee blickte sich verwirrt um. Sie merkte, daß sie an Boden verlor, wußte aber nicht genau, warum.

Rittersporn drehte sich um und rief: »Rosenbusch! Schwarze Hand! Kommt her!« Die beiden traten aus der Menge hervor. Aller Augen wandten sich ihnen zu. Schwarze Hand bedachte die Anführerin des Dreigabelungenstammes mit einem geringschätzigen Blick.

Rittersporn hob den Arm. »Euch allen ist also aufgefallen, daß niemand Schwarze Hand gesehen hat? Ein Mann, der um eine Frau wirbt, hat allerdings Besseres zu tun, als seine

Zeit mit anderen zu verbringen. Er hat sich in Rosenbusch verliebt. Ein Hexer, sagst du?« Rittersporn kicherte. »Möglich. Vielleicht ist er das. Was weiß ich, was er unter den Decken seiner Frau gemacht hat.«

»Großmutter!« Rosenbuschs düsteres Gesicht lief puterrot an.

Ein Kichern ging durch die Menge.

»Welcher Hexer verzichtet wegen einer Frau auf seine böse Macht? Hmm? Sag mir das, Anführerin des Dreigabelungenstammes.«

Eulenklee starrte sie sprachlos an; die Muskeln in ihrem Gesicht traten deutlich hervor, so heftig mahlte sie mit den Zähnen. Die Adern an ihrem Hals schwollen an, und sie ballte beide Hände zu Fäusten. »Ich kenne deine Tricks und Schliche, Rittersporn. Diese Sache ist noch nicht erledigt.«

Mit diesen Worten machte die Anführerin des Dreigabelungenstammes auf dem Absatz kehrt und gab ihren Stammesangehörigen ärgerlich ein Zeichen, ihr zu folgen. Sternwurz und Alsenblase standen sofort auf und gingen ihr nach. Korb zögerte einen Augenblick, ein unheimlicher düsterer Schatten huschte über ihr Gesicht. Schließlich eilte auch sie davon.

Rittersporn schnaubte und klatschte in die Hände. Was ist los mit ihnen? Was haben sie denn?« Sie blickte sich mit einem gespielt verdutzten Blick um. »Habe ich etwas Falsches gesagt?«

Rauhes Gelächter ertönte unter den Zuschauern.

»Vielleicht wollen sie sich einen Tag frei nehmen«, fügte Knochenklang süffisant hinzu. »Jetzt können wir uns endlich wieder dem Sonnenvolk zuwenden. Meine Freunde, es ist besser, wir wachen auf, bevor wir um unsere Krieger trauern und Angst haben müssen, uns schlafen zu legen. Ich möchte wissen, was wir unternehmen sollen.«

Rittersporn schüttelte den Kopf. Dies scheint mir eine Große Versammlung zu werden, die ich getrost verschlafen kann. Das Sonnenvolk? Ich beweise euch, daß ich gegenüber dem Dreigabelungenstamm keinerlei Groll hege wegen ihrer … hm, nennen wir es Einbildungskraft. Was das Sonnenvolk angeht, pflichte ich Eulenklee bei. Aber meine gute Freundin Knochenklang braucht nicht zu fürchten, ich würde ihre Sorgen auf die leichte Schulter nehmen. Ich schlage folgendes vor: Sobald sich der erste Angehörige des Sonnenvolkes blicken läßt, schicken wir Boten in alle Lager. Wir rufen alle Jäger zusammen und treiben die Eindringlinge zurück. Knochenklang, Kleiner Zeh von deinem Stamm ist ein schneller Läufer. Auch der Stamm von Gelber Stern hat viele gute Männer. Wir können alle Lager rechtzeitig verständigen. Gleich die ersten kleinen Gruppen, die über die Sideways Mountains kommen, töten wir. Am besten lassen wir ein oder zwei laufen, damit sie den anderen sagen, was geschehen ist.«

Knochenklang musterte die Ratsversammlung. »Stimmen wir diesem Vorschlag zu? Schwört ihr bei eurer Ehre, unverzüglich alle Lager zu verständigen, sobald ein Angehöriger des Sonnenvolkes oder irgendein Anzeichen seiner Anwesenheit entdeckt wird? Jedes Lager schickt sofort Jäger los, um die Feinde zurückzutreiben?«

»Ich schwöre«, rief Rittersporn aus. »Alle Stämme können auf den Rundfelsen-Stamm zählen.« Sie grinste. »Falls wir überhaupt je einen vom Sonnenvolk zu Gesicht bekommen.«

Nacheinander erklärten sich die Anführerinnen der einzelnen Stämme einverstanden und gaben feierlich ihre Versprechen ab.

Knochenklang nickte zufrieden. »So schnell werden sie nicht auftauchen. Wahrscheinlich kommen sie noch nicht einmal in diesem Herbst. Aber nächstes Jahr? Oder im Jahr danach? Wer weiß das schon?«

Rittersporn setzte sich auf den Platz, den Eulenklee verlassen hatte. »Abgesehen von Hexern, die keine sind, und dem Sonnenvolk, das weit fort ist, was gibt es sonst Neues?«

Als am Abend die Ratsversammlung für diesen Tag abgebrochen wurde, setzte sich Schwarze Hand neben Rittersporn. Ich danke dir. Das hast du ausgesprochen geschickt gemacht.«

Sie grunzte und tätschelte ihm das Knie. »Sobald sie Zeit haben, darüber nachzudenken, geht das Gerede weiter. Bestimmt kommt dann dieses unheimliche grüne Feuer am Himmel wieder zur Sprache.«

»Eulenklee war wütend wie ein in die Enge getriebenes Stinktier.«

Rittersporn winkte ab. »Es gab keine andere Möglichkeit. Ich mußte es ihr deutlich unter die Nase reiben. Sie war noch nie besonders gescheit. Eine kluge Anführerin hätte meine Worte wieder gegen mich gewendet. Am besten ziehst du in der nächsten Zeit mit Rosenbusch von Lager zu Lager. Lacht, redet, scherzt und seid freundlich. Es wird den Leuten schwerfallen zu glauben, daß der Bursche, der da an ihren Feuern derbe Späße erzählt, ein Hexer sein soll.«

»Ich weiß«, brummte Schwarze Hand. »Eulenklee hat heute viel an Achtung verloren. Das wird sie dir ihr Leben lang nicht vergessen. Selbst wenn ich nur ein bißchen Menschenkenntnis besäße, würde ich sagen, sie ist bereit, einen Mord zu begehen.«

»Vermutlich«, stimmte ihm Rittersporn zu. »Aber wenigstens nicht an dir.«

»Was hältst du von der Sache mit dem Sonnenvolk?«

Rittersporn blinzelte, ihre entzündeten Augen machten ihr zu schaffen. »Das Sonnenvolk? Hier im Süden? Das wären vielleicht Zeiten. Und falls sie doch kommen? Glaubst du im Ernst, eine Bande halbverhungerter Krieger könnte gegen die vereinten Stämme des Erdvolkes etwas ausrichten?«

Schwarze Hand schüttelte den Kopf. »Nein. Und wir kennen das Gelände hier besser als sie.«

Rittersporn schmatzte. »Stimmt. Und das wissen sie auch.«

Kapitel 22

Stilles Wasser blieb an der Stelle stehen, wo der Pfad zwischen den Felsen zu Singende Steines Höhle hinunterführte. Vor ihm breitete sich das Wind Basin aus – ein Anblick, bei dem ihm vor Freude fast das Herz stillstand. Weiße Esche seufzte und blickte träumerisch über das riesige Becken. Unruhig trat Stilles Wasser von einem Bein aufs andere. »Wir sind wieder da.«

»Wir könnten einfach weitergehen«, antwortete Weiße Esche langsam. »Wir folgen dem Pfad in das Becken und gehen einfach weiter. Hinter der Gray Wall finden wir bestimmt einen Platz für uns. Vielleicht beim Sandwasser-Stamm – oder noch weiter im Süden.«

»Ja, da könnten wir hingehen.« Er sog die Lippen zwischen die Zähne. »Wir könnten uns eine Hütte bauen, Pflanzen sammeln … und Kaninchen und Rotwild mit Fallen fangen.«

»Und wir könnten herrliche Brote backen. Dort wachsen Yampas und vierblättrige Gänsefußsträucher. Ich hörte die Händler von Sandsteinbögen erzählen, die sich über die Flüsse spannen, und vom Fuchsschwanz, der dort so üppig wächst, daß man die Samen aus den Mokassins schütteln muß, wenn man zwischen den Sträuchern umhergeht.«

»Die Winter sind mild. Das hat mir Linke Hand gesagt. An den Hängen wachsen Selleriewurzeln, und Segolilien und Mariposas bedecken den Boden.«

»Auf den Seen überwintern Enten. Wir könnten sie haufenweise in einem Netz fangen«, sagte Weiße Esche träumerisch. »Ich könnte lange Zeit nur von Enten leben. Sie müssen im eigenen Saft geschmort werden, dann fällt das Fleisch von selbst von den Knochen. Köstlich.«

»In den Flüssen könnten wir angeln. Wir fertigen Netze an und holen die Fische aus dem tiefen Wasser. Im Süden werden die Fische im allgemeinen sehr groß.«

»Das wäre ein Ort, wo deine Kinder in der Sonne und ohne Angst vor feindlichen Kriegern aufwachsen könnten. Würde dir das gefallen?«

Er nickte wehmütig. »Ein Sohn … und eine Tochter. Wir könnten ihnen zeigen, wie Spinnen ihre Netze und wie die Vögel ihre Nester bauen.«

Sie schluckte hart und ergriff seine Hand. »Du und ich, wir könnten zusammensein. In der Nacht könnten wir einander festhalten und unter den Decken liegen und einander lieben. Wir könnten für immer zusammenleben, wenn wir jetzt einfach weitergingen.«

»Wir wären glücklich miteinander. Du und ich, wir haben zu viel Häßliches erlebt. Dort drüben am Horizont im Süden wartet eine Zukunft auf uns – Hoffnung, ein gemeinsames Leben.«

Der Griff ihrer Hand wurde fester. »Und vergiß die Enkelkinder nicht. Wenn unsere Kinder verheiratet sind, hätten wir Zeit füreinander. Die Kinder würden die Arbeit erledigen, und wir beide sitzen zusammen in der Sonne und erzählen uns Geschichten. Wir könnten einander in die Augen sehen und lachen, während die Welt verrückt spielt.«

»Das alles könnten wir«, flüsterte er und schloß die Augen. Er sah die schönsten Bilder vor sich: Golden schien die Sonne auf die aus festgestampfter Erde errichtete Hütte, aus deren Abzugsloch blaue Rauchkringel stiegen. Ein Trockengestell ächzte unter dem Gewicht von Gänsefußpflanzen und Yampas. Weiße Esche lächelte ihm zu, streckte die braunen Arme nach ihm aus und umarmte ihn. Im Hintergrund erklang das fröhliche Lachen ihrer Kinder.

Er öffnete die Augen und blickte durch den silbrigen Schleier seiner Tränen auf Weiße Esche.

»Ist das wirklich zuviel verlangt?« fragte sie.

Sie hielt die Augen geschlossen, sah wie er dieselben Bilder, erlebte mit ihm das vollkommene Glück. Seine Seele schmolz, er war bereit, alles für sie zu tun. »Wir könnten das Wolfsbündel bei Singende Steine lassen. Er würde sich bestimmt um das Bündel kümmern.«

»Das könnten wir.« Lautlos formte ihr Mund diese Worte.

Doch in Stilles Wassers sehnsuchtsvolle Gedanken drängten sich andere Bilder: Linke Hands endgültiger Abschied; die Körper der Toten, über die er vor dem Lager des Wolfsvolkes gestolpert war. Die Erinnerungen daran würden ihn und Weiße Esche bis ans Ende ihrer Tage verfolgen – das Wissen um das Grauen, das sie hinter sich gelassen hatten.

Der Beutel auf seinem Rücken wurde zunehmend schwerer. Ihm schien, das Wolfsbündel würde ständig an Gewicht zunehmen. Visionen von der Zukunft – von Tapferer Manns Träumen – gingen ihm durch den Kopf: die stinkenden Minen, die vernichteten Wälder, die erodierten Berge, wie Ameisen schuftende Menschen.

Schweigend standen sie nebeneinander und blickten nach Süden. Der unstillbare Wunsch nach Frieden und Geborgenheit vereinte ihre Seelen in größtem Schmerz.

Sie ließ seine Hand los und bedeckte ihr Gesicht mit den Händen, ihre Schultern sackten herab. »Ein wundervoller Traum, Stilles Wasser. So … wunderschön.«

Er legte einen Arm um sie und zog sie an sich. »Ja.«

Er warf einen letzten Blick nach Süden, und seine Seele schrie gequält auf, schrie nach dem, was niemals sein würde. »Vielleicht können wir dieses Glück für jemand anderen träumen.« Er machte sich auf den Weg zu Singende Steines Höhle … was auch immer dort auf sie warten mochte.

Windläufer erreichte als erster die Wasserscheide auf der Paßhöhe der Sideways Mountains. Er blieb stehen und blickte über das sich vor ihm im Süden ausbreitende Becken. Espe stellte sich neben ihn und beschirmte die Augen mit der Hand zum Schutz vor der gleißenden Sonne.

Vor ihnen lag das Wind Basin. Das Land war von graubraunen Hügeln durchzogen, den Westen säumte eine Bergkette, den Süden riegelte ein in weiter Ferne liegender grauweißer Bergkamm ab. Vor dem östlichen Horizont erhoben sich in weichen Konturen sanfte Wellen, dahinter steil ansteigende Berge.

Der lange Zug des Schwarzspitzen-Stammes erreichte langsam den Paß, auf dessen beiden Seiten zerklüftete Gipfel aus dunkelrotem Granit aufragten. In den schattigen Felsspalten lag noch Schnee.

Heißes Fett keuchte schwer nach dem langen Aufstieg, als er sich neben Windläufer stellte. Als nächster langte Salbeigeist auf der Paßhöhe an, Einziger Mann und Schwarzer Mond folgten.

»Das Wind Basin ... das Land des Erdvolkes«, erläuterte Salbeigeist. »Das Land erstreckt sich weiter, als ihr von hier aus sehen könnt. Hinter den Erhebungen im Osten liegt eine weite, grasbewachsene Ebene, wo Büffel weiden. Weiter in dieses Land bin noch nicht einmal ich vorgedrungen. Nur die Händler. Auf der anderen Seite des hohen Grats im Süden befindet sich ein Land, das uns nur aus Erzählungen bekannt ist. Angeblich liegt dort eine Hochebene aus roter Erde mit gutem Werkzeugstein. Südlich davon, das sagen jedenfalls die Händler, ragen kantige Felsen hoch auf, dort befinden sich angeblich aus der Erde herausgewaschene Knochen aus Stein.«

Salbeigeist zeigte nach Südwesten. »Diese Berge werden Monster Mountains genannt. Auf ihrer anderen Seite fließt der Sage Grouse River so weit nach Süden, daß niemand weiß, wo er mündet. Legenden erzählen, er strömt durch Landschaften mit riesigen Sandsteinfelsen, die sich fast bis zum Himmel erheben. Und er soll durch eine Schlucht fließen, die mitten durch die Erde führt.«

Er deutete nach Westen. »Da drüben, viele Tagesmärsche hinter dem Sage Grouse River, befindet sich ein ausgedehntes Land, in dem Beifuß, Salbei und Dornensträucher wachsen. Dort gibt es einen See, dessen salziges Wasser ungenießbar ist. Die Menschen in diesem Land graben Salz aus der Erde.«

»Und im Osten?« erkundigte sich Heißes Fett.

Salbeigeist wies in die angegebene Richtung. »Dort erstrecken sich Ebenen wie östlich der Mündung des Fat Beaver River in den Dangerous River. Es gibt viele Büffel – aber kaum Wasser. Die Händler berichten, ein Mann könne tagelang gehen und sähe nichts als Gras. Sie sagen, die einzigen Bäume seien Pappeln entlang der Flußufer. Aber um von einem Fluß zum anderen zu gelangen, muß ein Mann gehen und gehen.«

»Und direkt im Süden?« wollte Windläufer wissen.

»Da sind die Tall Mountains«, erklärte Salbeigeist. »«Berge, so hoch, daß sie den Himmel berühren. Ein Händler erzählte mir, kein Mensch könne diese Berge besteigen; sollte es dennoch einer versuchen, würden ihn die dort lebenden zornigen Geister fressen.«

Einziger Mann kicherte. Bisher hat mich auf hohen Gipfeln nie etwas anderes erwartet als eine herrliche Aussicht und jede Menge Schnee. Am besten überlassen wir den Geistern unangefochten ihre hohen Berge. Mich interessiert viel mehr, was unterhalb der Gipfel liegt.«

»Wie sieht es mit Wild aus?« fragte Schwarzer Mond.

»In der Ebene gibt es Büffel, Antilopen und Rotwild. Genug, damit wir alle satt werden und andere Stämme auch. Mir wurde gesagt, im Red Earth Basin hinter der Gray Wall sei es nicht anders – und ebenso im Sage-Grouse-Tal.«

»Und was ist mit diesen Pflanzen, die die Leute essen?« erkundigte sich Espe. »Wachsen die überall?«

Salbeigeist lachte und breitete die muskulösen Arme aus, als wolle er das vor ihnen liegende Land umarmen. Es gibt mehr, als das Erdvolk essen kann. Die Leute nehmen nur, was sie brauchen, den Rest überlassen sie den Geistern, die an den einzelnen Plätzen Wache halten.«

»Geister.« Einziger Mann grunzte. »Wir werden ja sehen, wer stärker ist. Ihre Geister, die irgendeinen Ort bewachen – oder der Große Donnervogel, der über die ganze Welt fliegt. Ich wette meine Speere für den Großen Donnervogel.«

»Da drüben, das ist der Gray Deer River.« Salbeigeist zeigte auf ein schmales, dunkelgrünes Band. »Auf dieser Seite der Sideways Mountains nennt das Erdvolk den Fluß Spirit River. Oberhalb des Erdvolk-Lagers, aus dem ich Weiße Esche geraubt habe, fließt er in einen Berg hinein und kommt auf einem tieferliegenden Fels wieder heraus. Das Erdvolk glaubt, das wäre das Werk einer Macht. Sie gehen hinauf und werfen Geschenke in das Loch, damit das Wasser ihre Gaben den im Berg lebenden Geistern bringt. Sie glauben, wenn die Geister glücklich sind, segnen sie das Wasser und lassen es wieder aus dem Berg herausfließen.«

»Also los, sehen wir uns das Land einmal an.« Schwarzer Mond drehte sich um und gab das Zeichen zum Weitergehen. Die Angehörigen des Schwarzspitzen-Stammes, die sich nacheinander auf der Paßhöhe einfanden, blickten gespannt auf das fremde Land und unterhielten sich mit lebhaften Gesten.

Windläufer zwängte sich durch die Menge. Eine seltsame Erregung mischte sich in seine Angst vor dem Unbekannten. Wenn Weiße Esche freiwillig irgendwohin gegangen war, dann in diese unermeßlich weite Ebene.

Espe, deren Gegenwart ihn tröstete, hielt sich ständig in seiner Nähe. Auf dem Anstieg zu den Gipfeln der Sideways Mountains hatten sie lange Gespräche geführt. Aus den Augenwinkeln schielte er zu ihr hinüber, beobachtete ihren geschmeidigen Gang und sah, wie sich ihr welches Lederkleid eng an die wohlgeformten Hüften und muskulösen Schenkel schmiegte.

Warum suche ich immer ihre Gesellschaft? Weil sie und Heißes Fett die einzigen sind, mit denen ich reden kann? Nicht einmal Weiße Esche hat mir so aufmerksam zugehört wie Espe. Wenn das so weitergeht, beschäftige ich mich in Gedanken bald nur noch mit ihr.

»Sieht besser aus als das Land, das wir verlassen haben«, bemerkte sie gerade. »Auf jeden Fall grüner. Nach dem Wachstum des Salbeis zu schließen, regnet es hier häufiger.«

»Die Jahreszeit ist günstig.« Er blinzelte zur hoch am Himmel stehenden Sonne hinauf. »Als der Weißlehm-Stamm vom Fat Beaver River aus nach Süden floh, waren die Umstände weniger günstig und der Stamm wurde vernichtet. Ich glaube, dieses Mal geht alles gut. Wir haben hervorragende Zelte und viele Krieger. Die Beutel sind mit Vorräten gefüllt, und die Hunde sind gesund und können schwere Lasten schleppen.«

Sie warf ihm einen forschenden Blick zu. »Aber die Stärke des Erdvolkes kennen wir nicht. Wer weiß, was da noch auf uns wartet.«

Er umrundete einen dunklen, mit Flechten bewachsenen Felsvorsprung. Die hellbraune Erde, durchmischt mit lockerem Kies, knirschte unter seinen Füßen. Das Gras sproß nur spärlich, während die Hänge üppig mit Johannisbeeren, Bärentrauben und Felsenbirnen bewachsen waren. Zur Linken der schmalen Wildfährte auf der Sohle der engen Trockenrinne stieg der Hang sanft zum Grat hinauf. Die rechte Seite des Tales sah steiler aus, er konnte braune Felsausläufer erkennen.

»Wir werden uns dem Erdvolk stellen müssen«, gab er zu. »Aber ich bin überzeugt, wir können es besiegen.«

Sie schürzte die Lippen und runzelte die Stirn. »Ich habe über das nachgedacht, was du und Salbeigeist vom Erdvolk erzählt habt, und gelangte zu dem Schluß, wir sollten so viele Frauen wie möglich gefangennehmen.«

Verwundert legte er den Kopf schief. »Oh?«

»Sie kennen das Land. Und die Pflanzen.«

Das weiche Kalbslederkleid spannte sich bei jedem Schritt über ihrem muskulösen Gesäß. Er biß sich auf die Lippen und versuchte, sich ausschließlich auf ihre Worte zu konzentrieren – und ihren verlockenden Körper zu übersehen. Im Geiste stellte er sich angestrengt Weiße Esches Gesicht vor.

»In jener Nacht oberhalb des zerstörten Weißlehm-Lagers haben wir über die notwendigen Veränderungen in der Lebensweise des Schwarzspitzen-Stammes gesprochen. Erinnerst du dich?« Sie schenkte ihm ein flüchtiges Lächeln. »Du hast gesagt, die Frauen des Erdvolkes träfen alle Entscheidungen für die Stämme, sie wüßten, wo die besten Wurzeln wachsen, wo bestimmte Nahrung zu finden ist und was eßbar ist und was nicht. Auch wüßten sie, wie die Pflanzen zu behandeln und aufzubewahren sind, damit sie den ganzen Winter über genießbar bleiben. Wenn wir schon so viel Neues lernen müssen, warum dann nicht die Frauen gefangennehmen, die darüber bestens Bescheid wissen?«

Die Logik ihres Vorschlags leuchtete ihm ein. »Wir könnten sie für uns arbeiten lassen, dann werden unsere Leute gewiß weniger murren und sich weniger nach den alten Zeiten zurücksehnen. Die neue Lebensweise wird ihnen bestimmt besser gefallen, wenn andere die Arbeit für sie erledigen.«

»Das glaube ich auch.« Sie blickte über die Schulter zurück auf die hinter ihnen gehenden Menschen. »Ich kann mir nicht vorstellen, daß unsere Leute Grassamen sammeln oder mahlen würden wie das Erdvolk. Nicht um alles in der Welt. Sie bearbeiten Häute, fertigen Zelte an und gehen auf die Jagd.«

Windläufer klapperte fröhlich mit seinen Speeren. »Die ganze Zeit habe ich mich gefragt, wie wir am besten vorgehen, wenn wir erst im Süden sind. Du hast mir die Antwort darauf gegeben.«

Sie kicherte. »Vielleicht nimmst du meine Gegenwart ab sofort nicht mehr nur als reine Selbstverständlichkeit hin.«

Er sah zu ihr hinüber. »Ich wüßte nicht, das je getan zu haben.« Sie wich seinem Blick aus. Er wunderte sich darüber und wechselte rasch das Thema. »Du denkst viel nach. Kein Wunder, daß dich viele Menschen um Rat fragen.«

Sie zuckte gleichgültig mit den Schultern. »Inzwischen fragen mich sogar schon die alten Frauen um Rat. Manchmal ist mein Kopf so voll von den Kümmernissen anderer Menschen, daß mir gar keine Zeit mehr für meine eigenen Sorgen bleibt.«

»Schick sie weg und sag ihnen, du seist zu beschäftigt.«

Ihr reizendes Lächeln war nicht ohne Wehmut. »Nein, das kann ich nicht. Manche unserer Leute verlassen sich auf mich. Ich höre zu, denke über ihre Worte nach und spreche mit meinem Großvater darüber. Er ist ein sehr weiser Mann.«

Windläufer nickte zustimmend und blickte über das schroffe Land. Oben auf den zerklüfteten Felshängen entdeckte er graubraune Dickhornschafe, ihre weißen Hinterteile hoben sich deutlich vom Fels ab. Ein Rabe lockte einen Goldadler in die Aufwinde; der Adler schnellte auf den Rücken und zeigte seinem verspielten schwarzen Gefährten die Krallen. Sie runzelte die Stirn und warf ihm einen prüfenden Blick zu. »Manche sagen, du seist so klug, dich könne man immer um Rat fragen.«

»Mich?« Fast wäre er über einen kleinen Strauch gestolpert.

»Die Leute fangen an, auf dich zu hören. Du sprichst nie übereilt, sondern stets wohlüberlegt. Bevor der Rat eine Entscheidung trifft, fragen sie vorher dich. Ist dir das noch nicht aufgefallen?«

»Ich sage nur, was ich denke. Ich versuche nicht, sie zu irgend etwas zu überreden, wenn sie anderer Meinung sind als ich.«

»Genau das ist der springende Punkt.« Ihr Blick schweifte über das fremde Land. Du sagst ihnen deine Meinung und überläßt alles Weitere ihnen. Kein Stammesanführer kann seinen Leuten etwas befehlen. Er kann nur Vorschläge machen. Beweist sich im Laufe der Zeit seine Klugheit, hören mehr und mehr Leute auf ihn ... bis er schließlich für alle spricht. Sobald du versuchst, sie zu etwas zu überreden, erreichst du überhaupt nichts.«

»Wie Feuerkaninchen?« Er nahm den Mantel von den Schultern und schielte zur sengenden Sonne hinauf.

Sie stemmte die Hände in die Hüften. Er will mit Gewalt seine Meinung durchsetzen. Er versucht, die anderen immer zu führen, anstatt ein wirklicher Anführer zu sein. Das ist ein Unterschied.«

»Ich versuche nicht, ein Anführer zu sein.«

Mutwillen zeigte sich auf ihrem Gesicht. »Ach nein?«

Er machte eine abwehrende Geste. »Nein, sonst ginge es mir wie dir. Ich hätte keine Zeit mehr für meine eigenen Probleme.«

»Ich schlage vor, wir nehmen diesen Weg da.« Sie zeigte auf den Grat zu ihrer Linken. »Wir gehen in einer Trockenrinne, und die enden normalerweise in einer von Steilwänden gesäumten engen Schlucht, die mit dichtem Gestrüpp bewachsen ist. Dort ist das Gehen für die Alten noch beschwerlicher, und die Hunde schaffen es kaum, die Travois' zu ziehen.«

»Du *bist* eine Anführerin.«

Spielerisch schlug sie nach ihm. »Hör auf.«

Er befolgte ihren Rat und bog auf den mit Felsen übersäten Hang ab. Oben auf dem Bergkamm entdeckte Windläufer einen Pfad, der unterhalb eines Felsgesims über einen sanften Hang auf die Ebene hinunterführte. Von diesem Aussichtspunkt aus erkannte er, wie recht sie gehabt hatte. Der untere Bereich der Trockenrinne verengte sich nicht nur zu einer Schlucht, sondern war tatsächlich vollständig von Gestrüpp überwuchert.

Bevor sie auf den sanften Abhang gelangten, stellte ein scharfer Felsausläufer ein schwer zu überwindendes Hindernis dar. Windläufer kletterte hinüber und betrachtete prüfend das Gelände. »Dort drüben verläuft die leichteste Route.«

Espe rief Schwarzer Mond zu, welchen Weg er mit den anderen gehen sollte. Dann nahm Windläufer ihre Hand und half ihr über den steilen Fels hinweg. Einen Moment lang verschnauften sie. Sonnenlicht fiel auf die gesunde Farbe ihres schönen, sanften Gesichts. Ihr angenehmer Duft stieg ihm in die Nase. Er blickte in die Tiefen ihrer wissenden braunen Augen. Für den winzigen Bruchteil eines Augenblicks berührten sich ihre Seelen. Erschrocken ließ er ihre Hand los und wandte sich von ihr ab.

Zornig ermahnte er sich, an Weiße Esche und sein ihr gegebenes Versprechen zu denken.

Rosenbusch huschte durch das von vielen Feuern erhellte Lager und betrat die Hütte des Rundfelsen-Stammes. Es dauerte einige Zeit, bis sich ihre Augen an das Dämmerlicht gewöhnt hatten und sie die auf den Decken ausgestreckte Gestalt erkannte. »Rittersporn? Was machst du denn hier? Ich dachte, du sitzt bis zum Morgengrauen bei den anderen und ihr erzählt euch Geschichten.«

»Bin auch nicht mehr so jung, wie ich mal war.« Rittersporn setzte sich auf. »Und warum bist du hier?«

Rosenbusch blickte hinaus. Schemenhafte Gestalten bewegten sich im Schein der Feuer zwischen den Hütten. Die in der Brise raschelnden Blätter der Pappeln reflektierten das tanzende Licht in gelben Farbschattierungen; am Firmament funkelten unzählige Sterne.

»Es wird kühl. Ich wollte mir eine Decke holen.« Rosenbusch rieb sich den Bauch und setzte sich neben Rittersporn. »Wenn ich noch einen Bissen esse, platze ich.«

»Gibt eine Menge zu essen hier.« Rittersporn zog die Decken zurecht. »Ist ein gutes Jahr gewesen.« Schweigen folgte. »Waren die Leute nett zu dir?«

Rosenbusch entging der gewisse Unterton nicht. »Schwarze Hand war der respektierte Mittelpunkt an jedem Feuer. Er ist kein Dummkopf. Ich glaube, die Sache mit der Hexerei ist vorbei. Die Leute ziehen es vor, Eulenklees Behauptungen als Dummheit abzutun. Damit fühlen sie sich sicherer.«

»Dieses Hexereigeschwätz ist Dummheit.« Rittersporn hustete und spuckte aus. »Der Dreigabelungenstamm nimmt wieder den ihm gebührenden Rang ein, und dir und Schwarze Hand ist ein guter Anfang möglich. Was willst du mehr?«

Rosenbusch schloß die Augen. *Warmes Feuer.* »Schwarze Hand ist ein guter Mann ... Ich mag ihn.«

»Wo ist er?«

Rosenbusch deutete hinaus in die Dunkelheit. »Am Lagerfeuer des Sandwasser-Stammes. Gleich da drüben.«

»Bei den Felsen?«

»Ja.«

»Mama?« fragte Lupine verschlafen.

»Ich bin da, Kleines.« Rosenbusch tätschelte das Mädchen beruhigend.

»Müssen wir schon aufstehen?«

»Nein. Du schläfst weiter. Wo ist dein Bruder?«

»Ich weiß nicht ...« Lupine sank bereits wieder in Schlaf.

»Er ist ein Junge. Fast schon ein Mann«, erklärte Rittersporn. »Er ist draußen und spielt oder guckt nach den Mädchen. Wir sind bei der Großen Versammlung, falls du das vergessen hast.«

Rosenbusch seufzte. »Er hat sich verändert. Ich glaube, als Warmes Feuer starb, nahm er einen Teil von Knolles Seele mit sich.«

»Den Vater zu verlieren ist immer schwer.«

»Auf dem Weg hierher war ich mehr als einmal versucht,

ihn mit dem Stock zu bearbeiten. Er hat die ganzen Tage keine drei Worte gesprochen.«

»Was erwartest du?« fragte Rittersporn. »Gerade hat ein anderer Mann den Platz seines Vaters eingenommen. Du siehst doch den Zorn in seinen Augen. Er mag Schwarze Hand nicht. Er ist böse auf ihn.«

Rosenbusch rieb sich mit den Fingerknöcheln die müden Augen. »Eine Frau muß heiraten.«

»Und Knolle wird auch bald heiraten. Laß noch zwei Sommer vorübergehen, dann hat er ein Mädchen. Ich werde eine gute Heirat arrangieren und ihn wegschicken.« Rittersporn verstummte. »Eine äußerst praktische Regelung bei unserem Volk. Ein junger Mann muß nicht mit seiner Vergangenheit leben. Er geht in ein anderes Lager und beginnt ein neues Leben. Männer sind nicht dazu geschaffen, Verantwortung zu übernehmen, es liegt nicht in ihrer Natur. Sie sind zu leichtsinnig und zu gefühlsbetont.«

»Du klingst verbittert.«

Rittersporn lachte in sich hinein. »Ich? Weswegen sollte ich? Heute morgen habe ich bewiesen, daß ich noch immer mit vertrackten Situationen fertig werde. Hast du gehört, ob Knochenklang nach wie vor zufrieden ist mit der Vereinbarung, die auf mein Betreiben hin zustande gekommen ist?«

»Ja. Seit sie weiß, daß sie mit einem Boten sofort alle Krieger des Erdvolkes herbeirufen kann, wenn das Sonnenvolk ihr Lager bedroht, fühlt sie sich entschieden wohler.«

Rittersporn massierte sich die schmerzenden Beine. »Knochenklang hat Verstand. Ich mochte sie schon immer. Seit sie und Grünes Feuer diese Meinungsverschiedenheit hatten wegen der Heirat von Kleiner Zeh und Graue Nadel, mag ich sie sogar noch mehr.«

Schweigen breitete sich aus. Rosenbusch stützte das Kinn auf die Knie und starrte hinaus auf die tanzenden Feuer. An- und abschwellendes Stimmengewirr und Gelächter erklangen draußen in der Nacht. »Was ist mit dem Sonnenvolk? Knochenklang hat zu Recht darauf hingewiesen, daß dieses Jahr keine Händler aus dem Norden gekommen sind und wir keine Neuigkeiten erfahren haben. Nicht einmal vom

Wolfsvolk ist jemand da. Sonst schicken sie doch immer jemanden her.«

»Vom Wolfsvolk darfst du zur Zeit niemanden erwarten. Die Große Lobpreisung findet dieses Jahr fast gleichzeitig mit unserer Großen Versammlung statt. Wir bestimmen den Zeitpunkt unserer Großen Versammlung nach dem Stand des Mondes; das Wolfsvolk setzt seine Große Lobpreisung nach der Bahn der Sonne am längsten Tag fest. Es erstaunt mich immer wieder, woher sie im vorhinein wissen, wann der längste Tag des Jahres ist.«

»Die Leute reden darüber, daß das Sonnenvolk auf dem Weg hierher ist.« Nachdenklich starrte Rosenbusch hinaus auf die Feuer, deren flackerndes Licht unheimlich tanzende Schatten auf die Pappelstämme warf. Der eisige Schauder einer bösen Vorahnung lief ihr über den Rücken.

»Laß die Leute reden!« rief Rittersporn. »Dazu ist die Große Versammlung schließlich da. *Falls* das Sonnenvolk nach Süden kommt, müssen sie zuerst das Wolfsvolk überwältigen. Und eine kriegerische Auseinandersetzung mit dem Wolfsvolk wünsche ich niemanden.«

Rosenbusch nahm ihre Decke und stand auf. Die Nacht schien drückend auf ihr zu lasten. Im Rascheln der Pappelblätter schwang ein drohendes Unbehagen mit. »Ich suche meinen Mann. Du schläfst jetzt, Großmutter.«

»Mach dir keine Sorgen wegen Knolle. Wahrscheinlich lacht er heute abend zum erstenmal seit dem Tod seines Vaters.«

»Bestimmt hast du recht.«

Rosenbusch ging über das niedergetretene Gras zu den Feuern hinüber. Der vom Spirit River herüberwehende Wind trug den intensiven Duft nach kühlem Wasser und feuchter Erde herbei. Der Dreigabelungenstamm hatte einen schönen Lagerplatz für die Versammlung ausgesucht. Und es war ein gutes Jahr gewesen. Die Leute waren mit randvoll gefüllten Vorratsbehältern gekommen. An Wurzeln und Trockenfleisch herrschte kein Mangel.

Warmes Feuer? Warum bist du nicht hier bei mir?

Rosenbusch umging eine Gruppe von Menschen, die um

ein prasselndes Feuer stand und eines der alten Lieder sang. Ihre Seele nahm den monotonen Singsang auf und entspannte sich.

Draußen im Dickicht hinter dem Lager kicherte eine junge Frau, die zärtliche Stimme eines Mannes flüsterte. Was würde daraus werden? Eine Heirat? Die Große Versammlung war die Zeit der Paarung und neuer Liebe.

Sie erreichte das Lagerfeuer des Sandwasser-Stammes und trat zwischen Hübsche Frau und Weißer Sandstein in den Lichtkreis. Großer Mann erzählte gerade Herbstapfel vom Schlechtwasser-Stamm eine Geschichte.

»Ah, da bist du ja wieder.« Hübsche Frau deutete auf einen Kochsack. »Iß noch etwas. Goldener Flachs war in Hochform, als sie dieses Essen zubereitet hat. Du schmeckst darin die Seele der Antilope.«

»Wenn ich noch einen Bissen esse, bin ich so schwer, daß ich im Boden versinke. Wo ist Schwarze Hand? Ist er ohne mich weggegangen?«

»Er ist da hinten«, antwortete Großer Mann mit einem breiten Grinsen auf seinem runden, vollen Gesicht. »Vermutlich hat er zuviel gegessen. Und was hineingeht ... Nun ja, du weißt schon.«

Sie stimmte in sein Lachen ein und hörte sich belustigt das Ende seiner Geschichte an.

Doch Schwarze Hand kam nicht zurück. Schließlich sagte sie: »Ich sehe wohl besser nach ihm. Falls ihm schlecht ist, gebe ich ihm ein paar Ampferblätter, das hilft gegen das Völlegefühl.«

Während sie einem schmalen Pfad folgte, der sich zwischen den Felsen hinaufschlängelte, wurde am Lagerfeuer des Sandwasser-Stammes ein Lied angestimmt, das von der Gruppe am nächsten Feuer aufgenommen wurde und wiederum von der nächsten Gruppe, bis der Gesang im ganzen Tal widerhallte. Das Lied erzählte von Feuertänzer, der Feuer von der Sonne holte, um die Hütten im Winter zu wärmen, und das Volk lehrte, wie man Reisgras erntet.

Leise summte sie die Melodie mit. Der warme Wind von den Hügeln brachte den Geruch nach Salbei und Erde mit, die Sterne über ihr funkelten in verschwenderischer Fülle. Wäre nur Warmes Feuer … *Nein, daran darfst du nicht einmal denken. Er ist fort. Sein Geist ist in die Erde zurückgekehrt, die ihn genährt hat.*

Der Pfad führte zwischen zwei engstehenden Sandsteinfindlingen hindurch. Sie stützte sich mit der Hand auf den einen Stein und tastete mit den Zehen nach dem Weg. Ihr Fuß berührte etwas Weiches.

Keuchend vor Schreck, zuckte sie zurück. »Schwarze Hand?«

Sie riß sich zusammen und befühlte in der Dunkelheit mit der Hand den Boden – starr vor Entsetzen merkte sie, daß sie einen menschlichen Körper berührte.

»Schwarze Hand?« Voller Angst schrie sie zum Lagerfeuer des Sandwasser-Stammes hinunter: »Helft mir! Bringt eine Fackel! Jemand ist gestürzt!«

Unverzüglich eilte Großer Mann mit einer brennenden Fackel in der Hand den Pfad herauf, Herbstapfel folgte ihm auf dem Fuß.

»Was hast du entdeckt? Eine Schlange?« erkundigte sich Großer Mann spöttisch.

Im schwankenden Lichtschein starrte Rosenbusch auf den Boden – Schwarze Hands Augen sahen blicklos in den Sternenhimmel. Blut war aus seinem Kopf gesickert und sammelte sich im Staub des Pfades zu einer großen Lache.

Die Kopfschmerzen folterten Tapferer Manns Gehirn wie glühende Nadeln. Durch den stechenden Schmerz verschwammen ihm die gegerbten Zelthäute vor den Augen. Bleicher Rabe, die sich mit der Vorbereitung des Abendessens beschäftigte, nahm er nur schemenhaft wahr. Er wimmerte und umklammerte die zerrissene Halskette aus schwarzen Steinen, die er dem einarmigen Mann in der Nacht von Weiße Esches Flucht entrissen hatte. Der Einarmige hatte kaum seine Schläfe berührt, aber die Stimmen in seinem Kopf hatten vor Entsetzen geheult. Nicht der Schmerz hatte ihn gelähmt, sondern dieses gräßliche Gekreisch in seinem Kopf hatte sein Denken ausgelöscht. Selbst die ständig nagende Pein in seinem Knie hatte er nicht mehr gespürt.

Macht, wisperten die Stimmen. *Der Einarmige war mit einer Macht im Bunde.*

Ja, eine Macht. Tapferer Mann schielte auf die kompliziert verknotete Kette und die polierten dreieckigen Steine.

Das Wolfsbündel hatte ebenfalls zugeschlagen, hatte all seine Macht entfesselt. Es hatte ihn völlig überraschend mit einem Strom seiner Macht überschwemmt, der einen schwächeren Mann als ihn getötet und ihm die Seele aus dem Körper gerissen hätte.

Aber ich war stärker. Auch wenn ich vier Tage lang flach auf dem Rücken liegend um meine Seele kämpfen mußte, ich habe überlebt. Er schloß die Augen und sah das Wolfsbündel vor sich. *Jetzt bin ich sogar noch stärker als vorher. Ich habe daraus gelernt. Das nächste Mal beherrsche ich dich.* Tapferer Mann kniff die Augen zusammen und fixierte die Halskette. Das Bündel des Wolfsvolkes hatte ihm sein Geheimnis offenbart. Doch an jenem Tag hatte sich eine andere Macht mit dem Bündel vereinigt, eine Macht, eingeschleust aus den Tiefen des goldenen Dunstes.

Sobald es mir gelingt, den goldenen Dunst zu träumen, kann mich nichts mehr aufhalten. Er klopfte mit einem Finger auf sein gesundes Knie. *Du kannst mich nicht aufhalten, Wolfsbündel. Du nicht ... und dein einarmiger Mensch auch nicht.*

Wer war der einarmige Mann? Welche Macht besaß er?

Der Einarmige war aus dem Innern des Zeltes gekommen. War er eine Geistererscheinung gewesen, hervorgezaubert von den an den Zeltpfosten hängenden Bündeln?

Tapferer Mann hatte seine Krieger hinter Weiße Esche hergeschickt und befohlen, das Zelt zu verbrennen – und damit die furchteinflößenden Quellen der Wolfsmacht. Anschließend hatte er sich in seine Decken gewickelt und den Kopf in den Armen vergraben, um sich vor den kreischenden Stimmen zu schützen. Seine Seele kämpfte darum, in seinem leidenden Körper bleiben zu dürfen. Während dieser vier langen Tage war Bleicher Rabe nicht von seiner Seite gewichen. Den anderen hatte sie erzählt, er kämpfe eine Schlacht weit jenseits des Lagers der Toten.

Wie war es ihm gelungen, eine solche Frau an sich zu fesseln? Hatte seine Macht ihn zu ihr geführt?

Die stechenden Schmerzen ließen etwas nach, und er blickte zu Bleicher Rabe hinüber, die am fröhlich prasselnden Feuer mit zwei Stöcken heiße Steine aus den Kohlen hob und in den Kochsack warf, um das Essen zu garen.

Ich finde den Einarmigen. Und dann wird er die Macht von Tapferer Mann kennenlernen. Tapferer Mann knotete die Halskette an der Stelle, wo er die Schnur zerrissen hatte, zusammen und legte sie sich um den Hals – als Symbol für sein Versprechen. Seufzend holte er das in Stein gemeißelte Wolfsbildnis aus seinem Beutel und betrachtete es prüfend. Der schwarz glänzende, in Form geschnittene und mit Sand und Leder polierte Stein war kaum größer als ein Tannenzapfen und paßte in seine hohle Hand.

Bleicher Rabe beobachtete ihn zurückhaltend. Die stolzen Linien ihres schönen Gesichts drückten Sorge aus.

»Denkst du wieder an Weiße Esche?« fragte sie.

»Ich bekomme sie. Ich fühle es. Die Macht wird uns zusammenführen.« Sorgfältig untersuchte er das Wolfsbildnis. Barg es größere Macht in sich als nur die Seele des Handwerkers, der es angefertigt hatte? *Ich sollte das Ding wegwerfen.*

»Und dieser einarmige Mann?« Sie runzelte die Stirn.

»Er wird sehr langsam sterben. Einmal erzählte mir ein Händler eine Geschichte vom Sumpfvolk. Wird bei diesem Volk ein Mann beschuldigt, mit einer bösen Macht im Bunde zu sein, schlitzen sie ihm den Bauch auf und ziehen die Innereien ein Stück weit heraus. Anschließend binden sie ihm Arme und Beine auf den Rücken und hängen ihn über das Wasser, so daß die Fische immer wieder einen Bissen von seinen Gedärmen erhaschen.« Er sah sie an. »Stell dir vor, ein aufgeschlitzter Mann hängt in dieser Stellung über einem Dachsbau.«

Ihr Blick wurde hart, ihre Augen funkelten, und sie wandte den Kopf ab.

Durch die offene Türklappe wehte kühle Luft herein und erfüllte das Zelt mit dem Duft nach Kiefern, Föhren und frischem Gras, dem Aroma bratenden Fleisches und dem leicht beißenden Geruch trocknender Häute.

Das allabendliche Johlen und Lachen der spielenden Kinder drang, begleitet vom Jaulen und Bellen der Lagerhunde, an Tapferer Manns Ohren.

»Seelenflieger?« rief eine Stimme. »Fliegender Falke möchte mit dir reden.«

»Komm rein.« Tapferer Mann legte die polierte Wolfsfigur beiseite und brachte sein steifes Bein in eine andere Lage. Der Anführer der Krieger betrat gebückt das Zelt.

Fliegender Falke nickte Bleicher Rabe flüchtig zu und ließ sich mit gekreuzten Beinen auf das Fell eines Dickhornschafs nieder, den Platz, der Gästen vorbehalten war.

Tapferer Mann wühlte in seinem Beutel und förderte eine Steinpfeife zutage. Er stopfte sie mit rauchbaren Pflanzenfasern und entzündete sie an einem brennenden Zweig. Nachdem er zweimal gepafft hatte, reichte er die Pfeife Fliegender Falke, der sie bereitwillig entgegennahm und damit Tapferer Manns Gastfreundschaft würdigte. Nach ein paar Zügen gab er die Pfeife Tapferer Mann zurück.

»Ich nahm an, ich würde dich eine Weile nicht mehr zu Gesicht bekommen«, eröffnete Tapferer Mann das Gespräch. »Ist etwas passiert?«

Fliegender Falkes Mund verzog sich zu einem gezwungenen Lächeln. »Ich hätte auch nicht geglaubt, schon so bald zurück zu sein. Ja, es ist etwas passiert. Die Jagd nach dem Wolfsvolk ist ein armseliger Zeitvertreib geworden.«

»Oh?«

Fliegender Falke spreizte die Finger. »Sie sind fort. Alle, bis auf ein paar Dummköpfe, die sich nach wie vor hier herumtreiben.«

»Fort?«

Fliegender Falke kratzte sich hinter dem Ohr. »Dicker Wapiti hat sich mit einigen Männern an ihre Verfolgung gemacht – um ganz sicherzugehen. Aber ich bin davon überzeugt, sie sind weg. Für immer.«

»Berichte von Anfang an.«

Der Anführer der Krieger überlegte einen Moment, dann begann er zögernd zu sprechen. »Das Wolfsvolk hatte sich im Osten unterhalb der Berge versammelt. Bevor ich meine Krieger hinunterschickte, um sie zu vertreiben, ließ ich den Wald durchkämmen – damit uns kein Feind entschlüpft. Die Späher berichteten, das Wolfsvolk würde eine große Ratsversammlung abhalten. In der Zwischenzeit jagten wir im Wald und prüften geeignete Lagerplätze. Wir suchten nach irgendeinem Anzeichen, daß Wolfskrieger versucht hatten, heimlich durch unsere Reihen zu schlüpfen – und entdeckten nichts. Als wir sicher waren, daß der Feind uns keinen Hinterhalt gelegt hatte, führte ich die Männer zum Angriff auf das Wolfsvolk am Fuß der Berge. Doch wir stießen nur auf ein paar Narren, die zurückgekommen waren, um gegen uns zu kämpfen.«

»Und was geschah?«

»Ihr Blut tränkt die Erde. Ihre Seelen schleichen um ihre Knochen herum.« Nachdenklich starrte Fliegender Falke zum Rauchabzugsloch hinauf. »Aber die anderen ... Als wir von den Bergen herunterkamen, waren sie fort. Sie zogen in Richtung Osten über die Ebene.«

»Nach Osten?« Tapferer Mann überlegte. »Was gibt es denn dort?«

»Nichts.« Fliegender Falke machte mit den Händen eine verneinende Gebärde. »Nur welliges Grasland und jede Menge Büffel. Wenn schlechte Zeiten kommen, können wir dort jagen.«

Tapferer Mann zog die Augenbrauen hoch. »Erinnerst du dich an den Wind, als wir nördlich des Fat Beaver River gejagt haben? Ein unaufhörlich wehender Wind. Er kann einem Mann die Seele aus dem Körper reißen. Es gibt bessere Plätze zum Überwintern als die offenen Ebenen.«

»Gehen wir zum Fat Beaver River, bevor die Kälte kommt?«

Tapferer Mann trommelte unruhig mit den Fingern auf sein steifes Knie. »Wir gehen nach Süden.«

Fliegender Falke blickte ihn finster an. »Noch weiter weg von unserem Land?«

»Unserem Land? Anführer der Krieger, *unser* Land ist das Land, das wir zu unserem machen. Nein, wir werden nach Süden gerufen. Die Träume drängen mich. Bis jetzt sehe ich allerdings noch nicht alles deutlich vor mir. »Seine Stimme senkte sich zu einem Flüstern. Aber wir werden groß. Größer, als du es dir erträumen kannst.«

Fliegender Falke warf einen unbehaglichen Blick auf Bleicher Rabe, die ihn herausfordernd anstarrte.

Der Anführer der Krieger atmete tief durch und nickte. »Du hast uns bis jetzt gut geführt, Seelenflieger. Ich gehe dahin, wohin uns deine Träume führen. Das bedeutet, es gibt dieses Jahr keine Große Versammlung. Manche der Leute sind schon ...«

»Dieses Jahr findet keine Große Versammlung statt. Vielleicht gibt es nie wieder eine Große Versammlung.«

Fliegender Falke rutschte nervös hin und her. »Aber die Regeln des Stammes ...«

Tapferer Mann lehnte sich lachend zurück. »Ah, ich verstehe.« Er sah Fliegender Falke belustigt an. »Du machst dir Sorgen, wen du heiraten kannst, ohne Blutschande zu begehen. Frauen gibt es überall, mein Freund. Wer von deinen Kriegern hat Wolfsfrauen genommen?« Er verstummte kurz. »Vielleicht sogar ein Krieger, der gerade in diesem Zelt anwesend ist?«

»Viele meiner Krieger. Ja, und ich auch. Aber ... wir alle sind Sonnengeborene. Der Große Donnervogel hauchte uns Leben ein, als er uns aus Lehm erschuf. Wir dürfen nicht vergessen, wer wir sind.«

»Das werden wir schon nicht vergessen. Jedenfalls nicht, solange wir die Macht auf unserer Seite haben – und tapfere Speere, die sie unterstützen.« Angelegentlich betrachtete Tapferer Mann seinen Daumen. »Was bedeuten schon die Bindungen an die Stämme? Wir leben ab sofort auf eine neue Weise. Eine Macht erfüllt uns. Erinnerst du dich, was die Händler über das Wolfsvolk verbreiteten? Sie behaupteten, das Wolfsvolk sei ein entsetzlicher Feind, und wir würden über den Leichen unserer Toten weinen, falls wir es wagen sollten, dieses unbesiegbare Volk anzugreifen. Und wo lagern wir heute? Wer macht uns unser Recht auf diese Berge streitig? Wo ist das schreckenerregende Wolfsvolk? Es flieht nach Osten in die Ebenen, wo es vom Wind verweht wird.«

»Ich höre deine Worte, Seelenflieger.« Fliegender Falkes Augen wurden schmal. »Und mir gefällt, was ich höre.«

Tapferer Mann ballte eine Hand zur Faust und betrachtete die auf seinem Unterarm anschwellenden Muskeln. »Wir brauchen die Stämme nicht mehr. Was können sie uns schon geben, was wir nicht längst aus eigener Kraft vollbracht haben? Sobald der Winter kommt, führe ich meine Gefolgsleute nach Süden. Die anderen können machen, was sie wollen.«

Nachdenklich trommelte Fliegender Falke mit den Fingern auf seine Oberschenkel. »Südlich dieser Berge lebt das Erdvolk. Wir können uns auch die Frauen des Erdvolkes nehmen.« Ein berechnendes Glitzern funkelte in seinen Augen. »Ein Mann kann es im Schatten deiner Träume zu Größe bringen, Seelenflieger. Vielleicht zu mehr Größe, als je ein Krieger des Stammes der Gebrochenen Steine erreicht hat.«

Tapferer Mann lachte. *Ja, jetzt hast du begriffen, nicht wahr, mein Freund? Du erkennst, was ein Mann unter meiner Führung erreichen kann.* »Es wird noch besser werden. Ich sah das Aufblitzen einer Vision. Denk mal darüber nach, Fliegender Falke, wie es wäre, nicht nur die Frauen, sondern auch die Männer gefangenzunehmen. Stell dir vor, du gewinnst soviel Macht, daß andere die ganze Arbeit für dich verrichten. Wir können diesen Traum Wirklichkeit werden lassen.«

Fliegender Falke legte den Kopf schief und schlug sich mit beiden Händen klatschend auf die Knie. »Ich komme morgen früh noch einmal vorbei, dann reden wir weiter. Ich wollte dir nur sagen, daß uns vom Wolfsvolk keine Gefahr mehr droht. Es ist verschwunden.«

»Wie Nebel an einem sonnigen Vormittag.«

»Genau so.« Fliegender Falke lachte vergnügt. »Meine Frau Zwei Rosen hat ein Dickhornschafbein zubereitet. Ich werde mich jetzt erst einmal richtig vollstopfen. Außerdem habe ich sie länger als einen Mond nicht gesehen. Vielleicht ist mein Geist bereit, ein weiteres Kind in sie zu pflanzen – und in die Wolfsfrau. Das heißt, falls ich diese Wahnsinnige davon abhalten kann, mir die Augen auszukratzen.«

»Geh schon. Überbringe Zwei Rosen meine Grüße – und auch deiner neuen Wolfsfrau.«

»Ich bezweifle, daß sich meine neue Frau viel aus deinen Grüßen macht, Seelenflieger.« Fliegender Falke erhob sich und trat hinaus ins indigoblaue Dämmerlicht.

Tapferer Mann wandte sich an Bleicher Rabe. »Nach Osten? Warum ausgerechnet nach Osten?«

»Vielleicht ist deine Weiße Esche bei ihnen. Vielleicht ist sie auch in die Ebenen gegangen.«

Nach Süden, zischten die Stimmen in seinem Kopf. *Nach Süden ... mit der Macht.*

Finster blickte er in das Feuer. »Nein. Das wüßte ich. Die Macht würde es mir sagen. Weiße Esche stammt aus dem Erdvolk. Und dorthin kehrt sie zurück.«

Bleicher Rabe kostete den Eintopf, kam zu ihm herüber und legte sich neben ihn. »Fliegender Falke hat recht. Du hast uns gut geführt. Nicht einmal zwei mal zehn Krieger sind beim Kampf gegen das Wolfsvolk getötet worden. Deine Macht wächst.«

»Ist sie bereits stark genug, um den Stamm der Gebrochenen Steine von seinen alten Lebensgewohnheiten abzubringen?«

Sie überlegte. Er liebte diese feinen, nachdenklichen Linien auf ihrer Stirn, bewunderte den herrlichen Schwung ihrer schmalen Brauen und die glatte, im Feuerschein schimmernde Haut ihres Gesichts.

»Ich weiß nicht,« sagte sie. »Solange du sie gut führst, folgen sie dir. Obwohl sie hinter vorgehaltener Hand tuscheln und Bedenken äußern.«

»Fliegender Falke und seine Krieger bestimmt nicht.«

Sie bedachte ihn mit einem belustigten Lächeln. »Das sind Wölfe. Sie haben den Geschmack frischen Blutes gekostet und dürsten nach mehr.«

Er nickte. »Ich habe vor, es ihnen zu geben.«

Sie ergriff seine Hand. »Stimmt das, was du Fliegender Falke erzählt hast? Träumst du von einem großen Schicksal für den Stamm der Gebrochenen Steine?«

Sein Gesicht wurde ernst. »Ich kann noch nicht alles deutlich sehen … es ist nur ein Aufblitzen in den Träumen. Ich sehe Dinge, die ich nicht verstehe. Da ist ein viereckiger Berg aus quadratischen, von Menschen aufgeschichteten Steinen. Und Federn … Ich sehe Federn in allen erdenklichen Farben. Oben auf diesem Steinberg steht ein Mann und hebt ein Obsidianmesser zur Sonne empor. Blut tropft von der Messerspitze.« Er holte tief Luft. Jedesmal, wenn ich diesen Traum habe, prickeln meine Lenden, als ob ich den Samen pflanzen würde, aus dem dieser Mann wächst.«

Sie nickte und schien zugleich tief in ihre Seele hineinzublicken. »Vielleicht hast du das schon getan.«

Alarmiert starrte er sie an.

Sie veränderte ihre Lage und begann sanft seine Schläfen zu streicheln.

»Ein mächtiges Volk. Ein starkes Volk. Wir werden es erschaffen.«

»Wir?«

Ihre Mundwinkel verzogen sich selbstgefällig, und ihre Augen weiteten sich, als wolle sie ihn in sich hineinsaugen. »Ich hatte keine Blutung, Tapferer Mann. Jeden Morgen ist mir schlecht. Ich habe zugenommen. Ich glaube, du hast dein Kind gezeugt. Finde deine Weiße Esche, nimm sie, sooft du willst. Wir werden ja sehen, welches deiner Kinder diesen Berg aus Stein erklimmen und das blutige Messer schwingen wird.«

Tapferer Mann blickte sinnend auf das kleine Wolfsbildnis, auf dessen polierter Oberfläche sich der flackernde Feuerschein spiegelte.

Kapitel 23

»Mach deinen Kopf frei«, sagte Singende Steine zu Weiße Esche. »Höre auf die Stimme, die es nicht gibt.«

Sie saßen mit gekreuzten Beinen auf ein paar Steinen, die überall verstreut auf dem hohen Grat herumlagen. Der Träumer, dessen verblichener brauner Mantel aus Dickhornschafleder mit den Steinen verschmolz, wirkte wie ein Teil der Landschaft. Seine Augen strahlten vollkommene Ruhe aus.

Weiße Esche konzentrierte sich auf die sanft gesprochenen Worte des alten Mannes und runzelte angestrengt die Stirn. »Das verstehe ich nicht. Wie soll ich einer Stimme lauschen, die gar nicht da ist?«

»Ah, das ist das Geheimnis der Macht.« Er zeigte mit seiner welken Hand über das weitläufige Wind Basin. »Ist das Land da?«

»Ja, natürlich.« Der Nachmittagswind zerrte unangenehm an ihren leuchtend schwarzen Zöpfen, und das Hinterteil tat ihr vom Sitzen auf den harten, glatten Steinen weh. Sie riß sich zusammen und versuchte, sich auf die Umgebung zu konzentrieren. Gräser wiegten sich zitternd in der turbulenten Luft. Der Duft des weiß und hellblau blühenden Phlox stieg betörend in ihre Nase. Zu ihrer Rechten befand sich das Sternenrad, links sah sie die Grass Meadow Mountains wie eine drohende Masse aufragen. Vor ihr im Süden wellte sich das in lebhaftem Grün, Weiß und Braun erstrahlende Wind Basin. Am endlos blauen Himmel trieben vereinzelte Federwolken.

»Schließ die Augen«, befahl Singende Steine. »Ist das Land noch immer da?«

»Ja. Ich muß nur die Augen öffnen, und alles ist wieder da, wie ich es in Erinnerung habe.«

»Genau das ist dein Problem. Deine Sehkraft macht dich blind. Sie überdeckt deine Gefühle. Du bist taub durch die Laute, die du hörst. Alles, was dich umgibt, ist Illusion. Was du beobachtest, ist nur das, was deine Augen, deine Ohren, deine Nase, dein Mund und deine Haut daraus machen. Deine Sinne trennen dich vom Großen Einen. Die, die Weiße

Esche ist, ist eine Täuschung. Erst wenn du alles aufgibst, was du bist, bekommst du alles, was du nicht bist.«

Sie nickte, bemühte sich, den Sinn seiner Worte zu begreifen und in die Tat umzusetzen. Doch sie versagte kläglich. »Singende Steine, das ist alles gut und schön. Aber es fällt mir schwer, meine volle Blase und mein schmerzendes Hinterteil als Illusion zu betrachten.«

Singende Steine kicherte vergnügt. »Zumindest hörst du mir zu und gibst dir Mühe. Also gut, geh ... kümmere dich um die Bedürfnisse deines Körpers. Ich erinnere mich noch gut an die Schwierigkeiten, die ich anfangs hatte. Die Träume brachten mich auf den Weg zum Großen Einen, aber ich brauchte Jahre, um anzukommen.«

Sie erhob sich und schwankte auf blutleeren Beinen einen Schritt vorwärts. »Eines verstehe ich ganz und gar nicht. Du besitzt die Macht. Du weißt, wie du über dich hinausgehen kannst, wie du mit dem Großen Einen in Berührung kommst. Wozu brauchst du mich?«

Er blickte über das unter ihnen liegende gewaltige Tal. »Weil ich ein alter Mann bin. Du und Stilles Wasser müßt euch einer Herausforderung stellen, wie sie bisher nur von wenigen Träumern verlangt worden ist: Ihr müßt gleichzeitig träumen und unter Menschen leben.«

»Warte einen Moment. Ich bin gleich zurück, dann reden wir weiter.«

Sie zuckte zusammen, als das Blut wieder durch die Adern ihrer verkrampften Beine zu strömen begann. *Alles, was geschieht, geschieht meinetwegen. Salbeigeist raubte mich aus dem Dreigabelungenlager. Windläufer ging fort. Der Weißlehm-Stamm wurde ausgelöscht. Tapferer Mann griff das Wolfsvolk an. Stilles Wasser rettete mich unter Einsatz seines Lebens. Ich führte ihn zum Wolfsbündel.* Unbehagen ergriff sie. Sogar hier oben auf dem Berg spürte ihre Seele die Gegenwart des Wolfsbündels.

Nachdem sie sich erleichtert hatte, kehrte sie zurück und setzte sich wieder neben den alten Träumer. Er schien in der Zwischenzeit keinen Muskel bewegt zu haben.

»So, nun erzähl weiter.« Weiße Esche zog die Beine an

und legte die Arme um die Knie. Sie konnte die Augen nicht von der Landschaft abwenden, die, von einzelnen Wolkenschatten betupft, mit melancholischer Langmut zu atmen schien.

Singende Steine blickte sie aus leuchtenden Augen an. »Jeder kann träumen. Dazu gehört nur der unbedingte Wille, sich auf die Suche zu begeben. Das Große Eine umgibt uns – aber wie ich dir bereits gesagt habe, unsere Sinne leugnen seine Existenz. Ein Träumer muß die einzelnen Schichten seiner Befangenheit abschälen. Du hast sicher schon wilde Zwiebeln geschält, Schale um Schale entfernt. Und was findest du im Kern?«

Sie nagte auf der Unterlippe und überlegte. »Eine Zwiebel hat keinen Kern, nur eine letzte Schale. Da ist nichts, außer einer Zwiebel.«

»Genauso verläuft der Weg zum Großen Einen.« Singende Steine schloß die Augen. Seine Nasenflügel bebten, als er tief die Luft einsog. Alles, was Weiße Esche ist, muß abgeschält werden. Deine Seele muß rein sein, still. Sie muß horchen, ohne zu hören. Du mußt deine Existenz vergessen. Irgendwann wird es dir gelingen. Deine Seele ist dem Großen Einen bereits sehr nah.«

»Du hast gesagt, ich müsse mich einer Herausforderung stellen, die bisher nur von wenigen Träumern verlangt wurde.«

Singende Steine zog die Augenbrauen hoch und lächelte versonnen. »Ich habe das Bedürfnis der Macht gefühlt. In meinen Visionen sah ich blitzartig aufleuchtende Bilder von der Zukunft. Ich sah, was geschieht, wenn das Sonnenvolk den Traum des Ersten Mannes weiter leugnet. Du mußt zum Sonnenvolk zurückkehren und Tapferer Mann entgegentreten. Träume die Macht des Sonnenvolkes in die Spirale. Das gelingt dir nur, wenn du bei diesem Volk lebst.«

Nervös rieb sie mit den Händen die Arme. »Ich habe schon bei ihnen gelebt.«

»Nicht als Träumerin«, entgegnete Singende Steine. »Ein Mensch, der den Traum sucht, geht an einen Ort wie diesen ... weit weg von den Ablenkungen, die dafür sorgen, daß die Illusion bestehen bleibt. In der Abgeschiedenheit ist es leichter, sich zu konzentrieren. Da gibt es keine lachenden Frauen, keine weinenden Kinder, keine ständig redenden Männer und keine jaulenden und raufenden Lagerhunde. Beim Zusammenleben mit anderen Menschen gibt es immer Probleme, die dich behindern. Hier oben bist du frei davon.«

Ihre Seele zog sich krampfhaft zusammen. *Leben bei diesem Volk? Tapferer Mann entgegentreten?* Sie schloß die Augen und atmete tief durch. *Nie lebe ich beim Stamm der Gebrochenen Steine. Vorher bringe ich mich um.* »Ich verstehe das Problem nicht. Das Sonnenvolk ist gesund und stark. Sie haben ihre Seelenflieger, die für sie träumen. Wozu brauchen sie mich?«

Er sah sie nachdenklich an. »Das Nahen des Sonnenvolkes hat die Spirale verändert.«

»Die Spirale?«

»Kreise innerhalb von Kreisen, ohne Ende, ohne Anfang. Die Spirale ist die Welt. Pflanzen wachsen in der Erde. Manche Tiere fressen Pflanzen. Raubtiere fressen die Tiere, die Pflanzen fressen. Menschen essen Tiere und Pflanzen. Sterben Menschen und Raubtiere, kehren ihre Körper zur Erde zurück. Könnten die Pflanzen wachsen, wenn die Körper der Lebewesen die Erde nicht nähren würden? Würden die Tiere leben, wenn sie nicht die Pflanzen essen könnten? Wo fängt alles an? Wo hört alles auf? Die Spirale entspricht allem, was ist – und nicht ist. Wann beginnt die Seele? Wann hört sie auf? Die Mächte durchlaufen die Spirale. Der Erste Mann tanzt in der Spirale. Das Wolfsbündel singt in der Spirale. Die Spirale ist das Große Eine.«

»Alles, was ist und nicht ist.« Diese Worte verfolgten sie.

»Und mehr.«

»Das heben wir uns für später auf. Ich möchte mehr wissen über das Sonnenvolk. Du sagtest, dieses Volk hat die Spirale verändert.«

»Die Spirale ist Bestandteil dieser Welt – und ist es nicht.« Singende Steine machte eine allumfassende Gebärde. Stell sie dir vor wie die Spiegelung in einem Teich. Ist die Spiegelung Teil des Wassers oder Teil des Lichts? Sobald ein sanfter Wind das Wasser bewegt, verzerrt sich das Spiegelbild und zerfällt in Fragmente. Tauchst du einen Finger in das Wasser, verändern die dabei entstehenden zarten Wellen das Spiegelbild. Dieselbe Auswirkung hat das Nahen des Sonnenvolks auf die Spirale. Dieses Volk schickt kleine, sich kräuselnde Wellen durch die Spirale, weil es das Große Eine nicht kennt.«

»Aber wenn alles Teil des Großen Einen ist, dann muß auch das Sonnenvolk dazugehören.«

Mit einem weisen Lächeln hob er sein Gesicht der Sonne entgegen. »Du hast recht. Das Sonnenvolk ist Teil des Großen Einen ... aber dieses Volk weiß es nicht, sondern läßt sich von der Illusion blenden. Es lebt abgetrennt vom Großen Einen. Als du beim Sonnenvolk lebtest, wie oft hörtest du die Menschen vom Großen Einen sprechen? Wie oft sprachen ihre Träumer vom Großen Einen? Wie oft verließen sie das Lager, um auf hochgelegenen Orten Visionen zu suchen?«

Ihre Augen wurden schmal. »Sie bleiben in ihren Zelten und schicken ihre Seelen zum Lager der Toten hinauf. Von dort holen sie ihre Macht. Sie suchen ihre Macht bei den Seelen der Toten.«

Er verzog keine Miene. »Das Sonnenvolk ist neu in diesem Land. Es ist ein junges, tatkräftiges Volk. Du hast unter diesen Menschen gelebt. Wann fühltest du zum erstenmal das Große Eine?«

»Bei Leuchtender Monds Tod.«

»Und davor? Kanntest du da schon das Große Eine? Oder nur die Illusion?«

Sie schüttelte den Kopf. »Auch als ich noch beim Erdvolk lebte, hörte ich den Ruf des Großen Einen nicht. Dieses Volk hat dem Ersten Mann den Rücken gekehrt, wurde abtrünnig.«

»Das stimmt.« Singende Steine nickte leicht. »Für das Erdvolk ist auch das Große Eine nur eine Illusion. Es hat die Spirale vergessen, von der Feuertänzer erzählt hat. Du und Stilles Wasser, ihr seid dem Großen Einen auf verschiedene

Weise nahe. Es liegt in der Natur von Stilles Wassers Seele, daß sie die Reflexionen des Großen Einen unwillkürlich fühlt. In deiner Natur liegt es zu träumen. Die Macht kennt dich, Weiße Esche. Du bist eine Brücke zwischen den Welten ... wie ein umgestürzter Baumstamm, der einen reißenden Fluß überbrückt. Du berührst beide Ufer.«

»Woher weißt du das alles? Ich fühle mich fast hilflos.«

Er lächelte seine Schülerin mit strahlenden, unergründlich tiefen und ewig braunen Augen an. »Träumer sind so verschieden wie andere Leute auch.« Er preßte seine Hände aneinander. »Ich will dir etwas erzählen. Als ich jung war, fühlte ich das Große Eine während meiner Träume. Die Anführerin meines Stammes sagte mir, ich solle Heiler werden. Im Laufe der Jahre wuchs meine Macht. Eines Tages brachte Schilfrohr bei der Großen Versammlung das Wolfsbündel zu uns. Ich hob es auf und fühlte seine Macht. In jener Nacht träumte ich vom Sonnenvolk und von der Zukunft. Ich verließ mein Volk, kam hierher und lernte zu träumen.«

Er verstummte und versank in Erinnerungen. »Als ich das Wolfsbündel berührte, öffnete sich eine Tür in meinem Geist. Da wußte ich, was die Macht wollte. Ich träumte vom Ersten Mann, der mit dem Feuer tanzte, und er zeigte mir den Weg nach Norden zum Sonnenvolk.«

»Aber du bist nicht dorthin gegangen?«

Singende Steine schüttelte den Kopf. »Ich habe es mehrmals versucht, aber die Träume führten mich stets hierher zurück. Träume sind eine Falle. Die weltlichen Dinge werden zunehmend unwichtiger. Ich hatte das Große Eine gefunden, die donnernde Stille, die blendend helle Dunkelheit ... die ekstatische Einsamkeit.«

Auch ihre Seele hatte schon diesen Frieden berührt; sie verstand, was er meinte.

Er senkte den Kopf und starrte auf seine vom Alter gezeichneten Hände. »Manche Männer sind besessen von der geschlechtlichen Vereinigung. Andere von der Jagd. Manche von Status und Prestige. Für mich gab es stets nur das Große Eine.« Er seufzte tief. »Wie hätte ich das aufgeben können? Dazu war ich nicht stark genug.«

Sie fühlte die von seiner Seele ausgehende Macht. Eingeschüchtert fragte sie flüsternd: Und du glaubst, ich bin stark genug?«

Er hob die Hände. »Mir bedeutet der Traum des Ersten Mannes alles. Er ist das einzig Wichtige für mich. Ich fühle die Sorge des Ersten Mannes. Das Sonnenvolk kann das Große Eine nicht vernichten – aber es kann das Große Eine verändern, es kann alles verändern, was der Erste Mann geträumt hat.«

»Aber warum greift die Macht nicht ein?«

Die Runzeln in seinem uralten Gesicht verzogen sich sorgenvoll. »Die Handlungsweisen der Menschen sind keine Angelegenheit der Macht. Warum, wirst du eines Tages selbst erfahren. Erinnerst du dich an die Schöpfungsgeschichte, die dir als kleines Mädchen im Dreigabelungenlager erzählt wurde?«

Sie legte den Kopf in den Nacken und blickte in die Unendlichkeit des Himmels. »Der Schöpfer erschuf die Erste Welt. Und er schuf alle Tiere und Pflanzen und Insekten und Menschen. Aber die Menschen machten Ärger. Die Tiere wurden wahnsinnig, weil sich die Menschen selbst dem Schöpfer überlegen fühlten. Als der Schöpfer sah, was geschah, schuf er im Himmel die Zweite Welt und Sonne, Mond und Sterne. Das Wolfsvolk sagt, um dieses Werk zu vollbringen, habe er sich in eine riesige Spinne verwandelt. Beim Erdvolk heißt es, er habe dies nur getan, um sich von den Menschen zu trennen, doch die Seelen der Menschen begannen hinaufzusteigen und in der Zweiten Welt für neuen Ärger zu sorgen. Der Schöpfer dachte, wenn er eine Dritte Welt erschafft, könnte er das Problem möglicherweise lösen. In die Dritte Welt schickte er Geister, die den Menschen helfen sollten. Schließlich schuf der Schöpfer die Vierte Welt – diese Welt hier – und machte eine Öffnung in die Erste Welt, durch die der Erste Mann die guten Menschen in diese Welt führte.«

»Das stimmt.« Singende Steine nickte bekräftigend. »Die Menschen in der Ersten Welt verloren sich in der Illusion und vergaßen den ihnen zugewiesenen Platz.«

Unruhig schaute Weiße Esche zu Singende Steine hinüber. »Das Sonnenvolk vertritt eine andere Auffassung. Sie sagen, die Welt bestand am Anfang aus Wasser. Der Große Donnervogel fand keinen Platz, wo er sich hätte niederlassen können, und er rief um Hilfe. Der Große Bär hörte sein Flehen, tauchte in die Fluten und förderte Schlamm herauf, auf dem der Große Donnervogel sitzen konnte. Darüber war der Große Donnervogel so glücklich, daß er noch mehr Schlamm aufeinanderhäufte und einen hohen Berg erschuf, und der Große Bär ging hinauf und setzte sich auf den Gipfel. Der Schöpfer sah, was geschehen war, und formte aus dem lehmigen Schlamm Menschen und Tiere. Als der Große Bär vom Gipfel hinuntersah und all die Tiere und Menschen entdeckte, stieg er hinab und zeigte den Menschen, wie sie leben sollen.«

Ein Funkeln blitzte in Singende Steines Augen auf. »Eine hübsche Geschichte. Ich würde gerne noch weitere Geschichten des Sonnenvolks hören. In Geschichten liegt Macht. Sie sind ein Weg zum Wissen ... Und was geschah, nachdem der Erste Mann durch die Öffnung zwischen den Welten gegangen war?«

»Der Erste Mann hatte einen bösen Bruder, der andere schlechte Menschen in diese Welt herüberbrachte. Aber ich begreife nicht, warum das Große Eine und der Schöpfer und ...«

»Das Große Eine ist der Herzschlag des Schöpfers.« Singende Steine sog tief die Luft in seine Lungen. »Erinnerst du dich an die Zwiebel? Schichten innerhalb von Schichten? So sind die Welten. Jede Welt ist eine Schicht. Das Große Eine durchdringt alle.« Er machte eine Pause und fuhr dann fort: »Tapferer Mann wird einen neuen Weg für diese Welt träumen und damit die Spirale verändern. Nur du und Stilles Wasser können seinen Traum zerstören. Die Wahl liegt bei euch.« Singende Steines Blick erfüllte sie mit der Süße sonnenbeschienenen Honigs.

»Wir sind zurückgekommen, Singende Steine. Stilles Wasser und ich sind hier. Sag mir, was wir tun müssen.«

»Lernen ... bevor es zu spät ist.«

»Zu spät?«

Der alte Mann hob den Kopf und starrte hinaus auf die Ebene. »Gestern nacht träumte ich. Ich sah das Sonnenvolk im Wind Basin. Ich sah einen lahmen Geistermann über dem Körper eines jungen Kriegers stehen. Der junge Krieger war ein gutaussehender Mann, auf dessen Stirn blaue Linien tätowiert waren. Der Geistermann hob ein blutiges Messer der Sonne entgegen – und ein neuer Weg war geboren.«

Tapferer Mann ... und Windläufer! Ihre Seele erstarrte.

Rittersporn blieb heftig nach Luft schnappend mitten auf dem Pfad zur Gray Wall hinauf stehen. Zu beiden Seiten fiel der Bergkamm in steilen, gelegentlich mit Beifuß und Salbei gesprenkelten Hängen zu den Trockenrinnen ab. Pudriger Staub wirbelte von der grauweißen Erde auf und legte sich auf die Mokassins. Hier und da ragten braune Sandsteinfelsen aus den Hängen, einzelne Wacholder und Kiefern krallten sich mit ihren zähen Wurzeln in den steinigen Boden.

Angst preßte ihr Herz zusammen. *Wir sind gezeichnet – selbst hier im hellen Sonnenlicht sind wir gefährdet.* Bei diesem Gedanken erbebte ihre Seele. *Wir sind unrein. Bei den Geistern des Landes und der Sonne im Himmel, wir leiden unter dieser Verdorbenheit. Warum ... oh, warum mußte Schwarze Hand dieses Schicksal widerfahren? Warum dem Rundfelsen-Stamm?* Sie blinzelte, um die Tränen der Verzweiflung über die grausame Niederlage zurückzuhalten.

Ihre Beine zitterten. Sie stützte sich schwer auf Schilfrohrs Arm und blickte zurück auf das Wind Basin. Das von Bäumen beschattete Schwemmland entlang des Spirit River lag hinter den aufragenden Bergrücken aus graublauen Tonschichten verborgen.

Gut, daß ich es nicht mehr sehen muß. Wenn wir doch nur fliehen könnten – weit weg von diesem furchtbaren Ort. Sie schluckte schwer. Wie floh ein Mensch vor der Besudelung seiner Seele?

Nachdem Schwarze Hands Leiche entdeckt worden war, hatten die Leute einander voller Entsetzen angestarrt. Sie scharten die Kinder um sich und kauerten sich an die Feuer.

Viele umklammerten Fetische, um sich vor dem Bösen zu schützen. Noch bevor das erste Morgenlicht in das Tal sickerte, waren die Lager abgebrochen worden. Die Stämme zogen davon, das Lager schmolz dahin wie Schnee in der Frühlingssonne. Ein Mörder, ein furchtbarer Mörder hatte einen Angehörigen des Volkes umgebracht.

Rittersporn sah ihre Leute an, die schweigend auf dem Pfad warteten, um ihr etwas Erholung zu gönnen. Angst schwebte über ihnen wie Rauch am Spätnachmittag. Rosenbusch starrte hohläugig ins Leere, ihr Gesicht war aschfahl. Nur Knolles Lebensgeister waren wieder erwacht. Der Junge sah aus wie neugeboren.

»Das wird ein schlimmes Jahr«, hatte Knochenklang prophezeit, als sie Schwarze Hands Körper in eine rasch ausgehobene Grube legten. Nur der Schlechtwasser- und der Warmwind-Stamm waren noch dageblieben und halfen beim Begräbnis. Doch auch diese beiden Stämme beeilten sich, von diesem Ort fortzukommen, an dem Schwarze Hands zorniger Geist fortan herumstreifen würde.

Kein Verbrechen war mit Mord zu vergleichen – nicht einmal Hexerei. Der Geist des gewaltsam Getöteten wanderte auf der Suche nach dem Mörder in der Nacht umher und richtete seine Wut gegen jeden, der sich in seine Nähe begab. Falls Eulenklees Hexer tatsächlich existierte, suchte er mit Sicherheit die Stelle auf, an der der Mord an Schwarze Hand geschah, und verbündete sich mit seinem zornigen Geist. Unschuldige würden für diese Tat bezahlen müssen.

Rittersporn betrachtete den langen, noch vor ihr liegenden Aufstieg. Der Gipfel schien unendlich weit außerhalb jeder Reichweite wie die Hoffnung für das Volk.

Sie weigerte sich, das Schweigen zu brechen, den einzigen Mann zu betrauern, den sie je geliebt hatte. In ihren Erinnerungen würde er unverändert weiterleben: ein leidenschaftlicher junger Liebhaber, der seinen Körper und seine Seele mit ihr geteilt hatte.

Entschlossen setzte Rittersporn einen Fuß vor den anderen und trieb ihren alten Körper unerbittlich den langen steilen Hang hinauf.

Ich habe meine letzte Große Versammlung erlebt – und meine Seele schaudert. Qual peinigte ihr Herz. *Was bricht als nächstes über das Volk herein? Welches Elend entsteht daraus?*

Die Sonne brannte auf Stilles Wassers Rücken. Er lag zusammen mit Weiße Esche in einer geschützten Mulde zwischen blassen, von einem Sandsteingesims abgebrochenen großen Steinen. Die Kiefern seufzten leise im Wind, das Zwitschern der Finken und das Surren der Insekten brach sich an den Steinwänden ihrer versteckten Nische.

Stilles Wasser drehte sich auf den Rücken. Tief atmete er die warme Luft ein und blickte versonnen zu den kleinen, am blauen Himmel dahinsegelnden Wolken hinauf. Der leichte Wind streichelte seine gerötete Haut.

»Wir sollten damit aufhören«, seufzte Weiße Esche. »Singende Steine sagt, die Paarung lenkt uns vom Träumen ab.«

Stilles Wasser drehte den Kopf und blickte sie bewundernd an. Sie schwitzte, und ihre braune Haut schimmerte feucht in der strahlenden Sonne. Er schwelgte im Anblick ihres makellosen Körpers. Ihre festen Muskeln hatten sich nach der leidenschaftlichen Umarmung entspannt. Mit einem Finger fuhr er die Kurve ihrer Hüfte nach und umkreiste die Feuchtigkeit an ihrem Nabel. Mit einer Hand umfaßte er eine ihrer vollen Brüste. Eine tiefe Zufriedenheit ließ seine Seele jauchzen.

»Wir können ja damit aufhören.« Bei diesem Gedanken durchströmte ihn ein sehnsuchtsvoller Schmerz.

Sie begegnete seinem fragenden Blick. Einen Moment lang schien er in der braunen Sanftheit ihrer Augen zu versinken. »Ich will aber nicht.«

Friede begann durch die Adern seines erschöpften Körpers zu fließen. »Träumer sollen sich nicht der Paarung hingeben. Und das sagt nicht nur Singende Steine.«

»Das ist mir gleichgültig«, antwortete sie. »Ich liebe dich zu sehr. Augenblicke wie diese befriedigen ein tiefes Bedürfnis meiner Seele.« Sie wischte sich den Schweiß von der Stirn. »Ich muß so viel von mir selbst aufgeben, aber ich weigere mich, auch noch darauf zu verzichten. Wenn das Träumen die Liebe ausschließt, will ich nicht träumen.«

»Die Macht fordert ihren Preis«, erinnerte er sie.

»Und ich den meinen.«

Schweigend lagen sie nebeneinander. Endlich sagte sie: »Und wenn ich die Brücke zwischen zwei Welten sein muß, dich gebe ich nicht auf. Die Macht hat mich zu dir geschickt, bestimmt liegt unsere Liebe in ihrer Absicht.«

»Mag sein«, entgegnete er, »aber eine Macht läßt ihr Werkzeug fallen, nachdem sie es benutzt hat. Vielleicht läßt sie auch mich fallen.«

»Das kann sie nicht.«

»Oh?« Wehmütig lächelte er sie an. »Weißt du etwas über Mächte, was ich nicht weiß?«

»Du bist der Hüter des Wolfsbündels. Und davon abgesehen … ich *brauche* dich.«

Er schielte über die Schulter hinüber zu dem Beutel, in dem das Wolfsbündel lag. Ohne den Beutel ging er nirgendwohin. »Das bin ich wohl.« Leise stöhnend schüttelte er den Kopf.

»Was?«

Er kratzte sich hinter dem Ohr. »Ich habe über die Veränderung nachgedacht, die mit mir vorgegangen ist. Der Mensch, der Kranker Bauch gewesen ist, den gibt es nicht mehr. Ich bin nicht mehr derselbe Mann, der im Rundfelsen-Lager gelebt hat. Ich bin ein anderer geworden. Das Wolfsbündel … es verändert einen Menschen. Ich bin das, was das Bündel ist, und das Bündel ist ein Teil von mir.«

»Ich weiß.« Ihre Muskeln strafften sich unter ihrer glatten braunen Haut. »Ich fühle das Wolfsbündel … es zerrt ständig an mir.«

»Das Wolfsbündel füllt eine Leere in meiner Seele. Und ich habe nicht einmal gewußt, daß mir etwas fehlte. Verstehst du, was ich meine?«

Sie drückte seine Hand, die auf ihrer Brust lag. »Mit meiner Liebe zu dir ist es genauso. Ich wußte nicht, wie reich und erfüllend Liebe sein kann. Was ich früher für Liebe gehalten habe, ist hohl … wie eine verlassene Insektenlarve.«

»Vielleicht sollten wir lernen, gemeinsam zu träumen.«

Sie holte tief Luft und starrte zum Himmel hinauf. »Ich weiß nicht, ob das möglich ist, Stilles Wasser. Singende Steine brauchte Jahre, bis er zu träumen gelernt hat. Wenn seine Visionen sich bewahrheiten, bleibt mir nicht mehr viel Zeit, den Weg zum Großen Einen zu finden.«

Sie biß sich auf die Unterlippe und fuhr zögernd fort: »Ich kann das Große Eine fühlen, sogar jetzt. Es berührt die Ränder meiner Seele wie das sanfte Streicheln von Federn auf der Haut. Singende Steine hat mir beigebracht, wie ich einen freien Kopf bekommen kann, wie ich es schaffe, nichts zu hören und nichts zu sehen. Ich erfahre mich selbst, lerne, jenseits der Illusion zu gleiten. Aber das alles gelingt mir nur nach und nach. Ich komme mir vor wie ein Kind, das lernt, ein Mensch zu sein. Ich muß sprechen, gehen und handeln lernen. Ich muß mich gegen Tapferer Mann behaupten, aber er ist ein Krieger und ich bin nur ein kleines Kind.«

»Die Macht läßt uns bestimmt nicht im Stich.« Er schluckte und hoffte inständig, recht zu behalten. »Wir müssen es nur mit mehr Nachdruck versuchen.«

»Ich weiß. Das will ich ja. Aber manchmal fühle ich fast schon den Fehlschlag auf mich zukommen. Und im Falle eines Scheiterns wird nichts, was mir in der Vergangenheit zugestoßen ist, mit dem vergleichbar sein, was kommt. Tapferer Mann wird ...« Sie wandte den Kopf ab.

Stilles Wassers Magen verkrampfte sich. »Das Schlimmste ist, daß ich fortwährend davon träume, was geschehen wird, wenn wir ihn nicht aufhalten. Gestern nacht flog ich über eine riesige Menschenmenge. Mehr Menschen, als es Grashalme gibt. Sie alle sahen mit trübseligen Augen zu mir herauf. Ihre Seelen schrien auf, sie streckten ihre Arme in höchster Verzweiflung nach mir aus, als könnte ich sie retten.« *Wie soll ich sie retten? Ich weiß nicht einmal, wie ich uns retten kann.*

Graue Nadel stapfte verbittert voran, ihre Seele fühlte sich krank. Das Grauen in Kleiner Zehs Augen war ihr ständig gegenwärtig. Wie die Gesichter aller anderen spiegelte auch die Miene ihres Mannes fassungslose Betroffenheit. Das Entsetzen schwebte über dem Schlechtwasser-Stamm wie eine schimmernde Wolke blutdürstiger Stechmücken. Der Stamm hatte durch Kleiner Zeh verwandtschaftliche Bindungen zum Dreigabelungenstamm. Niemand wußte, wer Schwarze Hand umgebracht hatte, aber der Verdacht richtete sich auf den Dreigabelungenstamm. Und wenn dieser Stamm die Greueltat – und damit den Mörder – deckte, wurde auch Kleiner Zeh von dieser Abscheulichkeit besudelt. *Und durch ihn ich … und unsere Kinder!*

Bei dem Gedanken erschauerte Graue Nadel und wandte ihre Aufmerksamkeit den Männern zu, die verkrampft und mit gesenkten Köpfen der großen Gruppe des Stammes vorauseilten. Böses war freigesetzt worden, schwebte mit dem Wind herbei, raschelte durch das dürre Gras.

Graue Nadel entdeckte Kleiner Zeh zwischen den schattenspendenden grauen Pappelstämmen am Ufer des Spirit River. Er hielt sich von den anderen fern. Seine Haltung ließ erkennen, daß die Schuld an ihm haftete wie eine Zecken suchende Amsel am Rücken eines Büffels.

Das einzige, was Graue Nadel tröstete, war der Beistand ihrer Stammesgenossen, die Kleiner Zeh keine Schuld vorwarfen. Der grauenvolle Mord während der Großen Versammlung verhieß allerdings nichts Gutes für die Zukunft, auch wenn ihr Mann für schuldlos befunden wurde. Wahrscheinlich begann nun auch wieder das Gerede über Hexerei. Angesichts der Bedrohung durch das nach Süden ziehende Sonnenvolk schuf der Mord an Schwarze Hand zusätzliche Probleme, auf die sie alle gerne verzichtet hätten. Nichts vermochte die Stämme so gegeneinander aufzubringen wie das Gerede über Hexerei. Der Mord hatte die Mächte beleidigt und ihren Zorn heraufbeschworen, nun würden die Menschen dafür bezahlen müssen.

Die Männer waren den Frauen vorausgeeilt. Sie traten aus dem Schatten der Bäume heraus und kletterten auf eine niedrige Geländeterrasse hinauf. Die Hitze flimmerte über dem gelbbraunen Boden und ließ ihre Gestalten erzittern.

Die Sideways Mountains erhoben sich silbrig schimmernd

in der Ferne. Vielleicht gelang es ihnen, Singende Steine aus den Bergen zu holen und ihn zu bitten, Geisterschutz für das Lager herbeizusingen.

Vom Tiefpunkt der Geländestufe aus begann Graue Nadel mit dem Aufstieg. Sie folgte den Fußspuren der Männer. Nun, da sie aus dem Schutz der Pappelwälder heraus war, brannte die Sonne gnadenlos auf sie herab. Schweißgebadet erreichte Graue Nadel den höchsten Punkt der Terrasse. Von hier aus konnte sie den Badwater River sehen, dem sie bis zu den Hütten des Stammes folgen konnten. Zum Glück verlief der größte Teil der Wegstrecke bis dorthin im von Pappeln beschatteten Schwemmland.

Graue Nadel wartete auf die anderen.

Zwei gewaltige verwitterte Sandsteinbrocken ragten aus der steinigen Erde. Die Männer hatten diese enge Felslücke bereits passiert. Das ständig zunehmende ungute Gefühl begann Graue Nadel die Kehle zuzuschnüren. Nervös starrte sie auf den staubigen weißen Lehmboden.

Närrin! Das kommt von der Hitze. Schwarze Hands Geist lastet auf dir. Du bist beunruhigt, weiter nichts. Dieses Gerede von Hexerei nagt an dir.

Endlich gelangten die anderen Frauen oben an. Gemeinsam gingen sie weiter. Sobald die Männer in Sichtweite wären, würden sie ihnen zurufen, auf sie zu warten, und dann gemeinsam weiterziehen.

Die aus dem abgerutschten Geröll aufsteigende Hitze brannte sich durch die Sohlen von Graue Nadels Mokassins. Sie betrat den Pfad zwischen den Sandsteinbuckeln, der sich weiter zwischen hüfthohen Felsbrocken zum Abhang schlängelte und in das Schwemmland hinunterführte. Nachdem sie den letzten Felsbrocken umrundet hatte, öffnete sich der Blick auf den Hang. Graue Nadel erstarrte. Vor ihr lag zusammengekrümmt mit dem Gesicht nach unten einer ihrer Männer.

Der Hinterhalt war mit List und Tücke gelegt worden.

Hinter ihr erklangen erschrockene Rufe. Graue Nadel wirbelte herum und wollte davonlaufen, doch ein Mann sprang blitzschnell hinter einem der Felsen hervor und versperrte ihr den Weg. Er trug merkwürdig geschnittene Lederkleidung, der Jagdmantel reichte ihm bis zur Mitte der Oberschenkel. Seltsame Figuren waren auf sein Gesicht tätowiert, und das schimmernde schwarze Haar hatte er zu einem Pferdeschwanz gebunden. Kräftige Hände packten sie. Verzweifelt wehrte sie sich. Ihre gellenden Schreie durchschnitten die Luft.

Wie aus dem Boden gewachsen, tauchten hinter jedem Fels Krieger auf, die sich mit wölfischem Grinsen auf die Frauen und die Kinder stürzten und ihre Arme hinter ihren Rücken mit Riemen aus Sehnen fesselten. Dann forderten sie sie auf, den Hang hinunterzugehen.

Angst pulsierte heiß durch Graue Nadels Adern. *Kleiner Zeh – wo bist du?* Was war geschehen? Sie sahen, wie die Frauen von den Kriegern erbarmungslos weitergetrieben wurden.

»Wer *seid* ihr?« schrie Graue Nadel. »*Was macht ihr?*«

Plötzlich entdeckte sie Kleiner Zeh. Er war weiter unten am Hang zwischen die Salbeisträucher gestürzt. Zwei lange Kriegsspeere ragten aus seinem Körper.

Ein gequälter Schrei unfaßbaren Entsetzens kam über ihre Lippen.

Ihre Beine gaben nach. Der Krieger trat sie derb und schubste sie vorwärts zu einem ein wenig abseits stehenden Krieger. Dieser beobachtete teilnahmslos die von Panik erfüllten Menschen. Fünf schwarze Kreise waren auf die dunkle Haut seiner Stirn tätowiert. Mit stockender Stimme, aber in verständlichen Lauten sagte der Krieger zu ihr: »Wir sind das Sonnenvolk. Das sind Schwarzspitzen-Krieger. Du gehörst diesem Mann. Er heißt Feuerkaninchen.«

Für einen Moment starrte sie den fremden Krieger ungläubig an. Dann brach sich ihr Kummer Bahn, Tränen liefen ihr über das Gesicht.

Kein Krieger würde die anderen Stämme des Erdvolkes warnen können.

Kapitel 24

Weiße Esche saß mit gekreuzten Beinen auf einem Stapel weicher Felle in Singende Steines Höhle. Sie schloß die Augen und konzentrierte sich darauf, sich zu entspannen. Langsam begann sie mit dem durch ihre Adern pulsierenden Blut zu strömen, eins zu werden mit dem Schlag ihres Herzens, sich mit dem Rhythmus ihrer stetig arbeitenden Lungen auszudehnen. Völlig nach innen gekehrt, ließ sie auch diese Empfindungen hinter sich und begann zu gleiten.

Der strahlende Glanz des Wolfsbündels in ihrer Nähe schwebte im Nichts, seine Macht umschlang sie. Sie widerstand dem verlockenden Wunsch, sich dieser Macht zu ergeben, driftete ab von der Richtung, in die das Wolfsbündel sie zu locken versuchte. Warum schwebte es ständig am Rande ihres Bewußtseins? Warum lenkte es sie ab?

Sie setzte ihre ganze Willenskraft ein, um jeglichen Gedanken zu unterdrücken. Nun ließ sie sich treiben, ausgefüllt vom Nichts, begann sie, Schicht um Schicht ihres Selbst abzulösen.

Wie auf Wolken gleitend, schloß sich die federleichte Berührung des Großen Einen um sie. Von ihm umgeben wie von blauem Rauch an einem nebligen Morgen, bewegte sich ihr Körper in seinem Rhythmus.

Wie aus weiter Ferne erklang eine sanfte Stimme aus dem Großen Einen. *Suche ... suche ...*

»Wer bist du?«

Die Stimme verstummte, die Ganzheit des Großen Einen zersplitterte abrupt. Weiße Esche blinzelte und blickte sich benommen um. Sie holte tief Luft und seufzte. *Ich kann es nicht. Ich war so nah ... weiter komme ich nicht.*

»Du versuchst es zu gewaltsam«, sagte Singende Steine. Nackt bis zur Hüfte saß er auf seinen Decken an der Rückwand der Höhle. Die Spirale an der Wand über ihm fing das flackernde Feuerlicht ein. Geisterhafte Schatten tanzten über den rußgeschwärzten Stein und über die an Pflöcken hängenden Bündel.

Weiße Esche senkte den Kopf; ihre verkrampften Beine schmerzten.

»Ich fühlte das Große Eine, und ich glaube, ich hörte die Stimme des Ersten Mannes.« Sie schüttelte den Kopf. »Es scheint, je näher ich herankomme, um so weiter entfernt sich das Große Eine.«

Singende Steine legte die Fingerspitzen aneinander, die alten Augen wissend auf sie gerichtet. »Du wirst den Weg finden.«

Ihre Beine waren eingeschlafen und kribbelten unangenehm. »Wann? Wieviel Zeit bleibt mir noch? Ich *muß* träumen.« Heftig massierte sie ihre Waden. »Vielleicht … vielleicht bin ich nicht die Richtige.«

Die Runzeln in Singende Steines Gesicht vertieften sich. »Wenn du das glaubst, findest du den Weg nie. Nur Glaube und Selbstaufgabe bringen dich ins Große Eine.«

»Glaube? Selbstaufgabe? Worte, Singende Steine. Nichts als Worte.«

Stilles Wasser, der schlafend auf seinen Decken lag, seufzte leise. Der alte, abgewetzte Beutel, in dem er das Wolfsbündel stets bei sich trug, lag neben seinem Kopf. Er wachte auf und rieb sich mit den Fingerknöcheln die Augen. Aus gepeinigten Augen starrte er Weiße Esche an. Mit rauher Stimme sagte er: »Es hat angefangen.«

Weiße Esche warf ihm einen vernichtenden Blick zu. »Was?«

Stilles Wasser setzte sich auf. »Das Sonnenvolk ist im Wind Basin. Ich habe geträumt. Ich flog mit dem Wolfsbündel. Ich sah niedergemetzelte Menschen, gefangene Frauen.«

Fassungslos starrte sie ihn an. »Tapferer Mann kann gar nicht dort sein. Nicht so schnell«

Stilles Wassers Gesichtsausdruck veränderte sich nicht. »Ihn sah ich nicht. Trotzdem glaube ich, daß mein Traum der Wahrheit entspricht. Mein letzter derartiger Traum hat sich auch bewahrheitet. Damals sah ich das Lager, das Tapferer Mann zerstört hat. Ich sah die Tänzer, die sich um das Feuer versammelten. Sah ihn … und dich. Ich *sah* es!«

Sie wandte ihre Aufmerksamkeit Singende Steine zu. Der alte Mann saß unbeweglich auf seinem Deckenstapel. »Eine Macht wartet nicht auf einen Menschen ... nicht einmal auf eine Träumerin.«

Draußen in der Dunkelheit peitschte eine wütende Bö durch die Kiefern, schürte die Glut des Feuers und ließ es prasseln und knacken. Irgendwo in der Ferne erklang der Klageruf einer Eule.

Weiße Esche zuckte zusammen. *Tapferer Mann? Im Wind Basin?*

»Was ist mit deinen Leuten?« fragte Stilles Wasser. »Wir müssen etwas *tun.* Wir können doch nicht das Sonnenvolk ...«

»Ihr könnt gar nichts tun«, unterbrach ihn Singende Steine. »Es sei denn, ihr wollt ins Wind Basin hinuntergehen und mit den anderen sterben.«

Stilles Wasser mahlte mit den Zähnen und hieb mit der Faust in die Decken. *Was geschieht da?* Warum? Was ist der Sinn von soviel Krieg und Sterben und Leid?«

Singende Steine sah hinauf zu seiner Elster, die auf ihrer Stange saß und den Kopf unter einen Flügel gesteckt hatte. »Eine Macht kümmert sich nicht um menschliches Leid. Nur die Verwirklichung des Traumes des Ersten Mannes hält die Spirale im Gleichgewicht. Er ist die Verbindung zwischen den Menschen und der Geisterwelt. Es ist die Aufgabe von Weiße Esche, einen neuen Weg für das Sonnenvolk zu träumen. Nur durch diesen Traum kann das Sonnenvolk dazu gebracht werden, den Traum des Ersten Mannes zu verstehen.«

Der Traum. Stets führt alles zu diesem Traum zurück ... und zu mir. Nervös fuhr sie sich mit den Händen über das Gesicht. »Vielleicht kann ich nur träumen, wenn die Macht mir hilft. Vielleicht nur, wenn ...«

»Wenn du es nicht kannst, dann nur, weil du im Netz deiner eigenen Illusion gefangen bist.« Der Feuerschein leuchtete in Singende Steines Obsidianaugen.

»Ja, daran liegt es«, schrie sie und gestikulierte wild. »Vielleicht kann ich mich nicht selbst aufgeben!«

»Du versuchst es mit zuviel Gewalt.«

»Wunderbar! Ich versuche es mit zuviel Gewalt. Was soll ich denn sonst tun? Damit aufhören – und alles Tapferer Mann überlassen? Vielleicht gelangt niemand, der bei Verstand ist, je ins Große Eine. Vielleicht lebst auch du nur in einer Illusion. Vielleicht ist das Große Eine nichts weiter als deine ureigenste Illusion.« Kaum waren ihr die scharfen Worte herausgerutscht, bereute sie sie auch schon.

Eine tiefe Enttäuschung schnürte ihr die Brust zusammen. Sie hatte Herz und Seele hingegeben und gewissenhaft die Anleitungen des alten Mannes befolgt. Seit fast einem Mond erreichte sie die federleichte Berührung, erlebte die Empfindung des Schwebens. Und jedesmal löste sich das Gefühl der Verschmelzung mit dem Großen Einen auf, sobald sie darum kämpfte, die letzte Schwelle zu überschreiten und vollkommen in den grauen Nebel zu sinken.

Verwirrt und verärgert zugleich, biß sie die Zähne zusammen. *Was ist nur mit mir los? Vielleicht bin ich nicht die Retterin für die mich die anderen halten. Es ist zuviel verlangt von einem Menschen.*

An Singende Steine gewandt sagte sie: »Es tut mir leid. Das hätte ich nicht sagen dürfen.«

Der alte Mann nickte, eine denkbar knappe Kopfbewegung. »Ich kenne das Gefühl, das dich quält. Du fühlst dich wie ein Kleinkind, das gerade gelernt hat zu stehen und den ersten Schritt nicht machen kann, ohne zu torkeln und hinzufallen.«

Weiße Esche zupfte am Saum ihres Hirschlederkleides. *Ich bin mir nicht mehr sicher, ob du überhaupt gehen kannst, Alter.*

Singende Steine kniff die Augen zusammen und sah sie an, als hätte er ihre Gedanken gelesen. »Das Große Eine ist überall.« Nacheinander zeigte er auf die Decke, den Boden und die Wände der Höhle. »Trotzdem bleibst du blind und siehst es nicht. Du ringst erbittert darum, ein ganzes Leben der Illusion zu überwinden, doch dein Verstand sagt dir, daß dies nicht möglich ist. Solange du auf deine eigene Stimme hörst, wirst du Fehlschläge erleiden.«

Sie biß sich auf die Unterlippe. Nach kurzem Zögern entgegnete sie: »Ich habe nur dein Wort … ansonsten habe ich ein einziges Mal gesehen, wie du inmitten einer Wapitiherde gesessen hast. Dafür gibt es vernünftige Erklärungen. Vielleicht täuschte der Wind den Geruchssinn der Tiere. Oder du hast sie gefüttert, oder was weiß ich.«

Stilles Wasser ließ sie nicht aus den Augen und nestelte nervös an seinem Bettzeug.

Die Falten in Singende Steines Gesicht verzogen sich nachdenklich. »Würde es dir helfen, wenn du die Überwindung der Illusion sehen kannst? Die Samen des Zweifels sind in deinem Kopf gesät. Du darfst sie nicht mit weiteren Illusionen nähren, sonst keimen sie und wachsen!«

»Die Überwindung der Illusion sehen?« fragte Stilles Wasser erstaunt. Die Skepsis in seinem Gesicht war offensichtlich.

Singende Steine schielte kurz zu Stilles Wasser hinüber, dann sah er Weiße Esche gütig an. »Ich fühle den Kampf deiner Seele. Getrieben von Verzweiflung, erlebst du das Große Eine nie. Verzweiflung ist nur eine Illusion. Ignoriere sie.«

Sie ballte die Fäuste so fest, daß sich ihre Nägel schmerzhaft in ihre Handflächen gruben. »*Sie ignorieren?* Angesichts von Tapferer Mann und seinem irregeleiteten Verstand und der von ihm freigesetzten Macht? Du hattest Visionen von der Zukunft, die Tapferer Mann mit seinen Träumen erschaffen will. Du hast gehört, was Stilles Wasser von seinen Visionen erzählt hat. Wir können doch nicht die Tatsache ignorieren, daß Tapferer Mann versucht, die Menschen vom Großen Einen zu trennen? Er träumt den Weg für ein entsetzliches Leben!«

»Du mußt das ignorieren.« Singende Steine ließ sich nicht aus der Ruhe bringen. »Eine andere Möglichkeit gibt es nicht. Aber du mußt darauf achten, nicht in dieselbe Falle zu stolpern wie ich. Du mußt da weitermachen, wo ich versagt habe. Du mußt das Große Eine träumen – und dennoch seiner Verlockung widerstehen. Sonst wirst du wie Singende Steine –, ein vom flackernden Licht des Feuers magisch angezogener Nachtfalter, der nicht imstande ist, sich den Flammen zu entziehen.«

Erneut wallte Zorn in ihr auf. »Du erwartest von mir – und ich kann noch nicht einmal die Grenze zum Großen Einen überschreiten –, daß mir etwas gelingt, wobei du versagt hast?« Weiße Esche schlug sich mit beiden Händen klatschend auf die Knie. Wütend starrte sie zu den rußverkrusteten Felsen an der Decke hinauf. Entfacht durch eine neue Windbö, stob ein Funkenregen aus der Glut des Feuers.

Singende Steine nickte. »Versprichst du mir, deine Seele von Zorn und Verzweiflung zu reinigen, wenn ich es dir zeige? Vertraust du mir dann?«

»Mir was zeigen?« fragte sie mißtrauisch.

Singende Steine schloß die Augen und stimmte einen monotonen Singsang an. Er zog sich in sich selbst zurück, wie er es Weiße Esche gelehrt hatte. Mit steifem Rücken saß er vor dem Feuer, sein vollkommen entspanntes Gesicht schien alterslos. Die leise Melodie seines Liedes weckte die Elster. Der Vogel lugte von seiner Stange herunter und trippelte unruhig hin und her. Nach einiger Zeit beruhigte er sich, gebannt vom rhythmischen Singsang des Träumers.

Der Gesang des alten Mannes hob und senkte sich im Takt der lodernden Flammen. Ein Prickeln überlief Weiße Esches Haut. Sie warf einen beunruhigten Blick auf Stilles Wasser, der das Geschehen aus großen Augen beobachtete. Die Höhle schien die Melodie aufzunehmen, sie mit ihrem Echo zu verstärken, selbst der Fels begann zu tanzen.

Unter der anwachsenden Macht vergaß Weiße Esche ihre Wut und Enttäuschung. Sie wiegte sich im Rhythmus des Singsangs. Die Macht des Wolfsbündels verband sich mit der Luft, wogte wie tanzender Rauch und schwebte alles durchdringend durch die mit Schwingungen aufgeladene Luft. Singende Steine rief die Macht des Wolfsbündels, ließ sich von seiner Kraft einhüllen. Weiße Esche erschauerte.

Als Singende Steine die Augen öffnete, blickten sie leer, als habe er seinen Körper verlassen. Der Gesang senkte sich zu einem Flüstern, aber die Töne verharrten weiter in der Luft.

In Trance bot der alte Mann seine Hände dem Licht dar.

Er beugte sich leicht schwankend vor und griff in das Feuer. Das Gesicht zur Felsdecke der Höhle erhoben, nahm er glühende Kohlen aus der Feuerstelle und sang mit ihnen. Er hob sie an seine Lippen, küßte sie und steckte sie in den Mund. Nach einer Welle holte er sie heraus und rieb sich damit die nackten Arme und die eingefallene Brust.

Ungläubig und ehrfürchtig zugleich, starrte Weiße Esche ihn an. Nicht eine einzige Brandblase verunzierte das Fleisch des alten Mannes. Keine Wunde verunstaltete seine Lippen. Er zeigte keinerlei Regung unter der sengenden Hitze der glühenden Kohlen.

Singende Steine fuhr mit seinem Singsang fort und legte die Kohlen wieder in das Feuer zurück. Die Flammen loderten hell auf. Langsam drehte er den Kopf und sah Weiße Esche aus leeren Augen an.

»Du hast dich nicht verbrannt!« keuchte Stilles Wasser.

»Das Feuer ist Illusion«, flüsterte Weiße Esche. »Er träumt das Große Eine.«

»Ja.« Singende Steines Stimme klang merkwürdig hohl. »Das Fleisch ist Illusion. Nur das Große Eine existiert.« Blicklos starrte er sie an und nahm eine Knochenahle aus einem seiner Beutel. Singende Steine stieß sich die im Schein des Feuers glänzende Ahle in das welke Fleisch seines Armes. Nicht das kleinste Anzeichen eines Schmerzes zeigte sich auf seinem Gesicht, als die Haut von der scharfen Spitze durchbohrt wurde, die ein ganzes Stück weiter wieder zum Vorschein kam.

Der alte Träumer griff mit knochigen Fingern nach der langen Knochenahle und stieß sie durch seinen Arm. Keine Wunde war zu sehen, dabei hätten sein Fleisch und seine Haut blutbesudelt sein müssen.

»Wie?« keuchte Stilles Wasser.

»Der Knochen ist Illusion«, murmelte Singende Steine. »Einzig das Große Eine ist Wirklichkeit.«

Die Höhle begann im Rhythmus der Macht zu pulsieren. Sie wogte durch die Luft wie ein Sturm durch einen Wald. Weiße Esche hielt sich die Ohren zu, um sich vor dem unerwarteten Angriff zu schützen. Verzweifelt kämpfte sie darum, die Gegenwart des Wolfsbündels aus ihrer Seele zu verbannen – das innerste Wesen ihrer Seele zu schützen.

Plötzlich wurde die Luft ganz still.

Als Singende Steine sprach, hörte sich seine Stimme an, als käme sie aus unzähligen Kehlen. »Bekämpfe uns nicht, Mutter des Volkes. Mit uns kannst du das Große Eine träumen. Nur deine Stärke wird den Traum des Ersten Mannes retten. Nur dein Mut kann die Spirale träumen. Das, was in dir ist, wird die Brücke zwischen den Völkern sein. Nach dem Verständnis der Menschen sind wir uralt. Wir leben in dieser Welt und tanzen die Spirale. Wir träumen das Große Eine. Wir singen mit dem Wolfsträumer. Wie wir mit Feuertänzer tanzten, so werden wir mit dir den neuen Weg träumen.«

»Wer ... wer seid ihr?« hauchte Weiße Esche.

»Läßt du uns scheitern, Mutter des Volkes? Hast du in deinem Innern ein Hindernis aufgebaut, das nicht einmal Wolfsträumer überwältigen kann? Du hast den stärksten Geist, den wir finden konnten. Du bist die Hoffnung der Spirale. Wir haben unsere ganze Hoffnung in dich gelegt. Du bist die Eine. Es bleibt keine Zeit mehr, eine andere zu suchen.«

»Wer seid ihr?« fragte sie noch einmal und hob die Hände, als wolle sie die Macht abwehren.

»Alles, was ist ... und nicht ist. Wir sind das Große Eine und die vielen. Träume, Mutter des Volkes. Die Zeit naht. Wir sind die Macht. Du bist die Hoffnung. Wir zeigen dir den Weg zum Großen Einen.«

»Aber ich ...«

Singende Steine taumelte rückwärts auf seine Decken und stöhnte leise. Weiße Esche fühlte, wie sich die Macht des Wolfsbündels ins Nichts zurückzog. Die Elster stieß ein erschrockenes Kreischen aus, flog pfeilschnell durch ein Loch in den Türbehängen und verschwand draußen in der Dunkelheit.

Ein paar Herzschläge lang blieb Weiße Esche wie erstarrt sitzen. Dann fing sie sich und eilte zu dem alten Mann hinüber. Er atmete rasselnd. Stilles Wasser kniete neben ihm nieder und hob Singende Steines Kopf, um dem alten Mann das Atmen zu erleichtern.

Das Feuer schwelte nur noch. Im Dämmerlicht begegnete ihr Blick den von ehrfürchtiger Scheu ergriffenen Augen von Stilles Wasser.

Singende Steine bewegte sich und blinzelte. Er schluckte trocken und schüttelte schwach den Kopf. »Nein«, flüsterte er und blickte entsetzt auf Weiße Esche. »Laß es nicht geschehen.«

»Was?« fragte Weiße Esche.

»Laß nicht zu, daß die Hexerhasser auch dich ermorden.«

»Ermorden?« Aus Weiße Esches Gesicht wich alle Farbe.

»Sie verblaßt«, flüsterte Singende Steine. »Die Vision … wird schwächer.«

»Wer ermordet wen?« verlangte Weiße Esche zu wissen. »Was geht da vor?«

»Töten … Träumer. Töten … die Mutter … des …«

»Singende Steine?« Weiße Esche rückte dicht an den alten Mann heran. »Was ist los? Geht es dir gut?«

Der alte Mann lächelte heiter. »Fallen in das Große Eine. Träumen. Das Wolfsbündel … ruft. Goldenes Licht … überall.« Seine Augen blickten völlig ausdruckslos. »Schweben. Wolfsbündel, ich höre dich. Komme …«

»Singende Steine?« schrie sie voller Angst.

Einen Moment lang schienen seine Augen klar zu sein, und er sah zu ihr auf. Erstaunen stand in seinem runzligen Gesicht. »Ich muß dich warnen. Ich kannte die Macht des Wolfsbündels nicht. Hätte nicht nach seiner Macht rufen sollen …« Wieder stöhnte er, seine Augen verdunkelten sich. »Sieh dich vor … Mutter des …«

»Singende Steine?« rief Stilles Wasser.

Der Körper des alten Mannes entspannte sich und sackte in Stilles Wassers Armen zusammen.

Weiße Esche schrie unterdrückt auf und legte ihr Ohr an sein Herz. Stille.

Verzweifelt richtete sie sich auf. Stilles Wasser wußte sofort Bescheid. Er legte etwas Holz auf die schwelenden Kohlen. Als die Flammen prasselten, starrte er unbehaglich auf die an die Rückwand der Höhle gemalte Spirale. Sie schien gespenstisch zu glühen.

»Wie soll ich jetzt den Weg finden?« Weiße Esche mahlte mit den Zähnen. In ihr tobte das Gefühl eines unwiederbringlichen Verlustes. »Wie nur, Stilles Wasser?«

Er versuchte, sich seine Hilflosigkeit nicht anmerken zu lassen. »Ich weiß es nicht.« Plötzlich drehte er sich um und starrte, völlig weiß im Gesicht, auf den Beutel mit dem Wolfsbündel.

Ihr drehte sich fast der Magen um, und ihre Bauchmuskeln verkrampften sich. »Nein«, stieß sie hervor. »Das Bündel hat gerade Singende Steine umgebracht – und er hatte Erfahrung, er kannte sich mit Mächten aus. Was mich angeht, ich kann nicht einmal ...«

Draußen vor den Türbehängen wisperte der säuselnde Wind mit unendlich vielen Stimmen: *Wir sind der Weg.*

Stilles Wasser und Weiße Esche quälten sich mit dem schweren Stein, dessen rauhe Oberfläche scharf in ihre Hände schnitt, ein kurzes Stück die Klippe hinauf. Ächzend langten sie an Singende Steines letzter Ruhestätte an: einer schmalen Spalte in der Sandsteinwand der Schlucht. Prüfend betrachteten sie ihr Werk. Sie hatten die Spalte schon fast völlig mit Steinen verschlossen. Nun paßten sie noch den letzten großen Stein ein und versiegelten die kleineren Lücken mit losem Geröll.

Nach getaner Arbeit wandte sich Stilles Wasser um und blickte über die Schlucht. »Hier wird es ihm bestimmt gefallen. Die Aussicht ist wundervoll. Sieh mal, dort über den Kiefern kreist ein Adler.«

Hinter dem Bergkamm flimmerte das Wind Basin unter der sengend heißen Mittsommersonne. Der seufzend durch die Kiefern und den Wacholder streichende Wind trug den trockenen Geruch nach Staub und den Duft von Rosengewächsen, Salbei, Sternblumen und Primeln herbei. Eine Herde Dickhornschafe sprang hurtig zwischen den gelbbraunen Felsen umher und behielt die beiden Menschen aufmerksam im Auge.

Weiße Esche blickte traurig zu den am Himmel vorüberziehenden Wolkenfetzen hinauf. »Jetzt ist er im Großen Einen.«

Müde setzte sich Stilles Wasser auf eine der körnigen Sandsteinplatten, die von der Klippe gestürzt waren. Er streckte die Beine aus und rieb sich den schweißnassen Nacken. Wehmütig blickte er zum Grab hinüber. »Ich wollte ihn noch so viel fragen.«

Ein abwesender Ausdruck trat in Weiße Esches Augen. »Ich weiß.« Sie stellte sich neben ihn und legte ihm eine Hand auf die Schulter. Die tröstende Wärme ihrer Berührung linderte seinen Kummer ein wenig.

Bilder seines Traumes gingen ihm durch den Kopf. Das Sonnenvolk befand sich in seiner Heimat auf dem Kriegspfad. Das Ende seines Volkes nahte, es würde bald tot sein wie Singende Steine, für immer von der Erde getilgt. Er hatte es überdeutlich gesehen. Die schrecklichen Zukunftsvisionen verfolgten ihn unablässig. Ihm und Weiße Esche blieb so wenig Zeit zum Handeln – und die Hindernisse wuchsen mit jedem Schlag ihrer Herzen.

»Was tun wir jetzt, Stilles Wasser?«

Er lehnte den Kopf an ihre Hüfte und verlor sich in Erinnerungen an die Hütte am Rundfelsen. Warmes Feuer erzählte eine Geschichte, die Rosenbusch und Schilfrohr zum Lachen brachte. Die Kinder lugten unter ihren Decken hervor und beobachteten aus großen Augen die Erwachsenen.

Solch friedliche Nächte würde es beim Erdvolk nie mehr geben.

»Wir suchen den Traum.« Er tätschelte ihre Hand. »Sonst können wir nichts tun. Jetzt kommt es auf uns an.«

»Er nahm die Kohlen, und sie haben ihn nicht verbrannt. Er durchbohrte sein Fleisch, und es gab keine Wunde«, flüsterte sie demütig. »Wir haben es beide gesehen.«

»Und es war nicht seine Stimme, die zu uns gesprochen hat.« Stilles Wasser zuckte zusammen. Wir konnten die Macht fühlen. Es war das Wolfsbündel – aber nicht das Bündel allein.« Ein Schauder überlief ihn, und er blickte hinüber zu seinem Beutel.

»Das Bündel hat ihn umgebracht«, sagte sie mit gedämpfter Stimme. »Worauf haben wir uns da nur eingelassen?«

»Auf eine Macht. Auf die Spirale. Auf Dinge, die ich nicht begreife.«

»Und Mord? Wer tötet die Träumer? Tapferer Mann? Ich weiß, er hat Alter Falke getötet.«

Er atmete heftig aus. »Ich weiß es nicht. Könnte Tapferer Mann durch das Wolfsbündel eine Macht aussenden und auf diese Weise Singende Steine umbringen?«

»Ich rühre es jedenfalls nicht an, um das festzustellen.« Argwöhnisch schielte sie zu seinem Beutel hinüber. »Vielleicht sollten wir es bei Singende Steine lassen.«

»Nein. Das scheint mir ... nicht richtig. Verstehst du, was ich meine? Ich kenne die Macht. Das Bündel ist nicht böse.«

»Frag Linke Hand, wie er darüber denkt. Ich finde, wir sollten es in Singende Steines Grabstätte einschließen.«

Nachdenklich runzelte Stilles Wasser die Stirn. Der Vorschlag schien vernünftig, aber andererseits, was war Illusion und was die Wahrheit? Es schien ein unlösbares Rätsel zu sein. »Die Macht. Wir müssen die Macht verstehen.« Er hob den Kopf. »Singende Steine sagte, Mächte seien überall, würden aber nicht in den Lauf dieser Welt eingreifen. Heiler wie Schwarze Hand benutzen eine Macht, lenken sie, verändern sie. Auch Hexer gebrauchen eine Macht, allerdings für andere Zwecke. Nein, es ist nicht das Bündel. Es wäre ein Fehler, das Bündel mit Singende Steine zu begraben.«

»Es hat ihn *umgebracht!*«

»Tatsächlich?« Er sah sie an. »Oder ist er freiwillig hineingetaucht und wollte gar nicht wieder herauskommen? Erinnerst du dich? Er sagte, es riefe ihn. Vielleicht hatte er nicht die Kraft, diesem Ruf zu widerstehen.«

»Die Kraft?« Sie schnaubte und setzte sich auf die Steinplatte neben der seinen. Verlorenheit und Angst standen in ihrem Gesicht. »Die Stimmen fragten, ob ich stark genug sei.«

Stilles Wasser legte seinen Arm um ihre Schultern. »Beim Rundfelsen-Stamm fertigte ich Speerschäfte an. Für einen Speerschaft wird sehr gutes Holz benötigt. Zuerst wird die Rinde abgeschält und die Faser geprüft – um festzustellen, ob der Geist des Holzes arbeitet. Anschließend wird das Holz erhitzt und gedämpft und geradegebogen. Ist das getan, wird es mit einem Schabemesser geglättet. Dabei verbindet sich ein Teil der Seele mit dem Holz. Der fast fertige Speerschaft wird über dem Feuer erhitzt, um den Geist des Holzes widerstandsfähig zu machen. Schließlich wird die Schnitzarbeit ausgeführt.«

»Hat diese Geschichte einen tieferen Sinn, oder warum erzählst du mir das?«

Er nickte geistesabwesend. »Du bist wie ein Speerschaft, Weiße Esche.«

»Ich bin eine Frau«, erwiderte sie wütend.

»Dessen bin ich mir sehr wohl bewußt.« Er umarmte sie fest und genoß die wohltuende Wärme ihres Körpers. »Ich sprach vom Standpunkt der Macht aus.«

Sie suchte seinen Blick. »Was meinst du damit?«

»Eine Macht fertigt sich ihre eigenen Werkzeuge an. Überleg doch, was dir alles widerfahren ist. Salbeigeist raubte dich aus dem Dreigabelungenlager und unterrichtete dich in der Lebensweise des Sonnenvolkes. Du hast mir gesagt, er holte dich als seine Tochter zu sich, weil er einer Macht ein Versprechen gegeben habe. Deine Entführung ist vergleichbar mit dem Auswählen des rohen Holzes für den Speerschaft. Die Lebensweise des Sonnenvolkes zu erlernen entspricht ungefähr dem Entrinden und Begradigen des Holzes. Was dann folgte, war der Prozeß des Erhitzens im Feuer … die Festigung des Holzes.« Er sah sie an. »Du bist der stärkste Mensch, den ich kenne. Du bist geschlagen und vergewaltigt worden, deine Stärke wurde auf die Probe gestellt … und du hast sämtliche Prüfungen bestanden.«

Sie blickte über das Hochplateau. Der Wind spielte mit den Strähnen ihres langen schwarzen Haares. In ihrem Gesicht spiegelte sich wehmütige Verlassenheit. »Alles geschieht meinetwegen.«

»Die Macht hat ihren Speerschaft.« Er zog die Augenbrauen hoch. Jetzt fehlt nur noch die abschließende Feinarbeit.«

»Aber der Handwerker ist tot.« Ruckartig wandte sie den Kopf und starrte zum Grab hinüber.

»Das glaube ich nicht.«

Fragend runzelte sie die Stirn.

Unbeirrt verfolgte er seinen Gedankengang weiter. »Der Speerschaft ist nur Teil eines vollendeten Speeres. Vielleicht war es Singende Steines Aufgabe, die Befiederung zu befestigen. Jetzt fehlen nur noch die Steinspitze und die Verbindung.«

»Und was sollen wir tun? Wohin sollen wir gehen?«

Er schnüffelte in die warme Luft und sog tief den Duft nach Beifuß und Erde ein. »Ich halte es für das beste, wir bleiben hier. Wir haben Singende Steines Höhle. In den Vorratsgruben ist genug zu essen«

»Aber was ist mit den vielen Menschen da unten? Vielleicht könnten wir ...«

»Was denn? Hinuntergehen und mit ihnen zusammen sterben, wie Singende Steine gesagt hat? Wenn alles, was uns widerfährt, aus einem bestimmten Grund geschieht, dann werden wir wissen, wann wir hinuntergehen müssen. Die Macht wird es uns sagen. Der schwarze Wolf wird kommen oder das Bündel wird mit uns träumen. Wir sind noch nicht bereit. Vielleicht findest du in der Zwischenzeit den Weg zur Macht.«

»Noch können wir entkommen. Wenn wir bei Nacht marschieren, wie auf unserer Flucht vor den Kriegern der Gebrochenen Steine, können wir nach Süden gehen und leben, wie es uns gefällt.«

Niedergeschlagenheit senkte sich in seine Seele. »Können wir das wirklich?«

Sie zögerte einen Moment und preßte die Lippen fest aufeinander, scharfe Falten gruben sich um ihre Augen. »Nein, vermutlich nicht. Die Jahreszeiten werden kommen und gehen, aber wir würden uns diese Flucht nie verzeihen.«

Er warf einen letzten Blick auf Singende Steines Ruhestätte. Seufzend griff er nach seinem Beutel und erhob sich. Er mußte sich zu einem zuversichtlichen Lächeln zwingen. »Komm. Wir wollen versuchen, ob wir gemeinsam träumen können.«

Mit einem tapferen Lächeln versuchte sie, ihre Angst und ihren Kummer zu überspielen.

Rosenbusch drückte mit ihrem ganzen Gewicht auf den im Feuer gehärteten Grabestock, um ihn in die Erde zu treiben. Sie arbeitete am Rande einer welligen Dünenreihe, wo der sandige Boden bis weit in das Jahr hinein das Wasser speicherte. Mit einem Krachen stemmte sie die Wurzeln aus dem Boden, packte die schorfige Ackererbse und zog sie heraus. Um die Erde zu entfernen, schlug sie die Wurzeln gegen den Grabestock, dann steckte sie die Pflanze in einen Sack und ging weiter zur nächsten.

Am Horizont im Süden erstreckten sich unregelmäßige Kuppen bis zu den westlichen Ausläufern der Green Mountains, deren geröllübersäte Hänge in das Dünenland des Red Earth Basin abfielen. Der Spätnachmittagshimmel leuchtete in einem einzigartigen klaren Blau. Graubraune Singvögel flatterten zwischen den Sträuchern umher und beäugten Rosenbusch neugierig.

Die Pflanzen wuchsen üppig. Jedesmal, wenn sie eine neue Pflanze herauszog, murmelte sie ein Dankgebet für die Geister, die diesen Boden bewachten. Rittersporn, die zusammen mit Knolle im Rundfelsen-Lager geblieben war, um die Kinder zu beaufsichtigen, hatte die Ernte zur richtigen Zeit festgelegt. Die Samen, aus denen köstlicher Tee zubereitet werden konnte, waren reif. Die übrigen Pflanzenteile, die einschließlich der Wurzeln gegessen werden konnten, standen in vollem Saft.

Hier und da zwischen den Dünen sah sie weitere Angehörige ihres Stammes die in Hülle und Fülle wachsenden Pflanzen ausgraben. Es versprach wirklich, eine reiche Ernte zu werden.

Ihr Sack war randvoll. Sie machte sich auf den Weg, um

ihn zurück zu ihrem behelfsmäßigen Lager zu bringen, das sich nicht weit entfernt im Osten befand.

Während sie zwischen den kniehohen Salbeisträuchern hindurchging, dachte Rosenbusch über die Ereignisse der letzten Zeit nach. Die Leute ihres Stammes sprachen nur noch das Nötigste miteinander. Der Funke sprühenden Lebens hatte den Stamm verlassen, war ausgelöscht worden von Schwarze Hands Mörder. Seit der Tragödie bei der Großen Versammlung hatte sie sich damit abgefunden, für den Rest ihres Lebens allein zu bleiben. Welcher Mann wollte eine Frau haben, deren Name in einem Atemzug mit einem Mord genannt wurde?

Alle Angehörigen des Stammes litten unter dieser grauenvollen Tat. Selbst in Rittersporns Augen war das herausfordernde Funkeln erloschen. Nur Knolle schien von dem entsetzlichen Vorfall völlig unbeeindruckt.

Etwas hat sich verändert.

Der steinige Boden ging in weichen, sandigen Untergrund über, der ihre Schritte dämpfte. Nun war es nicht mehr weit zum Erntelager, das sie etwa einen Tagesmarsch vom Rundfelsen-Lager entfernt in einer geschützten Senke aufgeschlagen hatten, in der eine kleine Quelle sprudelte.

Das Rinnsal tröpfelte zwischen dem hohen Gras bis zum Coldwater River im Norden. Sie ging neben dem Bächlein her zum Lager und nahm erleichtert ihre Last ab. Durstig schritt sie zur Quelle und kniete nieder. In einem von Schilf gesäumten kleinen Becken im leuchtend grünen Moos sammelte sich das Wasser.

Sie trank von dem kühlen Quellwasser und setzte sich in das weiche Gras. Erneut versank sie in trübsinnige Gedanken. Nie wieder würde sie die schmerzliche Leere in ihrem Innern ausfüllen können. Schwarze Hand war zumindest ein feuriger Liebhaber und ein wohlwollender Ehemann gewesen – kein Ersatz für Warmes Feuer, aber wenigstens lag sie nicht allein unter den Decken.

»Das wird mir fehlen«, flüsterte sie. »Ich habe niemanden, mit dem ich reden kann.« Sie seufzte tief.

»Rede doch mit mir«, sagte plötzlich eine unbekannte

Stimme hinter ihr. Sie drehte sich um. Keuchend taumelte Rosenbusch auf die Beine – vor ihr stand ein fremder Krieger.

Er trug merkwürdige Kleider, wie sie sie noch nie gesehen hatte. Ein langes, mit Fransen besetztes Jagdhemd hing ihm bis zur Mitte der Oberschenkel, seine Füße steckten in besohlten Mokassins. In einer Hand hielt er lange, tödliche Speere. Fünf schwarze Kreise waren auf seine Stirn tätowiert.

»Scheinst eine brauchbare Frau zu sein«, sagte er mit einem fremdartigen Akzent. Er musterte sie prüfend von oben bis unten. »Hast einen kräftigen Körper.«

Ihr Herz hämmerte, als wolle es zerspringen. Mit offenem Mund starrte sie ihn an, schließlich fragte sie leise: »Wer bist du?«

Sein Mund verzog sich zu einem grimmigen Lächeln. »Ich bin Salbeigeist. Geh zurück in das Lager.« Er zeigte mit seinen Speeren auf die im Halbkreis stehenden Zelte. »Aber lauf nicht weg. Ich bin schneller als du.«

Sie schüttelte den Kopf und preßte die geballten Fäuste gegen ihre Brust.

»Deine Stammesangehörigen werden gerade überwältigt. Eure Männer sind tot.« Der Schrei des Entsetzens blieb ihr in der Kehle stecken. »Ein Fluchtversuch ist sinnlos. Die Macht des Erdvolkes ist bereits entflohen.«

Sie konnte keinen klaren Gedanken fassen. Vollkommen durcheinander stolperte sie auf die Zelte zu. Ängstlich schielte sie zu ihm hinüber. »Die anderen sind alle tot?«

Mit einem seiner langen Speere hob er die Türbehänge jedes Zeltes hoch und spähte vorsichtig hinein. Nachdem er sämtliche Zelte kontrolliert hatte, sah er ihr offen ins Gesicht und erklärte: »Wir nehmen nur die kräftigen jungen Frauen und Kinder mit. Von nun an gehören deine Leute zum Schwarzspitzen-Stamm. Alle, nur du nicht. Dich behalte ich. Du bist jetzt eine Weißlehm-Frau, denn ich gehöre dem Weißlehm-Stamm an.«

Sie versuchte wegzulaufen, aber er hielt sie mit harter Hand fest. Unter seinem derben Griff schrie sie auf und wehrte sich nicht mehr. Er drehte sie zu sich herum. Nun konnte sie ihn aus nächster Nähe betrachten. Etliche graue Haare durchzogen seine langen Zöpfe, tiefe Linien hatten sich in sein Gesicht gegraben – und sie sah die Traurigkeit in seinen braunen Augen.

»Wieso sprichst du unsere Sprache?«

Er lächelte freudlos. »Ich raubte einst ein Mädchen des Erdvolkes. Sie lehrte mich eure Sprache.« Sein Lächeln wurde breiter. »Und seit wir ins Wind Basin gekommen sind, habe ich reichlich Gelegenheit, in Übung zu bleiben. Du wirst die Sprache des Sonnenvolkes lernen müssen.«

Rosenbuschs Beine gaben nach, und sie sank zu Boden. Er blickte auf den prallgefüllten Sack, der neben seinen Füßen lag. »Von nun an sammelst du Pflanzen für Salbeigeist.«

»Die anderen Stämme werden uns zu Hilfe kommen«, flüsterte sie. »Das Erdvolk wird zurückschlagen.«

Er kauerte sich auf die Fersen nieder, die Speere schaukelten locker auf seinem Schoß. »Das glaube ich kaum. Eure Macht ist vorbei. Wir jagen das Erdvolk, bevor es uns jagt, und töten die Männer und die alten Frauen. Die Toten können die anderen Lager nicht warnen. Die jungen Frauen nehmen wir mit, damit sie für den Schwarzspitzen-Stamm arbeiten.« Er schielte zur Sonne hinauf. »Wir gehen einen neuen Weg … den Weg des Sonnenvolkes.«

»Ich – niemals«, zischte sie.

Belustigt zog er eine Augenbraue hoch. »Oh? Ich glaube doch. Du bist jetzt meine Frau. Salbeigeist ist kein schlechter Mann. Ich schlage dich nicht, es sei denn, du bist ungehorsam.« Er schwieg einen Augenblick. »Es ist lange her, daß Salbeigeist für eine Frau sorgen mußte. Ich habe dich beim Ausgraben der Pflanzen beobachtet. Du bist alt genug, um Verstand zu haben – aber immer noch hübsch. Ich bin dir gefolgt und hörte die Traurigkeit in deiner Stimme. Du hast keinen Mann. Vielleicht ist es so das beste für uns beide.«

Sie nickte wie betäubt. Wo waren die anderen? Hatte dieser Mann tatsächlich Gefährten, oder würde gleich Schilfrohr auftauchen und ihn wegjagen?

Von der Stelle, an der die anderen nach Wurzeln gruben, klang ein furchtbarer Schrei herüber.

Salbeigeist legte den Kopf schief und sah sie aus den Augenwinkeln an. »Bald werden die Schwarzspitzen-Krieger hier sein. Bereite diese Pflanzen zu. Mach uns etwas zu essen.«

Kapitel 25

Im Rundfelsen-Lager saß Rittersporn unter ihrem Sonnendach. Zwischen den von der Sonne beschienenen Erdhütten lachten und schrien die spielenden Kinder. Knolle saß im Schatten von Rittersporns Hütte und beobachtete ärgerlich die kleineren Kinder – zweifellos sehnte sich sein Herz danach, zusammen mit den Erwachsenen draußen Wurzeln zu graben. Sein bloßer Anblick erregte Rittersporns Groll.

Etwas hatte sich verändert. Fast konnte sie den Unterschied in der Luft spüren. Eine Macht war auf verheerende Weise beleidigt worden. In ihrer tiefsten Seele wußte sie das genau. Mitten im Hochsommer, der vor Leben hätte strotzen müssen, hielt der Geist der Erde seinen staubigen Atem an. Stille lag über dem Land.

Oh, Schwarze Hand, was ist nur schiefgegangen? Sie ließ sich in die warmen Tage der Vergangenheit treiben, sah ihn vor sich, stark, muskulös und gutaussehend, mit lachendem Gesicht.

»Großmutter?«

Knolle war aufgestanden und tänzelte wie ein nervöser Puma auf sie zu. Warum war dieser Junge bloß so ungebärdig? Sie sah seinen schwellenden Zorn. Er schien kurz davor, seiner Wut freien Lauf zu lassen – obgleich er nach Schwarze Hands Tod auffallend höflich gewesen war. Auf dem Rückweg von der Großen Versammlung zum Rundfelsen-Lager war der Junge ständig singend herumgehüpft. Doch schon bald nach ihrer Rückkehr war er nur noch übellaunig gewesen.

Muß ihn so bald wie möglich in ein anderes Lager verheiraten. Der Junge ist wie ein Geschwür – ein ständiges Ärgernis.

»Was ist, Knolle?«

Er sah sie herausfordernd an. »Ich glaube, irgend etwas stimmt nicht. Die alte rote Hündin schnüffelte in den Wind, knurrte und verschwand mit gesträubtem Fell im Dickicht. Dort wurde sie sofort ... still. Merkwürdig still.«

Sie warf ihm einen finsteren Blick zu. »Warum belästigst du mich mit einer Belanglosigkeit?«

Bei ihrem zänkischen Ton verzog er mürrisch das Gesicht. »Hast du sie nicht bellen hören?«

»Hunde bellen nun einmal, Junge. Jetzt geh. Kümmere dich um die Feuer. Wir brauchen Feuerholz. Geh Holz sammeln. Mach dich wenigstens einmal nützlich.«

Sein Körper wurde ganz steif vor Abwehr, seine Mundwinkel zuckten verächtlich. Rittersporn nahm eine drohende Haltung an.

»Feuerholz sammeln?« Er schnaubte zornig. »Ich mußte im Lager bleiben, damit ich dir mit den Kindern helfe. Was bin ich denn? Irgendein Lastvieh? Kranker Bauch wußte schon, warum er fortging.«

Die weißglühende Flamme des Zorns loderte in ihrer Seele auf. Mit ihrem gekrümmten Zeigefinger stach sie nach ihm. »Mein Junge, hör zu, und höre mir gut zu. Seit Warmes Feuer gestorben ist, scheinst du deinen Verstand verloren zu haben. Jetzt laß mich allein. Paß bloß auf ... oder ich muß mit ... Schilfrohr ...«

Sie verstummte erschrocken. Mit funkelnden Augen war Knolle einen Schritt auf sie zugetreten, seine zitternden Finger griffen nach ihrer Kehle. Für einen winzigen Augenblick verschmolzen ihre Blicke, und sie sah dunkle, kaum unterdrückte Gewalttätigkeit.

»Knolle, nicht ...« Doch der Junge hatte schon von ihr abgelassen und rannte davon.

Rittersporn holte tief Luft und fuhr sich über das heiße Gesicht. »Ich würde mich sofort von seiner verderbten Seele befreien, wenn mir das nur möglich wäre.« Kaum hatte sie diese Worte ausgesprochen, bereute sie sie schon. Ängstlich blickte sie über das schlagartig still gewordene Lager. Die Schatten der Hütten auf der zertrampelten Erde erinnerten an sprungbereit geduckte Gestalten.

Die Kinder beobachteten sie mit ernsten Augen. Heftig mit den Armen wedelnd, schrie sie: »Haut schon ab! Geht spielen!«

Aber die Kinder versammelten sich zu einer kleinen Gruppe und unterhielten sich leise flüsternd. Die Lust zum Spielen war ihnen vergangen.

Der alte schwarze Hund Gelbzahn schreckte hoch und hob schnüffelnd die Schnauze. Ein drohendes Knurren vibrierte in seiner Kehle, dann bellte er warnend.

»Hierher! Sei still!« grunzte Rittersporn. Mühsam zappelte sie sich auf und griff nach ihrem Grabestock. Die anderen Hunde des Rudels begannen ebenfalls zu bellen. Sie rannten durch das Lager und verschwanden in dieselbe Richtung wie zuvor Knolle.

»Steh mir bei, wenn dieser verfluchte Junge irgendeinen Streich mit einem Bärenfell spielt, dann werde ich ...«

Im Dickicht jaulte ein Hund vor Schmerz auf. Gleich darauf ertönte das Jaulen und Winseln etlicher Hunde. Sie bildete sich ein, einen dumpfen Schlag zu hören – als ob jemand ein Tier schlug.

Dieser nichtsnutzige Bengel hat kein Recht, seine Wut an den Hunden auszulassen. Wenn er mit einer Keule auf Gelbzahn losgegangen ist, sorge ich dafür, daß Schilfrohr ihm den Hals umdreht. Sie hob die Stimme. »Knolle! Bist du das?«

Das Kreischen eines Jungen gellte durch die Luft und hörte abrupt auf – wie abgeschnitten.

Angst preßte Rittersporns Herz zusammen. »Kinder. Geht da hinein.« Mit dem Grabestock zeigte sie auf ihre Hütte.

Wie erstarrt blieben sie sitzen, ihre Gesichter drückten reinstes Entsetzen aus.

»*Sofort!*« fuhr sie die Kinder an.

Hastig zogen sich die Kleinen in die Hütte zurück.

Rittersporn schluckte mit Mühe, ihre Kehle war wie zugeschnürt. Leicht schwankend humpelte sie vorwärts. »Knolle? Bist du das? Spielst du mir einen Streich?«

Voller Entsetzen entdeckte sie eine braune Hündin, die sich mit einem blutbesudelten Speer im Hinterbein in die hinterste Ecke einer Hütte verkroch. Dort brach das Tier zusammen, ein klagendes Jaulen drang aus seiner Kehle.

Zwei tätowierte Krieger kamen um die Hütte herum. Zwischen sich trugen sie den wild strampelnden Knolle.

Rittersporn wandte sich um, um davonzulaufen – doch nun eilten aus allen Richtungen weitere Krieger herbei. Sie drängten sich um sie, lange Kriegskeulen baumelten in ihren kräftigen Fäusten.

Einen Augenblick war sie wie gelähmt. Doch dann kehrte ihr alter Hochmut zurück. »Verschwindet aus meinem Lager!«

Der Zorn erfüllte sie mit neuem Mut. Trotz ihrer schmerzenden Beine stürmte sie los und schwang drohend den Grabestock. Hinter sich hörte sie das rauhe Lachen eines Mannes. Sie wollte sich umdrehen und nach ihm schlagen. In diesem Augenblick schrie Knolle warnend auf, aber sie hörte ihn kaum noch. Der Schlag auf ihren Schädel betäubte sie im Bruchteil einer Sekunde, Dunkelheit überwältigte ihre Sinne.

Windläufer musterte den Jungen kritisch von oben bis unten. Er schien älter zu sein als vierzehn Sommer, wie seine Mutter behauptete. Seine Schultern waren schon recht breit. Das unbewegliche Gesicht des hübschen Jungen schien wie aus Stein gemeißelt. Noch ein paar Sommer, und die jungen Frauen würden bei seinem Erscheinen zweimal hinsehen.

Nachdenklich ließ Windläufer seinen Blick über die braunen Erdhütten schweifen, hinter denen der abgerundete Granitfelsen in der untergehenden Sonne rot aufleuchtete.

Er warf Salbeigeist einen abschätzenden Blick zu. »Willst du den Jungen wirklich behalten?«

Salbeigeist nickte. »Er ist kräftig, und er gehört zu der Frau, die ich mir genommen habe. Sieh ihn an; er wird einmal ein guter Krieger. Ich hatte nie einen Jungen, dem ich etwas beibringen konnte. Nur Töchter – diese Frau hat auch noch eine Tochter.«

»Ja, ich weiß«, bestätigte Windläufer. »Eine Tochter, die noch klein genug ist, um die Lebensweise des Schwarzspitzen-Stammes problemlos anzunehmen – sie wird kaum Schwierigkeiten machen. Aber ich fürchte, Onkel, wenn du diesen Jungen behältst, finden wir dich eines schönen Tages von einem Speer durchbohrt im Dickicht auf.«

Salbeigeist holte tief Luft, seine Brustmuskeln schwollen eindrucksvoll an. »Ich habe den Jungen gefragt. Er sagt, er möchte ein Schwarzspitzen-Mann werden.«

Windläufer stellte sich dicht vor den Jungen hin und blickte ihm forschend in die Augen. »Das soll er mir selbst sagen.«

Salbeigeist sprach in der nuscheligen Sprache des Erdvolkes.

Der Junge nickte, etwas Merkwürdiges gärte in seinen harten schwarzen Augen. In der Sprache des Sonnenvolkes antwortete er: »Ich möchte ein Schwarzspitzen-Krieger werden.«

Oder du bist auf der Stelle tot, und das weißt du, ergänzte Windläufer in Gedanken den Satz. Er wandte seine Aufmerksamkeit wieder Salbeigeist zu. *Onkel, tust du das, weil deine Seele voller Kummer ist? Ist das der Grund? Versuchst du, Weiße Esche zu ersetzen?*

»Behältst du ihn im Auge?« erkundigte sich Windläufer streng.

»Ich passe gut auf ihn auf.« Salbeigeist bekräftigte seine Worte mit einer entsprechenden Geste.

»Meinetwegen kann er bleiben. Wir werden ja sehen, wie er sich anstellt. Aber sage ihm mit allem Nachdruck, daß er ständig beobachtet wird.«

Salbeigeist wandte sich an den Jungen, sagte etwas und zeigte in eine bestimmte Richtung. Der Junge nickte und ging zu der Erdhütte hinüber, die Salbeigeist für sich beansprucht hatte. Die Mutter des Jungen, eine hochgewachsene, hübsche Frau, umarmte ihn dankbar.

Windläufer rieb sich den Nacken. »Hoffentlich weißt du, was du tust.«

Salbeigeist lächelte ihn schief an. »Das hoffe ich auch.«

Wehmütig blickte er zur untergehenden Sonne hinüber. »Diese Frau ist keine Leuchtender Mond. Aber sie wärmt meine Decken. Dafür, daß sie schon einen so großen Sohn hat, ist sie noch recht kräftig.« Er zögerte. »Anscheinend kann ich das Andenken an einen geliebten Menschen lange Zeit in Ehren halten, aber nicht auf ewig.«

Windläufer schwieg.

Salbeigeist rieb sich die Hände. »Neffe, ich danke dir, daß du dein Zelt mit mir geteilt hast. Aber jetzt ist die Zeit gekommen, mir wieder mein eigenes Zuhause zu schaffen.« Er lächelte Windläufer zu und marschierte hinüber zu seiner Hütte.

Windläufer starrte auf den Boden. *Wie lange kann ein Mann nur mit der Vergangenheit leben?* Er blickte nach Süden auf den Green Mountain. *Weiße Esche? Lebst du noch?*

»Wieder in Gedanken versunken?« fragte Espe hinter ihm.

Er wirbelte herum. »Ich habe dich nicht kommen hören.«

Sie stellte sich neben ihn und fügte trocken hinzu: »Du wirst überrascht sein. Im Laufe der Jahre habe ich gelernt, darauf zu achten, wohin ich meine Füße setze. Salbeigeist hat sich für den Jungen eingesetzt?«

»Ich sagte ihm, er kann ihn behalten.« Windläufer kratzte sich an der Wange. »Aber der Junge macht mir Sorgen. Er weiß, was mit vielen Angehörigen seiner Familie passiert ist. Ob er sich gegen uns wendet?«

»Was weiß ich«, drängte sie, »du mußt etwas essen. Sorgen bringen uns auch nicht weiter. Was geschieht, geschieht. Wer weiß, vielleicht gelingt es Salbeigeist, einen guten Krieger aus ihm zu machen.«

Er ging neben ihr her zu einem rotglühenden Feuerloch im Windschatten eines Beifußstrauches. Sie bewegte sich mit anmutiger Gelassenheit. Ihr Kleid schmiegte sich eng an ihre Hüften und betonte ihre schlanke Taille.

Windläufer ließ sich auf eine Decke nieder und sah Espe zu, wie sie einen Braten vom Feuer nahm. Mit einem Hornsteinmesser schnitt sie lange, dicke Fleischstreifen ab und häufte sie in eine Büffelhornschüssel. Während sie ihm graziös die Schüssel reichte, trafen sich ihre Blicke – und verweilten. Er mußte sich zwingen, die Augen abzuwenden und sich auf etwas anderes zu konzentrieren.

Weitere Feuer rauchten in der Nähe des Rundfelsens, wo seine Leute lagerten. Die meisten Angehörigen des Sonnenvolkes weigerten sich, die Erdbehausungen zu bewohnen. Auch er fühlte sich in diesen Höhlen eingeengt und dem Ersticken nahe.

Windläufer kostete das Fleisch. Antilope. Süß und wohlschmeckend. Die Jäger, die das Tier erlegt hatten, hatten ihre Arbeit verstanden. Antilopen mußten rasch und sicher getötet werden. Liefen sie verwundet und mit durchbohrten Eingeweiden weiter, bekam das Fleisch einen strengen Geschmack. Auch mußte die Beute sofort abgehäutet und ausgenommen werden, sonst speicherte das Fell der Antilopen deren Körperwärme so stark, daß das Fleisch rasch verdarb.

Er kaute sorgfältig. Nach längerem Schweigen fragte er: »Wie machen sich die Frauen?«

Espe häufte sich Fleisch in eine Schüssel. »Du hattest recht, dies ist ein reiches Land. Seit wir vor drei Tagen das Lager eingenommen haben, haben wir neue Vorratsgruben in die Erdhütten gegraben und mit so vielen getrockneten Pflanzen gefüllt, daß sie für Wochen reichen. Mit den Gefangenen zu sprechen ist immer noch recht schwierig, aber sie befolgen unsere Befehle.« Sie lachte. »Was sollten sie auch sonst tun? Die letzten, die versucht haben, davonzulaufen, sind inzwischen Kojotenfutter.«

»Der Ungehorsam läßt nach?«

Sie warf ihm einen raschen Blick zu. »Langsam sehen sie ein, daß es besser ist zu leben und zu arbeiten als zu vermodern. Sie trauern zwar noch um ihre Männer, haben aber begriffen, daß es schrecklichere Schicksale gibt, als einen fremden Mann in der Nacht an sich herankommen lassen zu müssen.«

Gedämpfte Stimmen drangen zu ihnen herüber. Unter den Lagerhunden brach eine Rauferei aus. Nach kurzer Zeit verebbte das Jaulen und Knurren langsam. »Die Männer halten sich weitgehend an deine Regel. Sie schlagen die Frauen nicht, sofern sich diese nicht widersetzen.«

Er nickte. »Ich begreife das nicht. Diese Menschen benehmen sich, als sei ihr Geist gebrochen – als wären sie bereits besiegt worden, bevor wir kamen.«

Sie sah zu den ersten funkelnden Sternen hinauf. »Vielleicht hat ihre Macht sie verlassen. Salbeigeist sagt, sie würden dauernd über die Große Versammlung reden und über etwas Schreckliches, das sich dort ereignet hat. Vielleicht sind sie deshalb so demütig und folgsam.« Sie schnaubte verächtlich. »Was mich angeht, ich würde kämpfen und kämpfen, bis ich den Eroberer getötet hätte … oder er mich.«

»Vielleicht sind wir in dieses Land gekommen, um ihm eine neue Macht zu bringen.« Macht. Sobald dieses Wort ausgesprochen wurde, kehrten seine Gedanken unweigerlich zu Weiße Esche zurück. Könnte er mit ihr ebenso unbefangen sprechen wie mit Espe? Weiße Esche hatte sich oft mit ihren Träumen beschäftigt, Espe dagegen setzte ihren wachen Verstand für die praktischen Seiten des Lebens ein und sprach mit ihm über die Probleme, denen er täglich gegenüberstand.

Nachdenklich sah sie ihn aus großen braunen Augen an. Mit beherrschter Stimme sagte sie: »Sie war nicht im Dreigabelungenlager.«

Schwermut senkte sich auf sein Herz. »Nein. Sie war nicht dort.«

»Es tut mir leid, Windläufer. Ich hatte gehofft, du findest sie.«

Er wußte, sie meinte es ehrlich, obwohl er ahnte, welche Gefühle sie ihm entgegenbrachte. Doch bis jetzt hatte sie noch nicht ein einziges Mal Abneigung oder Ärger gegen Weiße Esche gezeigt, nur Verständnis für seinen Kummer. Dadurch stieg seine Zuneigung zu ihr nur noch mehr. Wie viele Nächte hindurch hatte er mit Espe gesprochen? Wie viele gemeinsame Stunden hatten sie damit verbracht, Pläne zu schmieden und auszufeilen, bevor sie das Ergebnis ihrer gemeinsamen Überlegungen dem Rat vortrugen?

Doch damit nicht genug. In der Nacht machte sie häufig die Runde durch das Lager und hörte den Leuten zu. Ihre klugen Ratschläge besänftigten aufgewühlte Gemüter und linderten die Sorgen und Ängste der Menschen in diesem fremden, unbekannten Land. Sie behielt die Gefangenen im Auge und achtete darauf, wie die Männer sie behandelten. Sobald Ärger drohte, warnte sie ihn. Ihretwegen erhielt Windläufer die volle Unterstützung von Heißes Fett.

Und Weiße Esche? Er liebte sie noch immer. Aber Nacht für Nacht führte ihn eine verzehrende Leidenschaft zum Zelt von Heißes Fett, weil er mit Espe reden wollte.

Weiße Esche? Wenn sie noch am Leben ist, muß sie wissen, daß der Schwarzspitzen-Stamm in den Süden gekommen ist. Wenn sie noch am Leben ist …

Er aß noch einen Bissen Fleisch, schluckte und deutete auf das umliegende Land. »Wir haben alle Lager nördlich des Rundfelsens eingenommen. Schlechtwasser, Warmwind, Rotfelsen, Giftbach und all die anderen.« Der Schwarzspitzen-Stamm bevölkerte das gesamte Wind Basin, und nun lag das Red Earth Basin vor ihnen. »Salbeigeist hat in allen Lagern nach ihr gefragt. Hat mit allen Gefangenen gesprochen. Niemand weiß etwas von Weiße Esche.«

Wieder spürte er den ihm inzwischen wohlvertrauten traurigen Blick ihrer dunklen Augen auf sich gerichtet.

»Salbeigeist hat seinen Frieden mit der Vergangenheit gemacht«, erwiderte sie mit sanfter Stimme.

Diese Worte schmerzten ihn, da er selbst unfähig war, die Vergangenheit ruhen zu lassen. Doch wie immer hatte sie recht. Stets traf sie mit wenigen Worten genau ins Schwarze. Seufzend stellte Windläufer seine Schüssel auf den Boden. »Ich weiß.«

Sie stand auf und nahm seine Hand. »Komm mit.«

Er überließ ihr die Führung und folgte ihr an den Feuern vorbei, wo die Krieger essend und redend im flackernden Licht saßen. Während die Schwarzspitzen-Frauen fröhlich lachten und gestikulierten, unterhielten sich die Frauen des Erdvolkes nur im Flüsterton miteinander.

Sie führte ihn an einem Ausläufer des Granitfelsens vorbei, der die Westseite des Lagers abschirmte. Unvermittelt blieb sie stehen und sog tief die laue Nachtluft ein. Ein warmer Wind wehte den Duft nach Salbei und heißer, trockener Erde herbei.

»Die Insekten sind hier nicht ganz so lästig wie im Norden«, meinte sie und kletterte ein Stück weit den Felsen hinauf. An einer geschützten, ebenen Stelle setzte sie sich. »Ich wollte mit dir hier draußen reden, damit uns niemand belauschen kann.«

Bei diesen Worten wurde ihm unbehaglich zumute, verunsichert ließ er sich neben ihr nieder. Im ruhigen Frieden der Nacht wirkte ihr schönes Gesicht noch ernster als sonst.

Mit flinken Fingern öffnete sie ihre Zöpfe und schüttelte ihr Haar. Die leuchtenden schwarzen Strähnen hingen wie ein Tuch um ihre Schultern, umrahmten ihr Gesicht und fielen über ihre Brüste. Verlegen wandte er den Blick ab.

»Ich hätte nicht gedacht, daß alles so glattgeht«, sagte sie. »Du machst keine Fehler in deiner Planung. Im Rat hat nur die Stimme von Schwarzer Mond mehr Gewicht als deine. Selbst die Krieger murren nicht mehr, obwohl sie Pflanzen essen müssen.«

Er lächelte. »Sie sind noch immer siegestrunken. Aber wir haben es tatsächlich ganz gut gemacht.« Sinnend blickte er hinüber zu den flackernden Feuern. »Wer hätte gedacht, daß wir ein ganzes Land einnehmen und dabei nur eine Frau und zwei Krieger verlieren? Unsere Leute sind zufrieden.«

»Allerdings. Besonders die Frauen. Sie müssen weniger arbeiten und können die Gefangenen herumkommandieren.«

Er ergriff ihre Hand. »Den Leuten aus den Lagern im Süden gefällt es sicher weniger, sie sind bestimmt nicht zufrieden. Aber wie sollen sie sich wehren? Um zu kämpfen, fehlt ihnen die Stärke.«

Sie rutschte näher an ihn heran und blickte ihn zärtlich an. Mit den Fingerspitzen strich er behutsam über die weichen Linien ihres Gesichts. Er schien mit ihr zu verschmelzen, in ihrem Duft und der Wärme ihres geschmeidigen Körpers zu versinken.

Sie lachte perlend. »Wir zwei sind schon ein seltsames Paar, Windläufer.«

Als sie ihre Hand an seinem Bein hinuntergleiten ließ, regte sich seine Männlichkeit. Er schloß die Augen und stellte sich vor, Weiße Esche wurde ihn berühren, aber die Wirklichkeit war stärker als seine Vorstellungskraft.

»Espe«, flüsterte er und öffnete die Augen.

Lächelnd sah sie zu ihm auf – aber in ihren Augen schimmerte Traurigkeit. Zögernd begann sie sich ihm zu entziehen, doch er hielt sie fest.

Er wußte nicht genau, was sie von ihm erwartete. »Es tut mir leid, ich ...« Er geriet ins Stottern.

»Es ist meine Schuld. Ich weiß, du denkst immer noch an Weiße Esche.«

Sie blickte über die in der Dunkelheit liegende Ebene zum silbrig schimmernden Band des Coldwater River. »Seltsam, nicht wahr? Ich dachte, ich könnte nie wieder lieben, so sehr habe ich um meinen Mann getrauert. Jetzt weiß ich nicht mehr, was ich denken soll. Du bist mein bester Freund, Windläufer. Ich möchte nicht, daß du irgend etwas tust, was zwiespältige Gefühle in dir hervorruft.«

In seiner Seele kämpften Verlangen und Verwirrung gegeneinander. »Ich weiß nicht, was ich sagen soll.«

»Schon gut.«

Er sah sie an. Ihre Lippen kräuselten sich zu einem leichten Lächeln. »Windläufer, ich will deine Frau sein. Ich glaube, das weißt du. Ich denke schon seit langer Zeit darüber nach. Ich habe versucht, meine Sehnsucht nach dir gegen das abzuwägen, was ich von einem Mann brauche. Der Körper kann die Seele täuschen. Ich wartete, um ganz sicher zu sein. Ich möchte nicht, daß dein Körper dich zu etwas veranlaßt, was unser gegenseitiges Vertrauen zerstören könnte.«

Unsicher zupfte er an den Fransen ihres Ärmels und blickte zum Himmel hinauf, wo sich gerade eine Wolke vor die Sterne schob. »Ich kämpfe gegen meine Sehnsucht nach dir an. Jeden Tag kämpfe ich dagegen an.«

»Die Entscheidung liegt bei dir. Ich kann auf beide Arten mit dir leben, Windläufer.«

Er schluckte. »Und Weiße Esche?«

»Weiße Esche.« Ein wehmütiges Lächeln huschte über ihr Gesicht. »Wenn du sie findest, trete ich beiseite. Ich weiß, was sie dir bedeutet, und werde mich damit abfinden.«

»Wie? Ich meine ...«

Sie versetzte ihm einen leichten Schlag in den Nacken. Weil ich dich liebe. Sofern es nicht die Sicherheit meiner Leute gefährdet, tue ich alles, um dich glücklich zu machen. Wenn das bedeutet, daß Weiße Esche das Zelt mit dir teilt, werde ich ihr lächelnd dabei helfen, ihre Sachen hineinzutragen. Und anschließend würde ich euch beiden viel Glück wünschen.«

»Aber dabei würde dir doch das Herz brechen, nicht wahr?«

»Ich habe schon Schlimmeres überlebt. Ich glaube sogar, daß ich dir und ihr – jeden Tag ganz ungezwungen gegenübertreten könnte.«

Wie benommen schloß er die Augen und versuchte trotz des heftig in seinen Adern pochenden Blutes vernünftig nachzudenken. *Sogar Salbeigeist läßt die Vergangenheit ruhen.* Mit bebenden Händen ergriff er ihre Hand und legte sie in seinen Schoß. »Ich hatte nie eine Freundin wie dich, Espe. Jede Minute, die ich nicht bei dir bin, denke ich an dich.«

Sie wandte ihm ihr Gesicht zu und lächelte ihn glücklich an.

Zögernd beugte er sich vor und küßte sie. Sie schlang die Arme um seine Taille und drückte ihn an sich.

»Willst du es wirklich? Bist du ganz sicher?« flüsterte sie.

Er nickte. Seine Hand glitt über die Kurve ihrer Kehle zu ihren Brüsten hinunter.

Espe erhob sich, zog das Lederkleid über den Kopf und legte es auf den Felsen. Bewundernd blickte er auf den wunderschönen, sich wie eine Silhouette vor dem Sternenlicht abhebenden Körper.

Bebend vor Erregung stand er ebenfalls auf und zog das Hemd aus. Mit geschickten Fingern öffnete sie die Bänder seiner Leggings.

Rasch nahm sie ihr Kleid, reichte Windläufer die Hand

und führte ihn vom Felsen herunter in den kühlen Sand. Zwischen dem duftenden Salbei breitete sie ihr Kleid aus.

»Bist du ganz sicher?« fragte er heiser.

»Mehr als je zuvor in meinem Leben«, hauchte sie und preßte ihn an sich. Er genoß es, die wunderbare Wärme ihres weichen Körpers zu spüren. Einen endlosen Augenblick lang hielten sie einander eng umschlungen, dann seufzte sie auf und sank mit ihm auf ihr im Sand ausgebreitetes Kleid.

Weiße Esche ... ich habe versucht, dich zu finden.

Weiße Esche schöpfte mit der hohlen Hand etwas Wasser aus ihrem Wasserbeutel aus Hirschpansen und träufelte es auf die heißen Steine. Dampf zischte in der Dunkelheit auf und wogte in heißen Schwaden durch die Schwitzhütte.

Stilles Wasser saß ihr gegenüber, er keuchte und japste entsetzlich.

Wolfsträumer reinigte sich im Dampf. Diese Weisheit übermittelte er dem Volk, um Körper und Seele zu reinigen. Reinige dich selbst.

Der Traum war so deutlich gewesen, daß sie sich sofort darangemacht hatten, die Schwitzhütte zu bauen. Beim Sonnenvolk baute niemand solche Hütten, beim Erdvolk zogen sich nur die Heiler und Menschen, die Kummer hatten oder versuchten, mit den Geistern zu reden, in Schwitzhütten zurück. Weiße Esches Haut prickelte. Der heiße Dampf trieb ihr den Schweiß aus allen Poren.

Voller Unbehagen schloß sie die Augen in der erstickenden Dunkelheit und stimmte einen leisen Singsang an. Wie ein Echo sang sie dieselben Worte wie Singende Steine in jener Nacht, als die Macht ihn erfüllte.

»Suche in deinem Innern nach dem, was lauscht«, hatte Singende Steine sie gelehrt. Wieder und wieder versuchte sie, alle Gedanken aus ihrem Kopf zu verbannen.

Ruhe, du Närrin! Nicht denken! Sie kämpfte darum, das Durcheinander in ihrem Kopf zu überwinden.

Ihre Lungen lechzten nach frischer Luft. Verbissen bezwang Weiße Esche das wahnsinnige Verlangen ihres Körpers, der erstickenden Hitze zu entfliehen.

Das Wolfsbündel lauerte am Rande ihrer Seele, seine Ranken schwebten zupackend über ihr.

Wir können dir helfen. Die unzähligen Stimmen des Wolfsbündels tanzten um sie herum. *Gib dich hin. Wir zeigen es dir.*

Etwas Graues, Verschwommenes drehte sich vor ihr. Sie fiel, stürzte mitten hinein. An den Rändern lockte wirbelnder, leuchtend goldener Dunst.

Du bist auf dem richtigen Weg, Mutter des Volkes. Bist du stark genug? Bist du hartnäckig genug, ihn weiterzugehen?

Die Stimmen verstummten, etwas Kühles begann sich auf sie herabzusenken.

»Weiße Esche?« Wie aus weiter Ferne drang Stilles Wassers Stimme an ihr Ohr.

Langsam kehrte das Bewußtsein zurück. Sie blinzelte und merkte, daß sie in Stilles Wassers Armen lag. Über ihr funkelten Sterne, nur im Süden waren sie von einer dunklen Wolkenbank verdeckt. Trotz seines verkrüppelten Armes hatte er es geschafft, sie aus der Schwitzhütte herauszutragen.

»Was ist passiert?« Sie zuckte zusammen. Ein schrecklicher Schmerz hämmerte in ihrem Kopf.

»Du bist vornübergefallen« sagte er. »Ich glaube, die Hitze war zuviel für dich. Zu heiß und zu schnell.«

Stöhnend setzte sie sich auf, in der kalten Nachtluft erschauerte sie. Stilles Wasser legte ihr rasch eine Decke um die Schultern. Er stützte sie, denn noch immer war sie völlig benommen.

»Der Traum hatte recht«, verkündete sie. »Fast hätte ich es geschafft. Ich hörte die Stimme des heiligen Bündels, fühlte den grauen Nebel. Das Große Eine war da, knapp außerhalb meiner Reichweite.«

Er schüttelte den Kopf. »Ich mache mir Sorgen um dich.«

Eine angenehme Zufriedenheit erfüllte sie, als habe sie sich zum erstenmal seit der Vergewaltigung durch Drei Bullen gründlich gereinigt.

»Ich bin auf dem richtigen Weg«, sagte sie. »Auf dem richtigen Weg.«

»Gut«, stimmte ihr Stilles Wasser unsicher zu. »Vielleicht versuchen wir es morgen noch einmal.«

»Nein. Heute nacht. Ich muß nur meine Angst überwinden.«

Er kauerte sich vor ihr nieder, in der Tiefe seiner braunen Augen stand ernste Besorgnis.

»Du gehst zu verbissen an die Dinge heran«, sagte er sanft. »Heute morgen war dir schlecht. Und das geht schon vier Tage hintereinander so. Laß dir Zeit – du tauchst kopfüber hinein. Können wir nicht nach und nach in Ruhe weitermachen?«

Sie ergriff seine kühle Hand und preßte sie gegen ihre schweißnasse Wange. »Ich muß bereit sein, wenn die Macht mich ruft. Ich muß stark genug sein. Das ist unsere einzige Chance.«

Er zögerte. »Manchmal jagst du mir gehörige Angst ein. Und wenn du dich dabei umbringst, was dann?«

»Dann war ich nicht stark genug. Auf jeden Fall ist es besser, als durch einen Kriegsspeer des Stammes der Gebrochenen Steine zu sterben.« Sie blickte zu ihm auf. »Wer macht dir mehr angst? Ich – oder Tapferer Mann?«

Unwillig runzelte er die Stirn. »Schon gut. Morgen schwitzen wir wieder. Jetzt bekommst du erst einmal ein kräftiges Frühstück, und wir werden ...«

»Heute nacht.«

»Heute nacht ...« Widerstrebend senkte er den Kopf. »Wie du meinst. Ich muß das Feuer wieder in Gang bringen und die Steine noch einmal erhitzen. Aber dieses Mal bleibe ich neben dir. Als du vornübergefallen bist, bist du schwer auf dem Boden aufgeschlagen. Hätten wir keine Häute ausgelegt, hättest du dich am Kopf verletzt.«

Sie lehnte sich zurück und genoß den kühlen Wind auf ihrer heißen Haut. *Singende Steine hat Jahre gebraucht, um den Weg zum Großen Einen zu finden. Und er war Heiler und konnte schon mit Mächten umgeben. Wie soll ich das in so kurzer Zeit lernen?*

Tapferer Mann stand auf dem hohen Bergkamm und blickte über das sich scheinbar endlos nach Süden erstreckende Wind Basin. Vor ihm fiel der Hang zu mit Gras und einzelnen Beifußsträuchern bewachsenen Felsausläufern ab, die sich fächerförmig in das ausgedörrte Flachland ausdehnten. Draußen auf der Ebene sah er Bisonherden, Antilopen und Hirsche. Weiter im Süden konnte er die scharfen Ränder des Ödlands erkennen und die kurvigen Einschnitte der wie Wurzeln verlaufenden Trockenrinnen.

»Seelenflieger?«

Tapferer Mann drehte sich um. Dicker Wapiti stand zwischen den Felsen unterhalb des Gipfels und beschirmte mit einer Hand sein Gesicht vor der Sonne. Das niedergetretene Gras der tieferliegenden Wiese, die mit weißen Schafgarben und flammend gelbem Springkraut gesprenkelt war, zeigte deutlich den Weg, den er gekommen war.

Vorsichtig zog sich Tapferer Mann von seinem vorgeschobenen Ausguck zurück, er mußte auf sein krankes Bein achten. Die Schmerzen hatten allerdings nachgelassen, seit sich der Knochen wieder gekräftigt hatte. Dafür war er dankbar. Doch die Kopfschmerzen hatten sich eher verstärkt, sie hämmerten manchmal so schrecklich, daß er Doppelbilder sah.

Die Wege des Handels verlangen, daß man für alles eine Gegenleistung erbringen muß. Ich bekam die Macht und handelte mir dafür die Schmerzen ein.

Er rutschte eine schräge Felsplatte hinunter und landete auf dem sanft abfallenden Hügel direkt vor Dicker Wapiti, der ihm aufgeregt entgegenblickte.

»Irgend etwas entdeckt?« erkundigte sich Tapferer Mann. Steifbeinig ging er durch das hohe Gras auf die dichtstehenden Fichten und Tannen zu.

»Eine ganze Menge«, verkündete Dicker Wapiti eifrig. »Es war klug von dir, Kundschafter auszuschicken. Aber ich bringe andere Neuigkeiten, als du erwartest.«

Tapferer Mann trat in den dunkelgrünen Gürtel der schattenspendenden Tannen. »Ich gehe davon aus, daß der Schwarzspitzen-Stamm in das Land zieht, das der Weißlehm-Stamm erobern wollte.«

Nicht der Schwarzspitzen-Stamm – die Hohlkehlen.«

Tapferer Mann blieb stehen und musterte Dicker Wapiti, der ihm in den kühlen Schatten gefolgt war. Der angenehm harzige Geruch saftiger Nadeln schwängerte die Luft. »Der Hohlkehlen-Stamm? Im Fat-Beaver-Tal?«

»Ja«, bestätigte Dicker Wapiti. »Und der Schneeammern-Stamm jagt in dem Land, das der Schwarzspitzen-Stamm im vergangenen Winter eingenommen hat, und der Wespen-Stamm ... nun, ich entdeckte ein Wespen-Lager in genau dem Gebiet, in dem wir überwintert haben.«

Tapferer Mann starrte finster auf den braunen Nadelteppich zu seinen Füßen. Nervös spielten seine Finger mit den merkwürdigen Steinen der Halskette, die er dem Einarmigen gestohlen hatte. Ein grauschwarzer Tannenhäher stieß einen heiseren, krächzenden Schrei aus, bevor er flügelschlagend von Ast zu Ast davonhüpfte. »Und wo ist der Schwarzspitzen-Stamm?«

In einer Geste der Hilflosigkeit hob Dicker Wapiti die Hände. »Das kann ich dir nicht sagen. Aber eines mußt du wissen, Seelenflieger. Fast alle Stämme beklagen Verwundete. Es muß Kämpfe gegeben haben – viele Kämpfe.«

»Der Schwarzspitzen-Stamm war stark – aber wenn all die anderen Stämme in den Süden gekommen sind? Hat er vielleicht das Schicksal des Weißlehm-Stammes erlitten?«

Dicker Wapiti biß sich unruhig auf die Lippen. »Ich bringe noch mehr Neuigkeiten, Seelenflieger. Der Wespen-Stamm hat Kundschafter in den Norden dieser Berge gesandt. Was sollen wir tun? Unsere Krieger nach Norden führen und den in unser Land eingedrungenen Wespen-Stamm verjagen?«

Tapferer Mann senkte den Kopf, seine Gedanken überschlugen sich. »Nein, mein Freund. Sollen sie diesen Felsenhaufen haben. Ich kenne einen besseren Ort, wo wir unsere Speere im Blut wärmen können als im Norden beim Wespen-Stamm.« Tapferer Mann deutete über seine Schulter. »Im Süden wartet das Erdvolk auf uns.«

Dicker Wapiti runzelte zweifelnd die Stirn. »Diese Berge hier sind nicht schlecht. In unserem Land lebt es sich recht gut, Seelenflieger.«

»Das stimmt, aber Ruhm und Ehre warten im Süden. Was ist dir lieber? Ehre und mehr Frauen, als du je begatten kannst? Oder ein endloser Kriegspfad gegen den Wespen-Stamm?«

»Was hast du geträumt?«

Lachend warf Tapferer Mann den Kopf in den Nacken. »Ich habe geträumt, deine Familie wird so zahlreich werden, daß du mehr Zeit bei der Jagd verbringst, um all deine Kinder zu ernähren, als bei der Paarung. Nach Süden, mein Freund. Nach Süden.«

Dicker Wapiti kratzte sich angestrengt nachdenkend das Genick, sein Gesichtsausdruck glich dem eines Schafes. »Gut. Ich blicke dieser Herausforderung ins Auge, Seelenflieger.«

Tapferer Mann folgte der schmalen, sich durch den Wald abwärts windenden Wildfährte. Nach einer kurzen Wegstrecke auf dem von engstehenden Tannen und Fichten beschatteten Pfad erreichte er die grasbewachsene Lichtung, auf der der Stamm sein Hauptlager aufgeschlagen hatte. Er trat zwischen den Bäumen hervor und blickte auf die am Waldrand stehenden Zelte. Die Hunde sprangen kläffend über den klaren Bach, der sich durch die Wiese schlängelte, doch nachdem sie seine Witterung aufgenommen hatten, zogen sie sich friedlich in den Schatten zurück und legten sich hin.

»Dicker Wapiti?«

»Ja, Seelenflieger?«

»Bewegen sich die Leute des Schneeammer-Stammes auch nach Süden?«

Unruhig trat Dicker Wapiti von einem Bein aufs andere. »Ich glaube, ja. Eigentlich müßten sie nördlich des Dangerous River sein – und jetzt sind sie uns schon wieder auf den Fersen. Ich kann mir nicht vorstellen, daß die vielen verwundeten Krieger, die ich gesehen habe, alle bei Kämpfen gegen den Hohlkehlen-Stamm verletzt worden sind.«

Tapferer Mann klopfte ihm auf den Rücken. »Du hast gute Arbeit geleistet, mein Freund. Nun geh und nimm, was du dir verdient hast – viel Glück beim Zeugen deines ersten Kindes.«

Grinsend nickte Dicker Wapiti und trottete zu seinem Zelt.

Der Hohlkehlen-Stamm südlich des Fat Beaver River? Und wo war der Schwarzspitzen-Stamm?

Im Süden, wisperten die Stimmen in seinem Kopf.

Im Süden? Unmöglich!

Tapferer Mann fühlte sich zunehmend unbehaglicher. Er ging zu seinem Zelt und setzte sich in die Sonne, um nachzudenken. Mußte er etwa den Schwarzspitzen-Stamm durch das Land des Erdvolkes hetzen?

Halb liegend stützte er sich auf einen Ellenbogen, aber etwas in seiner Gürteltasche drückte schmerzhaft in seine Hüfte. Er streckte sich und holte den schwarzen Steinwolf hervor.

Schon entschlossen, das unnütze Ding wegzuwerfen, hob er den Arm, doch er überlegte es sich anders. Er hielt die Figur ins Licht und bewunderte erneut das kleine Kunstwerk.

Unwillig steckte er die Figur wieder in seinen Gürtelbeutel und drehte sich auf die andere Seite.

Irgendwo im Lager ertönten freudige Begrüßungsrufe. Zweifellos hießen die Freunde Dicker Wapiti willkommen.

Nachdenklich starrte er in die Baumwipfel hinauf, die wie Speerspitzen in den Himmel stachen.

Er stand so dicht davor, den Weg in den goldenen Dunst und zu dessen Macht zu finden. Während Bleicher Rabe schlief, saß er Nacht für Nacht am Feuer und verfolgte den Weg, den er in seiner Seele gebahnt hatte. Das *mußte* der Schlüssel sein. Um den Weg zu finden, mußte er nach innen blicken. Jedesmal kam er näher an den flaumigen grauen Dunst heran. Seine Seele hörte den stummen Ruf der Macht. Er wußte, er konnte den Weg finden. Diese wundersame goldene Macht konnte die seine werden. Mit dieser Macht konnte er, Tapferer Mann, auch das Wolfsbündel kontrollieren – und die andere, ihm noch unbekannte Quelle der Macht, die ihn so schroff zurückgestoßen hatte. Irgendein böser Geist hatte ihn an jenem Tag südlich des Fat Beaver River aus dem goldenen Dunst verjagt. Er hatte deutlich die Stimme des Bösen gehört.

Wenn ihn doch nur die Probleme dieser Welt nicht dauernd bedrängen und stören würden.

Er hatte geplant, gleich nach dem ersten Schnee aufzubrechen. Zu dieser Jahreszeit hatte der Stamm reichlich Trockenfleisch und wäre gut auf den langen Marsch vorbereitet. Aber jetzt? Was sollte er tun, wenn der Hohlkehlen-Stamm den Schwarzspitzen-Stamm tatsächlich nach Süden drängte?

Bleicher Rabe lugte um die Ecke des Zeltes. »Da ist er«, rief sie jemandem über die Schulter zu. An Tapferer Mann gewandt, erklärte sie: »Es gibt Neuigkeiten.«

Sie kniete neben ihm nieder, und er nahm liebevoll ihre Hand. »Ich weiß, Dicker Wapiti hat mir bereits alles berichtet.«

»Dicker Wapiti?« Ihr stolzes Gesicht zeigte Verwirrung.

Langer Knochen trabte um das Zelt herum, sein Gesicht verriet höchste Unruhe. Das Jagdhemd des jungen Kriegers war an mehreren Stellen zerrissen und völlig dreckverkrustet, seine hohen Mokassins deutlich abgeschabt. Als der Krieger schüchtern lächelte, verzogen sich die auf seine Wangen tätowierten Knochen zu einem sonderbaren Muster.

»Du bist also auch zurück!« begrüßte ihn Tapferer Mann. »Komm, setz dich. Frau, bring was zu essen. Langer Knochen sieht mitgenommen aus.«

Während sich Bleicher Rabe in das Zelt hineinduckte, ließ sich Langer Knochen ins Gras sinken und kreuzte die Beine.

Tapferer Mann sah ihn prüfend an. Die Erschöpfung in den Augen des Mannes war nicht zu übersehen. »Was bringst du für Neuigkeiten? Hast du das Erdvolk gesehen? Sind sie bereits mißtrauisch und auf der Hut?«

Langer Knochen rieb sich das schmale Gesicht. »Nein, Seelenflieger. Ich glaube, über das Erdvolk brauchen wir uns nicht den Kopf zu zerbrechen. Sie machen uns bestimmt keinen Ärger.«

»Oh?« Tapferer Mann sah auf, als Bleicher Rabe eine Hornschüssel vor Langer Knochen hinstellte.

Der Krieger nahm die aus dem Horn eines Dickhornschafbockes hergestellte Schüssel und trank laut schlürfend die Flüssigkeit. Mit den Fingern fischte er Fleischbrocken und wilde Zwiebeln heraus. Gierig aß er die Schüssel leer und reichte sie Bleicher Rabe zurück. »Ich ging nach Süden in das Wind Basin, wie du mich aufgefordert hast, Seelenflieger. Ich war stolz, weil du mir diese verantwortungsvolle Aufgabe anvertraut hast. Ich bewegte mich lautlos und voller List. Niemand sah Langer Knochen durch das Dikkicht schlüpfen. Ich ging kreuz und quer durch das Land und sah Krieger. Das Tal dort unten wimmelt nur so von Kriegern.«

»Können wir diese Krieger besiegen? Ist dieses Erdvolk so schwach, wie ich es in meinen Träumen sah?«

»Seelenflieger ... der Schwarzspitzen-Stamm hat das Land des Erdvolkes bereits erobert.«

»Der Schwarzspitzen-Stamm?«

»Ja, Seelenflieger. Die Schwarzspitzen-Krieger sind überall, der Stamm zieht weiter nach Süden.«

»Aber wie?« schrie Tapferer Mann zornig. »Wie sind sie dort hingekommen? Warum?« Hatte das Wolfsbündel seine Macht ins Spiel gebracht? Vielleicht zusammen mit Hilfe der Macht des Einarmigen, der aus dem Zelt des Schamanen des Wolfsvolkes gekommen war?

»Das weiß ich nicht«, erwiderte Langer Knochen besorgt. »Eines Nachts schlich ich mich an ihr Hauptlager heran. Die Krieger haben einen neuen Anführer, einen mir unbekannten jungen Mann.«

»Ja, ja, erzähl weiter!«

Langer Knochen schluckte. »Ich ging ein großes Risiko ein und kroch wie eine Schlange an ihr Lager heran. Ich hörte die Krieger miteinander sprechen. Selbst Schwarzer Mond hört auf diesen neuen Anführer der Krieger, ebenso Heißes Fett. Ich sah ihn, einen großen jungen Mann. Neben ihm ging eine schöne Frau mit langen schwarzen Haaren.«

Tapferer Mann fuhr ihn an: »Hast du seinen Namen gehört?«

Langer Knochen nickte, er war auf der Hut. »Windläufer.«

Windläufer? Aber wie? Tapferer Mann ballte zornig beide

Hände zu Fäusten. *Wieder einmal, alter Freund, werden wir uns gegenüberstehen. Doch dieses Mal töte ich dich.*

Seine Augen verengten sich zu schmalen Schlitzen. Sobald der Kampf um das Wind Basin gewonnen war, würde er an einen hochgelegenen Ort gehen und Windläufer an Armen und Beinen gefesselt zu sich bringen lassen. Dort oben würde er – wie in seinen Visionen – ein Steinmesser zur Sonne hinaufheben und Windläufer die Brust aufschlitzen. Er würde das schlagende Herz aus dem lebendigen Körper herausschneiden und es hochheben – eine Opfergabe an die Sonne und an den Großen Donnervogel. Ein Tribut an die Macht. Weiße Esche würde …

Weiße Esche! Schlagartig wurde ihm alles klar. Langer Knochen hatte gesagt, eine schöne Frau habe Windläufer begleitet.

Tapferer Mann schrie: »*Er* hat sie! Wir brechen morgen auf! Morgen *komme ich,* Windläufer!«

Dampf stieg von den siedenden Steinen auf und waberte durch die dunkle Schwitzhütte. Weiße Esche saß unbeweglich, sie wiegte ihre Seele im Singsang des leise neben ihr murmelnden Stilles Wasser. Langsam verlor sie sich selbst, sie folgte dem Weg nach innen, den sie mit soviel Anstrengung und Mühe gefunden hatte. Sie schwebte an der Grenze zum Großen Einen, Frieden strömte in ihre Seele. Die Lokkung des grauen Nebels ergriff vollkommen Besitz von ihr. Sie nahm all ihren Mut zusammen, versuchte, die Schwelle zu überschreiten, den Weg in den goldenen Dunst zu erstürmen … und verlor ihn.

Laß dich los, drang das leise Flüstern des Wolfsbündels durch den sich auflösenden Nebel. Sie fing sich und kehrte auf den Weg nach innen zurück. An der Grenze zum Großen Einen zögerte sie. Ihre Seele pulsierte und schwankte, die verweilende Süße des Großen Einen umspielte sie sanft wie die Berührung zarter Schmetterlingsflügel.

Laß dich los.

Der Macht des Wolfsbündels vertrauen?

Voller Verzweiflung und im Bewußtsein, keine andere Wahl zu haben, ließ sie ihre Seele in den Strom der Macht des Wolfsbündels gleiten. Wie ein reißender Fluß trug sie die Macht in den grauen Nebel. Sie fiel, stürzte hilflos ... und die Welt wurde golden.

Träume, sagte das Wolfsbündel. *Träume das Große Eine.*

Eine Macht erfüllte die Luft wie feiner Dunst. Neben ihr begann Stilles Wassers Seele leuchtend gelb und rot aufzuglühen. Die heißen Steine in der Mitte der Schwitzhütte nahm sie als flackernde brennende Lichter wahr. Trotz der über das Gerüst der Hütte gelegten Häute spürte sie die Gegenwart der Pflanzen und der düsteren Felsen draußen. Insekten, Vögel, sogar die Mäuse in ihren Nestern am Fuß des Felsens pulsierten wie kleine Feuer. Plage tauchte als freundliches Leuchten im schwankenden Blau und Grün des Großen Einen auf.

Sie dehnte sich aus – und stieß auf Widerstand.

»Suche nicht weiter, Mutter des Volkes. Wir halten dich auf,« warnte die feste, ruhige Stimme eines goldenen Mannes.

»Wo sind wir?«

Ein Flackern wie tanzendes Feuerlicht erschien. Die goldene Gestalt des schönen jungen Mannes aus ihren Träumen schwebte im Großen Einen.

»Ich bin Wolfsträumer. Der, den du den Ersten Mann nennst. Du bist mein Traum, Mutter des Volkes. Du hast den Zugang gefunden. Ich bitte dich, nicht weiterzugehen, sonst lockt dich die Erleuchtung in die Falle, so, wie sie schon andere vor dir gefangennahm.«

»Aber es ist so schön.«

»Du träumst an der Grenze des Großen Einen, du fühlst die Spirale.«

»Ich möchte mehr fühlen, mehr wissen.«

»Deine Zeit ist noch nicht gekommen. Wir brauchen deine Träume. Das Wolfsbündel ist der Weg. Für dieses Mal hast du genug geträumt. Du hast rasch gelernt, Mutter des Volkes. Aber verlier dich nicht selbst wie Singende Steine. Die Verlockung des Großen Einen ist mächtig. Deine Zeit, die Ganzheit des Großen Einen zu träumen, wird kommen.«

»Du hältst mich auf?«

»Für den Augenblick, aber wir können dich nicht für immer zurückhalten. Du besitzt große Stärke. Wir haben dich gefestigt und versucht, dich nach unseren Zielen zu formen.«

»Welche Ziele sind das, Wolfsträumer?«

»Einen neuen Weg für das Sonnenvolk zu träumen. Die Spirale für das Sonnenvolk zu träumen.«

»Und wenn ich das nicht tue?«

»Du kennst die Antwort. Die Spirale wird sich verlagern, und mein Großer Traum wird sich verändern. Das, was ist, wird anders sein. Stilles Wasser hat gesehen, was kommen wird. Du kannst den Traum des Ersten Mannes retten.

Die Entscheidung liegt bei dir.«

Sie weinte vor soviel Schönheit. Die tanzenden Lichter des Großen Einen umglühten sie golden. Durchdrungen von allumfassendem Frieden, hörte sie das Schweigen mit herrlichen Stimmen singen. Seelen schimmerten, pulsierten, drangen in das Große Eine ein, wenn sie vom Leben in den Tod schlüpften, und verlagerten die Spirale kaum spürbar.

»Wolfsträumer, ist es das, was auch Singende Steine kannte?«

»Und dem er am Ende nicht widerstehen konnte. Er träumte und konnte nicht zurückkehren. Kannst du zurück? Willst du für uns träumen? Das Wolfsbündel wartet auf dich. Wende dich an das Wolfsbündel.«

»Ich möchte nicht weg.«

»Dann ist alles verloren. Die Spirale wird sich verlagern. Tapferer Mann wird der Spirale seinen furchtbaren Traum aufzwingen.«

Weiße Esche zog sich erschaudernd zurück. »Nein!«

Der graue Nebel löste sich auf. Sie fühlte eine Hand auf ihrem Körper, die Welt drehte sich um sie.

»Weiße Esche?« Stilles Wassers angsterfüllter Schrei brachte ihre Seele in ihren Körper zurück. Die Hitze drohte sie zu ersticken. In der Erinnerung an die Erniedrigung durch Tapferer Mann schlug sie wild auf die Hand ein, die sie festhielt.

»Weiße Esche!« Stilles Wasser schrie noch lauter. »Ich bin es! Stilles Wasser! Du bist in Sicherheit. In Sicherheit!«

Erbebend legte sie sich zurück und wiegte sich in seinem verstümmelten Arm. Er machte sich sanft von ihr frei und hob die Türklappe der Hütte.

Blendendes Licht drang herein.

Erschöpft kroch sie hinaus und legte sich auf die tröstende Kühle der Erde. Voller Ehrfurcht berührte sie einen Grashalm, der ihre Wange kitzelte, zum erstenmal wurde sie sich seines Daseins bewußt.

»Weiße Esche?« Stilles Wasser kniete neben ihr nieder.

Sie umarmte die Erde, als wolle sie eins mit ihr werden, sie schien im Rhythmus ihres Herzschlags mit ihr zu verschmelzen.

Sanft streichelte er ihr Haar. »Geht es dir gut?«

Sie brach in Tränen aus vor Glück und schnüffelte. »So … schön. Oh, Stilles Wasser, es schlägt wie ein Herz, nur anders. Ich sprach mit dem Ersten Mann. So schön. So … wunderschön. Meine Seele weint, wenn ich daran denke.«

Sie drückte ihre Lippen auf die Erde und blies ihren Atem hinein.

»Wie fühlst du dich?« stieß er hervor.

Sie rollte sich herum und sah mit ihrem von Erde beschmutzten Gesicht zu ihm auf. Unendliche Liebe wuchs in ihr. Sie hatte seine Seele gesehen, war eins mit ihm gewesen. Dieser Mann, der so besorgt auf sie herunter schaute, glühte vor Liebe.

Sie preßte ihn an sich, als wolle sie ihn nie wieder loslassen. »Gut, Stilles Wasser. Mir geht es gut.«

»Du hast geschrien«, murmelte er halb erstickt in ihrer überschwenglichen Umarmung. Ein furchtbarer Schrei.«

»Ich weiß«, flüsterte sie, die Stimmen der Vision hallten wie ein Echo in ihren Ohren. »Hier – in dieser Welt, in der Illusion – sehe ich. Zum erstenmal sehe ich wirklich.«

Er wich zurück und blickte sie skeptisch an. »Mir wird das wohl nicht gefallen, was du mir zu sagen hast, oder?«

»Ich habe das Große Eine geträumt, Stilles Wasser. Ich habe es geträumt.«

»Ich fühlte … etwas.« Auf den Fersen wippte er vor und

zurück. »Ich hörte die Stimmen des Wolfsbündels. Ich glaube, die Zeit ist gekommen. Wir müssen fortgehen.«

»Hast du auch das Große Eine geträumt?«

Entgeistert starrte er sie an. »Wenn das das Große Eine ist, will ich nichts damit zu tun haben.«

Sie ergriff seine Hände. »Erzähl es mir.«

Sein Gesicht wurde hart. »Ich sah den lahmen Krieger Tapferer Mann. Er schritt durch eine Welt voller Toter. Blut tränkte die Erde, und Leute mit schrecklicher Angst in den Augen hoben die Hände zu ihm hinauf. Im Traum sah er mich an, und seine Augen waren erfüllt vom Bösen.« Er schluckte. »Er hielt das Wolfsbündel hoch, und ich fühlte dessen Macht.« Stilles Wassers Gesicht verzerrte sich. »Er hat seine Macht gegen das Volk gewandt, seine Macht für Böses benutzt. Er ist ein Hexer geworden!«

Kapitel 26

»Ich fühle mich unendlich verloren«, flüsterte Weiße Esche Stilles Wasser ins Ohr. Sie lagen unter den Decken, behagliches Feuerlicht flackerte über die rußigen Felswände in Singende Steines Höhle. Plage lag der Länge nach ausgestreckt vor ihnen und beobachtete sie aus sanften Augen. Noch immer verweilten Spuren des Großen Einen in Weiße Esche, so mächtig, daß ihr die vertraute Höhle wie ein fremder Ort erschien.

Stilles Wasser zog sie an sich. »Ich bin ja da. Ich werde immer für dich dasein.«

Sie schloß die Augen und umklammerte seinen Arm. »Es ist, als sei ich in eine neue Welt geboren worden. Nichts ist mehr, wie es war. Ich weiß nicht, was ich machen soll. Das Große Eine zieht mich unwiderstehlich an.« Sie schüttelte den Kopf. »Nun verstehe ich, was Singende Steine meinte, als er sagte, man fühle sich wie ein Nachtfalter, der um ein Feuer flattert.«

»Wir schaffen es schon, wir beide.« Er verstummte. »Zusammen sind wir stärker als jeder für sich allein. Vielleicht hat uns die Macht aus diesem Grund zusammengeführt.«

Gedankenvoll saugte sie an ihren Lippen. Entkommen wäre so leicht. Ihre eigene Stärke reichte aus, um am Ersten Mann vorbei in das Große Eine zu gleiten. Soviel hatte er ihr gesagt. Sie könnte die Spirale tanzen. *Und der Große Traum des Ersten Mannes wird sterben. Die Harmonie, die sein Traum der Welt gebracht hat, wird zu Ende gehen.*

Sie rollte sich herum und sah in Stilles Wassers liebevolle Augen. »Nichts war je so schön. Ich sah die Seele der Welt. Ich sah auch deine Seele … sie leuchtete gelb und rot. Du bist ein guter Mann, Stilles Wasser.«

Er lächelte ihr zu und strich ihr übers Haar. »Und du bist eine gute Frau, Weiße Esche. Ich hätte das nicht geschafft, was dir gelungen ist. Wie Singende Steine wäre ich wahrscheinlich im Großen Einen geblieben.«

Sie drückte seine Hand an ihre Wange und versuchte, aus dieser Berührung neue Kraft zu schöpfen. Ich fühle mich, als ginge ich auf einem messerscharfen Grat entlang, auf jeder Seite gähnt ein tiefer Abgrund. Das Problem ist, ich möchte so schrecklich gerne fallen.«

Das alles ist noch neu für dich. Dieses Gefühl wird vorübergehen. Je häufiger du träumst …«

Sie legte ihm einen Finger auf die Lippen. »Nein. Du verstehst nicht. Es ist wie … » Sie schüttelte den Kopf. »Worte sind Illusion. Worte können das nicht erklären. Je häufiger man das Große Eine träumt, um so mächtiger wird es. Seine Schönheit entwickelt sich in der Seele, sie wächst und wächst, bis der Mensch und das Große Eine miteinander verschmelzen – man erträgt es nicht, diese Schönheit zu verlassen, das wäre, als würde die eigene Seele auseinandergerissen. Wie kann ich eine solche Verzückung und Wonne genießen und bereitwillig in diese Welt mit all ihrem Leid zurückkehren? Dieses Mal konfrontierte mich der Erste Mann mit meinen tiefsten Ängsten, um mich zurückzuholen. Aber das nächste oder übernächste Mal?« Sie erschauerte. »Wolfsträumer weiß nicht, was er von mir verlangt.«

»Er hat Vertrauen in deine Stärke. Ich habe ebenfalls Vertrauen in deine Stärke.«

Sie hielt ihn fest umschlungen. »Ich wünschte, ich könnte dein Vertrauen in mich teilen. Ein winziger Fehler, und ich werde aufgesogen, bin unfähig, der Verlockung zu widerstehen.« Sie atmete stockend.

»Ich bin ja auch noch da.«

Sie strich ihm über das Gesicht und zeichnete mit einem Finger die Linie seines Ohres nach. »Du bist Teil meiner Stärke, das ist gewiß. Ohne dich hätte ich den Weg nie gefunden. Du hast für mich gesungen und mir Mut gemacht, wenn ich aufgeben wollte.« Sie vergrub ihr Gesicht an seiner Brust. »Ich wußte nicht, daß ich einen Mann so sehr lieben kann.«

»Die Liebe«, flüsterte Stilles Wasser. »Ein weiteres Rätsel dieser Welt. Was ist das, die Liebe? Wieso ist sie so, wie sie ist?«

Sie zuckte die Achseln und schmiegte sich noch enger an ihn. »Das ist im Augenblick meine geringste Sorge. Ich muß wissen, wie ich den Traum beherrsche, wie ich es schaffe, auf halbem Weg zwischen dem Großen Einen und dieser Welt zu bleiben.«

Sanft streichelte sie seinen verkrüppelten Arm. Und er hatte geglaubt, keine Frau wolle einen Mann mit so einem Arm haben, doch sie liebkoste ihn. Sein nutzloser Arm war wie alles an Stilles Wasser eine Sinnestäuschung – eine Sinnestäuschung von seinen Zehen bis zu seinem Durchschnittsgesicht. Sie hatte die Wirklichkeit gesehen, die leuchtenden Farben seiner wunderbaren Seele.

Weiße Esche beobachtete das über die rauhen Felswände flackernde Feuerlicht. Sie hatte die Grenze überschritten und vom verbotenen Honig gekostet. Aber was, wenn sie nicht mehr damit aufhören konnte? Was, wenn sie nicht widerstehen konnte und sich mehr und mehr von diesem Wunder und der Harmonie der anderen Seite zu eigen machen mußte? Was würde aus Stilles Wasser werden?

»Ich mache mir Sorgen«, unterbrach er ihre Gedanken.

»Das wundert mich nicht. Alles scheint schlechter zu werden.«

»Was soll das? Du hast den Weg zu den Träumen gefunden.«

»Das meinte ich nicht.« Sein gleichmäßiger Herzschlag besänftigte sie. »Wie geht es weiter, nachdem wir diesen Ort verlassen haben? Vergiß nicht, wir werden es mit dem Sonnenvolk zu tun haben. Wer nicht zum jeweiligen Stamm gehört, ist ein Feind. Wie machen wir ihnen begreiflich, daß eine Macht uns schickt? Wer würde uns glauben? Stilles Wasser, dich werden sie töten, sobald sie dich zu Gesicht bekommen – aber mich, mich werden sie mitnehmen. Eine Frau ist für sie immer von Nutzen.«

Ihre Augen folgten den gemalten Linien der Spirale. Die Spirale, das Sinnbild der Welt – der Schöpfung. Endlich verstand sie ihre Bedeutung. In der Ferne grollte dumpfer Donner über das Wind Basin.

»Uns fällt schon etwas ein. Außerdem wird die Macht uns helfen«, flüsterte Stilles Wasser.

»Wir haben nur eine einzige Chance. Wie nutzen wir sie?« Ihr wurde übel bei dem Gedanken. »Sollen wir uns in der Nacht heimlich in ein fremdes Lager schleichen? Trotz der wachsamen Hunde? Das Sonnenvolk hält sich in fremdem Gebiet auf. Überall werden Wachposten stehen und Ausschau halten, Späher durchkämmen das Land. Diese Leute überlassen nichts dem Zufall, glaub mir.« Sie lachte trocken.

»Ich finde einen Ausweg. Das ist nur ein weiteres Rätsel, das gelöst werden muß.«

Sein Selbstvertrauen beruhigte sie kaum. »Wenn wir beim Sonnenvolk sind, müssen wir unbedingt am Leben bleiben. Falls wir Pech haben, marschieren wir geradewegs in Tapferer Manns Lager. Glaubst du, er läßt mir Gelegenheit zum Träumen?« Sie knurrte vor Abscheu. »Kaum! Er wird seinen Samen in mich pflanzen, noch bevor er mich zu Boden gezwungen hat.«

»Wir finden bestimmt ein anderes Lager.«

»Gut, nehmen wir das an. Ich bekomme also die Chance zu träumen. Und wenn ich mich im Großen Einen verliere? Wenn ich der Verlockung nicht widerstehen kann und nicht zurückkomme, bringen sie dich um. Du sprichst noch nicht einmal ihre Sprache.«

»Zumindest werden sie schnell zur Sache kommen, dann folge ich dir sofort nach. Behalte meine Seele im Auge. Wenn ich dich richtig verstanden habe, ist das die gelb und rot leuchtende.«

»Mach keine Witze.« Trotzdem fühlte sie sich getröstet von seiner scheinbaren Sorglosigkeit.

»Du wirst zurückkommen.« Er rieb seine Wange an ihrem Haar. »Ich liebe dich zu sehr, um ...« Er verstummte.

Sie blickte zu ihm auf. Er war in Gedanken versunken. »Was wolltest du sagen?«

»Die Macht hört doch nie auf, mich in Erstaunen zu versetzen.« Er lachte siegessicher.

»Sei nicht so selbstgefällig, sag mir lieber, woran du denkst.«

Sein sanftes Gesicht strahlte. »An Liebe natürlich.«

»Was?«

Unverwandt starrte er auf einen imaginären Punkt jenseits der Felswände der Höhle, bis sie ihm in die Rippen stieß, um seine Aufmerksamkeit zu wecken. *»Was, habe ich gefragt.«*

Er hob den Kopf. »Mir ist jetzt alles klar. ›Liebe die Träumerin.‹ Das sagte Warmes Feuer vor seinem Tod zu mir ... Das ist die Antwort.«

»Stilles Wasser, ich sorge mich um unser Überleben. Ich sehe ringsum nur Treibsand, keinen festen Boden. Warum sagst du ... Was *tust* du da?«

Er rollte sich auf sie und blickte ihr glücklich lächelnd in die Augen. »Ich werde dich lieben.«

Sie sah ihn an, als sei er verrückt geworden. »Jetzt? Nicht jetzt, Stilles Wasser. Nicht, nach ...«

»Gerade jetzt.«

»Stilles Wasser, ich will mich jetzt nicht mit dir herumstreiten. Ich muß nachdenken. Zuviel stürmt auf uns ein. Zu viele Dinge ...« Sie schüttelte den Kopf. »Meine Gedanken entgleiten mir, gleiten zurück ins ...«

Er knabberte an ihrem Ohr und flüsterte: »Vertrau mir. Konzentriere dich. Liebst du mich? Wirklich?«

Er fragte sie so eindringlich, als hinge sein Leben davon ab. Sich ihres Körpers bewußt, der auf den seinen reagierte, nickte sie ernst.

Er umschloß ihre Brüste mit den Händen und streichelte sie zärtlich. »Mach deinen Kopf frei. Gehe denselben Weg – nur auf eine andere Weise. Verschmelze mit mir. Das ist die Antwort, verstehst du denn nicht? Der Grund, warum Träumer andere Menschen meiden und weglaufen von denen, die sie lieben.«

Sie keuchte. »*Weil Liebe die Träume stört!*«

Er nickte. »Versuchen wir, das schmale Gesims, auf dem du balancierst, ein wenig zu verbreitern. Liebe mich mit der ganzen Leidenschaft deines Körpers, Weiße Esche. Liebe mich von ganzem Herzen.«

Sie zog ihn an sich und flüsterte: »Von ganzem Herzen und noch mehr, Stilles Wasser.«

Die verglühenden Kohlen warfen ein düsteres rotes Licht auf die Felsdecke der Höhle. Weiße Esche lag auf dem Rükken, Stilles Wasser barg seinen Kopf an ihren Brüsten. Seine regelmäßigen Atemzüge erfüllten sie mit Zufriedenheit, dennoch war sie beunruhigt.

In dieser Nacht hatte es zwar funktioniert, ihr schwankendes Gleichgewicht war wiederhergestellt worden. Aber wie lange würde das gutgehen? Wie lange würde Stilles Wassers freundliche Seele sie davon abhalten können, der Verlockung des Großen Einen nachzugeben?

Wieder und wieder dachte sie über die vor ihnen liegenden unwägbaren Risiken nach. Unbehaglich schielte sie hinüber zu Stilles Wassers Beutel. Die Macht des Wolfsbündels zerrte mit geisterhaften Fingern an ihr. Sie zuckte zurück und sah Singende Steines Gesicht in jener letzten Nacht vor sich.

Wenn ich mich deiner Macht nicht entziehen kann, Bündel – plötzlich fühlte sie sich krank – *siegt Tapferer Mann.*

Weinend warf Rosenbusch Sand in das Grab, in dem Lupines kleiner Körper lag. Zu ihrer Überraschung hatte Salbeigeist das Mädchen getragen und nach dem Brauch des Erdvolkes eine Handvoll Sand auf den Leichnam gestreut. Sogar eine Träne war über die Wange seines harten Gesichts gerollt.

»Ich teile deinen Kummer«, sagte Salbeigeist leise zu Rosenbusch und strich ihr liebevoll über den Kopf. Im Laufe des letzten Mondes, während sie langsam weiter nach Süden gezogen waren, hatte er weitere Fortschritte in der Sprache des Erdvolkes gemacht.

Knolle schob mit heftigen Bewegungen Sand in die Grube, als könne er dadurch den in ihm tobenden Schmerz überwältigen.

Anschließend kauerte er sich zusammen, krallte verzweifelt die Hände in die sandige Erde und weinte hemmungslos. Salbeigeist kniete neben ihm nieder. Er legte die schwieligen Hände auf seine Schultern und sagte: »Krieger weinen nicht. Der Tod ist Teil des Lebens. Sieh mich an, Knolle.« Er deutete hinauf zum Himmel. »Der Große Donnervogel beobachtet uns alle im Auftrag der Sonne. Er bewertet deine Seele, er sieht alles, was du tust. Bist du stark genug für ihn, Knolle? Schickst du ihm deine Seele, damit er beurteilt, ob sie würdig ist, in das Lager der Toten aufgenommen zu werden?«

»Aber meine Schwester ...«

»Wir alle müssen sterben. Sogar Salbeigeist ... und eines Tages auch du. Diese Erkenntnis lindert den Kummer um deine Schwester nicht, aber so ist es nun einmal. Akzeptiere das Leid und den Schmerz und lebe damit. Das erfordert Mut.«

Knolle zog die laufende Nase hoch.

»Nun komm«, fügte Salbeigeist nüchtern hinzu. »Wir haben sie nach dem Brauch deines Volkes begraben. Jetzt beginnt ein neues Leben.«

Rosenbusch warf einen letzten Blick auf das Grab. Verzweifelt versuchte sie zu akzeptieren, was geschehen war. Sie hatte Lupine nur kurz den Rücken gekehrt. In diesem unbeobachteten Augenblick war das Mädchen auf die Felsen geklettert und abgestürzt.

Den schlaffen Körper ihrer Tochter auf den Armen, war sie ins Lager zurückgeeilt. Verzweifelt hatte sie sich an den einzigen Menschen gewandt, von dem sie sich Hilfe versprach: Heißes Fett, den Heiler des Schwarzspitzen-Stammes. Aber er hatte ihrer Tochter nicht mehr helfen können.

Was ist mir geblieben? Nur Knolle. Rosenbusch stolperte mit tränenblinden Augen den Weg entlang.

Salbeigeist legte ihr den Arm um die Schultern und führte sie zurück zu ihrem Zelt. Betäubt vor Kummer, fühlte sie ihr Leben jeden Sinnes beraubt. Die beruhigende Berührung des fremden Mannes war nur ein schwacher Trost.

Salbeigeist und Rosenbusch betraten das Zelt. Er hatte versucht, in den Erdbehausungen ihres Volkes zu leben, aber er ertrug es nicht, ständig von Erde eingeschlossen zu sein. Schließlich hatte er ein kleines, spitz zulaufendes Zelt aus Büffelhäuten und Zeltstangen am Westrand des Lagers errichtet. An diesem Tag waren die Zeltwände an den entrindeten Stangen aufgerollt, damit der Wind durchblasen konnte. Ein Sonnenstrahl fiel schräg durch das Rauchabzugsloch auf einen rot und gelb bemalten Vorratsbehälter.

Salbeigeist warf Rosenbusch einen prüfenden Blick zu. Bedächtig tauchte er einen Büffelhornlöffel in Ackererbsensamen und bereitete daraus einen Tee zu. Dankbar nahm sie das bittersüße Gebräu entgegen und trank.

»Warum?« fragte sie. »Warum ist das geschehen? Wird mir denn alles genommen?«

Er setzte sich neben sie und stützte einen Arm auf die angewinkelten Knie. Seine vollen Lippen preßte er fest aufeinander, die fünf schwarzen Kreise auf seiner Stirn hoben sich deutlich von seiner blasser gewordenen Haut ab. »Manchmal verursacht die Handlungsweise einer Macht menschliches Leid. Ich begreife es auch nicht.«

Sie bemerkte den Kummer in seinem Gesicht. »Nach allem, was passiert ist, müßte ich dich hassen.«

Er lachte freudlos in sich hinein. »Ich sehe keinen Haß in deinen Augen. Nur Erdulden.«

Sie senkte den Blick auf den Tee, als könne sie in der Spiegelung der Flüssigkeit eine Erklärung für das ihr zugefügte Leid finden. Er war freundlich, behandelte sie wie seine Frau und nicht wie eine Gefangene. Sie hatte sich nicht gewehrt, als er sie das erste Mal begattet hatte. Er war liebevoll gewesen, ganz so, als würde er sie schätzen. *Würde ich ebenso empfinden, wenn er meinen Mann umgebracht hätte wie der Eroberer von Anmutige Frau?*

Sie schüttelte den Kopf und stieß einen erschöpften Seufzer aus.

»Mein Herz schmerzt deinetwegen und wegen Lupine.« Die Falten in seinem Gesicht vertieften sich. »Ich wünschte, ich könnte sie dir zurückbringen.«

»Warum? Was bedeutet dir ein fremdes kleines Mädchen?«

In seinen braunen Augen spiegelte sich endlose Traurigkeit. »Alle Kinder von Leuchtender Mond und mir sind sehr früh gestorben. Leuchtender Mond wurde unfruchtbar. Da schickte mich eine Macht in den Süden, und ich raubte ein Mädchen aus dem Lager, das ihr das Dreigabelungenlager nennt – sie wurde unsere Tochter. Doch nun ist auch sie verschwunden. Vermutlich hat das Wolfsvolk sie getötet. Das Leben war nicht sehr freundlich zu mir … oder zu meinen Kindern.« Er lächelte wehmütig. »Ich liebte jedes meiner Kinder mit meiner ganzen Seele. Ich habe auch Lupine geliebt.«

Traurig blickte er sie an. »Wir sind alle Opfer der Handlungsweise einer Macht. Die Zeit des Weißlehm-Stammes ist vorbei. Der Schwarzspitzen-Stamm tat, was er tun mußte. Der Weißlehm-Stamm hätte sich umgekehrt genauso verhalten, wenn es von der Macht so bestimmt worden wäre. Hätte nicht der Schwarzspitzen-Stamm eure Lager eingenommen und eure Männer und alten Frauen getötet, wäre der Stamm der Gebrochenen Steine über euch hergefallen. Oder die Hohlkehlen – ein anderer Stamm.«

Die Zeit des Erdvolkes ist vorbei? Sie schloß die Augen und sah die letzte Große Versammlung vor sich, die Angst in den Gesichtern der Menschen, die sich beeilten, so rasch wie möglich die Stätte des gewaltsamen Todes hinter sich zu lassen.

Sie dachte an Warmes Feuer, Lupine … Eine Woge der Trauer überschwemmte Rosenbusch. Sie senkte den Kopf und verbarg ihr Gesicht hinter ihrer flutenden Haarpracht.

Salbeigeist schloß sie liebevoll in seine Arme. Sie begann zu weinen, ein endloser Strom heißer Tränen floß über ihre Wangen.

Stilles Wasser stapfte ruhig neben der finster dreinblickenden Weiße Esche durch den weichen Sand. Plage folgte ihnen ergeben. Die Dünen ringsum hatten sich unter einer Grasmatte verfestigt, hier und da wuchsen Beifuß, Salbei und Dornensträucher mit fleischigen Blättern. Ampfer bedeckte die Hänge und – zu seinem besonderen Mißvergnügen – riesige Inseln mit stachligen Kakteen.

Das gelegentlich sprießende, faserig aussehende Reisgras war unter der Spätsommersonne bereits braun geworden, und der wilde Roggen beugte sich unter der Last seiner Samen. Dieses Jahr gewährte das Land reichliche Ernte.

Der Wind wechselte ständig, die leichte Brise frischte immer wieder zu stärkeren Böen auf. Drosseln und Wiesenlerchen erfüllten die Luft mit ihrem Gesang. Hoch oben segelte ein Adler auf die sich im Süden drohend zusammenballenden Gewitterwolken zu.

Stilles Wasser und Weiße Esche hielten sich in den Mulden und Ebenen zwischen den Dünen. Diese List wandten die Jäger an, um nicht von den scharfäugigen Antilopen und den Spähern des Sonnenvolkes entdeckt zu werden. Sobald sie ohne Deckung hohe Dünen hinaufklettern mußten, beeilten sie sich.

Stilles Wasser blickte zu Weiße Esche hinüber, sie schien in Gedanken verloren. Harte Linien hatten sich um ihren vollen Mund eingegraben. Sorgen nagten an ihr und ließen sie nicht mehr los.

»Kannst du die Vögel träumen?« fragte er.

»Die Vögel träumen?« Unwillig runzelte sie die Stirn. Der

Wind zerrte an ihren im Sonnenlicht aufleuchtenden blauschwarzen Haaren.

»Ja, sicher.« Er gestikulierte. »Singende Steine träumte und rief die Wapitis. Versuch, ob du die Vögel herbeiträumen kannst, bring sie dazu, uns für eine Weile zu begleiten. Ich würde gerne mit den Vögeln gehen.«

Sie warf ihm einen argwöhnischen Blick zu. »Ich weiß nicht. Gehen und träumen zur gleichen Zeit?«

Er grinste sie an. »Eine neue Herausforderung. Heute morgen hast du dich beklagt, daß du, wie Singende Steine gesagt hat, zwar gelernt hast zu gehen, aber dein Gleichgewicht noch immer nicht kontrollieren kannst. Du neigst noch zum Stolpern.«

Sie nickte ruckartig, was hieß, sie würde es versuchen. Ihr Gesicht nahm einen angespannten Ausdruck an, und sie versuchte, sich zu konzentrieren.

Sie verlangsamten ihre Schritte, gingen aber stetig weiter. Stilles Wasser behielt die zwischen den Sträuchern herumflatternden Vögel aufmerksam im Auge.

Er schwieg, genoß die Wärme und die vertrauten Gerüche des Landes. Eine leichte Berührung schien seine Seele zu streifen – ein unmerkliches Gleiten, das sofort wieder verschwand. Er sah Plage an, der Weiße Esche mit gespitzten Ohren und leise winselnd anstarrte.

Eine Gänsehaut überlief Stilles Wasser, als er die gleitende Berührung abermals spürte, diesmal etwas stärker. Seine Haut prickelte: Weiße Esche träumte im Gehen. Tief in seiner Seele wußte er, wann sie die Grenze zum Großen Einen berührte. Das Gewicht des Wolfsbündels auf seinem Rücken verringerte sich immer mehr, bis es schien, als sei der Beutel nur noch mit Luft gefüllt. Stilles Wassers Seele erbebte im Gefühl der Macht, die ihre Funken durch seine Knochen strömen ließ. Er war bis ins Innerste seines Körpers aufgewühlt.

Gerade als er den Mund öffnete, um etwas zu sagen, begann sie ein Fink zu umflattern. Sprachlos starrte er auf den Vogel, sein Mund verbreiterte sich langsam zu einem Lächeln. War der Fink nur neugierig?

Eine Drossel setzte sich auf seine Schulter. Weitere Vögel umkreisten sie und folgten ihnen von Strauch zu Strauch flatternd. Sie sangen, zwitscherten und trällerten. Unbändige Freude durchströmte Stilles Wassers Seele.

Plötzlich plumpste etwas auf seinen Kopf. Er verzog das Gesicht zu einer Grimasse, blieb stehen und wischte klebriges weißes Zeug aus seinen Haaren. Empört schielte er nach oben, dort kreiste eine Wiesenlerche.

Als er sich an Weiße Esche wenden wollte, um sich zu beschweren, entdeckte er plötzlich eine Antilope, die den Kamm einer Düne erklomm und sie beobachtete. Ohne Scheu kam sie herunter und ging durch die Salbeisträucher vor ihnen her. Stilles Wasser sperrte Mund und Augen auf und blickte über seine Schulter nach hinten.

Ein Kojote mit seinen helläugigen Jungen trottete gemächlich hinter ihnen her. Ein leise vor sich hin brummender Dachs kämpfte sich auf kurzen krummen Beinen durch das Dickicht und gesellte sich ebenfalls zu ihnen. Auch der Adler war aus seiner luftigen Höhe herabgeschwebt und zog nun dicht über ihnen seine Kreise. Keiner der anderen Vögel reagierte auf das Nahen des Jägers. Weitere Antilopen überquerten die Dünen und gingen ihnen voraus.

Wärme pulsierte durch Stilles Wassers Seele. Er erhaschte einen Blick auf eine Packratte mit buschigem Schwanz. Das Nachttier lief neben ihnen her, ohne den Dachs oder die Kojoten zu beachten. Insekten umschwirrten sie mit silbernen Flügeln.

Eine Klapperschlange glitt durch das wogende Gras auf sie zu.

»Weiße Esche?« rief Stilles Wasser erschrocken, aber mit sanfter Stimme.

Die Klapperschlange schlängelte sich näher und hinterließ wellenförmige Spuren im Sand. Sacht berührte Stilles Wasser Weiße Esche. »Weiße Esche? Vielleicht gerät das alles ein bißchen außer Kontrolle?«

Ihre Augen blickten plötzlich klar, und sie murmelte: »Hmm?«

Die Vögel stiegen höher in die Luft, die Antilopen verharrten und blickten sich beunruhigt um. Die Klapperschlange rollte sich zusammen und züngelte bedrohlich.

»Oje.« Weiße Esche zuckte zurück.

Die weißen Flecken der Hinterteile der Antilopen blitzten auf, Staubwolken aufwirbelnd stoben sie über die Dünen davon. Die Vögel zwitscherten aufgeregte Warnsignale und flogen in alle Richtungen. Innerhalb kürzester Zeit stand Stilles Wasser mit Weiße Esche allein in der kleinen Mulde. Nur die Klapperschlange war geblieben, doch auch sie glitt nun in den Schatten der Sträucher zurück.

Stilles Wasser seufzte und blickte sich um.

»Habe ich das gemacht?« Weiße Esche starrte ihn aus großen Augen an.

Stilles Wasser stieg hoch über die Spur der Klapperschlange hinweg und umging den Zufluchtsort des Reptils weiträumig. »Mir scheint, das Rufen der Vögel erfordert einige Übung. Du hast alles und jeden gerufen.«

Sie starrte ihn verwundert an. »Ich berührte nur die Grenze der Macht. Ich wollte nicht zu weit gehen.«

Er nickte beunruhigt. »Auf jeden Fall sollten wir das nicht gerade dann versuchen, wenn Bären in der Nähe sind – oder sonst etwas Großes, Hungriges.«

Sie folgte ihm über eine niedrige Sandbank und ließ sich erschöpft auf den warmen Boden sinken. Ihr Lederrock breitete sich wie ein mit Fransen besetzter Halbmond aus. Stilles Wasser setzte sich dicht neben sie. Der Anblick ihrer müde herabhängenden Schultern tat ihm weh.

»Warum bist du traurig? Du hast es doch geschafft!« meinte er aufgeregt.

»Ich wollte nur die Vögel rufen!«

»Sie sind doch gekommen.«

»Zusammen mit all den anderen Tieren.« Ängstlich blickte sie ihn an. »Vielleicht lag es daran, weil ich mich nicht traute, die Schwelle zum Großen Einen zu überschreiten. Ich habe mich zurückgehalten.« Sie schloß die Augen. »Aber es ist da. Es ruft mich.«

»Das Wichtigste ist, daß du dich zurückhalten konntest. Das ist sehr gut.«

»Nur, weil du da warst. Ich konnte deine Seele sehen, sie glühte. Ich habe mich an dir festgeklammert.«

Plage schnüffelte an einem Strauch und plumpste grunzend in den Schatten.

»Wohin gehen wir eigentlich?« fragte sie und sah aus, als fühle sie sich mit einemmal sehr verloren.

Stilles Wasser schielte zu den Dünen hinüber. »Nach Süden.« Er hob seine Hand gen Westen und prüfte die Zeit. Ihnen blieben noch drei Handbreit Sonnenlicht. »Nicht weit von hier ist ein Bach, der auch noch so spät im Jahr Wasser führt. Er fließt dort drüben am Rand des Dünenfelds. Das Wasser schmeckt nicht besonders gut, aber es erfrischt. Wir könnten dort lagern. Vielleicht verspäten wir uns dadurch ein wenig, aber …« Er zuckte die Achseln.

Weiße Esche schnaufte müde und rappelte sich auf. »Los, gehen wir weiter.«

Schneckenhaus' kräftige Finger glitten am glatten Holz seines Speerschaftes entlang. Sein Herz hämmerte aufgeregt. Er hatte die Spuren entdeckt und war ihnen gefolgt. Seine Opfer bewegten sich nur im tiefergelegenen Gelände und versuchten, unentdeckt zu bleiben. Es waren leicht zu bewältigende Opfer: nur ein Mann, eine Frau und ein Hund. Ein Wurf mit seinem von den Geistern gesegneten Atlatl, und der Mann würde sterben und die Frau ihm gehören. Den Hund konnte er notfalls erschlagen, falls er Ärger machen sollte.

Nun wartete Schneckenhaus. Er wußte, sie mußten den Pfad entlangkommen, der aus der Senke herausführte. Um selbst nicht entdeckt zu werden, war er in einem Bogen um sie herumgegangen und hielt sich im hüfthohen Salbei am Wegrand vor ihnen versteckt. Er hatte einen perfekten Platz für seinen Hinterhalt gewählt. Der Wind trug seine Witterung von der scharfen Nase des Hundes weg. Die Füße in den Sand des Dünenhangs gestemmt, duckte er sich zwischen die dichten, hohen Büsche.

Zuerst hatte er die Frau erspäht. Ihre Schönheit und der

sinnliche Schwung ihrer Hüften waren ihm sofort aufgefallen. Unweigerlich stellte er sich vor, wie es wäre, wenn sie sich unter ihm bewegte. Er beschloß, sie zu behalten. Anschließend hatte er seine Aufmerksamkeit dem Mann zugewandt. Das war kein Krieger, sondern ein einfacher Mann, der Gepäck auf seinem Rücken trug und gedankenverloren marschierte, die Augen unentwegt in die Wolken gerichtet, einen Arm schützend an seine Brust gedrückt. Der Hund war nichts weiter als ein langhaariger, schwarzweißer magerer Köter. Das Vieh war nicht einmal als anständiges Lasttier zu gebrauchen.

Als sie in die Senke hinaustraten, fing er einige schwache Fetzen ihrer Unterhaltung auf. Schneckenhaus rührte sich nicht. Er verharrte, den Arm zurückgezogen, den Speer fest an den Atlatl angelegt. Beim Näherkommen verstummten sie, und die Frau blickte seltsam geistesabwesend.

Schneckenhaus bereitete sich angespannt darauf vor, aus seinem Versteck zu stürmen und den Speer zu werfen, doch irgend etwas ergriff von seiner Seele Besitz, irgendeine Macht lähmte seine Glieder. Ein Prickeln wie von tausend Ameisenfüßen ließ ihm das hochgebundene Haar zu Berge stehen, krabbelte durch seine Adern und versuchte, sein Herz zu umschlingen. Entsetzt starrte er der Frau ins Gesicht. Sie schien zu schlafen oder tot zu sein – aber sie ging unbeirrt weiter.

Zu Tode erschrocken ließ er sie vorbei, erst nach einer Weile konnte er sich wieder bewegen und folgte ihnen in sicherem Abstand. Angst kroch ihm eisig über das Rückgrat. Was war das für ein Zauber?

Voller Ehrfurcht beobachtete er, wie die Vögel über ihnen kreisten und sich auf ihre Schultern setzten. Dann schlossen sich Antilopen dem Paar an, dann Kojoten und ein Adler. Ein Dachs brach durch das Dickicht, eilte ächzend mit zitterndem Pelz auf Armeslänge an Schneckenhaus vorbei und folgte dem Mann und der Frau.

Schneckenhaus starrte ihnen hinterher und sperrte den Mund auf ... entsetzt rannte er los, voller Angst, die Macht könnte seine Seele ergreifen und ihn in die Trance einbeziehen. Er stürmte nach Süden zum Hauptlager des Stammes. Windläufer mußte sofort von diesem Vorfall erfahren, alle Angehörigen des Schwarzspitzen-Stammes mußten von dieser neuen Macht wissen, um sich davor schützen zu können.

Konnte Heißes Fett gegen eine solche Macht ankämpfen?

Schneckenhaus preschte durch den Sand und verfluchte den beschwerlichen Weg. Nachdem die erste panische Angst verflogen war, fiel er in einen raschen Trab, den er die ganze Nacht durchhalten konnte.

Weiße Esche träumte. Die Bilder des Traumes ließen ihre Seele erstarren, Angst lauerte über ihr wie verderbenbringender Rauch.

Sie sah Tapferer Manns Gesicht. Er beugte sich über sie und versuchte, sie niederzuzwingen. Sein höhnisches Grinsen verschmolz mit der abscheulichen Fratze von Drei Bullen, der seinen stinkenden Atem in ihr Gesicht blies.

Wieder und wieder gellten die Todesschreie der Angehörigen des Weißlehm-Stammes an ihr Ohr. Speere durchbohrten mit dumpfem Aufprall unendlich viele Körper, das ekelerregende Geräusch von Schädel zertrümmernden Kriegskeulen ließ ihr das Blut in den Adern gefrieren.

Tapferer Mann stand nackt da, sonnte sich im Jubel von Hunderten von Stimmen, die ihm zu Ehren sangen. Das flackernde Feuerlicht sprenkelte sein muskulöses Fleisch mit bösartig tanzenden Schatten. Triumphierend blickte er auf Weiße Esche, kostete ihr unendliches Leid bis zur Neige aus. Ihre Seele schrumpfte beim Anblick seines prall geschwollenen Penis, der, wie von eigenem bösartigem Leben erfüllt, vor ihr pochte.

Im Hintergrund erblickte sie Singende Steine, der glühende Kohlen in seinen knotigen Händen hielt, sein verzücktes Gesicht erstrahlte im rötlichen Licht. Plötzlich erstarrte er, sprach in einer Vielzahl von Stimmen und starb mit einem geflüsterten Mörder … auf den Lippen.

Auf ihrer Flucht durch den Wald traf sie auf Linke Hand,

er kauerte vor ihr, ein gebrochener Mann. Ihre Seele wand sich, als er sich umdrehte und mit müden Schritten gen Osten schlurfte.

Salbeigeist sah ihr in die Augen. Sie sagte die Worte, die all seiner Hoffnung und Liebe ein Ende setzten: »Sie ist tot.«

Stets pulsierte die düstere Macht des Wolfsbündels im Hintergrund. Ein Wald explodierte in einem Flammenmeer, Krieger kreischten auf in Todesangst. Ein junger Mann tanzte ekstatisch durch die Flammenzungen. Er hielt eine Klapperschlange in den Händen, während die Berge brannten und die Menschen schrien.

Verzweifelt kämpfte sie darum, sich von den vor ihr wirbelnden und ineinander verschmelzenden Bildern zu befreien.

Plötzlich erhob sich aus steiniger, windgepeitschter Erde ein junger Mann. Schnee wehte in weißen Bändern um seine schweren Mokassins. Mit gespreizten Beinen stand er vor ihr, gekleidet in einen langen, bis zu den Knien reichenden Jagdmantel. Auf seinen Schultern lag ein Eisbärfell. In den Tiefen seiner Augen brannte ein inneres Licht. Er hob eine Hand, blies über die offene Handfläche, und ein Regenbogen begann sich von seiner Hand zum Himmel hinaufzuwölben und ließ mit seinem schimmernden Glanz sogar die farbenprächtigen Lichtstreifen verblassen, die das Große Geheimnis am Himmel im Norden hervorzauberte.

»Wer bist du?« rief Weiße Esche.

Er lächelte sie an, und ihre Seele schmolz unter der Wärme und Freude, die sein Gesicht ausstrahlte. Bevor sie erneut etwas sagen konnte, drehte sich der junge Mann um, fiel auf alle viere, und seine Arme und Beine vervielfachten sich. Vor ihren Augen verwandelte er sich in eine rote Spinne. Das Tier lief den Regenbogen hinauf und begann die Farben des Regenbogens über den Himmel zu spinnen, bis sie sich zu einem die Tautropfen der Sterne verbindenden Netz verwoben hatten.

Weiße Esche streckte die Hand aus. Sie verlor das Gleichgewicht und taumelte in die Fäden des riesigen Netzes.

Das Netz dehnte sich und formte neue Bilder. Tapferer

Mann hob mit einer Hand das Wolfsbündel zur Sonne empor, in seiner anderen Hand blitzte ein langes Obsidianmesser auf, dessen durchsichtiger Stein mit dunklen Flecken verunziert war. Die Flecken fielen auf einen viereckigen, grauen Altar und begannen hochrot zu brennen.

Eine Gestalt rollte von dem hüfthohen Altar herunter, sie sah in Stilles Wassers blicklose Augen. In seiner Brust klaffte ein riesiges Loch, Blut tropfte aus dem hohlen Raum, in dem einmal sein Herz geschlagen hatte.

Weiße Esche wollte schreien, aber das Netz hob sie hoch über diese Szenerie hinaus und gab den Blick frei auf ängstlich fliehende Menschen. Die sie umgebende Macht veränderte sich, das Leuchten der Spirale begann sich zu verdunkeln, bis das einstmals goldene Licht nur noch blutrot glühend schimmerte.

Sie warf einen ängstlichen Blick zurück, doch statt der riesigen Spinne sah sie wieder den schönen jungen Mann. Er war älter, er war Wolfsträumer geworden. Das Eisbärfell strahlte in blendendem Glanz. Flehend streckte Wolfsträumer die Arme nach ihr aus, sein Gesicht verzerrte sich vor Qual. Eine dunkle, alles überwuchernde Bedrohung breitete sich von Norden her aus, bewegte sich nach Süden, erstickte die Oberfläche der lebendigen Erde. Das Große Eine veränderte sich, zog sich zurück, entfernte sich.

Stilles Wasser lag verwesend unter ihr, sein Fleisch war aufgedunsen. Aasfressende Vögel landeten auf den Rippen seines Brustkorbs, saßen auf seinen Hüftknochen wie auf einer Stange und hackten von Maden wimmelndes Fleisch aus seinen Eingeweiden.

Sie schrie auf. Das Netz zog sich dichter um sie zusammen. Verzweifelt krallte sie sich an die klebrigen Fasern, verstrickte sich darin, bis sie sich nicht mehr bewegen, nicht mehr atmen konnte.

Würgend erwachte sie in der kühlen Frische der nahenden Morgendämmerung. Stilles Wasser fuhr unter seinen Decken hoch und betrachtete sie besorgt. Sie versicherte ihm, alles sei in bester Ordnung, und drückte ihn fest an sich, bis er beruhigt wieder in tiefen Schlummer sank.

Die Vögel begrüßten fröhlich zwitschernd den anbrechenden Tag, während sich auf einer weiter entfernten Bergkuppe ein Chor Kojoten von der Nacht verabschiedete.

Die Decke, unter der sie lag, tröstete sie – eine trügerische Sicherheit gegen die draußen wartende feindliche Welt.

Warum kann ich nicht für immer hierbleiben? Kann ich die Welt nicht sich selbst überlassen? Die Macht nicht mit Tapferer Manns neuem Traum allein fertig werden lassen? Was soll eine ängstliche Frau dagegen ausrichten?

Im Osten färbte sich der Horizont rosarot. Die noch verborgene Sonne bemalte die wenigen, über der schwarzen Silhouette des Landes schwebenden Wolken dunkelrot und orange.

Ihr Magen verkrampfte sich. *Sorgen. Sie nagen an mir und lösen jeden Morgen Übelkeit aus.*

Sie schloß die Augen und verließ für einen Moment diese Welt der Illusion. Sie beschritt den Weg nach innen, bis sie die federleichte Berührung des Großen Einen spürte. Dort lag ihre letzte Zuflucht, sie mußte sich nur dafür entscheiden, dort zu verweilen.

Unruhig warf sich Stilles Wasser hin und her. Seinetwegen kehrte sie aus dem Großen Einen zurück.

Stilles Wasser gähnte und streckte die Glieder. »Höchste Zeit zum Aufstehen. Die Sonne ist schon aufgegangen.«

Weiße Esches Herz schlug schwer wie ein Stein gegen ihre Rippen. Verzagt bedeckte sie die Augen mit den Händen. *Ich kann es nicht. Ich bin nicht stark genug. Ich kann Tapferer Mann nicht entgegentreten. Noch nie konnte ich mich gegen ihn behaupten. In seiner Gegenwart habe ich mich stets aufgegeben. Eine* wahre *Träumerin hätte gegen ihn angekämpft.*

Gequält blickte sie Stilles Wasser an. Die Bilder des Traumes von Stilles Wassers leblosem Körper kehrten zurück. *Kann ich ihn retten? Kann ich irgend jemanden retten? Oder geschieht das Schreckliche unausweichlich? Die Macht gibt die Menschen auf, die nicht mehr von Nutzen für sie sind.* Die allzu vertraute Übelkeit begann sie in tiefster Kehle zu würgen.

Sie mußte sich aufsetzen.

Stilles Wasser kramte das letzte Trockenfleisch aus dem

Beutel und reichte ihr ein paar der harten, trockenen Streifen. Sie kaute, das Wasser lief ihr im Mund zusammen, doch ihr Magen rebellierte.

Nein, nicht schon wieder. Nicht heute morgen. Ich will nicht. Diese Übelkeit ist ein Zeichen meiner Schwäche. Wie soll eine Frau, die nicht einmal das Frühstück bei sich behalten kann, einen bösen Träumer besiegen?

Würgend schluckte sie das Essen hinunter. Rasch stand sie auf und zog sich an. Sie hatte Durst und wollte zum Bach gehen, doch schon nach zwei Schritten kam ihr das Fleisch wieder hoch.

Stilles Wasser eilte herbei und stützte sie.

»So geht das jeden Morgen.« Er schüttelte den Kopf. »Sind das wirklich nur die Sorgen? Oder steckt noch etwas anderes dahinter? Vielleicht irgendeine Hexerei? Oder ein Fluch von Tapferer Mann?«

Sie kämpfte gegen die schwindlig machende Schwäche an und schüttelte den Kopf. »Nein, es ist nur … Ich weiß auch nicht. Sobald ich mich übergeben habe, geht es mir wieder gut. Wäre eine böse Macht im Spiel, wäre das anders. Es sind bestimmt die Sorgen.«

Er lächelte sie mit liebevollem Verständnis an und förderte zwei dünne Fleischstreifen zutage. »Die habe ich für dich aufgehoben. Du mußt bei Kräften bleiben.«

Sie nahm das harte Fleisch. »Ich glaube, ich warte noch ein bißchen und esse erst, wenn wir unterwegs sind.«

Er nickte, ging hinunter zum Bach und füllte den Wassersack.

In der Zwischenzeit rollte Weiße Esche die Decken zusammen und band sie auf den Beutel von Stilles Wasser. Sie nahm all ihre Kraft zusammen, um das Zittern ihrer Hände bei der Berührung des Beutels zu unterdrücken. Die Macht des Wolfsbündels griff mit seidenen Fäden nach ihr. Unwillkürlich zuckte sie zurück. »Nein. Nein, nicht jetzt.«

»Hoffentlich bist du nicht krank.« Sie hatte Stilles Wasser gar nicht kommen hören. »Ich weiß nämlich nicht, wie man eine kranke Träumerin kuriert.«

Er fixierte sie mit schiefgelegtem Kopf.

»Es sind die Sorgen … und die Träume. Ich hatte heute nacht furchtbare Träume. Ich – ich möchte nicht darüber sprechen.« Sie lächelte zaghaft. »Wir beide hatten schon genug entsetzliche Träume.«

Er nickte und schlang den wasserdichten Darmsack um seine Schultern, bevor er das Gepäck aufnahm. »Es ist Sommer. In dieser Jahreszeit gibt es reichlich zu essen. Das Leinkraut sieht gut aus. An den Hängen gibt es Sterndolden, und weiter im Süden wächst Schilf an den Bachufern. Heute abend würde ich schrecklich gerne Schilfwurzeln in den Kohlen rösten. Sie schmecken süß und kräftig – genau das Richtige, damit du dich besser fühlst. Wir lassen es uns heute gutgehen.«

Sie hörte kaum, was er sagte, stand nur da und fühlte die Schwäche in den Beinen. Irgend etwas hatte ihre Kräfte ausgelaugt. Zu viele Träume. Das Träumen entzog der Seele Substanz.

Stilles Wasser zeigte auf die Berge. »Das sind die Round Rock Mountains. Rittersporns Lager liegt gleich auf der anderen Seite – das heißt, falls meine Leute noch dort sind.« Traurigkeit stand in seinen Augen.

Sie legte ihm eine Hand auf die Schulter. »Bestimmt geht es allen gut.«

Seufzend setzte er sich in Bewegung. »Schon seltsam, das letzte Mal ging ich diesen Weg mit Linke Hand in Richtung Norden – auf der Suche nach der Träumerin. Kein Traum hat mir gesagt, daß ich mit ihr zusammen zurückkommen werde. Fühlst du dich besser? Glaubst du, du kannst bis zum Lager gehen?«

»Mir geht es ausgezeichnet. Wir schaffen es heute noch, Stilles Wasser.« Das Traumbild seines toten Körpers kehrte zurück und peinigte sie. *Beim Großen Einen, ich hoffe, wir schaffen es.*

Kapitel 27

Zuerst entdeckte Stilles Wasser Rittersporns Körper. Kreisende Truthahngeier führten ihn zu der hoch in den Felsen hinter dem Rundfelsen-Lager liegenden Mulde, wo er als Kind häufig gespielt hatte. Er erkannte sogar die Felsnische wieder, in die er seinen Arm gesteckt hatte und von der Schlange gebissen worden war.

Er kniete neben Rittersporns Überresten nieder, die vom Kot der Vögel weiß befleckt waren. Die Aasgeier hatten nicht viel übriggelassen. Maden krabbelten zwischen den Knochen und dem offenen, eingeschlagenen Schädel der alten Frau. Ein ekelerregender Verwesungsgestank erfüllte die Luft und überdeckte den Duft der Beifußsträucher.

Er richtete sich auf und blickte sich suchend um. Keine weiteren Leichen. Hatten die anderen überlebt? War es ihnen gelungen zu entkommen?

»Kennst du sie?« fragte Weiße Esche, die sich von den summenden Fliegenschwärmen und dem Modergeruch fernhielt.

»Das ist Rittersporn.« Er hob den Kopf und schaute zum Himmel hinauf. »Großmutter, möge deine Seele frei sein und ohne Zorn über das, was man dir angetan hat.«

Erfüllt von schmerzlicher Leere, schloß er die Augen. Er sah seine Großmutter vor sich, wie sie gewesen war: die tyrannische Anführerin des Rundfelsen-Stammes. »Ich sollte sie hassen für das, was sie mir angetan hat … aber ich kann es nicht. Sie konnte nicht anders.«

Stilles Wasser wandte sich ab und führte Weiße Esche den vertrauten Weg zu den Hütten hinab. Auf den ersten Blick sah das Lager unverändert aus, nur die ungewöhnliche Stille fiel auf. Der Regen hatte die schwachen Fußspuren auf der festgetretenen Erde verwischt. Die Eingänge zu den Hütten waren sorgfältig mit großen Sandsteinplatten verschlossen. Auch die Rauchabzugslöcher waren abgedeckt worden, ebenso die Lüftungskanäle.

Ächzend schob er eine Platte beiseite und betrat geduckt Rosenbuschs Hütte. Sie war ausgeräumt. Prüfend betrachtete er die Sandsteinplatten auf dem Fußboden. So viele Vorratsgruben?

Weiße Esche folgte ihm scheu ins Innere der Hütte.

»Sie haben nicht viel dagelassen, nicht wahr?« bemerkte sie.

»Da stimmt etwas nicht.« Er bückte sich und hob stöhnend eine der schweren Platten hoch. Die Vorratsgrube war mit getrockneten Ackererbsen gefüllt. »Die war früher noch nicht da. Fünf neue Gruben wurden in den Boden gegraben.«

Er unterzog die Hütte einer eingehenden Überprüfung. »Plünderer hätten unter die Steinplatten geguckt. Was sie nicht hätten mitnehmen können, hätten sie den Tieren überlassen. Andererseits glaube ich nicht, daß diese Gruben von Angehörigen des Rundfelsen-Stammes gegraben worden sind.«

Sie musterte ihn aufmerksam. »Die Hütten sind verschlossen worden. Irgend jemand hat also vor, zurückzukommen.«

Stilles Wasser schauderte bei dem Gedanken.

Weiße Esche betrachtete die getrockneten Ackererbsen. »Die sind fachgerecht getrocknet worden. Wer immer das getan hat, weiß, wie ein geheimes Vorratslager angelegt werden muß.«

Er nickte. Außerdem war die Grube, deren Wände rötlich verfärbt waren, mit einem Feuer gehärtet worden. »Die Grube wurde gebrannt, damit die Wände fest werden und keine Nagetiere eindringen können. Würde das Sonnenvolk so etwas machen?«

Sie schüttelte den Kopf. »Das Sonnenvolk weiß, wie man Fleisch haltbar macht und für den Winter Beeren in Fett einlegt, aber nicht, wie man Pflanzen trocknet.«

Stilles Wasser schob die Steinplatte wieder auf die Vorratsgrube. »Wenn sie zurückkommen, dürfen sie nicht merken, daß jemand hier gewesen ist.«

Er trat aus der Hütte heraus und blinzelte ins grelle Tageslicht. Alles schien so vertraut – und doch strahlte das Lager eine fremde, bedrohliche Atmosphäre aus. Mit wachsendem Unbehagen sah er sich um. »Sieh mal.«

Sie blickte in die Richtung, in die er zeigte. Nacheinander deutete Stilles Wasser auf die Stellen, an denen Zelte gestanden hatten. Hier und da stand noch ein Pflock zur Befestigung der Zeltwände. Er begann zu ahnen, was passiert war.

»So viele!« Er runzelte die Stirn und fuhr sich mit der Hand über das Gesicht. »Da müssen zehn mal zehn Leute hier gewesen sein, wenn nicht noch mehr.«

Weiße Esche wurde blaß. »Hier geht es nicht nur um Plünderung. Hier ist ein ganzer Stamm durchgekommen. Darum all die neuen Vorratsgruben … als Wintervorrat.«

»Der Stamm der Gebrochenen Steine?« Unruhig blickte sich Stilles Wasser um. Plötzlich wurde ihm bewußt, daß sie die ganze Zeit beobachtet werden konnten.

»Wer sonst?« knurrte Weiße Esche. »Der Marsch vom Land des Wolfsvolkes hierher ist nicht allzu weit. Weißt du von anderen Stämmen, die in den Süden unterwegs sind?«

»Komm, verschwinden wir. Je eher, desto besser.« Er schulterte das Gepäck, und sie brachen eiligst auf. Plage folgte ihnen unruhig. Immer wieder verharrte er und beschnüffelte seine alten Lieblingsplätze.

Eine grimmige Verzweiflung erfaßte Stilles Wasser. Er konnte den Anblick von Rittersporns Körper nicht vergessen. Wie lange dauerte es wohl noch, bis die Maden in seinem und Weiße Esches Fleisch herumkrochen? Er blickte zu ihr hinüber und betete, sie möge sich gegen Tapferer Mann behaupten können.

»Frag sie, wie weit es bis zum nächsten Lager ist.« Auf Windläufers Aufforderung hin wandte sich Salbeigeist an die Frau aus dem Dornbusch-Lager, die mit gesenktem Kopf und im Schoß gefalteten Händen vor ihnen kniete. Sie trug ein schweißgetränktes Rehlederkleid, das einmal bunt bemalt gewesen war. Inzwischen waren die Farben längst verblaßt zusammen mit den Hoffnungen ihres Volkes. Salbeigeist übersetzte die Frage in die Sprache des Erdvolkes.

Espe saß zur Linken Windläufers und blickte die Frau forschend an. Neben ihr hockte Heißes Fett, einen Arm auf das aufgestellte Knie gestützt, das verwitterte Gesicht in nachdenkliche Falten gelegt. Schwarzer Mond saß rechts neben Windläufer, hinter ihm thronten Einziger Mann und Feuerkaninchen.

Die Zeltwände waren hochgerollt, damit die Luft zirkulieren konnte, doch selbst am späten Abend blies der Wind fast unangenehm warm.

Im Dornbusch-Lager herrschte emsige Geschäftigkeit. Einige der gefangenen Frauen stampften und mahlten Reisgrassamen. Das Klappern und Schaben der Mahlsteine vermischte sich mit dem Wehklagen einer Frau, die um ihren Mann trauerte.

Im Hintergrund hoben und senkten sich die Stimmen der über ihre triumphalen Siege palavernden Schwarzspitzen-Krieger.

Salbeigeist übersetzte die Antwort der Frau. »Sie sagt, das Roterde-Lager befinde sich kaum mehr als eineinhalb Tagesmärsche von hier im Osten, dahinter soll das Sumpfwiesen-Lager liegen. Auf weitere Lager treffen wir im Süden in der Gegend des Silver Snake River. Im Westen entlang des Sage Grouse River sind ebenfalls noch Lager.«

Schwarzer Mond grunzte. »Anscheinend nimmt das gar kein Ende mehr.« Er stützte das Kinn in die Hand. »Wir haben genug Frauen – drei für jeden Krieger. Wenn das so weitergeht, haben wir zu viele neue Frauen. Das könnte gefährlich werden.«

»Und das Land, das wir unter Kontrolle halten müssen, wird immer größer«, ergänzte Feuerkaninchen. »In wie viele Gruppen sollen wir uns denn noch teilen?«

Windläufer bedachte Espe mit einem bedeutungsvollen Blick. Sie hatte ihn bereits auf diese Frage vorbereitet.

»Wir haben ein herrliches Land in Besitz genommen«, fügte Heißes Fett hinzu. Aber was fangen wir nun damit an? Wir können jetzt nicht einfach mit den Eroberungen aufhören und die anderen Lager unbehelligt lassen, sonst schlagen sie Alarm und gehen auf den Kriegspfad. Noch haben wir das Überraschungsmoment auf unserer Seite, bisher konnten wir jedes Lager überrumpeln. Wie sollten auch zwei mal zehn Krieger gegen unsere Übermacht bestehen? Aber von hier aus liegen Lager in alle Richtungen verstreut. Was sollen wir tun?«

Fragend zog Schwarzer Mond die Augenbrauen hoch und blickte Windläufer erwartungsvoll an.

Windläufer und Espe hatten die ganze Nacht hindurch Pläne geschmiedet. Nachdem er ihre Entscheidung ein letztes Mal kurz überdacht hatte, schlug er sich klatschend mit den Händen auf die Knie und verkündete: »Wir müssen uns aufteilen.«

»Und auf den Vorteil unserer zahlenmäßigen Überlegenheit verzichten?« Feuerkaninchen schüttelte den Kopf. »Das ist verrückt!«

Windläufer lächelte. »Ich sehe keine andere Möglichkeit.« Er schwieg einen Augenblick, ehe er hinzufügte: »Ich glaube, ich weiß, wie wir das Risiko verringern können.«

Lachend hieb sich Einziger Mann mit der geballten Faust in den Bauch »So etwas habe ich mir schon gedacht. Komm, laß hören.«

Nachdenklich zählte Windläufer die einzelnen Punkte seines Planes an den Fingern ab. »Einziger Mann, du nimmst zwei mal zehn Krieger und eroberst den Westen bis zum Sage Grouse River. Feuerkaninchen, du gehst mit zwei mal zehn Kriegern nach Süden. Kojotenfeder soll nach Osten. Jeder von euch überrumpelt die Lager, die auf eurem Weg liegen. Ihr werdet kaum auf Widerstand stoßen.«

»Was machen wir mit den Frauen?« erkundigte sich Feuerkaninchen.

»Du gar nichts.« Windläufer grinste selbstgefällig. »Die Frauen sind nicht das Problem. Im Unterschied zu unseren Frauen beteiligen sie sich nie an den Kämpfen. Unser Problem sind die Männer, sie könnten sich zusammentun und uns angreifen. Ich will keinen unserer Krieger verlieren. Wir werden jeden Mann brauchen, falls der Hohlkehlen-Stamm im Winter über die Sideways Mountains kommt.«

»Also nur die Männer töten?« fragte Einziger Mann. »Und die Frauen laufenlassen?«

Windläufer nickte. »Was glaubst du, was sie machen werden? Die Lager verlassen? Mag sein. Wen kümmert das? Sie müssen sich um ihr Überleben im Winter sorgen. Ein paar werden wohl versuchen, zum nächsten Lager zu laufen. Die müßt ihr natürlich aufhalten und gefangennehmen. Das dürfte euch keine Schwierigkeiten bereiten, schließlich schlägt keine Frau einen Mann in einem Wettlauf. Wir können bestimmt die meisten Lager einnehmen, bevor die anderen davon erfahren.«

»Ein paar Männer werden entkommen«, mahnte Heißes Fett. Das passiert zwangsläufig. Irgendwo wird irgend jemand unsere Krieger entdecken.«

Windläufer spreizte die Finger. »Wir lassen sie bluten und schwächen sie. Welche Möglichkeiten haben diese Männer dann noch? Nehmen wir einmal an, vier mal zehn ihrer Krieger rotten sich zusammen und beschließen, uns zu überfallen. Wie wird es ihnen eurer Meinung nach ergehen?«

»Schlecht«, grunzte Feuerkaninchen.

Windläufer blickte zu Boden. »Ich setze noch auf etwas anderes. Wenn sich die Nachricht verbreitet, daß wir den Norden eingenommen haben, wird das Erdvolk auch erfahren, daß wir viele ihrer Krieger getötet und kaum einen unser Krieger verloren haben. Unterschätzt die Wirkung dieser Nachricht nicht. Das Erdvolk glaubt ohnehin, seine Macht sei wegen des Vorfalls bei der Großen Versammlung, von dem uns Salbeigeist berichtet hat, gebrochen.«

»Was werden sie deiner Meinung nach tun?« wollte Heißes Fett wissen.

»Ich glaube« – *und damit setze ich alles aufs Spiel* –, »die meisten werden davonlaufen. Warum versuchen, um etwas bereits Verlorenes zu kämpfen? Wenn ich das Erdvolk richtig einschätze, sorgen sich die Leute mehr um ihr Leben als um ihre Ehre. Zumindest wird die Aussicht, sterben zu müssen, ihr Blut abkühlen, falls sie sich wider Erwarten entschließen sollten, gegen uns zu kämpfen.«

»Was ist mit den übrigen zwei mal zehn Schwarzspitzen-Kriegern?« fragte Feuerkaninchen.

»Die bleiben bei mir. Wir müssen das Hauptlager gut bewachen, denn wir wissen nicht, wer hinter uns kommt. Die besten Späher beobachten die Pfade. Ich will auf keinen Fall überrumpelt werden.«

»Und wenn sich der Hohlkehlen-Stamm am Badwater River oder am Spirit River blicken läßt? Willst du sie mit nur zwei mal zehn Kriegern angreifen?«

Windläufer schüttelte den Kopf. »Falls sie tatsächlich dort auftauchen, schicke ich einen Krieger auf den Green Mountain. Das ist der höchste Punkt in dieser Gegend. Nach allem, was die Gefangenen sagen, ist ein auf dem Gipfel entzündetes Feuer im ganzen Red Earth Basin sichtbar. Solltet ihr eines Nachts dort oben ein gewaltiges Feuer brennen sehen, beeilt euch. Am Tag müßtet ihr eine mächtige Rauchsäule erkennen. Achtet darauf. Sobald der Hohlkehlen-Stamm die Gegend unsicher macht, müssen wir uns in voller Stärke wieder hier versammeln.«

Schwarzer Mond nickte, in seinen Augen stand Respekt. »Und wir werden wissen, wo sie sind – aber sie nicht, wo wir sind.«

»Genau.« Windläufer lächelte. »Noch ein weiterer Punkt ist von Bedeutung. Wenn der Hohlkehlen-Stamm auftaucht, haben wir bereits viele Lager des Erdvolkes eingenommen und viele Erdvolk-Frauen haben keine Männer mehr. Wir schikken einen Boten zu den Hohlkehlen und bieten ihnen ein Geschenk an ... jawohl, ein *Geschenk,* Land und Frauen. Bei der Macht des Handels, dafür müssen sie uns etwas zurückgeben. Und was könnten sie uns geben? Was haben sie als Gegenleistung anzubieten?«

Schwarzer Mond klatschte jubelnd in die Hände. »Was könnten sie uns geben? Nie würden sie sich erdreisten, uns zu überfallen – nicht, wenn sie uns in einem solchen Ausmaß verpflichtet sind!« Sein Gesicht drückte reinste Ehrfurcht aus. »Beim Großen Donnervogel, bisher hat niemand ein Geschenk gemacht, das einen ganzen Stamm verpflichtet hat. Einzelne Familien schon, aber einen ganzen Stamm?«

Windläufer ließ die anderen nicht aus den Augen. Langsam schien ihnen die Bedeutung von Schwarzer Monds Worten zu dämmern. Sogar Feuerkaninchens Mund verzog sich zu einem breiten Grinsen.

»Morgen früh brechen die verschiedenen Gruppen auf«, erklärte Schwarzer Mond.

Sie unterhielten sich noch eine Zeitlang, dann gingen Einziger Mann und Feuerkaninchen zu ihren Zelten. Auch Windläufer stand auf, streckte sich und reichte Espe die Hand.

Nebeneinander gingen sie durch das Lager. Windläufer blickte nach Norden auf den Green Mountain. »Ich glaube, es funktioniert.«

Sie nahm seinen Arm. »Es ist ein guter Plan. Und ich bin mir fast sicher, das Erdvolk läuft lieber davon als zu kämpfen. Das entspricht eher ihrer Natur. Sie sind keine Krieger.«

Er nickte und hob mit einem Finger ihr Kinn, um in die Tiefen ihrer dunklen Augen zu blicken. »Ich weiß nicht, was ich ohne dich täte. So langsam glaube ich, niemand kann sich gegen uns beide behaupten.«

Sie lachte glücklich. »Kaum jemand wird es wagen, sich gegen uns zu stellen?«

Auf der gegenüberliegenden Seite des Lagers begannen die Hunde zu bellen, aufgeregte Begrüßungsrufe wurden laut.

Windläufer und Espe eilten hinüber und trafen auf Schneckenhaus, der keuchend vor ihnen zum Stehen kam. Er sah mitgenommen aus. Schweiß lief ihm in Strömen über den staubbedeckten Körper und den Lendenschurz, seine Waffen hielt er eisern umklammert. Seine Wangen, von denen sich dunkel die tätowierten Schneckenhäuser abhoben, waren hochrot vor Anstrengung, die Haut seiner Beine hatten Sträucher übel zerkratzt. Nach Atem ringend, nickte er Windläufer, der ihn prüfend musterte, kurz zu.

»Sieht aus, als seist du gerannt«, bemerkte Windläufer spöttisch und beunruhigt zugleich. Die Vorahnung einer schlimmen Botschaft bohrte sich wie eine Faust in seinen Magen. Espes Griff um seine Hand wurde fester.

»Kann man wohl sagen.« Schneckenhaus ging langsam weiter, um sich abzukühlen und wieder zu Atem zu kommen.

»Hohlkehlen?« fragte Windläufer.

Schneckenhaus nahm von Einziger Mann einen Wassersack entgegen und trank in gierigen Schlucken. Nachdem er seinen ersten Durst gelöscht hatte, schüttelte er den Kopf. »Nein, Windläufer. Ein Mann und eine Frau.«

Einziger Mann brüllte: »Du bist den ganzen Weg hierher gerannt, weil du *einen Mann und eine Frau* gesehen hast?«

Drohend kniff Schneckenhaus die Augen zusammen. »Ich dachte, Heißes Fett wüßte gern, daß mächtige Träumer im Anmarsch sind. Ich sah sie die Tiere rufen. Ich sage euch, sie gingen weiter, umgeben von Vögeln, Antilopen und Kojoten. Sogar ein Adler kreiste über ihren Köpfen.«

Nachdenklich kratzte sich Windläufer am Kinn. »Geisterleute? Trugen sie die Kleidung des Erdvolkes?«

»Der Mann schon, die Frau war wie das Wolfsvolk gekleidet. Sie sind da hinten.« Schneckenhaus machte mit dem Kopf eine ruckartige Bewegung in Richtung Norden. »Ungefähr noch einen Tagesmarsch entfernt. Sie kommen genau auf uns zu.«

Windläufer holte tief Luft. »Gehen wir zu Heißes Fett und hören, was er dazu zu sagen hat.«

»Und was ist mit morgen?« erkundigte sich Espe.

Windläufer antwortete: »Falls es sich wirklich um Träumer handelt, wird uns Heißes Fett von größerem Nutzen sein als alle unsere Krieger.«

Die eiskalten Finger einer unbestimmten Angst krallten sich um sein Herz.

»Ich frage dich zum letztenmal.« Lächelnd blickte Tapferer Mann auf den gefesselten Schwarzspitzen-Krieger hinunter. »Wo ist dein Stamm? Wo sind Windläufer und seine Frau?«

Mit unbewegtem Gesicht sah der verwundete Krieger auf. Fest biß er die Zähne zusammen, die Muskeln seiner schweißnassen Kiefer traten stark hervor.

Tapferer Mann blickte seufzend in die Runde der Angehörigen des Stammes der Gebrochenen Steine, die ihn gespannt beobachteten. Im Hintergrund schimmerten die wogenden Sandhügel in der heißen Sonne, Beifuß, Salbei und

Dornensträucher flimmerten in der drückenden Hitze. Die Berge im Westen schienen in einem Silberglanz zu zerfließen.

Tapferer Mann machte eine herrische Kopfbewegung zu dem Mann hin, dessen geschwollenes Bein eine böse, mit Sand, Schmutz und geronnenem Blut verkrustete Speerwunde verfärbte.

»Steckt seine Füße ins Feuer«, befahl Tapferer Mann und warf einen spöttischen Blick auf den Mann. Oder willst du doch lieber meine Frage beantworten?«

Der Schwarzspitzen-Krieger schloß die Augen.

»Los«, befahl Tapferer Mann.

Zwei Krieger packten den sich wehrenden Gefangenen und schleppten ihn zu den noch schwehlenden Überresten des nächtlichen Feuers. Langer Knochen warf Zweige auf die Kohlen und blies in die Glut, bis Flammen aufloderten.

Der Krieger kreischte und strampelte, doch unbeeindruckt schoben sie seine Füße in die Flammen. Seine Mokassins begannen zu qualmen und färbten sich schwarz. Die Hitze fraß sich durch das dicke Leder, er bäumte sich auf, ein gräßlicher Schrei drang aus seinen Lungen.

»Wo?« donnerte Tapferer Mann. Er humpelte zum Feuer und starrte dem Mann in die glasigen Augen. *»Wo?«*

Ein würgendes Rasseln quoll aus dem Mund des Mannes, sein Gesicht verzerrte sich. Vergeblich kämpfte er gegen den eisernen Griff von Langer Knochen und Fünf Speere an, Schweiß lief ihm über das Gesicht. Wie rasend trat er mit den Füßen in die Glut und wirbelte die Asche auf.

»Im Süden!« brüllte er. *»Im Namen vom Großen Donnervogel!«*

Nach einem Handzeichen von Tapferer Mann zerrten seine Männer den Gefangenen vom Feuer weg.

»Wo im Süden?« Tapferer Mann bückte sich und brachte sein Gesicht dicht vor das des Gefangenen.

Der Schwarzspitzen-Krieger krümmte sich winselnd im Sand. »Südlich des Green Mountain. Im Red Earth Basin. Zwei Tagesmärsche von hier.« Er zitterte unter den furchtbaren Qualen und begann zu schluchzen.

Tapferer Mann richtete sich auf. »Hinter dem Green

Mountain.« Er schaute zum Horizont im Süden und musterte die runden Granitgipfel, die ihm die weitere Sicht versperrten. Zwei Tagesmärsche? Das bedeutete für dieses Lager, das mit Alten und Kindern belastet war, vier Tage.

»Lager abbrechen!«

Tapferer Mann stolzierte zu seinem Zelt, Bleicher Rabe begleitete ihn. »Und der Schwarzspitzen-Krieger?«

»Den lassen wir liegen. Gefesselt, wie er ist.«

Der Blick ihrer dunklen Augen tauchte einen Moment in seinen, dann nickte sie zögernd.

Mit der infizierten Wunde und den versengten Füßen konnte der gefesselte Mann höchstens einen Tag überleben. Die Kojoten würden das Werk vollenden. Sogar Bleicher Rabe erschauerte bei dieser Vorstellung.

Eine Frau schrie gellend.

Mit einem Satz sprang Windläufer auf die Beine, bückte sich unter der niedrigen Klappe seines Zeltes durch und lief hinaus in die Morgendämmerung. Espe kroch unter ihren Decken hervor, zog rasch das Kleid über den Kopf und eilte ihm nach. Einige Männer steckten die Köpfe aus ihren Zelten und blickten sich verwundert um.

Das Lager schien friedlich. Rauchfäden stiegen aus den Feuerlöchern. Die Vögel zwitscherten fröhlich in den heraufdämmernden Morgen, eine leichte Brise trug ihre Lieder über die runden Kuppen der Erdbehausungen im Dornbusch-Lager, die sich wie schutzsuchend an die Erde schmiegten. Ein intensiver Geruch nach Salbei und Beifuß schwängerte die kühle Morgenluft.

Wildkaninchen kam keuchend ins Lager gerannt, sie schien völlig entsetzt und außer sich zu sein.

Windläufer stellte sich ihr in den Weg und rief: »Was ist los?«

Er packte sie an den Schultern und spürte das panische Zittern ihres Körpers.

»Heißes Fett«, flüsterte sie. »Da draußen ... im Dickicht. Tot.«

»*Was?*« Espe blickte sie ungläubig an.

Windläufer warf einen besorgten Blick auf Espe und befahl Wildkaninchen: »Zeig mir, wo.«

Entsetzt schüttelte die Frau den Kopf.

»Wildkaninchen?« Espe ergriff ihre Hand. »Komm schon. Ich bin bei dir. Er ist mein Großvater. Vielleicht fliegt nur seine Seele.«

Noch immer zitternd vor Angst, führte Wildkaninchen Espe und Windläufer in das Salbeidickicht. Beim Anblick von Espes blassem Gesicht wurde Windläufer das Herz schwer. Heißes Fett tot? Fassungslos schüttelte er den Kopf.

Wildkaninchen blieb stehen, atmete tief durch und zeigte hinüber auf eine bestimmte Stelle zwischen den Sträuchern.

Espe und Windläufer traten näher heran und erstarrten. Auf dem weichen Sandboden am Fuß einer flachen Kuppe lag, mit dem Gesicht nach unten, Heißes Fett. Sein Körper lag zwischen kniehohen Sträuchern, deren silbriges Grün in scharfem Gegensatz zu den goldbraunen Kleidern des Seelenfliegers stand.

Aus Espes Kehle drang ein tiefer, gurgelnder Laut, ihre Schultern bebten. Windläufer zog sie an sich und streichelte sie beruhigend.

Eine Menge Leute waren ihnen aus dem Lager gefolgt und scharten sich um sie. Entsetzt murmelnd starrten sie auf den Leichnam des Seelenfliegers. Windläufer machte sich behutsam von Espe los, bückte sich und betrachtete die Leiche von Heißes Fett genauer. Die Schädeldecke des alten Mannes war eingeschlagen worden.

Verbissen kämpfte Windläufer gegen den Drang an, sein Leid zum Himmel hinaufzuschreien. Dieser Klumpen leblosen Fleisches hatte ihm als erster des Stammes die Hand gereicht. Im Laufe der Zeit war eine kostbare Freundschaft zwischen ihnen gewachsen. Wieder hatte das Schicksal ein klaffendes Loch in seine Seele gerissen. *Ich habe dich lieben gelernt, alter Freund. Und nun bist auch du gegangen.*

Heißes Fetts Lendenschurz war hochgeschoben, vielleicht hatte er sich gerade hingehockt, um sich zu erleichtern, als der tödliche Schlag geführt wurde. Windläufer suchte den

Boden nach Spuren ab – doch sie waren inzwischen von den herbeieilenden Leuten zertrampelt worden. Auf der anderen Seite des Strauches entdeckte er zwei verwischte Stellen auf dem harten Boden – als habe da ein Mann auf Zehenspitzen gestanden, bereit, den schmetternden Hieb auszuführen.

»Wer könnte denn so etwas tun?« fragte Espe mit unnatürlicher Stimme.

Windläufer bemühte sich, trotz seines tiefen Schmerzes vernünftig und klar zu denken. »Hat jemand etwas gehört? Irgend etwas gesehen?«

Unruhig sahen die Leute von einem zum anderen und schüttelten die Köpfe.

»Wir haben viele Feinde«, erinnerte ihn Schwarzer Mond. Er trat vor und beugte sich über den Leichnam, Trauer verdunkelte seine Augen. »Vielleicht ist ein Krieger des Erdvolkes entkommen oder eine der Gefangenen hat es getan.«

Espe kniete am Boden und kämpfte mit den Tränen. Ungeachtet des Blutes bettete sie den Kopf ihres Großvaters in ihren Schoß.

Windläufer bückte sich und berührte die dunkelrote Lache aus geronnenem Blut auf dem Sandboden. Prüfend befühlte er das Fleisch des alten Mannes – eiskalt.

Er sog tief die Luft in die Lungen. »Gestern abend hat er noch mit uns gegessen. Es muß kurz danach passiert sein. Wer immer es auch war, der Täter ist längst verschwunden. Aber das heißt nicht, daß er nicht zurückkommt. Vorläufig wachen wir in der Nacht – und passen genau auf.«

»Einen Seelenflieger töten?« Wildkaninchen schüttelte fassungslos den Kopf. »Wer immer das auch getan hat, er sollte darauf vorbereitet sein, dem Großen Donnervogel gegenüberzutreten. Heißes Fetts Seele kommt ganz sicher in seinem Auftrag zurück.«

Zustimmendes Gemurmel erklang.

Windläufer erinnerte sich an die vielen interessanten Abende, die er seit seinem Kampf gegen Einziger Mann mit dem alten Seelenflieger verbracht hatte. Gramerfüllt richtete er sich auf und winkte gebieterisch Schneckenhaus herbei.

»Nimm ein paar Männer mit und verteilt euch. Verdoppelt die Posten auf den Hügeln.«

Stilles Wasser beschattete mit der Hand die Augen und blickte über die Hochebene. Schon von hier aus konnte er die Rauchfahnen des Dornbusch-Lagers erkennen – so viele Feuer hatte es in diesem Lager noch nie gegeben. Er starrte auf die flache Kuppe, die einen langen Schatten auf das Lager warf. Weiße Erdschichten, durchzogen von Sandstein, leuchteten in der Morgensonne, Salbei und Beifuß bedeckten die Hänge, hervorragende Plätze für Beobachtungsposten. Und wenn das der Fall war ...

Unbehagen und Unsicherheit nagten an seinem Herzen.

»Hier entlang«, sagte er zu Weiße Esche und deutete auf einen salbeibewachsenen Hügel.

»Und dann?« fragte Weiße Esche und eilte hinter ihm her. Plage folgte ihnen.

»Träume«, erwiderte Stilles Wasser. »Träume die Tiere.«

»Warum?«

»Diese Leute da unten gehören nicht zum Erdvolk. Sie müssen gleich begreifen, daß wir über eine größere Macht verfügen als auf den ersten Blick erkennbar.«

Keuchend erreichten sie die Hügelkuppe und blickten auf die Ebene. Stilles Wasser entdeckte etliche in leichtem Trab auf sie zulaufende Gestalten.

»Träume, Weiße Esche! *Träume, wie du noch nie geträumt hast!*«

Weiße Esche setzte sich auf den Boden und legte die Hände in den Schoß. Sie schluckte hart und schloß die Augen.

Stilles Wasser ließ sich neben ihr nieder und stimmte seinen Singsang an. Er versuchte sich zu konzentrieren und die Angst zu ignorieren, die jeder Schlag seines Herzes durch seinen Körper pumpte.

Der Beutel schnitt ihm schmerzhaft in die Schulter, schien stetig schwerer zu werden. Er schüttelte den Kopf und sang lauter.

Schweißtropfen perlten auf Weiße Esches Stirn. Die Krieger waren inzwischen deutlich zu sehen, sie trabten unverwandt auf sie zu. Wieviel Zeit blieb ihm und Weiße Esche noch?

»Wolfsträumer?« flüsterte Weiße Esche und kämpfte gegen die Ausweglosigkeit der Situation an. »Hilf mir. Ich muß die Tiere rufen.«

Das Gewicht des Beutels zerrte heftig an Stilles Wassers Schultern. *Wenn ich mich nicht konzentrieren kann, wird mich gleich ein Speer durchbohren.* Er machte seinen Kopf frei, sang seinen monotonen Singsang und zwang sich, seine Stimme ruhig klingen zu lassen.

Doch der Beutel schien immer schwerer zu werden ... Schlagartig begriff er: *Das Wolfsbündel!*

Er nahm den Beutel ab und öffnete hektisch die Verschnürung. Als er nach dem Bündel griff, schoß ein blitzartiger Machtstrom durch seinen Arm. Die Luft schien zu prickeln. Weiße Esche wurde ruhig, die Verzweiflung verschwand von ihrem angespannten Gesicht.

Schreiend deuteten die Krieger zu ihnen herauf.

Stilles Wasser spürte, wann Weiße Esche das Große Eine berührte. Dann brandete eine so heftige Macht im Wolfsbündel auf, daß es ihm fast aus den Händen fiel. Er konnte die Fäden der Macht, die das Bündel nach Weiße Esche aussandte, fast greifen.

Ein schwarzer Wolf schlich zwischen den Sträuchern umher, blieb stehen und spähte mit leuchtenden gelben Augen abwartend auf Weiße Esche. Während aus den Lüften herab ein Adler immer tiefere Kreise zog, kam der Wolf näher und stellte sich zwischen Stilles Wasser und Weiße Esche. Das Tier stand dicht neben ihm, er spürte die Schnurrbarthaare am Leder seiner Hose. Eine Wiesenlerche ließ sich auf Stilles Wassers Kopf nieder und trillerte unbeschwert ihr Lied. Ein Dachs bahnte sich leise brummend den Weg durch das Dikkicht. Das Große Eine pulsierte.

Die Krieger blieben einige Speerlängen unterhalb von ihnen stehen und beobachteten ungläubig das Geschehen.

Sprich mit ihnen. Dieser stumme Befehl erreichte Stilles Wassers Seele.

»Weiße Esche?« flüsterte er rasch. »Du mußt mit ihnen sprechen. Sag ihnen, wir kommen in Frieden.«

Einer der Krieger balancierte wurfbereit seinen Speer.

»Weiße Esche! Ich spreche ihre Sprache nicht!«

Sie löste sich aus dem Traum, und die Tiere flohen Hals über Kopf, hasteten in das Dickicht oder erhoben sich in den türkisblauen Himmel. Die Krieger stießen erschrockene Laute aus und bedeckten mit den Händen die Köpfe zum Schutz vor den aufsteigenden Vogelschwärmen. Einer der Männer ließ sich zu Boden fallen und flehte mit einem Lied den Großen Donnervogel um Beistand an.

»Was? Was hast du gesagt?«

»Sag ihnen, wir bringen einen Traum. Wir werden ihnen nichts tun.« Als sie diese Worte in der Sprache des Sonnenvolkes wiederholte, blickten sich die Krieger beunruhigt an.

Zögernd kletterte der Anführer der Krieger den Hang herauf, einen Speer wurfbereit am Atlatl angelegt. Seine Männer folgten ihm vorsichtig.

Der junge, gutaussehende Mann bewegte sich mit geschmeidiger Anmut und beneidenswerter Sicherheit. Sein Haar hatte er hoch am Kopf zusammengebunden. Drei blaue Linien waren auf seine Stirn tätowiert. Zehn Schritte vor ihnen blieb der Anführer der Krieger stehen. Sein Gesicht drückte zugleich Scheu und Ehrfurcht aus. Er flüsterte: »Weiße Esche?«

Stilles Wasser erriet ihren Namen auch in der Sprache des Sonnenvolkes. Er wandte sich zu ihr um, sie blickte den jungen Krieger völlig erstarrt mit offenem Mund an.

»Windläufer?« wisperte Weiße Esche. Sie wußte nicht, war es Traum oder Wirklichkeit. Sie blinzelte verwirrt und fuhr sich mit der Hand über die Augen. War das tatsächlich Windläufer? Oder nur eine Illusion, die das Große Eine heraufbeschwor?

Er kam näher. Im hellen Tageslicht erforschte sie die Linien des vertrauten Gesichts. Es erschien ihr älter und härter, als sie es in Erinnerung hatte.

»Weiße Esche ... *du lebst!*«

Sie erhob sich auf unsicheren Beinen, trat zögernd vor und umarmte Windläufer. Er zog sie zärtlich an sich wie in jener letzten Nacht auf dem Grat über dem Weißlehm-Lager.

»Ich dachte, du wärst tot«, flüsterte er, seine Lippen berührten ihr Haar. »Ich hatte jede Hoffnung aufgegeben.«

Plage bellte und knurrte ihn an.

Nun trat auch Stilles Wasser vor. »Weiße Esche«, fragte er unsicher. »Wer ist dieser Mann?«

Sie löste sich von Windläufer, wich einen Schritt zurück und blinzelte unter Tränen. »Stilles Wasser, das ist Windläufer.«

Stilles Wasser drückte das Wolfsbündel an seine Brust und beäugte den Krieger neugierig.

Windläufers Gesicht wurde hart. »Was tust du hier? Warum waren alle diese Tiere bei dir? Was geht hier vor?«

Weiße Esche schloß die Augen und versuchte verzweifelt, das heitere Nichts des Großen Einen abzuschütteln. Jetzt mußte sie ihren Verstand benutzen. »Sind das Schwarzspitzen-Krieger?«

»Wir sind alle Schwarzspitzen-Krieger.«

Sie nickte erleichtert. *Zumindest muß ich nicht Tapferer Mann gegenübertreten.* »Gehen wir in dein Lager, Windläufer. Wir haben vieles zu bereden, und uns bleibt nicht mehr viel Zeit.«

»Und dieser Mann?« fragte Windläufer mit einer Stimme, so schneidend wie ein Obsidian.

Weiße Esche merkte, wie Stilles Wasser sich straffte, auch die Anspannung in seinem Gesicht entging ihr nicht.

»Er ist der Hüter des Wolfsbündels.« Sie sah Windläufer an und streckte ihre Hand nach Stilles Wasser aus. Mit seinem verkrüppelten Arm preßte er das Wolfsbündel an seine Brust, seine gesunde Hand ergriff die von Weiße Esche. »Und … mein Mann.«

Kapitel 28

Mein Mann. Die Worte brannten in Windläufers Seele wie weißglühende Kohlen auf nacktem Fleisch.

Die Muskeln krampfhaft angespannt, wandte er sich an

Schneckenhaus. »Geh zurück ins Lager. Sorge dafür, daß Essen zubereitet wird. Wir müssen einen Rat einberufen.«

»Und dieser Mann vom Erdvolk? Was ist mit dem?« Schneckenhaus schielte unbehaglich auf Stilles Wasser.

»Er begleitet uns … erst mal.«

Schneckenhaus nickte, Unsicherheit kroch durch ihn wie Maden durch verfaulendes Fleisch.

Windläufer musterte den Erdvolk-Mann genauer. Ein Arm sah verkrüppelt und nutzlos aus. Der Mann wirkte untersetzt, und sein Gesicht erinnerte ihn an einen flachgetretenen Dunghaufen. Nur in seinen Augen spiegelte sich etwas Bemerkenswertes, eine freundliche Seele, die sich nicht nur um ihr eigenes Wohlergehen sorgte.

Was findet sie nur an ihm? Er ist … er ist … Windläufer schüttelte den Kopf und bedachte den Mann mit einem verächtlichen Blick.

Weiße Esche unterhielt sich mit Stilles Wasser in der nuscheligen Sprache des Erdvolkes. Der Mann packte ein Lederbündel in seinen Beutel, während der scheußliche schwarzweiße Hund ihn und seine Krieger wachsam im Auge behielt.

Windläufer drehte sich auf dem Absatz um. *Ich werde dich heiraten. Ich werde deine Frau.* Pah. Er schnaubte leise.

»Hat der Schwarzspitzen-Stamm den gesamten Süden eingenommen?« fragte sie und mußte beinahe rennen, um mit ihm Schritt zu halten. Ihre wunderbar melodische Stimme ließ seine Seele vor Wonne erschauern.

»Ich habe dir gesagt, ich käme vor dem ersten Schnee zu dir.«

Einen Augenblick ging sie schweigend neben ihm her. »Die Dinge haben sich geändert.«

»Das sehe ich«, antwortete er sarkastisch.

Sie legte ihm eine Hand auf den Arm. »Wirklich?«

Er blickte auf ihre schlanken, auf den vorstehenden Muskeln seines Armes ruhenden Finger, hob den Blick und sah ihr in die Augen … und die Welt verwandelte sich, als sei seine Seele entblößt. Er schluckte und versuchte, dieses allumfassende Gefühl abzuschütteln. Kalte Vernunft mußte die Oberhand behalten. »Was hat …«

»Du hast dich verändert, Windläufer. Du bist ein Mann geworden. Trotzdem, ich kenne deine Seele und deinen Zorn und auch den Schmerz, der die Wut bald verdrängen wird.« Ein bittersüßes Lächeln umspielte ihre vollen Lippen. »Es ist so viel geschehen, seit du den Weißlehm-Stamm verlassen hast.«

»Mit ihm?« fragte Windläufer und drehte sich ruckartig nach Stilles Wasser um, der ihnen sichtlich beunruhigt folgte.

Weiße Esche wußte, was er dachte, und antwortete kurz angebunden: »Ja. Er hat mir mehr als einmal das Leben gerettet – und sich sogar gegen Tapferer Mann und den Stamm der Gebrochenen Steine gestellt.«

»Der?« Windläufer lachte. »Er sieht eher aus, als würde er schon davonlaufen, wenn ein Kaninchen hinter ihm quiekt.«

Der Schatten tiefster Traurigkeit, der sich über ihr schönes Gesicht legte, ließ ihn erschauern. Deutlich fühlte er das unheimliche Prickeln einer Macht in der Luft. Unwillkürlich entfernte er sich eine halbe Schrittlänge von ihr. *Ich fühle, sie weiß mehr als ich – sieht Dinge, die ich nicht sehe. Weiße Esche, meine Weiße Esche … was ist mit dir geschehen?*

Er riß sich zusammen. »Ich habe überall nach dir gesucht. Im Dreigabelungenlager, im Schlechtwasser-Lager – überall. Wo warst du?«

»Das Wolfsvolk hat den Weißlehm-Stamm vernichtet. Ich bin entkommen.«

»Ich weiß. Salbeigeist ist bei uns.«

Er erwartete einen Freudenausbruch, doch sie quittierte die Mitteilung nur mit einem schlichten Nicken. Aus den Augenwinkeln schielte er zu ihr hinüber. *Was ist los mit dir, Weiße Esche? Hat dieser widerwärtige Mann aus dem Erdvolk dich mit einem Zauber belegt? Ist es das? Ist er ein Zauberer?*

Bei diesem Gedanken zuckte er zusammen. Erst heute morgen hatten sie Heißes Fett an einen hochgelegenen Ort gebracht und seine Seele zum Großen Donnervogel gesungen.

Erschöpft stieß Weiße Esche den Atem aus und sagte:

»Tapferer Mann hat das Wolfsvolk überwältigt und ist bereits auf dem Weg nach Süden.«

Windläufer blieb fast die Luft weg. »Was?«

»Ja, ich dachte, wir wären auf ihn gestoßen, den Schwarzspitzen-Stamm hatte ich nicht erwartet. Tapferer Mann ist inzwischen der Seelenflieger beim Stamm der Gebrochenen Steine – ein sehr mächtiger Mann.«

»Die Gebrochenen Steine? Hier?« Sein Blick schweifte über die salbeibewachsenen Hügel, er registrierte jede kleinste Bewegung. Doch er sah nur die sich im Wind wiegenden Sträucher und ein davonhüpfendes Wildkaninchen.

Sie schien sich in Gedanken zu verlieren. »Er kommt – rasch.«

Und ich habe gerade die meisten meiner Krieger in alle Himmelsrichtungen geschickt!

Sie ging weiter, ohne zu merken, daß er stehengeblieben war.

Eilig hastete Windläufer hinter ihr her. »Habt ihr auch Leute vom Hohlkehlen-Stamm gesehen?«

»Nein, aber es würde mich nicht weiter überraschen, sie auch im Süden anzutreffen. Die Spirale verlagert sich.«

»Was für eine Spirale?«

Sie sah ihn an, als hätte sie ein unwissendes, dummes Kind vor sich. »Ich muß die Spirale in ihre Ausgangslage zurückträumen, Windläufer. Darum hat die Macht mich zu dir geschickt. Das Sonnenvolk muß sich zum Traum des Ersten Mannes bekennen. Falls nicht, ändert sich die Spirale und Tapferer Mann träumt den neuen Weg. Möchtest du ein Leben nach einem Traum, der seinem wirren Kopf entsprungen ist, führen?«

Mißtrauisch schielte er über die Schulter auf Stilles Wasser. Der Mann stapfte entschlossen hinter Weiße Esche her, aber er sah so traurig aus, als sei eben seine Mutter gestorben.

Schweigend ging Windläufer weiter. Zuviel war gerade über ihn hereingebrochen. Zuerst der Mord an Heißes Fett. Dann das Auftauchen von Weiße Esche. Und was war mit dem Stamm der Gebrochenen Steine? Mit Tapferer Mann?

Von was für Träumen redete sie? Und Espe ... Gepriesener Großer Donnervogel, was sollte er ihr sagen? *Ihr Herz ist durch den Tod ihres Großvaters bereits gebrochen.* Mit geballten Fäusten stampfte er weiter auf das Lager zu. *Zuviel, um an alles gleichzeitig denken zu können. Verflucht zuviel.*

»Was ist mit uns?« fragte er, nach einem Ausweg suchend.

»Mit uns?« Sie schaute ihn verblüfft an. »Ich werde dich immer lieben, Windläufer«

Nun war er erst recht verwirrt. *Espe hat gesagt, sie würde beiseite treten.*

»Und dieser Erdvolk-Mann?«

Ihr Erstaunen über seine Frage schien grenzenlos. »Er ist der Hüter des Wolfsbündels. Und er ist mein Mann.«

»Warte.« Entgeistert fuchtelte er mit den Händen. »Eben hast du gesagt, du würdest mich immer lieben.«

»Ja, das stimmt.«

»Aber Stilles Wasser ist dein Mann?«

Sie nickte. »Natürlich.«

Zwischen zusammengebissenen Zähnen stieß er hervor: »Laß uns eines gleich klarstellen. Ich denke nicht daran, dich zu teilen. Ich weiß nicht, mit welcher Art Zauber er dich belegt hat, aber ich werde diesen Bann brechen. Er wird nicht in *unserem* Zelt leben. Es wäre besser ...«

Wieder legte sie ihm eine Hand auf den Arm. »Auf diese Art kann ich dich nicht lieben.«

»Weiße Esche« – hilflos hob er die Arme –, »ich begreife nichts mehr. Wovon sprichst du?«

»Du lebst in den Grenzen der Illusion, Windläufer.« Sie runzelte die Stirn. »Aber das war nicht anders zu erwarten. Der Weg für das Sonnenvolk muß geträumt werden.«

Durch den hüfthohen Salbei näherten sie sich dem Lager, an dessen Rand sich die Leute bereits neugierig versammelt hatten.

Espe trat aus der Menge hervor. Ihr langes Haar leuchtete in der Sonne, und die an die Fransen ihres Kleidersaumes gebundenen Knochenperlen blitzten auf. Wie betäubt musterte sie Weiße Esche und Stilles Wasser, dann suchten ihre

Augen Windläufers Blick. Tiefes Leid überschattete ihr sonst so strahlendes Gesicht.

»Windläufer?« Espes traurige Stimme schnitt ihm in die Seele. Sie trat auf ihn zu, ergriff seine Hände und drückte sie an ihre Brust. »Was ist los? Wer sind diese Leute?«

Mit schwankender Stimme antwortete er: »Das ist Weiße Esche.«

Espes Augen weiteten sich unnatürlich. Sie suchte nach einem Zeichen der Liebe in seinem Blick, erwartete ein beruhigendes Wort. Doch Windläufers Seele schien sich in Holz verwandelt zu haben, gefühllos und unempfindlich. Schweigend sah er sie an, und ihr dämmerte die schreckliche Wahrheit. Aus glasigen Augen starrte sie ihn an und ließ seine Hände los.

Espe wandte sich an Weiße Esche, sie konnte kaum die Fassung bewahren. »Willkommen beim Schwarzspitzen-Stamm.« Mit diesen Worten drehte sie sich rasch um und drängte sich zwischen den gaffenden Zuschauern durch.

Windläufer schloß die Augen. In seinen Eingeweiden tobte Übelkeit. Was war aus seinem Leben geworden? Espes gequälter Blick hatte einen Teil seiner Seele versengt. Der Tag schien jegliche Farbe verloren zu haben.

Nun löste sich Salbeigeist aus der Menge und trat, die Arme halb erhoben, zögernd näher. »Weiße Esche?«

»Oh, Vater« Sie lief auf ihn zu und umarmte ihn. »Du hast mir so sehr gefehlt.«

In die Wiedersehensfreude donnerte Schwarzer Monds Stimme: »Bist du die Frau, die die Tiere ruft?«

Vollkommen verwirrt beobachtete Windläufer, wie sich Weiße Esche aus Salbeigeists Umarmung befreite und gemessenen Schrittes auf den Stammesanführer zuging.

»Ja, ich rufe die Tiere. Du bist Schwarzer Mond? Ich bin Weiße Esche vom Weißlehm-Stamm.« Sie zeigte auf Salbeigeist. »Dieser Mann ist mein Vater. Aufgrund des Verwandtschaftsgrades fordern mein Mann und ich den uns gebührenden Platz bei deinem Stamm.«

Schwarzer Mond schüttelte langsam den Kopf. »Dieser

Mann, Salbeigeist, ist ein Weißlehm-Mann. Er gehört nicht unserem Stamm an.«

Sie drehte sich um. Windläufer öffnete den Mund und schüttelte entschieden den Kopf. *Das nicht! Das kann sie nicht tun! Nicht nach allem, was ich …*

Weiße Esches Worte trafen ihn wie ein Hammerschlag. »Dann begründen mein Mann und ich unsere Forderung damit, daß dieser Mann, Windläufer, mein Cousin ist. Er sagte mir, er sei ein Schwarzspitzen-Krieger.«

»Nein«, flüsterte Windläufer und taumelte auf sie zu. »Was *tust* du? Du weißt, warum ich mich dem Schwarzspitzen-Stamm angeschlossen habe!« Er erstickte fast an diesen Worten und streckte flehend die Arme nach ihr aus.

»Ist sie deine Cousine?« fragte Schwarzer Mond streng. »Wenn sie Salbeigeists Tochter ist und dieser dein Onkel, dann muß sie deine Cousine sein.«

»Weiße Esche!« flehte Windläufer. *»Warum tust du das?«*

Mit warmen Fingern strich sie ihm über das Gesicht. »Weil ich träumen muß, Windläufer. Sonst verändert sich die Spirale. Tapferer Mann wird siegen, wenn ich ihm nicht entgegentrete.«

Seine Kiefermuskeln bebten unter ihrer Berührung.

»Verleugnest du sie?« fragte Schwarzer Mond.

Windläufer war wie gelähmt, fieberhaft versuchte er nachzudenken. In das Schweigen hinein sagte Salbeigeist: »Schwarzer Mond? Hört der Stamm auf Salbeigeists Rat?«

Schwarzer Mond nickte. »Deine Stimme zählt bei uns.«

Salbeigeist stemmte die Hände in die Hüften und hob stolz das Kinn. »Ich sehe Weiße Esche an – und sehe eine Frau vor mir, die ich fast nicht wiedererkenne. Vor vielen Jahren führte mich eine Macht in den Süden, und ich raubte Weiße Esche vom Erdvolk. Schon früh sah ich eine Macht in ihr. Sie liegt in ihren Augen. Heute morgen legten wir den Körper unseres Seelenfliegers an einen hochgelegenen Ort und sangen seine Seele in den Himmel zum Großen Donnervogel.«

Nachdenklich musterte Salbeigeist die Anwesenden. »Ich kenne die Wege der Mächte nicht – aber uns wurde ein Seelenflieger genommen, und ein anderer ist gekommen. Wir alle hörten Schneckenhaus, dessen Wort wir vertrauen. Weiße Esche und ihr Mann riefen die Tiere. Ich glaube, der Schwarzspitzen-Stamm sollte dem Wunsch meiner Tochter entsprechen.« Salbeigeist warf Windläufer einen entschuldigenden Blick zu und setzte hinzu: »Ich habe gesprochen.«

»Windläufer?« fragte Schwarzer Mond.

Windläufer fuhr sich mit der Zunge über die trockenen Lippen. Verzweifelt kämpfte er darum, die richtige Entscheidung zu treffen. Er wandte sich an Weiße Esche und starrte ihr forschend in die strahlenden Augen. »Du willst nicht ... meine Frau werden?«

Sanft legte sie ihm die Hände auf die Schultern. »Windläufer, ich kann nicht. Ich muß träumen. Sonst ist alles verloren.«

Seine Seele schrie gellend auf. Zutiefst verzweifelt murmelte er: »Sie ist meine Cousine.« Dann drängte er sich rücksichtslos durch die Menge, ohne auf die erstaunten Blicke der Menschen zu achten. In stummem Schmerz marschierte er aus dem Lager.

Stilles Wasser, der die Qual in Windläufers Gesicht bemerkte, wußte, welche Entscheidung gefallen war. Doch anstatt die erwartete Erleichterung zu empfinden, spürte er das Leid dieses Mannes wie am eigenen Leib.

Weiße Esche redete weiter in der Sprache des Sonnenvolkes, so daß Stilles Wasser nicht verstehen konnte, was geredet wurde. Er sah nur die wachsende Angst in den Gesichtern der Umstehenden. Wer war dieser stämmige Krieger mit den fünf auf die Stirn tätowierten Kreisen? Weiße Esche hatte ihn vertraulich umarmt.

»Findest du auch, wir sollten schleunigst Reißaus nehmen?« fragte er Plage. Der Hund beobachtete die ihn umkreisenden Lagerhunde mit wachsamem Interesse und gesträubtem Fell. Ein langes Knurren dröhnte in seiner Kehle. »Du sagst es.«

Nach und nach begannen sich die Leute zu zerstreuen

und kehrten ins Lager zurück. Stilles Wasser hielt sich dicht neben Weiße Esche und fragte unsicher: »Was ist jetzt?« Aber Weiße Esche war in ein Gespräch mit dem großen Mann vertieft, der der Anführer zu sein schien.

»Ratsversammlung«, antwortete an ihrer Stelle der muskulöse Krieger mit den auf die Stirn tätowierten Kreisen. Der Mann musterte Stilles Wasser von oben bis unten und setzte hinzu: »Weiße Esche sagt, *du* seist ihr *Mann?*«

Stilles Wasser beschlich ein seltsames Gefühl in der Magengrube, als er in die harten Augen blickte. Wer war dieser kräftige Krieger? Mit seinen breiten Schultern sah er aus, als könne er einen Berg hochheben.

Allmählich ging ihm die Bedeutung der Worte des Mannes auf: Weiße Esche hatte ihn als ihren *Ehemann* bezeichnet! Stolz reckte Stilles Wasser den Hals. Seltsamerweise war ihm dieser Gedanke noch nie in den Sinn gekommen. Es freute ihn, plötzlich sagen zu dürfen: »Sie ist meine Frau.«

Der stämmige Krieger sah ihn voller Widerwillen an, als sei er eine grünlich verschimmelte Büffelhälfte, und fragte ihn mit deutlich hörbarem Akzent: »Was sieht sie nur in einem so häßlichen Mann wie dir? Du hast nur einen Arm.«

Stilles Wasser straffte den Rücken. Was ging das diesen Kerl eigentlich an? »Ich bin der Hüter des Wolfsbündels. Und ich bin der Beschützer der Träumerin.« Wie unter einer Eingebung fügte Stilles Wasser noch hinzu: »Falls du weitere Fragen hast, schlage ich vor, du stellst sie der Macht.«

Die harten Augen des Kriegers verengten sich zu schmalen Schlitzen. »Ich stelle keiner Macht Fragen.« Er drehte sich um und folgte den anderen zu einem großen Zelt, dessen Wände aufgerollt waren, um den Wind durchzulassen. Etwas wehmütig blickte Stilles Wasser auf die Erdhütten des Dornbusch-Lagers, sie sahen verweist und unbewohnt aus.

Langsam trottete er dem Krieger hinterher. Neugierig fragte er: »Wo hast du die Sprache des Volkes sprechen gelernt? Du sprichst sie sehr gut.«

Der muskulöse Mann lachte rauh auf, ein Laut, der sich alles andere als beruhigend anhörte. »Du wunderst dich, warum ein Mann fragt, was Weiße Esche in dir sieht? Das ist mein gutes Recht, Erdmann. Die Sprache des Erdvolkes erlernte ich von ihr. Sie ist meine Tochter.«

Stilles Wasser blieb stehen und starrte ihn entgeistert an. »Du bist Salbeigeist?«

Der Krieger verschränkte die Arme mit den beeindruckenden Muskeln vor der Brust. Mit funkelnden Augen betrachtete er Stilles Wasser. »Ich bin Salbeigeist.«

»Sobald wir Zeit haben, möchte ich gerne mit dir reden. Weiße Esche hat mir wunderbare Dinge von dir und Leuchtender Mond erzählt.«

Salbeigeists Feindseligkeit schien etwas nachzulassen. Er senkte die Augen und sagte versöhnlicher: »Später vielleicht, am Feuer.«

»Stilles Wasser?« rief Weiße Esche. »Komm, setz dich zu mir.«

Ehrerbietig nickte er Salbeigeist zu und eilte zu ihr.

Der gesamte Stamm hatte sich draußen vor dem Zelt versammelt und drängte sich um die Zeltstangen, damit ja niemandem ein Wort entging. Manche hielten Lederstücke über ihren Kopf, um sich vor der heiß brennenden Sonne zu schützen.

Weiße Esche blickte sich im Zelt um. Auf der Südseite lagen Schlafdecken, daneben eine Reihe Kochsäcke und Steinwerkzeuge. Unter den aufgerollten, tiefbraun geräucherten Häuten der Zeltwände hindurch sah sie die neugierige Zuschauermenge, deren Gemurmel schlagartig verstummte, als das letzte der acht Ratsmitglieder im Zelt Platz genommen hatte.

»Warum bist du hergekommen?« fragte Schwarzer Mond.

Weiße Esche saß mit gekreuzten Beinen da, den Rücken gerade aufgerichtet, die Hände gefaltet. Stilles Wasser, der den unvermeidlichen Beutel mit dem Wolfsbündel auf dem Schoß hielt, saß neben ihr und behielt die Umgebung wachsam im Auge. Weiße Esche antwortete mit eindringlicher Stimme: »Ich bin gekommen, einen neuen Weg zu träumen.«

Schwarzer Mond legte den Kopf schräg. »Einen neuen Weg? Wir brauchen keinen *neuen* Weg.«

Weiße Esche runzelte die Stirn. »Ihr begreift nicht, was vor sich geht. Die Welt bricht auseinander. Das Sonnenvolk hat die Spirale verändert.«

»Und was ist das, diese Spirale?« Schwarzer Mond sah seine Frau an, diese zuckte verständnislos die Achseln.

»Das Leben. Alles, was ist – und nicht ist«, antwortete Weiße Esche.

Schwarzer Mond rutschte unruhig hin und her. »Fliegt deine Seele zum Lager der Toten? Kannst du den Großen Donnervogel rufen?«

»Ich bin mit dem Großen Donnervogel geflogen. Er ist der Erste Mann – und Wolfsträumer. Euch das zu lehren, bin ich gekommen. Die Frau, die Weiße Esche gewesen ist, starb im Gray Deer River. Dieser Mann, Stilles Wasser, rettete mich aus den eisigen Fluten. Gemeinsam zogen wir aus und suchten das Wolfsbündel. Stilles Wasser trat dem Seelenflieger des Stammes der Gebrochenen Steine – Tapferer Mann – entgegen, und wir entkamen mit dem Wolfsbündel. Hoch oben in den Sideways Mountains lehrte mich der Heiler des Erdvolkes, Singende Steine, zu träumen. Nun muß ich Tapferer Mann mit dem Traum gegenübertreten.«

»Der Stamm der Gebrochenen Steine kommt hierher?« fragte Schwarzer Mond erstaunt. Rasch warf er einen Blick auf Schneckenhaus. Der Krieger zuckte ängstlich mit den Schultern.

»Ja.« sagte sie. »In zwei Tagen, von heute an, sind sie hier.« Sie hob beide Hände und fügte hinzu: Gelingt es mir nicht, Tapferer Mann zu besiegen, stirbt der Große Traum des Ersten Mannes. Die Harmonie wird enden. Der Schwarzspitzen-Stamm wird vernichtet. Tapferer Mann wird das Wolfsbündel nehmen und die Spirale verändern. Die Tiere werden hinter Gittern eingesperrt, das Land wird ausgebeutet ... Ich muß den neuen Weg träumen.«

Schwarzer Mond beugte sich vor. Er knirschte vernehmlich mit den Zähnen. »Wie viele kommen?«

»Der ganze Stamm.«

Ein aufgeregtes Raunen ging durch die Zuschauermenge.

»Bis dahin schaffen wir es nie, alle unsere Krieger zurückzuholen!« Schneckenhaus hieb mit der Faust auf den Boden. »Schon das Besteigen des Green Mountain dauert einen Tag! Und wie lange dauert es wohl, bis die Krieger …«

»Krieger können diese Angelegenheit *nicht* regeln.« Weiße Esche fühlte die Macht des Wolfsbündels, das Stilles Wasser an seinen Bauch preßte. »Das ist Sache der Träumer. Von Tapferer Mann und mir. Wir müssen die Zukunft träumen.«

Die Unruhe unter den Leuten verstärkte sich.

»Du willst diesem Seelenflieger alleine gegenübertreten?« Schwarzer Mond malte mit der Faust Kreise in den Staub.

»Stilles Wasser und ich werden uns ihm gemeinsam stellen.«

»Ist Stilles Wasser denn ein Krieger?« fragte Salbeigeist ungläubig.

Weiße Esche drehte sich zu ihrem Vater um, der hinter ihr hockte. »Er ist der stärkste Mann, den die Macht finden konnte. Das Wolfsbündel rief ihn, prüfte ihn, und Stilles Wasser erhielt die Ehre, Hüter des heiligen Bündels zu werden.« Sie legte ihre warme Hand auf Stilles Wassers Knie.

Ihr Mann schenkte ihr einen beruhigenden Blick, obwohl er kein Wort von dem Palaver des Sonnenvolkes verstand.

»Und was ist das, das Wolfsbündel? Warum habe ich nie davon gehört?« wollte Schwarzer Mond wissen.

»Das Bündel war die Macht des Wolfsvolkes, bevor Tapferer Mann es gestohlen hat.« An Stilles Wasser gewandt, sagte sie: »Unser Traum beginnt. Sie möchten die Macht des Wolfsbündels kennenlernen.«

Stilles Wasser blickte sie mit leichtem Zweifel in den Augen an, dann wischte er sich entschlossen die Hand an seinem Hosenbein sauber und löste vorsichtig die Verschnürung des Bündels. Ehrfürchtig schloß er die Augen und griff behutsam hinein. Feindseliges Gemurmel erhob sich unter den Schwarzspitzen-Leuten.

Weiße Esche holte tief Luft, die Macht des Wolfsbündels

begann sich auszubreiten. Sie spürte, wie die Macht durch Stilles Wassers Arm hinauf in seine Seele strömte und sich ausdehnte.

Stilles Wasser nahm das Wolfsbündel aus dem Beutel. Im Ratszelt breitete sich knisternde Spannung aus.

Die Macht suchte Weiße Esches Seele, doch diese sperrte sich in Erinnerung an das Schicksal von Singende Steine. Sie versuchte, gegen die unwiderstehliche Lockung anzukämpfen, und sog tief die warme, salbeigeschwängerte Luft ein. Unter Aufbietung all ihrer Willenskraft rang sie darum, nicht im Großen Einen zu versinken. Schweißperlen glitzerten auf ihrer Stirn; sie biß die Zähne zusammen, bis ihre Kiefer schmerzten. *Zu nah! Ich bin zu nah!*

Stilles Wasser hob das Wolfsbündel dem wolkenlosen Himmel entgegen und sprach leise: »Wolfsbündel, die Zeit deiner Macht ist gekommen. Sage dem Großen Donnervogel, er möge ein Zeichen schicken ... ein Zeichen, daß er und der Erste Mann eins sind.«

Ein fernes Donnergrollen durchdrang die Stille, rollte wie ein Echo über das in der Hitze flimmernde Land.

Die Anwesenden stöhnten auf und brachen in erstaunte Rufe aus, wie gebannt starrten die Leute zum wolkenlosen, blaßblauen Himmel hinauf.

»Er rief den Großen Donnervogel«, übersetzte Salbeigeist. »Das waren seine Worte in der Sprache des Erdvolkes!«

Weiße Esche seufzte erleichtert, als Stilles Wasser das heilige Bündel wieder in den Beutel steckte. Sie sank in sich zusammen, Schweiß strömte über ihr Gesicht. Fragmente des Großen Einen wirbelten in ihrem Innern, *rufen mich, strecken ihre leidenschaftlichen goldenen Hände aus ...*

Stilles Wasser ergriff ihre zitternden Hände. »Ist alles in Ordnung?«

Sie schluckte vernehmlich und brachte ein schwaches Grinsen zustande. »Das Wolfsbündel wollte mich mit seiner Macht erfüllen, mich zwingen, dem heftigen Verlangen nach dem Großen Einen nachzugeben. Das nächste Mal setze ich mich weiter von dir weg.«

Draußen krächzte die Stimme einer alten Frau: »Großer

Donnervogel! Habt ihr ihn gehört? Und keine einzige Wolke am Himmel!«

In Schwarzer Monds Augen wuchs die Besorgnis. »Woher sollen wir wissen, daß ihr nicht gekommen seid, um uns zu vernichten? Vielleicht bringt ihr uns eine böse Macht. Du bist mit einem Mann des Erdvolkes gekommen, einem Feind des Schwarzspitzen-Stammes. Du selbst stammst ebenfalls vom Erdvolk ab.«

Sie sah ihn mit einem heiteren Lächeln an. »Wünschte ich den Schwarzspitzen-Stamm tot zu sehen, hätte ich mich längst mit Tapferer Mann verbündet – und heute wäre der Schwarzspitzen-Stamm nur noch Erinnerung wie der Weißlehm-Stamm.«

»Darauf habe ich nur dein Wort.« Schwarzer Mond seufzte. »Das von Heißes Fett wäre mir lieber.«

»Ich habe von ihm gehört. Er ist ein guter Mann. Seine Weisheit wird mir helfen.«

Betroffenes Schweigen senkte sich über das Lager.

»Er ist tot«, sagte Salbeigeist. »Er wurde vor zwei Tagen ermordet.« Die Welt verschwamm vor ihren Augen, keuchend umklammerte sie mit einer Hand ihre Kehle.

»Was ist los?« erkundigte sich Stilles Wasser.

Sie mußte sich anstrengen, mit ruhiger Stimme zu antworten. »Jemand hat den Seelenflieger ermordet.«

Stilles Wasser lief es eiskalt über den Rücken. »Ermordet? Singende Steine hat uns gewarnt. Jemand tötet die Träumer. Eine uns unbekannte böse Macht? Oder eine Person – ein Hexer, den wir noch nicht entlarvt haben?«

Weiße Esche erbleichte. »Du hast mich sicher hierhergebracht. Ich weiß, bei dir bin ich in Sicherheit.«

Stilles Wasser legte ihr beruhigend die Hand auf den Unterarm.

Salbeigeist übersetzte ihr Gespräch in die Sprache des Sonnenvolkes. Er beäugte Stilles Wasser mit einer seltsamen Mischung aus Mißtrauen und Unbehagen.

Erneut wandte Weiße Esche ihre Aufmerksamkeit Schwarzer Mond zu. »Sind wir bei deinem Stamm willkommen?«

Schwarzer Mond blickte sich um und las in den Gesichtern der Versammelten. »Ich glaube, uns allen wäre es lieber, ihr hättet nie unsere Wege gekreuzt. Aber ihr seid nun einmal da. Falls deine Prophezeiung über den Stamm der Gebrochenen Steine zutrifft, haben sie entweder meine Späher im Norden geschickt umgangen oder sie umgebracht. Kommt es tatsächlich zu einem Entscheidungskampf zwischen Träumern, wäre es mir lieber, diese Auseinandersetzung würde weit weg vom Schwarzspitzen-Stamm stattfinden.« Seine Lippen bewegten sich lautlos. »Ich möchte gerne den Rat von Windläufer und Espe hören, bevor ich mir eine endgültige Meinung bilde. Diese Sache sollte nicht überstürzt entschieden werden.«

Weiße Esche sah Schwarzer Mond durchdringend an. Der Stammesanführer wirkte sehr beunruhigt. »Der Schwarzspitzen-Stamm kann sich glücklich schätzen, einen so klugen Anführer zu haben. Stilles Wasser und ich werden nun ausruhen. Morgen müssen wir uns vorbereiten. Und morgen abend sehen deine Krieger den Stamm der Gebrochenen Steine durch den Paß am Green Mountain kommen. Am darauffolgenden Abend treten Stilles Wasser und ich Tapferer Mann gegenüber.«

Ihre Stimme blieb fest. Es war ihr nicht anzumerken, daß ihre Angst noch um vieles größer war als die von Schwarzer Mond.

Windläufer saß auf einem Dünenkamm westlich des Lagers und ließ Sand von einer Hand in die andere rieseln. Das Dünenfeld erstreckte sich soweit das Auge reichte. Die mit Salbei bewachsenen Hänge leuchteten im Licht des Sonnenuntergangs lavendelfarben. Zu seiner Rechten schimmerte golden der Green Mountain im schräg einfallenden Abendlicht. Vor ihm in der Ferne erhoben sich wellige, ihre Schatten über das Land werfende Sandsteinkuppen. Die grünleuchtenden Sträucher ringsum trugen dicke Knospen, die bald zu gelben Blüten aufbrechen würden. Ein süßer Duft nach Salbei, Rosengewächsen und Buchweizen schwängerte die Luft.

Hinter ihm im Windschatten der Düne raschelten leise die Halme des wilden Roggens. An manchen Stellen, wo das Wasser gegen Ende der Schneeschmelze tiefe Pfützen gebildet hatte, hatte die Sonne den weißen Lehmboden rissig und trocken gemacht. Die Feuchtigkeit war aus der Erde gesogen worden, hatte sich in Luft aufgelöst wie seine Hoffnungen auf ein Leben mit Weiße Esche.

Wer war diese Frau, die aus der Wüste gekommen war? Wer war dieser langweilige Einarmige, den sie ihren Mann nannte? Weshalb hatte er so großen Einfluß auf sie?

Er schüttelte den Kopf. *Ich habe sie für immer verloren. Wieder bin ich ihr Cousin. Es war alles vergebens.*

Hinter ihm erklangen leichte, huschende Schritte im Sand. Er kannte diese Schritte; in den letzten paar Wochen hatte er sie sogar in seinen Träumen gehört. Er brachte es nicht über sich, aufzublicken.

»Windläufer?«

Mit leeren Augen starrte er auf den Sand zu seinen Füßen. Seine Finger hatten wütende Striche hineingezogen.

Schweigend setzte sie sich neben ihn.

Schließlich schnaubte er, sich selbst verhöhnend: »Ich komme mir vor wie ein Narr.«

»Es tut mir leid. Ich weiß wie sehr sich deine Seele nach ihr gesehnt hat.«

Er zwang sich, in Espes bekümmerte Augen zu schauen, Liebe und Sorge spiegelten sich darin. »Es ist meine Schuld. Ich hätte in jener Nacht oberhalb des Weißlehm-Lagers auf meine Seele hören sollen. Damals hat die Macht zu mir gesprochen – doch ich habe nicht auf die Leere in meinem Innern geachtet. Und heute ist eine Fremde in mein Leben getreten.«

»Menschen ändern sich. Besonders, wenn eine Macht sie berührt.«

Er knirschte mit den Zähnen. »Es ist dieser Erdmann. Aus irgendeinem Grund hat er Einfluß auf sie. Ich könnte ihn töten, dann ...«

»Nein, das glaube ich nicht.«

Mißtrauisch sah er sie an.

Nervös stieß Espe den Atem aus. »Ich befand mich hinter

Schwarzer Monds Zelt und habe dem Rat zugehört. Weiße Esche spricht durch ihre eigene Macht, Stilles Wasser hat nichts damit zu tun. Oh, er besitzt durchaus auch eine Macht. Hast du den Donner gehört? Den hat er gerufen. Er sprach mit einem Bündel. Ich glaube ...«

»Sprich weiter.«

»Ich glaube, jeder von ihnen besitzt eine eigene Macht, wie wir sie noch nie erlebt haben.«

Er zuckte zusammen. »Ich liebe sie noch immer. Ich würde alles dafür geben, damit es wieder wird wie früher.«

»Windläufer« – sie schüttelte den Kopf –, »ich glaube nicht, daß das möglich ist. Selbst wenn du ihren Mann tötest, würde das nichts ändern. Sie gehört nicht ihm, sie gehört der Macht. Man fühlt es, wenn sie spricht.« Sie zögerte. »Für sie zählt nur die Macht – nicht deine Liebe zu ihr, nicht ihr Mann. Nichts, außer der bevorstehenden Begegnung mit dem Seelenflieger.«

Er machte ein finsteres Gesicht. »Wovon sprichst du?«

»Sie sagt, sie muß übermorgen dem Seelenflieger der Gebrochenen Steine gegenübertreten. Sie behauptet, er sei die wirkliche Gefahr. Er bringe einen neuen Traum, der den Schwarzspitzen-Stamm vernichten kann – der etwas verändern wird, das sie die Spirale nennt. Die Eindringlichkeit, mit der sie gesprochen hat, erfüllte mich mit Angst. Sie sagt, sie muß diesen Seelenflieger, diesen Tapferer Mann aufhalten. Was ist?«

»Ich kenne Tapferer Mann.« Eiseskälte befiel seine Seele. »Sollte er tatsächlich ein Träumer geworden sein, dann helfe uns der Große Donnervogel.«

Nervös rieb sie ihr Schienbein, der Wind spielte mit den Strähnen ihrer langen, in rabenschwarzen Wellen über ihre Schultern fallenden Haare. »Was ist mit dir und mir? Was wird aus uns? Soll ich wieder in mein eigenes ...« Sie war unfähig, weiterzusprechen.

Windläufer schloß sie in die Arme. Eine so schöne Frau. Und im Augenblick so verletzlich, die Wunde in ihrer Seele über den Tod des Großvaters war noch nicht verheilt. »Ich wollte dich nie verletzten, dir nie weh tun ...«

»Das weiß ich. Ich meinte jedes Wort ehrlich, als ich dir sagte, das Wichtigste für mich sei dein Glück. Ich verlasse dich. Mach dir meinetwegen keine Sorgen.«

Zweifel nagten an ihm. Was sollte er ihr sagen? Konnte er leben ohne die gemeinsamen Abende mit ihr, ohne diese wunderbaren Gespräche? Verzweifelt suchte er nach einem Ausweg.

Sanft löste sie sich von ihm und erhob sich. »Gib mir Bescheid, sobald du dich entschieden hast. Höre auf dein Herz – und auf deine Seele. Wähle dein Glück, Windläufer. Du schuldest mir nichts. Was zwischen uns geschehen ist, soll keine Fessel für dich sein. Wir beide lebten zusammen in den Tag hinein, und ich war damit einverstanden. Sei ehrlich zu dir selbst.«

Sie wandte sich um. Hochaufgerichtet, mit stolzem Gang, schritt sie zwischen den Sträuchern davon.

Windläufer, hin- und hergerissen von den widerstreitendsten Gefühlen, schloß die Augen. *Und wenn es mir gelingt, Weiße Esche zu ändern? Wenn sie wieder wie früher wird? Sie hat gesagt, sie liebe mich noch immer.*

Stilles Wasser und Weiße Esche marschierten dicht hinter Salbeigeist durch das Dornbusch-Lager. Die spitz zulaufenden Zelte des Sonnenvolkes erhoben sich wie ein Wald aus Speeren zwischen den vertrauten rundlichen Erdhütten des Erdvolkes. Stilles Wasser fragte sich, wie viele Schwarzspitzen wohl da waren. Unwillkürlich zählte er die Augenpaare, die ihnen auf Schritt und Tritt folgten. Wo immer sie auftauchten, verstummte sofort jedes Gespräch, Frauen starrten sie aus dunklen Augen ausdruckslos an. Sogar die Hunde beobachteten sie mit gespitzten Ohren und gereckten Hälsen. Kinder hielten sich schutzsuchend an den Kleidersäumen der Mütter fest und lugten mit großen Augen, einen Finger in den Mund gesteckt, hinter den Frauen hervor.

Nahm denn der Weg zu Salbeigeists Zelt nie ein Ende? Stilles Wassers Haut begann zu jucken. Feindseligkeit und Unbehagen knisterten in der Luft.

Ich kann ihnen nicht böse sein. Wie würde ich mich fühlen, wenn eines Tages zwei Träumer in mein Lager spazierten und erklärten, sie fechten einen Kampf gegen das Böse und für die Zukunft der Welt aus? Ich bezweifle, daß ich sie mit offenen Armen willkommen heißen würde.

Beim Durchqueren des Lagers fing er hin und wieder Gesprächsfetzen in der Sprache des Erdvolkes auf. Zumindest gab es also außer Weiße Esche und Salbeigeist ein paar Frauen, mit denen er sich unterhalten konnte.

Im Westen senkte sich die untergehende Sonne wie ein blutroter Ball herab. Essensgerüche vermischten sich mit beißendem Beifußrauch, die Ausdünstungen nach Leder und Menschen stachen ihm in die Nase. Gewaltige Trockengestelle bogen sich unter dem Gewicht der Pflanzen. Neben den Frauen aus dem Erdvolk lagen mit Reisgrassamen gefüllte Ledersäcke. Die Frauen trockneten die Samen auf über Schwelfeuern liegenden Sandsteinplatten.

Das also war das Geheimnis der neuen Vorratsgruben im Rundfelsen-Lager. Der Schwarzspitzen-Stamm behielt die gefangenen Frauen aus den eroberten Lagern bei sich und ließ sie die Vorratsgruben für den kommenden Winter auffüllen.

Endlich blieben sie vor einem mit braunen Häuten bedeckten Zelt stehen, dessen hochgerollte Wände oben mit fünf aufgemalten schwarzen Kreisen verziert waren. Ein halbes Dutzend Leute saß davor. Salbeigeist hob eine Hand und rief einer der Frauen etwas zu. Die Frau stand auf, wischte Grassamenmehl von einem Mahlstein und näherte sich.

Weiße Esche und Salbeigeist betraten das Zelt, Stilles Wasser nahm draußen sein Gepäck ab. Er wollte eben eintreten, da hörte er jemanden hinter sich rufen: »Kranker Bauch?«

Langsam richtete er sich auf. Er traute seinen Ohren nicht. *Rosenbusch?*

Er fuhr herum. Seine Ohren hatten ihn nicht getäuscht. Mit einem jubelnden Aufschrei umarmte er seine Schwester. Kichernd, fast schwindlig vor Glück hielt er sie auf Armeslänge von sich und musterte sie von oben bis unten. Sie hatte sich kaum verändert, nur um ihre Augen hatten sich einige Falten eingegraben.

»Wie kommst du hierher?« fragte er.

Sie machte eine Kopfbewegung zum Zelt hin. »Salbeigeist hat mich mitgenommen.« Sie senkte die Augen. »Knolle ist auch hier – wahrscheinlich jagt er draußen. Er wird sich freuen, dich zu sehen.«

»Und die anderen?«

Sie schüttelte den Kopf. »Nur die Kinder und Anmutige Frau sind noch am Leben. Tannenzapfen, Phloxsamen ... sie waren zu alt. Sie hatten die gebärfähigen Jahre hinter sich. Zuerst haben sie natürlich die Männer umgebracht.« Mit schmerzerfüllten Augen blickte sie ihn an. »Ich weiß nicht genau, wer alles überlebt hat. Ich bin nicht zurückgegangen und habe mir nicht die Leichen angesehen. Ich wollte es nicht.«

Er nickte traurig. »Ich entdeckte Großmutters Körper hinter dem Rundfelsen. Ich sang für sie. Hoffentlich ruht ihre Seele nun in Frieden.«

»Stilles Wasser?« rief Weiße Esche.

»Ist *sie* die Träumerin?« fragte Rosenbusch und ergriff unruhig seinen Arm.

Er nickte. »Komm, ich stelle sie dir vor.«

Rosenbusch schluckte hart, ihre Miene drückte deutliches Widerstreben aus.

»Komm schon.« Stilles Wasser zog sie hinter sich her und betrat gebückt das Zelt.

Bei ihrem Eintritt hob Salbeigeist den Kopf. »Das ist Rosenbusch, meine Frau.«

Weiße Esche nickte lächelnd. »Es freut mich, daß mein Vater eine so schöne Frau hat, die ihn glücklich macht.«

Einladend klopfte Salbeigeist auf die Decken neben sich, und Rosenbusch ließ sich pflichtschuldigst nieder. Sie sah so erschrocken aus, als wolle sie jeden Moment aufspringen und davonlaufen.

Stilles Wasser setzte sich an Weiße Esches Seite und legte seinen Beutel neben sich. Trotzig erwiderte er Salbeigeists fragend bohrenden Blick. Rosenbusch starrte Weiße Esche an, die in Trance versunken in die Ferne blickte, dann wanderte ihr Blick zu Stilles Wasser. Sie schien der Panik nahe.

Salbeigeist machte eine Kopfbewegung Richtung Stilles Wasser. »Rosenbusch, kennst du diesen Mann?«

Rosenbusch wollte antworten, doch Stilles Wasser fiel ihr ins Wort. »Salbeigeist, du und ich, wir haben weit mehr gemeinsam, als es auf den ersten Blick scheint. Du stellst dir Fragen über mich. Ich stelle mir Fragen über dich. Beantworte mir nur eine Frage: Was findet meine Schwester an dir?«

Salbeigeist kniff die Augen zusammen. Prüfend wanderte sein Blick von Weiße Esche zu Rosenbusch. »Du hast meine Tochter gewählt … ich wählte deine Schwester. Wieder hatten die Mächte die Hand im Spiel. Ich behaupte nicht, daß ich verstehe, warum, aber möglicherweise bist du doch ein würdiger Ehemann für Weiße Esche.«

Rosenbusch schüttelte den Kopf, als fürchte sie, sich verhört zu haben »Ehemann?« fragte sie ungläubig. »Weiße Esche hat dich geheiratet? Kranker Bauch, wer hat dir die Erlaubnis gegeben zu heiraten?«

Er zog die Augenbrauen hoch. Langsam kam ihm zum Bewußtsein, daß ihm niemand diese Erlaubnis gegeben hatte – zumindest nicht so, wie es beim Erdvolk der Brauch war. Aber Rittersporn war tot, alle anderen auch. Bis auf …

»Ah, ich verstehe«, sagte er. »Du glaubst, ich hätte um deine Erlaubnis bitten müssen, Schwester …« Der Griff, mit dem er das Wolfsbündel umklammerte, wurde fester, und ein warmes Glühen erfüllte seine Brust. »… aber auch ohne dein Einverständnis ist Weiße Esche meine Frau, und ich bin der Hüter des Wolfsbündels.«

Rosenbusch fuhr zusammen. Diesen selbstsicheren Ton war sie nicht von ihm gewöhnt. Bevor sie etwas erwidern konnte, wandte Weiße Esche ihr die vom Traum erfüllten Augen zu. Rosenbusch sackte förmlich in sich zusammen, als Weiße Esche sagte: »Stilles Wasser und ich werden den neuen Weg träumen. Er ist der einzige, den die Macht dazu für würdig befand.«

Rosenbuschs Mund verzog sich verdrießlich, und sie schüttelte den Kopf. »Das ist Torheit. Kranker Bauch? Der Hüter des Wolfsbündels? Du hast den Verstand verloren! Kranker Bauch könnte keine Kröte in einem Sack hüten!

Falls er das Wolfsbündel gestohlen hat, strömt das Wolfsvolk bald in Scharen herbei. Wir müssen es zurückgeben und uns für all den Ärger entschuldigen, den Kranker Bauch heraufbeschworen hat. Salbeigeist, überlaß ihn mir. Ich übernehme die Verantwortung für ihn. Ich werde dafür sorgen, daß er keinen Ärger mehr macht, obwohl der Erste Mann weiß, was für ein undankbares ...«

»Schwester«, unterbrach sie Stilles Wasser, »das Wolfsvolk ist fort, vernichtet oder verjagt vom Stamm der Gebrochenen Steine. Der Händler Linke Hand ist die letzte Hoffnung für das Wolfsvolk. Er führt die Überlebenden über die Ebenen nach Osten. Der Erste Mann gab ihm die Chance, den Vater der Wasser zu suchen – den großen Fluß im Osten. Im Westen gibt es kein Wolfsvolk mehr.«

Rosenbusch beugte sich vor und streckte zornig den Zeigefinger nach ihm aus. »Ist das wieder eine deiner Geschichten? Ich warne dich. Ich will *nichts* mehr davon hören. Ich danke dem Ersten Mann, daß du zurückgekommen und am Leben bist. Von jetzt an werde ich dich wieder im Auge behalten. Ich will nicht ...«

Salbeigeist packte sie am Arm und gebot ihr Schweigen, dann blickte er seine Tochter durchdringend an. Weiße Esche schwieg. Ihre im Traum gefangenen Augen waren noch immer in die Unendlichkeit gerichtet.

Lachend schüttelte Stilles Wasser den Kopf. »Schwester, die alten Zeiten sind vorbei. Die Macht hat sich verändert. Wir müssen ...«

»... *uns retten,*« ergänzte Weiße Esche eindringlich.

Sie richtete das Wort an Salbeigeist. »Tapferer Mann führt den Stamm der Gebrochenen Steine her. Er sucht mich und meine Macht. Die Stimmen in seinem Kopf haben ihm gesagt, er müsse mich besitzen, ohne mich könne er den Traum des Großen Einen niemals träumen.«

Salbeigeist zupfte nervös an seinen Fingern, nachdenklich fragte er: »Kannst du ihn besiegen?«

Ein wehmütiges Lächeln umspielte ihren Mund. »Ich bin nicht sicher. Aber ich weiß, nur Stilles Wasser und ich können gegen ihn träumen und siegen.«

Stilles Wasser war in das Dämmerlicht des späten Abends hinausgegangen und schaute zu den Sternen empor. Kurze Zeit später folgte ihm Rosenbusch. Sie kreuzte die Arme vor der Brust und stieß mit dem großen Zeh in die Erde. »Was ist bloß aus dir geworden, Kranker Bauch? Ich erkenne dich fast nicht wieder.«

Bruchstückhafte Erinnerungen wirbelten durch seine Seele. Seit er das Rundfelsen-Lager verlassen hatte, lag ein langer Weg hinter ihm. Bis jetzt hatte er das Ausmaß seiner Veränderung nie wirklich bewußt wahrgenommen. »Der Kranke Bauch, den du gekannt hast, lebt noch immer in mir, Schwester. Aber er hat sich verändert. Die Träume haben das bewerkstelligt.«

»Bist du wirklich ein Heiler?«

»Ein Heiler? Nein. Ich bin der Hüter des Wolfsbündels. Seine Macht strömt durch mich hindurch. Ich ...«

»Warum ausgerechnet du? Warum sollte eine Macht jemanden wie dich wählen?« In ihrer Stimme schwang unüberhörbar Geringschätzung mit.

Stilles Wasser atmete tief die vom Nachtwind aus der Wüste herbeigewehten Düfte ein und blickte zum aufgehenden Mond hinauf, der den Horizont silbern färbte. »Ich glaube, die Macht hat mich erwählt, weil ich Weiße Esche sehr nahe an das Große Eine heranführen kann, andererseits bleibt sie durch mich aber weit genug davon entfernt, um nicht von der Macht aufgesogen zu werden.«

Rosenbusch stieß einen Seufzer aus. »Ich hoffe jedenfalls, dir ergeht es besser als Schwarze Hand.«

»Schwarze Hand? Wieso?«

Sie rieb sich die Augen und trat unruhig von einem Bein aufs andere. »Ich habe ihn kurz vor der Großen Versammlung geheiratet. Es schien mir das Richtige zu sein, und Großmutter wünschte es auch. Wenn ich jetzt daran zurückdenke, scheint es mir eine erbärmliche Angelegenheit gewesen zu sein. Der Dreigabelungenstamm beschuldigte ihn der Hexerei. Unsere Heirat sollte die Gerüchte zum Schweigen bringen.«

»Sie sollte?« Wild fuchtelnd schlug er nach einem Insekt,

das um sein Gesicht schwirrte. »Haben ihn die Schwarzspitzen-Krieger umgebracht?«

Er fühlte ihren starr auf ihn gerichteten Blick. »Nein. Jemand – vielleicht der wirkliche Hexer – hat ihn während der Großen Versammlung ermordet. Man hat ihm den Schädel eingeschlagen.«

»Ermordet? *Während der Großen Versammlung?«*

Sie fiel förmlich in sich zusammen. »Ich weiß nicht, warum … auch nicht, wer es war. Etwas Böses geht um, Kranker Bauch. Noch in derselben Nacht flohen die Leute, alle fühlten sich von dieser abscheulichen Tat besudelt. Vielleicht zerstörte dieser Mord die Macht des Erdvolkes und führte zu unserer Unterwerfung durch den Schwarzspitzen-Stamm. Ich weiß es nicht. Aber seit damals habe ich mich niemals mehr sicher gefühlt.«

Stilles Wasser schluckte hart. *Jemand tötet die Träumer.*

Bei dem Gedanken an Weiße Esche lief ihm ein Schauer über den Rücken.

Kapitel 29

Weiße Esche trat hinaus in den kühlen Abend und lauschte dem fernen Heulen eines Wolfsrudels. Tief sog sie die trockene Luft in die Lungen und genoß die Düfte der Wüste. Die hinter ihr erklingenden Geräusche des Lagers – jaulende Hunde, ein weinendes Baby, unbeschwerte Stimmen, das Klappern der Mahlsteine – beruhigten sie. Wie lange hatte sie kein Gelächter mehr gehört? Wie lange kein leises Stimmengemurmel in der Nacht?

Doch in ihrer Seele fühlte sie die im Norden lauernde pechschwarze Dunkelheit. Noch zwei Nächte, und sie würde mit Tapferer Mann konfrontiert werden. Ein Übelkeit erregendes Grauen trübte die Wiedersehensfreude mit Salbeigeist und das Glück, Windläufer am Leben zu wissen. Auch Stilles Wasser schien das Zusammentreffen mit seiner Schwester nicht uneingeschränkt genießen zu können.

Behutsam tastete sie sich an die Grenze zum Großen Einen heran, sie suchte die zarte, federleichte Berührung aus sicherer Entfernung. Auch jetzt fühlte sie die nach ihr greifende Macht des Wolfsbündels. *Bin ich verloren, wenn ich einmal die Hand ausstrecke und das Bündel berühre?* Der Gedanke an Singende Steines Tod verfolgte sie.

Ich wünschte, du hättest einen stärkeren Menschen gefunden, Wolfsträumer. Gab es denn nirgendwo einen neuen Feuertänzer? Sie schloß die Augen. Die Angst vor dem Versagen drohte sie zu verschlingen.

»Weiße Esche?« fragte eine Frau in der Sprache des Erdvolkes.

Überrascht drehte sie sich um. »Ja?«

Zögernd und unterwürfig wie ein geprügeltes Hündchen, kam die Frau näher. »Bist du Weiße Esche aus dem Dreigabelungenlager?«

Weiße Esche seufzte wehmütig. Das ist lange her. »Ich war es einmal ... früher.«

Die Frau stieß einen erleichterten Seufzer aus und streckte ihr die zitternden Hände entgegen. »Ich bin Korb, deine Cousine. Den freundlichen Geistern sei Dank, daß ich dich gefunden habe.« Die Frau ergriff Weiße Esches Hände. »Nach all den Jahren endlich Hoffnung. Rette mich!«

Weiße Esche versuchte blinzelnd die Züge der vor ihr stehenden Frau im schwachen Schein der Feuer zu erkennen. Ja, sie erinnerte sich undeutlich an sie.

»Dich retten? Wovor?«

Korb fuhr sich mit beiden Händen durch das wirre Haar. »Schreckliche Dinge sind geschehen. Etwas Böses geht im Lande um. Hexerei hat unser Volk vernichtet. Grünes Feuer hat davor gewarnt, aber niemand hörte auf sie. Auch deine Mutter hatte Angst vor dem Hexer. Grünes Feuer wurde nämlich verhext ... vom Bösen. Und ... und mein Baby. Hast du es gesehen? Dieses furchtbare Feuer, das die Sterne verbrannte? Schwarze Hand hat das getan. Das wissen wir genau. Er hat versucht, uns bei der Großen Versammlung zu überlisten, er hat unseren Stamm zur Zielscheibe des Spotts gemacht. Wir ...«

»Das ist vorbei«, erklärte Weiße Esche. »Ein neuer Weg beginnt.«

»Mit dem Sonnenvolk?« Korb trat noch einen Schritt näher. »Dieses Volk ist ... ein Teil des Bösen.«

»Des Bösen? Nein. Diese Leute sind nicht böse. Wieso glaubst du das?«

Furchtsam sah sich Korb um. »Das Böse erfüllt sie. Sie haben Eulenklee, Sternwurz und meinen Vater Alsenblase umgebracht. Mich haben sie mitgenommen, dieser verabscheuungswürdige Schneckenhaus hat mich gezwungen, seine Frau zu werden!«

»Das ist keine Hexerei. Das ist das Verhalten verzweifelter Menschen.«

In Korbs mißtrauischen Augen spiegelte sich das flackernde Feuerlicht. »Sie rufen böse Mächte an – wie diesen Vogel, von dem sie behaupten, er mache den Donner. Sie hatten einen alten Mann, der mit den Geistern der Toten redete. Er hat versucht, das Böse auf die Kinder zu übertragen. Auf die *Kinder!* Oh, er war gerissen. Er hat mit ihnen gelacht, sie mit Magie verzaubert und gebannt wie eine Schlange einen Vogel. Er hat ihnen Geschichten erzählt und sie dabei ständig mit seinem Bösen eingehüllt, bis es in ihre Seelen sickerte.« Ängstlich beugte sie sich vor. »Weiße Esche, *sie verehren das Lager der Toten!* Und nicht nur das, sie ...«

Weiße Esche legte ihre Hände auf Korbs Schultern. Überrascht stellte sie fest, daß die Frau am ganzen Leib zitterte. »Korb, die alten Zeiten sind vorbei. Wir müssen eine neue Lebensweise annehmen. Die Spirale hat sich verlagert. Eine neue Macht ist gekommen.«

Korb zischte: »Die gefangenen Frauen reden darüber. Sie sagen, eine fremde, sehr mächtige Frau sei gekommen und wolle mit ihrer Macht etwas unternehmen. Du bist diese Frau. Als ich das hörte, hüpfte meine Seele vor Freude. Du kannst uns befreien. Du bist die rechtmäßige Anführerin des Dreigabelungenstammes! Führe uns in den Kampf, damit wir dieses von bösen Geistern besessene Sonnenvolk aus unserem Land hinausjagen.«

Weiße Esche schüttelte den Kopf.

Korbs Gesicht nahm einen verkniffenen Ausdruck an. »Alles wird wieder so, wie es war. Wir singen wieder für die Seelen unserer Toten – geleiten sie in den Schoß der Erde zurück.« Ihre Augen wurden glasig. »Wir könnten wieder so leben, wie wir immer gelebt haben.«

Weiße Esches Gesicht verfinsterte sich. Wie konnte sich Korb nur einreden, die Welt habe sich nicht verändert? Das Sonnenvolk verjagen? Weiße Esche nahm die Hände der Cousine in die ihren.

»Was ist mit dir geschehen?«

»Schreckliches«, weinte Korb. »Mein Mann wurde vor meinen Augen ermordet. Deine Mutter Eulenklee und meine Mutter Sternwurz wollten diese furchtbaren Menschen nicht mitnehmen, sie waren zu alt.« Sie rang die Hände und schnüffelte unter Tränen. »Mich nahm dieser vom Bösen besessene Schneckenhaus in sein Zelt. Er ... er ...« Sie erschauerte. »Das ist zu schrecklich. Ich weinte, ich flehte, aber er zog mich aus. Nahm mich wie ein ...« Sie biß in ihre Hand.

»Das Sonnenvolk lebt nicht so wie das Erdvolk. Korb, geh zurück in das Zelt von Schneckenhaus. Ich habe ihn heute kennengelernt. Er scheint ein tapferer, ehrbarer Krieger zu sein.«

»*Was?*« Blankes Entsetzen erklang in Korbs Stimme.

»Die Welt hat sich verändert«, wiederholte Weiße Esche. »Es gibt kein Zurück. Du mußt ...«

»Stört es dich denn gar nicht, daß sie deine Mutter umgebracht haben?« Korb wich einen Schritt zurück und schlug die Hand vor den Mund. »Und was ist mit deinem Stamm? Ich bin deine Cousine. Du kannst nicht ...« Ein unheimliches Leuchten glomm in ihren Augen. »Du bist eine von ihnen, stimmt's? Die Gerüchte sind wahr. Darum hat man deinen Körper nie gefunden. Du bist eine von ihnen geworden. Ich habe die falsche Person beschuldigt. *Du hast das Böse hierhergebracht!*«

Weiße Esche schüttelte den Kopf. »Ich bin gekommen, um den neuen Weg zu träumen. Die Spirale hat ...«

Ein ersticktes Geräusch entrang sich Korbs Kehle. Sie drehte sich um und floh. Die Hunde bellten, als sie an den Zelten vorbeistürmte.

»Wer war das?« fragte Salbeigeist aus der Dunkelheit.

»Korb. Meine Cousine aus dem Dreigabelungenlager«, erklärte Weiße Esche müde.

»Ach, die Verrückte«, bemerkte Salbeigeist. »Sie benimmt sich wie ein tollwütiger Dachs. Sie bekam fast Schaum vor den Mund, sobald Heißes Fett auftauchte. Sie versuchte ständig, ihn von den Kindern fernzuhalten, aber den Frauen gelang es schließlich, sie zu bändigen.«

Weiße Esche rieb sich das Genick. Verschwommene Erinnerungen an das Dreigabelungenlager kehrten zurück. *Warum trauert kein Teil meiner Seele um Eulenklee? Sie war meine Mutter. Wolfsträumer, was hast du* mir *angetan?*

Windläufer bahnte sich den Weg durch das Dickicht zurück ins Lager. Die Hunde nahmen seine Witterung auf und begannen bei seiner Ankunft freudig zu bellen und zu jaulen. Mit schwerem Herzen eilte er an den Zelten vorbei. Die Leute hatten sich um die flackernden Feuer versammelt und unterhielten sich mit gedämpften Stimmen, obgleich sie längst schlafend unter ihren Decken hätten liegen sollen. Spannung knisterte in der Luft, zum Greifen nah hing sie über dem Lager wie stickiger Qualm.

Gebückt trat er in sein Zelt – die Decken, die er mit Espe geteilt hatte, waren unbenutzt. Wehmütig kauerte er sich im Dunkeln zusammen und strich sacht über das Bettzeug. Die Decken fühlten sich kalt an. Er beugte sich vor und atmete tief Espes noch sanft verweilenden Duft ein. Schließlich erhob er sich und schlüpfte hinaus in die Nacht.

Er entdeckte sie am Feuer vor Schwarzer Monds Zelt. Aufmerksam hörte sie dem Stammesanführer zu und nickte hin und wieder bedächtig. Windläufer blieb regungslos im Dunkeln stehen und betrachtete liebevoll ihr sanftes, im Feuerlicht schimmerndes Gesicht.

Nach einer Weile überwand er sich und trat in den roten

Feuerschein. Gegenüber von Espe und Schwarzer Mond hockte er sich hin und stützte die Ellenbogen auf die Knie.

»Du bist also zurück«, begrüßte ihn Schwarzer Mond. Der leise Vorwurf in seiner Stimme war nicht zu überhören. »Wir hätten dringend deinen Rat gebraucht.«

Windläufer warf einen verstohlenen Seitenblick auf Espe, die, nervös mit einem Beifußzweig spielend, ausdruckslos ins Feuer starrte.

»Was hat euch Weiße Esche gesagt?« fragte Windläufer, den Namen kaum über die Lippen bringend.

»Der Stamm der Gebrochenen Steine soll in zwei Tagen hier sein. Sie und dieser Erdmann wollen dem Seelenflieger gegenübertreten und einen Kampf der Mächte mit ihm ausfechten. Anschließend werden sie einen neuen Weg für uns träumen.«

Windläufer bemühte sich, nicht auf seine Gefühle, sondern auf seinen Verstand zu hören.

Schwarzer Mond fuhr fort: »Weiße Esche behauptet, bei diesem Kampf käme es nicht auf die Krieger an, andererseits sagt sie aber, Tapferer Mann habe das Wolfsvolk vernichtet und führe nun den ganzen Stamm der Gebrochenen Steine zu uns. Ich glaube, wir sollten das Lager abbrechen und weiter nach Süden fliehen, bis wir alle unsere Krieger zurückgerufen und versammelt haben.«

Finster starrte Windläufer in das Feuer. »Und was meint Weiße Esche dazu?«

Schwarzer Mond blies die Backen auf. »Ich habe noch nicht mit ihr darüber gesprochen.«

»Hast du Kundschafter ausgeschickt?«

»Das war das erste, was ich unternommen habe. Bis jetzt ist noch keiner zurück.«

»Vielleicht kommen die Gebrochenen Steine gar nicht«, meinte Espe mit unnatürlicher Stimme.

»Hm, vielleicht.« Schwarzer Monds Blick wanderte zwischen den beiden hin und her. Er spürte das zwischen ihnen lastende Unbehagen. »Windläufer, du kennst diese Weiße Esche. Es kümmert mich nicht, was zwischen euch war, ich muß nur eines wissen: Will sie uns vernichten? Ist sie deshalb gekommen? Liegt das in ihrer Natur? Wendet sie in diesem Traum, von dem sie ständig redet, die Macht gegen uns? Will sie Rache üben an uns? Wegen der Unterwerfung des Erdvolks vielleicht?«

Mit einer theatralischen Geste hob Windläufer die Arme. »Ich kenne sie seit Jahren, seit Salbeigeist sie vom Erdvolk geraubt hat. Schon damals hatte sie Träume. Alter Falke behielt sie stets im Auge, er schätzte sie sehr. Sie allerdings haßte die Träume, sie machten ihr angst. Aber um deine Frage zu beantworten, sie hat sich niemals als Angehörige des Erdvolkes betrachtet, sie war eine Weißlehm-Frau. Sie kannte die alten Geschichten über den Stamm besser als jeder andere von uns. Sie liebte Salbeigeist und Leuchtender Mond. Nein, ich glaube nicht, daß sie hier ist, um uns zu schaden.«

»Was ist mit ihrem Traum?« erkundigte sich Schwarzer Mond.

»Sie würde nie lügen. Wenn sie sagt, sie hat diesen Traum geträumt, dann stimmt das.«

»Können wir auch ihrem einarmigen Mann vertrauen?«

»Ich – ich glaube, wir ... Ich weiß es nicht. Über ihn kann ich dir nichts sagen. Zumindest sieht er harmlos aus.«

»Du warst nicht dabei, als er den Donner vom wolkenlosen Himmel rief.« Schwarzer Mond verzog das Gesicht zu einer Grimasse. »Ein Mann des Erdvolkes benutzt das heilige Bündel des Wolfsvolkes, um den Großen Donnervogel zu rufen? Das läßt meine Seele erschaudern.«

»Eine Macht ist im Spiel.« Espe stieß den Zweig in das Feuer. »Und wir befinden uns in ihrem Bann.«

Schwarzer Mond schlug nach einer Stechmücke. Nach einem nachdenklichen Schweigen sagte er bedächtig: »Ich kümmere mich nicht um Mächte, sofern sie nicht meinen Stamm bedrohen.« Sein Tonfall verschärfte sich. »Ich warte auf den Rat meines Vertrauten.«

Windläufer nickte zögernd. »Gut. Höre meine Worte, Schwarzer Mond. Weiße Esche sagt, Tapferer Mann kommt und er sei ein Seelenflieger geworden. Ich glaube ihr. Und ich kenne Tapferer Mann. Ein Schwarzspitzen-Krieger schickte ihn mit einer Kriegskeule ins Lager der Toten. Seit jenem Tag haßt er die Schwarzspitzen. Er hört Stimmen in seinem Kopf und Weiße Esche ist sich in einem Punkt absolut sicher: Er würde alles in seiner Macht Stehende tun, um den Schwarzspitzen-Stamm auszulöschen ... und er haßt mich, vielleicht mehr als alle anderen.«

»Warum? Was hast du ihm getan?«

Windläufer senkte den Blick und starrte in die glühenden Kohlen. »Er wollte Weiße Esche rauben und zum Stamm der Gebrochenen Steine entführen. Das ließ ich nicht zu. Ich – ich verhinderte, daß er sie vergewaltigte.«

Nachdenklich strich Schwarzer Mond mit den Fingern über den staubigen Boden. »Immer wieder führt alles zu Weiße Esche zurück.«

»Es scheint so.« Windläufer zog die Augenbrauen hoch und seufzte. »Die Macht scheint sie ständig zu umgeben. Ich glaube, was immer sie auch sagt, wir sollten auf sie hören.«

»Höre ich da dein Herz sprechen?« Schwarzer Monds Augen schienen ihn zu durchbohren.

Windläufer schüttelte den Kopf. Er fühlte sich unendlich erschöpft. »Nein. Du hörtest den besten Rat, den ich dir geben kann.«

»Ich werde deine Worte gründlich überdenken.« Schwarzer Mond stand auf und starrte zu den Sternen hinauf. Seiner Haltung nach zu schließen, lasteten die Sorgen auf seinen Schultern wie ein schwerer Mantel. »Morgen entscheide ich, ob es nicht doch besser ist, das Lager zu verlegen.«

Schwarzer Mond bückte sich in sein Zelt und ließ Windläufer mit Espe allein. Scheinbar endlos lange saßen sie sich schweigend gegenüber. Espe vermied es, ihn anzusehen, sie starrte konzentriert in die tanzenden Flammen.

Endlich brach Windläufer das Schweigen. »Kommst du mit in mein Zelt? Du siehst müde aus. Bevor wir schlafen, könnten wir uns darüber unterhalten, wie wir uns morgen entscheiden sollen.«

Im sanften Licht wirkten ihre Augen wie zwei unergründliche Teiche. »Ich würde gern zurückkommen, aber ...«

Er ging zu ihr hinüber und nahm ihre kalte Hand. »Ich habe Schwarzer Mond die Wahrheit gesagt, Weiße Esche gehört der Macht. Aber ich habe das erst jetzt begriffen.«

»Du zweifelst nicht mehr daran?«

Er schüttelte den Kopf. »Ich habe immer geglaubt, nicht ohne sie leben zu können, doch als ich vorhin in unser Zelt gegangen bin, sah ich die leeren Decken, und mir wurde schlagartig bewußt, was es heißt, ohne dich zu leben. Bitte … tu mir das nicht an.«

Espe drückte seine Hand, Tränen glitzerten in ihren Augen. Sie stand auf. Wortlos schlang sie ihren Arm um seine Taille und ging mit ihm zum Zelt zurück.

Stilles Wasser kniff die Augen zusammen, um den jungen Mann besser sehen zu können, der in der Dunkelheit auf Salbeigeists Zelt zuschlenderte. Er kam ihm seltsam bekannt vor. Wo hatte er diesen Gang schon einmal gesehen? Wo … »Knolle!« Plötzlich aufwallende Freude erwärmte seine Seele.

»Kranker Bauch?« Knolle ließ die zwei Kaninchen fallen, die er in der Hand trug, stürzte auf den Onkel zu und umarmte ihn so ungestüm, daß Stilles Wassers Rippen knackten. Woher hatte der Junge nur diese Kraft? Genüßlich kostete Stilles Wasser das Gefühl aus, die Arme des Jungen zu spüren. Sein Neffe – Warmes Feuers Sohn – lebte! *Gepriesen sei das Große Eine!*

»Was machst du mitten in einem Schwarzspitzen-Lager? Sie hätten …« Knolle geriet ins Stottern. »Ich meine, *du lebst!*«

»Zumindest noch so lange, bis du mir das Rückgrat gebrochen hast.«

Jaulend stürmte Plage herbei, sprang hoch in die Luft und schnappte nach Knolles Jagdhemd. Sein Schwanz peitschte wild durch die Luft.

»Ruhe!« schrie jemand aus einem Zelt. »Andere Leute wollen schlafen!«

Stilles Wasser machte Plage ein Zeichen, aufzuhören. Dankbar nahm er Knolles Hand. »Wie ist es dir ergangen?

Ich habe gehört, Salbeigeist habe dich in sein Zelt aufgenommen. Deine Mutter sagt, er behandelt dich wie einen Sohn.«

Knolle nickte. »Er ist gut zu mir. Du hast Mutter also schon gesehen und gehört, was passiert ist?«

»Wir haben miteinander gesprochen. Sie meint, aus dir wird einmal ein guter Jäger.«

»Niemand bewegt sich so lautlos wie ich. Höchstens eine Eule ist auf der Jagd ebenso leise«, brüstete sich Knolle stolz. »Und Salbeigeist hat mir Dinge beigebracht, von denen nicht einmal mein Vater wußte. Wie man eine Fährte verwischt und wie man beim Anschleichen am besten in Deckung geht. Salbeigeist hat mich auch mitgenommen, und ich habe meine erste Antilope erlegt – einen fetten Bock. Mit einem einzigen Wurf! Ich lerne auch, wie man Speerspitzen macht und einen Hinterhalt legt.«

Stilles Wasser lächelte. »Komm, unterhalten wir uns ein wenig, bevor wir hineingehen und ich dich meiner Frau vorstelle.«

Stilles Wasser setzte sich auf einen Lederbehälter, Knolle hockte sich vor ihn auf den Boden.

»Verheiratet? Du?« fragte Knolle erstaunt. »Mit einer der Gefangenen?«

»Nein. Meine Frau gehört zum Sonnenvolk.«

»Und sie hat dich geheiratet? Was stimmt nicht mit ihr?«

Stilles Wasser seufzte resigniert. »Du scheinst dich im Schwarzspitzen-Lager wohl zu fühlen?«

Knolle senkte den Kopf. »Ich war ziemlich übel dran, als die Schwarzspitzen-Krieger den Stamm auslöschten. Ich sah, wie Großmutter getötet wurde. Weiße Feder schlug ihr mit einer Kriegskeule den Schädel ein.«

»Ich fand ihren Körper und habe für sie gesungen.«

Knolle sah hinaus in die Nacht, sein Blick wanderte über die Dünen. »Das freut mich – aber ich vermisse sie nicht. Du weißt, wie Großmutter war. Wie sie die Leute herumkommandierte. Hier bin ich frei. Ich kann jagen – und Salbeigeist, er hat Ähnlichkeit mit meinem Vater. Manchmal glaube ich, der Schwarzspitzen-Stamm ist das beste, was mir hat passieren können.«

»Mir wurde gesagt, Schwarze Hand sei eine Zeitlang dein Vater gewesen.«

Knolles Stimme veränderte sich, klang plötzlich angespannt. »Ich mochte ihn nicht. Nicht nach allem, was er meinem Vater angetan hat. Eines Nachts folgte ich ihm und Mutter. Sie paarten sich – ich konnte es nicht ertragen. Der Mann, der meinen Vater sterben ließ ... nahm meine Mutter! Großmutter wollte, daß sie ihn heiratete. Dabei war Schwarze Hand früher Großmutters Liebhaber.«

Stilles Wasser zuckte zurück, als er den giftigen Zorn in Knolles Stimme hörte. »Schwarze Hand hat Warmes Feuer bestimmt nicht absichtlich sterben lassen. Ich bin überzeugt, er tat, was er konnte. Manchmal geht eine Macht ...«

»Hör mir auf mit Mächten!« Knolle spuckte verächtlich aus. »Ich habe zu viele Menschen sterben sehen, weil die Heiler sie nicht retten wollten!« Er zögerte. »Hast du von Lupine gehört?«

Stilles Wasser nickte. »Ja. Aber bei ihrem Tod war keine Macht im Spiel.«

»Heißes Fett hat sie nicht gerettet. Ich habe es gesehen. Er schüttelte nur den Kopf und ließ sie sterben.«

Woher rührte diese mühsam unterdrückte Wut? Stilles Wasser versuchte, sich an den Knolle zu erinnern, den er vor Warmes Feuers Tod gekannt hatte. Wie hatte aus dem lachenden, glücklichen Kind dieser verbitterte junge Mann werden können? »Jetzt haben wir aber genug über den Tod gesprochen.«

»Auf jeden Fall wäre die Welt ohne Heiler und Seelenflieger besser dran. Ich traue ihnen nicht über den Weg.«

Stilles Wasser stützte sich auf die Ellenbogen und streckte die Beine in den warmen Sand. »Ah, nicht jede Macht ist schlecht, das habe ich in der Zwischenzeit am eigenen Leib erfahren. Ich bin der Hüter des Wolfsbündels geworden, deshalb bin auch ich mit einer Macht verbunden.«

Er fühlte Knolles scharfen Blick prüfend auf sich ruhen. »Das Wolfsbündel? Was ist das? Wenn du sein Hüter bist, kann es höchstens die Macht von Kaninchenkot auf trockenem Sandstein besitzen.«

»Du wärst überrascht von seiner Macht.«

»Könnte sein, es wäre überrascht von meiner«, brummte Knolle unwirsch und nahm eine angriffslustige Haltung ein.

»Magst du Salbeigeist wirklich?«

Knolles Grinsen wirkte selbst in der Dunkelheit ansteckend. »Er ist ein richtiger Krieger. Er hat eine schwere Zeit hinter sich – wie ich. Seine Frau ist im letzten Winter gestorben, zur selben Zeit wie mein Vater. Es kümmert mich nicht, daß er sich mit meiner Mutter paart. Er sorgt für sie ... und das ist mehr, als Schwarze Hand getan hat. Und er hat geweint, als Lupine getötet wurde von ... nun, als sie starb.

Er ist ein guter Mann, Kranker Bauch. Er hat im letzten Jahr viel verloren, seine Frau, sein Volk. Und seine Tochter ist verschwunden, als das Wolfsvolk den Weißlehm-Stamm ausgelöscht hat. Er hält sie für tot und trauert noch immer um sie.«

»Ich glaube kaum, daß er immer noch um seine Tochter trauert.« Stilles Wasser lächelte.

»Du kennst ihn nicht. Er hat alles verloren, was er liebte. Deshalb liebt er nun uns.«

»Seine Tochter ist meine ...«

»Wenn man ihn hört«, fuhr Knolle aufgeregt fort, »dann war seine Tochter die schönste Frau auf Erden. Salbeigeist sagt, eine Macht gab sie ihm, als seine anderen Töchter starben. Sie muß etwas Besonderes gewesen sein.

»Das ist sie. Alles, was Salbeigeist sagt, stimmt.«

Knolle hob den Kopf. »Sie ist es?«

»Weiße Esche ist meine Frau. Deshalb kam ich hierher – lebendig, wie du sehr richtig bemerkt hast. Sie unterhält sich gerade mit Salbeigeist und erzählt ihm von unseren Abenteuern.«

Knolle sperrte Mund und Augen auf. »*Deine Frau?* Weiße Esche ist mit dir verheiratet?«

»Das ist eine lange Geschichte. Ich erzähle sie dir in den nächsten Tagen.«

Knolles Ungläubigkeit war auch im Dunkeln deutlich zu erkennen. »Was sieht sie nur in *dir*?«

Gepriesener Schöpfer hörte das nie auf? »Sie sagt, meine Seele leuchte gelb und rot. Vielleicht ist das der Grund.«

»Und wie kommst du hierher? Woher wußtest du, wo wir sind?«

»Die Macht führte uns her. Wir sind gekommen, um gegen einen bösen Seelenflieger zu kämpfen. Sein Name ist Tapferer Mann, er führt den Stamm der Gebrochenen Steine in den Süden. Er muß aufgehalten werden, sonst verändert seine Macht die ganze Welt.«

»Ich helfe dir dabei!«

Stilles Wasser schüttelte den Kopf. »Es sind genug Angehörige des Rundfelsen-Stammes gestorben. Das ist eine Sache für mächtige Träumer – nicht für Jungen, die sich für unbesiegbar halten.«

Knolle nestelte an der Kriegskeule an seinem Gürtel. »Unter dieser Keule stirbt ein Heiler genauso wie jeder andere Mann.«

»Mag sein, aber Tapferer Mann kommt mit allen seinen Kriegern. Weiße Esche und ich, wir müssen uns mit ihm auf einer anderen Ebene messen.«

»Wenn es darum geht, die Welt um einen Geistermann ärmer zu machen, bin ich sofort dabei.«

»Wäre es dir denn lieber, Singende Steine hätte mich nicht von dem Klapperschlangenbiß in meinem Arm geheilt?«

»Dein Arm ist nie geheilt.« Knolle deutete mürrisch auf den verkrüppelten Arm.

»Immerhin habe ich überlebt.«

»Onkel, du und ich, wir sehen die Welt mit anderen Augen. Das war schon immer so.«

Mit seiner gesunden Hand schlug sich Stilles Wasser aufs Knie. »Du überraschst mich, Knolle. Ich habe einen ungezogenen Jungen verlassen – und finde einen Mann vor.«

Knolle nahm seine Kriegskeule in die Hand, als würde ihm die Waffe zusätzliche Sicherheit verleihen. »Du weißt, du und mein Vater, ihr wart die einzigen, mit denen ich reden konnte. Du hast mir zugehört. Die anderen im Rundfelsen-Lager hatten nichts übrig für einen nichtsnutzigen Jungen. Nachdem du weggegangen bist, ist mir das erst richtig aufgefallen. Ich möchte mich bei dir für die Zeit bedanken, die du mit mir verbracht hast.«

Stilles Wasser wurde es warm ums Herz. »Ich werde dir immer zuhören. Aber erinnere dich nicht mit einem solchen Zorn an unseren Stamm. Es waren viele gute Menschen darunter, und Haß ist nicht gut für deine Seele.«

»Oh?« Nachdenklich ließ Knolle seinen Blick über das Lager schweifen. »Sie hielten auch dich für nichtsnutzig. Das kannst du nicht leugnen. Ich habe Großmutter oft genug über dich reden hören – und die Verachtung in ihrer Stimme bemerkt. Für mich ist das vorbei. Ich lebe bei einem neuen Volk. Eines Tages werde ich ein großer Krieger sein.«

Stilles Wasser faßte Knolle an den Schultern. »So ist es recht. Du wirst dich bei diesem Stamm gut machen.«

Knolle erhob sich. »Das habe ich auch vor. Aber bevor es soweit ist, muß ich diese Kaninchen abhäuten und auskühlen lassen, sonst wird das Fleisch schlecht.«

»Komm schon, ich helfe dir. Ich halte den Kopf, und du ziehst das Fell ab. Es wird sein wie in alten Zeiten.«

Knolle lachte. »Nein, Onkel. Besser als in den alten Zeiten. Inzwischen kann ich Dinge, die mir nicht gefallen, ändern. Das habe ich gelernt.«

»Schön. Nun komm erst einmal mit und lerne meine schöne Weiße Esche kennen.« Im Gehen fragte er: »Hast du die Kaninchen mit der Keule erlegt?«

Knolle nickte. »Ich schlich mich dicht heran, dann warf ich mich auf sie und *krach.*«

»Du wirst ein sehr guter Jäger werden.«

»Ein besserer, als du dir vorstellen kannst, Onkel. Kaninchen sind kein Problem. Sie können dich nicht umbringen, wenn du nicht aufpaßt oder einen Fehler machst.«

Stilles Wasser spähte in das Zelt hinein, konnte aber unter den Schläfern Weiße Esche nicht entdecken. Er ließ die Türklappe zufallen, ging auf Zehenspitzen um das Zelt herum und sah ihre Decken einige Schritte hinter dem Zelt liegen. Deutlich zeichneten sich die Umrisse ihres Körpers ab. »Anscheinend schläft sie schon. Gut, häuten wir die Kaninchen. Ich schlage vor, wir braten eines über dem Feuer und unterhalten uns noch einwenig.«

Tapferer Mann saß auf einem Hügel und blickte gen Süden. Er hatte ein Rehfell auf den mit Kieselsteinen übersäten Boden gelegt, weil sich die Steine unangenehm in sein Fleisch gedrückt hatten. Der Wind flüsterte in den Salbeiblättern und trug den Gesang der Vögel durch die laue Abendluft. Aus der Ebene unter ihm drang das Jaulen der Präriehunde an sein Ohr. Mit einem tiefen Atemzug sog er die Seele des Landes in seine Lungen. Er verbannte alle Gedanken aus seinem Kopf, ließ seine Seele treiben und wartete auf die inneren Stimmen.

Die Macht. Nach Süden. Die letzte Prüfung naht. Sieh in dich hinein.

Was hatte ihn in jener Nacht berührt, als ihm der Einarmige Weiße Esche entriß? Wer war dafür verantwortlich, daß ihn die Stimmen in seinem Kopf damals betäubten? Er hatte eine fremde Macht gefühlt, die sich mit dem Wolfsbündel vereinigte. Ob sie ihn wieder heimsuchen würde?

Die Stimmen in seinem Kopf zischten. *Such in deinem Innern. Dort liegt der Weg zur Macht. Suche. Die Zeit naht.*

Lag der Ursprung der eigentlichen Macht wirklich in seinem Innern? Hatte er sich all die Jahre selbst zum Narren gehalten, als er glaubte, sie käme von einem Geist außerhalb seines Selbst? Die Träume und die darin offenbarten Visionen kamen stets während des Schlafes, wenn seine Seele frei und nicht mit Gedanken belastet war.

In dir drin, bestätigten ihm die Stimmen in seinem Kopf.

Niemand würde ihn in dieser Nacht belästigen. Fliegender Falke hatte zahlreiche Späher ausgeschickt und ein dichtes Netz an Wachposten aufgestellt, damit sich kein Schwarzspitzen-Krieger unbemerkt heranschleichen konnte.

Er brachte sein kaputtes Bein in eine bequemere Lage und atmete langsam aus, ließ die inneren Spannungen mit seinem Atem aus seinem Körper strömen. Nach und nach trieb er frei von Gedanken auf der Suche nach seinen Träumen dahin.

Als er es endlich geschafft hatte, jede körperliche Empfindung auszuschalten, drängten sich Erinnerungen in seinen Geist.

Ich will mich nicht in Erinnerungen verlieren. Mit lange geübter eiserner Disziplin gelang es ihm, sie zu mißachten. Ein grauer Nebelschleier begann in sein Selbst zu kriechen. Er lieferte sich weiter aus, und der Nebel wurde dichter, hüllte ihn besänftigend ein. Er begann zu fallen …

Blinzelnd kehrte Tapferer Mann zu sich selbst zurück. Er spürte die harten Steine, die durch die Decke hindurch in sein Fleisch drückten. Die Kopfschmerzen hämmerten unerbittlich, trieben scharfe Messerspitzen in seinen Schädel.

»Was war das?«

Die Macht, glucksten die Stimmen in seinem Kopf vergnügt. *Du hast die Macht berührt.*

Er nickte bedächtig. Dasselbe Gefühl hatte er in der Nacht empfunden, als der Einarmige Weiße Esche entführte.

Wieder schloß er die Augen. Falls es ihm glückte, die Macht festzuhalten, konnte er gegen den Einarmigen ankämpfen und Weiße Esche zurückholen.

Ich werde es lernen. Und sollte es den Rest meines Lebens in Anspruch nehmen.

Die Stimmen in seinem Kopf versicherten ihm: *Nein … bald. Suche. Bald gehört die Macht dir.*

Kapitel 30

Bevor die Ratsversammlung eröffnet wurde, warf Windläufer einen verstohlenen Blick auf Weiße Esche; hinter ihrer gefaßten Miene entdeckte er Verzweiflung. Er sah sie in ihren Augen, an dem angespannten Zug um ihren Mund. Trotz der sichtbaren Spuren ihrer inneren Spannungen war sie eine auffallende Schönheit. Ihr herrliches rabenschwarzes Haar leuchtete in der Mittagssonne, das dünne Kleid aus Antilopenhaut umschloß eng die Kurven ihres Körpers und hob die Schwellungen ihrer Brüste hervor.

Weiße Esches Angespanntheit steckte alle an und beunruhigte sie. Stilles Wasser und Schwarzer Mond saßen mit besorgten Gesichtern im Ratskreis. Die ebenfalls im Kreis versammelten Krieger spielten nervös mit ihren Speeren und wechselten beklommene Blicke.

Eine heiße Brise strich von Westen über das sonnenüberflutete Lager, der Himmel brannte messingfarben.

Windläufer drückte Espes schmale Hand, die Berührung vermittelte ihm Sicherheit. Er hatte sich richtig entschieden, daran hegte er keinen Zweifel mehr. Weiße Esche gehörte der Macht, nie würde sie seine Frau sein.

Inzwischen hatten sich sämtliche Angehörige des Schwarzspitzen-Stammes versammelt. Aus dem summenden Stimmengewirr waren nur die lauten Kinderstimmen herauszuhören, die aufgeregt Fragen stellten.

Schwarzer Mond hob die Hände und eröffnete die Versammlung. Das Gemurmel erstarb. »Welches Verlangen richtest du an uns, Weiße Esche?«

Weiße Esche antwortete leise, die Augen unverwandt in die Ferne gerichtet: »Ein Bote muß zum Stamm der Gebrochenen Steine geschickt werden. Unbewaffnet. Er muß Tapferer Mann ausrichten, er solle mit uns am Fuß der Berge zusammentreffen. Tapferer Mann wird verlangen, daß ihn fünf seiner Krieger begleiten. Auch wir werden fünf Krieger mitnehmen. Bei Einbruch der Dämmerung treffen wir an seinem Feuer ein. Dort werden er und ich um die Zukunft des Volkes kämpfen.«

»Wer meldet sich als Bote?« fragte Schwarzer Mond und blickte sich auffordernd in der Versammlung um. »Wer überbringt Weiße Esches Botschaft?«

Die Krieger sahen sich an und begannen unter Schwarzer Monds fragendem Blick unruhig zu zappeln.

»Gut, ich gehe.« Schneckenhaus leckte sich die Lippen. »Ich sah Weiße Esche die Tiere rufen. Ich nehme die Ehre an, ihr Bote zu sein.«

»Welche fünf Krieger begleiten Weiße Esche zum Stamm der Gebrochnen Steine?« Mit hochgezogenen Augenbrauen blickte Schwarzer Mond forschend von einem Gesicht ins andere.

»Ich gehe mit meiner Tochter«, meldete sich Salbeigeist, der hinter Weiße Esche und Stilles Wasser auf den Fersen hockte, zu Wort. »Ich war so lange mit dieser Macht in Berührung. Ich will dabeisein und sehen, wohin sie uns führt.«

»Ich gehe auch mit,« erklärte Blauer Wind. »Ich bringe dem Stamm der Gebrochenen Steine gerne den Beweis für den Mut der Schwarzspitzen-Krieger.«

Schneckenhaus spreizte die Finger. »Wenn ich den Gebrochenen Steinen die Botschaft überbracht habe, kann ich mich der Gruppe anschließen vorausgesetzt, jemand bringt meine Waffen mit. Mir scheint das ganz vernünftig. Komme ich nicht zurück, weiß Weiße Esche sofort, daß etwas schiefgegangen ist, und ihr bleibt genügend Zeit zur Flucht. Außerdem erlebe ich so das Ende der Geschichte … und kann verhindern, daß sich Blauer Wind im letzten Moment wie ein Feigling davonschleicht.« Er grinste den Freund an. Blauer Wind erwiderte das Grinsen und ließ Sand von einer Hand in die andere rieseln.

Ein nervöses Kichern befiel die Reihe der Krieger.

Windläufer schluckte den Kloß im Hals hinunter. »Ich gehe auch mit.«

Espe drückte seine Hand und sagte mit klarer Stimme: »Auch ich kann einen Speer werfen. Ich bin der fünfte Krieger.«

Schwarzer Mond grunzte erst, dann wandte er sich an Weiße Esche. »Weiße Esche? Was ist mit dem Schwarzspitzen-Stamm? Ich möchte meine Leute gerne an einen Ort bringen, wo sie den Kriegern der Gebrochenen Steine nicht gleich ausgeliefert sind.«

Sie nickte. »Tu, was du für richtig hältst, Anführer.«

Seufzend stand Schneckenhaus auf und sah Weiße Esche nachdenklich an. »Ich vertraue auf deine Macht. Sollte ich nicht zurückkommen, singe besonders laut für mich. Der Große Donnervogel muß wissen, wo er meine Seele findet.«

Weiße Esche richtete ihre braunen Augen auf den Krieger, und ein Prickeln überlief Windläufers Haut. »Dein Mut wird unvergessen bleiben, Schneckenhaus. Vom Großen Einen – und von deinem Volk.«

Schneckenhaus lächelte sie kurz an und stapfte davon.

Schwarzer Mond stand auf und warf den Kopf in den

Nacken. »Ich wünsche dir und deiner Macht Glück, Weiße Esche. Die tapfersten Schwarzspitzen-Krieger begleiten dich.«

Anschließend schritt er durch den Kreis des Rates und rief: »Brecht das Lager ab! Wir ziehen weiter nach Süden!«

Stumm starrte Windläufer auf die zertrampelte Erde, die anderen standen eifrig palavernd beieinander. Eine heiße Bö zerrte an der Zeltwand und wirbelte Staubwolken durch das Lager.

Er hob den Kopf und sah Espe durchdringend an. »Warum?« fragte er leise.

»Weil ich dabeisein möchte.« Sie warf einen Seitenblick auf Weiße Esche, die mit abwesendem Blick unbeweglich sitzengeblieben war. »Könnte doch sein, du brauchst mich.« Sie lächelte. »Und sollte es schiefgehen, verliere ich nicht noch einmal den Mann, den ich liebe. Vielleicht holt der Große Donnervogel uns zusammen ins Lager der Toten.«

Er nahm Espes Hand und zog sie auf die Beine. Bevor er sich zum Gehen wandte, sah er Weiße Esche noch einmal an. Sie saß starr wie ein Stein da. Ihr Gesicht war aschfahl, als blicke sie in entsetzliche Zukunft. Windläufers Seele erschauerte.

Neugierig betrachtete Rosenbusch Kranker Bauch, der gerade die Decken auf sein Bündel geschnürt hatte und es an die Wand von Salbeigeists Zelt lehnte. Das allgemeine Durcheinander während des Abbruchs des Lagers machte auch Rosenbusch nervös. Sie preßte die Hände an ihre Schläfen, als könne sie so Ordnung in ihre Gedanken bringen. »Früher hätte ich zu dir gesagt, laß die Dummheiten und sammle Feuerholz.«

Stilles Wasser zwinkerte ihr zu. »Sag es trotzdem. Könnte sein, ich fühle mich dann besser.«

Ihre Augen wurden sanft. »Ich glaube, diese Zeit ist endgültig vorbei, Kranker Bauch. Du bist … anders.«

»Das hast du schon immer zu mir gesagt«, erwiderte er amüsiert.

Ihre Mundwinkel zuckten ärgerlich. Sie schlug die Hände über dem Kopf zusammen und ballte sie zu Fäusten. »Warum versuche ich nur, vernünftig mit dir zu reden? Du machst die Dinge immer komplizierter, als sie sind.«

»Tatsächlich?« Er wich einigen Frauen aus, die mit zum Platzen gefüllten Vorratsbeuteln an ihm vorbeieilten.

»Und du antwortest ständig mit einer Gegenfrage! Damit kannst du einen verrückt machen. Ich frage mich ehrlich, wie eine Macht dazu kommt, ausgerechnet jemanden wie dich auszuwählen. Du mußt doch die Geister unentwegt in Wut versetzen.«

Er lachte vergnügt in sich hinein. Zwei vor Travois' gespannte Hunde polterten vorbei, verfolgt von schreienden kleinen Jungen. »Geister kümmern sich nicht besonders um Menschen, sie haben genug mit ihren Geisterangelegenheiten zu tun. Weshalb auch sollten sie sich Sorgen machen, um ...«

»Kranker Bauch?«

»Ha?«

Lächelnd zog sie ihn an sich. Er strich ihr über das Haar und empfand eine Wärme, die er noch nie für sie gefühlt hatte. Sie schob ihn auf Armes Länge von sich und musterte ihn noch einmal von oben bis unten – als müsse sie sich sein Aussehen auf ewig einprägen.

Weiße Esche trat aus dem Zelt und steckte eine Handvoll Trockenfleisch und ein paar Selleriewurzelkuchen in den Vorratsbeutel. Sie bedachte Stilles Wasser mit einem zerstreuten Lächeln und eilte gleich wieder davon, um noch etwas zu erledigen.

Nachdenklich starrte Rosenbusch Weiße Esche hinterher. Sie wandte sich zu Stilles Wasser und fragte ihn: »Wie lange ist sie schon schwanger?«

»Wie lange ist sie ... *Was?*« Stilles Wasser blieb der Mund offenstehen, sein Blick folgte Weiße Esche.

»Ja, natürlich. Wußtest du das nicht?« Rosenbusch rollte empört die Augen. Wieder einmal geriet sie seinetwegen außer sich. »Ihr ist doch jeden Morgen übel, oder etwa nicht? Sieh sie dir an. Wie bleich sie ist. Ihren schwerfälligen Körper.«

»Ich – ich dachte, das käme von den Sorgen.«

»Von den Sorgen! Sie hatte keine Blutung, oder?« Rosenbusch zog die Augenbrauen hoch und verschränkte demonstrativ die Arme vor der Brust.

»Nun ja, ich kümmere mich nicht so sehr um …« Wie lange war es her? Er erinnerte sich, daß sie auf dem Weg zu den Grass Meadow Mountains Rinde in Stücke gerissen und über Krämpfe geklagt hatte. Aber danach? Fast zwei Monde waren seither vergangen. »O nein«, flüsterte er.

Rosenbusch schüttelte den Kopf und antwortete mit einem müden Seufzer. »Ich habe genug Kinder geboren, ich weiß, was los ist. Ich habe gesehen, wie sie sich erbrochen hat, als ich aus demselbem Grund draußen war. Salbeigeist hat ein Kind in mich gepflanzt.« Sie schüttelte den Kopf. »Und ihr beide zieht aus und wollt gegen einen bösen Träumer kämpfen? Ein Krüppel und eine Schwangere?« Sie sah zu Salbeigeist hinüber, der sich ernsthaft mit Knolle unterhielt. »Ich wünschte nur, ihr würdet meinen Mann da nicht mit hineinziehen.«

Stilles Wasser starrte immer noch fassungslos hinter Weiße Esche her. Er brachte kein Wort heraus.

Schwanger? Und gegen Tapferer Mann träumen? Er warf einen flehentlichen Blick zum Himmel. *Wußtest du das, Wolfsträumer? Gehört das auch zu deinem Geisterplan?*

Weiße Esche führte die kleine Gruppe durch das Lager, in dem ein chaotisches Treiben herrschte. Ihre Seele fühlte sich an, als sei sie mit Steinen beschwert. Die Leute schlugen in aller Eile die Zelte ab und zogen die Stangen heraus. Hunde jaulten, begleitet von Flüchen und Geschrei, Vorratsbeutel und Säcke wurden auf die Travois' gebunden. Kinder heulten, Frauen riefen Befehle. Staubwolken stiegen unter den von einer Arbeit zur nächsten hastenden Füßen auf.

Stilles Wasser, der neben Weiße Esche ging, machte ein Gesicht, als habe man ihm einen Schlag versetzt. Seine Verwirrung und seine Angst waren ihm deutlich anzumerken. Salbeigeist marschierte, mit jeder Bewegung grimmige Entschlossenheit ausdrückend, an ihrer anderen Seite. Hinter ihr folgten nebeneinander Windläufer und seine Frau. Sie beobachteten mit wachsender Besorgnis, wie sich der Schwarzspitzen-Stamm zur Flucht vorbereitete. Blauer Wind, mit hoch erhobenem Kopf und in der Sonne funkelnden Speeren, bildete die Nachhut.

Schwarzer Mond unterbrach seine Arbeit, als der kleine Zug an ihm vorbeikam. Aufmunternd nickte er Weiße Esche zu. Sie erwiderte seinen freundlichen Gruß.

Am Rande des Lagers kamen sie an einem auf dem Boden ausgebreiteten Zelt vorüber, eine Gefangene war gerade dabei, die Zeltwände zusammenzulegen: Korb. Weiße Esche blickte zu ihr hinüber. Der alles verschlingende Haß in Korbs Gesicht versetzte Weiße Esche einen Schock.

»Böse Hexe«, zischte ihre Cousine.

Stilles Wasser warf verstört einen Blick über die Schulter und geriet vor Aufregung ins Stolpern. »Wer war das? Was hat sie gesagt?«

Weiße Esche zuckte die Achseln und murmelte: »Nichts. Im Dreigabelungenlager war sie meine Cousine. Ihr Name ist Korb.«

Stilles Wasser nickte. »Ah ja, Kleiner Zehs Schwester. Jetzt erinnere ich mich an sie. Und sie hat dich eine Hexe genannt?«

»Das hat nichts zu bedeuten. Wir haben andere Probleme und Sorgen.« Sie zuckte zusammen, heftige Übelkeit verkrampfte ihren Bauch. *Mir wird doch nicht schon wieder schlecht?*

Stilles Wasser starrte nach rechts. Er erkannte Knolle, der ihnen vom Rand des Lagers aus nachblickte. Der Junge stand regungslos da, die Keule hing schlaff in seiner Hand, doch die Muskeln seiner Arme traten deutlich hervor. Stilles Wasser winkte. Der junge Mann hob nur leicht das Kinn und starrte sie grimmig an.

Stilles Wassers Augen wurden schmal. Weiße Esche, der nichts von diesem Vorfall entgangen war, sah, daß eine neue Sorge an ihm nagte. Er mahlte mit den Zähnen und strebte stur nach vorne blickend weiter.

Sie fragte nicht nach dem Grund seiner Besorgnis, zu sehr war sie mit ihren eigenen Ängsten beschäftigt. Sie fühlte sich erschöpft, schwach und verwirrt. Warum ausgerechnet jetzt, wo sie bei Kräften sein mußte und einen ungetrübten Geist brauchte?

Gelingt es mir nicht, das Große Eine zu kontrollieren, wenn ich mit meiner schrecklichsten Angst konfrontiert werde, führe ich uns alle ins Verderben.

Bleicher Rabe und Tapferer Mann betrachteten forschend den Boten des Schwarzspitzen-Stammes. Sehr selbstsicher stand er vor ihnen, ein gutaussehender junger Mann mit Schneckenhaus-Tätowierungen auf den Wangen. Schweiß lief ihm in Strömen über den staubbedeckten, muskulösen Körper. Er trug nur einen Lendenschurz und hatte sein Haar zu einem einzelnen Zopf geflochten. Sein Blick hielt dem von Tapferer Mann unverwandt stand, er blinzelte nicht einmal, sondern stand da, allen Mut der Welt verkörpernd. Allein das Pochen seiner Halsschlagader verriet seine Furcht.

Die Krieger der Gebrochenen Steine scharten sich dicht um den Ankömmling. Sie hielten die Speere locker in den Händen und funkelten den Boten mit mordgierigen, räuberischen Blicken an. Auf beiden Seiten des Treffpunktes erhoben sich die felsigen, graugrünen, mit Wacholder und windzerzausten Kiefern bewachsenen Hänge des Green Mountain. Erst knapp unterhalb des Gipfels wechselte die Vegetation zu hochaufragenden Föhren und Tannen. Ein Adler schraubte sich mit der Thermik hoch in die Lüfte.

Bleicher Rabe hörte dem Schwarzspitzen-Krieger mit hocherhobenem Kopf zu.

»Ich bin Schneckenhaus, Krieger des Schwarzspitzen-Stammes. Ich komme zum Stamm der Gebrochenen Steine mit einer Botschaft für Tapferer Mann.«

»Sag mir deine Botschaft.« Tapferer Manns Lächeln ließ Schneckenhaus' Blut in den Adern gefrieren.

Er hob das Kinn. »Weiße Esche schickt mich, dir zu, sagen sie erwartet dich morgen abend. Am Fuß des Passes befindet sich eine Quelle.« Schneckenhaus zeigte nach Süden. »Bei dieser Quelle wird Weiße Esche dir entgegentreten.«

»Ich gehe nicht allein«, verkündete Tapferer Mann. »Hält sie mich für einen Dummkopf?«

»Sie dachte, du möchtest …«

»Fünf Krieger«, erklärte Tapferer Mann. Er lächelte. »Wird sie der Einarmige begleiten?«

Schneckenhaus' Kiefermuskeln spannten sich an, als müsse er ein Zittern um seinen grimmigen Mund unterdrücken. »Ihr Mann begleitet sie.«

Tapferer Manns zufriedenes Lächeln verbreiterte sich zu einem Grinsen. Wenn ihr Mann sie begleitet, wird meine Frau mit mir gehen. »Ich komme mit meiner Frau und fünf Kriegern. Damit ist Tapferer Mann einverstanden – und nur damit.«

Ein Funken des Verstehens flackerte in Schneckenhaus' Augen, er schien Zutrauen zu fassen. »Auch sie kommt in Begleitung von fünf Kriegern. Gibst du ihr dein Wort als Seelenflieger des Stammes der Gebrochenen Steine, daß du dich an diese Abmachung halten wirst? Nur fünf Krieger?«

Aus schmalen Augen starrte ihn Tapferer Mann aufmerksam an. Mit lauter Stimme rief er: »Tapferer Mann gibt sein Wort darauf, nur in Begleitung von fünf Kriegern und Bleicher Rabe zu der Zusammenkunft mit Weiße Esche zu gehen! So wird es sein.«

Unruhig traten die versammelten Krieger von einem Bein aufs andere und tauschten besorgte Blicke aus. Fliegender Falke nickte lächelnd, während er den Schwarzspitzen-Krieger taxierte, als habe er ein Stück Beutefleisch vor sich.

»Nur fünf Krieger?« fragte Bleicher Rabe.

Tapferer Mann nickte. »Der Kampf, den Weiße Esche und ich ausfechten werden, wird nicht mit Speeren und Keulen entschieden.« Er legte den Kopf in den Nacken und ließ sich die Sonne ins Gesicht scheinen. »Ich habe sie zu dieser Begegnung gezwungen. Sie will nicht, daß meine Macht wächst. Sie fühlte während der Träume meine Berührung – so wie ich die ihre. Die Zeit ist gekommen, Weiße Esches Macht zu brechen. Um den Schwarzspitzen-Stamm kümmern wir uns später, sobald meine Macht vollkommen ist. Niemand wird es wagen, sich gegen uns zu erheben.«

Bei diesen Worten wurde Schneckenhaus' Gesicht hart.

Tapferer Mann lachte. »Was? Schwarzspitzen-Krieger, ich *kenne* Weiße Esche. Ich kenne ihre Stärke.« Er verstummte kurz. »Und die meine. Möchtest du dich nicht lieber uns anschließen? Du hast Mut, sonst wärst du nicht zu mir gekommen. Ich habe immer Verwendung für einen mutigen Mann.«

»Dann muß er sich erst der Herausforderung durch einen Krieger unseres Stammes stellen. Wie steht es damit?« fragte Büffelschwanz von der Seite.

»*Ich* entscheide darüber, und ich sage, er ist würdig«, verkündete Tapferer Mann und durchbohrte Büffelschwanz förmlich mit seinem zornigen Blick. Der Krieger wich einen Schritt zurück und senkte die Augen. Tapferer Mann wandte seine Aufmerksamkeit wieder dem Schwarzspitzen-Krieger zu. »Willst du dich mir anschließen, Schneckenhaus? Oder vertraust du lieber einer Frau?«

»Ich habe Ehre, Seelenflieger. Der Stamm der Gebrochenen Steine ist nicht mein Stamm.«

Tapferer Mann fingerte unruhig an seinem Kinn. »Ich lasse dieses Angebot für dich offen. Und ich erweitere es auf jeden Schwarzspitzen-Krieger mit Mut. Ich habe Verständnis für Loyalität. Ja, ich verstehe und respektiere das. Du bist im Augenblick noch an deinen Stamm gebunden. Nachdem ich über eure Träumerin gesiegt und sie zu meiner Frau gemacht habe, können wir sicher zu einer Übereinkunft kommen ... eure Krieger und ich. Richte das deinen Gefährten aus; sag ihnen, ein neuer Weg wartet auf sie – und Tapferer Mann führt euch.«

»Ich überbringe deine Worte.« Schneckenhaus' Gesicht schien aus verwittertem Granit gemeißelt.

»Gut, wir sind uns einig. Ich komme mit fünf Kriegern und Bleicher Rabe zu der von dir angegebenen Quelle. Weiße Esche wird von ihrem einarmigen Mann und fünf Kriegern begleitet. Dort träumen wir die Zukunft des Volkes. Und ich werde die Macht übernehmen, ein für allemal.«

»Ich höre deine Worte, Seelenflieger. Mit deiner Erlaubnis trage ich sie zu meinem Volk.«

»Geh.« Tapferer Mann hob die Hand.

Stolz schritt Schneckenhaus durch die Reihen der Krieger.

»Wir hätten ihn umbringen sollen«, flüsterte ihm Bleicher Rabe zu.

Tapferer Mann schenkte ihr ein freundliches Lächeln. »Und die Bräuche des Stammes aufs gröbste verletzen? Nein, er kam unbewaffnet.«

»Aber fünf Krieger? Bist du verrückt geworden?« Sie fuchtelte aufgebracht mit den Händen.

»Ich vertraue Weiße Esche.«

»Weiße Esche? Sie würde sich freuen, wenn du *tot* wärst!«

Er grinste. »Das macht ihre Niederlage für mich um so süßer.«

»Ich glaube, du begreifst nicht, was du ...« Bleicher Rabe schluckte den in ihre Kehle steigenden gallenbitteren Geschmack der Angst hinunter.

Aus den Augenwinkeln schielte Tapferer Mann mißbilligend zu ihr hinüber. »Du begreifst nichts. Der Kampf, den Weiße Esche und ich ausfechten, ist kein Kampf der Krieger. Es ist ein Kampf der Mächte.« Er wies auf die neben ihnen gehenden Krieger. »Würde ich alle diese tapferen jungen Männer auf Weiße Esche loslassen, wäre gar nichts gewonnen. Sie weiß genug von Mächten, um meine Pläne vorauszuahnen. Bevor ich etwas unternehme, weiß sie schon Bescheid. Sie liest durch ihre Träume in meiner Seele. Sie muß am Leben bleiben, damit ich in den Besitz ihrer Macht gelange.«

Unwillig kniff Bleicher Rabe die Augen zusammen. »Darüber weißt du besser Bescheid als ich.«

»So ist es. Überlasse das Suchen nach der Macht mir.« Er schloß kurz die Augen, ohne den Schritt zu verlangsamen. »Ich fühle es, sie hat Angst, Bleicher Rabe. Angst schwebt im grauen Nebel.« Er lachte zufrieden. »Sie weiß, sie muß mir entgegentreten, bevor ich weiter in das Große Eine eindringe als sie.« Er zögerte. »Fast empfinde ich Mitleid mit ihr und ihrem einarmigen Mann.«

Bleicher Rabe blieb ein wenig hinter Tapferer Mann zurück und überlegte. Sie erwog verschiedene Möglichkeiten.

Mit einer harmlosen Gebärde auf Tapferer Mann deutend, nickte sie Fliegender Falke zu. Er lächelte verstehend und blickte gedankenvoll auf den Rücken des Seelenfliegers.

Ein guter Mann dieser Fliegender Falke. Ja, der Seelenflieger hat sein Wort gegeben – aber Bleicher Rabe nicht ... und du, Fliegender Falke, willst ebensowenig wie ich, daß er dem Schwarzspitzen-Stamm in die Hände fällt.

Langsam senkte sich der Abend über das Land, lange Schatten krochen über die Sandhügel, die Dämmerung brach herein. Im Beifußdickicht zirpten die Grillen, zwei Füchse jaulten bei ihrer Jagd japsend auf. Die kühle Brise wehte das würzige Aroma des Landes herbei.

Weiße Esche und ihre kleine Gruppe lagerten im Windschatten einer großen Düne. Hochgewachsene Dornen- und Salbeisträucher boten Schutz vor dem Wind und schirmten das Feuer ab. Sie hatten diesen Platz gewählt, weil das Schlafen auf Sandboden bei weitem angenehmer war als auf Felsplatten oder hartem Lehm.

Erschöpft von Sorgen und Schlafmangel, zog Weiße Esche die Decken über sich und Stilles Wasser. Plage versuchte, sich einen Platz zu ihren Füßen zu ergattern, doch sie jagte ihn fort. Ärgerlich brummend starrte Plage sie verständnislos an, trottete um ihre Decken herum und suchte sich einen Platz auf Stilles Wassers Seite. Schniefend und niesend bekundete er seine Empörung und ließ sich zu Boden plumpsen.

Ihre anderen Begleiter saßen in einer flachen, in den Sand gegrabenen Mulde um ein niedriges Feuer. Bruchstücke ihrer Unterhaltung wehten durch die Nacht. Weiße Esche hörte Espes melodische Stimme. Mehr als einmal hatte sie im Laufe des Tages die abschätzenden Blicke der Frau auf sich und Stilles Wasser gerichtet gefühlt. Sie lächelte. *Du verstehst es nicht, weil du Stilles Wassers Seele nie gesehen hast, Espe. Windläufer würde mich nie mit den Träumen teilen. Seine Liebe ist nicht so großzügig oder selbstlos wie die von Stilles Wasser.*

Sobald Weiße Esche die Augen schloß, fühlte sie die über die Berge im Norden herannahende Gefahr.

Sie holte tief Luft und versuchte, ihre zunehmende Angst zu unterdrücken, doch der innere Friede wollte nicht kommen. In ihrem Kopf herrschte ein wildes Durcheinander. Wie Sturmwolken über zerklüfteten Bergen wirbelten die Gedanken durch ihren Geist. Wieder erlebte sie die furchtbare Nachtwache an Leuchtender Monds von der Seele getrenntem Körper. Sie trieb in ihren ersten Traum, spürte Leuchtender Monds warm vorbeigleitende Seele, hörte die Stimme des Ersten Mannes. Überraschend aus dem Nichts tauchte Tapferer Manns lüsternes Gesicht auf. In dem Moment, als er sie niedergerungen hatte und das Kleid über ihre Hüften schob, verschmolz sein Gesicht mit den Zügen von Drei Bullen.

Die Todesschreie des Weißlehm-Stammes dröhnten in ihren Ohren.

Kriegskeulen prallten dumpf auf verwundbares Fleisch. Und über dem Massaker schwebte das Gesicht von Alter Falke. Blut strömte aus seinem gespaltenen Schädel, lief ihm in die Augen und über sein Gesicht.

Suche, hörte sie Singende Steines rauhe Altmännerstimme. Und sie begann im wirbelnden eisigen Wasser zu gleiten, Stilles Wassers Hände griffen in ihr Haar und holten sie aus der Ewigkeit zurück.

Eins nach dem anderen kehrten die Bilder wieder. Die Gefangennahme durch die Krieger der Gebrochenen Steine, der Weg zu Tapferer Manns Lager, seine entzückte Stimme. Wieder sah sie das im Feuerschein blutrot leuchtende Wolfsbündel, spürte das Kribbeln auf ihrem Bauch, als Tapferer Manns Frau ihr das Hemd aufschlitzte.

»Weiße Esche?« Stilles Wassers drängende Stimme ließ endlich die Bilder der Erinnerung in Fragmente zersplittern. »Du zitterst ja.«

Stilles Wasser. Immer zur rechten Zeit zur Stelle. Sie holte tief Luft. »Ich habe nur Angst, Stilles Wasser. Mir fehlt nichts.«

Sie rollte sich auf den Rücken und blickte zu den am Himmel funkelnden Sternen hinauf. Im Norden erhoben sich die düsteren Flanken des Green Mountain wie ein dunkler Fleck vor dem Horizont. Der einsame Schrei einer Eule schwebte über die endlosen Dünen.

»Ich auch«, gestand Stilles Wasser zögernd. »Aber nicht wegen Tapferer Mann.«

Weiße Esche blickte zu den anderen hinüber, die sich inzwischen schlafen gelegt hatten. Aus Windläufers Decken drangen leise Geräusche herüber. *Er ist glücklich. Sie ist die Richtige für ihn.*

Salbeigeist, der den ganzen Tag einsilbig und verschlossen gewesen war und sich von den anderen ferngehalten hatte, schlief offenbar bereits.

»Weiße Esche?« Stilles Wasser berührte leicht ihre blasse Wange.

»Ja, was ist?«

»Bist du … Wann hattest du deine letzte Blutung?«

Sie drehte den Kopf und starrte ihn im Dunkeln an. »Meine *Blutung?*«

Sanft strich er über ihre Kehle, ließ seine Hand ihren Arm hinuntergleiten und streichelte ihre Finger. »Es ist zwei Monde her, nicht wahr? Rosenbusch dachte, du … na ja …«

Sie zuckte wie unter einem Peitschenhieb zusammen. »Willst du damit sagen, Rosenbusch glaubt, ich wäre …« Langsam begann sie zu begreifen. Die Übelkeit am Morgen, das Gefühl, schwerer geworden zu sein, diese merkwürdige Veränderung, die von ihr Besitz ergriff.

Sie legte eine Hand auf ihren Bauch. Mit geschlossenen Augen suchte sie nach der Wahrheit. Weiße Esche preßte die Augenlider fest zusammen. »Oh, Gepriesener Schöpfer.«

»Weiße Esche?« Stilles Wassers leise Frage drang kaum an ihr Ohr.

Sie nickte. »Es stimmt.«

»Was ist mit den Träumen?« fragte er liebevoll. »Ich meine, kannst du … schadet es nicht, mit unserem Kind im Bauch zu träumen?«

»Ich fürchte, wir haben keine andere Wahl.«

Sie fühlte sein nur zögerndes Einverständnis, seine Angst um sie und das Baby. »Das fürchte ich allerdings auch. Aber … Es tut mir leid. Hätte ich vorher überlegt, hätte ich nie …«

»Stilles Wasser? Nicht du hast es getan, wir haben es getan. Ich bin glücklich über unser Kind. Ich liebe dich. Ich liebe dich, wie ich noch nie jemanden geliebt habe. Du bist der einzige, von dem ich ein Kind haben möchte.«

Sie schloß die Augen. In Eintracht mit dem Großen Einen gleitend, spürte sie, wie sich Stilles Wassers Seele erwärmte.

»Wir wußten, daß es passieren kann.« Sie schlang ihre Arme um ihn und drückte ihn an sich. »Vielleicht mußte es so kommen.«

Er hielt sie fest. Lange lagen sie in schweigender Umarmung beisammen.

Nach einer Weile drängte sich etwas zwischen sie, störte den Austausch ihrer Körperwärme. Sie erschauerte. Tapferer Manns Macht rankte sich gleitend um sie.

»Was ist los?«

»Tapferer Mann. Er sucht.« Sie knallte ihre Hände in die geschmeidigen Felle. »Er weiß ...«

Stilles Wasser zog sie an sich und schmiegte seine Wange an die ihre.

»Wie kann ich ihn vernichten, Stilles Wasser? Ich weiß nicht einmal, ob ich den Traum unter Kontrolle halten kann. Ich kenne die Falle, in die Singende Steine gegangen ist – und sie macht mir fast ebensoviel angst wie Tapferer Mann.« Heftig schüttelte sie den Kopf. »Singende Steine war viel stärker als ich – und er ...« Sie verbarg ihr Gesicht in seinem langen schwarzen Haar.

Er rieb seine Wange an ihrem Scheitel. »Wir schaffen es. Immerhin haben wir ihm schon das Wolfsbündel gestohlen.«

»Morgen schon, Stilles Wasser. Schon so bald.«

»Ich weiß.«

Sie krümmte sich zusammen. Das Wissen um die Macht von Tapferer Manns Träumen steigerte ihre Angst ins Unermeßliche. »Er hat das Große Eine allein gefunden. Ohne die Hilfe eines Träumers wie Singende Steine, ohne das Wolfsbündel. Wie soll ich mich dagegen behaupten, Stilles Wasser?« Sie erinnerte sich an Singende Steines Gesicht und fühlte das Pulsieren der Macht des Wolfsbündels.

»Du mußt es, Weiße Esche.«

»Du bist so tapfer, und ich habe soviel Angst.«

Er lachte leise. »Ich habe die Hoffnung auf ein langes Leben aufgegeben, als ich dem Ruf des Wolfsbündels folgte. Seitdem ist für mich jeder Tag ein Geschenk des Schöpfers.«

Sie streichelte seine Brust. »Ich weiß nicht, was ich ohne dich machen würde, Stilles Wasser.«

»Wahrscheinlich kämst du wieder zur Vernunft und würdest schleunigst die Flucht ergreifen wie eine verängstigte Antilope.«

Sie lachte leise. »Was machen wir, wenn wir morgen über Tapferer Mann siegen? Wie geht es weiter?«

Er legte den Kopf in den Nacken. »Dann träumen wir den neuen Weg. Heilen Kranke, falls wir das können. Lehren junge Leute, die nach einer Macht suchen, diese zu finden, und träumen die Spirale. Wir ziehen unsere Kinder groß und sehen zu, wie sie erwachsen werden. Vielleicht ... vielleicht ...«

Sie drehte sich um und blickte in sein sehnsuchtsvolles Gesicht. »Ja?«

»Erinnerst du dich an den Tag oberhalb von Singende Steines Höhle? Damals träumten wir von einem eigenen Zelt. Vielleicht wird dieser Traum Wirklichkeit, und wir können in der Sonne sitzen und dieses Kind aufwachsen sehen.« Liebevoll tätschelte er ihren Bauch.

Sie schloß die Augen und fühlte, wie Tapferer Mann wieder zum Großen Einen strebte. Ihre Seele wand sich vor Qualen. Nur mit großer Mühe gelang es ihr, den Drang zu weinen zu unterdrücken.

Ich trage Stilles Wassers Kind. Ich habe so viel zu verlieren ...

Tapferer Mann saß unbeweglich an einen großen Findling gelehnt und blickte über das Land. Vor ihm lag das endlos weite Red Earth Basin. Am Horizont im Westen glühten die letzten roten Schattierungen des Sonnenuntergangs, der Abend senkte sich über die von Farben überflutete Erde und verdunkelte das Grün der Rosensträucher. Seit er damit begonnen hatte, nach der Macht zu suchen, hatten sich seine

Sinne geschärft. Er lernte ein neues Land kennen, roch den würzigen Moschusgeruch der trockenen Luft, fühlte das im gelbbraunen Sandstein und in der fruchtbaren roten Erde pulsierende Leben. Die Pflanzen dieses Landes besaßen einen eigenen Geist, ausdauernd, widerspenstig und doch seltsam zart. Dieses Land war durchdrungen von einer Seele eigener Art, sie sang mit dem Wind und tanzte mit den Sternen. Tapferer Mann empfand dieses Gefühl so stark, daß er fürchtete, es könne ihn verändern. Doch das durfte er nicht zulassen – er mußte der Gebieter sein.

Morgen festige ich dort unten meine Macht. Das letzte Hindernis – Weiße Esche – wird vor mir stürzen, zermalmt werden wie alle anderen vor ihr. Mit Ihrer Macht werde ich der größte Seelenflieger, den je ein Volk gekannt hat.

Die Schatten zwischen den flachen Umrissen der niedrigen, sich gen Westen erstreckenden Kuppen begannen mit dem dunkleren Blaugrün der Salbeiebenen zu verschmelzen. Die Umrisse bizarrer, von Beifuß und Dornengestrüpp bewachsener Dünen zogen sich bis weit in den Süden.

Irgendwo dort draußen wartete Weiße Esche.

Tapferer Mann schloß die Augen. Frieden durchströmte seine Seele, die bohrenden Kopfschmerzen klangen ab. Er begann den grauen Nebel zu suchen. Nach und nach löste er sich von seinem Körper, wandte sich der inneren Stille zu, die ihn zu der Macht führen würde.

Er bemerkte weder die Eule, die über ihn hinwegflog, noch die flatternden Fledermäuse, noch hörte er den Schrei des Pumas in den Felsen direkt über ihm.

Er glitt dahin, lieferte seine Seele aus.

In den Schwaden des tröstlichen Nebels badend, ließ er sich immer tiefer in das schimmernde Grau fallen. Er spürte Weiße Esches Gegenwart und fühlte ihre Angst. Herausfordernd dehnte er sich aus und ließ seine Macht spielen. Zu seiner Befriedigung zog sich Weiße Esche sofort zurück. Am Ausgang ihrer Konfrontation gab es keinen Zweifel. Er fiel tiefer, lieferte sich noch mehr aus. Seine Stärke und sein Bewußtsein nahmen zu.

Er erkannte die Macht des Wolfsbündels, konnte erneut

die Grenzen dieser Macht wahrnehmen. Die Stimmen in seinem Kopf winselten. *Ah, das Bündel also war der Ursprung der Macht des Einarmigen. Und das Bündel habe ich schon einmal besiegt.*

Er dehnte sich zum Bündel hin aus, wurde jedoch von diesem zurückgeschlagen. Sollte er es bezwingen? War er dazu schon bereit?

Bald.

Der graue Nebel lichtete sich und nahm eine goldene Tönung an. Wie ein Falke im Sturzflug tauchte er immer tiefer in den goldenen Dunst ein, um ihn herum begann es blendend zu schimmern und zu leuchten. Er fühlte die Einheit, aber er sehnte sich nach mehr. Die donnernde Stille hielt ihn fest, pulsierte um ihn herum.

»Du suchst.« Eine traurige Stimme hallte durch den schimmernden Dunst.

»Wer ... was bist du?« Tapferer Mann war auf der Hut, wachsam, denn er war im Ungewissen über diesen Ort und darüber, wie er ihn erobern konnte.

»Alles, was du nicht bist.«

Aus den wirbelnden goldenen Wolken formte sich das Bild eines goldenen Mannes, eines jungen Mannes von unvergleichlicher Schönheit.

»Wer bist du?« Eine unbestimmte Ahnung durchzuckte Tapferer Manns Bewußtsein.

»Ich bin der Erste Mann, ich bin Wolfsträumer. Ich träume die Spirale, den Weg des Volkes. Du bist stark. Die von dir ausgehende Gefahr für die Spirale wächst.«

»Was ist diese Spirale?«

»Kreise innerhalb von Kreisen, ohne Ende, ohne Anfang. Das Spiegelbild der Harmonie, die ich träumte.«

»Und du warst einmal ein Mensch?«

»Ja. Mein Traum führte das Volk in dieses Land, verband das Volk mit dem Großen Einen. Ich träumte die Spirale. Nun ist das Sonnenvolk gekommen, und du willst die Spirale verändern. Warum?«

»Um ein Gott zu werden«, antwortete Tapferer Mann. »Ich entkam dem Lager der Toten. Ich führe das Sonnenvolk, mache es groß. Ich *bin* der neue Weg. Dieser Traum beweist es.« Sein Vorhaben füllte ihn ganz aus. »Was dir gelungen ist, Wolfsträumer, wird auch mir gelingen.«

»Und dieses Mal hast du keinen Bruder, der gegen deinen Traum träumt, Rabenjäger.«

»Mein Name ist Tapferer Mann.«

»Namen sind Illusion.«

Die Umrisse des goldenen Mannes begannen zu flackern, formten sich zum Bildnis eines riesigen goldenen Wolfes.

»Du jagst mir keine Angst ein. Du bist nichts weiter als ein Traum – und Träume fürchte ich nicht.«

Wieder verwandelte sich die Erscheinung, der Wolf wurde zum Großen Donnervogel. Einen winzigen Augenblick lang packte Tapferer Mann die Angst. Ein Traum. Nur ein Traum. Er kicherte über das Traumbild. »Du hältst mich nicht zum Narren.«

»Ich will dich nicht zum Narren halten, ich will dir nur beweisen, dir zeigen, daß das Große Eine für alle da ist. So, wie ich für manche ein Wolf bin, bin ich für andere der Große Donnervogel. Ich möchte dir die Augen öffnen, dich von deinem Traum der Loslösung abbringen. Das Große Eine ist überall und ist es nicht.«

»Du sprichst in Rätseln.«

»Du möchtest die Menschen vom Großen Einen trennen. Du willst die Harmonie mit deinem Verderben bringenden Traum zerstören und die Menschen vom richtigen Weg abbringen. Sie würden nie wieder begreifen, wie sie ihre Seelen mit der Seele der Welt in Einklang bringen können.«

»Wäre das so schlimm? Die Welt ist dazu da, dem Menschen untertan zu sein. Die Macht gehört den Starken und Gerissenen. Dank meiner Stärke habe ich das Lager der Toten überlebt. Dank meiner Stärke nimmt sich das Sonnenvolk, was es braucht.«

»Und was gibst du zurück? Sind Menschen wichtiger als Büffel? Als Wapitis und Rehe? Als die Pflanzen und die Felsen? Das ist dein Traum, Tapferer Mann. Du möchtest, daß sich die Menschen alles nehmen, alles ausbeuten und sich für wichtiger halten, als sie sind. Du vernebelst sie mit so vielen Illusionen, daß sie sich selbst für Schöpfer halten.«

Tapferer Mann fühlte die wogenden Bewegungen des ihn umgebenden Großen Einen. »Nur ein Gott kann so handeln. Warum sollten die Menschen ein Teil deiner Spirale bleiben wollen? Wenn Menschen die Welt beherrschen können, sollten sie es auch tun.« Hinterhältig fragte er: »Willst du mich außer Gefecht setzen?«

Wolfsträumer schloß die Augen, der Kummer auf seinem Antlitz berührte Tapferer Manns Herz. Mit Hilfe seines jäh aufwallenden Zorns befreite er sich von dieser plötzlichen Schwäche.

»Das hätten wir längst gekonnt. Das Wolfsbündel wollte sich um dein Herz schlingen und deine Seele von deinem Körper trennen. Ich untersagte es ihm. Wir setzen unsere Hoffnungen für die Spirale in eine andere Seele. Eine Macht kann die Handlungen der Menschen nicht diktieren, sie kann sie nur durch Träume beeinflussen. Unsere Pläne mit dir wurden durchkreuzt.«

Tapferer Mann überlegte verblüfft. »Durchkreuzt?«

»Schon früh erkannten wir deine außergewöhnliche Stärke, und wir hofften, uns dieser Stärke zu bedienen. Wir schickten Salbeigeist den Traum Weiße Esche zu rauben. Früher liebte sie dich – wie auch du sie geliebt hast. Wir legten den Grundstein eines gemeinsamen Traumes. Aber über den freien Willen können wir nicht gebieten. Als das Lager über dem Fluß, den du Fat Beaver nennst, angegriffen wurde, veränderte die Keule eines Scbwarzspitzen-Kriegers mit einem Schlage alles – sie beschädigte deine Seele und verwandelte dich in ein abscheuliches Monstrum.«

Tapferer Mann kicherte. »Nie hätte ich vermutet, daß eine Macht solche Spiele spielt – und verliert.«

»Merk dir diese Lektion gut, Tapferer Mann – denke ernsthaft darüber nach. Nichts ist gewiß – nicht einmal für eine Macht. Die Schöpfung ist so beschaffen, daß der Flug eines Schmetterlings über den Green Mountain die Schwingungen der Luft derart verändern kann, daß eine halbe Welt entfernt ein Sturm daraus entfacht wird. Jede Handlung birgt ein Risiko. Für uns ... für dich.«

»Ich war also dein Auserwählter? Was ist mit Weiße Esche?«

»Ihr wart gemeinsam dazu ausersehen, die Spirale für das Sonnenvolk zu träumen. Du solltest das Volk den Großen Traum leh-

ren. Alten und Jungen, Männern und Frauen. Eine Macht entsteht aus sich kreuzenden Gegensätzen. Norden-Süden und Osten-Westen erschaffen die Welt. Das Große Eine und das Große Viele sind Illusion. Alles ist miteinander verbunden und gehört zur Spirale, dem Kreis ohne Anfang und Ende.«

»Morgen vernichte ich Weiße Esche.«

Das unendliche Leid des goldenen Mannes erfüllte den pulsierenden Dunst. *»Wir bitten dich, nochmals darüber nachzudenken. Erlebe die Harmonie der Spirale. Wir bitten dich zu tanzen …«*

»Das klingt alles ganz überzeugend, Wolfsträumer, aber jetzt erkenne ich meine Chance. Eines Tages werde ich deine Stelle einnehmen. Warten wir ab, wessen Traum sich am Ende als der stärkere erweist.«

Kaum hatte er die letzten Worte ausgesprochen, schleuderte ihn eine ungeheure Kraft gewaltsam aus dem goldenen Dunst. Hilflos und von panischem Schrecken gepackt, fiel er wie ein Felsbrocken durch den grauen Nebel.

Er blinzelte, unerträgliche Kopfschmerzen machten ihn fast blind. Schemenhaft konnte er im Osten die Halbkugel des Mondes erkennen. Stöhnend kreuzte er die Arme vor der Brust, er schauderte in der kalten Nachtluft.

»Dieses Mal hast du dich verraten, Wolfsträumer.« Steifbeinig erhob er sich. Er schüttelte die geballte Faust und schrie: »Geister sollten wissen, wie man lügt!«

Ein Gott! zischten die Stimmen in seinem Kopf.

Ja … ein Gott. Und ein neuer Traum, der den alten zermalmt. Er holte tief Luft und fauchte böse zum Himmel hinauf: »Du wirst schon sehen. *Morgen wirst du schon sehen!*«

Kapitel 31

»Die Quelle liegt gleich hinter dieser Erhebung.« Schneckenhaus deutete auf den vor ihnen liegenden, mit Salbeisträuchern gesprenkelten Bergkamm. Ein beständig blasender Wind trieb vereinzelte Wolkenfetzen darüber hinweg nach Osten.

Weiße Esche beschattete mit der Hand ihre Augen vor der gleißenden Sonnenreflexion im Sand und blickte über die sich ringsum wie ungeheure Ameisenhaufen auftürmenden Dünen. In ihrer Brust setzte wieder ein dumpf hämmerndes Pochen ein. Nur mit Hilfe von Stilles Wasser ertrug sie die ständige Angst. »Machen wir Rast und bleiben bis zum Abend hier. Von dieser hohen Düne dort drüben können wir die ganze Umgebung überblicken.«

Windläufer warf ihr einen forschenden Blick zu. »Und dann?«

Weiße Esche zwang sich, ihr Zittern zu unterdrücken. »Bei Einbruch der Dämmerung gehen wir zur Quelle hinunter und treffen mit Tapferer Mann zusammen.«

»Glaubst du wirklich, er wird da sein?«

Sie nickte. »Er ist sich seiner selbst sehr sicher. In meinen Träumen stand er vor einem gewaltigen Feuer. Jeder andere würde sich fürchten, ein solches Feuer zu entzünden, da die lodernden Flammen die Feinde anziehen, doch er hält sich für unverwundbar.«

Mit starrem Gesicht blickte Windläufer auf Espe, die aufmerksam zugehört hatte. Jetzt stand sie mit gekreuzten Armen da und sah Weiße Esche mißtrauisch an. Schroff befahl er: »Schneckenhaus, Blauer Wind, schwärmt aus. Achtet auf einen möglichen Hinterhalt. Wir dürfen nicht in eine Falle laufen.«

Gelassen trabten die beiden Krieger los.

Windläufers Blick wanderte unruhig von einem zum anderen. Schließlich wandte er sich an Weiße Esche: »Wir müssen miteinander reden, allein.«

Sie nickte und legte Stilles Wasser, der sie besorgt ansah, beruhigend eine Hand auf die Schulter. »Schlägst du zusammen mit Salbeigeist und Espe das Lager auf der Düne auf? Windläufer und ich kommen gleich nach.«

Liebevoll tätschelte Stilles Wasser ihre Hand. »Mute dir nicht zuviel zu. Wir haben noch eine lange Nacht vor uns.« Er machte Salbeigeist ein Zeichen, ihm auf die Düne zu folgen.

Espe sah Windläufer eindringlich an, drehte sich um und eilte hinter Salbeigeist und Stilles Wasser her.

Weiße Esche wartete, bis die anderen außer Hörweite waren. »Was ist los, Windläufer?«

Er scharrte mit einem Fuß im Sand und wich ihrem Blick aus. Sein schönes Gesicht war wie ein Schatten von Sorge verdunkelt. »Du schaffst das nicht. Ich fühle es. Du bist halb verrückt vor Angst.«

»Windläufer ... Weißt du, was Tapferer Mann mit mir vorhat?«

»Nein.«

»Er will mich durch seine Macht brechen. Stilles Wasser und ich müssen kämpfen ...«

»Stilles Wasser? Er ist kein Krieger!« Verächtlich blickte Windläufer zu der Gruppe hinüber, die eben auf die Düne hinaufstapfte. »Glaubst du im Ernst, er kann dir helfen?«

»Er ist der einzige ...«

»Ihn versetzt doch ein Präriehund in Angst und Schrekken! Tapferer Mann wird ...«

»Stilles Wasser hat sich schon einmal gegen Tapferer Mann durchgesetzt. Todesmutig ging er mitten hinein in Tapferer Manns Lager und rettete mich.« Sie sah ihn nüchtern an. »Windläufer, du weißt nichts von Stilles Wasser. Er mußte sich mit mehr schrecklichen Dingen auseinandersetzen, als du jemals ... Aber was macht das für einen Unterschied?« Sie spielte mit den Fransen ihres Ärmels und sah versonnen zur Düne hinüber, wo Salbeigeist und Stilles Wasser gerade das Gepäck abnahmen. »Stilles Wasser besitzt die einzige Macht, auf die ich zählen und die mir helfen kann.«

»Sein Wolfsbündel?«

»Ja.«

Grob packte Windläufer sie am Arm. »Hör zu. *Ich bin ein Krieger.* Ich kenne Tapferer Manns Schwächen genau – und das seit unserer Kindheit. Diese ganze Angelegenheit kann rasch erledigt werden. Du mußt ihn nur kurz ablenken. Wenn du urplötzlich zu schreien anfängst ... oder meinetwegen auch nur einen leisen Schrei ausstößt, weiß ich, wann ich eingreifen muß. Ich jage einen Speer direkt durch ihn hindurch. Espe kann einen weiteren Krieger töten, gleichzeitig werfen Schneckenhaus und Blauer Wind ihre Speere. Wenn wir schnell sind, haben sie keine Chance. Danach ist alles nur noch eine Frage der Zeit. Ohne einen Anführer gerät der Stamm der Gebrochenen Steine ins Wanken. Ich habe mit Espe darüber gesprochen. Ein paar Schwarzspitzen-Krieger – fünf reichen vielleicht schon – könnten ihrem Lager einen Schlag versetzen und sie aus dem Gleichgewicht bringen, so lange, bis wir unsere Krieger aus allen Himmelsrichtungen zurückgeholt haben. Es könnte uns sogar gelingen, diesen Stamm ein für allemal zu unterwerfen.«

Er sprach voller Überzeugung, mit lebhaft funkelnden Augen ... aber würde sein Plan funktionieren? Möglich wäre es. Salbeigeist hatte ihr von Windläufers Heldentaten erzählt. Ein Funke Hoffnung glomm in Weiße Esche auf. *Er bietet dir einen Ausweg. Du brauchst dich dem bevorstehenden furchtbaren Kampf nicht zu stellen.* Doch der Hoffnungsschimmer erlosch ebenso schnell, wie er gekommen war.

Ein resigniertes Lächeln umspielte ihren Mund. »Es geht nicht. Die Falle könnte noch so sorgfältig geplant und ausgeführt werden, er wüßte darüber Bescheid. Die Macht würde ihm alles verraten. Er träumt, Windläufer. Nein, du brauchst nicht den Kopf zu schütteln. Ich weiß, du verstehst es nicht, aber ich weiß dafür um so besser darüber Bescheid. In der Spirale, dem Herz allen Lebens, können Tapferer Mann und ich einander in die Seelen blicken. Keiner von uns kann eine Falle stellen, ohne daß der andere davon erfährt.«

»Aber er wird dich vernichten – und den Schwarzspitzen-Stamm!«

Sie rieb sich die brennenden Augen.

»Diese Angelegenheit kann nicht von Kriegern entschieden werden. Es ist eine Sache des Willens und der Mächte und des Träumens.« Sie legte ihm die Hände auf die Schultern und ließ die Macht auf ihn überströmen.

Ein heftiger Schauer durchzuckte ihn. Erschrocken wich er zurück, mit offenem Mund und weit aufgerissenen Augen starrte er sie an.

»Siehst du?«

»Gepriesener Großer Donnervogel, wer *bist* du?«

Sie ließ die Hände sinken und ballte sie zu Fäusten. »Die Hoffnung des Volkes, Windläufer.« Sie drehte sich um und folgte den anderen die Düne hinauf, wo Stilles Wasser und Salbeigeist gerade ein Feuerloch in den weichen Sand gruben.

Windläufer ging ihr nach. Er bahnte sich den Weg durch dorniges Gestrüpp und duftenden Salbei. Geistesabwesend nahm er wahr, daß die Früchte der stachligen Feigenkakteen herangereift waren. Die Sonne brannte heiß auf seinen Kopf.

Eine tiefsitzende Angst quälte ihn. Was hatte Weiße Esche gerade getan? Wieder schauderte er. Sie hatte ihm nur die Hände auf die Schultern gelegt und ihm in die Augen geblickt, und ein heißer Strom war wie ein Blitzschlag durch seinen Körper gezuckt. Er hatte die Verzweiflung gefühlt, die hinter ihren Worten verborgene Macht erlebt. Nun wußte er, mit welch furchteinflößenden Mitteln der kommende Kampf ausgefochten wurde.

Was ist mit dir geschehen, Weiße Esche? Wie konnte es soweit kommen? Er fürchtete sie – und liebte sie. In den letzten Tagen jedoch hatte sich seine Liebe von Leidenschaft zu etwas Tiefergehendem, Beständigerem gewandelt. Sie in solcher Gefahr zu wissen tat ihm in der Seele weh. *Und ich kann nichts für sie tun.*

Espe kam ihm auf halbem Weg entgegen. Fragend blickte sie ihn an.

Er schüttelte seufzend den Kopf. »Sie meint, es könne nicht gutgehen, die Macht würde uns verraten.«

Espe straffte sich und blickte ihn an. »In deinen Augen sehe ich deine Liebe zu ihr.«

»Wenn du so gut sehen kannst, siehst du darin auch meine Liebe zu dir. Ja, es stimmt, ich werde sie immer lieben. Jetzt noch mehr als je zuvor. Aber ich liebe sie nicht so, wie ich dich liebe. Sie ist ...« Stirnrunzelnd hob er den Kopf. »Sie ist wie eine Mutter. Ja. Sie ist bereit, sich zu opfern, um uns vor irgend etwas, das ich nicht begreife, zu schützen – eine Vision von unserem Schicksal quält sie.«

Er las das Unbehagen in Espes Augen und drückte zärtlich ihre Hand. Ein rotschwänziger Falke schwang sich mit der Luftströmung hoch über den Dünenkamm. Windläufer gönnte sich einen Augenblick die Zeit, dem Raubvogel bei seiner Jagd nach Mäusen und Kaninchen zuzusehen. »Wir müssen tun, worum uns Weiße Esche bittet. Ich glaube, das ist die einzige Möglichkeit, wie wir ihr helfen können.«

Stilles Wasser saß im Lager oben auf der Düne, Weiße Esche hatte ihren Kopf in seinen Schoß gebettet. Vor einer Weile war sie in unruhigen Schlaf gefallen. Ihre langen schwarzen Haare breiteten sich wie ein dunkler Schleier über ihre ledernen Hosen. Sein Blick wanderte von ihrem schönen Gesicht hinüber zum Wolfsbündel. Er hatte den heiligen Gegenstand aus dem Beutel herausgenommen und vorsichtig daraufgelegt, damit das Bündel Tapferer Manns Lager unten in der Ebene *sehen* konnte. Er war sich nicht sicher, wie Geister sahen, doch seit er das Bündel dem Dämmerlicht ausgesetzt hatte, fühlte er, wie dessen Macht wuchs. Der herzförmige Gegenstand schien zu leuchten, seine Macht auszusenden, Fäden um die sich leise unterhaltenden Gefährten zu spinnen. Espes, Windläufers und Salbeigeists Bewegungen drückten Unbehagen und Nervosität aus. Kopfschüttelnd blickten sie von der schlafenden Weiße Esche auf Tapferer Manns Lager, wo einige Krieger zwischen den Dünen herumliefen.

Stilles Wasser atmete schwer. Die Abendsonne warf ein grellrotes Licht über das Land und fing mit den letzten Strahlen einen kleinen Wirbelwind ein, der sich seinen Weg durch die Ebene bahnte wie eine Spirale aus Feuer. Vor dem indigoblauen Himmel im Osten zeichnete sich auf einem Hügel die Silhouette einer Antilopenherde ab. Mit hocherhobenen Köpfen beobachteten die Tiere wachsam die Umgebung. Das schräg einfallende Licht ließ ihre weißen Hinterteile silbrig aufblitzen.

»Schneckenhaus und Blauer Wind sind nicht zurückgekommen«, bemerkte Espe grimmig. Salbeigeist übersetzte ihre Worte für Stilles Wasser.

»Ich weiß, aber wir können nicht mehr länger warten.«

Stilles Wasser preßte eine Hand auf sein Herz. Seit einiger Zeit hämmerte es heftig, ihm schien, als drohe es zu zerspringen. Ehrfürchtig streckte er die Hand nach dem Wolfsbündel aus. Dessen Macht strömte krabbelnd seinen Arm hinauf – Weiße Esche erwachte schlagartig. Aus großen Augen blickte sie ihn voller Furcht an.

»Ich wollte dich nicht wecken.«

Sie setzte sich auf und sah das Bündel an. »Das warst nicht du, Stilles Wasser. Das Bündel rief meinen Namen. Es ist Zeit.«

Er schluckte hart. »Nun, dann machen wir uns wohl besser auf den Weg.«

»Gleich, aber vorher mußt du für mich singen und mir helfen, mich vorzubereiten«, Weiße Esches Stimme klang brüchig.

Er nickte und schloß die Augen. Schemenhafte Erinnerungen tauchten vor seinem geistigen Auge auf: Warmes Feuers Lächeln ... Linke Hands verwirrte Feindseligkeit ... die Nacht, in der Plage im Schneesturm verschwand ... Wieder spürte er die klirrende Kälte, als er Weiße Esche aus dem Fluß zog. Dann sah er Singende Steine auf dem Berg sitzen, umgeben von den verzauberten Wapitis ... und er erblickte den Leichnam, über den er in der Dunkelheit gestolpert war. Schließlich erlebte er noch einmal, wie er mit Tapferer Mann gekämpft hatte ... wie er in Weiße Esches Armen lag, in ihrer Liebe versank. Alles, was geschehen war, hatte ihn auf diesen Augenblick der Entscheidung vorbereitet. Hatte die Macht ihren Speer mit vollendeter Kunstfertigkeit bearbeitet?

Er öffnete die Augen und hob das Bündel der untergehenden Sonne entgegen. Er begann zu singen, die Worte erfüllten seine Seele, stärkten sie mit einer Macht, die nicht die seine war.

Er fühlte, wie Weiße Esche das Große Eine suchte. Ihre Seele berührte die seine wie eine warme, kitzelnde Feder.

Stilles Wasser hörte kaum Windläufers entsetztes Keuchen, als der schwarze Wolf zwischen den Salbeisträuchern auftauchte und sich neben Weiße Esche setzte. Die gelben

Augen wanderten wachsam zwischen den Menschen hin und her. Mächte wurden freigesetzt und breiteten sich aus.

Als Weiße Esche einen kleinen Schrei ausstieß, sprang Stilles Wasser erschrocken auf. Er sah ein giftgrünes Licht durch die von Macht prickelnde Luft kriechen. *Auch Tapferer Mann träumt.*

Das unter seinen Händen wogende Wolfsbündel knisterte vor Spannung – wie wenn man mit einer Hand über einen Fuchspelz rieb und ein Funke aufstob. Die Macht verlagerte sich, veränderte sich, schwoll an und zog sich zurück, pulsierte.

»Wir müssen gehen«, flüsterte Weiße Esche. Langsam erhob sie sich. Stilles Wasser stand neben ihr und nahm sie schützend in den Arm.

»Ohne Schneckenhaus und Blauer Wind können wir nicht gehen«, sagte Espe zu Windläufer, ihre Stimme klang, als befände sie sich am Rande der Panik. Stilles Wassers Gesicht verfinsterte sich.

Erstaunt fragte er sich, warum er ihre Worte ohne Übersetzung verstanden hatte. Plötzlich nahm er ein goldenes Leuchten in der Luft wahr; es sah aus, als habe die Macht ein riesiges Netz über sie geworfen. Das Wolfsbündel in seiner Hand pochte wie ein lebendiges Herz.

Er sah die anderen an. Niemand sonst schien das Leuchten zu bemerken. Weiße Esche ging als erste die Düne hinunter, der schwarze Wolf trottete wie ein Beschützer hinter ihr her. Plage sträubte das Fell und hielt sich dicht hinter Stilles Wasser.

Als sie die nächste Düne hinaufgestiegen waren, konnten sie, wie von Weiße Esche prophezeit, Tapferer Mann vor einem gewaltigen Feuer stehen sehen. Hinter ihm hatten eine Frau und fünf Krieger einen kleinen Kreis gebildet.

Traurig wurde sich Stilles Wasser der Furcht von Espe und Windläufer bewußt; ihre Seelen schickten hektische Farbblitze aus, die das goldene Netz zu durchbohren versuchten. Weiße Esche und Salbeigeist wirkten beherzt, wenn auch bei Tapferer Manns Anblick wie erstarrt.

Der schwarze Wolf begann drohend zu knurren und lief

mit federnden Schritten voraus zum Lager des Feindes. Weiße Esche folgte ihm auf den Fersen. Stilles Wasser drückte das Wolfsbündel an seine Brust und beeilte sich, um sie einzuholen. In seiner Seele schrie eine Stimme leise auf.

Weiße Esche schwebte an der Grenze zum Großen Einen und ließ sich durch den sanften grauen Dunst treiben. Tapferer Mann beobachtete ihr Kommen seltsam losgelöst und ohne erkennbare Reaktion.

Er läßt mich nahe an sich herankommen. Er will mich in eine Falle locken, mich in einem plötzlichen Überfall niederringen.

Das Echo der Angst in ihrem Körper, aus dem sie sich bereits entfernt hatte, störte ihre Konzentration. Das wachsende Leben in ihrem Schoß löste die uralten Reflexe mütterlichen Selbstschutzes aus. Die Seele des Kindes flatterte um die ihre und spann Fäden im Großen Einen.

Suche. Suche das Große Eine, befahlen die unzähligen Stimmen des Wolfsbündels durch die grauen Schichten. *Wir sind da. Gebrauche uns.*

»Ich kann nicht – nicht jetzt,« flüsterte sie fast unhörbar. Verzweifelt versuchte sie, die Erinnerung an Singende Steine zu verdrängen, ihr inneres Gleichgewicht zu bewahren. Die lockende Wärme des Großen Einen lag gerade jenseits des Horizonts ihrer Seele.

Wie in Trance wandelte sie durch das Dickicht. Sie wußte, jeder Schritt über die trockene Erde führte sie näher an die Entscheidung heran. Der Wind riß an ihren offenen Haaren. Jeder Schlag ihres Herzens pumpte einen neuen Blutstrom in ihre Adern und ihren Leib und machte ihr erneut bewußt, was sie aufs Spiel setzte.

Vor Tapferer Mann blieb sie stehen. Sie starrte in seine zu schmalen Schlitzen verengten Augen. Das hell auflodernde Feuer warf unheimlich tanzende Schatten.

Er lächelte breit und entblößte seine zahlreichen Zahnlücken. »Heute nacht wirst du meine Frau, Weiße Esche!«

»Heute nacht bin ich dein Tod, Tapferer Mann. Ich zerstöre deinen Traum.«

Lachend warf er den Kopf in den Nacken. »Ich werde dich

besitzen. Du wirst meine Macht kennenlernen – meine ganze Macht.«

Schwankend verharrte sie an der Grenze zum Großen Einen. »Ich habe dich einmal geliebt.«

»Du wirst mich wieder lieben.« Haßerfüllt sah er Windläufer an. »Du forderst mich zum letztenmal heraus, alter Freund. Ich habe deinen Tod geträumt. Morgen, wenn die Sonne ihren höchsten Stand erreicht, opfere ich dein Herz der Macht. Mit meinen eigenen Händen schneide ich es aus deinem Körper – und ein neuer Weg beginnt. Du wirst dafür bezahlen, daß du dich der Macht in den Weg gestellt hast.«

Windläufer biß die Zähne zusammen, seine Kiefermuskeln strafften sich. »Vorher werden sich meine Speere an deinem Blute gütlich tun. Was ist aus dir geworden? Wo ist mein *Freund* geblieben? Laß uns diesen Haß beenden, Tapferer Mann. Um all dessen willen, was uns einmal verbunden hat ...«

»*Genug!*« Unruhig schielte Tapferer Mann zu Salbeigeist hinüber. »Bist du gekommen, um mit deiner Tochter zu sterben, Alter?«

»Wir werden ja sehen, Junge.« Eindrucksvolle Muskelpakete wölbten sich auf den Schultern des alten Jägers. »Salbeigeist ist bereit, was immer die Macht auch bringen wird.«

Weiße Esche blieb kaum Zeit, Luft zu holen, da schoß ein leuchtend grüner Lichtstrahl aus dem grauen Nebel, wand sich um ihre Seele und versuchte, sie zu ersticken. Tapferer Manns Angriff durch das Große Eine zwang sie, zurückzuweichen, sich vom Ursprung der Macht zu entfernen. Verzweifelt zog sie sich in sich selbst zurück und kauerte sich zusammen.

Tapferer Mann lachte. »Hast du keine Kraft? Willst du mit mir Spielchen spielen wie ein Kind?«

Wieder näherte er sich ihr. Sie wich vor seiner Macht zurück wie vor einem übelriechenden Tierkadaver. Sie ließ sich so weit zurückdrängen, daß sie aus dem Traum herausfiel und in die Welt der Illusion zurückkehrte. Der graue Nebel löste sich auf, und sie blinzelte in die länger werdenden Schatten, die über die Sanddünen fielen. Verzweifelt schloß sie die Augen und versuchte, den Weg wiederzufinden, aber da war nichts …

NEIN!

Sie holte tief Luft, bewegte sich vorsichtig zurück ins Nichts, gab mehr und mehr von sich auf. Doch erneut holte er sie zurück.

»Gib auf!« befahl Tapferer Mann. »Du bist zu schwach.«

Ihre Lungen waren zum Bersten gefüllt. In panischem Entsetzen blickte sie Stilles Wasser an. Seine Augen waren traurig, doch er nickte ihr ermutigend zu. Ein Ausdruck unnachgiebiger Entschlossenheit trat in sein Gesicht, er hob die Stimme und stimmte das monotone Lied an, das sie so gut kannte.

Weiße Esche folgte diesen Worten, wie sie es seit Wochen getan hatte. Sie dienten ihr als Zeichen, als Wegweiser in ihr Inneres bis zu dem Punkt, der immer zuhört. Aber ehe sie soweit war …

Tapferer Manns Macht schwemmte über sie hinweg – eine Flut von Verdorbenheit mit entsetzlichen Bildern von Leid und Vergewaltigung brach über sie herein. Sie schrie gellend auf und sank im kühlen Sand auf die Knie … aus den Tiefen ihrer Seele starrte sie Drei Bullen lächelnd an. Sein stinkender Atem und die Ausdünstungen seines ungewaschenen Körpers raubten ihr den Atem. Die Todesschreie des Weißlehm-Stammes zerrissen die Stille, dann blickte sie in Leuchtender Monds gebrochene Augen.

Tapferer Mann weiß, wie er die schlimmsten Erinnerungen in dir wecken und gegen dich einsetzen kann!

Verzweifelt versuchte sie, ihre letzten Kraftreserven zu mobilisieren, ihre Seele zu finden. Inständig beschwor sie angenehme Erinnerungen herauf. Fließende Kälte strömte durch ihre Adern, spülte durch ihre Seele wie ein schneidend kristallener Fluß. Kies schürfte ihre Haut auf, die Strömung wirbelte sie wild herum und versuchte, ihre Seele von ihrem Körper zu trennen.

Kämpfend und würgend spürte sie Kranker Bauchs Griff, an den Haaren zog er sie aus dem dunkelblauen Eiswasser. Sie hatte überlebt.

Und sie erreichte den in ihrem Innern liegenden Punkt, der zuhört …

All ihre Kräfte sammelnd, stemmte sie sich Tapferer Mann entgegen, erschuf in ihrer Seele das Bild eines lange Jahre zurückliegenden Morgens:

Schwarzspitzen-Krieger stürmten zwischen den Pappeln am Fat Beaver River hervor, stießen markerschütternde Kriegsrufe aus und rannten zwischen die Zelte. Die überraschten Lagerbewohner erwachten schlaftrunken. Sie sah Tapferer Mann nackt aus seinem Zelt laufen. Frauen kreischten Kinder weinten vor Entsetzen, alle flohen vor den feindlichen Kriegern. Ein großer Schwarzspitzen-Krieger packte Felsmaus bei den Haaren, Tapferer Mann legte einen Speer an seinen Atlatl und warf, trieb den Speer in den Rükken des Mannes … der Feind wirbelte herum und stürzte sich auf Tapferer Mann. Tretend und brüllend kämpfte Tapferer Mann um sein Leben.

Unwillkürlich schrie Tapferer Mann auf, und Weiße Esche erlebte die Qualen seiner Kopfschmerzen, die sich zu einem Brechreiz auslösenden Pochen steigerten; seine furchtbare Pein erschütterte ihre Seele.

»Du bist stärker … als ich dachte«, krächzte Tapferer Mann. »Aber nicht stark genug. Das wird mir schon langweilig.«

Weiße Esche kreischte entsetzt, giftgrüner Nebel schien sie zu verschlucken, zog sich um ihre Seele wie in Wasser eingeweichtes Rohleder und drohte sie zu ersticken.

»Gebrauche die Macht! Wir sind da. Benutze uns!« durchdrangen die Stimmen des Wolfsbündels ihre Qual. In aussichtsloser Verzweiflung stieß sie einen schrillen Schrei aus. Tapferer Manns triumphierendes Gelächter schien die Erde bis in ihre Grundfesten zu erschüttern.

Konnte sie es wagen? Singende Steines erloschene Augen leuchteten durch den bösartigen grünen Nebel. *Und wenn ich mich verliere? Wenn ich der Verlockung des Großen Einen nicht widerstehen kann?*

Stilles Wassers Gesang, der zunächst wie aus weiter Ferne an ihr Ohr klang, wurde lauter, ganz so, als knie er neben ihr nieder. Das Wolfsbündel zerrte an ihrer Seele und kämpfte darum, sie in den Strudel seiner Macht hinunterzuziehen.

Nervös abwartend hielt sich Bleicher Rabe im Hintergrund, sie starrte in den dunklen Schleier, den die Nacht über die Wüste gebreitet hatte. Blaue Schatten klammerten sich an die Dünen, verliehen ihnen das Aussehen zusammengekauerter, sprungbereiter Tiere. Plötzlich fühlte sie eine Veränderung in der Luft und taumelte.

Entsetzt warf sie einen Blick auf Fliegender Falke, den der Krieger mit weit aufgerissenen Augen erwiderte. Sie trat zu ihm und flüsterte: »Ist alles in Ordnung?«

Zwischen zusammengepreßten Lippen stieß er hervor: »Du brauchst nur in das Licht des Feuers zu treten und die Arme zu heben.«

Im selben Moment schrie Tapferer Mann auf und preßte die Hände gegen seine Schläfen. Er torkelte seitwärts, verlor wegen seines steifen Beines das Gleichgewicht und wälzte sich auf dem Boden. Nach einer Weile setzte er sich auf, seine verzerrte Miene zeigte höchste Qual.

Die Krieger eilten auf ihn zu.

»Bleibt, wo ihr seid!« befahl Bleicher Rabe. »Überlaßt das Kämpfen dem Seelenflieger.« *Unser Kampf kommt noch!*

Keuchend sog Tapferer Mann die Luft ein. In diesem Moment wurden Weiße Esches Augen vollkommen klar. Mit schwachen Händen griff sie nach dem Wolfsbündel und drückte es an ihre Brust.

Bleicher Rabe trat einen Schritt vor. Im Feuerschein betrachtete sie die Gesichter ihrer Feinde. Die Männer schienen von Ehrfurcht ergriffen, die zierliche Schwarzspitzen-Frau dagegen sah sich wachsam um, als würden unsichtbare Fledermäuse um ihren Kopf flattern. Sie nestelte an ihren Speeren, verlor aber nicht den Kopf. Eine hellwache Frau. Sie gehörte zu den gefährlichen Feinden.

Weiße Esche sank auf die Knie, beugte sich vor und küßte das Wolfsbündel wie einen Geliebten. Die schwarzen Haare spielten um ihr Gesicht.

»Träume!« rief der junge Schwarzspitzen-Krieger und ballte die Hände zu Fäusten. »*Träume den neuen Weg, Weiße Esche!*«

Aus den Augenwinkeln beobachtete Bleicher Rabe Fliegender Falke, dann blickte sie wieder hinaus in die nächtlichen Schatten zwischen den Dünen. Sie kniff die Augen zusammen. Tapferer Mann würde siegen, irgendwie.

Als Weiße Esche das Wolfsbündel schützend an ihr Herz drückte, verebbte Stilles Wassers Gesang, das strahlende Gelb seiner Seele verblaßte. Sie überließ sich der Macht des heiligen Bündels. ... Und die Welt wurde still. Ein leuchtender goldener Dunst schwebte um sie wie Schnee an einem kristallklaren Wintermorgen.

»Jetzt, Mutter des Volkes,« sagte das Wolfsbündel in einer harmonischen Stimme, *»gebrauche unsere vereinten Kräfte.«*

Sie öffnete ihre Seele, ließ sich von der Macht des Wolfsbündels emportragen, erlag seiner Stärke. Von irgendwo weit her hörte sie Tapferer Manns Schrei, sie fühlte das von allen Seiten widerhallende Echo der Stimmen in seinem Kopf, die vor Entsetzen aufheulten.

Sie stand am Rande des goldenen Abgrunds.

»Überschreite die Schwelle.« drängte das Wolfsbündel. *»Liefere dich dem Großen Einen aus. Tapferer Mann ist nur verwirrt. Er sammelt neue Kräfte,um ...«.*

Blitzende Lichter flackerten und schlugen sie zurück. Sie kauerte sich zusammen, wie betäubt von einer unheimlich grünen Helligkeit, die sich um sie auszubreiten begann.

»Laß dich gehen!« befahl das Wolfsbündel. *»Überschreite die Schwelle! Das ist deine einzige Hoffnung ...«*

Sie rief sich Stilles Wassers freundliches Gesicht in Erinnerung, spürte seine liebevolle Berührung – und fühlte das in ihrem Leib wachsende Kind. Wenn sie dem Großen Einen nicht widerstehen konnte, mußte das Kind sterben. Schluchzend beugte sich Weiße Esche über den Abgrund, weiter und weiter, bis sie stürzte. Sie schwebte durch den goldenen Dunst, fühlte die Ekstase des Großen Einen, wurde eins mit der Spirale.

»Wo bist du?« rief Tapferer Mann zornig. Seine Stimme

schien durch Wellen silbernen Wassers auf sie zuzuschwimmen.

»Hier«, antwortete sie. »Ich bin hier.« Sie sehnte sich so sehr danach, ihre Seele endlich zu befreien, sie gestaltlos in die Seligkeit sickern zu lassen. *Singende Steine hat sich dem Großen Einen hingegeben. Seine Seele war damit verschmolzen wie ein Tropfen mit dem Ozean. Er …* Ein Funke Hoffnung glomm in ihr auf und erwachte mit lodernden Flammen zum Leben. Weiße Esche wußte, welcher Weg zum Sieg führte.

»Folge mir, *wenn du kannst,* Tapferer Mann. Prüfe, ob du das Große Eine ebenso mächtig träumen kannst wie ich. Prüfe, ob du die Spirale tanzen kannst, ohne in den Tod zu stolpern.«

Weiße Esche spürte, wie Tapferer Mann mit ihr in den goldenen Dunst eintauchte, seine Seele folgte ihr auf ihrer Reise.

Auf Flügeln aus Feuer glitt sie durch die Unendlichkeit des Großen Einen, führte Tapferer Mann tiefer und tiefer in den Traum hinein. Sie fühlte seine Verzückung, seine Ehrfurcht vor der Herrlichkeit. Und den höchsten Freuden des Großen Einen. Auf einmal verlor sie ihn, sie fühlte seine Seele nicht mehr. Ein Strom der Erleichterung riß sie mit sich fort.

Wolfsträumer erhob sich neben ihr wie ein silberner Adler auf Strömungen aus Licht. *»Noch hast du nicht gewonnen«,* sagte seine geisterhafte Stimme. *»Du bist in deine eigene Falle gegangen. Bist du stark genug, um hier wegzugehen, um zu deinen Leuten zurückzukehren?«*

»Ich will nicht zurück«, flüsterte sie, eine allumfassende Seligkeit erfüllte sie. Goldene Wärme hüllte sie ein, ihre Seele dehnte sich aus, um die Ekstase des alles durchdringenden Friedens auszukosten. Ausdehnen … Wachsen …

»Stilles Wasser wird sterben und mit ihm dein Kind … und schließlich wird die Welt verdorren. Wo ist deine Liebe?«

Sie fühlte, wie sich die zarte Ranke, die sie mit dem Wolfsbündel verband, weiter dehnte, immer dünner wurde … Sie mußte nur loslassen und konnte für immer das Große Eine träumen. Sie konnte sich fallenlassen, sich in die donnernde Stille sinken lassen, gleiten … gleiten …

»Mann des Volkes«, riefen die Myriaden von Stimmen des Wolfsbündels. *»Du mußt träumen, Stilles Wasser. Weiße Esche verliert sich im Großen Einen. Rufe sie! Suche sie … oder alles ist verloren.«*

Ein unkontrollierbares Zittern ergriff Besitz von Stilles Wassers Körper, als sei ein Übermaß an Macht in sein Fleisch geströmt. Weiße Esche verlor sich selbst? Nein! Kummer und Trauer zerrten an seiner Seele.

»Wie sehr liebst du die Träumerin?« fragten die stummen Stimmen des Wolfsbündels. *»Liebst du sie genug, um für ihre Rettung deine Seele zu riskieren?«*

Hohl hallte das Echo von Warmes Feuers Worten in ihm: *Liebe die Träumerin*. Stilles Wasser unterwarf sich und versuchte, durch die empfindsamen Bande der Liebe Weiße Esche zu finden. Er folgte dem Weg, den das Wolfsbündel für ihn durch den grauen Schleier bis in den schimmernden goldenen Dunst hinein markiert hatte, wo Feuer und Schnee zu wirbelnden Strudeln verschmolzen.

Seine Seele pulsierte vor Angst und Verzweiflung. Seine Liebe zu Weiße Esche sandte einen blendend hellen Speer in das wogende Gold. »Weiße Esche?«

Nur donnernde Stille antwortete.

»Weiße Esche! Wo bist du? Komm zurück zu mir!«

Stilles Wassers Stimme durchdrang das Große Eine, prallte aber ab an der Angst und Sehnsucht nach Frieden, die in Weiße Esches Seele entzündet worden waren.

Im flackernden Gold erschien Wolfsträumers Gesicht, seine dunklen Augen blickten wehmütig. *»Ich teile deinen Traum, Mutter des Volkes. Ich fühle deine Freude, aber du mußt zurück. Eine neue Richtung muß geträumt werden, oder die Menschen verlieren ihren Weg, und alles, was du liebst, wird sterben. Willst du das?«*

»Aber das Leben in der Illusion hält soviel Leid bereit.«

»Wenn du nicht zurückkehrst, wird alles nur noch schlimmer.«

Ein Bild formte sich. Sie starrte auf menschliche Wesen hinunter, die auf Feldern arbeiteten. Zwischen haufenweise angeordneten, aus Ziegeln gebrannten Behausungen, die einen schlammigen Fluß säumten, wogten Menschenmassen hin und her. Im Mittelpunkt standen fremdartige, reichverzierte Kuppeln. Dort verbrannten Zauberer unter dem Jubel der Massen Weihrauch auf blutgetränkten Altären. Bilder von Kriegen, die im Namen rachsüchtiger Götter tobten, zogen unter ihr vorbei. Regen überschwemmte das ausgebeutete Land und wusch die Erde in die Flüsse. Wo einmal üppige Eichen die Hügel bedeckt hatten, glänzte nur noch nackter Fels. Menschen legten Saatgut in den steinigen Boden und pflegten die Saat in mühevoller Arbeit ... aber keine Pflanze erwachte zum Leben.

»Was ist das?«

»Du siehst ein Volk, das die Verbindung zum Großen Einen verloren hat. Es lebt weit weg, jenseits der riesigen Meere, von denen die Händler dir als Kind erzählt haben. Dieses Volk hat die Macht der Illusion zu einer Lanze geschmiedet, die deine Welt abspalten wird, Weiße Esche. Ihre Zivilisation wird Tausende von Jahren wachsen, Menschen werden das Wasser überqueren und ihre pervertierten Träume in dein Land bringen. Sie streben danach, die Spirale im Sinne von Tapferer Mann zu verändern. Der Kampf um das Gleichgewicht der Spirale endet nie. Wenn du heute gewinnst – wenn du zurückgehst und den neuen Weg träumst –, ist die Welt noch immer nicht sicher. Nach tausend Generationen von jetzt an gerechnet muß ihnen eine andere Träumerin gegenübertreten. Wenn du überlebst, Weiße Esche, wird dein Blut in ihren Adern fließen ... Wenn du nicht überlebst, wird es keine Träumerin geben, die für die Spirale kämpft. Die Entscheidung liegt bei dir.«

»Weiße Esche! Komm zurück zu mir!« Die unendliche Sehnsucht in Stilles Wassers sanfter Seele durchdrang die Mauer aus Angst und Verlockung, sie spürte die Bewegungen ihres ungeborenen Kindes. Zögernd blickte sie in Wolfsträumers traurige Augen.

Salbeigeist, Windläufer und Singende Steine schimmerten im goldenen Nebel. Alle riefen nach ihr.

Die regenbogenfarbigen Fäden des Wolfsbündels verwoben sich mit Stilles Wassers Seele zu einem zarten Strang, dem sie folgen konnte. Daran fand sie Halt und glitt weinend zurück bis zur Grenze des Großen Einen. Dort verharrte sie. *Bin ich stark genug? Kann ich zurück zu Hunger, Krieg und Kälte?*

»Die Entscheidung liegt bei dir,« wiederholte Wolfsträumer.

Der Schrei ihres ungeborenen Kindes drang durch den Nebel, hallte in ihrer Seele wie die Stimmen gequälter Millionen. Und sie überquerte die Schwelle vom goldenen Dunst zum grauen Nebel.

»Weiße Esche?« Stilles Wassers Flehen tat ihr weh.

Erschöpft zwang sie sich in ihren Körper zurück und öffnete die Augen, blinzelnd starrte sie in Stilles Wasser besorgtes Gesicht. Er kniete neben ihr und strich ihr die feuchten schwarzen Haarsträhnen aus dem Gesicht. Honigsüße Fragmente des Großen Einen schwebten durch ihre Seele.

Sie lag auf dem Boden, der schwarze Wolf hatte sich um ihren Körper gerollt. Mit funkelnden gelben Augen beobachtete er die feindlichen Krieger. Das prasselnde Feuer zitterte im kühlen, durch die Wüstennacht wehenden Wind. Weiße Esche starrte auf das Wolfsbündel, das sie an ihr Herz gedrückt hielt. Die Ranken seiner Macht hatten sich zu einem dicken Lichtstrang verwoben und schlängelten sich in ihren Leib.

Sie konnte die regenbogenfarbigen Fäden des Bündels sehen, die sich um ihr Kind zusammenzogen – und sie fühlte die Freude ihrer Tochter. Im Herzen des Babys erwachte eine winzige goldene Flamme zum Leben. Das Glühen verbreitete sich nach außen, kroch durch Weiße Esches Glieder wie ein feuriger Strom aus flüssigem Bernstein.

Tapferer Mann lag mit dem Gesicht nach unten im Sand. Bleicher Rabe lief zu ihm und schüttelte ihn. »Wach auf! *Wach auf!«*

Mühsam kam Weiße Esche auf die Beine. Der große schwarze Wolf erhob sich ebenfalls und stellte sich neben

Plage und Salbeigeist an das Feuer. Weiße Esches Vater verzog ein wenig das Gesicht, machte aber keine Anstalten, sich von dem Tier zu entfernen.

Hilfesuchend lehnte sich Weiße Esche an Stilles Wasser. Voller Qual beobachtete sie Bleicher Rabe. »Er wacht nicht wieder auf.«

Bleicher Rabe drehte Tapferer Manns Körper herum und keuchte. Ein schwarzer, im Schein des Feuers glänzender Gegenstand fiel aus seinem Beutel. Sie beugte sich vor und legte ein Ohr an seine Brust, anschließend drückte sie prüfend auf eine seiner Fingerkuppen. Das Blut zog sich zurück, und der Fingernagel blieb weiß.

»Nein!« schrie Bleicher Rabe. »Das ist unmöglich!«

Weiße Esche schloß die Augen. »Er hat sich mit dem Großen Einen verbunden.« Sanft setzte sie hinzu: »Er besaß nicht die Kraft, zurückzukehren.«

Mit blitzenden Augen sah Bleicher Rabe sie an. »Rette ihn! Gib ihm das Leben zurück. Tu es, Frau – *oder du wirst auf der Stelle verbrennen!«*

Liebevoll strich Weiße Esche über das Wolfsbündel, sie fühlte dessen Zorn. »Der Traum ist noch nicht vorbei, Bleicher Rabe.«

Ehrfürchtig überreichte sie Stilles Wasser das Wolfsbündel.

Einen Augenblick schien Bleicher Rabe unsicher und verloren. Die eiskalten Finger der Wirklichkeit hielten ihre vor Verzweiflung rasende Seele umklammert. Sie taumelte in das Licht des Feuers und hob die Arme. Voller Angst und Wut rief sie hinauf in die Nacht: »Großer Donnervogel! Erhöre mich! *Hilf dem Seelenflieger!«*

Mit angehaltenem Atem beobachtete Weiße Esche die Frau. Endlose Wimpernschläge lang behielt Bleicher Rabe diese Haltung bei. Dann wanderte ihr Blick an der Grenze des Lagers entlang, schließlich sah sie Weiße Esche direkt ins Gesicht. Mit einer Hand berührte sie Tapferer Manns schlaffen Körper. »Erwecke ihn zum *Leben!«*

Weiße Esche schüttelte den Kopf. »Es ist zu spät. Er war nicht stark genug. Er entschloß sich, im Großen Einen zu bleiben.« *Und ich kann ihn besser als irgend jemand sonst verstehen.*

Salbeigeist stieß einen überraschten Schrei aus und rief wütend: »Das ist eine Falle!« Er legte einen Speer an seinen Atlatl und duckte sich wurfbereit. Schon stürmten feindliche Krieger heran.

»Tu es nicht, Vater«, befahl Weiße Esche. Sie fühlte den in seinem Innern tobenden Kampf, den überwältigenden Wunsch, Vergeltung für diesen Verrat zu üben. »Salbeigeist, das ist Sache der Mächte. Speere und Blut haben keine Bedeutung.«

Windläufer bellte: »Steht Tapferer Mann so zu seinem Wort?«

Weitere Krieger stürzten herbei, sie trieben Schneckenhaus und Blauer Wind vor sich her. Wut und Entsetzen standen auf den Gesichtern der beiden Krieger.

Bleicher Rabe lachte bitter. »Der Seelenflieger hat nichts von diesem Plan gewußt.« Sie ging auf Weiße Esche zu, ohne auf die knisternd aufgeladene Luft zu achten. »Tapferer Mann sagte, du besitzt große Macht. *Mach ihn lebendig!*«

»Das kann ich nicht.«

»Dann stirbst du unter den Speeren der Krieger der Gebrochenen Steine!«

»Du stirbst zuerst«, versprach Salbeigeist unheilschwanger.

Weiße Esche blickte den Kriegern entgegen, die nun alle mit wurfbereiten Speeren ins Licht des Feuers traten. Die Macht verband sich mit ihrer Stimme. »Halt! Hier findet kein Krieg statt. Die Macht hat ihre Wahl getroffen!«

Die Krieger verharrten und wechselten befremdete Blicke.

Weiße Esches Blick verschmolz mit Bleicher Rabes Augen. Die Lippen der Frau öffneten sich stumm. Sosehr sich ihre Seele auch wand, sie konnte sich dem Bann von Weiße Esches Blick nicht entziehen.

»Ich habe dir gesagt, der Traum ist noch nicht vorüber, Bleicher Rabe«, wiederholte Weiße Esche. »Siehe die Wege der Macht.«

Weiße Esche schritt in das Feuer und hob die Hände in

den um sie herum züngelnden Flammen hinauf zu den Sternen. Entsetzte Schreie brachen aus den Kehlen der Krieger, und sie wichen mit angstvoll geweiteten Augen zurück. Der schwarze Wolf hob seine Schnauze himmelwärts, legte die Ohren an und begann klagend zu heulen.

Aus den prasselnden Flammen ertönte Weiße Esches Stimme: *Höret die Vision von Weiße Esche! Ich träume die Spirale. Die Macht läßt dir die Wahl, Bleicher Rabe. Du und der Stamm der Gebrochenen Steine, ihr könnt bleiben und kämpfen. Aber wisset, wenn ihr euch so entscheidet, wird der Name des Stammes der Gebrochenen Steine noch bevor der Mond untergeht, in einem Atemzug mit dem Weißlehm-Stamm genannt. Doch ihr könnt auch das Land verlassen! Wandert ein Jahr nach Süden. Dort findet ihr ein Land, um das es sich zu kämpfen lohnt. Sucht die goldhaarige Pflanze. Dort werden die Kinder eurer Kinder zu Größe wachsen, bis ein Stern am Tage brennt. Was wählt ihr?*«

Bleicher Rabe schüttelte den Kopf und bemühte sich, die Kontrolle über ihren zitternden Körper zurückzuerlangen. Sie drehte sich zu Fliegender Falke um, der voller Ehrfurcht auf die im prasselnden Feuer stehende Weiße Esche starrte.

»Sie brennt nicht!« rief er und zeigte auf die junge Frau. »Warum brennt sie nicht?«

Bleicher Rabe nahm all ihren Mut und ihre Kraft zusammen und entriß Fliegender Falkes kraftlosen, wie gelähmt herabhängenden Händen den Speer.

»Erwecke meinen Mann zum Leben«, befahl sie. »Mach ihn lebendig!« Sie balancierte den Speer aus und straffte die Muskeln zum Wurf.

Weiße Esche trat mit unversehrt glatter Haut aus dem Feuer. »Hat Tapferer Mann es dir nie gesagt? Du bist nichts als eine Illusion, Bleicher Rabe.«

Bleicher Rabe kreischte wütend und sprang behende vor. Mit beiden Händen trieb sie den Speer in Weiße Esches Brust. Der Speer schoß durch ihren Körper hindurch, als sei sie Luft, und fiel klappernd hinter ihr zu Boden.

»Sie blutet nicht!« brüllte Fliegender Falke und taumelte rückwärts. »Man sieht keine Wunde!«

»Dein Speer ist Illusion, Bleicher Rabe. Nur das Große Eine existiert.« Der Traum tanzte in Weiße Esches Augen. »Was wählst du, Bleicher Rabe?«

Der schwarze Wolf mit den golden glänzenden Augen ging durch die tanzenden Flammen des Feuers, sein Fell blieb völlig unversehrt. Bei diesem unheimlichen Anblick wand sich Bleicher Rabes Seele vor Entsetzen.

»Wählen?« Bleicher Rabe blickte auf Tapferer Manns Körper und schluckte. Sie legte die Hände auf ihren Bauch und fühlte das wachsende Leben, das Tapferer Mann in sie gesät hatte. Den haßerfüllten Blick auf Weiße Esche gerichtet, wich sie langsam zurück. »Der Stamm der Gebrochenen Steine wählt den Süden. Ein ganzes Jahr werden wir wandern. Dieses Land im Süden werden wir einnehmen. Dort werden wir auf den Stern warten, der am Tage brennt.«

»So geht«, befahl Weiße Esche. »Boten werden dafür sorgen, daß ihr unterwegs keinen Ärger mit Schwarzspitzen-Kriegern bekommt.«

Der schwarze Wolf hob die Schnauze und heulte in die Nacht hinaus.

Stilles Wasser wickelte seine Decke um die noch immer am ganzen Leib zitternde Weiße Esche. Der aus der Wüste wehende Wind raschelte im Salbei und zauste an den Fransen von Salbeigeists und Windläufers Ärmeln, beide knieten vor den rotglühenden Kohlen. Espe saß mit gekreuzten Beinen ein wenig abseits und blickte müde zu den Sternen hinauf.

Mit rotgeränderten Augen sah Weiße Esche ihren Mann an. »Ich habe es geschafft, nicht wahr? Ich habe das Große Eine geträumt … und bin zu dir zurückgekommen.«

Stilles Wasser lächelte. »Ja.«

»Ich tat es für dich … und unser Kind.«

Er umarmte sie und drückte seine Lippen auf ihre Stirn, bis ihr Atem regelmäßiger ging. Sanft ließ er sie auf den warmen Sand sinken und hockte sich auf die Fersen. Hatte er sich je so erschöpft gefühlt?

Das Wolfsbündel lag auf einer Decke und glühte orangerot im Licht der glimmenden Kohlen. Zum erstenmal in seinem Leben war Stilles Wasser von Frieden erfüllt. Er hob die Augen und bemerkte Salbeigeists neugierigen Blick, der auf ihm ruhte.

»Stilles Wasser?« Gelassen drehte Salbeigeist seinen Speer in den Händen. »Wie geht es weiter?«

»Morgen kehren wir zum Schwarzspitzen-Stamm zurück. Weiße Esche muß den Leuten von der Spirale und dem Großen Traum des Ersten Mannes erzählen.« Ziellos ließ er seinen Blick über das Lager schweifen. Auf dem Boden dicht neben Tapferer Manns Leiche sah er etwas im Feuerschein aufblitzen. Stilles Wasser stand auf und ging nachsehen. Als er das wundervoll polierte Bildnis eines schwarzen Wolfes aufhob, fühlte er das Prickeln einer Macht, das sich zu feuriger Intensität steigerte. Dieser Wolf mußte einmal Bestandteil des Wolfsbündels gewesen sein. Er öffnete seine Seele und lauschte; schwach hörte er das Echo der vielen Stimmen des heiligen Bündels aus diesem winzigen Wolf aufsteigen. Er dachte an Linke Hand, und seine Seele litt. Linke Hand wüßte diesen Gegenstand zu schätzen. *Die Macht des Handels? Ein Teilen der Seelen? Es ist nur klein, mein Freund, aber vielleicht doch groß für dich. Zu Beginn unserer Reise überreichtest du mir ein Geschenk. Wer weiß, wann unsere Reise endet?*

Eines Tages würde er bestimmt auf einen Händler treffen, der nach Osten ging, ihm konnte er den winzigen Wolf für seinen alten Freund mitgeben. Schon allein der Gedanke daran ließ sein Herz vor Freude überfließen.

Sorgsam legte Stilles Wasser die kleine Figur in seinen Beutel; noch einmal bückte er sich, griff nach der Kette aus Steinzähnen, die Tapferer Mann ihm entrissen hatte, und nahm sie dem Toten vom Hals. Vorsichtig streifte er die Kette über seinen Kopf.

Liebevoll berührte er die Zähne und erinnerte sich an den Tag, an dem Linke Hand sie ihm gegeben hatte. *Diese Kette wird von nun an meinen Hals nie wieder verlassen. Das schwöre ich auf das Wolfsbündel.*

Draußen in der Nacht begann ein Kojotenrudel zu heulen. Auf dem im Sternenlicht funkelnden Sand fielen die Tiere in einen leichten Trab und überquerten mit federnden Schritten den Dünenkamm, schwarze Silhouetten vor dem indigoblauen Horizont.

Kapitel 32

Mit Hilfe eines Stocks drehte Weiße Esche die im prasselnden Feuer liegenden Steine um. Die Geräusche aus dem Schwarzspitzen-Lager drangen an ihr Ohr: kreischende Kinder, bellende Hunde, die Rufe der Frauen, das Lachen der Männer.

Sie seufzte und dachte an die friedlichen Tage hoch oben in den Sideways Mountains, als sie mit Stilles Wasser allein war. Sie blickte nach Norden, wo irgendwo in weiter Ferne Singende Steines einsame Höhle lag. Inzwischen war sie bestimmt längst zur Heimat von Packratten, Mäusen und Insekten geworden.

Bei diesem Gedanken strömte ein wehmütiges Gefühl durch ihre Seele.

»Weiße Esche?« rief Espe und näherte sich sichtlich argwöhnisch.

»Ja.«

»Was ist das?« Espe zeigte auf ein niedriges, aus über gebogene Weidenstöcke gelegten Häuten bestehendes Gebilde.

»Eine Schwitzhütte. Darin reinigt man den Geist. Wenn du willst, kannst du dich mir anschließen.«

Eine tiefe Falte erschien auf Espes Stirn, doch nach einigem Zögern entschloß sie sich. »Erklär mir, was ich tun muß.«

Weiße Esche reichte Espe ein Paar Stöcke und zeigte ihr, wie sie damit die heißen Steine in die Hütte tragen konnte. Als sie genug Steine hineingeschafft hatten, zog Weiße Esche ihr Kleid aus und legte es auf einen Strauch. »Du möchtest sicher nicht dein hübsches, perlenverziertes Kleid verschmutzen, Espe. Zieh es aus, sonst wird es ganz verschwitzt.«

Rasch schlüpfte Espe aus ihrem Kleid und legte es neben das von Weiße Esche. »Und Schweiß reinigt wirklich?« fragte sie zweifelnd, während sie Weiße Esche in das Zwielicht der Hütte folgte. Nachdenklich blickte sie auf die in der Mitte gestapelten Steine. Ein Dreifuß, an dem ein mit Wasser gefüllter Darmsack hing, stand an der Rückwand.

»Vor langer Zeit hat uns Wolfsträumer gelehrt, daß Schweiß Körper und Seele reinigt.« Weiße Esche schloß die Türklappe, und es wurde noch dunkler in der Hütte. Anmutig setzte sie sich in die Nähe des Wassersacks.

»Ich kann überhaupt nichts mehr sehen«, klagte Espe.

»Deine Augen werden sich an die Dunkelheit gewöhnen. Das Dunkel hilft bei der Konzentration. Man wird nicht so leicht abgelenkt.« Weiße Esche schöpfte ein wenig Wasser in die hohle Hand und benetzte die Steine. Zischend stieg der Dampf auf. Sie atmete tief ein und ließ ihre Haut von der Wärme streicheln. »Ich fühle deine Neugier, Espe.«

Espe setzte sich auf den Boden, sie keuchte unter der feuchten Hitze. »Mein ganzer Körper prickelt.«

»Das ist sicher nicht der Grund, warum du so eigenartig bist.«

Weiße Esche träufelte noch einmal Wasser auf die Steine und fühlte, wie die Hitze durch ihre Haut eindrang und Muskeln und Gelenke entspannte. Ihre Seele erwärmte sich.

»Im Lager gibt es Gerede«, begann Espe. »Manche sagen, du seist eine Hexe. Sogar die Verwandten von Stilles Wasser behaupten das! Die Leute haben gesehen, wie du diese Hütte gebaut hast, und fragen sich, wozu das gut sein soll. Außerdem hast du gesagt, du willst heute abend träumen.«

Der Schweiß lief in Strömen über Weiße Esches Körper, tropfte von ihrem Kinn und über die Wölbung ihrer Brüste. »Das Träumen fällt mir leichter, wenn ich vorher geschwitzt habe. Bist du deshalb gekommen? Um mich zu fragen, ob ich eine Hexe bin?«

»Mein Volk hat noch nie einen Seelenflieger gesehen, der durch Feuer gehen kann oder dessen Fleisch, ohne eine Wunde oder eine Blutspur zu hinterlassen, von einem Speer durchbohrt wird. Unsere heiligen Leute träumen keine Menschen in den Tod, wie du es mit Tapferer Mann gemacht hast.«

»Das Sonnenvolk hatte nie *wahre* Träumer. Oh, natürlich hatte das Volk einige sehr gute Heiler … aber keine Träumer. Ich bin keine Hexe. Heute abend will ich dem Schwarzspitzen-Stamm das Große Eine nahebringen. Ich möchte dem Stamm von der Spirale und dem Großen Traum des Ersten Mannes erzählen.«

»Und damit unseren Weg und unsere Lebensweise verändern?«

Weiße Esche lächelte. »Espe, ich habe gesehen, wie sich der Erste Mann von einem Menschen in einen Wolf und in den Großen Donnervogel verwandelt hat. Das Sonnenvolk ist das Volk des Himmels. Das Volk des Ersten Mannes war das Volk der Erde. Himmel und Erde. Gegensätze kreuzen sich. Was getrennt wurde, muß vereint werden – dadurch nehmen Stärke und Kraft zu. Das ist die Spirale, die ich für das Volk träumen werde. Ich bin nicht gekommen, um zu nehmen, sondern um zu geben. Ich bin der Weg zwischen den Welten und den Völkern.«

»Ich habe mir darüber den Kopf zerbrochen, was wir mit dir machen sollen. Meine Leute haben mich um Rat gefragt. Ich dachte, es wäre wohl das beste, von dir selbst zu hören, was du dazu zu sagen hast.«

»Du und Windläufer, ihr seid dem Schwarzspitzen-Stamm gute Anführer.«

»Er liebt dich noch immer«, flüsterte sie.

Weiße Esche griff in den Wassersack.

»O nein, nicht mehr, bitte« Espe rutschte hin und her. »Für mich ist das alles neu.«

Weiße Esche benetzte mit dem kühlen Wasser ihre heißen Wangen.

»Windläufers Liebe zu mir beunruhigt dich? Das braucht es nicht. Ich war einer großen Versuchung ausgesetzt – doch es handelte sich nicht um einen Mann.« Das Große Eine rief sie. Sie brauchte nur die Augen zu schließen und glitt im heiteren goldenen Dunst dahin. Dort lag die Verzückung, die sie ersehnte. »Stilles Wasser ist der einzige Mann, der meine tiefsten Sehnsüchte versteht. Er kennt sie selbst.« Sie lächelte. Voller Wärme dachte sie daran, wie er sie aus dem Großen Einen zurückgeholt hatte.

Nach längerem Schweigen erklärte Espe: »Besprenge die Steine noch einmal mit Wasser. Wenn du es aushalten kannst, kann ich es auch.«

Weiße Esche tauchte die Hand in den Wassersack. Mit geschlossenen Augen spritzte sie das kühle Naß auf die Steine. Ihr Körper entspannte sich. Aufsteigend von der leuchtenden Seele ihrer Tochter, pulsierte das Große Eine in ihr. Sie begriff nicht, was vor sich ging, aber das Kind schien zu einem in ihr lebenden heiligen Bündel geworden zu sein – eine unergründliche Quelle der Macht.

Espe sprach wohlüberlegt. »Ich glaube, ich sage allen, die mich danach fragen, dein Traum sei zum Nutzen unseres Volkes.«

Weiße Esche nickte. »Ich versuche, für das Volk mit all meiner Konzentration zu träumen.«

Unbehaglich biß sich Stilles Wasser auf die Unterlippe. Weiße Esche trat vor das große, in der Mitte des Lagers lodernde Freudenfeuer. Über hundert Augenpaare beobachteten mißtrauisch, wie sie die Hände hob und ihre Macht in der für Stilles Wasser unverständlichen Sprache des Sonnenvolkes sang. Am Horizont leuchteten Blitze in einer schwarzen, die Sterne verhüllenden Wolkenbank auf.

Ich wünschte, ich könnte verstehen, was sie sagt.

Stilles Wasser schlüpfte lautlos hinter Salbeigeists Zelt zu seinen und Weiße Esches Decken. Vorsichtig holte er seinen Beutel aus den Falten seiner Felldecke und nahm das Wolfsbündel heraus. Weiße Esche hatte gesagt, sie würde es nicht brauchen ... aber das Mißtrauen auf den Gesichtern der Angehörigen des Schwarzspitzen-Stammes verunsicherte ihn. Das Wolfsbündel in seiner Hand schien leichter zu werden, es schien zu gleiten. Er steckte das Bündel unter seinen Mantel und klemmte es mit seinem verkrüppelten Arm fest.

Aus dem Dunkel hinter dem Zelt konnte er eine Gruppe

Krieger beobachten, die hinter vorgehaltener Hand flüsterten. Ihre Gesichter wirkten hart und abweisend. Zwei alte Frauen schüttelten ungläubig die Köpfe und machten brüske, wegwerfende Gebärden, als wollten sie Weiße Esches Worte verdammen.

Stilles Wasser zog sich in den Schatten des Zeltes zurück und trat auf etwas Matschiges. Er zuckte zusammen. »Na, wunderbar. Ein Hundehaufen. Und gleich neben unseren Decken. Heute nacht wird das Schlafen ...« Er erstarrte, es näherte sich jemand.

»*Hexe!*« stieß eine gedämpfte Stimme hervor.

Stilles Wasser richtete sich hoch auf und reckte den Hals. Angestrengt spähte er in die Finsternis. Plötzlich begann das Wolfsbündel zu wogen. Stilles Wasser wirbelte herum. Die Macht strich über seine Brust wie geisterhafte Finger aus Eis, sprengte nach außen, zerschnitt die Nacht und lenkte seine Aufmerksamkeit auf einen bestimmten Platz hinter den Zelten.

Im Feuerschein erblickte Stilles Wasser die Silhouetten zweier umherschleichender Gestalten. Eine davon erkannte er: *Knolle!*

Entsetzt sah er die Waffe in der Hand des Jungen. Sein Herz hämmerte heftig gegen seine Rippen.

Weiße Esche blickte die Leute an, das Feuer warf goldene Muster auf ihre verkniffenen Gesichter. Die Unsicherheit der Menschen, dick und schwer in der Luft liegend, raubte ihr fast den Atem. Ihr Blick schweifte über die vom Sternenlicht beschienenen Zeltspitzen zu den golden leuchtenden Wolkenrändern. Kreisende Fledermäuse stießen unvermittelt aus der Luft herab, um Insekten zu fangen.

Sie hob die Arme, und das Getuschel verstummte. »Ich bin gekommen, euch vom Großen Traum des Ersten Mannes zu erzählen – ihr kennt ihn als den Großen Donnervogel. Zu Anfang erschuf der Schöpfer die vier Welten. Drei waren dunkel und kalt. Unsere Ahnen kletterten durch ein Loch in die vierte Welt des Lichts. Der Große Donnervogel – der Erste Mann, Wolfsträumer – geleitete sie sicher durch die Dunkelheit.

Er kämpfte gegen seinen bösen Bruder, damit die Menschen in Harmonie mit dem Land leben konnten. In dieser Welt träumte er die Spirale. Alles im Leben entspricht der Spirale – ist ohne Anfang und Ende, sich ständig verändernd und ewig unverändert. Der Erste Mann schenkte uns seinen Traum und zeigte uns den Weg zum Großen Einen. Ich bin hier, um euch bei der Suche nach dem Großen Einen zu führen. Dort findet eure Seele den Ersten Mann und den Weg zur Macht. Suchet, und ihr werdet die Harmonie des Landes erfahren.

Das ist das Vermächtnis des Wolfstraumes, und ich gebe es an euch weiter. Dein Blut ist neu in diesem Land, Sonnenvolk, und es wird das Land stärken. Was das Erdvolk verloren hat, werdet ihr zurückgewinnen.«

Sie schloß die Augen, ihr Geist erblickte eine Vision. »Eines Tages werden eure Kinder Händlern begegnen, die eine goldhaarige Pflanze bringen, deren Seele zu eurer wird. Dies ist der Traum, der Wahrheit werden wird:

Sonnengott! Lichtgeborener!
Spirale, du Gott grellbunter Federn!
Trag die Pflanze auf deinem Rücken.
Versenge die Samen auf der Raufe.
Felsen ziehen vorbei wie der Himmel.
Heiß, trocken, Krieg ist nah.
Sing, Sonnengott, Blut erhebt sich … sprüht in den Himmel!
Weiter … weiter nach Süden ziehen sie.
Zelte. Steil aufragende Felsen.
Heben die Kinder hinauf zum Gott im Himmel
Erde, O Erde, dort breitet es sich aus.
Hebe die unterirdische Welt der Toten empor.
Flug des Vogels, so hoch, so laut.
Ruft den Blitz aus den Wolken.

Weiße Esche öffnete die Augen. »Ich habe unsere Kinder gesehen, sie sind stark, beleben das Land, ihre Seelen wiegen sich im Wechsel der Jahreszeit. Ich sah den Großen Donnervogel rufen, damit er Regen vom Himmel schickt und die goldhaarige Pflanze nährt. Die großzügige Gabe wächst hinauf zur Sonne, und die Bäuche sind voll. Steine in der Farbe des Himmels schmücken ihre Hälse.

Wenn wir nach dem Großen Einen suchen und uns dabei stets an den Großen Traum des Ersten Mannes erinnern, wird die Erde der Schoß unseres Volkes sein. Die Sonne nährt das von der Erde bereitete Leben. Gegensätze kreuzen sich. Ich sah mit Federn geschmückte Tänzer vom Boden aufsteigen, sie stellten die Reise des Ersten Mannes aus der unterirdischen Welt dar. Ich sah sie für die Sonne tanzen und Samen in die vier heiligen Richtungen werfen. Dieses Vermächtnis kann das eure sein, wenn ihr den Traum annehmt. Nehmt ihr ihn aber nicht an ...«

Prüfend betrachtete sie ihre Zuhörer und bemerkte, daß ihr einer der Krieger den Rücken zukehrte. Weiße Esche hob die Stimme: »Ich sah Länder, deren Völker das Große Eine leugneten. Dort leben die Menschen wie die Ameisen und beuten die Erde zum Vorteil und Gewinn weniger Menschen aus. Ich sah vernichtete Wälder und blutende Erde, der Boden wurde in die Flüsse gespült und zu den Meeren getragen. Das Große Eine ist nicht nur für die Menschen da, sondern für alles Lebendige. Was wir nehmen, müssen wir zurückgeben. Das ist der innerste Kern der Spirale.

Die Macht läßt jedem die Möglichkeit der Wahl! Was wählt ihr? Träumt ihr das Große Eine, oder sondert ihr euch von der Spirale ab? Der Erste Mann träumte, mit dem Großen Einen lebten die Menschen in Harmonie mit ihrer Welt. *Leugnet ihr seinen Traum?«*

Eine große Müdigkeit befiel sie. Sie fühlte das Leben in ihrem Bauch, das Nahrung aus ihrem Körper sog. Schützend legte sie eine Hand auf ihren Leib.

Traurig blickte sie auf die vom flackernden Feuer erhellten Gesichter. »Ihr habt den Traum des Ersten Mannes gehört. Erde und Himmel, Gegensätze kreuzen sich. Ich werde diesen Traum zu den Stämmen der Hohlkehlen, der Wespen und der Grünen Steine weitertragen – damit wir alle in der

Harmonie leben, die der Erste Mann geträumt hat. Ich habe gesprochen.«

Sich des Schweigens der Menschen bewußt, drehte sie sich um und ging, von wachsender Unruhe erfüllt, an den Zelten vorbei. Die von Lichtstreifen gesäumte Wolkenbank war nähergekommen und befand sich inzwischen fast über dem Lager. Sie glaubte, schwaches Donnergrollen zu vernehmen.

Hinter ihr erhob sich Stimmengewirr, die Leute begannen sich über ihre Vision und den Sinn ihrer Worte zu unterhalten. Plötzlich tauchte Plage aus der Dunkelheit auf und blickte sie traurig an.

»Wo ist Stilles Wasser?« fragte sie und kraulte die Ohren des Hundes. Plage winselte und leckte ihr die Hand, seine heiße Zunge beruhigte sie.

»Ja, auch du bist Teil des Großen Einen.«

Sie gähnte, ihre Erschöpfung lag im Wettstreit mit dem Verlangen, Stilles Wasser zu sehen.

»Geh unter deine Decken«, befahl sie sich. »Er kommt sicher bald. Die Anstrengung war zuviel für dich, Weiße Esche.« Müde stapfte sie an Salbeigeists Zelt vorbei zu ihren Decken, die zusammengerollt auf einem Haufen lagen. Wo war Stilles Wasser? Ohne ersichtlichen Grund begann ihr Herz heftig zu hämmern. Sie rieb sich die gereizten Augen und rollte die zuoberst liegende Decke aus.

»*Hexe!*« zischte jemand hinter ihr.

Der Schatten einer zum Schlag erhobenen Kriegskeule hob sich von der Zeltwand ab. Weiße Esche riß schreiend den Arm hoch: »Nein!« Sie versuchte, seitwärts wegzurollen und sich in Sicherheit zu bringen, doch sie stieß krachend gegen Knolles stämmigen Körper und fiel hin. Bevor er taumelnd auf die Füße kam, erhaschte sie einen flüchtigen Blick in seine entsetzten Augen.

Aus der Finsternis stürmte brüllend vor Wut Stilles Wasser. Mit einem großen Stein in der Hand stürzte er auf die dunkle Gestalt einer Frau zu, die mit einem wurfbereiten Speer in der Nähe lauerte. Aber Knolle erreichte sie vor ihm, seine Kriegskeule sauste nieder …

Der laut klatschende Schlag von Holz auf Knochen drang durch die nächtliche Stille. Knolle und die Frau gingen torkelnd zu Boden.

Stilles Wasser sank neben Weiße Esche auf die Knie und half ihr, sich aufzusetzen. Wie ein Rasender küßte er sie aufs Haar und flüsterte: »Alles ist gut. Dir ist nichts passiert.«

Jemand schrie laut auf. Entsetztes Rufen erklang. Windläufer und Schwarzer Mond kamen um das Zelt herumgelaufen, hinter ihnen rannte Salbeigeist mit einem brennenden Holzscheit in der Hand herbei.

Als Salbeigeist anlangte, entfernte sich Knolle von der toten Frau und streckte flehend die Hände nach ihm aus. »Ich bin kein Mörder. Ich mußte es tun! Sie hat Heißes Fett getötet. Zuvor hat sie Schwarze Hand umgebracht. Ich sah sie herumschleichen. Sie hat über Hexerei gesprochen und gesagt, daß Weiße Esche böse ist und uns alle verfluchen wird.«

Rosenbusch eilte hinzu, ihr Blick irrte von Knolle zu der blutbesudelten Frau am Boden. Ein Schrei des Entsetzens kam über ihre Lippen. *»Korb?«*

Knolle nickte ängstlich. Seine Augen wanderten von einem Gesicht zum anderen. »Seit Grünes Feuer starb, hat sie Träumer mit ihrem Haß verfolgt. Das weißt du genau, Mutter! Sie hat Schwarze Hand beschuldigt, an Grünes Feuers Tod schuld zu sein. Sie glaubte, Heißes Fett würde die Kinder des Erdvolkes, die der Schwarzspitzen-Stamm mitgenommen hat, verhexen. Sie beschimpfte mich, weil ich Schwarzspitzen-Krieger geworden bin. Wir hatten keine andere Wahl, wir mußten das tun, Kranker Bauch und ich!«

Salbeigeist stellte sich vor seinen Sohn und blickte dem Jungen fest in die feuchten Augen. Seine Lippen verzogen sich zu einem verzerrten Lächeln. »Heute nacht hast du gehandelt wie ein Krieger.«

»Aber ich tötete ...«

»Jemand mußte es tun«, sagte Stilles Wasser zu ihm. »Etwas Böses hatte von ihr Besitz ergriffen. Nach dem Mord an Weiße Esche hätte sie mich umgebracht. Und nach mir jemand anderen.«

Salbeigeist streckte die Hand aus und half Knolle auf die Beine. Eine Sternschnuppe erschien am Himmel. Alle drehten sich um und verfolgten ihre Bahn; sie schwebte am Himmel entlang und verschwand hinter der Wolkenbank. An verschiedenen Stellen flammten Blitze auf, krachender Donner dröhnte wie das Stampfen der Hufe einer losstürmenden Bisonherde.

Weiße Esche lehnte sich schwer an Stilles Wasser, sanft strich er ihr über das verwirrte Haar. Er war plötzlich sehr ruhig geworden. Sie blickte zu ihm auf. Er sah nicht zu den Blitzen hinauf, sondern starrte über die vom Sternenlicht überfluteten Sanddünen hinüber zu dem riesigen schwarzen Wolf, der sie, eine Pfote erhoben, nachdenklich beobachtete. Seine gelben Augen glitzerten unheimlich im aufblitzenden Licht.

Wieder erschütterte der brüllende Donner die Erde, ein leichter Regen begann auf die Zelte zu trommeln. Weiße Esche hob ihr Gesicht den kühlen Tropfen entgegen.

Furchtsam blickte Schwarzer Mond von dem Wolf auf Korbs Leiche, dann wandte er sich mit lauter Stimme an Weiße Esche. »Der Große Donnervogel hat gesprochen. Sei willkommen beim Schwarzspitzen-Stamm, Weiße Esche. Du brachtest uns den Traum des Ersten Mannes. Wir müssen weiter darüber reden, damit wir die Wahrheit des Traumes auch in unseren Herzen fühlen können.«

Epilog

Linke Hand humpelte über die sumpfige Wiese bis zum sandigen Ufer, aufgewühltes Wasser schlug an das Gestade. Eine Schildkröte schlüpfte aus einem Baumstumpf und plumpste ins Wasser. Enten und Gänse zogen am Himmel dahin und überquerten das silbrig in der Sonne schimmernde gewaltige Band des Wassers.

Im Norden ergoß sich der Big River in den Vater der Wasser. Sein Wolfsvolk hatte um dieses Land gekämpft, das Maskentänzer-Volk vertrieben und viele Gefangene gemacht. Die Eingeborenen dieses Landes besaßen nicht den unbeugsamen Willen des Sonnenvolkes, so hatte sich das Wolfsvolk ein großes Gebiet aneignen können. Als Tribut dafür, daß das Maskentänzer-Volk nicht mehr angegriffen wurde, mußte es sich dem Wolfsvolk beugen und die Legenden über den Großen Weisen im Himmel und die Lehren von Wolfsträumer, die sich inzwischen bereits verbreitet und durchgesetzt hatten, übernehmen.

Vieles konnte an diesem neuen reichen Land gepriesen werden. In den sumpfigen, vom Hauptfluß abgetrennten Flußarmen im Süden wuchs der Wildreis üppig. Dahinter wogten reiche Felder mit kriechender Heide und Knöterich. Schon im Frühsommer konnte Linke Hand sehen, daß die Frauen gute Ernte machen würden. Auf dem Fluß lachten Jugendliche in ihrem Kanu. Sie warfen ein aus Stricken geflochtenes Netz aus und fingen damit Fische. Seltsam, wie rasch sich die Kinder mit dem Wasser vertraut gemacht hatten. Sandkranich war bereits bis zum Salzwasser im heißen, stickigen Süden gepaddelt, wo er mit dem Sumpfvolk Handel getrieben hatte.

Stöhnend und mit krachenden Gelenken bückte sich Linke Hand und hob eine Handvoll feuchten Sand auf. Er hielt ihn unter seine fleischige Nase, schnüffelte daran und sog tief den feuchten Geruch in seine Lungen. Das Flußland besaß einen eigenen Geist – und überhäufte den, der es in Anspruch nahm, mit seinem Reichtum.

»Ist das der Weg, den du uns versprochen hast, Träumerin?« flüsterte er. Gedankenverloren blickte er dem Kanu nach. »Mag sein, alles ist so gekommen, wie es die Macht wollte.«

Mit der anderen Hand griff er in den Lederbeutel um seinen Hals und holte den winzigen schwarzen Wolf heraus, den Kranker Bauch ihm geschickt hatte. Er glänzte in der Sonne – das Symbol des Geisterhelfers, des Boten der Macht.

Natürlich hatte er ihn sofort erkannt, er war zusammen mit dem Wolfsbündel in den schwarzen Wolfspelz gewickelt gewesen. Im Hauptlager des Volkes war der Steinwolf auf einen Dreifuß gestellt worden und bewachte das Wolfsbündel. Wie war Kranker Bauch zu diesem kostbaren Besitz gekommen? Ein Mensch wußte nie genau Bescheid über die Wege des Handels, über die Macht, die dieser in sich barg.

Wehmütig wog er den kühlen Sand in seiner einen Hand gegen den Wolf in seiner anderen ab.

»Ein weiter Weg für einen alten Mann.«

Noch immer hörte er den Wind seufzend durch die Tannen und Kiefern der Grass Meadow Mountains streichen, doch seine Füße würden nie wieder die von Feuertänzer beschrittenen Wege berühren. Nie wieder würde er emporsteigen können, um über das riesige Gray Deer Basin oder die Short Grass Plains zu blicken.

Er hob sein Gesicht zum wolkenverhangenen Himmel. »Aber ich kann davon träumen, wenn meine Seele von dieser Erde geht. Bis dahin lebe ich den Traum des Ersten Mannes.«

Noch einmal blickte er zum Vater der Wasser hinüber. Er warf die Handvoll Sand in die Strömung und sah versonnen den sich kräuselnden Ringen nach, die mit den Strudeln und Wirbeln des lebendigen grünen Wassers verschmolzen.

Heute abend würde er den jungen Leuten von der Träumerin erzählen, die vom Sonnenvolk gekommen war. Er würde ihnen von Kranker Bauch berichten, dem verkrüppelten Helden aus dem Erdvolk, der einen neuen Namen, Stilles

Wasser, bekommen hatte. Und von Weiße Esches Traum, so, wie er ihm von dem Händler erzählt worden war, der ihm das Wolfsbildnis überbracht hatte.

»Gegensätze kreuzen sich«, murmelte er und hielt den schwarzen Wolf in die hervorbrechende Sonne. Der Steinkörper des Wolfes schimmerte glänzend in den gleißenden Strahlen.

Der in den Bäumen wispernde Wind und der leise Wellenschlag gegen das sandige Ufer schienen auf seltsame Art miteinander zu verschmelzen, und eine Stimme begann sich herauszukristallisieren – die Stimme einer alten Frau. Nur mit größter Mühe konnte er die geflüsterten Worte verstehen.

»*Vater aller Wässer fließt so reich, schickt Wasser in die Bäche.*
Wächst eine Pflanze, hoch und grün die Frucht ist gelb.
Ich habe sie gesehen.
Bunte Federn, die Toten aufgebahrt.
Stämme liegen quer, die Erde ist bestellt.
Sonne, Mann und Frau sind verheiratet.«

Linke Hand schüttelte den Kopf. »Jetzt höre ich schon Stimmen. Werde langsam alt.«

Er brummte und preßte den schwarzen Wolf an seine Brust. *Die Macht des Handels ist vollendet, Stilles Wasser. Aber wie wird die zukünftige Reise vonstatten gehen? Werden sie die Menschen … oder die Macht der Träume lenken? Und wo wird sie enden?*

Langsam drehte er sich um und kehrte zurück zu den mit Rinde gedeckten Hütten im Lager des Wolfsvolkes.

Dank

Ganz besonders müssen wir uns bei unserem Cheflektor Michael Seidman bedanken. Er war es nämlich, der von Anfang an überzeugt war, daß die Leserschaft gewiß Interesse an von Archäologen geschriebenen Romanen über die amerikanische Frühgeschichte haben würde. Wenn Ihnen die bisherigen Bände gefallen haben, können Sie sich also bei Michael bedanken. Was *Das Volk der Erde* angeht, gebührt ein Großteil unseres Dankes Diane Berrigan, die uns großzügigerweise ihre Materialsammlung über frühgeschichtliche »Architektur« zur Verfügung stellte. Mary und Patricia Hatcher von der Anthropologischen Gesellschaft in Pronghorn fotokopierten eine enorme Menge von archäologischen Berichten für uns. Ted Hoefer von der archäologischen Abteilung des Western Wyoming College half uns mit einer Kopie seiner Doktorarbeit: *Evidence for Archaic Period Domestic Shelters in the Intermountain West.* Die Archäologen Lynn Harrel (Kemmerer Resource Area, BLM), Scott McKern (Western Wyoming College), Anne Wilson (Kootenai National Forest), Gene Driggers, Jude Carino (Casper District, BLM) und Jamie Shoen (Bridger-Teton National Forest) halfen uns alles über die Lebensumstände und sozialen Strukturen herauszufinden, die in diesem Buch geschildert werden.

Jim Truesdale, Archäologe im Nationalpark des Dinosaur National Monument, ein Experte für frühgeschichtliche Beerdigungsbräuche, gab uns wertvolle Hinweise über die Gepflogenheiten.

Bill Davis und Debbie Westfall, den Chef-Archäologen vom Abajo-Archäologie-Institut in Bluff, Utah, gebührt eine besondere Erwähnung, weil sie uns gestattet haben, in den Erdhütten von Emory County, Utah, zu arbeiten!

Justin Bridges und Irene Keinert von Wind River Knives schenkten uns ihre Zeit und fotografierten archäologische

Ausgrabungsstätten mit ungeheurer Expertise – danke, Sie waren außerordentlich ermutigend.

Phyllis Boardman und Jean Murdock gestatteten uns großzügig den Besuch von Ausgrabungsstätten.

Ganz besonderer Dank gilt unserem Botaniker John Mionczynski, der sein ganzes Wissen um die Wildpflanzen des amerikanischen Westens und um ihren ernährungswissenschaftlichen und medizinischen Wert mit uns geteilt hat.

Bei Burt und Rose Crow im Ramshorn Inn bekamen wir unser Guiness und unser Chimay Ale, wann immer wir in neutraler Umgebung über das Buch sprechen wollten.

Besondere Ehre gebührt unserer Lektorin Harriet McDougal für die konstruktivste Kritik an einem Manuskript, die wir jemals bekamen. Gute Lektoren sind selten, Harriet, Du bist eine der besten. Linda Quinton, Debby Toblas und Ralph Arnote: Danke für alles, Ihr seid die Besten. Tom Doherty, Heather Wood und das fabelhafte Team bei Tor Books haben den Rest vollbracht.

Und ein ganz besonderer Dank an Don und Patty Woerz für so manche Rettungsaktion in letzter Minute.